TORSTEN FINK

**Der Sohn des Sehers 2**

Torsten Fink

# Lichtträger

## Der Sohn des Sehers

Roman

blanvalet

FSC
Mix
Produktgruppe aus vorbildlich
bewirtschafteten Wäldern und
anderen kontrollierten Herkünften

Zert.-Nr. SGS-COC-001940
www.fsc.org


Verlagsgruppe Random House FSC-DEU-0100
Das FSC-zertifizierte Papier *Holmen Book Cream* für dieses Buch
liefert Holmen Paper, Hallstavik, Schweden.

1. Auflage
Originalausgabe August 2010 bei Blanvalet,
einem Unternehmen der Verlagsgruppe Random House GmbH, München

Umschlaggestaltung: HildenDesign München
Lektorat: Simone Heller
HK · Herstellung: sam
Satz: Vornehm Mediengestaltung GmbH, München
Druck und Einband: GGP Media GmbH, Pößneck
Printed in Germany
ISBN: 978-3-442-26692-0

www.blanvalet.de

*Für Annerose und Jens*

# Prolog

DER BOGEN WAR fast fertig. Tuge nahm ihn in seine kräftigen Hände und prüfte ihn erneut. Er begutachtete das Horn und lauschte auf das leise Knarren des Holzkerns. Es klang beinahe vollkommen, aber eben nur beinahe. Vorsichtig nahm er sein kleines Messer zur Hand und schabte etwas Horn vom Bogenbauch. Auf der anderen Seite des Feuers saß der junge Kolyn und sah ihm mit leuchtenden Augen zu. »Wenn es so kalt ist wie jetzt, musst du ihn warm halten, dann schöpfen seine Arme neue Kraft«, mahnte ihn Tuge mit strengem Blick. Kolyn nickte eifrig. Der Bogner seufzte. Vor zwei Jahren hatte er Holz und Horn für dieses Stück ausgesucht. Er hatte nur vom Allerbesten genommen, denn dieser Bogen hätte einmal seinem Sohn Tauru gehören sollen. Doch der war tot, gefallen und begraben in der Fremde.

»Ist er jetzt fertig, Meister Tuge?«, fragte der Junge.

Der Bogner schüttelte den Kopf. »Nicht so ungeduldig, junger Freund, aber ich glaube, wir können langsam daran denken, die Sehne aufzuziehen.«

»Und dann ist er fertig?«

Tuge lächelte. Seit Kolyn wusste, dass dieser Bogen für ihn bestimmt war, saß er jeden Tag in seinem Zelt. Der Bogner prüfte mit dem Daumen die Stelle, die er gerade bearbeitet hatte. Es fühlte sich gut an. »Er braucht noch seine Schutzschicht, weißt du das nicht?«

»Dann morgen?«

»Eine Woche, vielleicht zwei«, erklärte Tuge. »Es kommt

darauf an, wie er sich mit der Sehne macht.« Der Knabe erlebte gerade seinen elften Winter. Es zeigte, wie verzweifelt sie waren, dass sie Kolyn schon zum Jungkrieger beriefen und ihm einen Bogen anvertrauten, der eigentlich zu groß für ihn war. Tuge fuhr noch einmal mit der Hand über das glatte Horn. Tauru hätte der Bogen sicher gefallen.

Das Zelt erzitterte unter einem Windstoß. Seit Tagen plagte sie ein eiskalter, namenloser Nordwind. Noch ein Grund, warum sich Kolyn lieber im warmen Zelt als draußen bei den Herden aufhielt. Sein Vater Meryak hatte nichts dagegen. Die Herden waren klein geworden, denn der Heredhan hatte ihnen die meisten Tiere genommen. Tuges Miene verdüsterte sich, als er daran dachte, mit welcher Selbstherrlichkeit Heredhan Horket in ihr Lager geritten war, geschützt von Dutzenden Kriegern, um eine Sühne einzufordern, die ihm der Klan angeblich schuldete. Es war gut, dass Yaman Aryak das nicht mehr erleben musste. Was hatte Horket ihnen gelassen? Zwei Dutzend Pferde und ebenso viele Schafe, eine Handvoll Trampeltiere und die Ziegen. Es reichte gerade zum Überleben – vielleicht. Der Winter konnte noch lang werden, und irgendwann würden die Wölfe kommen. Dann konnten sie einen weiteren Bogen gut gebrauchen, auch wenn er in der Hand eines Kindes lag. Die doppelte Lederhaut vor dem Eingang wurde zurückgeschlagen, und eine junge Frau steckte ihren Kopf herein. »Onkel Tuge, komm, sieh dir das an!«, forderte sie.

Tuge runzelte die Stirn. Die Arbeit an einem Bogen war etwas Heiliges, er schätzte Störungen dieser Art nicht besonders. »Was gibt es denn, Wela, Tuwins Tochter, dass du mich von meiner Arbeit fort in diese böse Kälte hinauslocken willst?«, brummte er.

»Sieh es dir an. Ich glaube, es gibt bald einen Sandsturm.«

»Du musst dich irren, Nichte. Es ist tiefster Winter, und wir sind weit von der Slahan entfernt. Ich glaube, selbst der wütende Nyet würde sich nicht so weit hinaus in die Steppe wagen.«

»Dann komm und sieh!«, forderte Wela.

Missmutig erhob sich der Bogner und trat vor das Zelt. Seine Nichte würde ohnehin keine Ruhe geben. Es war still. Der Nordwind schien sich gelegt zu haben. Tuge blickte in die Richtung, in die Wela wies. Tatsächlich, der Horizont zeigte sich gelb verfärbt, das untrügliche Zeichen für einen Sandsturm. Dennoch, es war unmöglich. Tuge sah sich um. Die Handvoll Rundzelte, die ihr Klan bewohnte, war halb eingegraben, weit über den Südhang eines Hügels verteilt. Kein Mensch war draußen. Nur die Ziegen drängten sich unruhig aneinander. Sie schienen den kommenden Sturm zu wittern. In der Ferne wieherte ein Pferd. Meryak war mit Malde und den Rössern in einem kleinen Tal, das Schutz vor dem eisigen Nordwind bot. Doch dieser schien jetzt eingeschlafen zu sein. Es war nahezu windstill. Ein weiterer Vorbote dieses seltsamen Sturms, der sich in der Ferne abzeichnete.

»Was machst du überhaupt hier draußen, Wela?«, fragte Tuge.

»Die Luft in den Zelten hat mir Kopfschmerzen verursacht, Onkel, die Luft, und das Geschwätz der Frauen. Aber es wird auch hier draußen nicht besser.«

»Skefer«, sagte der junge Kolyn mit Kennermiene.

Tuge warf ihm einen halb belustigten Blick zu. »Soso, junger Freund, dann verrate mir doch, was Skefer so weit von seiner Heimat entfernt will.«

»Er geht dem Sturm voraus«, behauptete der Knabe kühn.

Wela grinste. »Du kennst die Winde der Slahan gut, Kolyn«, lobte sie ihn.

»Ja, und jetzt ist es auf einmal Dauwe, der mit seinem Schweigen Nyet ankündigt.«

»Dauwe erscheint nie im Winter«, belehrte ihn Tuge. Er spürte einen Stich im Bein, eine alte Wunde, die ihn bei Wetterwechseln oft plagte. Die gelbe Wand war in die Höhe gewachsen und schon beträchtlich näher gerückt. »Vielleicht ist es wirklich Nyet«, sagte er mit einem Achselzucken, »und vielleicht vertreibt er diesen elenden Frost. Dann soll mir sein Zorn willkommen sein.«

»Soll ich Malde und Meryak warnen?«, fragte Wela.

»Sie werden es schon selbst bemerken. Außerdem glaube ich nicht, dass du sie noch vor dem Sturm erreichen würdest.« Tuge legte die Stirn in besorgte Falten. Dieser Sturm kam sehr schnell näher, selbst für Nyets Verhältnisse. Eine leichte, milde Brise wehte plötzlich um die Halteseile seines Zeltes, und der Bogner vermeinte, ein leises Flüstern im Wind zu vernehmen.

Auch Wela hatte es gehört. »Seweti?«, fragte sie erstaunt.

Tuge schüttelte den Kopf. »Die Tänzerin verspottet jene, die Nyet in offener Wüste begegnen und sich hinterher fluchend aus dem Sand ausgraben. Niemals geht sie einem Sturm voraus«, sagte er langsam.

»Holla, Tuge, was geht da vor?«, rief eine Stimme. Es war Gregil, Yaman Aryaks Witwe, die vor ihr Zelt getreten war und den Himmel musterte.

Tuge zögerte mit einer Antwort. Der Sturm raste heran. In wenigen Augenblicken würde er über ihren Zelten zusammenschlagen. Es war Zeit, hineinzugehen und den Eingang zu verschließen. Dann konnte man nur noch einen Sud aufsetzen, dem Wind lauschen und warten. Die Winterzelte der Hakul waren ein gutes Stück in die Erde eingegraben und konnten selbst einem sehr wütenden Nyet trotzen. Aber Tuge zögerte. Das Flüstern im Wind war jetzt nicht mehr zu überhören. Es erinnerte ihn an die Geschichten der Alten. An Erzählungen aus der fernen Zeit, bevor Etys mit dem Lichtstein die Gefallene Göttin gebannt hatte, als Xlifara Slahan, die Verfluchte, in Gestalt eines Sturmes die Zelte der Hakul heimgesucht und Menschen verschleppt hatte, um mit ihrem Blut ihren ewigen Durst zu stillen. Und zuvor hatte Seweti die Tänzerin zu jener Zeit die Hakul verhöhnt, ihnen mit ihrem Flüstern Angst gemacht. Tuge erbleichte.

Der Lichtstein war geraubt worden, er schützte sie gar nicht mehr vor der rachsüchtigen Göttin. Die ersten Windböen drängten ins Zelt und ließen die ledernen Häute knarren. Ein süßlicher Geruch stieg dem Bogner in die Nase. Er formte die Hände zu einem Trichter, um den Wind zu übertönen, und rief Gregil zu: »Ins Zelt, ins Zelt, es ist Xlifara! Slahan kommt, um unser Blut zu holen!« Er war sich nicht sicher, ob die Yamani ihn verstanden hatte. Wela starrte ihn ungläubig an, dann verstand sie und rief: »Schnell, wir müssen die anderen …«

Tuge packte sie am Kragen und hielt sie fest. »Bleib. Es ist zu spät. Die Göttin ist hier.« Und mit diesen Worten zog er die widerstrebende Wela und den jungen Kolyn hastig in sein Zelt.

»Aber, Onkel …«, begann Wela.

Tuge beachtete sie nicht, er zog die Verschlüsse des Eingangs fest. Der süßliche Geruch drang dennoch herein. Es roch nach Tod und Verwesung. Er sah sich um und versuchte, sich an die alten Geschichten zu erinnern. Es gab etwas, das die Alten gepredigt hatten: Schutz, einen Weg, die Gefallene Göttin am Betreten eines Zeltes zu hindern. Das Rundzelt wankte unter einem heftigen Schlag. Der Sturm war da. Stimmen waren im Wind, ein Stöhnen und Wimmern, das dem Bogner durch Mark und Bein ging. Kolyn sah ihn ängstlich an.

»Den Trog, vor den Eingang, schnell!«, rief Tuge und lief selbst schon zu dem schweren Bottich, in dem er sonst den Bogenleim anzurühren pflegte. Wela packte mit an. »Den Eimer, Junge, den Wassereimer, aber lass ihn nicht fallen!«, herrschte Tuge den verstörten Kolyn an. Dieser nickte verwirrt und schleppte stolpernd den Wassereimer heran. Tuge goss das Wasser in den Trog. Würde das wirklich ausreichen? Er sandte ein Stoßgebet an Tengwil, die Schicksalsweberin, sie möge auf ihre Fäden achten. Es wurde dunkel, und das kleine Feuer schien zu schrumpfen, als sich die Finsternis des Sandsturms auf das Zelt legte. Das Stöhnen draußen wuchs zu einem Brüllen an, und wieder wankte das Zelt unter dem wütenden Nyet. Die Werkzeuge und Gerätschaften, die der Bogner an die innere Zeltwand gehängt hatte, klapperten unruhig. Besorgt musterte Tuge die Stangen. Bis jetzt hatte sein Zelt jedem Sturm standgehalten, doch nun rüttelte eine Göttin an seinen Pfosten. Hakul-Zelte waren geweiht, ein alter Brauch aus jener dunklen Zeit, als Xlifara noch oft über das Staubland gekommen war. Der Bogner fragte sich, ob die alten Zauber noch wirkten. Das Brüllen Nyets vermischte sich mit einem alles durchdringenden Heulen und Stöhnen, das wenig Irdisches an sich hatte. Tuge sah, dass Kolyn mit den Tränen kämpfte.

»Sie kann nicht herein«, versuchte er ihn zu beruhigen. Der Junge nickte tapfer. Ein reißendes Geräusch erklang vom Eingang. Dort machte sich jemand an den Häuten zu schaffen. War das nur der Wind? Sechs Augen schauten gebannt auf die doppelte Lederhaut. Plötzlich stieß die Spitze eines Dolchs hindurch. Noch einmal. Und dann schnitt die Klinge, sorgsam geführt, die Verschlussleinen auf. Wer immer dort draußen mit dem Sturm gekommen war, er kannte die Art, wie die Hakul ihre Zelte bauten. Die Lederhäute wurden zurückgeschlagen. Sand und Staub wirbelten herein, und mittendrin zeichnete sich der Umriss eines Mannes ab. Wela schrie auf. Es war ein Hakul, die Tracht war unverkennbar, aber in dem Flackern, das ihr schwaches Feuer über sein Gesicht huschen ließ, stachen zwei Augen hervor, die nichts Menschliches an sich hatten. Sie waren vollkommen gelb. Der Fremde hielt den Dolch in der Hand und hob den Fuß, um das Zelt zu betreten. Hinter ihm war ein zweiter Umriss zu erahnen. Der Mann mit den gelben Augen zögerte, als er den Bottich bemerkte. Er zischte, und Sand rann aus seinem Mund.

Plötzlich durchschnitt ein helles, kurzes Sausen das Heulen des Sturms, und ein gefiederter Pfeil durchbohrte dem Eindringling die Brust. Er stolperte zurück und sackte noch auf der Schwelle zusammen. Der Schatten hinter ihm stieg über den Gefallenen. Auch er trug die Kleidung eines Hakul, und auch ihm waren diese furchtbaren gelben Augen zu eigen. Er verharrte am Eingang, starrte auf den Trog und wurde von einem zweiten Pfeil zurückgeworfen. Tuge ließ den Bogen sinken. Er spürte, dass ihm der kalte Schweiß ausgebrochen war. Sand wirbelte durch den zerschnittenen Eingang hinein.

»Was war das, Meister Tuge?«, fragte Kolyn zitternd.

Der Bogner antwortete nicht, sondern legte einen weiteren Pfeil auf dic Sehne. Er lauschte auf den Sturm und die grausamen Stimmen, die den Wind begleiteten. Das Zelt ächzte unter der Wut Nyets, die Stangen knackten, und dann hörte Tuge, wie eines der Halteseile riss. Xlifara Slahan rüttelte an seinem Zelt, und er vermeinte zu spüren, wie ihr uralter Hass auf alle Menschen sich einen Weg durch die Nähte und Lederhäute suchte, ja, er war sich sicher, dass sie erst von ihnen ablassen würde, wenn sie alle tot waren.

# Frostland

DER ATEM DER Pferde bildete flüchtige Wolken in der kalten Luft. Awin schlug den Sandschal zurück. Sofort fuhr ihm der eisige Nordwind ins Gesicht. Er zog die grob zugeschnittene Lederhaut, die er über seinem Gewand trug, enger an sich, ohne allzu viel Linderung zu erwarten. Die Kälte war ihm in die Knochen gekrochen, und sie schien nicht die Absicht zu haben, von dort so bald wieder zu weichen.

»Ein seltsamer Winter ist das. Wenn wenigstens Schnee liegen würde«, sagte Merege.

Die Kariwa hatte ein Schaffell nachlässig über die schmalen Schultern gelegt, und es war offensichtlich, dass ihr der kalte Wind nichts ausmachte. Awin hingegen sehnte sich nach einem Zelt und einem wärmenden Feuer. Es war nicht mehr weit bis zu den Hügeln, in denen der Klan Jahr für Jahr sein Winterlager aufschlug. Er zitterte. Viel schlimmer als die Kälte war jedoch die Angst, dass er auch dort das Schreckensbild vorfinden würde, das er nun schon dreimal gesehen hatte. Unruhig sah er zu, wie Eri durch das weiße Gras schritt, den Blick auf den Boden geheftet. Es war schon richtig, die Pferde brauchten eine Pause, auch die Reiter brauchten eine Rast, aber er wollte weiter. Aus dem Augenwinkel sah er hinüber zu Curru. Der ließ sich nicht anmerken, wie sehr ihn die Pfeilwunde aus der Schlacht am Glutrücken immer noch plagte, aber wenn er sich unbeobachtet fühlte, so wie jetzt, stahl sich ein Ausdruck des Schmerzes in sein Gesicht.

»Sand«, sagte Eri düster.

Awin biss sich auf die Lippen. Es durfte nicht sein! Vor einer Woche waren sie auf das erste zerstörte Lager gestoßen. Sie hatten sich lange in wilden Vermutungen ergangen, wer für die Zerstörung verantwortlich sein könnte, nur weil sie sich nicht eingestehen wollten, was sie im Grunde ihrer Herzen wussten. Sie hatten sich eingeredet, es könnte ein Zufall sein – ein anderer Feind musste dieses Lager zerstört haben, und nur zufällig war die von ihnen in die Flucht geschlagene Slahan darübergezogen. So hatten sie sich den allgegenwärtigen Sand erklärt. In feinen Schleiern lag er überall, wo ihn der eisige Nordwind nicht hatte aufnehmen und forttragen können.

Es war ein erschreckender Anblick gewesen, selbst für die Krieger der Hakul: die toten Pferde und Schafe, von Geiern und anderen Aasfressern nur halb abgenagt, weil die tödliche Ernte so reich war, die zahlreichen, hastig in die gefrorene Erde gekratzten Gräber, die zusammengefallenen Zelte und diese bedrückende Stille, die über der Zerstörung lastete. Selbst die Aasfresser waren weitergezogen, und sie erfuhren bald, warum: Zwei Tage später fanden sie das zweite zerstörte Klanlager. Ab da gab es keine Zweifel mehr, dass Slahan für diese Verwüstung verantwortlich war, denn wieder fand sich feiner Sand im weiß gefrorenen Gras. Es war die Gefallene Göttin, die sie in Uos Mund besiegt hatten. Und sie zog eine breite Spur der Verwüstung durch Srorlendh. Die Spur war leicht zu verfolgen, und dennoch gab sie ihnen Rätsel auf. Sie lief nach Nordosten, schwenkte plötzlich nach Westen und verlor sich in der Wüste. Dort verfolgten sie sie nicht weiter, glaubten sie doch, der Zorn der Göttin habe sich wieder gelegt. Aber die Spur kreuzte später wieder ihren Weg, lief abermals nach Nordost, nur um dann erneut nach Westen abzubiegen. Es war Curru, der das Rätsel schließlich löste: »Es ist Fahs' Fluch. Die Göttin kann kein offenes Wasser überqueren, sie kann ja nicht einmal davon trinken. Also ist jeder kleine Bach für sie ein unüberwindbares Hindernis.«

Das war einleuchtend, aber auch beunruhigend, denn sie kehrte immer wieder in das Staubland zurück, wenn sie einen Bachlauf umgangen hatte, und stets kamen der Sturm, die Zerstörung und der Tod mit ihr. Auf Umwegen führte ihr Weg sie so immer weiter nach Norden. Keiner von ihnen sprach es aus, aber jeder fürchtete, dass Slahan in ihrem Rachefeldzug auch das Lager ihres eigenen Klans überfallen könnte. Von diesem Augenblick an war aus ihrem Ritt eine grimmige, aber hoffnungslose Jagd geworden. Die Göttin war ihnen fast zwei Wochen voraus. Und sosehr sie ihre Pferde auch antrieben, sie wussten, sie konnten den Sturm nicht einholen. Sie ließen alle Vorsicht außer Acht und folgten der Göttin mitten durch Horkets Weideland, obwohl sie hier das Schlimmste befürchten mussten. Heredhan Horket hatte ganz sicher nicht vergessen, dass Eri seinen Vetter getötet hatte.

»Es ist nicht gesagt, dass sie unser Lager findet. Es liegt geschützt«, meinte Curru jetzt.

Merege schüttelte den Kopf. »Ich weiß nicht, warum dieser Knabe überhaupt vom Pferd gestiegen ist. Seht ihr nicht, dass sich das Land verfärbt hat, so weit das Auge reicht? Selbst der reine Nordwind, der hier das Gras unablässig mit weißem Atem überzieht, kann den Sand nicht tilgen. Slahan ist hier durchgekommen, mit aller Macht, über die sie noch gebietet, und wenn es stimmt, dass euer Lager hier in der Nähe liegt, bräuchte es weit mehr als einfaches Glück, um dem Hass der Göttin zu entgehen.«

»Achte auf deine Worte, Hexe. Tengwil könnte dich hören«, zischte Curru wütend.

»Es ist doch schon Tage her, dass sie hier durchkam«, nahm Awin das Mädchen in Schutz.

»Ich sehe hier keine Toten, weit und breit nicht«, sagte Eri.

»Ein schlechtes Zeichen«, entgegnete Merege trocken.

Awin wollte dazu nichts sagen. Die Leichen, auf die sie immer wieder stießen, waren das Schlimmste. Zunächst hatte Awin sich eingeredet, es handele sich um Tote, die der Sturm irgendwie aus der Erde gewühlt hatte, aber bald war klar, dass der furchtbare Anblick der toten Körper daher rührte, dass Slahan sie ausgesaugt und nicht viel mehr als eine vertrocknete Hülle übrig gelassen hatte.

»Immer hat sie Durst«, warf Curru jetzt ein. »Ich kann ihn fühlen, ebenso ihren Hass, den diese Hexe und mein ehemaliger Schüler geweckt haben.«

Auch auf diese Bemerkung ging Awin nicht ein. Er war in Gedanken bei seiner Schwester Gunwa und bei all den anderen Menschen, die sie zurückgelassen hatten, als sie ausgezogen waren, den Dieb des Lichtsteins und Mörder Elwahs zu jagen. Fünfunddreißig Mal hatte er seitdem die Sonne aufgehen sehen, doch in der Welt außerhalb von Uos Mund war ein halbes Jahr vergangen. Der Winter hatte das Land fest im Griff, der Winter und Slahan, die Gefallene Göttin. »Ich glaube, die Pferde können weiter«, sagte er knapp.

»Dann lasst uns eilen. Noch vor Anbruch der Nacht können wir dort sein«, meinte Eri und sprang in den Sattel. Dann gab er seinem Tier die Fersen und jagte davon. Sie folgten ihm, und Awin trieb seinen Braunen zur Eile. Das Tier hatte ihm gute Dienste geleistet. Von Uos Mund bis zum Rotsee hatten sie laufen müssen, ein gefährlicher Weg. Eigentlich hätten sie diesen Marsch kaum überleben dürfen, denn der Glutrücken kannte keinen Winter – doch Slahan war fort, und es schien, als habe der kalte Nordwind die Gelegenheit genutzt und die verlassene Wüste erobert. Das hatte ihnen letztlich das Leben gerettet. Die Pferde waren ihnen dann am Rotwasser zugelaufen, das heißt, eigentlich war es Merege gewesen, die abends hinter den Felsen verschwunden und am Morgen mit dem Braunen und drei weiteren Pferden wiedergekehrt war. Curru war deswegen immer noch beleidigt. Er war ein Hakul, im Sattel geboren, wie er zu sagen pflegte – und da kam diese Kariwa vom Rand der Welt und verstand sich besser auf Pferde als sie alle zusammen. Natürlich beschuldigte er sie wieder der Hexerei, aber seine Abneigung gegen Merege war doch nicht groß genug, um das mitgebrachte Tier, einen stark gebauten Schimmel, abzulehnen.

Das Land wurde schon hügeliger, und in nicht allzu großer Ferne ragten die Schwarzen Berge aus der Ebene auf. Awin sah Curru die wachsende Unruhe an. Sie würden bald das Lager erreichen. Egwa war dort, Currus Frau und Awins Ziehmutter. Und Gunwa würde vermutlich bei ihr sein. Sie würde am Feuer sitzen und sehr staunen, denn sie musste glauben, dass ihr Bruder tot war wie all die anderen aus Aryaks Sger, die in der Schlacht am Glutrücken gefallen waren.

Die Dämmerung tauchte die weiße Ebene bereits in ungewisses Zwielicht, als Eri, der ihnen stets ein gutes Stück vorausritt, sein Pferd mit einem scharfen Reißen am Zügel anhielt. Das Wintertal, so nannten sie jene Senke zwischen sanften Hängen, in der sie seit Menschengedenken ihr Lager in den kalten Monden aufzuschlagen pflegten. Es war nur ein Tal unter vielen hier, unweit der Schwarzen Berge, und nicht leicht zu finden. Ein Fremder würde auf das Lager nur stoßen, wenn er den Rauch der Feuer sah. Und in gefährlichen Zeiten konnten die Hakul selbst im Winter auf Feuer verzichten. Genau deswegen hielt Awin schon die ganze Zeit Ausschau nach den schlanken Rauchfahnen, die über dem Lager stehen mussten. Es wäre ein Zeichen dafür gewesen, dass das Lager sich in

Sicherheit wiegte. Aber die Luft war rein und klar, und nirgendwo trübte ein grauer Schleier die grausame Schönheit des Abendrots. Awin sank der Mut. Alles in der Haltung des jungen Kriegers oben auf dem Kamm sagte ihm, dass ihre Befürchtungen wahr geworden waren. Es war, als sei Eri im Sattel förmlich erstarrt. Curru stieß einen heiseren Ruf aus und trieb sein Pferd zur Eile. Awin folgte ihm und verlangte einen letzten Galopp von seinem Braunen. Noch vor der Kuppe zügelte er das Tier. Immer langsamer näherte er sich dem Unausweichlichen. Schließlich hielt er neben den anderen und blickte hinab. Es war das Lager des Klans, auch wenn er sich wünschte, dass es nicht so wäre. Slahan war hier gewesen, und sie hatte nicht viel übrig gelassen. Dort lag ein eingestürztes Zelt, daneben tote Ziegen. Raureif bedeckte die verbogenen Zeltstangen und die zerrissenen Lederbahnen, die träge im Wind flatterten. Awin entdeckte drei menschliche Körper, die dicht beieinander auf der weißen Erde lagen. Sein Herz setzte einen Schlag aus. Neben ihm stöhnte Curru auf.

»Es gibt ein Grab«, sagte Merege und deutete auf einen flachen Hügel. Aus irgendeinem Grund schien sie das wichtig zu finden. Awin blickte sie verständnislos an, und sie erklärte es ihm: »Jemand muss diese Gräber ausgehoben haben.«

»Überlebende!«, rief Awin.

Sie trieben die Pferde eilig den Hügel hinunter. Curru stieg ab und sah sich die drei Leichen an. »Es sind keine unserer Männer, jedoch Hakul«, sagte er nachdenklich.

»Sie wurden nicht begraben«, wunderte sich Awin.

»Dort drüben liegt noch einer. Vielleicht Plünderer«, rief Eri, der sein Pferd durch das Lager hetzte.

»Ich glaube nicht, dass hier noch etwas von Wert ist«, sagte Curru düster.

»Seht nur, hier unter den Häuten liegt ein Wagen, doch

man hat ihn zerschlagen«, rief Awin überrascht. Er hatte sich das zusammengefallene Zelt angesehen und erleichtert festgestellt, dass es nicht das seiner Zieheltern war, also auch nicht das, in dessen Überresten er seine Schwester vermuten musste. Aber es gab noch ein Grab. Er versuchte, ruhig zu bleiben, und sandte ein Stoßgebet an die Schicksalsweberin.

»Und sie haben das Holz nicht mitgenommen«, murmelte Curru, der hinzugetreten war.

»Vielleicht galt es, Wichtigeres mitzunehmen«, meinte Merege.

»Wichtiger als Holz?«, fragte Curru mit bitterem Lachen. »Man merkt, dass du vom Leben im Staubland wenig weißt, Kariwa.«

Auch Awin fand das seltsam, noch seltsamer als die Tatsache, dass man ein Zelt zurückgelassen hatte. Holz war sehr kostbar in diesem Teil der Steppe.

»Sei es, wie es sei«, rief Eri ungeduldig. »Wenigstens werden wir in der Nacht ein gutes Feuer haben, aber jetzt brauchen wir Fackeln.« Er war vom Pferd gesprungen, drängte sich nun an Curru vorbei und zog einen schmalen Pflock unter dem Leder hervor.

Awin legte ihm eine Hand auf den Arm. Im Wind war ein neuer Geruch. Seine Nackenhaare richteten sich auf. Das bedeutete Gefahr. »Warte«, flüsterte er.

»Worauf? Dass es noch dunkler wird?«

Ein leises Sirren durchschnitt die Luft. Awin ahnte das Geschoss mehr, als dass er es sah. Er stieß Eri, ohne nachzudenken, zur Seite und spürte, wie etwas seinen ledernen Überwurf traf. Es war ein Hakul-Pfeil. Eine Handbreit weiter rechts hätte er sein Herz durchbohrt, so aber fuhr er unter seiner Achsel hindurch, ohne ihm ein Haar zu krümmen.

»Deckung!«, zischte Curru und kauerte schon hinter dem

Zelt. Ein zweiter Pfeil sirrte durch die Luft. Awin warf sich auf den Boden.

»Gebt es ihnen! Verschont keinen!«, rief eine raue Stimme.

Awin rollte sich zur Seite und kroch eilig in den Schatten des Zeltes. Der Schutz der Dunkelheit war beinahe alles, was sie zu ihrer Verteidigung hatten. Ihre Bogen hatten sie am Glutrücken eingebüßt. Wenn der Feind das bemerkte, waren sie verloren. Zwei Pfeile trafen genau da, wo Awin eben noch gelegen hatte, den gefrorenen Boden, prallten ab und glitten davon.

»Vorsicht, einer will zu den Pferden!«, rief die Stimme.

»Tuge? Tuge der Bogner, bist du das?«, rief Curru hinüber.

»Wer will das wissen?«, fragte die Stimme, die Awin jetzt auch eindeutig als die von Tuge erkannte.

»Ich bin es, Curru, mit Yaman Eri. Um Kalmons willen, hört auf zu schießen.«

»Curru? Der ist lange tot«, lautete die Antwort, mit einem Pfeil übersandt, der sich dicht neben dem alten Seher in das Zelt bohrte.

»Tuge, du störrischer Esel, erkennst du die Stimme eines Freundes nicht, wenn du sie hörst?«, rief Curru hinüber.

»Er ist es wirklich, Onkel«, rief eine helle Stimme.

»Wela?«, fragte Awin. »Wela, Tuwins Tochter? Ich bin es, Awin!«

»Bei den Hütern, es ist ein Wunder, ein großes Wunder. Hört auf zu schießen, hört auf! Sie sind es wahrhaftig«, rief Tuge.

Neben Wela war noch ein Junge mit Tuge gekommen. Er hieß Kolyn, und Awin erinnerte sich, dass er vor ihrem Aufbruch noch ein Kind gewesen war, ein Ziegenhirte, von dem niemand verlangt hätte, in den Krieg zu ziehen. Jetzt baumelte ein Sichelschwert an seinem Waffengurt, und er führte einen

Bogen, für den er eigentlich noch zu klein war. Awins erste Frage galt seiner Schwester, und auch Eri und Curru bestürmten den Bogner mit Fragen nach ihren Familien, doch Tuge wehrte bekümmert ab und sagte: »Ich habe schlechte Nachrichten für euch, und ich weiß nicht, ob ich die richtigen Worte finde, um zu beschreiben, was geschehen ist, doch denke ich, dass es besser ist, der Reihe nach zu berichten, denn sonst werdet ihr vielleicht nicht verstehen, was ich euch über die Euren zu sagen habe.«

Nach dieser umständlichen Einleitung schilderte Tuge, wie der Sturm über die Hügel herangekommen war, und in seinem Schutz Slahan, die Menschendiebin. »Sie kam nicht allein. Nyet ging ihr voraus und rüttelte an unseren Zelten, Seweti war dort und verspottete uns mit ihrem Flüstern, und als es vorüber war, blieb Dauwe zurück mit seinem lastenden Schweigen und labte sich an unserem Elend. Aber am seltsamsten war, dass auch Menschen bei ihr waren. Seht ihr jene drei dort? Solche hat sie viele, Sklaven, und ihre Augen sind aus Sand. Ich bin nicht sicher, ob es noch Menschen sind, doch kann man sie töten, so wie ich diese drei tötete. Deine Mutter Gregil hat ebenfalls einen erschlagen, Eri, einen Krieger, der über ihre Schwelle wollte, und so blieb auch ihr Zelt verschont, und alle, die darinnen waren. Doch viele hatten weniger Glück. Viele hat Slahan getötet, und die liegen dort, unter jenem Grabhügel, und ich muss dir leider sagen, Curru, mein Freund, dass deine Frau Egwa unter ihnen ist.«

Curru verfärbte sich, aber er sagte keinen Ton. Awin schluckte und unterdrückte die Tränen, die ihm in die Augen steigen wollten. Die strenge und immer etwas raue Egwa hatte ihn und seine Schwester an Kindes statt angenommen und großgezogen. »Auch Meryak liegt dort, der bei den Herden von Slahan überrascht wurde, nicht aber Malde, der bei ihm war. Und auch von meinem Sohn Karak fehlt jede Spur. Ich fürchte, ihnen ist Schlimmeres widerfahren als der Tod. Außer uns dreien sind nur Gregil, die alte Telia, eine Handvoll Kinder und der junge Mabak, der gar nicht im Lager war, dem Verhängnis entkommen. Wirklich, Tengwil hat ein furchtbares Schicksal für uns gewoben.« Und dann zählte er die Namen derer auf, die bei dem Angriff gestorben waren. Es waren viele.

»Und Gunwa, meine Schwester?«, rief Awin, der die Ungewissheit nicht länger ertrug.

»Auch sie ist verschwunden, wie viele andere unseres Klans. Slahan hat sie mitgenommen, zu welchen düsteren Zwecken auch immer.«

Ein Abgrund öffnete sich vor Awin. Seine Schwester war von Xlifara Slahan verschleppt worden?

»Sie wird sie zu Sklaven machen, wie die, die ihr getötet habt«, warf Merege kühl ein, »oder sie wird auch mit ihrem Blut ihren Durst stillen.«

Eine tiefe Stille folgte dieser Bemerkung. Schließlich sagte Curru böse: »Was weißt du schon, Hexe?«

»Ich glaube, alter Freund, dieses Mädchen hat recht«, sagte Tuge nach einer längeren Pause.

»Wenn sie gefangen sind, dann können wir sie auch befreien«, sagte Awin mit einer Entschlossenheit, die ihn selbst überraschte.

»Befreien? Aus den Klauen einer Göttin? Aber wir sind nur schwache Menschen«, wandte der Bogner ein.

»Wir haben den Heolin. Wir können sie besiegen«, entgegnete Awin grimmig. »Schon einmal haben wir das geschafft.«

»Ihr habt ihn wieder?«, rief Tuge mit großen Augen.

»Wir wären nicht ohne ihn zurückgekehrt, Bogner«, antwortete Eri stolz.

Curru richtete sich auf. Er war immer noch leichenblass. »Ja, wir haben den Lichtstein, den Stein, für den so viele von uns ihr Leben gelassen haben. Und der Junge hat recht, wir haben Slahan einmal besiegt, wir können es wieder.« Und dann begann Curru zu berichten.

Kolyn hatte unterdessen Feuerholz zusammengetragen, das er nun entzündete. Awin überließ seinem ehemaligen Meister gern das Reden. Er war in Gedanken bei seiner Schwester und bei Egwa. Sie hatte aus nichts eine nahrhafte Suppe gezaubert, auch wenn sich über deren Geschmack manchmal streiten ließ. Und selbst in den schlimmsten Wintern wäre sie lieber selbst verhungert, als ihre Ziehkinder darben zu lassen. Awin streckte die Hände aus. Die Kälte wich allmählich aus seinen Knochen, aber dafür griff eine andere Kälte nach seinem Gemüt. Seine Schwester war verschleppt worden, seine Ziehmutter tot. Vor seinem geistigen Auge sah er plötzlich eine Reihe von Menschen, die ihm nahegestanden hatten und die nun tot waren: Egwa, Yaman Aryak, Mewe der Jäger, der dicke Bale, Tuwin der Schmied, und dahinter warteten noch weitere Gesichter. Er versuchte die düsteren Gedanken zu verscheuchen. Gunwa lebte noch. An diese Vorstellung klammerte er sich. Der alte Seher berichtete unterdessen von ihren Erlebnissen. Am Anfang redete er stockend, tastete nach den richtigen Worten, aber langsam, Satz für Satz, wurde seine Stimme fester. Das Erzählen schien ihm zu helfen. Mabak, der sich bei Serkesch von ihnen getrennt hatte, hatte dem Klan schon vor einem halben Jahr viel von ihren Erlebnissen berichtet. Curru knüpfte dort an, er schilderte die Schlacht am Glutrücken, und wie sie in Uos Mund hinabgestiegen waren. Er hielt sich sogar weitgehend an die Tatsachen, auch wenn es seltsamerweise so schien, als hätten vor allem Eri und er selbst die Hauptarbeit verrichtet, und Awin und Merege seien eher zufällig dabei gewesen. Awin war es gleich. Es gab Überlebende, das war die

Hauptsache. Seine Schwester war verschleppt, nicht tot. Also gab es noch Hoffnung für sie und für die anderen.

Wela hatte sich die ganze Zeit um das Feuer gekümmert und geschwiegen. Jetzt sagte sie: »Ich verstehe eines nicht, Curru. Du nennst Awin immer deinen Schüler, doch Mabak hat uns berichtet, welche Wunder er vor Serkesch vollbracht hat. Hat er nicht Dinge gesehen, die dir verborgen blieben?«

Curru starrte sie finster an. »Mabak ist noch jung, er hat das eine oder andere vielleicht nicht richtig verstanden.«

»Auch der Yaman, und ich meine nicht diesen Knaben, sondern seinen Vater Aryak, hat anerkannt, dass Awin nun ein Seher ist«, erklärte Merege ruhig. »Hat er ihm nicht den Speer seines Sohnes Ech gegeben als Zeichen, dass er nun zu den Yamanoi gehört?«

Curru warf ihr einen feindseligen Blick zu, stand auf und verschwand in der Dunkelheit. Tuge gestattete sich ein schwaches Lächeln. »Dann haben wir also nun zwei Seher in unserem Klan – beinahe genauso viele, wie wir Krieger haben.«

»Und ihr habt wieder einen Yaman«, warf Eri ein.

Tuge warf Holz ins Feuer. »Es stimmt, du hast Anspruch auf die Nachfolge deines Vaters, doch können wir wenigen noch Klan genannt werden? Du hast es der Klugheit deiner Mutter zu verdanken, dass es unsere Sippe überhaupt noch gibt, Eri. Heredhan Horket war hier. Er hat uns berichtet – von der Schlacht am Glutrücken und auch von seinem Vetter, den du erschlagen hast.«

Eri biss sich auf die Lippen und verstummte. Awin fragte sich, ob er Reue empfand. Seine unbedachte Tat hatte letztlich zum Tod vieler guter Männer geführt.

Tuge fuhr fort: »Der Heredhan hat uns angeboten, uns in seinen mächtigen Klan aufzunehmen. Aber deine Mutter lehnte dankend ab und sagte, dass wir bereits mit Auryds Klan über einen Zusammenschluss verhandeln. Horket nahm es zähneknirschend hin, und dann raubte er uns drei Viertel unserer Tiere als Sühne für seinen Vetter.«

»Vereinigen mit dem Fuchs-Klan?«, fragte Eri mit einem Stirnrunzeln. »Das ist ein seltsamer Gedanke. Und nicht meine Mutter hat darüber zu befinden, und auch nicht du, Tuge, sondern ich, Eri, Aryaks Sohn und rechtmäßiger Yaman des Klans der Schwarzen Berge.«

Der Bogner sah ihn nachdenklich an. »Ich weiß nicht einmal, ob wir noch genug Männer im Klan haben, um dich auf den Schild zu heben, Eri, Aryaks Sohn.«

»Das wird sich schon finden. Doch sag uns endlich, wo meine Mutter ist und wo die anderen sind«, forderte Eri ungehalten.

»Sie sind am Sichelsee, bis auf den jungen Mabak, der schon beim letzten Neumond aufgebrochen ist, sich eine Braut in Auryds Klan zu suchen«, berichtete Tuge. »Als wir das Lager verließen, konnten wir jedoch nicht alles Wertvolle mitnehmen, denn wir hatten weder genug Wagen, noch genug Pferde, sie zu ziehen, oder auch nur Hände, um sie zu lenken. Einen der Wagen mussten wir ohnehin zurücklassen, denn der Sturm hat ihn den Hang hinuntergetrieben, und eines der Räder war zerbrochen. Wir haben ihn zerschlagen und unter diesen Zelthäuten verborgen. Nun sind wir zurückgekommen, um zu holen, was noch von Wert ist. Da sahen wir auf der Hügelkuppe vier Reiter vor dem Abendrot – und den Rest kennt ihr. Ihr hättet uns sicher auch entdeckt, doch ich glaube, eure Augen galten ganz und gar dem Lager.«

Awin nickte düster. »Es hätte gut zu dieser verfluchten Geschichte gepasst, dass wir von den eigenen Leuten erschlagen werden.«

»Stell dich nicht so an, du lebst ja noch«, erwiderte Wela. Vielleicht sollte es spöttisch klingen, doch Awin konnte nicht darüber lachen. Zu viel Schreckliches war geschehen. Dann fiel ihm ein, dass Welas Vater am Glutrücken gefallen war und dass auch sie Entsetzliches durchgemacht haben musste. Er wusste nicht recht, was er sagen sollte, und fragte daher: »Du bist jetzt die Schmiedin unseres Klans?«

»So ist es. Doch ich sage dir, ich hätte gerne noch viele Jahre darauf gewartet. Und du bist jetzt Seher?«

Eri schnaubte verächtlich, doch Awin hatte genug davon, dass der Yamanssohn, ebenso wie Curru, bei jeder Gelegenheit versuchte, ihn herabzusetzen. Die Lage war viel zu ernst, um sich weiter mit solchen Kindereien aufzuhalten. »Ja, ich bin ein Seher«, sagte er schlicht. »Ich war auf der Großen Reise des Geistes, und ich habe Dinge gesehen, die wenige vor mir sahen. Und wenn das manchen in diesem Klan nicht gefällt, nun, es gibt andere Sippen.«

In der Ferne heulte ein Wolf.

»Die Wölfe wittern den Zwist«, meinte Merege, »und sie warten darauf, dass einer die schützende Herde verlässt.«

»Diese junge Frau hat recht«, sagte Tuge. »Wir sind zu wenige, um uns zu streiten.«

»Was ist mit dem Wagen, Meister Tuge?«, fragte Kolyn schüchtern.

Der Bogner sah ihn an. »Wo habe ich nur meine Gedanken? Wela, willst du nicht mit Awin gehen und den Wagen herbringen? Die Pferde sind schutzlos in der Dunkelheit.«

Der schwere Wagen stand nicht weit entfernt vom Lager. Sie hätten ihn sicher bemerkt, wenn der schreckliche Anblick sie nicht so gefangen genommen hätte.

»Du hast viel gesehen, sagst du?«, fragte Wela.

Awin, der die Fackel trug, nickte stumm. Die Pferde waren an einen großen Felsbrocken gebunden.

»Auch die Stadt Serkesch?«

»Ja, das heißt, ich war nicht in der Stadt selbst«, antwortete Awin.

Die Pferde wirkten unruhig. Wela löste das Seil und schnalzte mit der Zunge. Der Wagen setzte sich rumpelnd in Bewegung. »Aber du hast versprochen, mir davon zu erzählen.«

»Ja, natürlich«, murmelte Awin, dem so viele andere Gedanken durch den Kopf gingen.

»Ist sie so schön, wie man sagt?«, fragte Wela.

Awin zuckte mit den Achseln. »Eine Stadt eben, Häuser, hohe Mauern, eng.«

»Und die Bewohner? Du hast doch sicher einige Akkesch gesehen? Was sind das für Menschen, wie sehen sie aus, welche Kleidung tragen sie?«

»Eigentlich habe ich nur Krieger gesehen. Und die trugen Rüstung, Speer und Schild.«

»Und die Frauen?«

»Unter den Kriegern gab es keine«, antwortete Awin zerstreut. Er ging neben ihr zurück zum Lager. Die schweren Wagenräder knarrten.

»Awin, du hast mir einen Bericht versprochen.«

»Wie? Ja, du hast recht. Verzeih, aber können wir das verschieben? Vielleicht magst du auch lieber Curru fragen. Er war *in* Serkesch. Ich glaube, er hat auch eine Frau erwähnt.«

»Awin Sehersohn, du bist ein Dummkopf«, lautete die Antwort.

Awin blieb verblüfft stehen. Womit hatte er denn das verdient?

Sie schliefen in dieser Nacht nicht, sondern saßen am Feuer und tauschten Geschichten aus, nachdem sie an den Gräbern ihre Opfer gebracht hatten. Es gab viel zu berichten, nur wenig davon war erfreulich, aber sie hatten den Heolin, und Awin zeigte ihn am Feuer. Die Bernsteinfarbe wirkte stumpf, und kein Licht war in ihm. Awin erzählte, wie Merege seine Macht beschworen und die Göttin geschlagen hatte, eine Geschichte, die in einigen wichtigen Punkten von dem abwich, was Curru zuvor erzählt hatte. Wenigstens Wela und Tuge entging das sicher nicht, aber sie schwiegen dazu, während der junge Kolyn mit offenem Mund lauschte. Als der nächste kurze Wintertag anbrach, luden sie die ledernen Häute des Zelts und auch das Holz auf den Wagen. Nachdem alles aufgeladen schien, schlug Tuge noch eine alte, zerschlissene Decke zur Seite, die zusätzlich unter einer dünnen Schicht Erde verborgen gewesen war. In einer kleinen Grube darunter fanden sich Bogen, Schwerter und einige große bronzene Gefäße.

Curru konnte sich ein Grinsen nicht verkneifen. »Ich dachte mir schon, dass ihr euch nicht nur wegen des Holzes auf den weiten Weg gemacht habt.«

»Es schien mir zu gefährlich, alles Wertvolle auf einmal mitzunehmen. Es gibt nicht nur Wölfe in der Steppe, Curru. Es ist Winter, Kriegszeit, und bei den Schwarzen Bergen sind Fremde gesehen worden.«

»Dann sollten wir die Bogen tragen und nicht verstecken«, meinte Eri, und sie folgten diesem Vorschlag.

Sie verließen die Spur der Verwüstung, die Xlifara Slahan durch die Steppe gezogen hatte. Awin war darüber froh und gleichzeitig beunruhigt. Immer wieder hatte Slahan auf ihrem Weg die blutleeren Leichen ihrer Opfer zurückgelassen. Er war erleichtert, das nicht mehr sehen zu müssen, aber er fürchtete auch die Ungewissheit, war es doch möglich, dass nun auch Männer, Frauen oder Kinder seines Klans unter diesen Opfern waren. Slahan war weitergezogen in Richtung der Schwarzen Berge, die in der Ferne in den Himmel ragten, ihr eigener Weg führte sie aber zunächst nach Osten. Mit dem Wagen würden sie fast drei Tage zum Sichelsee brauchen.

»Die Spur der Göttin ist kaum zu verfehlen, Seher«, meinte Tuge, als Awin mit ihm darüber sprach, dass er Slahan verfolgen wollte. »Du wirst sie leicht wieder aufnehmen können. Doch solltest du auf den Gedanken kommen, sie allein zu verfolgen, muss ich dir abraten, auch wenn du den Lichtstein hast. Srorlendh ist voller Gefahren, und wer einen Sturm jagt, kann auch durch einen Wolf, einen Räuber oder auch nur einen dummen Sturz vom Pferd ums Leben kommen.«

»Du hast recht, Tuge. Doch wen soll ich mitnehmen, wenn ich Gregil und die anderen Frauen und Kinder nicht schutzlos zurücklassen will? Etwa den jungen Kolyn?«

»Ein tapferer Junge, doch hatte ich eher die Männer anderer Klans im Sinn. Wir sind, wie schon gesagt, nicht die Einzigen, die am Sichelsee Zuflucht suchen. Aber natürlich weiß ich nicht, ob sie gewillt sind, dir oder uns zu folgen. Es sind Hakul, und sie gehorchen kaum ihren eigenen Anführern.«

Awin dachte nach, dann nickte er. »Ich werde sie überzeugen, so wie es einst Etys gemacht hat, mit dem Lichtstein in der Hand. Dem Heolin werden sie sich nicht widersetzen.«

Merege hatte diese Bemerkung gehört. Sie sprach Awin etwas später, als sie beide dem Wagen ein Stück vorausritten, darauf an.

»Du willst der Göttin nachjagen?«

Awin war stillschweigend davon ausgegangen, dass Merege ihn begleiten würde. Erst jetzt wurde ihm klar, dass er sie vielleicht hätte fragen sollen. »Sie hat meine Schwester, viele aus meinem Klan und noch mehr Menschen aus meinem Stamm entführt. Du verstehst sicher, dass ich ihr folgen muss.«

»Und du willst den Heolin mitnehmen«, stellte die Kariwa kühl fest.

»Ich sehe keine andere Möglichkeit, Merege«, antwortete er.

»Du weißt, dass dieser Stein nicht euch gehört.«

»Er gehört uns seit Jahrhunderten!«, widersprach Awin heftig. »Du siehst doch, was geschieht, wenn wir seinen Schutz nicht haben.«

»Ich sehe, was geschieht, wenn ihr ihn habt«, lautete die trockene Antwort. »Sein Zauber beschützt euch nicht mehr, oder?«

»Das ist noch nicht erwiesen«, entgegnete Awin scharf.

Mereges Augen blieben ruhig. »Er gehört meinem Volk. Ihr habt ihn bloß gestohlen.«

Awin zuckte zusammen. »Das ist nur eine eurer Geschichten«, entgegnete er wütend.

Die Kariwa ließ sich von seinem Zorn nicht beeindrucken. »Ich habe dir gesagt, Awin, dass ich ihn dir überlassen werde, vorerst, bis du mit Senis darüber gesprochen hast, was geschehen soll. Doch du sprichst nicht mit Senis.«

Awin schwieg. Damit berührte sie einen wunden Punkt. Seit dem Kampf in Uos Mund hatte er keine Gesichte mehr gehabt. Er hatte am Rotwasser und auch danach wiederholt versucht, auf die Reise zu gehen, doch war ihm das, sehr zu Currus Befriedigung, nicht gelungen.

»Ich hoffe sehr, junger Seher, dass du nicht versuchst, mich hinzuhalten.«

Awin starrte die Kariwa mit offenem Mund an. »Was denkst du nur von mir? Ich stehe in deiner Schuld, und ich verspreche dir, dass ich dir diesen Stein geben werde, sobald wir ihn nicht mehr brauchen.«

Merege sah ihn mit ihren blassblauen Augen nachdenklich an. »Ich vertraue dir, doch nicht deinen Stammesbrüdern, Awin.« Und bei diesen Worten gab sie ihrem Pferd die Fersen und galoppierte ein Stück voraus.

Awin sah ihr sprachlos hinterher. Sie besaß die Gabe, ihn zu treffen, und zwar immer so, dass es schmerzte, vor allem wenn sie, wie jetzt, recht hatte. Er selbst würde sein Versprechen unter allen Umständen halten, das wusste er, aber jeder andere Hakul würde den Heolin einer Fremden nur über seine Leiche überlassen, oder lieber noch über ihre.

Wela schloss zu Awin auf. »Diese bleiche Ziege ist also die Zauberin, von der Mabak berichtet hat«, begann sie.

Awin starrte sie mit offenem Mund an.

»Ich habe gehört, sie kann Bogen und Schwerter mit bloßen Händen zerbrechen.«

Awin schüttelte den Kopf und beschloss, nicht auf die Bemerkung mit der Ziege einzugehen. »Dein Vater sagte, es ist ihr Schwert, Wela. Die Schmiede der Kariwa scheinen es bei großer Hitze zu schmieden, in einem Feuer, das aus der Erde aufsteigt. Es ist härter als jede unserer Klingen, dabei leicht und schmal, nicht so plump wie die Eisenschwerter der Akkesch. Tuwin war sehr beeindruckt. Vielleicht zeigt sie es dir, wenn du sie darum bittest.«

»Also ist sie keine Hexe, wie Curru erzählt?«

»Seit wann glaubst du, was Curru sagt?«, entgegnete Awin verdrossen.

»Seit ich sehe, mit welchen Augen du der Schlange hinterherstarrst.«

»Eben war sie noch eine Ziege«, versuchte Awin, das Gespräch mit mildem Spott in eine etwas harmlosere Richtung zu lenken.

»Eben! Sie kann viele Gestalten annehmen, scheint mir. Du darfst ihr nicht trauen!«

Jetzt war es an Awin, sich wirklich zu ärgern. »Sie hat mir das Leben gerettet, und Eri und Curru übrigens auch, auch wenn die beiden das nicht wahrhaben wollen.«

Wela schwieg einen Augenblick. »Curru sagt, sie habe Slahan nur vertrieben, nicht vernichtet.«

»Das ist wahr«, gab Awin zu.

»Curru sagt auch, dass es ihre – und übrigens auch deine – Schuld ist, wenn die Gefallene Göttin nun hier ihre blutige Rache übt.«

»*Unsere Schuld?*«, fragte Awin fassungslos. Curru hatte schon in den vergangenen Tagen immer wieder Geschick darin bewiesen, die Geschichte so hinzubiegen, wie sie ihm gerade passte. Awin hatte bislang nicht viel darauf gegeben. Doch wenn er jetzt begann, seine verdrehte Darstellung der Ereignisse auch anderen zu erzählen, konnte er das nicht mehr auf sich beruhen lassen.

Wela nickte. »Curru sagt auch, dass er mit Freuden gestorben wäre, wenn er gewusst hätte, was euer Sieg für Folgen haben würde.«

Awin griff Wela in die Zügel und hielt ihre beiden Pferde an. Dann sagte er mit gezwungener Ruhe: »Nicht wir haben Slahan geweckt, es war der verfluchte Fremde, der den Heolin geraubt und zu ihr getragen hat, und glaube mir, Wela, Tuwins Tochter, ich würde immer noch gern mein Leben geben, um dieses Verhängnis aufzuhalten, und ich hoffe sehr, dass dann die Kariwa in meiner Nähe ist, um mir zu helfen, denn da ist sie nützlicher als ein Dutzend Hakul.«

Er hatte den letzten Halbsatz noch nicht gesagt, da bereute er ihn schon, denn er konnte sehen, dass es Wela hart traf, dass er die Kariwa offensichtlich seinen Stammesgefährten vorzog.

»Dann ist es ja gut«, antwortete sie bitter, riss ihm die Zügel aus der Hand und ritt zurück zum Wagen. Awin hätte sich gern auf die Zunge gebissen. Irgendwie schienen alle Worte seinen Mund anders zu verlassen, als er sie sich gedacht hatte. Für den

Rest des Tages sprach er mit niemandem mehr als das Notwendigste.

Die Kälte wollte auch am nächsten Tag nicht weichen. Die Hakul kannten den Winter als ausdauernden Gast, der mehrere Monde lang über die Weiden verfügte. Meist kam er mit strengem Nachtfrost, war jedoch an den Tagen milder gestimmt, er brachte Schnee und wärmte das Staubland mit dieser schützenden Decke. Tagsüber verließ der Gott des Frostes das Land sogar oft und kam erst in der Nacht zurück. Doch dieser Winter war anders. Der fremde Nordwind hatte Srorlendh auch bei Tage fest im Griff. Das Gras war weiß von seinem kalten Atem, und selbst Merege schien gelegentlich zu frösteln. Sie kamen mit dem schweren Wagen nur langsam voran, und so fand sich Zeit für das eine oder andere Gespräch. Awin war an Tuges Bericht vom Überfall Slahans etwas aufgefallen, was er nun genauer wissen wollte. »Sag, Tuge«, begann er, »als Slahan in das Wintertal kam, da meintest du, ihre Windskrole hätten sie angekündigt.«

Der Bogner nickte.

»Und wenn ich mich nicht irre, waren Nyet, Skefer, Dauwe und auch Seweti die Tänzerin dort, aber ich kann mich nicht erinnern, dass du Isparra erwähnt hättest.«

»Isparra die Zerstörerin«, murmelte der Bogner nachdenklich. Dann erwiderte er: »Jetzt, wo du es sagst, fällt es mir auch auf. Sie war nicht dort, vielleicht habe ich sie auch nur nicht bemerkt. Es sind Winde, schwer zu fassen, und als sie das Lager angriffen, hatte ich wahrlich andere Sorgen. Warum fragst du nach ihr, Awin?«

»Sie hat uns geholfen in Uos Mund. Und ich glaube, Slahan weiß es und hat sie dafür bestraft, vielleicht sogar getötet.«

»Kann man einen Wind töten?«, fragte Tuge nachdenklich.

Aber das wusste Awin auch nicht.

Gegen Abend wurden sie von einem großen Wolfsrudel entdeckt, das ihnen in einigem Abstand folgte und nachts das Lager umschlich. Es blieb ihnen auch am nächsten Tag auf den Fersen, hielt sich jedoch außer Bogenreichweite. Sie ritten nun dichter beisammen und hielten die Bögen in den klammen Fingern bereit.

»Sie sind noch nicht hungrig genug, um uns anzugreifen«, meinte Tuge am Abend, als sie das Feuer entfachten, »nicht, solange wir zusammenbleiben.«

»Es sind doch nur Wölfe«, bemerkte Merege mit einem Achselzucken, »und sie sind viel kleiner als die, die es in meiner Heimat gibt.«

»Dennoch haben sie scharfe Zähne«, brummte Tuge, beinahe beleidigt.

Aber auch in der folgenden Nacht hielten die Wölfe Abstand. Am Nachmittag des nächsten Tages erhoben sich schließlich zwei einsame Felsnadeln aus der weißen Ebene, ein Zeichen, dass sie sich dem Sichelsee näherten. Awin entdeckte vermummte Gestalten, die auf den Felsen dem eisigen Wind trotzten und das weite Land beobachteten. Vermutlich hielten sie Ausschau nach dem Sturm – oder auch nach anderen Feinden. Die Wölfe waren plötzlich verschwunden, und sie schickten Kolyn voraus, ihre Ankunft anzukündigen. Dann sahen sie den Rauch der Lagerfeuer. Awin war erst einmal, vor vielen Jahren, an diesem See gewesen. Er galt als heiliger Ort. Die Alten erzählten, er sei entstanden, weil Hirth, die Hüterin der Herden und Weiden, einst ihre große Sichel dort abgelegt habe. Und als sie sie wieder aufhob, um das hohe Gras zu mähen, sei ein tiefer Abdruck zurückgeblieben, der sich mit Wasser gefüllt habe. Die geschwungene Form des Sees, in den sich eine Halbinsel weit hineinschob, erinnerte Awin wirklich an eine stark gekrümmte Sichel. Es war ein stiller Ort, und im unergründlichen Wasser des Sees spiegelte sich der Himmel auf eine Weise, die die Abbildung beinahe erhabener erscheinen ließ als das Vorbild. Von dieser Erhabenheit hatte die Not wenig übrig gelassen. Rauch stieg zwischen zahlreichen Hakul-Zelten auf, die sich auf der Halbinsel drängten.

»Sagtest du nicht, es seien nur *einige* Hakul hier?«, fragte Awin Wela verwundert.

»So war es auch, als wir aufbrachen. Doch jetzt sind es drei- oder viermal so viele, wie mir scheint. Ich hoffe, wir finden noch Platz für ein weiteres Zelt. Sonst müssen wir sehen, wie wir euch drei noch unterbringen.«

»Vier«, verbesserte Awin, aber Wela schwieg dazu.

Am Hals der Halbinsel waren Wagen zu einem notdürftigen Schutzwall zusammengeschoben worden, und davor machten sich einige Männer am gefrorenen Boden zu schaffen. Awin erkannte, dass sie mit behelfsmäßigem Werkzeug einen Graben aushoben. Ein schwarzbärtiger Mann schien die Arbeit zu beaufsichtigen. Er trat ihnen entgegen und warf einen Blick in ihren Wagen. »Sehr gut«, sagte er zufrieden, »ihr bringt Feuerholz. Das können wir gebrauchen.«

»Es ist unser Feuerholz, Yaman Uredh, und wir werden sehen, ob wir etwas davon entbehren können«, entgegnete Tuge.

»Ich hoffe, du erstickst an deinem Geiz, Hakul«, zischte der Yaman wütend.

»Lieber ersticke ich am Geiz, als dir zuliebe zu erfrieren, Hakul«, antwortete Tuge ruhig.

»Ich sehe, ihr seid ein Volk, das in der Not zusammenhält«, spottete Merege, als sie dem Wagen auf die Halbinsel folgten.

»Wir werden niemanden von unserem Stamm erfrieren lassen«, stellte Awin klar, »aber es gefällt uns nicht, wenn ein anderer unser Hab und Gut einfach als das Seine ansieht.«

»Und was ist mit mir? Ich gehöre nicht zu deinem Stamm.

Und wenn ich in diese Gesichter hier sehe, fühle ich mich nicht sehr willkommen.«

Auch Awin konnte aus den Mienen der Hakul tief verwurzeltes Misstrauen lesen, als sie die Kariwa bemerkten. Hakul mochten Fremde nicht besonders. »Du gehörst zu unserem Sger, damit stehst du auch unter unserem Schutz. Oder hat dich jemand aufgehalten, als du dieses Lager betreten wolltest?«

»Und doch scheint sich niemand zu freuen, dass *unser* Sger hier angekommen ist«, meinte Merege trocken.

Awin blickte sich um. Die Kariwa hatte gut beobachtet. Die wenigen Hakul, die vor den Zelten waren, musterten die Neuankömmlinge neugierig, aber auch ablehnend. Der Sichelsee war eine Zufluchtsstätte, die allen offen stand, aber viele Hakul schienen sich die Frage zu stellen, ob sie noch mehr Flüchtlinge willkommen heißen sollten. Schon jetzt standen die Rundzelte dicht beisammen, und Schafe und Ziegen drängten sich dazwischen. Es brannten Opferfeuer, und Awin sah auch einige Schalen, in denen Wasser gefroren war. Natürlich, sie hatten Wasseropfer gebracht, um Slahan zu besänftigen. Er glaubte nicht, dass das noch helfen würde. Der sonst übliche Auflauf, mit dem die Rückkehr eines Sgers oder die Ankunft eines Fremden begrüßt wurde, blieb aus. Männer, Frauen, Kinder standen im Morast, der sich unter dem Tritt der vielen Stiefel und Hufe gebildet hatte, und starrten die Neuankömmlinge mit verschränkten Armen an. Dann sah Awin das Yamanszelt. Gregil stand davor, einige Kinder waren bei ihr. Awin hielt sein Pferd an. Eri ritt langsam an ihm vorüber. Seine Mutter musterte ihren tot geglaubten Sohn stumm, mit schneeweißem Gesicht. Er hielt sein Pferd neben ihr an und nickte ihr zu. Sie erwiderte den Gruß knapp, eine Yamani, zu stolz, ihre Gefühle zu zeigen. Eri sprang ab, ging an ihr vorüber und verschwand im Zelt. Sie folgte ihm wortlos. Kolyn wollte hinterher, doch

Tuge hielt ihn am Kragen fest. »Glaube mir, mein Junge, es ist besser, wir lassen die beiden erst einmal eine Weile allein. Wir haben doch noch ein zweites Zelt aufgeschlagen, in dem wir uns aufwärmen können.«

Zwei Zelte? Ein Dutzend waren es noch im Sommer gewesen, die vielen Nebenzelte nicht mitgerechnet – und nun fanden alle Hakul vom Klan der Schwarzen Berge Platz in zwei Zelten? Awin wurde wieder schmerzhaft bewusst, wie viel sie verloren hatten.

»Bist du das, junger Seher?«, fragte Telia, als Awin das wärmende Zelt betrat. Telia war die Mutter des dicken Bale, die bei weitem älteste Frau des Klans, mit einem Gesicht, das nur aus Runzeln zu bestehen schien. Awin beantwortete ihre Frage mit einem Nicken.

»Mein Urenkel Mabak hat mir viel von dir erzählt. Und ich habe von dir geträumt, letzte Nacht.«

»Von mir?«, fragte Awin überrascht.

»Von dir und einem Mädchen mit weißer Haut. Ihr habt ein mächtiges Tor aufgestoßen. Und dann habt ihr die Welt in Brand gesetzt.« Sie sah ihn bei dieser Bemerkung scharf an. Dann fiel ihr das Kinn auf die Brust, und sie war eingeschlafen. Awin wusste nicht, was er davon zu halten hatte. Er schüttelte den Kopf. Vermutlich bedeutete es gar nichts. Wahrscheinlich hatte Mabak, ihr Urenkel, von Merege erzählt, dem Mädchen mit der hellen Haut. So musste es sein. Gesehen haben konnte sie die Kariwa nicht, denn Merege war draußen bei den Pferden geblieben.

»Was für ein Tor meint sie?«, fragte Wela, die zugehört hatte.

»Ich weiß nicht«, antwortete Awin. »Wahrscheinlich hat sie von dem Tor in Serkesch gehört. Mabak könnte ihr davon erzählt haben.« Awin redete sich ein, dass es so sein musste, aber er war ein Seher und wusste auch, dass Tengwil den Sterblichen manchmal Botschaften in Träumen sandte. So ein Traum war es ja auch gewesen, der ihn und seine Klanbrüder nach Serkesch geführt hatte. Dennoch, warum sollte Tengwil ausgerechnet der alten Telia vom großen Daimonentor am Rande der Welt erzählen? Warum ihr, warum nicht ihm?

Awin wurde abgelenkt, denn die Kinder waren ihm und den anderen in das Zelt gefolgt, und sie hatten viele Fragen zu den Wundern der Fremde. Es waren sieben, Mädchen und Jungen, die lachten, wenn Awin immer wieder darüber staunte, wie groß sie seit seinem Aufbruch geworden waren. Er lachte mit, denn er wollte gar nicht daran denken, was mit den anderen geschehen war. Auch in den Augen dieser sieben sah er noch den Schrecken Slahans. Ihm gegenüber waren sie offen, vor Merege jedoch, die endlich das Zelt betrat, wichen sie scheu zurück. Die Kariwa nahm es mit dem ihr eigenen Gleichmut hin. Bald darauf erschien ein fremder Hakul im Zelt. »Ich suche die Männer, die den Lichtstein zurückgebracht haben.«

»Das sind wir«, erklärte Curru heiser. Er hatte die ganze Zeit still in einem Winkel des Zeltes gesessen und sich nicht auf die Fragen der Kinder eingelassen. Seit er erfahren hatte, dass Egwa tot war, schien er um Jahre gealtert.

»Yaman Uredh vom Klan der Schwarzen Faust und Yaman Brediak vom Schwarzen Horn rufen euch zu Strydhs Felsen. Zu Beginn der Dämmerung wollen wir beraten. Es gibt viele Fragen, vor allem an euch, Männer der Berge.«

»Und die können sie nicht im warmen Inneren eines Zeltes stellen?«, fragte Curru ungehalten.

»Ich glaube nicht, dass irgendein Zelt die vielen Männer fassen könnte, die hören wollen, was ihr zu berichten habt«, antwortete der Hakul und fuhr fort: »Und die vor allem beraten wollen, was nun mit dem Stein zu geschehen hat.«

Als der Mann gegangen war, erhob sich Curru mit finsterer Miene. »Überlasst mir das Reden. Der Heolin ist in unsere Obhut gegeben worden. Wir werden über ihn entscheiden, und kein Yaman eines anderen Klans soll sich dabei einmischen.«

Awin warf einen schnellen Seitenblick zu Merege, die auf einem Kissen saß und einen heißen Kräutersud trank. Beinahe schien es, als würde sie nicht auf das achten, was um sie herum vorging, aber ihre blassblauen Augen hatten sich doch ein wenig verengt. Awin fragte sich, was sie tun würde, wenn Curru versuchen sollte, den Lichtstein an sich zu bringen. Erneut wurde die Abdeckung des Eingangs zurückgeschlagen. Gregil und Eri betraten das Zelt. »Ihr habt gehört, dass die Yamane zur Beratung rufen?«, fragte die Yamani.

»Wir haben es gehört«, antwortete Tuge.

»Ich denke, wir sollten uns zuvor einig sein, wie wir die Schwäche unseres Klans mindern wollen«, erklärte Gregil.

»Dieser Klan braucht einen neuen Yaman«, fügte Eri hinzu.

»Eri hat recht«, pflichtete Curru ihm schnell bei. »Eine Sippe ohne Oberhaupt wird in den Augen der anderen Klans wenig Anerkennung finden. Ich habe nicht vor, mir von einem Uredh oder Brediak sagen zu lassen, was wir zu tun haben. Lasst uns Eri auf den Schild heben, besser heute als morgen. Dann haben wir die Führung, die wir brauchen.«

Awin starrte in die Flamme des kleinen Feuers, das das Zelt wärmte. Curru hatte recht: Die Yamane würden wahrscheinlich versuchen, den Heolin an sich zu bringen, und es war völlig unklar, was sie mit dem Lichtstein vorhatten. Dennoch hielt er Eri einfach nicht für geeignet, Yaman zu werden. Er war zu jung, jünger als er selbst. Seit den Ereignissen in Uos Mund schien er zwar gereift, aber er war immer noch sprunghaft und unberechenbar – Eri eben. Awin wusste aber auch, dass es keinen anderen Anwärter gab. »Ich hörte«, begann er also vorsichtig, »dass ihr in Erwägung gezogen habt, unseren Klan mit der Sippe Auryds zu vereinigen?«

»Das war, als sie dachten, ich sei tot«, wandte Eri schnell ein.

»Ich kann verstehen, dass du Yaman sein willst, Eri, Aryaks Sohn, und ich bezweifle deinen Anspruch nicht, doch frage ich dich, welchen Klan willst du führen? Ich sehe hier Curru, Tuge und mich. Und ich hörte, dass Mabak beim Fuchs-Klan ist, um sich ein Mädchen zur Frau zu nehmen. Du weißt auch, dass in einer Sippe nicht mehr als ein Seher sein sollte.«

»Es sieht dir ähnlich, davonzurennen, wenn es schwierig wird«, rief Eri wütend.

Awin stockte kurz, dann fuhr er ruhig fort. »Willst du einen Klan von drei Kriegern und sieben Kindern führen? Die anderen Yamane werden dich auslachen.«

»Jeder, der das wagt, würde mich und meinen Dolch kennen lernen«, zischte Eri wütend.

»Eri ist der Sohn Aryaks, er hat Anspruch darauf, die Nachfolge anzutreten, Awin, Kawets Sohn. Bezweifelst du das?«, fragte Tuge ernst.

»Nein, das sagte ich bereits. Doch schlage ich vor, dass wir zuerst aufbrechen, um Slahan zu verfolgen und die Unseren zu befreien. Ist das vollbracht, sind wir vielleicht auch wieder genug Männer, den Schild zu heben, auf dem unser Yaman stehen soll.«

»Wir sind also zu wenige, um Eri zum Yaman zu machen, aber genug, um uns mit Slahan anzulegen?«, fragte Curru spöttisch.

»Wir werden Hilfe brauchen«, gab Awin zu.

»Du willst andere Klans um Hilfe bitten? Welche? Die unter Heredhan Horkets Einfluss?«, fragte Curru bitter.

»Nun, es gibt eine Versammlung, oder nicht? Ich werde unser Anliegen vortragen«, hielt ihm Awin entgegen.

»Ich denke, es ist besser, wenn du mir das Reden überlässt, Awin, Kawets Sohn. Ich habe schon auf vielen Versammlungen gesprochen. Und ich denke, du bist doch wenigstens so weit mit uns einig, dass wir den Heolin nicht hergeben werden, oder?«

Awin nickte widerstrebend.

Dann ergriff Gregil noch einmal das Wort: »Und wirst du dich, Awin, den wir in unserer Mitte aufgenommen haben, als du mit den Deinen auf der Flucht und hilflos warst, dem Willen unserer Männer widersetzen, die Eri zum Yaman küren wollen?«

Awin sah sie erstaunt an. In ihrem Gesicht lag ein Zug eiserner Härte. Er schüttelte den Kopf. »Wenn es der Wille der Sippe ist, werde ich mich dem nicht in den Weg stellen.«

Gregil sah Tuge auffordernd an. Der Bogner räusperte sich. »Eris Anspruch ist ohne Frage berechtigt, auch wenn er jung ist und wir wenige sind. Er soll unser Yaman sein, und ich hoffe, er vermag es, diesen Klan in bessere Zeiten zu führen.«

»Wir werden ihm helfen«, erklärte Curru gönnerhaft.

»Ich bin mir nicht mehr sicher«, rief plötzlich die alte Telia laut.

Eri sah sie stirnrunzelnd an. »Du weißt doch wohl, Mutter Telia, dass dies die Versammlung der Männer ist, oder?«

»Ich weiß nichts von einer Versammlung«, krächzte die Alte. »Ich meinte meinen Traum. Ich bin mir nicht mehr sicher, ob nicht du es warst, der das Tor öffnete, Eri, Aryaks Sohn, und nicht dieser andere Junge, Awin«, sagte sie dann.

»Was denn für ein Tor, Alte?«, fragte Eri ungehalten.

»Es war riesig und finster. Und dann brach ein großes Feuer aus.«

»Diesen Traum hat dir Tengwil gesandt, Telia?«, fragte Curru. Sie nickte. Der alte Seher zögerte, dann sagte er mit feierlicher Stimme, wie immer, wenn er Zeichen deutete oder eine seiner Vorhersagen traf: »Ein großes Bild und leicht zu deuten. Eri durchbricht die dunkle Mauer der Trauer, die uns heute noch einschließt. Er stößt das Tor in eine neue, bessere Zukunft auf. Das Feuer ist ein Zeichen seiner inneren Stärke. Er wird die Hindernisse verbrennen, die sich ihm und uns in den Weg stellen.«

»Mag sein, junger Curru, mag sein«, erwiderte die Alte, und dann nickte sie wieder ein. Awin schwieg, auch wenn er wusste, dass die Deutung des Alten völlig aus der Luft gegriffen war. Aber was hieß es dann? Würde Eri das Skroltor öffnen? Das war weit entfernt, am nördlichen Rand der Welt. Wie sollte er dorthin gelangen? Tuge und Curru berieten nun mit Eri und Gregil, wie sie sich am Abend verhalten sollten. Awin musste nachdenken. Also ging er hinaus, um sich um sein Pferd zu kümmern. Halb hatte er gehofft, Merege oder Wela würden ihm folgen, aber sie blieben im Zelt. Die Kälte fuhr ihm sofort wieder unter das Gewand. Er prüfte die Hufe und Beine des Braunen auf Verletzungen und war zufrieden, als er keine fand. Er verspürte wenig Neigung, Eri auf den Schild zu heben, aber er musste zugeben, dass sie sich mit einem Yaman leichter gegen die anderen Klans würden durchsetzen können. Schon jetzt taten Brediak und Uredh doch so, als sei das hier ihr Lager. Aber ausgerechnet Eri? Seine unglückselige Tat an jenem Bach hatte den ganzen Sger ins Unglück gestürzt. Dass Curru ihn unterstützte, war nicht weiter erstaunlich. Und Gregil? Sie war eine kluge Frau, aber sie war auch Eris Mutter. Awin hatte Zweifel, dass sie in der Lage war, ihren eigenen Sohn richtig einzuschätzen. Je länger er darüber nachdachte, desto klüger erschien es ihm, sich dem Fuchs-Klan anzuschließen. Auryd war der Halbbruder Aryaks, er hatte also auch einen gewissen Anspruch. Aber Auryd war nicht hier. Awin schob diese Gedanken bald zur Seite. Es war sinnlos, sich darüber den Kopf zu zerbrechen. Seine Schwester war verschleppt worden. Die Versammlung mochte beschließen, was sie wollte, er wusste, was er zu tun hatte. Und wenn er allein losziehen musste, um Xlifara Slahan zu bekämpfen.

Noch vor dem Abend meldeten die Wachtposten das Herannahen weiterer Flüchtlinge, und es hieß, dass sie nur eingelassen würden, wenn sie genug Vorräte mitbrächten, um für sich selbst zu sorgen.

»Bist du immer noch sicher, dass ihr keinen aus eurem Stamm erfrieren lassen werdet, Awin?«, fragte Merege, als sie Wasser für die Pferde holen gingen.

Awin zog den ledernen Eimer aus dem Loch, das jemand ins Eis gehackt hatte. Der See war vollständig zugefroren, und er fragte sich, ob Slahan, die offenes Wasser mied, wohl über Eis gehen konnte. Er stellte den Eimer zur Seite und ließ den nächsten in das Loch hinab, bevor er der Kariwa antwortete: »Die Halbinsel ist jetzt schon überfüllt. Und es ist nicht gut, wenn so viele Klans auf engem Raum zusammengepfercht werden. Wir Hakul brauchen Platz.«

»Also werdet ihr die Neuankömmlinge abweisen?«, fragte Merege und nahm den ersten Eimer auf.

»Ich hoffe nicht«, erwiderte Awin knapp.

Die Versammlung fand zu Füßen eines Felsbrockens statt, der Strydhs Felsen genannt wurde. Angeblich hatte der Gott des Krieges ihn dort hingestellt, weil er wusste, dass seine Schwester Hirth hier zu ruhen pflegte, was ihm missfiel. Tatsächlich sollte die scharfe Kante des Steins die Göttin geschnitten haben, als sie sich niedergelegt hatte. Und von da an mied sie diesen Ort, den sie einst geliebt und gesegnet hatte. Der Fels hatte mehrere teils natürliche Stufen, deren oberste manchmal von Sehern genutzt wurde, denn es hieß, dass die Schicksalsfäden Tengwils sich im tiefen Wasser des Sees spiegelten, und dass ein kundiger Seher sie von dort oben erkennen konnte.

Awin hatte noch keine Gelegenheit gehabt, herauszufinden, ob das stimmte. Jetzt standen die beiden Yamane auf der breiten untersten Stufe und warteten, bis sich die Unruhe gelegt hatte. Awin sah sich um. Er hatte im Laufe des Tages viele verschiedene Klanzeichen gesehen, wenigstens acht, aber nur zwei wurden durch die Yamane Uredh und Brediak vertreten. Er fragte sich, ob Slahan all die anderen Yamane geholt hatte. Es wurde rasch dunkel, und die Dämmerung spannte tiefrote Wolkenfäden über den Himmel. Der Platz vor dem Felsen war zu klein für die Menge, und es wurde geflucht und gestritten, weil die Hakul über die Pflöcke und Seile der Zelte stolperten, zwischen denen sie sich drängten. Es war bitterkalt, die wenigen Feuer und Fackeln waren machtlos gegen den eisigen Wind, der über den See zog. Uredh eröffnete die Versammlung schließlich: »Das Unglück ist zu den Zelten der Hakul gekommen. Jeder, der hier steht, hat eine Frau, einen Sohn, einen Vater oder einen Bruder verloren, und viele sogar alle, die sie kannten. Es ist der alte Fluch unseres Landes, der sich nach Jahrhunderten wieder aus dem Sand erhoben hat, Xlifara Slahan, wie ihr wohl wisst. Ihr Zorn ist verheerend, und unsere Waffen sind stumpf und können sie nicht abwehren. Ihr werdet fragen, wie dies geschehen konnte, warum Slahan erwachte, und warum sie uns mit ihrer Rachsucht überzieht. Es sind Männer unter uns, die diese Frage beantworten können. Denn in ihrer Obhut lag der Heolin, jener kostbare Stein, den Etys, der Erste der Fürsten, einst vom Sonnenwagen Edhils nahm, und der uns beschützte.«

»Ich hörte, er liegt nicht mehr in Etys' Hand!«, rief eine Stimme aus der Menge.

»Er soll hier sein, im Lager«, eine zweite.

Uredh hob die Hand, um die Menge zu beruhigen. »So ist es. Er ist hier, in unseren Händen, ein Zeichen der Hoffnung in der Finsternis.«

»Doch warum ist er nicht an seinem heiligen Platz?«, wollte ein Zwischenrufer wissen. »Da ist es doch kein Wunder, dass sich die Göttin erhebt.«

Awin reckte den Hals, um zu sehen, wer da gerufen hatte, doch konnte er den Rufer in der dicht gedrängten Menge nicht sehen. Er fühlte die Unruhe der Versammelten. Yaman Uredh war entweder sehr unbedacht oder sehr gerissen, wenn er hier der Volksstimmung freien Lauf ließ. Die Hakul waren verunsichert und wütend. Die alte Ordnung war erschüttert. Wie hatte das geschehen können? Der Zorn der Götter war geweckt. Wer war dafür verantwortlich? Sie suchten einen Schuldigen. Wenn Uredh nicht bald etwas unternahm, konnte es für den Klan der Berge gefährlich werden. War das etwa seine Absicht? Wollte er sie in die Enge treiben, um den Heolin an sich zu reißen?

»Vielleicht sollte jemand von diesen Ereignissen berichten, der dabei war, Yaman Uredh«, rief Curru hinauf. Er hatte die Gefahr offenbar ebenfalls gewittert.

Der Yaman starrte durch das Zwielicht auf die Versammlung hinab. »Noch habe ich dir nicht das Wort erteilt, Curru von den Schwarzen Bergen.«

»Ich will ihn hören«, rief eine Frauenstimme aus der Menge. Awin war sich beinahe sicher, dass es Gregil war.

»Dies ist die Versammlung der Männer, Weib, dir steht hier nicht das Wort zu!«, rief Uredh hinunter.

»Warum redest du dann wie eine Wollweberin, statt diesen Curru endlich berichten zu lassen?«, rief eine weitere Stimme aus der Versammlung. Ein paar Hakul lachten verhalten. Diese Bemerkung war, da war sich Awin sicher, von Tuge gekommen, der sich an ganz anderer Stelle in der Menge aufhielt als die Yamani. Awin konnte sich ein Grinsen nicht verkneifen. Sein Klan war klein, aber er verstand es, sich Gehör zu verschaffen. Noch mehr Männer verlangten jetzt, Curru anzuhören, der sich inzwischen nach vorn gedrängt hatte. Uredh blickte finster auf ihn herab. »Dann soll er reden«, gab er schließlich nach, »ich bin neugierig, wie er das Versagen seiner Sippe erklären will.«

Curru kletterte auf den Felsen. Die Stimmung der Menge war gespalten, und Awin fragte sich, ob sein ehemaliger Meister fähig war, die Hakul für seinen Klan einzunehmen. Er war blass, der Tod seiner Frau hatte ihn hart getroffen. Den ganzen Tag über hatte er wenig gesprochen. Jetzt nahm sich der alte Seher Zeit. Lange ließ er seinen Blick schweigend über die Menge schweifen, dann begann er: »Ich hoffe, ihr könnt mir verzeihen, wenn ich an diesem Abend nicht leicht die richtigen Worte finde, doch auch meinen Klan hat der Zorn Xlifaras schwer und vielleicht sogar zuallererst getroffen. Ich selbst habe am Grab meiner Gefährtin stehen müssen und zuvor an dem vieler guter Männer. Ich vermag nicht zu beschreiben, wie schwer mir das Herz ist, und glaubt mir, es fehlen mir die Worte für das Verhängnis, das euch, meine Brüder, getroffen hat.«

Die Versammlung schwieg, denn Curru schien mit den Tränen zu kämpfen. Dann erzählte Curru. Er berichtete von dem verfluchten Fremden, der in die Schwarzen Berge gekommen war, um den Heolin zu rauben, der, im tiefsten Frieden und auf dem heiligen Grund des Grastals, fünf ahnungslose Hirten im Schlaf ermordet hatte. Er schilderte ihre Jagd und wie sie den Fliehenden mehrfach beinahe gestellt hätten, wenn ihm nicht immer feindselige Mächte zu Hilfe gekommen wären. Einmal war es Nyet, der seine Spur verwischte, dann war es ein Vetter des Heredhans, der ihn mit frischen Pferden versorgte, und schließlich noch die Fürsten von Serkesch, die Meineide schworen, dass der Mann, den die Hakul dort eingeholt hatten, nicht der Gesuchte war. Awin musste zugeben, dass Curru geschickt war. Er ließ ihre eigenen Fehler einfach unter den Tisch fallen. Wer ihm zuhörte, wäre nie auf die Idee gekommen, dass sie den Fremden hätten stellen können – wenn Currus Vorhersagen sie nicht in die Irre geführt hätten, und wenn er auf Awin, seinen Schüler, gehört hätte.

Als Curru vom Vetter Heredhan Horkets berichtete, bog er die Geschichte so zurecht, dass Zwischenrufer den Tod des Mannes verlangten und sehr zufrieden waren, als Curru berichtete, dass genau dies geschehen war, durch eine heldenhafte Tat von Eri, Yaman Aryaks Sohn. Kein Wort darüber, dass Eri den Ahnungslosen gegen den Willen seines Vaters mit einem hinterhältigen Pfeilschuss getötet hatte. Schließlich kam Curru auf die Schlacht am Glutrücken zu sprechen. Hier ließ er sich Zeit, beschuldigte Heredhan Horket, er habe verhindert, dass sie den Fremden weiter verfolgten, und sie an die Akkesch verkauft. Die Schlacht schilderte er in aller Ausführlichkeit. Hakul liebten Geschichten von Kampf und von Blut, und Curru wusste von jedem seiner Klanbrüder Erstaunliches zu berichten. Selbst Awin, der bis dahin kaum Erwähnung gefunden hatte, wurde jetzt gelobt, weil er gleich drei Feinde mit einem einzigen Speerstoß durchbohrt haben sollte, eine Tat, an die sich Awin beim besten Willen nicht erinnern konnte. Und dann berichtete Curru, wie die große Schicksalsweberin Eri, Awin und ihn selbst wie durch ein Wunder der Schlacht entrinnen ließ, weil sie noch Größeres mit ihnen im Sinn hatte.

»Und von Harbod weißt du nichts zu berichten, Seher?«, fragte eine zornige Stimme aus der Menge. Awin drehte sich um. Eine graubärtige und breitschultrige Gestalt überragte alle anderen. Es war Harmin, der Schmied aus dem Klan Auryds.

Also gehörte der Klan des Schwarzen Fuchses zu jenen, die im Laufe des Tages am See eingetroffen waren.

»Wenn du gewartet hättest, Harmin, hättest du gehört, dass ich über Harbod viel Gutes zu berichten habe«, entgegnete Curru schroff.

»Ich kann verzeihen, dass du mich und Yaman Auryd bei deiner Geschichte vergessen hast, Seher, doch verzeihe ich dir nicht, dass du den Heldenmut meines Sohnes verschweigst.«

»Er hat tapfer gekämpft«, antwortete Curru knapp.

Unmutsäußerungen aus der Menge zeigten, dass der Seher gerade dabei war, die Gunst der Zuhörer zu verspielen.

»Und die anderen?«, rief Harmin zornig.

»Sie auch, ja, sie haben tapfer gekämpft, jeder Einzelne von ihnen.« Curru hatte den Stimmungsumschwung bemerkt.

»Und wie kommt es, dass drei Männer vom Klan der Berge überlebten, doch keiner vom Fuchs-Klan?«

»Die Fäden, die Tengwil webt, sind schwer zu enträtseln, Harmin«, antwortete Curru, »doch wirst du sehen, dass sie noch schwere Prüfungen für uns bereithielt.« Und dann lobte er ausgiebig die Tapferkeit der Fuchskrieger, erfand Geschichten, wie heldenhaft sie gestorben waren, und leitete anschließend geschickt dazu über, wie Tengwil ihn – und nicht etwa Awin – zu einer geheimnisvollen Pforte führte. »Dies aber, ihr Tapferen, war der Eingang, der uns tief hineinführte in Uos Mund, ja, in seinen Rachen!«

Atemlose Stille senkte sich über die Versammlung, selbst Harmin verstummte. Nur die Feuer knisterten ungerührt weiter. Jeder hier hatte von Uos Mund gehört, wo der Legende nach der Totengott Uo selbst eine gotteslästerliche Stadt verschlungen hatte – und noch immer unvorsichtige Reisende verschlang. Es gab viele Geschichten darüber, doch noch nie hatte man vernommen, dass jemand diesen Abgrund betreten hatte und wieder entkommen war, und nun hörten die Hakul es aus dem Mund eines Überlebenden. In den schauerlichsten Farben schilderte Curru ihre Wanderung durch die endlosen Gänge voller Knochen und wie sie schließlich auf geheimnisvolle Wesen trafen, menschenähnlich, doch ungleich mächtiger. »Denn, ihr Tapferen, das waren die Xaima, die verfluchten Windskrole und Diener der Gefallenen Göttin«, erklärte Curru. Er wartete, bis er sich der vollen Aufmerksamkeit seiner Zuhörer sicher war, dann kam er zum Kampf mit der Göttin selbst. Auch hier erlaubte er sich einige Ungenauigkeiten, was dazu führte, dass die Hakul schließlich glauben mussten, Eri und Curru hätten die Göttin beinahe allein bezwungen. Immerhin, so erfuhr der staunende Awin, war er auch dabei gewesen und hatte ein wenig geholfen, ebenso wie die Kariwa, die, wenn man Curru glaubte, als eine Art Last mitgeschleppt worden war. Kein Wort davon, dass sie ohne Merege alle tot wären. Awin sah sich nach ihr um. Sie stand im Windschutz eines Zeltes und hörte der Erzählung ohne sichtbare Regung zu. Die Hakul hielten Abstand zu ihr. Curru hatte sich bemüht, ihren Beitrag gering zu reden, doch kam er nicht umhin zuzugeben, dass sie Zauberkräfte besaß, und das erfüllte die Hakul mit Furcht, aber auch Achtung.

»Ich bin sicher, dass diese Geschichte sich keinesfalls so zugetragen hat, wie es der Alte gerade erzählt«, raunte jemand hinter Awin. Es war Harmin. Awin zog es aber vor, nicht auf diese Feststellung einzugehen.

Curru schilderte zum Abschluss seiner Erzählung, wie er sein Leben im Kampf gegen die Göttin aufs Spiel gesetzt hatte. »Wir waren bereit, unser Leben zu geben, doch es scheint, als hätten die Götter andere Pläne für uns. So konnten wir Slahan besiegen – doch nicht vernichten. Und glaubt mir, gerne wären wir gestorben, wenn sie mit uns vernichtet worden wäre.«

»Den Lichtstein – können wir ihn sehen?«, rief ein Hakul.

»Den Heolin, zeig ihn uns!«, forderten andere.

»Ich habe ihn meinem Schüler anvertraut«, rief Curru und streckte die Hand aus. Es war offensichtlich, dass er erwartete, dass sein – ehemaliger – Schüler ihm den Stein übergeben würde. Aus dem Augenwinkel sah Awin, dass Merege sich straffte. Sie hatte ihn gewarnt: Nur ihm würde sie den Heolin überlassen, und das auch nur für eine begrenzte Zeit. Er ergriff, einer plötzlichen Eingebung folgend, die Hand seines Lehrers und kletterte hinauf. Curru konnte seine Überraschung nicht völlig verbergen. Awin wandte sich der Menge zu. Er hatte noch nie zu so vielen Menschen gesprochen und wusste auf einmal nicht mehr, was er überhaupt auf diesem Felsen zu suchen hatte. Seine Knie wurden weich. Dutzende Gesichter starrten ihn an.

»Zeig ihnen den Stein, junger Narr«, knurrte ihm Curru ins Ohr.

Mit zitternden Fingern griff Awin in sein Gewand, zog das längliche Lederbündel heraus. Seine Finger waren steif gefroren. Unten lachte jemand. Er riss sich zusammen, und schließlich gelang es ihm, den Knoten der Verschnürung zu lösen. Der Heolin wäre ihm dabei beinahe aus den Händen geglitten, aber am Ende hielt er den Stein hoch. Er erwartete eine Veränderung, eine Reaktion der Versammlung, doch die starrte ihn und den Stein ungläubig an. »Dies soll der Lichtstein sein? Er sieht aus wie ein großes, aber schlechtes Stück Bernstein«, meinte einer.

»Was soll das? Wo ist das helle Licht, das in diesem Stein wohnt? Wo die Hitze, die Etys einst die Hand verbrannte?«, rief ein anderer.

Awin wusste nicht, was er sagen sollte. Warum sprang ihm Curru nicht bei? Das Murren der Menge wurde lauter. Dann war es Awin, als würde über dem Gemurmel eine leise, helle Stimme anschwellen und Worte in einer fremden Sprache sprechen. Der Stein in seiner immer noch hoch erhobenen Hand wurde warm. Er blickte verblüfft nach oben. Ein kleines Licht tanzte auf der Spitze, dann ein zweites, ein drittes. Und auch im Heolin selbst glomm ein sehr schwacher Funke auf.

»Seht nur, das Licht!«, rief eine Frau.

Ein Raunen lief durch die Menge, unterbrochen von den spitzen Schreien einiger Frauen, die wohl nicht fassen konnten, was sie da sahen. Awin stand auf Strydhs Felsen, und der längliche Stein in seiner Hand wurde von drei blassen Lichtern umschwirrt.

»Er ist es, er ist es!«, riefen die Hakul. Awin hatte diese Lichter noch nie gesehen. Die Menge starrte den Stein an. Sie alle hatten die Geschichten über den Heolin gehört, jedes Hakul-Kind wuchs mit der Erzählung von Etys und dem Lichtstein auf. Doch es war noch einmal etwas ganz anderes, diesen Stein wirklich mit eigenen Augen zu erblicken. Ein kalter Windstoß packte Awins Hand. Die Lichter flackerten, wurden schwächer und verblassten plötzlich ganz. Schnell zog Awin die Hand zurück.

»Was ist mit ihm? Warum leuchtet er nicht mehr?«, fragte ein besorgter Hakul.

»Der Stein war lange unter der Erde eingeschlossen«, erklärte Awin und vergaß für den Augenblick seine Unsicherheit. Er fuhr fort: »Er stammt vom Sonnenwagen Edhils, und ich glaube, er braucht die Kraft der Sonne, um wieder selbst Kraft zu gewinnen.«

»Du glaubst?«, fragte ein Hakul.

»Ich, und auch die Kariwa, die in solchen Dingen bewandert ist«, sagte Awin schnell. Er sah Merege etwas abseits, weit hinten bei den Zelten. Warum hatte sie sich zurückgezogen?

»Aber wenn er so schwach ist, wie soll er uns vor einem Angriff der Gefallenen Göttin schützen?«, fragte einer.

»Wir sollten ihn hier auf den Felsen legen, von tapferen Männern gut bewacht, und hoffen, dass die kurzen Tage genug Sonne bringen, den Stein zu stärken«, sagte Uredh. Der Yaman hatte den Stein ebenso ergriffen angestarrt wie die übrige Versammlung. Awin konnte das Begehren in seinen Augen sehen.

»Dieser Stein ist uns anvertraut, dem Klan der Schwarzen Berge«, entgegnete Curru scharf, »und du hast nicht darüber zu befinden, was damit zu geschehen hat.«

»Klan? Ich sehe hier weniger Männer des Bergklans als Finger an meiner Hand, Seher. Ja, ihr habt doch noch nicht einmal einen Yaman. Mit welchem Recht maßt ihr euch also die Führung in dieser Frage an?«

»Wir haben einen Yaman!«, rief die helle Stimme Gregils. »Ich bin die Witwe Yaman Aryaks, und dort steht unser Sohn Eri, der einzige, der mir geblieben ist, von meinen drei strahlenden Söhnen. Er ist zu unserer Führung berufen, und beim nächsten Sonnenaufgang werden wir ihn auf den Schild heben.« Und bei diesen Worten schob sie Eri nach vorn.

Erneut lief ein Raunen durch die Menge.

»Dieser Knabe soll über das Schicksal von Etys' Stein bestimmen?«, rief Uredh aufgebracht.

»So will es Tengwil!«, erwiderte Curru laut.

Plötzlich trat Yaman Brediak nach vorn. Er hatte noch kein einziges Wort gesprochen, aber nun sagte er: »Er mag Yaman werden, doch spreche ich ihm, wie auch eurem Klan, das Recht ab, den Heolin zu behalten. Er war euch lange anvertraut, doch habt ihr ihn euch stehlen lassen. Nein, bei euch ist er nicht sicher.«

»Wir werden ihn dir nicht geben, Yaman Brediak«, rief Eri aus der Menge.

»Und wie willst du das verhindern, Yaman ohne Klan?«, rief Uredh. Seine Hand lag auf dem Dolch in seinem Gürtel.

Awin kannte Eri gut genug, um zu wissen, dass auch er längst zur Waffe gegriffen, sie vielleicht schon gezogen hatte. Plötzlich hörte er sich selbst rufen: »Der Heolin wird es nicht zulassen!«

Eben noch hatte es nach einem Kampf ausgesehen – plötzlich herrschte Totenstille. Awin sandte unauffällig einen flehenden Blick zu Merege. Und zu seiner Erleichterung nickte sie ihm zu. Verstand sie wirklich, worum er sie bat?

Brediak sah ihn unsicher an. »Warum sollte der Heolin weniger gern in meiner als in deiner Hand liegen, Knabe?«

»Ich bin kein Knabe mehr, Brediak, ich bin ein Seher. Und ich sage dir, du könntest ihn nicht halten, er würde dich verbrennen.«

Brediak sah ihn lauernd an, dann lachte er und streckte die Hand aus. »Das lässt sich herausfinden. Gib ihn mir!«

»Gib ihn nicht aus der Hand, Awin!«, rief Eri. Er versuchte, auf den Fels zu klettern, aber plötzlich wurde er von drei Männern gepackt und festgehalten. Einer fiel ihm in den Arm, und das Messer wurde ihm aus der Hand gewunden. Hinter ihm stöhnte Curru auf. Awin fuhr herum. Sein ehemaliger Meister hatte das Messer Uredhs an der Kehle.

»Gib ihn mir!«, forderte Brediak erneut mit scharfer Stimme.

Awin hielt das Lederbündel mit dem Stein noch in der Hand. Er reichte es gleichmütig dem Yaman und unterdrückte das Verlangen, nach Merege Ausschau zu halten.

»Awin, nein!«, rief Tuge aus der Versammlung. Die Menge war in Aufruhr. Der Bogner versuchte offenbar, sich nach vorn zu drängen. Mabak war an seiner Seite. Er musste mit Harmin gekommen sein. Die beiden wurden beschimpft und bedrängt, schlugen um sich und wurden selbst geschlagen.

»Ruhe!«, donnerte Brediak. Er starrte lange auf Awins Hand. Dann griff er schnell zu und nahm das Leder an sich. »Seht ihr«, jubelte er. »Ich habe ihn!«

»Dann nimm ihn aus seiner Hülle und halte ihn hoch«, forderte Awin ruhig.

Brediak zögerte, dann schlug er kurz entschlossen das Leder zur Seite und griff mit einem Lachen nach dem Stein. Er reckte ihn in die Höhe und rief: »Der Klan der Schwarzen Berge sollte besser Klan der Schwarzen Lügen heißen, denn seht, ich ...« Der Yaman stockte. Ein Ächzen entrang sich seiner Brust, sein Arm zitterte, seine Linke fuhr zur Kehle, als würde er ersticken. Der Stein lag unverändert in seiner Hand, kein Licht war in ihm zu sehen, aber der Yaman bebte am ganzen Leib. Er rang nach Luft, keuchte, seine Augen traten aus den Höhlen. Schnell nahm ihm Awin den Stein aus den Fingern. Kaum hatte der Heolin die Hand des Yamans verlassen, löste sich seine Verkrampfung, und er brach hustend zu Awins Füßen zusammen. Entsetzensschreie erklangen aus der Menge.

»Ihr seht, der Heolin kann nicht von unberufenen Händen berührt werden!«, rief Awin laut. Die Menge wich unwillkürlich vom Felsen zurück. Es war auf einmal totenstill.

»Er hat unseren Yaman verletzt!«, rief einer der Männer, die Eri immer noch festhielten. »Er stirbt«, rief ein anderer.

Aber da kam Brediak keuchend auf die Knie und hob schwach die Hand.

»Er wäre gestorben, wenn er ihn länger gehalten hätte«, rief Awin laut.

Die Hakul schwiegen betroffen, nur der eisige Wind schlug Awin ins Gesicht und ließ die Feuer flackern.

»Doch was sollen wir tun, Seher?«, rief ein Hakul endlich.

»Ihr solltet nie wieder versuchen, ihn uns wegzunehmen«, knurrte Curru und schlug Uredhs Waffenarm zur Seite.

Auch Eri stand plötzlich auf dem Felsen. »Ihr seht, nur in den Händen meines Klans kann der Lichtstein ruhen.«

»So soll es wohl sein, das sehen wir jetzt. Doch was nun, Yaman Eri?«, fragte einer.

Eri stockte. Offensichtlich war er auf diese Frage nicht vorbereitet. Curru räusperte sich. Awin war sich sicher, dass er zu irgendeiner weitschweifigen Antwort ansetzte, aber er beschloss, ihm zuvorzukommen: »Hört, Hakul. Hier, im Schutze des heiligen Sees, sind wir sicher, denn Slahan geht nicht über offenes Wasser. Doch genügt das? Wollen wir hier die Hände in den Schoß legen, während die grausame Feindin unsere Schwestern und Brüder in die Fremde verschleppt? Sie als Sklaven hält, um irgendwann ihren Durst an ihnen zu stillen? Nein! Ich sage euch, wir sollten sie jagen, wohin sie auch geht, denn mit dem Lichtstein haben wir eine Waffe, mit der wir sie bezwingen können.«

»Ihr habt sie einmal bekämpft, und viele von uns haben für euren Sieg mit dem Leben bezahlt. Wer sagt uns, dass es nicht wieder so sein wird?«, zischte Uredh.

»Niemand, Yaman, doch sind wir nicht Hakul? Seit wann darf ein Feind, sei er Mensch oder Gott, über unsere Weiden ziehen, unsere Lager verheeren, das Vieh vertreiben und unsere Schwestern und Brüder töten, ohne dass wir ihm entgegenträten? Fragten wir je nach der Stärke unserer Feinde, wenn sie Srorlendh heimsuchten? Ich weiß nicht, was ihr tun werdet, Hakul, und ich will euch nicht sagen, was ihr tun solltet, doch wir werden Slahan jagen, und jeder Mann, der sich uns anschließen will, ist willkommen. Der Heolin wird uns führen, zu einem guten oder einem bösen Ende. Einen Sieg kann ich euch nicht versprechen, nur einen großen, ruhmreichen Kampf. Und mag der Ausgang auch ungewiss sein, so ist doch sicher, dass noch die Kinder eurer Kindeskinder davon erzählen werden!«

Dann schwieg Awin und überließ den anderen das Feld. Er hatte gesagt, was er zu sagen hatte, und er beteiligte sich nicht an dem Streit, der seiner kurzen Rede folgte. Für einen Augenblick hatte er gehofft, die Hakul überzeugt zu haben, aber jetzt, nach dem ersten Schrecken, gab es schon Widerworte aus der Menge. Eine Göttin jagen? Das war doch Wahnsinn! Zu der uneingestandenen Furcht vor Slahan gesellte sich schnell die Abneigung gegen den Führungsanspruch, den der Klan der Berge mit Awins Vorschlag, ohne es laut auszusprechen, verbunden hatte. Andere Klans erhoben nun ihrerseits Ansprüche. Sie verwiesen darauf, wie klein Eris Sippe war und wie groß und ruhmreich dagegen doch ihre eigene. Und während laut die eigenen Verdienste aufgezählt wurden, erinnerte sich manch ein Hakul wieder an irgendein Unrecht, das seinem Klan von einer anderen anwesenden Sippe zugefügt, aber nie gesühnt worden war. Slahan und der Heolin gerieten darüber fast in Vergessenheit. Bald sah es so aus, als würden die Krieger auch vergessen, dass sie auf heiligem Grund standen. Dolche wurden gezogen, Beleidigungen und Verwünschungen ausgestoßen. Kurz bevor es zum Handgemenge kam, war es dann Yaman Uredh, der sich Gehör verschaffte und Schlimmeres verhinderte: »Ich glaube, für heute ist genug gesagt worden«, rief er laut über das Getümmel. »Dies ist ein gesegneter Ort, vergesst das nicht, ihr Krieger!« Und als sich die Unruhe endlich gelegt hatte, fügte er hinzu: »Die Yamane werden morgen noch einmal beraten, was geschehen soll.«

»Und was ist mit den Sippen, deren Yamane tot oder fort sind, Uredh von der Schwarzen Faust?«, rief Harmin.

Uredh starrte ihn einen Augenblick finster an, dann antwortete er: »Sie mögen einen Vertreter entsenden, Harmin vom Schwarzen Fuchs.«

Und damit war dic Versammlung zu Ende.

»Du hast dich verändert, Awin Sehersohn«, sagte Wela, als sich die Menge zerstreute.

Awin nickte schwach. Ihm war flau im Magen. Er wunderte sich immer noch über sich selbst. Und er suchte Merege. Sie hatte ihm geholfen, die Frage war nur, wie …

»Wer hat dir erlaubt, zu entscheiden, was wir tun?«, zischte Eri leise. »Es war noch nichts beschlossen.«

»Der Heolin«, antwortete Awin knapp.

Eri sah ihn böse an, dann flüsterte er: »Es mag sein, dass diese Narren auf die Hexenstücke deiner Freundin hereinfallen, ich tue es nicht.« Und damit ging er davon.

»Was meinte er?«, fragte Wela argwöhnisch.

»Ach, nichts«, sagte Awin, der sich besorgt umsah, ob einer der umstehenden Hakul etwas von dem Gespräch mitbekommen hatte. Dann, als er in Welas zornige Augen sah, verbesserte er: »Verzeih, ich werde es dir später erklären, denn ich weiß selbst noch nicht genau, was geschehen ist.«

»Aber die bleiche Ziege hat damit zu tun?«

»Du solltest sie wirklich nicht so nennen, sie hat uns gerettet.«

»Wenn du meinst«, antwortete Wela gedehnt.

Eine Hand legte sich auf seine Schulter. »Wirklich, das war gar nicht so schlecht, mein Junge«, erklärte Curru gönnerhaft, »doch was sollte der Unsinn, dass du ihnen nicht sagen willst, was sie tun sollen? Wir hätten viele gute Männer bekommen können, wenn du nicht weich geworden wärst.«

»Mag sein«, antwortete Awin verdrossen. Curru verstand es immer noch sehr gut, ihm jeden kleinen Erfolg zu versalzen.

»Auf jeden Fall haben wir zwei in dieser Nacht noch etwas zu tun, Awin«, erklärte Wela laut.

Die Art und Weise, wie sie das sagte, ließ Curru innehalten, und er stellte die Frage, die eigentlich Awin hätte stellen sollen: »In der Nacht? Was meinst du?«

»Awin hat auf dem Kriegszug doch seine ersten Feinde getötet. Es wird also Zeit, dass endlich sein Blutdolch geschmiedet wird. Er hat ihn verdient.«

»Feinde getötet? Wie kommst du darauf?«, fragte Curru übellaunig. »Diese Geschöpfe in Uos Mund waren nur aus Sand. Die konnten wir nicht töten.«

»Ich dachte mir schon, dass du seine Taten herabsetzen würdest, Curru, aber dennoch hast du selbst es erzählt – drei Feinde mit einem einzigen Speerstoß, eine beachtliche Leistung«, erwiderte Wela mit einem kühlen Lächeln.

»Aber das war doch …«, begann der alte Seher.

» … die lautere Wahrheit, wie ich hoffen will, Curru, Seher der Schwarzen Berge«, vollendete Harmin, der hinzugetreten war, den angefangenen Satz. Finster blitzte er den alten Seher an.

»Natürlich«, antwortete Curru steif.

»Eigentlich erstaunlich, aus deinem Mund ein wahres Wort zu hören, Meister des Irrtums. Aber dann hat der Junge seinen Dolch redlich verdient, oder nicht?«

»Ich weiß nicht, was dich das angeht, Schmied. Dies ist eine Angelegenheit unserer Sippe, nicht der deinen.«

»Es ist Ehrensache unter Schmieden, einander zu helfen, Curru«, erklärte Harmin lächelnd, und Awin sah ihm an, wie sehr er sich über Currus Ärger freute. Er fuhr fort: »Wenn es dir also an Werkzeug fehlen sollte, junge Schmiedin, kannst du den Dolch auch bei mir fertigen, denn ich denke, meine Enkel dürften meine Esse inzwischen aufgebaut haben. Du findest unsere Zelte jenseits des Grabens, denn hier war wirklich kein Platz mehr.«

»Dort stehen sehr viele Zelte, Harmin«, erwiderte Curru übellaunig, »Slahan scheint euch verschont zu haben.«

»So ist es, Seher, und du scheinst uns dieses Glück zu neiden«, erklärte Harmin düster. »Doch ist es noch nicht lange her, dass einige unserer Besten fielen. Am Glutrücken. Von einem blinden Seher in die Falle geführt. Vielleicht hast du davon gehört?«

Curru verfärbte sich und erwiderte mit schneidender Stimme: »Es gab und gibt tapfere Männer in deinem Klan, Harmin. Einige kämpften an meiner Seite, andere sind weit im Süden, um eine heilige Verpflichtung zu erfüllen. Wieso bist du nicht bei ihnen?«

Der breitschultrige Harmin baute sich dicht vor Curru auf. »Selbst Yaman Auryd hat anerkannt, welches Opfer ich gebracht habe, da mein Sohn fiel. Er vertraute mir den Klan an, als er aufbrach, das zu beenden, was ihr nicht vollbringen konntet.«

»Und ich als Seher sage dir, er wird es bereuen!«

Harmins Hand zuckte zum Gürtel. Wela war es, die sich plötzlich zwischen die beiden schob und sagte: »Ich werde dein Angebot gerne annehmen, Meister Harmin, denn mein Werkzeug liegt noch gut verpackt auf einem der Wagen.«

»Ihr werdet keine Zeit für Schmiedewerk haben, Wela, Tuwins Tochter«, meinte Curru verdrossen. »Vergiss nicht, dass wir Eri bei Sonnenaufgang auf den Schild heben wollen.«

»Und irgendwie kann ich mir nicht vorstellen, dass ihr mich, ein Weib, dabei braucht, Curru«, gab Wela spitz zurück.

»Natürlich nicht, Mädchen, doch werden wir Awin benötigen, denn wenigstens vier Männer müssen den Schild heben. Und vorher muss der neue Yaman gesalbt werden, und wir müssen die heiligen Riten vorbereiten und durchführen.«

»Und das wolltest du mir überlassen, Curru?«, fragte Awin ruhig.

Der Alte starrte ihn finster an. »Du hast recht. Lauft nur zu Harmin und hängt euch an seine Rockzipfel. Ich war ein Narr, dass ich dachte, ihr könntet eine Hilfe sein. Es ist wirklich besser, wenn ich das allein übernehme.«

»Dann sind wir wohl beide in dieser Nacht beschäftigt, Curru«, rief Wela wütend. »Ich mache einen Dolch, du einen Yaman. Wir werden bald sehen, welches Werk besser gelingt.«

Als der alte Seher missmutig davonstapfte, lachte Harmin leise, doch Awin fragte vorsichtig: »Aber Wela, ein Blutdolch, hörte ich, braucht viele Tage, bis er geschmiedet ist.«

»So ist es auch, Awin Sehersohn, jedoch hat mein Vater mir einige Rohlinge hinterlassen, die in ihren Scheiden schon von ihrem zukünftigen Besitzer träumen.«

»Gut, vielleicht kannst du sie schon vorbereiten, denn ich muss mit Merege reden.«

»Der Zauberin?«, fragte Harmin. »Ich sah, wie sie auf den See hinausging. Vielleicht ist sie noch dort. Ich werde nun Amboss und Esse vorbereiten und das Feuer entfachen. Ich erwarte euch in meinem Zelt. Wer weiß, vielleicht wird heute Nacht noch mehr geschmiedet als nur ein Dolch.«

Als Awin zum See ging, fragte er sich, was Harmin mit seiner letzten Bemerkung gemeint hatte. Der alte Schmied wirkte verändert. Awin erinnerte sich gut daran, wie er damals am Rotwasser alles getan hatte, um Auryd, seinem Yaman, Knüppel zwischen die Beine zu werfen. Und es war offensichtlich, dass die Abneigung, die er damals gegen Curru gefasst hatte, noch stärker geworden war. Aber er bot Wela seine Hilfe an. Warum? Ob er noch daran dachte, die beiden Klans zu vereinigen? Awin konnte sich kaum vorstellen, dass Eri da mitmachen würde – es sei denn, der Fuchs-Klan würde sich ihm unterstellen, und das war nun wieder von Harmin nicht zu erwarten. Außerdem konnte der Schmied das gar nicht entscheiden. Das war Yaman Auryds Sache. Tuge hatte schon erzählt, dass

Auryd im Süden war, auf der Jagd nach dem Räuber des Heolins. Awin fragte sich, ob er Erfolg haben würde. Ausgerechnet Harmin, seinem schärfsten Gegner, hatte Auryd die Führung seines Klans überlassen. Das war seltsam, und Awin beschloss, der Sache später auf den Grund zu gehen. Er hatte den See erreicht. Eine schwarze Gestalt stand weit draußen auf dem Eis. Awin ging vorsichtig hinaus. Es war seit Tagen bitterkalt, aber er traute der Sache trotzdem nicht. Ein leises Knacken unter seinen Füßen verstärkte seine Zweifel. »Merege«, rief er schließlich.

Die Kariwa wandte sich ihm zu. »Du warst erfolgreich?«, fragte sie leise.

»Dank dir«, antwortete Awin, nachdem er sich vergewissert hatte, dass es keine unwillkommenen Zuhörer gab.

Merege nickte, dann kam sie ihm ein Stück entgegen. »Deine Leute streiten gern, wie mir scheint, und das war ein Segen, sonst hätten sie mich sicher gehört.«

Awin dachte an den Akkesch, dem Merege das Leben hatte nehmen müssen, um sie innerhalb eines Wimpernschlags in die Berge zu versetzen. »Die Lichter, der Yaman, wie hast du … ich meine, hast du jemanden …?« Der Satz verebbte.

Merege sprach noch leiser als sonst. »Die Lichter waren einfach, keine schwierige Sache. Der Yaman, das war etwas anderes, und die Bewohner eines bestimmten Zeltes werden sich fragen, woran ihre Ziege verendet sein mag. Brediak war weit entfernt, und es waren viele andere Leben zwischen ihm und mir. Es war schwierig, ihm, und nur ihm, die Luft zu nehmen. Ich hoffe, du hast nicht erwartet, dass ich ihn töte?«

»Aber nein, um Kalmons willen, er sollte doch nicht sterben!«

»Er hat nach dem Lichtstein gegriffen, Awin. Hätte er ihn dir wirklich weggenommen, hätte er die Nacht nicht überlebt.«

In ihrer Stimme schwang schneidende Entschlossenheit mit, doch plötzlich taumelte sie zur Seite.

Awin sprang nach vorn, aber da hatte sie sich schon wieder gefangen. »Alles in Ordnung?«, fragte er besorgt.

»Es ist nicht gut, fremde Kraft zu borgen, wenn ich sie nicht wieder abgebe, und das konnte ich bei all den Anwesenden schlecht tun. Es war viel Leben in diesem unschuldigen Tier, und es hat wie alle Lebewesen darum gekämpft. Ich werde mir auf der anderen Seite des Sees einen ruhigen Ort suchen und meine Ahnen bitten, diese Last wieder von mir zu nehmen.«

»Es sind Wölfe da draußen«, sagte Awin stirnrunzelnd.

Merege lachte leise. »Keine Angst, junger Hakul, ich werde ihnen nichts tun.«

Dann drehte sie sich um und ging davon. Awin sah ihr nach. Irgendetwas sagte ihm, dass er sich wirklich keine Sorgen um sie machen musste.

Wela erwartete ihn im Zelt. Sie zog ihn in eine Ecke, scheuchte die neugierigen Kinder hinaus und legte ihm fünf Klingen vor. »Diese hat mein Vater für dich und andere junge Krieger geschaffen. Jede von ihnen wurde schon dreimal geschmiedet, doch erst heute Nacht, wenn ich sie zum vierten Mal auf den Amboss lege, wird eine von ihnen vollendet.«

Awin betrachtete die Klingen. Sie waren aus Bronze, sorgsam geschmiedet, sanft geschwungen und von tödlicher Schärfe. Er wusste, dass die Schmiede jeden Blutdolch viermal fertigten. Sie gossen die Bronze, schmiedeten und schärften den Dolch, dann raspelten sie ihn klein, fügten geheimnisvolle Pulver hinzu und schmolzen das Erz noch einmal ein, um es erneut zu gießen und zu schmieden. Fertiggestellt wurde der Dolch aber erst, wenn er seinen zukünftigen Besitzer gefunden hattc. Ehrfürchtig fuhr Awin mit den Fingern über die Klingen.

Die Bronze war seltsam rau und stumpf, nur an den Schneiden blitzte sie scharf.

»Du solltest sie in die Hand nehmen, junger Seher«, krächzte die alte Telia, die in der Ecke saß.

»Bitte, Mutter Telia, dies ist ein heiliger Augenblick«, bat Wela sie um Ruhe.

»Ist er das? Dann entschuldigt mich, ich werde ein wenig nach draußen gehen. Männer und ihre Waffen, immer das Gleiche.«

»Es ist kalt draußen, Mutter Telia«, sagte Awin.

»So? Glaubst du, das ist mein erster Winter, junger Narr?«

Als sie hinausgestapft war, nahm Awin eine Klinge nach der anderen auf, betrachtete sie und legte sie wieder ab. Er dachte an die vielen Erzählungen über die mächtigen Blutdolche, die die Kraft eines gefallenen Feindes auf ihren Besitzer übertragen konnten.

»Noch einmal, Awin, Kawets Sohn. Und richte deinen Geist endlich auf die Klingen«, mahnte Wela.

Awin wurde rot, nickte, schloss die Augen und betastete die Waffen, eine nach der anderen. Er wollte Wela nicht enttäuschen. Es war kaltes Erz, was sonst? Zur Not würde er sich blind irgendeine aussuchen. Sie waren doch alle gut gearbeitet.

»Gib mir diesen Dolch, Awin«, sagte Wela bestimmt.

Er reichte ihr die Waffe, die er gerade in der Hand hielt. Wela wog sie in der Hand. »Eine gute Wahl«, verkündete sie zufrieden.

»Aber ich habe mich noch gar nicht entschieden«, widersprach Awin.

»Doch, das hast du.«

Harmin erwartete sie, und wie er es versprochen hatte, war die Esse schon vorbereitet.

Awin hatte erst nicht glauben wollen, dass Harmin die Esse wirklich im Zelt hatte, aber es war so, jedenfalls beinahe. Er hatte eine Art Anbau geschaffen, einen Verschlag, windgeschützt, jedoch ohne Überdachung. »Der Winter kriecht mir doch sonst schon sehr in die Knochen«, erklärte Harmin, ohne sich Mühe zu geben, seinen Stolz auf die sinnreiche Einrichtung zu verbergen. Und mit genauso viel Stolz erklärte er ihnen seine Esse. Es war im Grunde genommen ein altes Holzfass, das er mit Lehm ausgekleidet hatte. So blieb es ihm erspart, bei jedem Lager eine neue Esse zu bauen. Es waren jedoch zwei Männer nötig, sie zu bewegen.

»Ich danke dir, dass ich hier schmieden kann, Harmin, doch erlaube mir die Frage, was du dafür erwartest«, fragte Wela, als sie sich mit den Gegebenheiten vertraut gemacht hatte.

Harmins breite Stirn verfinsterte sich. »Dies ist ein Gefallen von Schmied zu Schmied. Ich erwarte nicht, dass du dich zu irgendetwas verpflichtest, Wela, Tuwins Tochter.« Dann stockte er kurz und fügte hinzu: »Doch wenn du schon danach fragst, bitte ich dich, später in mein Zelt zu kommen. Ich will dir zwei meiner Enkelsöhne vorstellen.«

Welas Mund öffnete sich, doch es kam kein Ton heraus.

»Dein Angebot ist ehrenvoll, Harmin«, sagte Awin schnell, um die peinliche Stille zu überbrücken, »doch ist Wela unsere Schmiedin. Wir können sie keinem Mann geben, der nicht bereit ist, sich unserem Klan anzuschließen.«

»Euer Klan …«, sagte Harmin gedehnt. »Nun, die Augen vieler Mädchen ruhen mit Wohlgefallen auf Limdin und Dare, meinen Enkeln. Sie mag sie sich ansehen, alles Weitere findet sich.« Und mit diesen Worten ließ er sie allein.

»Was denkt sich dieser …«, begann Wela, und ihr Gesicht war rot vor Zorn.

Awin legte ihr die Hand begütigend auf den Arm. »Es ist

ein Angebot, weiter nichts. Du bist zu nichts verpflichtet.« Dann grinste er breit. »Wer weiß, vielleicht sind sie gar nicht so übel.«

Welas Augen verengten sich zu schmalen Schlitzen. »Awin Sehersohn, über diese Dinge solltest du nicht scherzen. Doch jetzt hilf mir mit dem Feuer. Je eher ich aus dieser Falle herauskomme, desto besser.«

Awin gehorchte, immer noch grinsend, aber das verging ihm schnell. Er musste den Blasebalg bedienen. Bald schwitzte und keuchte er, um das Feuer in Gang zu bringen. Er beobachtete Wela. Auch sie hatte sich verändert, äußerlich sicher mehr als er, denn sie war ein halbes Jahr älter geworden. Jetzt stand sie am Feuer, und Schweiß lief ihr über die sehnigen Arme. Sie waren nicht so muskulös wie die ihres Vaters, doch Awin erkannte die Kraft, die in ihnen steckte. Und jetzt, als Wela ihr Obergewand ablegte, sah Awin, wie breit ihre Schultern geworden waren. Nur ihr Gesicht hatte sich kaum verändert. Immer noch strahlte es Offenheit aus und erschien dabei ein wenig zu breit, um wirklich hübsch zu sein. Bald war Wela völlig in ihre Arbeit vertieft, und das Angebot von Harmin war vergessen. Sie raspelte den schon fast fertigen Dolch klein und murmelte dabei alte Beschwörungsformeln. Als nur noch Späne auf der Werkbank lagen, beförderte Wela sie mit einer einzigen geschickten Handbewegung in den Schmelztiegel. Sie sah auf. »Jetzt, junger Krieger, verlangt der Dolch nach deinem Blut. Erfülle sein Verlangen, und er wird dir treu dienen.«

Awin brauchte einen Augenblick, um zu verstehen, dann streckte er seine Hand aus. Er zuckte kurz zusammen, als Wela ihm mit schnellem Schnitt über die Handfläche fuhr. Blut tropfte in den Tiegel. »Blut zu Erz, Erz zu Blut«, murmelte Wela und streute ihrerseits ein graues Pulver dazu. »Kalmon, segne diese Verbindung«, flüsterte sie, dann zerstieß sie das

Gemisch mit dem Mörser. Sie ließ sich Zeit, murmelte weitere Beschwörungsformeln, jedoch so leise, dass Awin sie nicht verstand. Der auf- und abschwellende Klang ihres Flüsterns nahm ihn gefangen. Er schrak zusammen, als sie völlig unvermittelt den Tiegel in die Flamme stieß. »Vergiss den Blasebalg nicht, junger Krieger!«, mahnte sie. Awin gehorchte und pumpte Luft in die Esse. Das war Wela, eine vertraute Freundin, solange er denken konnte, aber sie war gleichzeitig auch ganz fremd. Sie ließ den Tiegel nicht aus den Augen, riss ihn plötzlich aus dem Feuer und goss die geschmolzene Masse in ihre Form. Es zischte. »Und jetzt, junger Krieger, geh dich reinigen. Oder willst du den Dolch mit dem Staub der Vergangenheit entehren? Und vergiss die Gebete nicht.«

Diesen Teil hatte Awin völlig verdrängt: Ein Krieger, der den Blutdolch entgegennahm, musste Geist und Körper vorher reinigen, was bedeutete, dass er ein Bad nehmen musste. Im Zelt erwartete ihn eine junge Frau, eher noch ein Mädchen, mit rötlichem Haar. Er kannte sie nicht, aber etwas in ihrer Art erinnerte ihn an Harbod, Harmins Sohn. Sie reichte ihm ein großes Tuch, mit dem er sich später würde abtrocknen können, und nahm ihn wortlos an der Hand, wie es der Brauch befahl. Awin wäre es lieber gewesen, eines der Mädchen aus seinem Klan hätte ihn begleitet. Bei diesem Gedanken spürte er einen Stich. Außer Wela waren sie alle fort. Das Mädchen führte ihn hinunter zum See. Harmin war dort, und einige andere Männer. Sie hatten ein Feuer am Ufer entzündet und ein Loch ins Eis gehackt. Harmin grinste breit, als Awin sich entkleidete, und sagte: »Du hast in der Schmiede hart gearbeitet und das innere Feuer entzündet, wie ich hoffe. Denn nur seine Flammen können dich wärmen, wenn du jetzt in das Loch dort steigst.«

Awin seufzte, dann breitete er die Hände aus und betete: zum Berggott Kalmon, dem Beschützer ihres Klans, zu Mareket, dem Gott ihres Volkes, und zu Edhil, dem Schöpfer der Welt. Über ihm breitete sich ein sternklarer Nachthimmel aus, das Feuer flackerte, und von Harmins Zelt klang Welas Schmiedehammer herüber. In der Ferne heulten Wölfe. Er biss die Zähne zusammen, ging hinaus aufs Eis und stieg vorsichtig in das Loch. Der Schock traf ihn wie ein Schwerthieb. Ihm blieb die Luft weg, dabei ging ihm das Wasser nur bis zur Brust.

»Du musst eintauchen, Awin«, mahnte Harmin freundlich.

Als wenn er das nicht gewusst hätte. Awin holte Luft und tauchte unter. Das Schwert der Kälte durchbohrte ihn zum zweiten Mal. Er schoss wieder an die Oberfläche, fühlte sich von kräftigen Händen gepackt und aus dem Wasser gezogen. Jemand warf ihm das große Tuch zu. Er begann eilig, sich abzutrocknen. Seltsamerweise fühlte Awin, dass seine Haut zu glühen begann. Die Männer lachten und klopften ihm auf die Schulter. Jemand reichte ihm einen Tonbecher mit heißem Kräutersud. Es war das Mädchen, das ihn ans Ufer geführt hatte. Er nickte ihr dankbar zu. Niemand aus seinem Klan war anwesend. Natürlich, sie bereiteten Eri auf seine Erhebung zum Yaman vor. Aber er war doch enttäuscht. Selbst Merege war nicht zu sehen. Der Sud tat gut, doch er schmeckte furchtbar, und jetzt spürte er den kalten Wind, der sich durch das Tuch nicht abhalten ließ, und er begann, am ganzen Leib zu zittern. Harmin klopfte ihm noch einmal auf die Schulter. »Die meisten Krieger bekommen ihren Dolch im Winter«, erklärte er grinsend, »denn dann kommen die Sgers nun einmal von ihren Kriegs- und Beutezügen zurück. Aber dass du dir den kältesten Frostmond seit Jahren ausgesucht hast, spricht nicht unbedingt für deine Weitsicht, junger Seher. Aber nun geh, dein Dolch wartet auf dich. Im Zelt findest du frische Sachen. Sie haben Harbod gehört, aber er wird nichts dagegen haben, dass du sie trägst.«

Das Mädchen begleitete Awin zurück ins Zelt. Sie hatte die ganze Zeit geschwiegen, aber als sie ihm das Gewand reichte, sagte sie: »Es ist ein Festgewand. Ich glaube, mein Vater hat es bei seiner Hochzeit getragen.«

Awin nahm das Gewand beklommen entgegen. Es war schwarz, wie alle Festgewänder seines Stammes, und aufwändig bestickt. Auch die Stickereien waren in Schwarz gehalten, was ungewöhnlich war.

»Du bist Kuandi?«, fragte er plötzlich.

Das Mädchen nickte. »Woher kennst du meinen Namen?«

»Dein Vater hat mir einmal gesagt, wie stolz er auf dich ist«, log Awin. In Wahrheit hatte Harbod ihm dieses Mädchen als Frau angeboten und damit versucht, ihn, den jungen Seher, in seinen Klan zu locken, so wie es Harmin jetzt bei Wela versuchte. Das schien in dieser Sippe ein beliebtes Mittel zu sein.

Das Mädchen sah ihn nachdenklich an. »Du solltest dich jetzt umziehen. Ich höre den Schmiedehammer nicht mehr, das heißt, die grobe Arbeit ist getan.«

Awin kehrte in die Schmiede zurück. Wela sah nur kurz auf. »Du bist gereinigt, junger Krieger?«

»Seele und Körper«, antwortete Awin, wie es vorgeschrieben war.

»Bevor ich das Werk vollende, wollen wir prüfen, ob der Dolch dich annimmt.« Sie schlug das Tuch zur Seite, unter dem die Waffe verborgen war. Da lag sie nun, die Klinge, die Awin als einen Krieger auswies, der wenigstens einen Feind getötet hatte. Er war beinahe enttäuscht. Die Bronze schimmerte nur schwach, die Schneide wirkte stumpf. Aber natürlich, die Arbeit war noch nicht beendet, die Klinge noch nicht geschliffen. Awin musste plötzlich daran denken, dass Yaman Aryak ihn schon zu den Yamanoi berufen hatte, obwohl er sich seinen Dolch noch nicht verdient hatte. Ihm war gar nicht klar gewesen, wie überaus unüblich das gewesen war.

»Nimm die Schneide in die Hand, junger Krieger«, forderte Wela förmlich.

Awin gehorchte. Er umfasste die Klinge fest, wie es vorgeschrieben war. Sie war warm. Wela griff nach dem Heft. Sie murmelte leise eine Beschwörungsformel, dann zog sie die Klinge langsam, Stück für Stück, aus seiner Hand. Awin spürte den Zug, aber die Schneide war noch stumpf, er würde sich nicht verletzen.

»Öffne die Hand«, befahl Wela.

Awin gehorchte. Verblüfft starrte er auf die Handfläche. Sie blutete. Wela zeigte ihm die Klinge, sie hatte sich schwach rot verfärbt. »Sehr gut«, sagte Wela lächelnd. »Der Dolch hat dich anerkannt.«

»Aber wie ist das möglich?«

Wela lächelte. »Das ist ein Geheimnis, Awin Sehersohn. Setz dich. Deine Anwesenheit ist erforderlich, damit die Klinge mir verrät, welche Zeichen sie tragen will.«

»Eri soll im Morgengrauen auf den Schild gehoben werden«, sagte Awin.

»Bis dahin ist noch viel Zeit, und jetzt sei still.«

Awin sah Wela zu, wie sie mit geschickten Händen, mit Hammer und Schleifstein, aus der stumpfen und beinahe unansehnlichen Klinge einen schimmernden Dolch schuf. Er konnte nachher nicht sagen, wie lange es gedauert hatte, ja, es mochte sein, dass er, an die Zeltwand gelehnt, sogar eingeschlafen war, aber schließlich war sein Blutdolch fertig. Er betrachtete ihn. Feine Schmiedezeichen waren in Klinge und Heft eingegraben. Er sah ihr Klanzeichen, das unten offene Dreieck, das matt in der Bronze des Griffs schimmerte. Die Zeichen auf der Klinge kannte er jedoch nicht alle. Wela erklärte sie ihm: »Dies ist das Auge Edhils, das wohlwollend auf dir ruhen und dir den Weg weisen möge. Darunter siehst du meines Vaters Zeichen für das Pferd, es wird dich vor bösen Stürzen bewahren. Dies ist der dreifache Schild, der dich vor Pfeil-, Schwert- und Speerwunden schützt, und zu guter Letzt siehst du hier Uos Hand. Sie ist ausgestreckt, bereit, die Krieger zu empfangen, die du zu ihm schickst, damit sie dir nicht auf Marekets immergrünen Weiden deinen Platz an der Seite des Gottes streitig machen. Diese feine Linie aber ist der Schicksalsfaden Tengwils. Sie verbindet all die Zeichen, und, wie du siehst, endet sie, so wie auch dein Leben einmal enden wird, Awin, Kawets Sohn. Und zwar früher, als es sollte, wenn du nur auf den Schutz dieser Zeichen vertraust und dich nicht selbst in Acht nimmst.«

»Und jetzt?«

»Nimm ihn, er ist dein, und kein anderer darf ihn je führen.«

Awin nahm das Messer. Es lag hervorragend in der Hand, so, als sei der Griff nur für ihn gemacht. Er erinnerte sich gerade noch rechtzeitig an die schlichten Worte, die den Ritus abschließen mussten: »Ich danke dir, Schmied, und werde dein Werk ehren.«

»Gut so«, sagte Wela mit einem zufriedenen Lächeln, »aber vergiss nicht, dass du mir die Hälfte deiner nächsten Beute schuldest.«

Awin konnte sich an der matt schimmernden Klinge gar nicht sattsehen. Er hatte schon viele Waffen in der Hand gehalten, aber diese war anders.

»Sag, Awin, kann ich dich etwas fragen?«, sagte Wela, als sie begann, das Werkzeug zu säubern.

»Natürlich«, murmelte Awin geistesabwesend.

»Ich weiß, du hast tapfer gekämpft in Uos Mund und viele Feinde bezwungen, mehr als Curru jemals zugeben würde.« Sie stockte.

Awin riss seine Aufmerksamkeit von der Waffe los. »Du willst wissen, ob ich einen Menschen getötet habe?«, fragte er.

Wela nickte.

»Diese Geschichte mit den drei Kriegern und dem Speerstoß, die hat sich Curru nur ausgedacht«, erklärte Awin, »aber sie hat einen wahren Kern.«

»Nämlich?«

»In der Schlacht am Glutrücken war Isparra, der Sturm. Die Luft war voller Staub, und ich konnte kaum zwanzig Schritte weit sehen. Alles ging durcheinander, ich habe gekämpft, meine Pfeile versandt, aber ob ich getroffen habe, kann ich nicht sagen. Doch da war ein Akkesch, ganz zu Anfang. Ich habe ihn aus vollem Galopp mit dem Speer getroffen. Ich nehme an, dass dieser Mann starb.« Awin seufzte. »Aber warum fragst du?«

Wela sah ihn nachdenklich an, schließlich sagte sie: »Awin, du bist ein Seher, kein Krieger. Ich weiß es, und dein Dolch weiß es auch. Und ich denke, du solltest es auch wissen.«

Awin starrte sie mit offenem Mund an. Dann wurde er zornig: »Ich bin ein Hakul!«, rief er.

Wela lächelte. »Niemand bezweifelt das. Aber ich bin dein Schmied, und ich gab dir diesen Dolch. Das heißt, ich habe deine Seele gesehen. Ob es dir gefällt oder nicht.«

»Die Klinge braucht noch eine Scheide, Schmied«, antwortete Awin knapp. Er konnte nicht glauben, dass sie seine Tapferkeit anzweifelte.

»Ich dachte mir schon, dass dir nicht gefällt, was ich dir zu sagen habe. Aber vielleicht hast du nur noch nicht verstanden, was es bedeutet.« Und mit diesen Worten reichte sie ihm eine lederne Scheide. Sie war schmucklos, dunkelbraun, an der Spitze mit Bronze verstärkt. Erst beim zweiten Hinsehen erkannte Awin, dass Edhils Auge und ihr Klanzeichen schwarz darin eingebrannt waren. »Wenn sie dir nicht gefällt, kannst du eine andere haben, aber ich hielt sie für passend. Und es ist nur eine Hülle, sie verrät nicht viel über das, was in ihr steckt«, meinte Wela mit einem Augenzwinkern und einem entwaffnenden Lächeln.

Awin nickte. Wela hatte noch nie ein Blatt vor den Mund genommen. Dennoch, sie hatte ihn in seiner Kriegerehre gekränkt. Hatte er nicht gegen Feinde gekämpft, vor denen die meisten Hakul schreiend davongelaufen wären? Und dann sagte eine innere Stimme: »Du auch, wenn du gekonnt hättest.« Er versuchte, sie zu überhören, und befestigte die Scheide am Gürtel. Irgendwo in der Nähe krächzte eine Krähe. Ihm fiel ein, dass vor Sonnenaufgang noch ein weiteres Ritual auf sie wartete. Vielleicht würden sie dann auch endlich aufbrechen. Sie hatten schon zu viel Zeit verloren. Jeder weitere Tag des Wartens verringerte die Aussicht, dass er seine Schwester befreien konnte. »Ich glaube, es wird bald hell«, sagte er. »Wir müssen uns beeilen. Diese Nacht hat noch eine Aufgabe für uns.«

# Dhurys

IN DER STUNDE vor Sonnenaufgang, bei völliger Windstille und in klirrender Kälte, hoben sie Eri auf den Schild. Curru hatte die ganze Nacht mit dem Anwärter gewacht, die Götter und die Ahnen um ihren Segen gebeten, ihn gesalbt und ihm die heiligen Versprechen der Yamane abverlangt. Und Eri hatte gelobt, den Klan zu schützen, seine Ehre zu verteidigen, Unrecht zu rächen, ihre Herden zu mehren und den Kriegern in der Schlacht stets voranzureiten. Dann hatte er auf seinem Pferd einmal die Zelte der Seinen umrundet – was nicht einfach gewesen war, denn sie standen inmitten vieler anderer – und war nun schließlich bereit, sich erheben zu lassen. Ein einsames Feuer flackerte zwischen ihren beiden Zelten. Der große, lederbespannte Holzschild wartete auf den neuen Yaman. Tuge, Curru, Awin und Mabak standen bereit. Eri stieg vom Pferd, sein Gesicht strahlte. Er war barfuß, wie es der Brauch verlangte, und er trug den langen Mantel aus dem Fell schwarzer Wölfe, den schon sein Vater und sein Großvater bei ihrer Erhebung getragen hatten. Er war Eri zu groß, und sein Saum schleifte über die gefrorene Erde, als er zum Schild schritt.

»Ein Krieger bist du, ein Fürst wirst du sein, Eri, Aryaks Sohn«, rief Curru laut.

Das Lager war still. Außer den Männern, Frauen und Kindern des Berg-Klans war kein Hakul zu sehen. Auch Merege konnte Awin nirgendwo entdecken. Ob sie noch mit ihren Ahnen sprach? Eri atmete tief ein, setzte einen Fuß auf den Schild, dann den zweiten. Er nickte Curru stolz zu. Gregil stand im Eingang ihres Zeltes und betrachtete ihren Sohn mit leuchtenden Augen.

»Auf, ihr Krieger!«, rief Curru.

Der Ehrenschild ruhte auf einem Kranz großer Feldsteine, was es den vier Trägern erleichterte, ihn zu packen. Awin fühlte den bronzeverstärkten Rand. Er war eiskalt. Als Curru sich versichert hatte, dass ihr Griff fest war, nickte er, und sie hoben den Schild vorsichtig an. Das war keine leichte Sache, zumal sie unterschiedlich groß waren. Es brachte Unglück, wenn ein Yaman bei der Erhebung stürzte – Unglück und natürlich unendlich viel Spott von anderen Klans. Aber es gelang, sie hoben den Schild auf Schulterhöhe und begannen, das Feuer langsam zu umrunden. Curru bat die Götter um ihren Segen. Awin hörte das Holz leicht knacken. Nun, der Schild war alt, fast so alt wie ihr Klan, wenn es stimmte, was Telia behauptete. Mit gemessenem Schritt setzten sie ihren Weg fort, und Curru murmelte seine Gebete. Awin sah auf. Eri stand auf dem Schild, eingehüllt in Wolfsfelle, die Hand am Schwertknauf, ein schwarzer Schatten vor der anbrechenden Morgendämmerung. Er wirkte groß und würdevoll. Es knackte lauter, ein hässliches, Unheil kündendes Geräusch. Awin konnte unter seinen steifen Fingern fühlen, wie das Holz sich bewegte – und plötzlich brach. Gregil schrie entsetzt auf, und Eri fluchte, genauso die Männer, die alles versuchten, um den brechenden Schild zu halten. Sie hatten Glück im Unglück, denn der Bronzerahmen und das Leder hielten das Holz zusammen, so dass ihr neuer Yaman zwar taumelte, aber nicht stürzte. Eilig brachten sie die Strecke stolpernd und fluchend zu Ende, und Curru rief keuchend die vorgeschriebenen Worte: »Ein Krieger warst du, ein Fürst bist du nun, Yaman Eri.«

Schnell sprang Eri herab, und es war keinen Augenblick zu früh: Der Schild glitt den Trägern aus den Händen und fiel polternd zu Boden, ein Stück Holz brach heraus, und die alte Lederhaut zerriss. Der Schild kreiselte noch ein paar Mal über den Boden, dann blieb er liegen. Es war totenstill. Die Hakul starrten einander entsetzt an. Man musste kein Seher sein, um zu wissen, dass dies ein sehr böses Omen war.

»Zu niemandem ein Wort!«, rief Curru, als der erste Schreck sich gelegt hatte.

Gregil stand mit versteinerter Miene und starrte den zerbrochenen Schild an. Dann drehte sie sich um und verschwand im Zelt.

»Versteckt das«, forderte Yaman Eri, der seiner Mutter folgte.

»Die Kinder haben es auch gesehen«, sagte Tuge der Bogner nachdenklich.

»Ich rede mit ihnen«, bot Mabak an.

»Mach das, und du, junger Seher, hilfst mir am besten mit diesem unglückseligen Schild«, flüsterte Tuge.

Sie versteckten den Schild auf einem ihrer Wagen. »Er war einfach alt und das Holz morsch«, brummte Tuge, als sie ihn unter allerlei Hausrat vergruben.

»Ist so etwas schon jemals vorgekommen?«, fragte Awin leise.

»Nicht, dass ich wüsste. Ich nehme an, es ist kein Glück verheißendes Zeichen, oder?«

»Es bedeutet gar nichts«, zischte Curru, der ihnen gefolgt war.

»Es bedeutet einen schlechten Beginn«, widersprach Tuge. »Wer es gesehen hat, wird es nicht vergessen.«

»Aber er wird nicht darüber reden. Versprecht mir, dass ihr es nie wieder erwähnt«, forderte Curru.

»Du verlangst viel«, antwortete Tuge ruhig.

Awin war überrascht. Der Bogner war ein Mann, der die Ordnung des Klans hoch schätzte und verteidigte, aber nun gab er dem alten Seher Widerworte.

»Wenn sich das herumspricht, wird unsere Sippe viel Ansehen verlieren, Tuge«, sagte Curru, und es klang böse.

»Ich wundere mich, dass du dieses Zeichen der Götter nicht deuten willst, Curru«, gab der Bogner trocken zurück.

»Und ich bin erstaunt, dass du dich weigerst, den Wunsch deines Yamans zu erfüllen«, zischte Curru wütend.

»Vielleicht«, warf Awin schnell ein, »genügt es ja, wenn wir dir und Eri versprechen, diese Sache keinem Fremden gegenüber zu erwähnen.«

Curru sah ihn scharf an. »Es heißt *Yaman* Eri«, sagte er knapp.

»Ich glaube, dass ich Awins Vorschlag folgen kann«, meinte Tuge. »Wir werden diese Sache bereden müssen, später, wenn Zeit ist, doch natürlich ist es etwas, das wir unter uns klären sollten.«

»Da gibt es nichts zu bereden«, rief Curru ungehalten.

»Das sehe ich anders, alter Freund. Doch solltest du leiser sprechen. Das Lager erwacht allmählich. Und sie werden sich ohnehin fragen, warum wir die Erhebung des neuen Yamans nicht so feiern, wie es sonst üblich ist.«

»Wir werden schon noch einen Hammel schlachten, Tuge, keine Angst. Und dass wir nicht feiern – nun, es sind dunkle Tage, wer wollte es uns verdenken?« Damit hatte Curru natürlich recht.

Sie schlachteten am späten Morgen sogar zwei Hammel und teilten sie mit jedem, der an ihrem Feuer vorüberging. Wenn sich einer der anderen Hakul darüber wunderte, dass es sehr ernst und ruhig an diesem Feuer zuging, behielt er es für sich.

Erst nach Mittag riefen die Yamane Uredh und Brediak zur angekündigten Versammlung der Klanführer und Würdenträger. Yaman Brediaks Rundzelt war das größte im Lager, aber es reichte dennoch kaum, die gut zwanzig wichtigen Männer aufzunehmen, die sich nun trafen. Awin hatte sich auch von Curru nicht ausreden lassen, teilzunehmen. Er war der Träger des Lichtsteins, und er musste wissen, was dort beraten wurde, ein Entschluss, den er schnell bereute. Der Eindruck, den sein Auftritt am vorigen Abend hinterlassen hatte, war schon wieder verblasst. Zudem taten Uredh und vor allem Brediak alles, um die Hakul davon zu überzeugen, dass der Lichtstein am Sichelsee doch am besten aufgehoben sei. Ein Schmied, ein schwarzbärtiger Hüne vom Klan des Klees, schlug vor, man möge nach Tiugar senden, der verborgenen Stadt, und das Orakel der weißen Stuten in dieser Sache entscheiden lassen, was, wie Awin wusste, viele Wochen dauern würde. Ein anderer schlug vor, man möge Heredhan Horket, als mächtigsten Fürsten der Schwarzen Hakul, um Hilfe ersuchen, was Curru aber strikt ablehnte.

Jeder der inzwischen zwölf Klanführer, war er nun Yaman, Seher, Schmied, Ältester oder nur Yamanoi, hatte daraufhin etwas Wichtiges zu sagen, und da jeder der anwesenden Klans mit wenigstens einer der anderen Sippen mehr oder weniger verfeindet war, rückte mit jedem Redner die Einigung in weitere Ferne. Awin hörte zu, aber seine Ungeduld wuchs. Endlich, als der Älteste des Klans der Schwarzen Ranke ansetzte, umständlich von den Leiden seiner Sippe zu berichten, erkannte er, dass er von dieser Runde wenig Hilfe zu erwarten hatte. Vermutlich hatten Brediak und Uredh sie genau deshalb einberufen. Die beiden Yamane wollten den Lichtstein hier in ihrer Obhut behalten und gingen vermutlich davon aus, dass sie so am leichtesten Zeit gewinnen konnten. Awin stand auf und trat in die Mitte der Versammlung, obwohl er gar nicht das Wort hatte. Der Älteste des Ranken-Klans sah ihn verwirrt an und vergaß offensichtlich, was er gerade hatte sagen wollen. »Ich danke dir, ehrwürdiger Vater, dass du mir das Wort überlässt«, begann Awin. Diesem kurzen Satz folgte ein Sturm der Entrüstung, denn wenn sie auch untereinander zerstritten waren, so waren sie sich doch darin einig, dass dies der Rat der erfahrenen Männer und Weisen war und dass Jünglinge hier zu schweigen hatten. Awin hielt den Lichtstein hoch. Das wirkte, der Lärm verebbte.

»Nichts liegt mir ferner, als die althergebrachte Ordnung zu stören, ihr Männer«, sagte er mit grimmigem Lächeln, »und es steht euch frei, euch so lange zu streiten, wie ihr es für richtig haltet. Doch will ich euch sagen, dass ich das Lager morgen früh noch vor Sonnenaufgang verlassen werde. Und der Heolin mit mir. Ich weiß nicht, ob mir einer von euch folgen will, aber jeder Mann, der mit mir auf diese gefährliche Jagd geht, ist mir mehr als willkommen.« Dann verneigte er sich und verließ das Zelt, während hinter ihm die Wellen der Empörung lautstark zusammenschlugen.

Wütend stapfte er zu ihren Zelten zurück, mit einem bitteren Lachen über sich selbst auf den Lippen. Er hatte sie alle vor den Kopf gestoßen. Vermutlich würde keiner der Würdenträger ihm das verzeihen. Er fragte sich, ob er seiner Schwester nicht gerade einen sehr schlechten Dienst erwiesen hatte. Er hätte sich nicht von seinem Zorn hinreißen lassen dürfen. Doch andererseits – sie würden noch Tage beraten und nichts unternehmen, weil sie einfach Angst hatten. Seine Wut flaute ab. Die meisten Klans waren von Slahan hart getroffen worden. Dass sie sich fürchteten, verstand Awin nur zu gut. Er selbst spürte diese Furcht auch: Wenn er aufbrach, um die Gefallene Göttin zu jagen, würde dann bei seiner Rückkehr noch jemand hier sein, oder würde irgendein anderes Unglück – ein anderer Feind oder ein Streit unter den Klans – die wenigen, die geblieben waren, verschlungen haben? Vor ihren Zelten traf er Merege, die ihre Hände am Feuer wärmte. Er atmete tief durch. Er hatte seine Entscheidung verkündet, jetzt gab es kein Zurück mehr. »Morgen früh breche ich auf, und ich hoffe, du begleitest mich, Merege.«

Die Kariwa starrte ins Feuer und sagte dann: »Du trägst den Heolin, und den werde ich nicht verlassen, Awin.«

Das war nicht das, was er zu hören gehofft hatte, aber es war besser als nichts. Er ging ins Zelt, wo er Wela traf, die offenbar dabei war, ihr Bündel zu packen. »Was tust du da?«, fragte er verwundert.

»Ich bereite mich auf den Aufbruch vor. Diese Göttin hat viele Verwandte von mir in ihren Klauen. Ich will dabei sein, wenn du sie befreist.«

»Aber das ist ein Kriegszug, ich meine – es ist eigentlich Männersache.«

Wela warf ihm einen eigentümlichen Blick zu. »Hast du nicht gerade die bleiche Ziege gefragt, ob sie mitgeht? Und ist sie keine Frau?«

»Du hast gute Ohren«, brummte Awin, »und ja, sie ist eine Frau – und keine Ziege.«

»Dann wäre das also geklärt«, stellte Wela zufrieden fest.

Awin machte auf dem Absatz kehrt und ging wieder nach draußen. Er musste mit Gregil sprechen, vielleicht konnte die Yamani Wela diesen Unsinn ausreden.

»Da ist ja der Störenfried«, rief die helle Stimme Eris. Curru war bei ihm. Wieder fiel Awin auf, wie sehr Curru gealtert schien, seit er an Egwas Grab gestanden hatte.

Awin überhörte Eris Bemerkung und fragte: »Ist die Versammlung etwa schon zu Ende?«

Curru schüttelte den Kopf: »Nachdem du, ohne mich oder deinen Yaman vorher zu fragen, deine Entscheidung verkündet hast, gab es für uns nichts mehr zu verhandeln.«

»Du hättest mich fragen müssen, Awin«, zürnte Eri.

»Haben wir nicht gestern entschieden, dass wir Slahan jagen werden?«, fragte Awin verärgert. »Oder bist du heute etwa anderer Meinung als gestern, Eri?«

»Es heißt *Yaman* Eri, mein Junge«, belehrte ihn Curru erneut und fuhr fort: »Und was diese Narren im Zelt betrifft, nun, sie müssen darüber reden. Oder glaubst du, es fällt ihnen leicht, einem Ratschluss zu folgen, der in einem anderen Klan gefasst wurde?«

Awin musste zugeben, dass Curru nicht unrecht hatte. Es waren Hakul, und das hieß, sie achteten eifersüchtig auf ihre Rechte und waren kaum bereit, eine andere Führung als ihre eigene anzuerkennen. Aber dafür war keine Zeit, sahen sie das nicht? »Sie würden doch noch Tage beraten, wenn ich ihnen keine Frist gesetzt hätte«, meinte er verdrossen.

»Vielleicht hast du den Bogen überspannt, mein Junge. Vielleicht werden einige Männer hierbleiben, die uns nur einen Tag später mit Freuden gefolgt wären.«

»Das heißt, ihr kommt mit?«, fragte Awin, um sicherzugehen.

»Natürlich. Der Stein gehört unserem Klan und nicht dir allein, Awin«, sagte Eri. »Außerdem werden wir unseren Feinden in diesem Lager nicht das Schauspiel der Uneinigkeit bieten. Also haben wir so getan, als ob wir drei den Zeitpunkt des Aufbruchs bereits vor der Versammlung gemeinsam festgelegt hätten.«

Wenig später kam Tuge der Bogner ins Lager zurück. Er war mit Kolyn und Mabak auf der Jagd gewesen und schlecht gelaunt. »Zwei Wölfe haben wir erlegt, doch kein Wild. Die Gazellen sind nach Süden gezogen, und die Hasen haben sich vor diesem eisigen Frost versteckt. Vor dem Frost – und den Wölfen. Es sind sehr viele auf der anderen Seite des Sees, mehr als ich je an einem Ort sah. Zum Glück sind sie klug und fürchten die Menschen. Es wäre eine Verschwendung von Pfeilen und von Zeit, sich mit ihnen herumschlagen zu müssen.«

Als er erfuhr, dass es am nächsten Morgen losgehen sollte, nickte er nur knapp. Dann fragte er: »Wer von uns Männern kommt mit, und wer bleibt hier und bewacht Frauen und Kinder?«

»Kolyn sollte hierbleiben, er ist zu jung«, sagte Eri, und als er das enttäuschte Gesicht des Knaben sah, fügte er hinzu: »Aber ich denke, wir können seiner Tapferkeit den Schutz unserer Frauen und Kinder anvertrauen. Ich weiß, die Wölfe werden seinen Bogen bald fürchten lernen.«

Kolyn strahlte.

»Und Mabak?«, fragte Curru.

»Kommt mit«, erklärte Mabak sehr bestimmt.

Eri lächelte, dann sagte er: »Ich weiß, wie mutig du bist, Mabak, Maldes Sohn. Doch da wir dank Awin nicht wissen, wie viele Krieger von den anderen Klans mit uns gehen und wie viele bleiben, ist es schwer zu sagen, ob wir dich eher im Sger oder hier brauchen. Du musst dich bis morgen früh gedulden, fürchte ich.«

Mabak sah nicht so aus, als ob ihm das besonders gefiele, aber er nickte ernst. Awin war erstaunt. Das war klug von Eri, klüger, als er es ihm zugetraut hätte. Dann fiel ihm etwas ein: »Wela will mitkommen«, verkündete er.

Verblüfftes Schweigen war die Antwort. Dann rief Curru: »Ihr Götter, dieses Mädchen ist verrückt!«

»Welches Mädchen?«, fragte Wela, die jetzt aus ihrem Zelt trat. Sie warf Awin einen bösen Blick zu. Vermutlich hatte sie vorgehabt, die anderen am Morgen vor vollendete Tatsachen zu stellen. Dieser Plan war nun fehlgeschlagen.

»Nun, Schmiedin«, sagte Eri ernst, »dies ist ein Kriegszug.«

»Ich bin nicht nur Schmiedin, sondern auch Heilerin. Und

ist es nicht das, Yaman Eri, was ein Kriegszug am dringendsten braucht?«

»Dennoch bist du ein Weib«, beharrte der alte Seher.

»Sie mag mitkommen«, verkündete Eri überraschend.

Curru starrte ihn verblüfft an. »Aber, Eri, mein Junge …«, begann er, ohne den Satz zu vollenden.

»Es heißt *Yaman* Eri«, berichtigte Tuge trocken.

Damit war diese Sache entschieden. Als Awin ankündigte, dass auch die Kariwa, die wieder auf den See hinausgegangen war, den Zug begleiten würde, hatte er Widerstand erwartet, aber Eri zögerte nur einen winzigen Augenblick, bevor er mit einem Nicken sein Einverständnis erklärte. Auch Curru schwieg. *Natürlich*, dachte Awin, *sie haben beide gesehen, welche Macht Merege besitzt, auch wenn sie das immer wieder leugnen. Sie wissen, dass wir sie brauchen werden.*

Als der Abend anbrach, tagte der Rat der Hakul immer noch, und es drang nach draußen, dass eine Entscheidung nicht näher gerückt war. Beim gemeinsamen Mahl im Yamanszelt beschäftigte die Krieger des Berg-Klans eine andere Frage: Sie waren sich einig, dass sie Slahan verfolgen mussten – doch wo war die Göttin jetzt?

»Eine Frau vom Klan der Ranke hat mir erzählt, dass Slahan lange bei den Schwarzen Bergen war, bevor sie weiter nach Nordosten zog«, berichtete Gregil.

»Aber wo will sie hin? Zu den Akradhai?«, fragte Tuge mit vollem Mund.

»Wie sollte sie dort hingelangen?«, fragte Curru. »Sie kommt nicht über den Dhurys.«

»Dann wird sie zurückkehren? Oder geht sie am Fluss nach Norden, Curru?«, fragte Eri.

Der Seher starrte in seine dampfende Schale. Er hatte nicht

viel gegessen. »Ich kann es dir nicht sagen, Yaman. Ich hatte wenig Zeit, mich um Zeichen zu kümmern. Aber vielleicht sendet mir Tengwil heute Nacht einen Traum. Denn zu mir spricht sie ja noch«, fügte er mit einem Seitenblick auf Awin hinzu. Awin aß verdrossen weiter und ging nicht auf diese Spitze ein. Aber es stimmte schon: Seit sie Uos Mund verlassen hatten, hatte er weder geträumt noch irgendwelche Zeichen gesehen. Und auf die Reise der Seher hatte er auch nicht gehen können. Es war, als ob ihm Tengwil die Sehergabe wieder genommen hätte. Hatte er vielleicht schon so viel gesehen, dass die Weberin der Meinung war, es sei genug für ein Leben? Oder hatte er die Götter beleidigt? Er wusste es nicht und konnte nur hoffen, dass diese Blindheit nicht andauern würde. Es gab auch niemanden, mit dem er darüber sprechen konnte. Merege erklärte stets, dass sie davon nichts verstand, und seinen alten Lehrer Curru würde er bestimmt nicht fragen. Die uralte Senis würde vielleicht eine Antwort wissen. Doch wie sollte er sie erreichen, wenn er nicht auf Reisen gehen konnte? Mereges rätselhafte Ahnmutter war weit im Süden, auf der Suche nach einer Wurzel, die ihr unendlich langes Leben beenden sollte. Hatte sie sie etwa gefunden? War es vielleicht sogar so, dass er nur mit Senis' Hilfe auf die Reise hatte gehen können? Seine Gabe war doch erst nach der Begegnung mit ihr in Erscheinung getreten. Awin verspürte plötzlich keinen Hunger mehr. Er stellte seine Schale zur Seite. Jemand hatte ihn etwas gefragt. »Wie?«, murmelte er.

Tuge grinste ihn freundlich an. »Ich habe gefragt, ob du weißt, wohin Slahan gehen wird.«

»Auch ich habe kein Zeichen gesehen, Meister Tuge«, antwortete er zerstreut und vergaß, dass er den Bogner nicht mehr Meister nennen musste, seit er selbst als solcher galt.

»Sie folgt dem Fluss stromabwärts«, sagte Merege. Awin hatte sie gar nicht hereinkommen sehen.

»Dem Dhurys? Bist du sicher, Kariwa?«, fragte Tuge.

»Die Wölfe haben es gesagt«, bekräftigte Merege ihre Behauptung. »Sie sammeln sich in großer Zahl, und sie sind unruhig, weil auch sie den Sturm fürchten. Sie sagen, dass die Göttin nach Nordosten ging, am Fluss verharrte und ihm jetzt stromabwärts folgt. Und auf ihrem Weg verheert sie das Land, tötet Mensch und Tier.«

»Und das haben dir die Wölfe erzählt?«, fragte der junge Mabak ehrfürchtig.

»Unsinn«, knurrte Curru unwillig, als Merege nickte. »Diese … Frau ist keine Seherin.«

Awin wunderte sich, dass sein alter Lehrer die Gelegenheit ausließ, sie als Hexe zu bezeichnen. Sie war vielleicht keine Seherin, aber sie verstand sich gut auf Tiere, das war offensichtlich. »Haben die Wölfe auch gesagt, was sie sucht, oder wo sie hinwill?«, fragte er.

Merege schüttelte den Kopf. »Auch die Wölfe wissen nicht alles. Ich denke aber, sie will weiter nach Osten, doch hindert sie der Fluss. Also wird sie eine Stelle suchen, wo sie ihn überqueren kann.«

»Den Dhurys? Da kann sie lange suchen«, sagte Curru mit einem verächtlichen Lachen. »Da müsste sie schon hinunterziehen bis zur Wüste Dhaud und …« Sein Lachen erstarb.

Betroffen schwiegen die Versammelten. Wenn Slahan den Strom Dhurys hinabzog, dann führte ihr Weg sie noch einmal mitten durch die Weiden der Hakul.

»Und wer oder was, Curru, sollte sie daran hindern?«, fragte Awin ernst.

Am nächsten Morgen erwachte Awin vom Tritt vieler Hufe auf hart gefrorenem Boden. Es war noch dunkel, und die ruhigen Atemzüge der schlafenden Kinder schwebten durch das Zelt.

Das kleine Herdfeuer war fast ganz heruntergebrannt. In seinem schwachen Schein sah Awin den Bogner, der seine Waffe prüfte. Er nickte ihm zu. »Ich habe dir auch einen Bogen bereitgelegt, Seher«, brummte er. »Ich hoffe, du gibst besser darauf Acht als auf den letzten.« Awin setzte sich auf. Hinter dem Vorhang, der die Schlafplätze der Männer und Frauen trennte, wurde geflüstert. Dann steckte Wela ihren Kopf heraus. »Dort steht Wasser, falls du dich waschen willst, Awin«, sagte sie leise.

Während Awin sich wusch, hörte er gedämpfte Unterhaltungen vor dem Zelt. Es waren die Stimmen vieler Männer. Fernes Wolfsgeheul begrüßte den Morgen. Als Awin hinaustrat, wurde er bereits erwartet.

»Ich grüße dich, Lichtträger«, sagte Harmin. »Wir sind hier, um dir zu folgen.«

Awin fröstelte. Er schätzte die Zahl der Männer auf über dreißig, und das waren mehr, als er erwartet, aber weniger, als er gehofft hatte. Drei Dutzend Krieger gegen eine Göttin? War das nicht lächerlich? Aber dann wurde ihm klar, dass es nicht auf die Zahl ihrer Speere ankam; ihre Entschlossenheit würde den Ausschlag geben. Und der junge Mabak freute sich über die geringe Anzahl, hieß das für ihn doch, dass genug Krieger im Lager blieben und er den Zug begleiten konnte. Awin sah ihn sich eilig rüsten.

»Ich grüße dich, Harmin«, erwiderte Awin endlich den Gruß. »Sind all diese Männer aus deinem Klan?«

»Nicht alle, aber die Besten«, lautete die Antwort. »Ich hätte dir mehr gebracht, wenn ich mir nicht wegen der Wölfe Sorgen machen müsste. Ich habe noch nie so viele auf einem Haufen gesehen.«

»Wer sagt, dass deine Krieger besser sind als unsere?«, beschwerte sich ein alter Krieger, den Awin im schwachen Schein der Fackeln als den Ältesten des Ranken-Klans, einen Mann namens Blohetan, wiedererkannte.

»Wollt ihr am frühen Morgen schon streiten, Hakul?«, fragte Curru, der aus dem Yamanszelt heraustrat.

Harmin lachte leise. »Was gibt es Besseres, als mit einem belebenden Zwist den Tag zu beginnen?«

Awin wären da schon ein paar Dinge eingefallen, ein heißer Kräutersud zum Beispiel. Als hätte er seine Gedanken gelesen, drückte ihm Tuge einen Becher in die Hand. »Trink das, mein Junge, und genieße es. Wer weiß, was kommen mag?«

»Ich denke, der Träger des Lichtsteins sollte es wissen, ist er nicht ein Seher?«, fragte Blohetan.

Bevor Awin verlegen eine Antwort stottern konnte, ergriff Curru die Gelegenheit, sich ins beste Licht zu rücken: »Warum fragst du den Schüler, wenn du auch den Meister fragen kannst, Ältester? Die Zeiten sind dunkel, und die Zeichen sind stark. Der schwarze Wolf schleicht um das Lager und kündigt einen langen Winter an. Hörst du ihn nicht heulen? Doch die Sonne lässt uns am Morgen die roten Fäden der Schicksalsweberin am Himmel sehen. Große Tage stehen uns bevor, Blohetan, große Tage für tapfere Männer. Blut wird vergossen, doch ob es das unsere oder das unserer Feinde ist, das verhüllt Tengwil noch vor uns.«

Awin seufzte. Dass der Winter lang und hart war, war im kältesten Frostmond seit Menschengedenken eine offensichtliche Tatsache, und dass Blut fließen würde, war bei einem Kriegszug der Hakul zu erwarten. Man brauchte keine Sehergabe, um das vorherzusagen. Aber Curru hatte sein Ziel erreicht. Seine Zuhörer waren beeindruckt. Außerdem hatte er nebenbei noch klargemacht, dass er der bessere der beiden Seher war. Wenigstens in scinen eigenen Augen.

»Macht Platz, Platz für Yaman Uredh und seine Yamanoi«,

forderte eine schneidende Stimme. Ein weiterer Trupp Reiter drängte sich zwischen den Zelten hindurch. Pferde scheuten, Männer fluchten, und dazwischen sprangen erschrocken einige Ziegen meckernd davon.

»Sieh an, Uredh, mit dir hätte ich nicht gerechnet«, rief Curru.

»Du glaubst doch nicht, dass wir so etwas Großes eurem kleinen Klan anvertrauen, Curru von den Schwarzen Bergen?«, entgegnete Uredh lautstark.

Awin spürte die Feindseligkeit, die sich in die Reinheit der Morgenstunde mischte. Auch er war überrascht, dass Uredh sich ihrem Zug anschließen wollte. War er nicht an Strydhs Felsen noch davon überzeugt gewesen, es sei besser, den Lichtstein am Sichelsee zu behalten? Awin sattelte seinen Braunen. Sorgfältig prüfte er das Zaumzeug und befestigte Decke, Schild und Wasserbeutel am Sattel. Am Horizont zeichnete sich das erste Rot des Morgens ab, und das Geheul der Wölfe in der Ferne kündigte einen weiteren kalten Tag an. Mehr als vierzig Männer waren es schließlich, die sich zwischen den Rundzelten sammelten, vierzig Männer – und zwei Frauen.

»Ich habe ja gehört, dass diese Kariwa Zauberkräfte besitzen soll«, brummte Uredh missmutig, »aber warum, um Marekets willen, sollen wir die Schmiedin mitschleppen?«

»Ich entscheide, wer in meinem Sger reitet und wer nicht, Yaman Uredh«, erklärte Eri knapp.

»Bist du sicher, Yaman Eri?«, lautete die spöttische Antwort.

Doch dann blies Tuge mit seinem Horn das Zeichen zum Aufbruch, und die Reiter bahnten sich ihren Weg durch die engen Gassen des Lagers. Awin gab seinem Braunen die Fersen und reihte sich in den Zug ein. Bis auf den Hufschlag und das Schnauben der Pferde war es still, dabei waren jetzt viele Hakul auf den Beinen. Am Durchlass, den sie in ihrem notdürftigen

Wall aus Wagen gelassen hatten, wurden sie noch einmal aufgehalten. Yaman Brediak war dort, und er opferte den Hütern und erflehte den Segen der Götter für das Gelingen des Zuges. Sie setzten über den Graben. Über Nacht war das Lager vor dem Wall noch weiter gewachsen. Es drängten sich dort jetzt beinahe so viele Zelte wie auf der Halbinsel. Viele Hakul beobachteten ihren Auszug, sahen ihnen nach, und wohl jeder stellte sich die Frage, ob die, die ausritten, jene, die blieben, je wiedersehen würden.

Bei Sonnenaufgang hielten sie zum ersten Mal an, weil Uredh und Eri, die beiden Yamane im Zug, sich stritten. »Wir sind der Klan des Heolins, Uredh«, rief Eri, »uns gebührt die Führung.«

»Dem Heolin würde ich folgen, doch nicht dir, Eri vom zerbrochenen Schild.«

Eri verfärbte sich weiß. Awin runzelte die Stirn. Die Geschichte hatte sich also schon herumgesprochen. Wie war das möglich? Hatte Uredh sie vielleicht beobachten lassen? Curru mischte sich ein: »Dies ist unser Sger, Yaman Uredh, und wir erlauben dir nur, uns zu begleiten.«

»Wenn das so ist, dann können wir auch umkehren, ich und meine Yamanoi. Wissen denn die anderen Krieger, dass sie hier nur geduldet werden?«

Awin hatte sich eigentlich aus den Streitereien heraushalten wollen, aber jetzt sah er, dass ihr Sger, kaum gebildet, schon wieder auseinanderzufallen drohte. Also trieb er sein Pferd zwischen die Streithähne und sagte ruhig und sehr bestimmt: »Dem Lichtstein ist es gleich, wer den Sger anführt, solange es nur nach Osten und zum Dhurys geht. Du, Uredh, bist der Ältere, doch der Heolin hat sich in die Obhut meines Klans begeben, des Klans von Eri. Da ihr also beide ein gewisses Anrecht auf Führung dieses Sgers habt, schlage ich vor, dass ihr uns gemeinsam führt. Doch führt uns! Der Weg ist noch weit, und jeden Tag, den wir Slahan länger über das Staubland wüten lassen, werden viele Hakul mit dem Leben bezahlen.«

Awins Vorschlag hatten die beiden Yamane nichts entgegenzusetzen, also konnte der Sger weiterreiten. Als es wieder voranging, ließ Awin sich zurückfallen, denn er suchte Merege, die am Ende des Zuges ritt. Sie begrüßte ihn mit einem Nicken.

»Du warst heute Nacht nicht im Zelt«, begann er.

»Ich habe mir die Sterne angesehen, doch musste ich das Lager verlassen, denn die vielen Feuer und der Rauch verdarben den Nachthimmel.«

»Du warst die ganze Nacht auf?«, fragte er, um das Gespräch in Gang zu halten.

»Es sind dieselben Sterne wie über meiner Heimat, Awin. Und doch fühle ich mich fremd. Die Krieger mögen mich nicht, und ich glaube, dass Eri mich sogar hasst, wegen der Sache am Fluss.«

Awin erinnerte sich nur zu gut daran. Eri hatte ihr aufgelauert, von Curru aufgehetzt, aber sie hatte seine Bogensehne reißen lassen und sein Schwert zerbrochen. Es war ein Wunder, dass sie dennoch bei ihnen geblieben war.

»Aber auch die Krieger, die in diesem Sger reiten, meiden mich, obwohl sie mich nicht kennen«, setzte Merege hinzu.

»Sie haben gehört, dass du Zauberkräfte hast. Das macht ihnen Angst, was sie aber nie zugeben würden. Versuche, das zu verstehen.«

Eine Weile ritten sie schweigend nebeneinander. Dann sagte Merege: »Ich verstehe es, aber ich halte es für dumm. Ihr braucht meine Hilfe.«

»Vielleicht wissen sie einfach noch nicht, wie sehr, Merege. Ich bin sicher, sie werden am Ende dieser Reise gelernt haben, dich und deine Kräfte zu schätzen.«

»Das ist möglich«, sagte Merege kühl, als glaube sie es nicht so recht. Dann setzte sie hinzu: »Wird das auch noch so sein, wenn ich den Lichtstein fordere? Wenn Slahan vernichtet ist, braucht ihr ihn nicht mehr, und ich hoffe, du hast nicht vergessen, dass er euch nicht gehört, Awin.«

Einer der Reiter vor ihnen drehte sich um. »Spricht sie vom Lichtstein?«, fragte er.

»Nein, da hast du dich verhört, Freund«, erwiderte Awin schnell. Danach ritt er eine Weile gedankenversunken neben der Kariwa, ohne auf ihre letzte Bemerkung einzugehen.

Später tauchte Wela an ihrer, genauer, an Awins Seite auf. »Kann ich dich – oder euch – etwas fragen?«, begann sie und sie machte Zeichen, etwas langsamer zu reiten, damit die Krieger vor ihnen nicht zuhören konnten. Als sie sicher war, dass der Abstand groß genug war, fragte sie leise: »Es geht um den Heolin, vielmehr um das, was du an Strydhs Felsen gesagt hast, Awin.« Sie stockte, als suchte sie nach den richtigen Worten, dann fuhr sie fort: »Du sagtest, der Stein leuchte nicht, weil er lange im Dunkeln gelegen habe. Und dann leuchtete er doch …«

»Das war Mereges Werk«, erklärte Awin seufzend.

»Dachte ich es mir doch. Du sagtest auch, er brauche Sonnenlicht, um wieder Kraft zu sammeln, nicht wahr?« Und als Awin nickte, fragte Wela: »Aber wie soll dies geschehen, wenn du ihn immer in deinem Gewand verbirgst?«

Das war so einleuchtend, dass Awin kaum fassen konnte, dass er nicht schon längst selbst darauf gekommen war.

»Er kann ihn schlecht um den Hals tragen«, meinte Merege nüchtern, »denn dafür ist er zu groß.«

»Ich dachte auch eher an so etwas wie eine Sgerlanze«, erläuterte Wela ihren Gedanken.

Awin sah, wie sich Merege neben ihm im Sattel straffte. Sie

hatte unmissverständlich klargestellt, dass sie ihnen den Heolin nur so lange überlassen würde, wie Awin, und nur Awin, ihn verwahrte. Also sagte er: »Es wäre aber Currus Aufgabe, die Lanze zu tragen.«

»Ob nun du ihn trägst oder Curru …«, erwiderte Wela verständnislos.

»Ich werde den Stein nicht aus der Hand geben«, verkündete Awin bestimmt.

Die Schmiedin warf ihm einen merkwürdigen Blick zu. »Ich habe das Gefühl, dass du mir etwas verschweigst, Awin Sehersohn. Ich frage mich sowieso schon die ganze Zeit, warum Eri und Curru ausgerechnet *dir* den Heolin überlassen.«

»Das hat Gründe«, erwiderte Awin knapp.

»Ein Stab«, rief Merege plötzlich. »Es wäre zu gefährlich, den Stein die ganze Zeit in der Hand zu halten, denn leicht könnte er verloren gehen, vor allem im Kampf. Doch ein starker Stab mit einer guten Fassung an der Spitze wäre vielleicht geeignet.«

Wela schien einen Augenblick mit ihrem Stolz zu kämpfen, als sie über den Vorschlag der Kariwa nachdachte. Offenbar unterlag sie: »Ich könnte ihn auch auf deinem Schild befestigen, Awin«, sagte sie.

Awin warf unwillkürlich einen Blick auf den kleinen Lederschild, der an seinem Sattel baumelte, dann schüttelte er den Kopf. »Bei einem Kampf wäre das nun wirklich zu gefährlich, außerdem erscheint es mir nicht … angemessen. Nein, der Einfall mit dem Stab ist gut.« Und als er sah, wie sehr sich Wela darüber ärgerte, dass er Mereges Einfall lobte, ergänzte er: »Jetzt bräuchten wir nur noch einen geschickten Handwerker, vielleicht einen Schmied, der in der Lage wäre, eine sichere Fassung für den Stein zu machen.«

»Ohne ein Schmiedefeuer kaum denkbar«, murmelte Wela.

»Aber vielleicht sollten wir Tuge fragen, ob er etwas ganz aus Holz für dich fertigt? Nur woher nehmen in diesem kahlen Land?«

Awin sah sich um. Es war der immer gleiche Anblick. So weit das Auge reichte, gab es nur die flachen Bodenwellen der endlosen Steppe, die weiß vom Frost in der Mittagssonne glitzerten. Außer einigen winterdürren Sträuchern wuchs hier nichts, was höher als Gras aus dem Boden ragte. Wela warf einen nachdenklichen Blick auf den Speer, den Awin am langen Lederband auf dem Rücken trug. Gregil hatte ihm die Waffe gegeben, weil sie der Meinung gewesen war, dass er als Yamanoi einen Speer brauchte. Er hatte einst ihrem Mann gehört. »Dieser Speer ist ein Geschenk der Yamani«, erklärte Awin, »außerdem ist er sowieso viel zu schlank.« Und da konnte Wela nicht widersprechen.

Am späten Nachmittag jedoch hatten sie Glück. Der Sger hielt an einem kleinen Gewässer, einem Teich, der von einigen Weiden umstanden war. Eri und Uredh einigten sich darauf, die Nacht dort zu verbringen. Die Krieger begannen, das Eis aufzuhacken und Holz für die Feuer zu schlagen. Andere errichteten die niedrigen Kriegszelte, schlichte Lederbahnen, die in der Nacht notdürftig Schutz vor der Kälte boten. Wela, Awin und Tuge hielten dagegen Ausschau nach einem Ast, der stark genug war, ihrem Zweck zu dienen. Sie stießen auf eine Weide, in die vor einigen Jahren der Blitz eingeschlagen haben musste. Die Krone war kahl, doch auf einer Seite war der Baum noch gesund.

»Wie angemessen«, meinte Tuge, »das Schicksal hat diesen Baum hart getroffen, so wie uns. Er hat viel von seiner Stärke verloren, doch er ist zäh und hat aus seinen tiefen Wurzeln neues Leben hervorgebracht. Hätte ich Zeit, würde ich aus seinem Holz ganz besondere Bogen fertigen. Ja, wenn diese Sache vorüber ist, kehre ich vielleicht sogar hierher zurück.«

»Mir genügt dieser lange Ast dort, Onkel Tuge«, meinte Wela trocken. »Ich glaube, es lässt sich ein würdiger Bewahrer für den Heolin daraus schnitzen.«

Schon am nächsten Morgen war der Stab fertig, und während die anderen Reiter sich für den langen Tag stärkten und in ledernen Eimern Eis für die Pferde schmolzen, fügten Wela und Tuge unter Mereges und Awins besorgten Blicken den Lichtstein vorsichtig in den gespaltenen Stab ein. Über dem Stein banden sie das Holz mit Lederschnüren und Bronzedraht zusammen. »Er ist keine Schönheit, Awin, das gebe ich gerne zu«, meinte der Bogner, als sie fertig waren, »doch sitzt der Stein fest. Das Leder wird noch trocknen und straffer werden, und dann kann nur rohe Gewalt den Heolin aus dieser Fassung lösen.«

Awin nahm den Stab mit zweifelndem Blick entgegen. Er war fast so lang wie er selbst. Er schwang ihn vorsichtig hin und her, klopfte einmal hart auf den Boden – der Heolin rührte sich nicht. Den Kriegern war nicht verborgen geblieben, was er tat. Als Awin den Stab eingehend geprüft hatte und ihn nun, einer plötzlichen Eingebung folgend, anhob, um die aufgehende Sonne zu begrüßen, brandete Jubel auf. »Heolin, Heolin!«, riefen die Männer immer wieder, als könnten sie gar nicht genug davon bekommen, und sie riefen es immer noch, als Awin den Stab längst gesenkt hatte.

Als sie aufgesessen waren, lenkte der alte Blohetan, der Älteste vom Klan der Ranke, sein Pferd an Awins Seite. »Weißt du, an wen du mich erinnerst, junger Seher?«, fragte er.

Awin schüttelte den Kopf.

»Weißt du es wirklich nicht?«, fragte der Alte noch einmal und sah ihn lauernd an.

»Nein, tut mir leid, ehrwürdiger Blohetan«, erwiderte Awin und fragte sich, warum der Älteste es ihm nicht einfach sagte.

»An einen Maghai, wie es bei den Dhaniern früher viele gab

und heute nur noch wenige gibt«, erklärte Blohetan umständlich. »Ja, du erinnerst mich an einen der Zauberer dieser alten Geschichten, der mit seinem Stab durch die Lande wandert und seine Wunder vollbringt.«

»Du bist einem begegnet?«, fragte Awin ehrfürchtig. Die Maghai waren berühmt für ihre geheimnisvolle Kunst. Hatten sie nicht die Dhanier jahrhundertelang erfolgreich vor allen Feinden – auch den Hakul – beschützt?

»Begegnet? Nein, junger Seher, dieses Glück war mir nicht vergönnt. Doch habe ich viele Geschichten über sie gehört. Mächtig sind sie, das weiß jeder. Und ich hoffe, du bist es auch.«

Als er davonritt, sah ihm Awin fassungslos hinterher. Er war doch kein Zauberer, nur ein Seher; noch dazu einer, der seit Wochen weder Träume noch Gesichte hatte. Aber es half nichts. Das Wort vom Maghai machte seine Runde. Und am Ende des Tages waren die meisten Krieger überzeugt, dass Awin mit seinem Stab sicher bald ebensolche Taten vollbringen könnte wie die mächtigen Zauberer der alten Sagen.

»Du weckst falsche Hoffnungen, mein Junge, das solltest du lassen«, meinte Curru, der neben ihm ritt.

Awin hatte sich gewundert, dass der Alte seine Gesellschaft suchte. Jetzt war ihm klar, dass er wohl nur darauf aus war, ihm den Tag zu verderben. Er zuckte mit den Achseln. »Nicht ich gebe ihnen Hoffnung, sondern der Heolin, und das kann nicht falsch sein. Sieh nur, Curru, der Stein ist schon heller geworden.«

»Das ist nur die Sonne, die sich in ihm bricht«, knurrte der alte Seher und suchte sich einen anderen Nachbarn im Sger. Awin seufzte. Hinter ihm lachten die Jungkrieger, bei denen sich Wela eingereiht hatte. Er wäre gerne so wie früher mit ihnen geritten oder noch lieber mit der verschlossenen Merege, aber Tuge hatte ihm klargemacht, dass er als der Träger des Lichtsteins gefälligst vorn bei den Yamanen zu reiten hatte. Und so hatte er nun Eri und Uredh vor sich, zwischen denen von Stunde zu Stunde der Hass größer zu werden schien. Es war keine Nachbarschaft, in der man sich wohl fühlen konnte, aber Awin sah ein, dass er dort vorn gebraucht wurde. Der Heolin wirkte wie eine ständige Ermahnung an die beiden Yamane, es mit ihren kleinlichen Streitereien nicht zu übertreiben.

Am Nachmittag begegneten ihnen einige schwer beladene Wagen. Sie hatten sie schon lange vor dem Zusammentreffen gesehen und sie über die Ebene herankommen lassen. Es waren Hakul, die auf dem Weg zum Sichelsee waren. Ein graubärtiger Alter führte sie an. »Man hatte uns gewarnt, dass Slahan kommen würde. Wir wollten es nicht glauben, und als wir es endlich doch taten, war es schon zu spät. Die Göttin hat viele von uns geholt«, erklärte der Alte verbittert. Er lehnte rundweg ab, Krieger an ihren Sger abzugeben, als Eri ihn dazu aufforderte: »Es ist noch weit bis zum Sichelsee, und das Land ist voller Wölfe. Soll ich ihnen Frauen und Kinder zum Fraß vorwerfen? Nein. Dieser Klan hat genug Köpfe verloren.«

»Es ist wohl besser, dass sie ihre Krieger mitnehmen«, meinte Eri verdrossen, als sie die Wagen hinter sich gelassen hatten. »Sie waren so voller Angst, dass sie uns kaum genutzt hätten.«

Awin konnte in Uredhs Gesicht lesen, für wie töricht er Eri hielt. Aber der Yaman überging die Bemerkung und sagte: »Ich kenne den Ort, den der Alte als ihr Lager beschrieben hat. Er liegt nordöstlich, aber wenn Slahan dort vor fünf Tagen war, wie er sagte, dann kommen wir zu spät, um ihr den Weg abzuschneiden, dann ist sie schon irgendwo im Süden, vielleicht schon auf Horkets Weiden.« Und er schlug vor, in südöstliche Richtung zu schwenken, bis sie auf die Spur der Göttin oder den Fluss treffen würden.

Eri widersprach, ohne dass er dafür einen Grund hätte nennen können, und Awin musste ihm gut zureden, bis er schließlich doch nachgab. Es begegnete ihnen den ganzen Tag über keine Menschenseele mehr. Srorlendh lag leer und verlassen, und nur einige Krähen folgten ihnen über das gefrorene Land. Dafür hatte Curru eine einfache und düstere Erklärung: »Selbst die Wölfe folgen uns nicht, denn sie wittern das Unglück, das uns begleitet. Die Krähen dagegen hoffen auf unser Fleisch, und sie glauben, dass sie schnell genug sind, um selbst dem Sturm davonzufliegen.«

Als sie am Abend auf der kahlen Ebene ihr Lager aufschlugen, war es unübersehbar geworden, dass der Lichtstein Farbe gewonnen hatte. Der beinahe erloschene Funke in seinem Inneren war stärker geworden. Es war nicht viel, aber es war doch ein gutes Zeichen, das erste seit langer Zeit. Auch am nächsten Morgen brachen sie wieder vor Sonnenaufgang auf. Awin stand besonders früh auf, um die kalten Glieder zu bewegen und sich irgendwie zu wärmen. Er teilte sich sein Kriegszelt mit Tuge dem Bogner, und er war durchgefroren, weil diese ledernen Behausungen zu niedrig waren, um ein Feuer darin zu machen, und in dieser elenden Gegend gab es nicht einmal Feldsteine, die sie im Feuer für die Nacht hätten anwärmen können. Tuge behauptete, dass sogar die Pferdeäpfel, die sie tagsüber für die Feuer sammelten, gefroren waren und deshalb nicht richtig brannten. Beim Satteln traf Awin auf eine schlecht gelaunte Wela. »Was ist? Du machst ein Gesicht, als wäre dir ein Schwert zerbrochen«, rief er ihr zu.

Wela warf ihm einen feindseligen Blick zu. »Es ist die Ziege«, begann sie. Awin wusste, dass sich Wela mit Merege das Nachtlager teilen musste. Sie konnten die Frauen ja schlecht zu Kriegern ins Zelt legen. »Ich glaube«, fuhr Wela fort, »unser Zelt ist das einzige, in dem es drinnen kälter ist als draußen. Dieses

Weib ist aus Eis, und ich weiß, sie würde eher schmelzen, als ein freundliches Wort über die Lippen zu bringen!«

Awin konnte sich ein Grinsen nicht verkneifen. Er war froh, dass sein Staubschal es vor Wela verbarg. Jetzt nahm er ihn ab und fragte ernst: »Und wie viele freundliche Worte hast du für sie bisher gehabt, Wela?«

»Das ist was anderes«, entgegnete die Schmiedin knapp und zog ihr Pferd davon.

Am Nachmittag stießen sie endlich auf die Spur der Göttin und ihrer Stürme. Das Land hatte die verräterische gelbliche Färbung angenommen, die sie schon so oft gesehen hatten. Bald darauf kamen sie zu einem zugefrorenen kleinen Bachlauf. Am Ufer fanden sie einige ausgedörrte Leichen. Awin schlug das Herz bis zum Hals. Die Yamane und Ältesten untersuchten sie, aber es war keiner ihrer Leute darunter. Sie konnten sie nicht einmal beerdigen, denn dazu war der Boden zu hart gefroren. Also sprachen sie nur die Gebete und versprachen den Toten, zurückzukehren und ihnen den Frieden der Erde zu geben, wenn es wieder Frühling wurde.

»Es ist schade, dass der Strom sein Wasser zum größten Teil aus dem Osten, von den Sonnenbergen, nimmt«, meinte Harmin nachdenklich. Der Fuchs-Krieger hielt sich meist in der Nähe Awins auf. Zu Welas Ärger hatte er seine beiden Enkelsöhne, Limdin und Dare, mit auf diesen Zug genommen, was bedeutete, dass die Schmiedin in ihre Nähe kam, wenn sie sich mit Awin unterhalten wollte. Awin fragte sich nach einer Weile allerdings, ob die beiden Jungkrieger überhaupt in die Pläne ihres Großvaters eingeweiht waren, denn sie schienen sich nicht sonderlich um Wela zu bemühen.

»Warum ist das schade, Großvater?«, nahm Limdin, der Ältere, die Bemerkung des Schmiedes auf.

»Jedes Gewässer hält Slahan auf. Sie weicht selbst Bächen

weit aus, weil Fahs ihr für alle Zeit verwehrt hat, über offenes Wasser zu gehen. Wir hätten sie vielleicht schon stellen können, wenn es auch hier im flachen Land einige Bachläufe mehr gäbe. Aber so ist sie uns weit voraus, und wir müssen zu Pferd einem Sturm nachjagen.«

Awin fragte sich, was Harmin bewogen hatte, sich diesem Sger anzuschließen. Sein Klan gehörte zu den wenigen, die bisher von der Rachsucht der Göttin verschont geblieben waren. Als er eine Weile ergebnislos darüber nachgedacht hatte, wurde ihm klar, dass es am einfachsten war, den Schmied selbst zu fragen. Harmin sah ihn nachdenklich an, dann antwortete er: »Es ist gut, dass du die Frage mir und nicht meinen Kriegern stellst. Sie würden sonst vielleicht beginnen, darüber nachzudenken, ob wir das Richtige tun. Die Göttin ist an unserem Lager vorübergezogen, warum also den Streit mit ihr suchen? Nun, du bist jung und kannst dich nicht an die Zeit vor Horket erinnern. Auch früher stritten die Klans, schlimmer als heute, aber wenn der Feind von außen kam, dann hielten wir zusammen. Vielleicht ist das heute anders, vielleicht ist es aber auch nur an der Zeit, dass diese Erinnerung wieder geweckt wird.«

Awin lag eine Bemerkung auf der Zunge, darüber, wie heftig Harmin bei ihrem letzten Zusammentreffen mit seinem Yaman gestritten hatte, und das im Beisein Außenstehender. Aber er schluckte die Bemerkung hinunter. Damals hatte Harmin Yaman Auryd gehasst, weil er den Platz einnahm, den er sich für Harbod, seinen Sohn, gewünscht hatte. Jetzt war Harbod tot, und Harmin hatte sich verändert. Also sagte Awin: »Ich dachte, Heredhan Horket hätte viele Streitigkeiten unter den Hakul geschlichtet?«

»Beerdigt hat er sie, unter einer schweren Decke aus Verpflichtung, Sühne und Unterwerfung. Früher wurde jeder Zwist offen ausgetragen unter Kriegern, heute schwelt es unter der Oberfläche, und jeder fürchtet, dass mit dem ersten Blutstropfen der Heredhan erscheint, um den einen Klan zu unterwerfen und den anderen an sich zu binden. Mir scheint es manchmal, dass Horket mit dem Streit auch unseren Mut erstickt hat. Und ich bin hier, um zu sehen, ob der alte Kampfgeist nicht doch noch lebt, so wie der Funke noch im Heolin glimmt und hoffentlich bald zur strahlenden Flamme wächst.«

Awin betrachtete den Lichtstein nachdenklich. Er schien wirklich stärker zu werden, doch war sein Licht immer noch viel schwächer als in Uos Mund. Awin bezweifelte, dass bereits genug Kraft in ihm wohnte, um eine Göttin herauszufordern. Oder doch? Vielleicht würde er es schon bald wissen.

Gegen Abend erreichten sie endlich den Dhurys, und sie schlugen ihr Lager an seinem Ufer auf. Der Strom war viel breiter, als Awin gedacht hatte, drei oder vier Pfeilschüsse, wie Tuge schätzte. Sein Ufer war mit einem Eispanzer bedeckt, doch in der Mitte strömte das Wasser grau und schnell nach Süden. Slahan war hier gewesen, das war unübersehbar. Eine feine gelbe Schicht lag über dem Gras, und einige der am Ufer stehenden Weiden hatten Windbruch erlitten.

»Also stimmt es, sie will über den Fluss, und solange sie nicht hinüberkann, folgt sie ihm nach Süden«, stellte Tuge fest, als sie sich um ihr Feuer sammelten. Wenn sie am Tag auch gemeinsam ritten, so waren die Hakul doch froh, wenn am Abend jeder Klan sein eigenes Feuer entzünden konnte.

»Kein guter Weg«, meinte Curru grimmig.

»Es leben viele Hakul am Dhurys«, pflichtete ihm der junge Mabak bei.

Awin wusste, dass Curru das nicht gemeint hatte. Der Weg würde sie mitten durch Horkets Weideland führen. Auch Tuge hatte das begriffen. »Der Heredhan hat seine Sühne von uns genommen. Er hat nicht das Recht, mehr zu fordern«, meinte der Bogner nachdenklich.

»Da hat er aber noch geglaubt, Yaman Eri sei tot«, brummte Curru.

»Ich denke, er hat nun andere Sorgen«, sagte Eri. »Wenn wir Glück haben, tut die Göttin uns sogar einen Gefallen und nimmt den Unersättlichen mit.«

»Darauf können wir uns leider nicht verlassen«, erklärte der alte Seher düster.

Eine Weile starrten sie schweigend ins Feuer. Awin betrachtete gedankenverloren den Lichtstein. Der Funke war zu einem schwachen, geheimnisvollen Glanz angewachsen. Er fragte sich, ob er irgendwann wieder so heiß werden würde wie damals, als Etys ihn geraubt und der Stein ihm die Hand verbrannt hatte. Und er fragte sich, ob stimmte, was Merege behauptete, dass der erste Fürst der Hakul den Heolin nicht von Edhils Sonnenwagen, sondern vom schwarzen Daimonentor gestohlen hatte. Es war schwer zu glauben, dass der herrliche Etys so etwas getan haben sollte, aber warum sollte die Kariwa lügen?

Unvermittelt richtete der alte Seher das Wort an Merege: »Sag, Kariwa, bist du sicher, dass Slahan über den Fluss will?«

»Die Wölfe sind es«, entgegnete Merege knapp.

»Die Wölfe, die Wölfe«, wiederholte Curru missmutig.

»Wir könnten ihr den Weg abschneiden«, meinte Tuge plötzlich und fügte, als er die fragenden Blicke sah, hinzu: »Es mag ja sein, dass sie keine Flüsse überqueren kann, aber wir können es. Lasst sie dem Strom bis zur Wüste Dhaud folgen, wir suchen uns eine Furt und nehmen den geraden Weg nach Süden.«

Awin dachte nach. Der Vorschlag des Bogners war gut, sehr gut sogar. Sie würden die Göttin vielleicht einholen, wenigstens aber den Abstand verringern. Und sie würden Heredhan

Horket aus dem Weg gehen, dem Mann, der einst geschworen hatte, den Klan zu vernichten, dessen Seher Awins Vater gewesen war. Am Glutrücken hatte Horket ihn nicht erkannt, nicht einmal beachtet. Aber wenn er nun in das Lager des Heredhans kam? Der eine oder andere Hakul mochte gehört haben, wie seine Klanbrüder ihn von Zeit zu Zeit nannten: Awin, Kawets Sohn. Und Kawet war ein berühmter Name im Staubland. Er war der Seher gewesen, der Horkets Aufstieg vorhergesehen und davor gewarnt hatte. Er hatte sogar versucht, ihn zu verhindern, und Bündnisse mit den Feinden Horkets geschmiedet. Aber die Bündnisse waren zerbrochen, und Kawets Klan der Dornen war bis auf den letzten Mann vernichtet worden. Nur Awin, der damals noch ein Kind gewesen war, war jetzt noch übrig. Und Gunwa, seine Schwester, die der Sturm verschleppt hatte. Awin seufzte. Jeder Tag, den sie gewinnen konnten, war ein kleines Stück Hoffnung. Er stand auf. »Ich werde mit Uredh reden. Morgen suchen wir eine Furt.«

Uredh hatte sich mit Harmin, Blohetan und einem weißhaarigen Krieger vom Klan der Gazelle namens Blennek an ein eigenes Feuer zurückgezogen. Awin schlug also vor, über den Fluss zu gehen, um der Göttin den Weg abzuschneiden. Uredh hörte sich mit verschlossener Miene seinen Vorschlag an, dann antwortete er: »Das klingt vernünftig, Awin, auch wenn ich das Gefühl habe, dass du nicht alle Gründe nennst, die dich bewegen. Doch bin ich nicht sicher, ob wir deinem Vorschlag folgen sollen, junger Seher. Horket ist ein mächtiger Mann. Und der Klan des Schwarzen Grases kann viele tapfere Krieger aufbieten. Auch hat er einen weisen Ratgeber, einen Seher, Isgi mit Namen. Du solltest ihn kennen, denn er genießt hohes Ansehen unter deinesgleichen.«

Harmin saß neben Uredh und starrte ins Feuer. Er wusste, warum Eri Horkets Weiden ausweichen wollte, aber er schwieg.

Der alte Blohetan pflichtete Uredh bei: »Isgi ist wirklich ein kluger und weitsichtiger Mann. Ich bin ihm einst begegnet. Es erscheint mir unvernünftig, seinen Rat nicht zu suchen. Ja, es scheint mir auch unklug, den Heredhan nicht um Hilfe zu bitten. Die Speere seines Klans sind so zahlreich wie das Gras, das seine Sippe im Namen führt.«

»Und wird Horket uns umsonst helfen?«, fragte Awin ruhig.

Uredh kratzte sich am Kinn und schwieg, doch der Älteste sagte: »Die Hilfe des Heredhans kann wertvoll sein. Und unsere Lage ist verzweifelt, oder etwa nicht? Wie könnten wir da die angebotene Hilfe ausschlagen?«

»Ich wundere mich, ehrwürdiger Blohetan, denn ich weiß nichts davon, dass Horket uns Hilfe angeboten hat. Ich weiß nur, dass noch jeder Klan, der ihn um etwas bat, es früher oder später bereute«, erwiderte Awin.

Blennek räusperte sich und sagte nickend: »Mein Klan ist ihm verpflichtet, und ich kann euch sagen, dass Horket stets mehr genommen als gegeben hat. Wenn wir sein Land meiden können, sollten wir es tun. Wenn du also über den Fluss gehst, werden die Männer der Schwarzen Gazelle dir folgen, Lichtträger.«

»Und die des Schwarzen Fuchses ebenso«, erklärte Harmin ruhig.

»Es erscheint mit nicht weise«, gab sich Blohetan halsstarrig, doch Uredh legte ihm die Hand auf den Arm und sagte: »Diese ganze Jagd hat wenig mit Weisheit zu tun, alter Freund. Sind wir nicht Narren, dass wir mit einer Göttin kämpfen wollen? Aber der junge Seher hat recht. Es ist besser, über den Fluss zu gehen. Der Kampf mit der Göttin wird Opfer fordern, dessen bin ich sicher. Doch auch der Heredhan wird fordern, ob er uns nun helfen kann oder nicht. Und am Ende hat er noch stets bekommen, was er wollte.«

Blohetan war zwar nicht überzeugt, aber die anderen redeten ihm gut zu, bis er schließlich nachgab.

Als sie am nächsten Morgen aufwachten, stellten sie fest, dass es keine gute Idee gewesen war, das Lager unmittelbar am Fluss aufzuschlagen. Dichter Nebel hatte sich über den Strom gelegt. Er war in der Nacht in ihre Zelte gekrochen, hatte das Leder mit Eis überzogen, und als sie sich erhoben, fand mancher Hakul Eiszapfen sogar in seinem Bart. Der Nebel war zäh, und die Sonne fand keinen Weg hindurch. Dennoch hielten sie sich am Fluss, denn sie suchten nach einer Furt. »Dhurys verbirgt sich unter einer Decke. Vielleicht will der Fluss nicht, dass wir ihn überqueren«, deutete Blohetan den Nebel schlecht gelaunt.

Gegen Mittag schien der Strom seine Meinung jedoch zu ändern, denn in der höher stehenden Sonne löste sich der Nebel auf. Die Landschaft war atemberaubend schön, Eiszapfen glitzerten in den Bäumen, Reif auf jedem Grashalm. Die Hakul hatten wenig Sinn dafür, denn sie hielten nur Ausschau nach einer Möglichkeit, den eisigen Fluss unbeschadet zu überqueren. Sie schickten Späher aus, doch hatten diese zunächst keinen Erfolg. Am späten Nachmittag meldete Limdin, der ältere von Harmins Enkeln, einen Reiter auf der anderen Seite des Stromes.

»Du hast gute Augen«, lobte ihn der Schmied, »ich hätte diese dunkle Gestalt im Schatten der Bäume nicht gesehen.«

»Wer mag das sein, Großvater Harmin?«, fragte der Knabe.

»Auch auf der anderen Seite des Flusses leben Hakul, mein Junge, doch kann ich dir nicht sagen, welcher Klan oder Stamm diese Weiden im Winter beansprucht. Es mag jedoch sein, dass auch dieser Krieger für einen Klan reitet, der dem Heredhan verpflichtet ist. Horkets Weiden können jedenfalls nicht mehr fern sein.«

Noch einmal wurde ein Reiter am anderen Ufer gesehen, doch es war nicht sicher, dass es derselbe war.

»Wenn es hier eine Furt gibt«, brummte Tuge missmutig, »dann werden wir sie nicht unbeobachtet überqueren können.« Der Bogner leistete Awin die meiste Zeit über Gesellschaft, ohne dass sie allzu viel miteinander redeten. Awin war das nicht unrecht. So hatte er Zeit, seinen Gedanken nachzuhängen. Wenn sie den Fluss überquerten, waren sie vielleicht schnell genug, um Xlifara Slahan zu erreichen, bevor sie … ja, bevor sie *was* tat? Sie wollte nach Osten, so viel schien sicher. Doch was zog sie dorthin? Sosehr Awin auch darüber nachdachte, er fand keine Lösung für dieses Rätsel. Die Göttin musste ein Ziel haben, warum sonst sollte sie so beharrlich nach Osten drängen? Er nahm sich vor, bei nächster Gelegenheit mit Merege darüber zu sprechen. Awin sah die Kariwa etwas abseits des Zuges reiten. Sie hielt sich meist am Ende des Sgers auf und schien die Einsamkeit zu suchen. Awin hätte gerne gleich mit ihr gesprochen, doch erinnerte ihn Tuge daran, dass sein Platz an der Spitze des Zuges war: »Stell dir vor, wir begegneten Fremden. Wenn sie den Heolin sehen, werden sie beeindruckt sein, aber nicht, wenn er ganz am Ende des Sgers reitet.«

Also verschob Awin seine Unterhaltung mit Merege auf die nächste Rast. Einige Zeit später kam Wela zu ihm. Sie ließ sich nur selten bei den Yamanoi blicken, meist war sie bei Mabak. Vermutlich wollte sie Harmins Enkeln aus dem Weg gehen. Immerhin versorgte sie Awin mit den neuesten Gerüchten, wenn sie sich, so wie jetzt, doch blicken ließ. »Sie sagen, du könntest fliegen, Awin«, begann sie.

»Wer?«, fragte Awin verblüfft.

»Die Jungkrieger, mit denen Mabak reitet.«

»Dann solltest du ihnen sagen, dass das Unsinn ist.«

»Und du sollst auf einem Awathan geritten sein«, fügte Wela grinsend hinzu.

Awin seufzte. »Ich habe nie etwas Derartiges behauptet. Wie kommen sie nur darauf?«

»Mabak«, antwortete Wela schlicht. »Er hat ihnen von deiner Reise erzählt.«

»Aber das waren doch nur Bilder, Gedanken. Ich hatte nur das Gefühl, zu fliegen – und die Seeschlange habe ich nicht geritten, sondern nur in diesem Gesicht gesehen. Ich glaube, ich sollte ein ernsthaftes Wort mit diesen jungen Kriegern reden.«

»Und ich glaube, diese Mühe kannst du dir sparen, Awin Sehersohn. Sie würden dir nicht glauben. Mabaks Bericht hat ihnen einfach zu gut gefallen.«

»Wir hätten ihn zurücklassen sollen«, brummte Awin missvergnügt. »Hat er nicht gerade erst eine Frau gewählt?«

»Schon im Herbst, Awin. Sie hat geweint, als er mit uns aufbrach.«

»Das Brautjahr ist noch lange nicht vorüber. Und es ist noch nicht entschieden, dass die schöne Niwa sich entschließt, ihn zu behalten«, mischte sich Harmin ein.

»Du wolltest sagen, Harmin, dass ihr Vater noch nicht entschieden hat, ob Mabak ihm reich genug ist«, entgegnete Wela grimmig.

Der Schmied des Fuchs-Klans lachte. »Er hat nur das Wohl seiner Tochter im Auge wie alle Väter, junge Wela. Manche machen ihre Töchter sogar zu Schmieden, auch wenn das gegen alle guten Bräuche verstößt.«

Wela setzte zu einer scharfen Antwort an, aber dann schnaubte sie nur verächtlich, wendete ihr Pferd und jagte zurück ans Ende des Zuges. Awin sah ihr nach.

»Sie hat einen starken Willen und ein sehr gutes Gedächtnis,

Harmin«, meinte Tuge lächelnd. »Ich weiß nicht, ob es klug ist, sie gegen dich aufzubringen, wenn du einen deiner Enkelsöhne mit ihr verheiraten willst.«

»Wer sagt, dass ich das will, Bogner?«, brummte Harmin, aber seine gute Laune schien verflogen.

Der Sger hielt an, denn einer der ausgesandten Späher kehrte zurück. Eine Furt hatten sie nicht gefunden, doch waren sie auf ein zerstörtes Klanlager gestoßen. Der Späher war leichenblass und berichtete: »Wir hätten es vielleicht gar nicht bemerkt, wenn die Krähen nicht gewesen wären. Ich wollte, wir wären ihrem Krächzen nicht gefolgt und meinen Augen wäre erspart geblieben, was sie sehen mussten.«

Die Yamane zögerten einen Augenblick, aber dann verständigten sie sich stumm darauf, dass sie sich die Sache selbst ansehen mussten. Das Lager befand sich etwas abseits des Dhurys, jenseits einer lang gezogenen Bodenwelle, die es vermutlich vor dem kalten Flussnebel schützen sollte. Schwarze Dornenhecken boten dem Lagerplatz weiteren natürlichen Schutz, und er war von kahlen Weiden und Pappeln gesäumt, viele von ihnen vom Sturm übel zugerichtet. Äste waren gebrochen, ganze Bäume geknickt worden. Dutzende Krähen stiegen unter misstönendem Krächzen auf, als die Hakul über den Damm kamen. Es war das Bild der Verwüstung, das Awin nun schon mehrmals hatte sehen müssen, nur dass es noch schlimmer war als sonst. Mehr als ein Dutzend Leichen lagen zwischen den Zelten, unnatürlich ausgedörrt, wie es den Opfern Slahans eben widerfuhr. Die Krähen hatten das Übrige besorgt und das wenige gefrorene Fleisch noch von den Rippen der Toten geraubt. Awin sah die Spuren ihrer Schnäbel, die zerfetzte Kleidung, die leeren Augenhöhlen.

»Keine Überlebenden«, stellte Curru bitter fest. »Wenigstens keine, die ihre Verwandten begraben hätten.«

»Ein Festtag für Uo«, murmelte Tuge düster.

Die Rundzelte waren eingestürzt und zusammengefallen, zerbrochene Pfosten ragten aus der Erde. Dhurys' Nebel hatte einen Weg über die Bodenwelle gefunden und Zelte, Pfosten und Leichname mit einer dicken Schicht Raureif überzogen.

»Sollten wir sie nicht begraben?«, fragte Dare, Harmins jüngerer Enkel, schüchtern.

Sein Großvater schüttelte den Kopf. »Wenn wir Zeit hätten, würden wir das vielleicht tun, auch wenn dies nicht unser Klan war. Aber wir sind in Eile, mein Junge, denn wir müssen diejenige finden und bestrafen, die das getan hat.«

Es klang halb wie eine Ausrede, doch das war es nicht. Sie mussten weiter, so schnell wie möglich. Sie scheuten sogar davor zurück, die Zelte nach Brauchbarem oder Wertvollem abzusuchen, wie sie es sonst getan hätten. Sie sprachen eilig ihre Gebete und ließen das Lager hinter sich. Für eine Weile ritten sie scharfen Trab. Niemand hatte diesen Toten versprochen, zurückzukehren.

Dann, es dämmerte schon, brachte einer der Späher endlich die erwünschte Nachricht: Sie hatten eine Furt gefunden. Das Ufer war dort flach, ohne Böschung, und ausgefahrene Wagenspuren von vielen Hakul-Karren führten hinein. Sie beschlossen, die Furt trotz des ungewissen Lichts gleich zu durchqueren, als würde der Fluss den Abstand zwischen ihnen und dem Grauen, das sie gesehen hatten, um ein Vielfaches vergrößern. Awin blickte zweifelnd auf den Strom. Er war hier mehr als drei Pfeilschüsse breit. In der Mitte teilten lang gezogene Sandbänke den Strom, und dazwischen sprang er schnell über zahllose Steine. Awin spürte ein Unbehagen, das er nicht erklären konnte. Eri und Uredh lenkten ihre Pferde ins Wasser, und seufzend folgte er ihnen. Sein Brauner schnaubte unwillig, als das eiskalte Wasser seine Beine umströmte. Die Dämmerung war schon fortgeschritten, und er fragte sich, ob sie nicht besser bis zum nächsten Tag gewartet hätten. Das Wasser wurde tiefer und reichte seinem Pferd schließlich bis zum Bauch. Das eiskalte Nass drang in seine Stiefel ein. Es war immer noch ein gutes Stück bis zur Mitte des Stromes, wo das Wasser rund um die Sandbänke wieder flacher wurde. Kleine Eisschollen trieben in den gurgelnden Fluten an ihm vorüber. Das gegenüberliegende Ufer lag still in der Dämmerung. Awin fiel eine schwarze Hecke auf, die sich unter einer großen Gruppe von Weiden hinzog. Er sah noch einmal genauer hin. Dort schienen Atemwolken aufzusteigen. »Halt!«, rief er. »So haltet doch an!«

Unwillig drehten sich die Yamane zu ihm um. »Was ist, Awin? Ist dein Pferd vielleicht wasserscheu?«, fragte Eri ungehalten. »Wir haben doch fast die Hälfte hinter uns, und ab den Sandbänken wird es besser.«

»Dort drüben, unter den Bäumen!«

»Die Hecke?«

»Sie atmet, und sie hat sehr lange Dornen, scheint mir«, gab Awin zurück.

»Bei Mareket, er hat recht!«, fluchte Uredh. »Da sind Reiter!«

Der Sger hatte angehalten, doch nicht alle hatten Uredh gehört. »Warum geht es nicht weiter? Es ist ein wenig zu kalt für dieses Bad!«, rief einer der Krieger.

»Es sind vielleicht Feinde am anderen Ufer. Du kannst sie fragen, ob sie dir das Wasser wärmen«, rief Harmin ihm zu.

»Feinde? Was tun sie?«, fragte der Krieger zurück.

»Gar nichts, wie es aussieht«, lautete Harmins Antwort.

In der Tat blieb es unter den Weiden so ruhig, dass Awin sich schon fragte, ob er sich nicht vielleicht doch getäuscht haben könnte.

»Was nun, ihr Yamane: vor – oder zurück?«, rief Blohetan ungeduldig. »Entscheidet euch, denn das hier ist ein schlechter Platz für eine Rast.«

Uredh gab ihnen das Zeichen zum Anhalten und trieb seinerseits sein Tier einige Schritte weiter, bis in die Mitte des Flusses. Er beugte sich weit im Sattel vor, dann rief er laut ein lang gezogenes »Hakul«, hinüber. Sie warteten, ihre Pferde schnaubten ungeduldig, und sie hatten Mühe, sie im Strom ruhig zu halten. Endlich bewegte sich auf der anderen Seite etwas. Ein einzelner Reiter löste sich aus den Schatten, kam ans Ufer geritten und lenkte sein Pferd einige Schritte weit ins Wasser hinein.

Er formte die Hände zu einem Trichter und rief: »Die Furt ist gesperrt. Kehrt um, Hakul!«

Eri trieb sein Pferd nach vorne. »Wir haben keinen Streit mit euch, Hakul«, rief er hinüber.

»Dann tragt Sorge, dass es auch so bleibt«, lautete die Antwort.

»Er ist leider ein wenig zu weit entfernt, selbst für einen guten Bogenschützen«, murmelte Tuge, der neben Awin im kalten Wasser ausharrte.

»Er ist nicht allein«, gab Awin zur Antwort, »und wir sind nicht hier, um einen Krieg anzufangen.«

»Sag das dem dort, und nicht mir«, brummte Tuge.

»Wir haben nicht vor, etwas gegen dich oder deinen Klan zu unternehmen, Hakul!«, rief Uredh jetzt laut. »Wir wollen nur über den Fluss und dann nach Süden.«

»Der Fluss ist gesperrt«, lautete die Antwort.

»Wir sind Hakul!«

»Der Fluss ist gesperrt.«

»Auch für den Heolin?«, fragte Uredh.

Der Reiter antwortete nicht gleich. Plötzlich tauchte ein zweiter Reiter auf. Er verharrte kurz am Ufer, lenkte aber dann sein Pferd ins Wasser und hielt auf sie zu.

»Sollten wir ihm nicht entgegenreiten?«, fragte Eri.

»Nein«, sagte Uredh, ohne den Reiter aus den Augen zu lassen, »es ist besser, er kommt in unsere Schussweite und nicht wir in ihre.«

Mitten im Strom auf einer der Sandbänke hielt der Reiter an. Er schien auf sie zu warten. Eri warf einen Seitenblick zu Uredh, aber dann stieß er seinem Pferd die Fersen in die Seite und ritt dem Fremden entgegen.

»Narr«, fluchte Uredh und folgte ihm.

»Los komm, das geht auch uns an, vor allem dich, Lichtträger«, rief Blohetan. Er gab seinen Leuten einen Wink, zu warten. Awin folgte ihm, denn der Älteste hatte fraglos recht. Wenn verhandelt wurde, dann konnte er das nicht Eri überlassen. Harmin ritt plötzlich an seiner Seite, und auch Curru tauchte neben ihm auf.

»Das ist nah genug«, rief der Reiter, als sie noch etwa zehn Schritte von ihm entfernt waren.

»So furchtsam, Hakul?«, spottete Eri.

Der Fremde schüttelte den Kopf. »Das Licht ist schlecht, und ich fürchte, meine Bogenschützen könnten annehmen, ihr hättet die Mitte des Dhurys vielleicht schon überschritten, wenn ihr noch näher kommt.«

»Nenn mir deinen Namen und den deiner Sippe, Hakul, damit ich weiß, mit welchem Klan ich hier und heute eine Blutfehde beginne«, rief Eri.

»Ich bin Yaman Areg vom Klan des Stiers. Diese Furt führt auf unsere Weiden, und es ist euch nicht erlaubt, sie zu betreten, Hakul. Euch nicht, und keinem anderen vom Westufer des Dhurys.«

»Das ist seltsam, Areg vom Klan des Stiers. Seit wann versperren Hakul ihren Brüdern den Weg über das Land? Seid ihr Bauern geworden wie die Akradhai, die Mauern um ihre Felder ziehen?«, fragte Uredh.

Der Fremde trug einen fellbesetzten, grauen Reitmantel. Die Farbe deutete darauf hin, dass er nicht nur einem anderen Klan, sondern auch einem anderen Stamm angehörte. Awin fragte sich, ob er wohl von den Eisernen oder den Grauen Hakul war. Der Mann war beunruhigt, Awin konnte seine Furcht fast mit Händen greifen.

»Unsere Weiden lagen immer offen für jeden Hakul, der nicht als Feind zu uns kam, doch nicht in diesem Winter, Hakul«, sagte Areg gerade, »nicht, seit die Schwarzen Hakul den Zorn der Götter auf sich gezogen haben.«

»Was weißt du schon von den Göttern?«, rief Curru laut.

»Genug, um sie nicht zu verärgern, indem ich die Frevler über meine Weiden ziehen lasse, Hakul. Das Verhängnis lastet schwer auf euren Lagern, das weiß ich.«

»Es ist Xlifara Slahan, die Gefallene Göttin«, entgegnete Curru, »und sie hasst alle Menschen. Ob sie die Götter ehren oder nicht. Und selbst die Farbe ihrer Mäntel ist ihr gleich.«

»Slahan? Wir erzählen den Kindern Geschichten von ihr. Und die soll es sein, die eure Lager zerstört und Mensch und Tier tötet? Das ist schwer zu glauben.«

»Glaube es oder nicht. Aber wir bringen den Heolin, und damit werden wir Slahan vernichten!«, verkündete Curru stolz und wies auf Awins Stab.

»Der gelbe Klumpen in diesem Ast, den der Knabe da so krampfhaft umklammert? Das soll der lodernde Stein sein, den Etys vom Sonnenwagen raubte? Wirklich, ich habe schon bessere Märchen gehört, alter Mann. Doch selbst, wenn du in Edhils Wagen zu mir kämest, würde ich dich nicht über den

Fluss lassen. Ist es wirklich Slahan, mit der ihr streitet, so werde ich mich nicht einmischen.«

Uredh wandte sich Awin zu und forderte ihn mit Blicken auf, die Kraft des Steines zu beschwören. Awin wäre dem gerne nachgekommen, doch Merege war am Ende des Sgers. Sie konnte nicht wissen, dass er ausgerechnet jetzt ihre Zauberkraft brauchte. Er schüttelte stumm den Kopf.

»Lässt du uns nun hinüber, oder müssen wir uns den Weg freikämpfen, Hakul?«, fragte Eri zornig.

Der Yaman sah ihn stirnrunzelnd an. »Ihr könnt es versuchen, junger Krieger, doch wird keiner von euch auch nur das Ufer erreichen. Niemand aus eurem verfluchten Land wird das Unglück auf meine Weiden tragen, so wahr ich Yaman Areg bin.«

»Wir sollten seinen Kopf nehmen, gleich jetzt und hier!«, zischte Eri.

»Vielleicht sollten wir das«, antwortete Uredh, »doch ich bin nicht bereit, seiner Narrheit wegen das Leben vieler Krieger aufs Spiel zu setzen. Es wird andere Furten geben. Du aber, Yaman Areg, wirst noch an uns denken. Vergiss diese Furt, halte lieber Ausschau nach Süden, denn von dort wird die Gefallene Göttin über euch kommen.« Dann wendete Uredh sein Pferd und preschte zurück. Die anderen folgten ihm. Der Yaman vom Klan des Stiers sah ihnen stumm nach.

»Warum hast du den Stein nicht sprechen lassen, Seher?«, fragte Blohetan, als sie sich am Ufer sammelten.

Awin zögerte mit einer Antwort. Er konnte den Männern schlecht sagen, dass er dazu gar nicht in der Lage war, aber er wollte auch nicht lügen. Also sagte er: »Der Lichtstein ist uns gegeben worden, damit wir gegen Slahan kämpfen können, und seht euch an, wie schwach sein Glanz noch ist. Sollen wir das wenige verschwenden, was an Kraft in ihm steckt? Es ist doch so, wie Yaman Uredh es sagte – es wird andere Furten geben.«

»Dann will ich hoffen, dass wir sie bald finden, denn Horkets Weiden sind nicht mehr fern«, entgegnete Uredh, und Blohetan murmelte etwas davon, dass der Heolin vielleicht doch nicht so stark war, wie er geglaubt habe.

Obwohl es inzwischen dunkel geworden war, ritten sie noch ein gutes Stück flussabwärts, da sie auf keinen Fall in der Nähe des zerstörten Lagers bleiben wollten. Sie kamen in einen dichten Auwald, dessen Bäume im Mondlicht Schatten auf den weiß gefrorenen Boden warfen. Ein kalter Wind begleitete sie. Als Awin schon glaubte, seine Füße seien in seinen nassen Stiefeln endgültig zu Eis erstarrt, entdeckten sie einen schwachen Lichtschein über der Ebene. Sie beschlossen, Späher vorauszusenden, und Harmin platzte fast vor Stolz, als sich Limdin und Dare freiwillig meldeten und ausgewählt wurden.

»Nun, junger Seher, was meinst du – was erwartet uns dort?«, fragte Blohetan. »Freund oder Feind? Tödliche Gefahr oder ein wärmendes Feuer für unsere Knochen? Was sagt der Heolin?«

Awin überlegte kurz. Er glaubte, das leise, bittere Lachen von Curru zu hören. Vermutlich erwartete der Alte, dass er wieder versagte. Awin seufzte. Der Heolin sagte ihm nichts über die Zukunft, ganz im Gegenteil, seit er ihn hatte, hatte Awin gar nichts mehr gesehen. Aber dann erklärte er: »Es kann nur ein Sgerlager sein. Es wäre doch sehr seltsam, wenn ein ganzer Klan seine Zelte so nah am Lager einer anderen Sippe aufschlägt. Und ich denke, es sind Schwarze Hakul. Wären sie vom gleichen Stamm wie jene Hakul an der Furt, so hätten sie ihr Lager sicher nicht auf dieser Seite des Flusses aufgeschlagen.«

»Er sieht nicht, er *denkt*«, sagte Curru verächtlich. Es schien ihm gleich zu sein, dass er einen Klanbruder in Gegenwart anderer Hakul herabsetzte.

»Ich denke auch, Curru von den Schwarzen Bergen«, meinte Uredh, »und ich denke, dein ehemaliger Schüler hat recht.«

Kurz darauf kamen Limdin und Dare zurück. »Ein Kriegslager, sicher fünfzig Reiter. Doch sie führen auch einen Wagen und ein Winterzelt mit sich«, rief Limdin schon von weitem.

»Du solltest ihnen beibringen, dass Späher etwas leiser sein sollten, Harmin«, riet Tuge trocken.

»Das wissen sie längst«, behauptete Harmin. »Sie haben wohl bemerkt, dass keine Gefahr von diesem Lager ausgeht.«

»Habt ihr Sgerzeichen gesehen?«, fragte Eri.

»Nein, Yaman Eri, so nahe sind wir dem Lager nicht gekommen.«

»Und die Farbe ihrer Mäntel?«, fragte Uredh seufzend.

»Schwarz, Yaman Uredh.«

»Wie ich sagte, keine Gefahr«, meinte der Schmied des Fuchs-Klans zufrieden.

»Es sind dennoch Hakul«, widersprach Tuge, »sie brauchen keinen anderen Stamm, um einen Kampf zu beginnen.«

»Der Bogner hat recht«, meinte Blohetan besorgt. »Es gibt leider auch in unserem ruhmreichen Stamm ehrvergessene Klans, die womöglich die Not anderer Sippen ausnutzen wollen. Vielleicht sind sie hier, um Beute zu machen, vielleicht wollen sie auch eine alte Fehde begleichen. Ja, ich bin sicher, dass es so ist, denn für einen Botenritt sind fünfzig wohl doch zu viele. Und es wäre schlecht, wenn wir hier zwischen verfeindete Klans gerieten.«

Awin räusperte sich, um sich Gehör zu verschaffen, dann sagte er: »Es wäre ein seltsamer Kriegssger, der einen Wagen und ein Rundzelt mitführt.«

»Aber es ist ein Kriegslager, sagen die Späher«, meinte Blohetan.

»Ich denke, es wird am besten sein, wenn wir sie selbst nach ihren Absichten fragen«, erklärte Yaman Uredh.

»Wir schicken einen Mann, uns anzukündigen, die anderen sollen sich bereitmachen für den Kampf«, befahl Eri.

Eine Weile geschah nichts, denn niemand leistete diesem Befehl Folge. »Ein guter Vorschlag«, stimmte Uredh zu, nachdem er eine ganze Weile gewartet hatte.

»Wir können Awin schicken«, schlug Curru vor, »vielleicht macht der Heolin Eindruck auf diese Hakul.« Es klang vernünftig, aber Awin hatte das Gefühl, dass der alte Seher Hintergedanken hatte.

»Wir werden den Lichtstein keiner Gefahr aussetzen«, lehnte Uredh den Vorschlag brüsk ab.

»Ich werde gehen«, bot Blennek, der alte Krieger des Gazellen-Klans an, »denn ich glaube, es wäre auch nicht gut, dies einem einfachen oder unerfahrenen Krieger zu überlassen. Ich denke auch, es wäre klüger, ihnen nicht zu sagen, dass wir den Lichtstein mit uns führen, wenigstens nicht, bevor sie uns nicht ihre Gastfreundschaft angeboten haben. Er könnte sonst Begehrlichkeiten wecken.«

Der Vorschlag wurde angenommen, Blennek verschwand in der Dunkelheit, und die Reiter schwärmten nach beiden Seiten aus und verschmolzen bald mit den Schatten der Nacht. Die Klanführer blieben, wo sie waren, weil, wie es Uredh ausdrückte, »Yamane sich nicht verstecken«.

Merege gesellte sich zu ihnen. »Gibt es einen Kampf?«, fragte sie.

»Ich hoffe nicht«, erwiderte Awin.

Kaum war Blennek verschwunden, sandte ihm Uredh Limdin und Dare als Späher hinterher, denn sie mussten ja erfahren, wie der Älteste im Lager empfangen wurde.

»Der Lichtträger sollte den Heolin bedecken – er verrät uns«, riet Blohetans Stimme aus der Finsternis.

Tatsächlich, jetzt, da es ganz dunkel geworden war, verbreitete der Lichtstein einen schwachen gelben Schimmer. Awin senkte den Stab und wickelte seinen Schal um den Stein. Er berührte ihn, und eine angenehme Wärme breitete sich in seinen steif gefrorenen Fingern aus.

»Er ist stärker geworden, Merege«, flüsterte er.

»Ich sehe es, doch war er in Uos Mund weit mächtiger«, lautete die nüchterne Antwort.

Bald darauf hörten sie ein Hornsignal, das ihnen sagen sollte, dass alles in Ordnung war. Sie warteten. Dann kündigte der Hufschlag die Rückkehr zweier Reiter an. »Sie haben ihn in Freundschaft aufgenommen«, rief Limdin. »Das Lager ist sicher.«

Wenig später drängten sich die Neuankömmlinge um die wärmenden Feuer des Lagers. Entzündet hatten diese Feuer Sgers von den Klans des Sperbers und des Widders, die sich erst am Morgen hier getroffen hatten. Wie Awin erfuhr, war das nicht ganz zufällig geschehen. »Habt ihr es nicht gehört?«, fragte der Yaman des Sperber-Klans erstaunt, »Horket ruft die Klans ins Ahnental.«

»Vielleicht überhörten wir es, weil uns immer noch Slahans verfluchte Winde in den Ohren gellen«, antwortete Curru missmutig. Seine Laune war noch schlechter geworden. Sein Blick wanderte immer wieder hinüber zu dem alten Rundzelt, das die Mitte des Lagers beherrschte. Auch Awin fragte sich, was es damit auf sich hatte. Curru schien irgendetwas darüber erfahren zu haben, was ihm nicht gefiel, aber das kümmerte Awin im Augenblick nicht, denn der Yaman hatte vom Ahnental gesprochen. Ein Name, der Awin nicht kaltlassen konnte.

»Der Heredhan ruft uns alle zusammen. Er will beraten, was wir gegen die Göttin und ihren Sturm tun können«, erklärte der Yaman, der Werek gerufen wurde.

»Uns alle? Wir sind Horket nicht verpflichtet«, erwiderte Curru. »Es ist anmaßend genug, dass er das Ahnental beansprucht.«

Werek sah Curru nachdenklich, ja, beinahe belustigt an. »Welchem stolzen Klan gehörst du an, Freund, dass du in diesen schweren Zeiten dem Heredhan das heilige Tal streitig machen willst?«

Awin hörte kaum zu. Das Ahnental. Es lag in den Blauen Hügeln. Die dornenreichen Weiden dort waren die Heimat seines Klans gewesen zu einer Zeit, als die Hakul noch nicht auf die Idee gekommen waren, etwas »ihr Land« zu nennen. Horket hatte das geändert.

»Ich bin Curru, Seher vom Klan der Berge«, rief sein ehemaliger Meister aufgebracht, »und Horket mag tun, was er will, doch werde ich ihm nicht die Stiefel lecken, so wie andere.«

Wereks Miene verfinsterte sich. »Ich habe viel von deinem Klan gehört, Seher, aber nur wenig Gutes. Ich sehe auch, dass du auf Streit aus bist, und ich würde ihn annehmen, wenn ihr nicht unsere Gäste wärt.«

Curru lachte bitter auf, drehte sich um und ging davon. Awin fühlte sich verpflichtet, ein gutes Wort für seinen Klanbruder einzulegen: »Du musst ihm verzeihen, seine Frau ist Slahan zum Opfer gefallen, und sein Zorn gilt der Gefallenen Göttin, nicht dir, Yaman Werek.«

»Auch mein Klan hat Verluste erlitten, dennoch achten wir weiter die Gebote der Götter«, lautete die etwas herablassend klingende Antwort.

»Wie viele Seelen habt ihr verloren?«, fragte Awin.

»Seelen? Keine, denn Kluwe hat uns gewarnt. Doch haben wir etliche Pferde und Schafe eingebüßt.«

»Kluwe, der Seher?«, fragte Awin erstaunt und überging die Dreistigkeit, mit der der Yaman die Verluste von Vieh und

Mensch gleichsetzte. »Ich wusste nicht, dass er in eurem Klan lebt.«

»Er ist oft im Winter bei uns, denn wir erweisen ihm die Ehre, die er verdient. Und er hat es uns in diesem Jahr reich gedankt«, sagte Werek stolz. Dann rief ihm einer der Krieger etwas zu, und der Yaman ließ Awin stehen, um zu sehen, was seine Aufmerksamkeit erforderte.

Jetzt wusste Awin, was Curru so zusetzte: Der alte Kluwe war eine Legende. Er hatte einst einer Sippe angehört, die irgendwann auseinandergefallen war, wie es manchmal geschah. Er hatte sich nie einem neuen Klan angeschlossen, sondern zog seither allein über die Weiden von Srorlendh, lebte eine Zeit lang bei dieser, dann bei einer anderen Sippe. Man sagte von ihm, er habe wenigstens einmal am Feuer jedes einzelnen Klans eines jeden Stammes gesessen. Jahr für Jahr wanderte er über die Weiden, wurde älter und älter und schien doch nicht zu sterben. Manchmal, wenn ihm danach war, nahm er Schüler auf, die dann mit ihm zogen und von ihm unterwiesen wurden. Und Curru war vor langer Zeit einer jener Schüler gewesen. Offenbar schmeckte es Awins altem Lehrer nicht, nun seinem eigenen Meister zu begegnen. Awin war hingegen sehr gespannt, was für ein Mensch der legendäre Kluwe wohl sein mochte. Doch es war schon spät geworden. Der Seher hatte sich in sein Zelt zurückgezogen und war bis zum nächsten Morgen für niemanden zu sprechen. Awin fühlte sich seltsam. Kluwe war die eine Sache, aber das Ahnental war noch eine ganz andere. Er war noch nie in dieser Gegend gewesen und wusste nicht, dass sie den Blauen Hügeln so nahe gekommen waren. Irgendwo in diesen Hügeln war er geboren. Er fragte sich, ob er Gelegenheit finden würde, sie zu besuchen. Doch nach allem, was er in Erfahrung bringen konnte, lagen sie nicht auf dem Weg, den er einschlagen musste. Es gab andere

Furten über den Dhurys, noch weit vor diesen Hügeln, die er so gerne sehen wollte.

Die Anführer der Klans vom Sichelsee trafen sich später, um zu beraten, wie sie weiter vorgehen wollten.

»Habt ihr es gehört? Kluwe ist hier«, verkündete Blohetan aufgeregt. »Er wird wissen, was zu tun ist.«

»Das wissen wir schon selbst«, erwiderte Eri unwillig.

»Wenn das so sein sollte, ist es mir entgangen«, knurrte Uredh.

»Es kann nicht schaden, den alten Seher zu fragen«, meinte Blennek nachdenklich. »Vielleicht sieht er die Zukunft klarer als die beiden Seher, die mit uns reiten.«

Awin erwartete eine scharfe Antwort von Curru, doch blieb sie aus. Sein ehemaliger Lehrer starrte nur düster in die Flammen ihres Feuers.

»Ich stimme Blennek zu«, sagte Harmin. »Es wäre gut, zu hören, was der Seher sagt. Doch können wir nicht erwarten, dass er uns einen klaren Pfad offenbart. Das tun sie selten, nicht wahr, Awin Sehersohn?«

Awin blickte auf. Sonst nannte ihn nur Wela so. Der Schmied nickte ihm freundlich zu. »Es ist so, dass alles, was wir sehen, widersprüchlich und schwer zu deuten ist«, erklärte Awin ernst. »Und so müssen auch unsere Vorhersagen euch oft rätselhaft erscheinen.«

»Ist das so?«, fragte Harmin. »Als ich mit euch ritt, vor einem halben Jahr, da sagte uns Curru genau voraus, was geschehen und welchen Weg der Feind einschlagen würde.« Immer noch sprach der Schmied freundlich, aber Awin zuckte innerlich zusammen. Harmin wusste doch genau, wie falsch Currus Vorhersagen auf ihrem letzten Kriegszug gewesen waren.

Curru warf Harmin einen feindseligen Blick zu, dann sagte

er langsam: »Manchmal scheint das, was die Seher vorhersagen, nicht einzutreffen, und die Hakul zweifeln an ihnen. Doch das liegt daran, dass die gewöhnlichen Menschen die tiefere Wahrheit ihrer Sprüche nicht erkennen, ja, nicht erkennen können, Harmin. Auch webt Tengwil, die Schicksalsweberin, starke Fäden. Der Seher mag vor einem Verhängnis warnen, doch kann er es nicht immer abwenden. Ja, ich konnte nicht verhindern, dass unser Sger am Glutrücken vernichtet wurde, obwohl ich es vorausahnte. Doch wusste ich auch, dass aus dieser vermeintlichen Niederlage unser größter Sieg erwachsen würde. Und sieh, Harmin, haben wir nicht wieder gewonnen, was uns der verfluchte Räuber genommen hatte? Liegt der Heolin nicht wieder in unserer Hand?«

Awin war sprachlos. Falls Curru die Falle am Glutrücken vorausgeahnt haben sollte, hatte er es damals für sich behalten. Aber nein, gar nichts hatte er vorhergesehen, er, Awin, war es gewesen, der sie zum Heolin geführt hatte.

»Also hast du vorhergesehen, dass mein Sohn Harbod sterben würde?«, fragte Harmin ruhig.

Curru nickte, ohne mit der Wimper zu zucken. »Er war ein tapferer Mann, und sein Opfer war nicht völlig umsonst.«

Awin konnte sehen, wie der Schmied sich verfärbte. Es sah aus, als wolle er sich gleich auf Curru stürzen.

»Harbod war wirklich ein tapferer Krieger, so wie die anderen Männer des Fuchs-Klans, die an unserer Seite kämpften«, meldete sich jetzt Eri wieder zu Wort. »Und wir ehren sie dafür.« Harmin schien sich wieder etwas zu beruhigen, doch Eri fuhr fort: »Ich habe erfahren, dass du, als es so aussah, als hätten wir keinen Yaman mehr, meiner Mutter angeboten hast, unseren Klan in den euren aufzunehmen, Harmin. Dafür schulde ich dir Dank, und ich werde dieses Angebot erwidern, falls Yaman Auryd nicht zurückkehrt.«

Harmin holte tief Luft, dann erklärte er mit bebender Stimme: »Sollte Yaman Auryd von der Jagd auf den Fremden, den ihr nicht fangen konntet, wirklich nicht zurückkehren, Yaman Eri, so gibt es in unserer Sippe noch andere Krieger, die auf den Schild gehoben werden können, ohne ihn dabei gleich zu zerbrechen. Ich danke dir dennoch für dein überaus großzügiges Angebot.« Dann stand der alte Schmied auf und verschwand.

Awin bewunderte ihn dafür, dass er so ruhig geblieben war. Eris Angebot war eine Frechheit. Am Lächeln, das um Eris Lippen spielte, sah Awin, dass das seinem Yaman – und es fiel Awin immer noch schwer, ihn als solchen zu sehen – sehr wohl bewusst war. Versprach er sich etwas davon, oder wollte er nur die alte Feindschaft pflegen, die Curru und Harmin verband?

Eine Weile hingen die Männer am Feuer ihren eigenen Gedanken nach, dann sagte Uredh: »Wir werden ihn nicht verborgen halten können.«

»Was meinst du?«, fragte Blohetan.

»Den Lichtstein«, antwortete Uredh leise. »Kluwe kann nicht entgehen, dass der Heolin hier im Lager ist.«

Awin war sich da nicht so sicher. Wela, deren Ankunft am Feuer Awin gar nicht bemerkt hatte, brachte es auf ihre Weise auf den Punkt: »Die Seher, die ich kenne, übersehen gerne das Naheliegende«, erklärte sie.

»Dies ist das Feuer der Beratung, Wela, Tuwins Tochter«, funkelte Curru sie böse an.

»Dann ist es mein Recht, hier zu sitzen, oder nicht, Curru? Ich bin die Schmiedin dieses Klans. Meine Stimme muss im Rat gehört werden.«

Uredh lachte laut auf. »Dieses Recht hat sie, Seher, das kannst du nicht leugnen. Ihr habt ihr den Hammer des Schmiedes überlassen, nun müsst ihr sehen, wie ihr damit fertig werdet. Was mich betrifft, ist dieser Rat unvollständig, wenn Harmin nicht hier ist. Vielleicht ist für heute auch alles gesagt, was gesagt werden sollte, und vielleicht sehen wir die Dinge klarer, wenn die Sonne morgen wieder scheint.«

In der Nacht schlief Awin unruhig. Er spürte einen seltsamen Schmerz in der Seite, dort, wo er beim Kampf in Uos Mund verwundet worden war, nicht stark, aber doch so, dass er immer wieder aufwachte.

»Ich spüre es auch«, murmelte Tuge neben ihm. »Alte Wunden. Das ist das Wetter. Schlägt um.« Dann drehte er sich auf die Seite und schlief weiter. Bald hörte Awin ihn wieder leise schnarchen. Er kroch aus dem niedrigen Kriegszelt, denn er fand einfach keine Ruhe. Er konnte fühlen, dass der Wind gedreht hatte, wie es Tuge gesagt hatte. Er kam jetzt von Süden und brachte feuchtkalte Luft heran. Awin fröstelte. Er sah Merege am Feuer sitzen. Offenbar konnte sie auch nicht schlafen. Er setzte sich zu ihr. Eine Weile starrten sie schweigend in die Flammen, dann sagte Merege: »Wenn der Heredhan erfährt, dass ihr den Lichtstein habt, wird er ihn für sich selbst haben wollen.«

»Wir werden Horket den Heolin nicht freiwillig geben, und er hat kein Recht, ihn von uns zu verlangen.«

»Glaubst du, er wird nach dem Recht fragen, Awin?«

»Es ist ja gar nicht gesagt, dass wir ihm begegnen. Der Heredhan hat eine Stammesversammlung einberufen. Die wird ihn tagelang beschäftigen. Bis all die Yamane, Schmiede und Seher zu einem Entschluss kommen, sind wir schon weit weg, Merege.«

»Ich glaube, dass nicht alle aus eurem Sger Horket aus dem Weg gehen wollen.«

»Das mag sein, doch werden sie dem Lichtstein folgen«, entgegnete Awin, obwohl er sich da nicht mehr so sicher war.

Der Heolin hatte ihnen den Weg über den Fluss nicht geöffnet. Und ausgerechnet der alte Blohetan hatte noch am Ufer die Macht des Lichtsteins angezweifelt. Leise zwar, doch laut genug, dass es seine Krieger gehört hatten und weitersagten.

»Ich spüre deine Zweifel, Awin. Und wenn du schon deinen Brüdern nicht vertraust, wie sollte ich es da tun? Ich habe dir den Stein überlassen, doch du weißt, für welche Aufgabe. Solltest du von deinem Pfad abweichen, werde ich meine Entscheidung überdenken müssen.«

Awin runzelte die Stirn. »Xlifara Slahan, die Göttin, die wir aus der Wüste vertrieben haben, hat viele der Meinen verschleppt. Auch meine Schwester Gunwa, die letzte Blutsverwandte, die mir auf dieser Welt geblieben ist. Glaube mir, Merege, keine Macht der Welt wird mich davon abbringen, Slahan zu jagen und meine Schwester zu befreien – oder bei dem Versuch zu sterben.«

Die Kariwa sah ihn nachdenklich an. Die Sichel Uos, die ihr über dem Jochbein schwarz eintätowiert war, schien sich im flackernden Licht zu bewegen. Awin fiel wieder auf, wie sehr sie sich mit ihrer hellen Haut und ihren nachtschwarzen Haaren von den Frauen seines Stammes unterschied. Und auch ihr Wesen war ein ganz anderes. Wie beherrscht und kühl, ja, beinahe kalt sie neben der lebhaften und leidenschaftlichen Wela wirkte. Er verstand gut, dass viele aus seinem Stamm glaubten, die Kariwa bestünde zur Hälfte aus Eis.

»Ich zweifle nicht an deiner Aufrichtigkeit, Awin. Ich kenne dein Ziel, doch das von Eri und Curru, das kenne ich nicht.«

»Sie werden sich nicht gegen den Heolin stellen«, behauptete Awin trotz seiner eigenen Besorgnis. Curru war verbittert und undurchschaubar. Und Eri? Er bezweifelte, dass der sprunghafte Knabe, den sie zum Yaman gemacht hatten, selbst immer wusste, was er im nächsten Augenblick tun würde. Awin seufzte. Gerade folgten Krieger aus fünf Sippen dem Lichtstein, und das allein war schon mehr als erstaunlich. Am erstaunlichsten war jedoch, dass Eri und Curru nicht versucht hatten, ihm den Heolin abspenstig zu machen. Noch fürchteten die beiden wohl die Macht, über die die »Hexe« gebot, doch würde das ewig so bleiben? Nein, Merege hatte recht. Eri und Curru würden irgendwann wieder etwas unternehmen, um den Stein an sich zu bringen. Er musste auf der Hut sein.

Am nächsten Morgen war der Himmel mit dichten grauen Wolken überzogen und die Luft milder als an den Vortagen. Die weiße Decke aus Raureif, die das Land seit Tagen überzogen hatte, war verschwunden, aber eine nasse Kälte kroch unter die Gewänder der Hakul. Es sah nach Regen aus. Sie saßen beim kargen Frühstück, als auf einmal einer der Männer rief: »Seht nur, der Bussard.«

Awin hatte den Vogel schon gesehen, als er noch mit weit ausgebreiteten Schwingen seine Kreise über dem Lager gezogen hatte. In der Überlieferung der Seher gab es viele Zeichen, die den Bussard betrafen. Ein einzelner kreisender Bussard war jedoch nicht ungewöhnlich, also hatte ihm Awin keine weitere Beachtung geschenkt. Jetzt jedoch folgte er dem Blick des Rufers und sah den Raubvogel wie einen Stein vom Himmel fallen. Er musste dicht beim Lager eine Beute ausgemacht haben. Der Bussard entschwand hinter einer Hecke ihren Blicken, ein misstönendes Krächzen erklang, und eine Krähe floh in den Himmel. Der Bussard tauchte dicht hinter ihr auf. Vereinzelt erklang Jubel an den Lagerfeuern. Krähen galten als Diener des Totengottes, und auch wenn die Hakul Uo alle Achtung entgegenbrachten, die ihm gebührte, so hassten sie die Aasfresser doch aus tiefstem Herzen. Awin fand den Jubel verfrüht. Der Bussard musste jung und unerfahren sein, wenn er versuchte, eine Krähe zu schlagen. »Er wird es bereuen«, sagte er.

Der alte Blohetan neben ihm nickte weise.

»Aber er kann es schaffen«, rief Dare begeistert, »sieh nur, Meister Awin, gleich hat er sie.«

»Ich sehe nur, dass diese Krähe viele Schwestern hat«, entgegnete Awin trocken.

Der Bussard bemerkte das erst, als es beinahe zu spät war. Aus den Bäumen stiegen krächzend Krähen zu Dutzenden auf, und einige stürzten sich auf den viel größeren Raubvogel. Der Jäger wurde zum Gejagten. Mühsam wich der Räuber den Krähen aus, die aus allen Richtungen auf ihn herabstürzten und nach ihm hackten. In höchster Not glitt er unter einer Weide hindurch und versuchte dann mit mächtigen Flügelschlägen, Höhe zu gewinnen. Die Krähen folgten ihm hartnäckig, und der junge Bussard musste Federn lassen. Noch lange hörten sie seine hellen Schreie und das Krächzen seiner Verfolgerinnen, die immer wieder auf ihn herabstießen.

»Ist das ein Zeichen, Meister Awin?«, fragte Dare ehrfürchtig.

»Natürlich ist es das, mein Junge«, antwortete Curru an Awins Stelle, »doch sollten wir noch ein wenig warten, bevor wir es deuten. Ich muss sehen, wie die Krähen zurückkehren.«

Doch bevor es dazu kam, tat sich etwas im Lager. Der Eingang von Kluwes Zelt war geöffnet worden, und Awin schloss sich den anderen Hakul an, die neugierig zusammenströmten. Dann erschien ein junger Krieger, der einen alten Mann am Arm führte.

»Ich glaube fast, er muss älter sein als deine Ahnmutter, Merege«, sagte Awin.

Die Kariwa lächelte, und es wirkte eine Spur herablassend. Natürlich, wenn stimmte, was sie ihm erzählt hatte, war Senis schon alt gewesen, als die Großmutter ihrer Großmutter geboren wurde. Aber das war sicher nur eine Geschichte so wie die, dass Senis von den Riesen abstammte. Doch das hier, das war Wirklichkeit. Der alte Kluwe wurde herausgeführt. Sein wettergegerbtes Gesicht bestand aus tausend Falten und Runzeln, und seine Augen lagen so tief in den Höhlen, dass Awin sich schon fragte, ob er überhaupt welche hatte. Er war immer noch groß, doch konnte er sich nur mit Mühe aufrecht halten. Das Gehen fiel ihm schwer und wäre ihm ohne den stützenden Arm des Kriegers vielleicht gar nicht möglich gewesen. Zwei weitere Hakul brachten einen mit Schaffellen gepolsterten Stuhl, der nahe beim Feuer aufgestellt wurde. Es dauerte eine Weile, bis der Alte Platz genommen hatte. Jede seiner langsamen Bewegungen schien ihm Schmerzen zu bereiten. Aus dem ganzen Lager strömten die Krieger zusammen. Kluwe winkte den jungen Krieger, der ihn geführt hatte, näher zu sich heran und flüsterte ihm etwas zu. Der Jungkrieger lauschte, dann richtete er sich auf und sagte mit heller Stimme: »Ich hörte, dass ein neuer Sger ins Lager gekommen ist. Ich hörte die Namen von fünf Sippen.« Dann beugte er sich wieder hinab, lauschte dem Alten, nickte und rief dann: »Und ich sah ein Licht in der finstersten Nacht, ein Licht, das ein junger Krieger trägt, der doch kein Krieger ist. Er bringt die große Veränderung.«

Ein Raunen lief durch die Reihen, und Awin wurde heiß und kalt. Der Alte hatte eine unheimliche Ausstrahlung. Hatte er wirklich ihn und den Lichtstein gesehen? Ein drittes Mal beugte sich der Jungkrieger hinab und verkündete dann: »Ich hörte auch einen vertrauten Namen. Junger Curru, bist du wirklich hier? Es ist lange her.«

Es klang seltsam, diese Worte aus dem Munde des jungen Kriegers zu hören. Curru trat nach vorn. Awin konnte ihm ansehen, wie sehr ihn die Anwesenheit seines Lehrers verunsicherte. »Ich bin hier, Meister Kluwe«, rief er.

Wieder lauschte der Jungkrieger dem Alten, bevor er laut rief: »Komm näher.«

Zögernd näherte sich Curru dem Alten. Dieser sah auf, murmelte leise etwas, was wohl nicht einmal sein Sprecher verstand, dann winkte er Curru näher heran. Awins ehemaliger Meister gehorchte. Der Alte flüsterte ihm etwas zu. Curru schüttelte den Kopf. Der Alte flüsterte weiter, es wirkte drängender. Curru trat einen Schritt zurück und sagte: »Wir müssen das besprechen, Meister.«

Der Alte winkte unwillig ab, es sah aus, als wolle er Curru wie eine lästige Fliege verscheuchen. Dann krallte er sich mit dürren Fingern in den Arm seines jungen Sprechers und zog ihn zu sich herab.

»Ich habe alles gesagt. Handelt jetzt, Hakul«, rief der Jungkrieger. Danach sprach der Alte nicht mehr. Sein junger Helfer legte ihm einen zweiten Mantel über die Schultern, und ein anderer brachte ihm eine Schale mit dampfender Suppe. Er konnte kaum den Löffel halten. Eine Weile sah die Menge zu, wie der Alte langsam aß, dann löste sich die Versammlung nach und nach auf.

»Was hat er von dir gewollt?«, fragte Uredh, als sie sich wieder an ihrem Feuer sammelten.

»Er will, dass wir ihn ins Ahnental begleiten. Nein, ganz genau sagte er, er habe uns dort gesehen«, erwiderte Curru nachdenklich.

»Er hat uns da gesehen?«, fragte Blohetan ehrfürchtig.

Curru nickte knapp.

»Dann ist es unausweichlich«, meinte Blennek.

»Er ist alt, vielleicht verwirrt«, widersprach Eri. »Wer

weiß schon, was er wirklich gesehen hat. Ja, ich nehme an, er möchte nur mit einem möglichst eindrucksvollen Gefolge dort erscheinen. Und Curru, der Seher der Schwarzen Berge, ist ein berühmter Name.«

»Berühmt? Berüchtigt, trifft es wohl eher«, meinte Harmin trocken.

Curru ging auf diese Beleidigung nicht ein. Er schien geistesabwesend. Dann sagte er: »Wenn ihr erlaubt, werde ich mich kurz mit meinem Yaman besprechen.«

»Macht ihr euch Sorgen wegen der Sühne?«, fragte Uredh. »Der Heredhan hat die Stammesversammlung einberufen. Und du weißt doch, dass dann alle Fehden und Forderungen ruhen, oder?«

Curru schien gar nicht zuzuhören. Er fasste Eri am Arm und zog ihn zur Seite.

»Ich möchte wissen, was er jetzt wieder ausbrütet«, brummte Harmin.

Awin hätte das auch gern gewusst, aber er konnte den beiden nicht folgen, denn die Männer berieten weiter, und er musste verhindern, dass sie einen Entschluss fassten, der den Heolin gefährdete. Wie sich zeigte, war seine Sorge berechtigt. Blohetan, Blennek und Uredh wollten der Aufforderung Kluwes folgen und ins Ahnental reiten. »Kluwe wird dort sein, der kluge Isgi ebenfalls, auch viele andere erfahrene und weise Yamane, Schmiede und Seher. Wir werden dort Rat und Hilfe bekommen«, war sich Blohetan sicher.

»Vielleicht mehr, als uns lieb ist«, antwortete Harmin, »und jeder Ratschlag wird anders lauten. Ihr kennt das doch.« Und er verkündete, dass er und seine Männer weiter dem Lichtstein folgen würden.

»Und wohin will der Träger des Lichtsteins gehen?«, fragte der weißhaarige Blennek.

Awin zögerte mit einer Antwort. Aus den Augenwinkeln beobachtete er Curru und Eri, die sich leise, aber heftig stritten. Curru schien den Yaman von irgendetwas überzeugen zu wollen. Beide blickten dabei immer wieder in eine bestimmte Richtung. Awin folgte ihren Blicken und fand dort Merege, die dabei war, ihr Pferd zu satteln, und dem Geschehen im Lager wie üblich wenig Beachtung schenkte. Merege? Das war mehr als seltsam. Bislang hatten Eri und Curru die Kariwa mit Feindseligkeit betrachtet. Sie fürchteten ihre Macht. Sie wussten, dass sie sie brauchten, aber sie taten bisher doch alles, um sie aus ihren Plänen herauszuhalten. Sollte sich das nun etwa ändern?

»Junger Seher?«, fragte Blennek nach.

Awin schreckte aus seinen Gedanken auf. Die Blauen Hügel wären ein verlockendes Ziel, wenn Horket nicht dort sitzen würde. Awin wich einer klaren Antwort aus: »Wenn der Heredhan den Heolin sieht, wird er ihn für sich beanspruchen.«

»Versteh das nicht falsch, Lichtträger, aber vielleicht ist er in den Händen dieses mächtigen Mannes besser aufgehoben als in deinen«, meinte Blohetan.

»Hast du vergessen, was bei Strydhs Felsen geschah? Wie der Stein Brediak beinahe getötet hätte?«, rief Blennek.

»Hat er das wirklich?«, fragte Uredh nachdenklich. Auch sein Blick ruhte jetzt auf der Kariwa. Natürlich, Mabak hatte den anderen Jungkriegern viel von ihren Abenteuern bei den Akkesch erzählt. Er wusste bei weitem nicht alles, aber dass Merege über Zauberkräfte verfügte, das dürfte er erzählt haben. Uredh hatte sicher davon gehört, und er war nicht dumm. Es war gut möglich, dass er jetzt wusste oder doch wenigstens ahnte, was sich am Sichelsee wirklich abgespielt hatte.

»Wir werden ins Ahnental gehen«, verkündete Eri gelassen, als er mit Curru zurückkehrte.

Awin starrte ihn verblüfft an. Eri wollte in die Höhle des Löwen?

»Wie kommt es zu diesem Sinneswandel, Yaman?«, fragte Harmin stirnrunzelnd.

»Kluwe hat es gesehen, und die Zeichen, die ich sah, bestätigen es«, erklärte Curru an seiner Stelle ruhig.

»Der Bussard?«, fragte Blohetan ehrfürchtig.

»So ist es, Ältester. Ich sah die Krähen zurückkommen. Eine von ihnen trug Federn im Schnabel. Das Zeichen des Sieges. Und so wie diese schwarzen Vögel sollten auch die Schwarzen Hakul zusammenhalten angesichts des Feindes, der über uns hergefallen ist. Doch bitte ich euch, den Heolin nicht zu erwähnen, solange wir nicht im Tal sind.«

Awin sah zweifelnde Blicke bei den Umstehenden. Es war gewagt, die Hakul mit den ungeliebten Aasfressern gleichzusetzen.

»Nun, aus Erfahrung weiß ich, dass kein Hakul dorthin gehen sollte, wohin Curru ihn schicken will. Aber was sagt denn der Lichtträger dazu?«, fragte Harmin.

»Er wird seinem eigenen Yaman doch nicht widersprechen, oder?«, schnappte Curru.

Awin schüttelte den Kopf. »Wie weit ist es bis ins Ahnental?«, fragte er.

»Mit Kluwes Wagen im Sger? Zwei Tage wenigstens, hat Werek gesagt«, antwortete Uredh.

»Dann werde ich selbst nach Zeichen Ausschau halten, die mir meinen Weg offenbaren. Spätestens morgen früh werde ich euch dann sagen, ob sie mir raten, den Heolin in die Nähe Horkets zu bringen«, erklärte Awin und beachtete die bösen Blicke nicht, mit denen Curru versuchte, ihn einzuschüchtern. Er hatte viel, über das er nachdenken musste. Die Hügel seines Geburtslandes lockten, aber der Umweg war beträchtlich, und er verspürte wenig Lust, dem Heredhan zu begegnen.

Kurz darauf begannen Krieger, das Zelt des Alten abzubauen und auf dem Wagen zu verstauen. Auch Awins Sger bereitete sich auf den Aufbruch vor. Awin wartete auf einen Augenblick, in dem Curru nicht in der Nähe Eris war, dann stellte er den jungen Yaman zur Rede.

»Ich weiß nicht, was du willst, Awin. Die Zeichen waren eindeutig«, murmelte Eri.

»Die Zeichen, die ich sah, sagen mir nur, dass du mit Curru etwas ausheckst. Und ich will wissen, was das ist.«

Eri sah ihn an, und sein unsteter Blick wurde mit einem Mal fest: »Wir haben nicht vor, dich oder den Lichtstein zu gefährden, Seher.«

»Hier geht es weder um mich noch um den Stein. Hast du vergessen, dass Slahan deine Klanbrüder und -schwestern verschleppt hat? Jeder Tag, den wir verlieren, kann sie das Leben kosten.«

»Ich bin der Yaman des Klans der Berge, und es sind mehr Verwandte von mir als von dir unter den Verschleppten, Awin, Kawets Sohn. Vergiss das nicht!«

Am liebsten wäre Awin Eri an die Kehle gegangen, aber das war natürlich nicht möglich. Also schluckte er seinen Ärger herunter. Eri hatte ihm nicht verraten, was er und Curru vorhatten. Der junge Yaman wirkte selbstsicher, und auf seinem Gesicht lag ein merkwürdiger Ausdruck von Kampfeslust. Er hatte schon Harmin gereizt, und nun auch ihn. Aber was hatten Eri und Curru nur vor? Und welche Rolle hatten die beiden Merege zugedacht? Oder wollten sie die Kariwa vielleicht aus dem Weg räumen, weil sie ihre Pläne gefährdete? Awin verfluchte den Tag, an dem er seine Sehergabe verloren hatte. Er tappte im Dunkeln. Etwas war im Gange, und er hatte nicht die leiseste Ahnung, was es war.

# Ahnental

KURZ NACHDEM SIE aufgebrochen waren, blies der Südwind einen kalten Regen über das Land, der durch ihre Wollmäntel drang und sie bis auf die Haut durchnässte. Sie kamen quälend langsam voran, weil sie den schweren Wagen mit Kluwe und seinem Winterzelt mitführten und die vorgespannten Rösser auf dem matschigen Untergrund kaum Tritt fassen konnten.

»Es friert nicht mehr, und dennoch ist mir kälter als gestern«, klagte Wela, die nun neben Awin ritt.

»Wie kommt es eigentlich, dass du jetzt an meiner Seite und damit in der Nähe von Harmins Enkeln reitest?«, fragte Awin, der ebenso fror wie Wela, das aber nicht zugeben wollte.

»Wenn es dich stört, kann ich mich auch zu meinem Onkel Tuge gesellen«, gab Wela spitz zurück.

»So war das nicht gemeint«, erwiderte Awin.

Wela seufzte, dann erklärte sie: »Ich glaube, ich habe das der Beratung gestern Abend zu verdanken.«

»Als du sagtest, dass deine Stimme im Rat gehört werden müsse?«

»Genau. Onkel Tuge hat mir klargemacht, dass es mir, als der Schmiedin des Klans, jetzt nicht mehr gut ansteht, noch mit den unreifen Jungkriegern zu reiten. Das ist bedauerlich, denn dort geht es wesentlich lustiger zu als hier. Die Yamanoi sind alle so ernst, als könnten sie allein mit ihren grimmigen Mienen Slahan besiegen.«

Awin grinste dünn. Er fragte sich, ob Tuge Hintergedanken

hatte. War er vielleicht mit Harmin einig geworden, Wela zu verkuppeln? Es waren schon früher gelegentlich Bewerber aufgetaucht, die Tuwin, den berühmten Schmied, um die Hand seiner Tochter gebeten hatten. Wela hatte sie alle abgewiesen. Awin warf einen Blick zurück. Limdin und Dare ritten hinter ihrem Großvater und ließen im Dauerregen die Köpfe hängen. Sie sahen immer noch nicht aus, als wandelten sie auf Freiersfüßen.

»Was wirst du jetzt tun?«, unterbrach Wela seinen Gedankengang. Und als sie merkte, dass er nicht wusste, worauf sie hinauswollte, ergänzte sie: »Horket, er hat deinen Klan ausgelöscht und deinen Vater getötet.«

Awin nagte an seinen Lippen. Als wenn er nicht schon genug andere Sorgen hätte. Die Sache schien der Schmiedin wichtig zu sein. Natürlich, Horket trug auch Mitschuld am Tod ihres eigenen Vaters.

»Wirst du ihn fordern, Awin, Kawets Sohn?«, fragte Wela, als er nicht antwortete.

»Ich wäre dir dankbar, wenn du etwas leiser sprechen würdest. Es muss ja nicht jeder wissen, wer ich bin.«

»Aber es weiß doch schon jeder. Mabak hat den Jungkriegern deine Abstammung verraten. Yaman Werek hat mich gestern gefragt, ob es stimmt, dass du der Sohn Kawets bist.«

Awin schloss die Augen. Das wurde ja immer besser. »Was hast du geantwortet?«

»Ich habe ihm geraten, dich selbst zu fragen.«

»Wir hätten Mabak wirklich am Sichelsee lassen sollen«, meinte Awin düster, »besser noch im Sichelsee.«

»Und? Wirst du Horket nun fordern? Ich habe gehört, dass der Klan der Dornen dort seine Heimat hatte, wo Horket sich jetzt als Herr aller Hakul aufspielt.«

Awin warf Wela einen wütenden Blick zu. »Es ist die Stammesversammlung. Alle Fehden ruhen in dieser Zeit.«

»Das habe ich gehört«, erwiderte Wela.

»Warum fragst du mich dann?«, rief Awin ungehalten. Was erwartete sie eigentlich von ihm? Dass er mit gezogenem Sichelschwert ins Ahnental ritt und Horket, den Sieger vieler Schlachten und Zweikämpfe, an die Kehle sprang?

Die Schmiedin schenkte ihm einen unergründlichen Blick aus ihren sanftbraunen Augen. »Nun, wenn ich das richtig verstehe, geht diese Versammlung auch irgendwann zu Ende. Dann gilt doch der Fehdefriede nicht mehr, oder?«

Es war unfassbar, sie ließ einfach nicht locker. »Wela, diese Versammlung kann Wochen dauern. Es sind Hakul, du weißt, wie gerne sie sich streiten und wie lange sie brauchen, um sich zu einigen. So viel Zeit haben wir nicht. Ich halte es überhaupt für Unsinn, dass wir in dieses Tal reiten.«

»Warum kommst du dann mit?«

Awin verstummte. Das war eine gute Frage. Er antwortete lahm: »Ich habe das noch gar nicht endgültig entschieden. Außerdem, soll ich Slahan etwa allein nachjagen?«

»Irgendjemand hat einmal gesagt, dass es nicht auf die Zahl der Krieger, sondern auf ihre Entschlossenheit ankommt«, wiederholte Wela lächelnd Worte, die er vor ein paar Tagen zu ihr gesagt hatte. Dann, nach einer längeren Pause, fügte sie ernst hinzu: »Außerdem würde ich dich begleiten.«

Jetzt war Awin wirklich sprachlos. Das war etwas, das er nicht erwartet hatte. Er suchte nach den richtigen Worten, um seinen Dank auszudrücken, dafür, dass sie ihn unterstützte, dass sie zu ihm hielt, und dass sie bereit war, ihr Leben mit ihm aufs Spiel zu setzen bei diesem doch beinahe hoffnungslosen Kampf gegen die Gefallene Göttin. Er konnte ihr großzügiges Angebot natürlich nicht annehmen, auch wenn er es gerne wollte. Die Jagd war schon für ihren Sger mehr als gefährlich. Zu zweit wäre sie selbstmörderisch, und das Letzte, was er wollte, war,

Wela in Gefahr zu bringen. Die widersprüchlichsten Gedanken schossen ihm, alle auf einmal, durch den Kopf, und er fasste sie zusammen in dem Satz: »Was soll mir ein Mädchen schon dabei nützen?«

Von da an ritt Wela an der Seite ihres Onkels und würdigte Awin keines Blickes mehr.

Etwas später lief ein Gerücht durch die Reihen, eine gute Nachricht, die sich bald zur Gewissheit verfestigte und die Männer ermutigte: Der Lichtstein war unter ihnen! Awin hörte es, und er verfluchte den Urheber des Gerüchtes, wer immer das sein mochte. Werek kam zu ihm. »Ist es wahr, du trägst den Heolin?«

Awin wusste, dass es zwecklos war, es zu leugnen, und nickte.

»Wann hattest du vor, uns das zu verraten, junger Hakul?«

»Ihr wisst es doch jetzt«, antwortete Harmin, der hinter Awin ritt, an seiner Stelle.

»Dich habe ich nicht gefragt, Schmied, doch auch du hast unsere Gastfreundschaft angenommen und es uns mit Misstrauen gedankt. Was habt ihr gedacht? Dass wir ihn stehlen wie Diebe?«

Awin schüttelte stumm den Kopf.

Werek starrte ihn finster an. »Zeig ihn mir!«, befahl er.

Awins Hand wanderte schon zum Stab, den er, in eine Decke gewickelt, an den Sattel gebunden hatte, doch dann besann er sich eines Besseren: »Ich bin kein Jungkrieger in deinem Sger, dass du mir Befehle erteilen könntest!«, entgegnete er stolz, obwohl ihm gar nicht so zumute war. Awin plagte das schlechte Gewissen. Es war dumm gewesen, den Heolin vor den anderen zu verbergen. Es war doch zu erwarten gewesen, dass sich irgendeiner der Yamanoi oder Jungkrieger verplappern würde. Der Zug geriet ins Stocken.

»Ich bin Werek, Yaman vom Klan des Schwarzen Sperbers, junger Krieger. Zeig mir den Stein!«

»Und ich bin Awin, Seher vom Klan der Schwarzen Berge. Und du hast mir nichts zu befehlen, Yaman.«

»Zeig ihm den Lichtstein, Awin«, rief eine helle Stimme. Es war Eri.

Awin warf ihm einen wütenden Blick zu. Sein eigener Yaman fiel ihm in den Rücken!

Werek lachte. »Nun, Seher, was ist?«

Also zog Awin den Stab aus der Decke, richtete ihn auf und hielt ihn in den prasselnden Regen. Als er ihn vor den dunklen Wolken hochreckte, war der schwache Glanz, der im Heolin erwacht war, deutlich zu sehen. Ein Raunen lief durch die Reihen, und Werek nickte zufrieden: »Es ist also wahr. Horket wird sich freuen, wenn er sieht, was wir mitbringen.«

Awin biss sich auf die Lippen. Es würde nun noch schwerer werden, nicht ins Ahnental zu gehen.

Als sich der Zug wieder in Bewegung setzte, klopfte ihm Harmin aufmunternd auf die Schulter: »Kopf hoch, junger Seher. Du hast dich gut gehalten. Meine Enkeltochter Kuandi wird stolz auf dich sein, wenn ich ihr davon erzähle.«

Von da an trug Awin den Heolin wieder offen, und er fragte sich, ob er auch bei Regen Kraft schöpfen würde. Gegen Mittag nahm Curru plötzlich den Platz an seiner Seite ein. Awins Nackenhaare stellten sich auf. Wenn sein ehemaliger Meister seine Nähe suchte, dann sicher nicht, weil er mit ihm über das Wetter plaudern wollte. Awin fragte sich, ob es sein alter Meister gewesen war, der Werek sein Geheimnis verraten hatte.

»Glaubst du, dass ich das Bussardzeichen falsch gedeutet habe?«, fragte Curru, nachdem sie eine Weile nebeneinander durch den strömenden Regen geritten waren.

Awin konnte sich nicht vorstellen, dass sein alter Lehrer wirklich seine Meinung hören wollte. Er blieb auf der Hut und antwortete vorsichtig: »Mir schien es eher ein Gleichnis als ein Zeichen zu sein, Curru.«

»Wie ich sehe, hast du also doch etwas bei mir gelernt«, lautete die überraschend freundliche Antwort.

»Aber warum hast du es dann als Zeichen gedeutet?«, fragte Awin kühl. Er wollte sich von dem Alten nicht einwickeln lassen.

Curru beantwortete die Frage nicht gleich, sondern sagte stattdessen: »Uneinigkeit ist eine der Schwächen der Hakul, Awin. Wir könnten die Welt beherrschen, wenn wir nur einig wären.«

»Und wenn alle sich darauf einigen, das Falsche zu tun?«, fragte Awin missmutig.

»Mir scheint, du bist schlecht gelaunt, mein Junge. War das der Grund, warum Wela nicht mehr neben dir reiten wollte?«

»Vielleicht«, antwortete Awin einsilbig. Er wartete immer noch darauf, dass Curru endlich etwas von dem preisgab, was er mit Eri oder vielmehr was er *für* Eri plante.

»Du weißt, dass ich wenig Grund habe, den Heredhan zu lieben, Awin, aber dennoch muss ich ihm zugestehen, dass er die Hakul verstanden hat.«

»Horket? Was soll der verstanden haben?«

»Der Heredhan hat begriffen, dass wir vieles erreichen können, wenn wir einig sind – so wie die Krähen, die sich doch um jeden Bissen Fleisch streiten, zusammenhalten, wenn ein Bussard über sie kommt.«

»Es war doch nur eine Handvoll Aasfresser, die ihn am Ende gejagt hat«, widersprach Awin. »Die meisten haben abgewartet und zugesehen. Wären sie alle über ihn hergefallen, hätte er das kaum überlebt.«

»Du sagst es also selbst«, meinte Curru zufrieden.

»Was sage ich?«

»Dass es umso gefährlicher für den Bussard wird, je mehr Krähen sich einig sind.«

»Das geht bei diesen Aasfressern auch eher als bei uns Hakul. Wie viele Jahre hat Horket gebraucht, um auch nur ein Drittel der Sippen unter seine Führung zu zwingen?«

Curru warf ihm einen eigentümlichen Blick zu, lächelte und sagte dann: »Ungefähr fünfzehn, würde ich schätzen. Du musst zugeben, dass seine Geduld bemerkenswert ist.«

»Ich begreife dich nicht, Curru. Willst du etwa zu Horket gehen und unsere Unterwerfung anbieten?«

»Nichts liegt mir ferner, Awin. Und ich füge hinzu, dass nicht ich es bin, der hier von Horket spricht. Ich rede vom Heredhan. Ich weiß, du willst sagen, dass das dasselbe ist, doch ich denke, du irrst dich. Horket hat dem alten, halb vergessenen Titel Macht verliehen, wirkliche, greifbare Macht!«

»Schmerzhafte, grausame Macht, wenn du mich fragst«, antwortete Awin düster.

»So ist es. Und nun frage ich dich weiter – wenn Horket stirbt, muss diese Macht dann mit ihm sterben? Oder gehen all die Verpflichtungen, Treueschwüre, die die Klans dem Heredhan geleistet haben, auf seinen Erben über?«

Awin schüttelte unwillig den Kopf. »Vielleicht solltest du endlich sagen, was du sagen willst, Curru.«

Der alte Seher senkte seine Stimme, so dass ihn Awin im rauschenden Regen kaum verstehen konnte: »Horket ist nicht unsterblich. Und ich denke darüber nach, wie wir es schaffen, seine Macht in bessere, jüngere Hände zu legen.«

Awin starrte Curru mit offenem Munde an. »Du willst Eri zum Heredhan machen?«, fragte er ungläubig, und er musste sich sehr zusammenreißen, um dabei leise zu sprechen.

»Ich habe über das nachgedacht, was jener Yaman an der Furt gesagt hat – das über den Frevel, der die Götter erzürnt hat. Du und ich, wir wissen, dass das Unsinn ist, aber die meisten Hakul wissen das nicht. Sie werden sich fragen, wer dafür verantwortlich ist.«

»Wir, zum Beispiel«, unterbrach ihn Awin schroff, aber Curru fuhr ungerührt fort: »Wenn wir es geschickt anstellen, werden sie glauben, dass es der Heredhan war.«

»Aber …«

»Keine Angst, Awin, das alles ist bisher nur ein Gedanke, nur eine Möglichkeit, die Tengwil noch nicht zu einem Schicksalsfaden geknüpft hat. Nichts ist entschieden, und ich habe nicht vor, die wenigen Krieger meines Klans in eine Schlacht gegen Horkets Sippe zu führen. Aber ich muss wissen, junger Seher, ob du auf unserer Seite sein wirst, wenn wir uns im Land deiner Vorfahren gegen Horket stellen sollten – und, wie gesagt, es ist überhaupt noch nicht entschieden, dass wir es tun.«

»Natürlich habt ihr euch entschieden, Curru, sonst würdest du mich nicht fragen«, entgegnete Awin ungehalten.

Curru lächelte dünn. »Ich sehe, du hast wirklich etwas gelernt, und ich will nicht länger versuchen, dir etwas vorzumachen. Also, bist du auf unserer Seite – oder wirst du dich gegen deinen eigenen Klan stellen?«

Es sah Curru ähnlich, ihn auf diese Weise unter Druck zu setzen. Aber Awin wollte sich auf dieses Spiel nicht einlassen und erwiderte: »Du kannst sicher sein, dass ich nicht auf Horkets Seite stehen werde, und ich werde mich bestimmt nicht gegen meinen Klan stellen, solange sich der Klan nicht gegen mich oder den Heolin und unsere Aufgabe stellt. Vergiss nicht, Curru, wir sind aufgebrochen, um unsere Brüder und Schwestern aus den Klauen Slahans zu befreien, nicht um Eri auf einen noch größeren Schild zu heben. Er konnte sich doch schon auf dem Yamansschild kaum halten.«

Curru warf ihm einen bösen Blick zu und schnaubte verächtlich: »Ich ahnte schon, dass du zu schwach bist, dich zu entscheiden, mein Junge. Ich hoffe, dass du den nötigen Mut dazu noch finden wirst. Bedenke dabei Folgendes: Der Heredhan, wer immer es ist, gebietet über weit mehr Männer als jeder Yaman. Und wir können bei dieser verzweifelten Jagd jeden Speer und jeden Bogen gebrauchen.«

»Dann sollten wir vielleicht Horket einfach auffordern, uns mit seinen Kriegern zu begleiten«, entgegnete Awin wütend.

»Als wenn das so einfach wäre«, erwiderte Curru mit einem bitteren Lachen, wendete sein Pferd und ritt zurück ans Ende des Zuges.

Awin schüttelte den Kopf über den Alten, und er fragte sich, was genau Curru vorhaben mochte. Aber er musste auch und vor allem an den Heredhan denken, der wie eine drohende schwarze Wolke am Horizont auf ihn zu warten schien. Sie schien zu wachsen und zu wachsen, und es würde nicht einfach sein, ihr zu entgehen. Awin dachte über das Gesagte nach. Es war ihm etwas herausgerutscht, eine Bemerkung, geboren aus seinem Zorn, aber vielleicht hatte er es damit auf den Punkt gebracht: Horket auffordern, sich der Jagd anzuschließen … warum denn eigentlich nicht? Vielleicht war es ja ganz falsch, ihm aus dem Weg gehen zu wollen. Horket war der Heredhan aller Schwarzen Hakul, und seine Klans wurden doch ebenso hart von Slahan getroffen wie die freien Sippen, und sie alle würden nach seinem Schutz und seiner Führung verlangen. Und nun kam er, Awin, mit dem Heolin, der Waffe, die es ihnen ermöglichte, gegen die Gefallene Göttin zu kämpfen. Wenn Awin ihn einfach aufforderte, mit ihm gegen Slahan zu Felde zu ziehen? Horket würde wie ein Feigling dastehen, wenn er versuchen sollte, sich dieser Aufforderung zu entziehen. Awin fühlte sich auf einmal viel besser. Er hatte eine Lösung gefunden. Er würde seinen Feind zwingen, an seiner Seite für das Wohl aller Hakul zu kämpfen. Und wenn er sich weigerte, würde er, Awin, Kawets Sohn, ihn schon überzeugen.

»Du siehst zufrieden aus, Seher«, sagte Tuge, der sich mit seinem Pferd etwas später an seine Seite gesellte.

»Das ist das Wetter«, scherzte Awin.

Der Bogner lachte. »Es muss dir wirklich gut gehen, wenn du dem Versuch der Götter, uns in dieser trostlosen Gegend zu ersäufen, etwas abgewinnen kannst.«

Awin grinste. Sie hatten den Fluss bei seiner letzten Biegung verlassen und waren wieder auf das flache Land hinausgeritten. Hier gab es keinen Baum, keinen Strauch, der die Eintönigkeit unterbrochen hätte, und der tief gefrorene Boden war mit einer tückischen Schicht Morast überzogen, durch die ihre Pferde mit hängenden Köpfen trotteten.

»Warst du schon einmal im Ahnental, Tuge?«, fragte Awin.

»Einmal, vor sehr vielen Jahren, zur Zeit, als Lepi noch Heredhan war. Ich weiß wohl, dass früher dein Klan seine Pferde in den Hügeln weidete, doch das Ahnental ist heiliger Grund und stand stets allen Hakul offen. Lepi war ein freigiebiger Mann, der die Yamane aller Klans in das Tal einlud und bewirtete, wenn die Seher den dreifachen Tag der Sonnenwende ausriefen. Ich war einmal mit Yaman Aryak und seinem Vater dort, und ich muss sagen, es war ein rauschendes Fest.«

»Ich dachte, es geht dort um Beratung«, warf Awin spöttisch ein.

»Oh ja, es wurde auch beraten, aber das war Sache der Yamane und Seher. Wir jungen Männer kümmerten uns um die wirklich wichtigen Dinge – die Wettkämpfe, das Essen, das Trinken«, erzählte Tuge schwärmerisch.

»Ich sehe schon, es war eine ernste, heilige Angelegenheit«, erwiderte Awin grinsend.

»Das war es, wirklich. Alle Fehden ruhten in dieser Zeit, und irgendwie schaffte Lepi es immer, dass sich wenigstens einige der zerstrittenen Klans wieder versöhnten. Manche nannten ihn einen Trottel wegen seiner Freigiebigkeit, die seinen eigenen Klan verarmen ließ, aber ich sage, dieser Mann war klug und weise. Ganz anders als Horket, den ein unglückliches Schicksal auf den Schild hob.«

»Ja, Horkets Erhebung, immer wenn ich danach fragte, hörte ich nur Andeutungen, geheimnisvolle Bemerkungen. Irgendwie scheint niemand darüber reden zu wollen, wie er Heredhan wurde«, sagte Awin halblaut.

»Nun, in der Steppe tragen die Stimmen weit, wie man so sagt, junger Seher, und Horket hat seine Ohren überall.«

»Aber der Regen dämpft den Schall«, entgegnete Awin lächelnd.

»Dämpft den Schall und macht den Bogen schwach, so ist das mit dem Regen, Awin, so ist das.« Der Bogner seufzte. »Ich finde, du hast ein Recht darauf, es zu erfahren, denn schließlich spielte dein Vater darin auch eine Rolle, was Horket nie vergessen hat. Es ist bald fünfzehn Jahre her, als Heredhan Lepi viel zu früh starb. Horket war damals ein junger Yaman, aber er hatte durch List und Entschlossenheit – manche sagen, Grausamkeit – bereits zwei Klans unterworfen und einige weitere durch Verpflichtungen an sich und seinen Klan des Schwarzen Grases gebunden, der, das solltest du wissen, vor Horkets Zeit völlig unbedeutend war. Nun versammelten sich also die Yamane im Ahnental, um einen Nachfolger zu bestimmen. Lepi hatte einen Sohn, und eigentlich war es guter alter Brauch, dass der Sohn dem Vater nachfolgte. *Heredhan* war immer nur ein Titel mit viel Ehre und wenig Macht gewesen. Doch plötzlich stand Horket auf und verlangte das Amt für sich.«

»Aber mit welcher Berechtigung?«, fragte Awin.

»Das ist eine gute Frage, Awin, eine sehr gute sogar. Horket begründete seinen Anspruch nicht selbst, sondern ließ einen Fremden für sich sprechen.«

»Einen Fremden? Im Ahnental?«

»Ja, ist es nicht seltsam, dass die Yamane nicht sofort den Kopf dieses Mannes forderten? Dein Vater Kawet tat es, doch er blieb der Einzige. Der Fremde also sprach für Yaman Horket, und je länger er redete, desto begründeter erschien der Anspruch. Und das Eigentümliche daran war, dass später, als Horket wieder von dem Schild stieg, auf den ihn die Versammlung der Yamane nahezu einmütig gehoben hatte, niemand mehr wusste, was der Fremde eigentlich gesagt und wie er sie bewogen hatte, gegen alle guten Sitten Horket zum Heredhan zu machen. Nun, vielleicht ahnst du schon, was damals keiner wahrhaben wollte – der Fremde war ein Maghai …«

»Ein Zauberer? Horket ist durch Zauberei auf den Schild gelangt?«, rief Awin ungläubig.

»Awin, der Regen fällt nicht so dicht, dass er jedes Wort verschluckt, also dämpfe deine Stimme«, raunte der Bogner.

»Verzeih«, murmelte Awin und blickte sich vorsichtig um. Die Männer hatten ihre Kapuzen über die Helme gezogen, hingen müde auf ihren Pferden, und nichts deutete darauf hin, dass ihnen jemand zuhörte. Ein Maghai hatte Horket also zur Macht verholfen? Das war wirklich eine Neuigkeit.

»Zuerst wusste das niemand«, setzte Tuge seine Erzählung fort, »niemand außer deinem Vater, der die Täuschungen des Zauberers durchschaute. Man sagt, dass die Macht der Maghai darin liegt, andere das sehen zu lassen, was sie sie sehen lassen wollen. Wenn einer dieser dhanischen Zauberer dich deinen Tod sehen lässt – dann stirbst du. Kawet hat später versucht, Horket zu stürzen, aber du kannst dir vielleicht vorstellen, dass nur wenige Yamane ihm folgen wollten. Lieber nahmen sie das Unrecht hin, als zuzugeben, dass sie sich hatten betrügen lassen. Der Heredhan war erhoben, also musste es auch Tengwils Wille sein. So einfach war das. Und außerdem – es war nur der Heredhan, ein altes Amt mit viel Würde, vielen Verpflichtungen, aber wenig Macht. Nur dein Vater sah voraus, was Horket daraus machen würde, und tat alles, um ihn aufzuhalten.«

Awin biss sich betroffen auf die Lippen. Daher rührte also der Hass, den Horket gegen Kawets Klan hegte. »Ich verstehe eines nicht, Tuge. Ich weiß, die Zauberer schützten einst die Dhanier vor allen Feinden. Aber ich habe noch nie gehört, dass einer von ihnen sich in die Angelegenheiten der Hakul einmischte.«

»Dieser tat es«, meinte Tuge knapp, »aber natürlich nicht umsonst. Man sagt, Horket habe ihm seine Lieblingstochter zur Frau geben müssen.«

»Augenblick – Maghai nehmen doch keine Frauen!«

»Nun, dieser schien vieles anders zu sehen als die anderen Diener seiner verfluchten Bruderschaft. Ich kann mir vorstellen, dass Horket hoffte, diesen mächtigen Verbündeten durch seine Tochter dauerhaft an sich zu binden, wie es guter Brauch bei den Hakul ist. Blut ist bekanntlich dicker als Wasser und eine Ehe stärker als ein Sgerzeichen aus Eisen, wie man so sagt.«

»Aber der Maghai verschwand?«

»Und Horkets Tochter mit ihm. Vermutlich hatte der Zauberer, was er wollte. Und das war ein Segen, denn sonst wären wohl längst alle Hakul unter Horkets harte Hand geraten. Aber auch so sind ihm viele Sippen hörig.«

»Wir nicht«, sagte Awin.

»Bislang«, meinte Tuge trocken.

»Das wird sich auch nicht ändern«, verkündete Awin mit grimmiger Entschlossenheit.

»Ich wünschte, ich könnte deine Zuversicht teilen, Awin«, entgegnete Tuge.

Awin spürte, dass dem Bogner etwas auf der Seele lag, er ahnte auch, was es war. »Du glaubst, dass es nicht klug ist, ins Ahnental zu gehen?«

Tuge schwieg, aber Awin bohrte weiter: »Es war aber der Entschluss unseres Yamans.«

Der Bogner warf ihm unter seiner Kapuze einen düsteren Seitenblick zu. »Der zerbrochene Schild. Wir hätten ihn gleich fallen lassen sollen, dann wäre Eri gar nicht erst Yaman geworden.«

Awin schwieg überrascht. Er hätte nie gedacht, dass der Bogner sich offen gegen Eri erklären würde. Aber Tuge hatte recht, Eri hatte das Erbe seines Vaters erst in dem Augenblick angetreten, als er das Feuer ganz umrundet hatte. So sagte es das Gesetz. Es kam vor, dass die Schildträger ungeschickt waren und der Anwärter bei der Umrundung des Sippenfeuers stürzte, dann musste das ganze Ritual wiederholt werden. Stürzte ein Anwärter gar zweimal, so waren die Ahnen gegen ihn, und er durfte nicht Yaman werden. Es gab jedoch kein Gesetz für den Fall, dass der Ehrenschild zerbrach, wenigstens keines, das Awin gekannt hätte.

»Weißt du, was die beiden vorhaben?«, fragte Tuge, nachdem sie eine Weile schweigend nebeneinander geritten waren.

»Wer?«, fragte Awin, aus seinen Gedanken gerissen.

»Eri und Curru. Sie wollen doch nicht aus Sehnsucht nach Horket ins Ahnental. Oder haben sie vergessen, dass es Heredhan Horket war, der unseren Sger am Glutrücken ins Verderben stürzte?«

»Ich weiß es nicht genau, Tuge«, wich Awin aus, »aber es ist mir auch gleich. Ich werde den Heredhan auffordern, uns zu begleiten.«

»Du willst ihn *auffordern*?«, fragte Tuge verblüfft.

»Natürlich. Ich werde ihn nicht bitten, denn dann würde er nur irgendeine Gegenleistung verlangen. Nein, er ist der Heredhan, der höchste Fürst der Schwarzen Hakul, er ist doch geradezu *verpflichtet*, uns zu helfen.«

Tuge lachte leise. Dann schüttelte er den Kopf und erwiderte: »Irgendwie habe ich Zweifel, dass Horket das ebenso sieht. Ich freue mich, dass du einen Plan hast, aber ich denke, dass du nicht der Einzige bist.« Bei dieser Bemerkung warf der Bogner einen vielsagenden Blick zurück. Awin drehte sich um. Ganz am Ende des Zuges sah er Merege. Den Mann neben ihr erkannte er sofort, obwohl er sich unter einer Kapuze vor dem Regen duckte. Es war Curru auf seinem Schimmel. Es sah aus, als würde er mit der Kariwa reden. Awin nagte an seinen Lippen. Was hatte das nun wieder zu bedeuten? Er wollte sein Pferd wenden, doch Tuge fiel ihm in die Zügel. »Besser, du wartest bis zur nächsten Rast. Wir wollen doch den anderen Sippen nicht das Schauspiel eines offenen Streites zwischen unseren Sehern bieten, oder?«

Gegen Abend stemmten sich die ersten kahlen Hügel aus der Ebene, ein Zeichen, dass sie sich ihrem Ziel näherten. Awin sah es mit gemischten Gefühlen. Es mochte sein, dass er hier geboren war, aber das Land empfing ihn mit kaltem Wind und einem strömenden Regen, in dem die Hakul fluchend ihre Zelte aufschlugen.

»Der Frost war besser als das«, brummte Tuge, und Awin kam nicht umhin, ihm zuzustimmen. Schlamm und Wasser drückten sich durch die Decken, die sie zum Schlafen ausbreiteten, und es war schwierig, ein Feuer zu entzünden. Bald zog beißender Rauch durchs Lager, denn die Hügel waren so niedrig, dass sie nicht einmal Schutz vor dem lästigen Wind boten. Awin fand Merege etwas abseits des Lagers auf einer der Anhöhen. Sie hatte ihr Gesicht zum Himmel erhoben, und ihre helle Haut glänzte vom Regen.

»Du solltest dir etwas überziehen«, rief Awin.

Merege lächelte. »Dieser Regen ist anders als bei uns. Bei uns ist er schwer und kalt, und du kannst das Meer schmecken. Dieser hier schmeckt nach Frühling.«

»Frühling? Wir sind mitten im Frostmond, und ich kann mir schon gar nicht mehr vorstellen, dass es einmal wieder warm werden wird.«

»Ja, mir ist aufgefallen, dass ihr Hakul Frost und Regen nicht mögt.«

»Wer mag diese beiden schon? Der Regen kommt immer nur, wenn er nicht willkommen ist. Wir würden ihn feiern und verehren, wenn er einmal in den staubigen Sommermonden zu uns käme. Aber jetzt, im Winter? Niemand braucht ihn. Und er kommt viel zu früh, um den Frühling anzukündigen.«

»Vielleicht nicht für diese Hügel, aber der Wind kommt aus dem Süden, und da ist das Ende des Winters schon zu ahnen.«

»Das wird die im Süden sicher freuen«, murmelte Awin.

Merege streckte die Hände aus. Ihr schwarzes Gewand war völlig durchnässt und klebte an ihrem schlanken Körper. »Bei uns sagt man, der Regen sei der Gefährte der Einsamen«, erklärte sie und betrachtete mit einem versonnenen Lächeln die klaren Tropfen, die einzeln von ihren Fingerkuppen tropften.

»Was hat Curru von dir gewollt?«, fragte Awin unvermittelt.

Sie ließ die Hand sinken, und das Lächeln erlosch. »Bist du deshalb zu mir gekommen?«

Awin nickte. Weshalb hätte er sie sonst aufsuchen sollen?

»Er wollte etwas wissen.«

»Und was?«, drängte Awin.

Merege strich sich eine Strähne ihres schwarzen Haares aus dem Gesicht. »Er fragte mich, ob ich dir oder dem Heolin folge.«

»Das ist eine eigenartige Frage. Was hast du geantwortet?«

»Dass ich auf keinen Fall ihm folge oder diesem Knaben, den er Yaman nennt.«

Awin runzelte die Stirn. Das war viel weniger eindeutig, als er gehofft hatte. »Hat Curru gesagt, warum er das wissen will?«

Merege schüttelte den Kopf. »Er hat viel geredet und wenig gesagt. Doch am Ende deutete er an, dass er mir vielleicht verschaffen könne, was ich begehre.«

»Das hat er gesagt?«, fragte Awin ungläubig.

»Angedeutet, Awin. Du weißt, dass er es versteht, sich unklar auszudrücken.«

Awin blickte hinunter auf das Lager. Der Qualm der Feuer hatte sich zu einer Art beißendem Nebel verbunden. Einige Krieger waren dabei, Kluwes Zelt aufzustellen. »Ich glaube nicht, dass er dir den Lichtstein überlassen würde, Merege, selbst wenn er ihn hätte«, erklärte er und versuchte, sich seine Beunruhigung nicht anmerken zu lassen.

»Wenn er ihn nicht mehr braucht, vielleicht schon«, lautete die kühle Antwort.

Awin und viele andere hatten gehofft, sie könnten sich am Abend vielleicht in Kluwes Zelt versammeln, dem einzig trockenen Platz des Lagers, doch der alte Seher hatte unterwegs Zeichen gesehen, die es zu deuten galt, und er durfte nicht gestört werden.

»Ich habe gehört, du hast dich entschieden?«, fragte Harmin, als sie sich am Feuer trafen.

Awin nickte. »Ich denke, der Heredhan ist ein mächtiger Verbündeter, und er kann uns seine Unterstützung wohl kaum verweigern.«

»Da kennst du Horket aber schlecht«, erwiderte Harmin nachdenklich.

»Wie sollte er sich seiner Pflicht als Fürst der Schwarzen Hakul entziehen, wenn ich ihm gegenübertrete und mit dem Lichtstein in der Hand unser Anliegen vorbringe, Harmin?«

Harmin starrte nachdenklich ins zischende Feuer. »Wenn du es so sagst, klingt es gut, Seher.«

»Aber du hast Zweifel?«

»Der Heolin ist ein seltsames Ding. Er selbst hat kaum Kraft, und doch verfügt er über eine Macht, die viele Kräfte anzieht. Er liegt in deiner Hand, Awin, doch viele andere Hände werden versuchen, ihn dir zu entreißen. Siehst du sie nicht? Sie umkreisen dich wie Krähen das Aas, wenn du mir den Vergleich verzeihst.«

»Aas«, murmelte Awin bedrückt, als der Schmied gegangen war. Leider war Harmins Einschätzung zutreffend. Als Awin auf dem Hügel bei Merege gewesen war, hatte er gespürt, dass er beobachtet wurde. Und wenn er jetzt durch das Lager ging oder sich in sein kleines Zelt zurückzog, gab es immer wenigstens zwei oder drei Krieger, die in seiner Nähe irgendetwas Dringendes zu besorgen hatten. Als er noch einmal nach seinem Pferd sehen wollte, hatte ihm Blennek, der alte Krieger des Gazellen-Klans, seine Begleitung angeboten, dann aber gar nichts zu sagen gewusst. Später wurden Wachen für die Pferde abgestellt, und sie standen dicht bei seinem Braunen. Awin war längst klar, dass die Yamane fürchteten, er könne versuchen, sich aus dem Staub zu machen. Er war sich auch sicher, dass sie ihm den Lichtstein gerne weggenommen hätten, aber noch wagten sie das nicht. Ob sich die Geschichte von Yaman Brediak, der es am Sichelsee versucht hatte, wohl auch bei den anderen Klans herumgesprochen hatte? Eine gewisse Anspannung hing über dem Lager. Die Männer schienen auf etwas zu warten, und aus ein paar halben Andeutungen schloss Awin, dass sie erfahren wollten, was Kluwe dazu zu sagen hatte. Kluwe, der als Erster von der Ankunft des Lichtsteins gewusst hatte. Hatte er nicht verkündet, dass ein junger Krieger, der kein Krieger war, ein Licht in finsterer Zeit bringen würde? Awin sah die Blicke der Männer, wenn sie einander zuraunten. Sie sprachen über ihn, das war offensichtlich. Er hätte gerne gehört, was sie sagten.

Wela, deren Zorn inzwischen verraucht war, setzte sich am späteren Abend zu Awin ans Feuer. Möglicherweise war ihre Wut auf ihn auch gar nicht verflogen, sondern nur von neuem Groll überlagert. Dieses Mal galt er ihrem Onkel Tuge: »Ich habe mich zuerst nur gewundert, dass er mir seit dem Mittag vorschwärmt, was für tapfere und aufrechte Burschen Limdin und Dare doch seien, aber jetzt, stell dir vor, hat er mich gefragt, ob ich mir einen von den beiden als meinen zukünftigen Mann vorstellen könnte!«

»Und, kannst du?«, fragte Awin geistesabwesend.

Wela warf ihm einen vernichtenden Blick zu. »Du solltest meine Gutmütigkeit nicht zu sehr beanspruchen, Awin Sehersohn, oder hast du so viele Freunde in diesem Lager, dass es dir auf einen mehr oder weniger nicht ankommen muss?«

Awin schüttelte den Kopf. »Ich habe gesehen, dass du mit einigen Männern aus Wereks Klan gesprochen hast«, sagte er.

Wela lächelte. »Ich habe mit vielen Männern aus vielen Sippen geredet, Awin. Ich fand, sie hatten ein Recht zu hören, was dem Letzten widerfahren ist, der versucht hat, dir den Heolin wegzunehmen.«

»Das hast du ihnen erzählt?«

»Mabak hat mir geholfen«, erklärte sie mit einem verschmitzten Lächeln.

»Vielleicht war es doch gut, ihn mitzunehmen«, meinte Awin.

»Harmin hat übrigens auch seinen Teil beigetragen. Mir scheint, er mag dich«, sagte Wela nachdenklich.

»Er hat ein großes Herz – und viele Enkelkinder«, erwiderte Awin grinsend.

Wela lachte, und Awin stimmte ein. Es war kein besonders guter Scherz gewesen, aber das Lachen wirkte befreiend. Und so saßen sie beieinander am Feuer und lachten lauthals, und sie vergaßen für eine Weile die vielen Augen, die sie aus dem Dunkeln heraus misstrauisch beobachteten.

Die Hakul, die gehofft hatten, dass Kluwe am Abend noch einmal erscheinen würde, um zu enthüllen, welche Zeichen er gesehen hatte, wurden enttäuscht. Das Zelt des Sehers blieb verschlossen. Am nächsten Morgen schienen die Wolken noch tiefer zu hängen als am Vortag.

»Es will wohl gar nicht mehr hell werden«, brummte Tuge missgelaunt beim Frühstück. Der Bogner fragte Awin noch einmal, ob es ihm ernst damit sei, ins Ahnental zu reiten. Awin nickte. »Ich meine nur«, sagte Tuge leise, »falls du es dir anders überlegen solltest, gib mir Bescheid. Ich würde dich begleiten, Awin.«

»Das ist ein großzügiges Angebot, Tuge«, erwiderte Awin, und er versuchte nicht, seine Freude darüber zu verbergen, aber dann wies er mit einem Nicken seines Kopfes auf die Krieger, die ihn beobachteten, und fuhr fort: »Ich glaube, selbst wenn ich vorhätte, diesen Sger zu verlassen, weit würde ich nicht kommen.«

»Allein wohl kaum«, antwortete der Bogner schlicht. Danach sprachen sie nicht mehr über diese Angelegenheit.

Als Awin seinen Braunen sattelte, kam Harmin zu ihm. »Ist dir auch aufgefallen, dass heute einige Pferde weniger im Lager sind als gestern – vier, um genau zu sein?«

Awin stutzte. Das war ihm entgangen. »Was hat nun das wieder zu bedeuten?«, fragte er.

»Ich nehme an, dass sie Boten voraussenden, um uns – und vor allem dich – anzukündigen«, meinte der alte Schmied halblaut, eine Bemerkung, die Awin noch einmal an seiner Entscheidung zweifeln ließ. Er hatte insgeheim gehofft, den Heredhan überraschen zu können. Das war nun nicht mehr möglich. Horket würde Zeit haben, sich auf die Ankunft des Lichtsteins vorzubereiten.

Sie brachen spät auf, weil der alte Kluwe lange brauchte, bis er aus seinem Zelt hervorkam. Wieder hofften die Hakul auf ein Wort von ihm, aber er schwieg.

»Weißt du, dass Curru heute Nacht bei ihm war?«, fragte ihn Wela, als sich der Sger endlich in Bewegung setzte.

»Curru?«

»Ja. Ich konnte nicht schlafen, weil … weil diese Ziege mir einfach den Schlaf raubt.«

»Merege? Sie schnarcht doch nicht etwa?«, fragte Awin grinsend.

»Ganz im Gegenteil, sie schläft ruhig wie ein Stein. Man könnte glauben, sie atme gar nicht, und das macht mich verrückt.«

»Ich verstehe«, behauptete Awin.

»Jedenfalls habe ich Curru gesehen, wie er zu später, sehr später Stunde ins Zelt des Alten schlich. Ich glaube, er wurde erwartet, denn das Zelt wird ja bewacht, aber niemand hielt ihn auf. Er benimmt sich seltsam, seit wir Kluwe begegnet sind, oder?«

»Früher habe ich Curru in Gedanken immer den Alten

genannt«, entgegnete Awin, »aber ich glaube, der ehrwürdige Kluwe hat wenigstens doppelt so viele Winter erlebt. Er war sein Lehrer, wie du vielleicht weißt, und ich nehme an, Curru sucht seinen Rat.«

»Natürlich wusste ich, von wem Curru gelernt hat. Er hat es oft genug erwähnt.«

»Ja, Kluwe ist eine lebende Legende.«

»Lebend? Da bin ich mir allerdings nicht so sicher. Hast du ihn heute schon gesehen? Aschfahl ist er. Ich glaube, er wird bald zu Marekets Weiden abberufen. Glaubst du wirklich, dass Curru bei ihm Rat sucht?«

»Ich weiß es nicht. Aber auf jeden Fall wird er versuchen, Kluwe für seine Zwecke zu gewinnen. Es gibt niemanden, dessen Wort bei den Hakul mehr Gewicht hat.«

»Seine Zwecke? Also weißt du, was Curru vorhat? Denn ich werde nicht schlau aus dem, was er tut.«

»Ich denke, er wird Horket herausfordern wollen, auf die eine oder andere Weise. Jedoch bestimmt nicht mit offenem Kampf.«

Welas Miene verfinsterte sich plötzlich. »Also, deshalb …«, sagte sie schließlich gedehnt.

»Deshalb was?«

»Ich verstehe jetzt, warum er mir von deinem Vater, seiner Sippe und deinem Recht auf Rache erzählt hat.«

»*Curru* hat dir das erzählt?«, fragte Awin erstaunt.

»Ja. Das meiste wusste ich natürlich schon vorher, aber Curru … dieser Seher ist falscher als eine Sandviper. Ich glaube, er will, dass du den Heredhan forderst, und er hat mich benutzt, um dich aufzuhetzen! Ich werde gleich zu ihm reiten und …«

Awin unterbrach sie. »Nein, das wirst du nicht. Es ist besser, er weiß nicht, dass du ihn durchschaut hast.«

Wela sah ihn zornig an: »Es liegt mir nicht, mich zu verstellen, Awin Sehersohn!«

»Das verlangt ja auch niemand. Rede einfach nicht mehr mit ihm. Das wird kaum auffallen.«

»Aber ich werde es meinem Onkel sagen, das kannst du mir nicht verbieten.«

»Das habe ich auch nicht vor«, entgegnete Awin ruhig.

»Das ist eine ernste Sache«, begann Tuge, als er einige Zeit später neben Awin ritt.

Awin zuckte mit den Schultern. Für ihn war es nichts Neues, dass sein ehemaliger Meister andere für seine Zwecke einspannte.

»Du nimmst es erstaunlich gelassen«, fuhr der Bogner fort, und als Awin immer noch nichts dazu sagte, fragte er: »Wird es nicht langsam Zeit, dass du mir sagst, was du über Currus Vorhaben weißt, Seher?«

Awin seufzte, bevor er leise antwortete: »Ich weiß nicht, wie weit seine Pläne gediehen sind. Er gleicht einem Wolf, der um eine Hütte schleicht und eine Lücke sucht, durch die er eindringen und seine Beute reißen kann.«

»Und was für eine Beute will der alte Wolf erlegen? Etwa dich?«

Awin senkte die Stimme. »Ich glaube nicht, dass ich ihm so viel Mühe wert bin. Nein, er sucht einen Weg, den Heredhan zu stürzen – und Eri an seine Stelle zu setzen.«

Der Bogner starrte ihn an, als würde er an seinem Verstand zweifeln, dann verfiel er in nachdenkliches Schweigen. Nach einer ganzen Weile fragte er: »Und deshalb soll er versuchen, dich gegen Horket aufzuhetzen? Das ergibt keinen Sinn. Ich will dir nicht zu nahe treten, mein Junge, aber Horket ist ein gewaltiger Krieger. Er hat stets noch jeden Herausforderer besiegt. Du hättest nicht die geringste Aussicht auf Erfolg.«

Awin nickte verstimmt. Tuge hatte also auch keine allzu hohe Meinung von seinen Fähigkeiten im Kampf.

»Also, was verspricht sich Curru davon, wenn er das Lamm zur Schlachtbank führt?«, fragte Tuge nach.

»Vielleicht hält er das Lamm für gefährlicher, als es andere tun«, entgegnete Awin verärgert, aber dann seufzte er ergeben. Jetzt, wo er darüber sprach, ahnte er allmählich, was sein alter Lehrer vorhatte. Leise fuhr er fort: »Vielleicht vertraut Curru aber auch darauf, dass das Lamm von einer mächtigen Hirtin bewacht wird.«

»Der Kariwa? Ist sie so stark? Mabak berichtet Wunderdinge von ihr, aber er hat auch behauptet, du seist auf einer Seeschlange geritten.«

»Sie ist stärker, als Mabak weiß, Tuge. Sie war es, die Slahan in die Flucht geschlagen hat. Wir Hakul waren dort, und bei den Hütern, wir haben gut gekämpft, aber sie war diejenige, die den Kampf ganz allein entschieden hat, auch wenn Curru und Eri das nie zugeben würden.«

»Ich dachte es mir fast. Da waren doch einige Lücken in dem, was der Alte von den Ereignissen in Uos Mund berichtete. Es war viel glaubwürdiger, wie du es bei unserem Wiedersehen erzählt hast, auch wenn du dich bemüht hast, Curru nicht allzu sehr bloßzustellen. Aber du lässt dich nicht auf sein Spiel ein, oder?«

»Ich habe es nicht vor, Tuge, aber sobald Curru das merkt, wird er sicher andere Pläne entwickeln. Er hat sich vorgenommen, Eri an Horkets Stelle zu setzen, und das ist Wahnsinn. Selbst wenn Horket fällt – warum sollten die Hakul ausgerechnet Eri, diesen Knaben, als Heredhan anerkennen? Curru behauptet, dass Eri als Heredhan die Klans im Kampf gegen

Slahan vereinen würde. Vielleicht glaubt er das sogar selbst, aber ich denke, im Augenblick ist es ihm wichtiger, Horket zu stürzen, als unsere Brüder und Schwestern zu befreien.«

»Es ist wegen Egwa, denke ich«, antwortete Tuge nachdenklich. »Die beiden haben sich gestritten, seit sie die Ehe schlossen, und doch konnten sie ohne den anderen nicht leben. Nun scheint ihm alles gleich zu sein. Doch sollten wir darüber vielleicht später sprechen. Da kommt der junge Mabak, und der sollte nichts erfahren, was wir geheim halten wollen.«

Mabak war nach vorn gekommen, weil es unter den Jungkriegern Streit gegeben hatte. »Sie sagen, es sei unsere Schuld, dass Slahan erwacht und über die Lager gekommen ist«, berichtete er gekränkt.

»Was hast du erwidert?«, wollte Tuge wissen.

»Dass es nicht geschehen wäre, wenn Horket dem Fremden nicht seine Pferde verkauft hätte.«

»Eine gute Antwort«, lobte der Bogner grinsend.

Awin widersprach nicht, auch wenn er Zweifel hatte. Etys' Fürstengrab hatte seit Jahrhunderten unter der Obhut ihres Klans gestanden. Es war eine Ehrenpflicht, die sie verletzt hatten. Sie hatten schon lange keine Wächter mehr dort aufgestellt. Wozu auch? Gräber waren heilig. Wer hätte je gedacht, dass ein Mensch so verderbt sein könnte – dass ein Fremder die Gesetze der Götter so frevelhaft verletzen würde? Zum Glück fragte Mabak nicht weiter nach. Er hatte sich über die anderen Jungkrieger geärgert. Jetzt, da er diesem Ärger Luft gemacht hatte, beschäftigten ihn schnell andere Dinge, und er begann Tuge über das Ahnental und das umliegende Land auszufragen. Awin hörte zu, denn der Bogner sprach über seine verlorene Heimat.

»Über das Tal muss ich dir nicht viel sagen, denn du wirst es ja schon bald selbst sehen und bestaunen. Gerne aber erzähle ich dir von den Hügeln, die wir die Blauen nennen, denn so siehst du sie zuerst, wenn du aus dem Staubland kommst – als blaue Linie am Gesichtskreis. Du findest große Ulmen dort und dichte, dornige Hecken, die ein wenig vor dem ewigen Wind schützen. Die Hügel sind weder hoch, noch bedecken sie viel Land, und doch zwingen sie den großen Dhurys, seinen Lauf zu ändern. Gleich hinter den Hügeln beginnt mit dem Karys schon die Wüste Dhaud. Ein tückischer Landstrich voller Erdspalten. Selbst der mächtige Strom kann das Karys nicht durchqueren. Wenn wir noch zwei Tage weiter nach Süden ritten, könntest du sehen, wie der Dhurys in die ungezählten Spalten stürzt. Erst viele Tage später, bei der Weißen Stadt Albho, tritt er wieder zutage. Nur nach besonders schneereichen Wintern und einem Frühling mit viel Regen ist Dhurys so stark, dass diese Spalten sein Wasser nicht mehr fassen können. Dann überwindet er sie und versucht, den Durst der Wüste zu stillen. Dieser Regen, der uns gestern gequält hat und der nun wieder zurückzukehren scheint, kommt leider zu spät. Es wäre gut, wenn der Strom Slahan den Weg nach Osten versperren würde.«

»Was will sie eigentlich im Osten, Meister Tuge?«, fragte Mabak.

»Das wissen nicht einmal die Seher, mein Junge. Aber was immer sie dort sucht, es wird besser für uns sein, wenn sie es nicht findet.«

*Das wissen nicht einmal die Seher – wie recht Tuge doch hat*, dachte Awin. Xlifara Slahan war geflohen, war scheinbar ziellos durch Srorlendh geirrt, hatte Tod und Zerstörung über sie gebracht, doch jetzt schien sie zielstrebig nach Osten zu wollen. Was gab es dort? Hinter dem Land der Hakul erhoben sich die Sonnenberge weit über die Wolken. Danach konnte es nicht mehr weit sein bis zum östlichen Rand der Welt. Suchte die Gefallene Göttin Edhil, den großen Gott, der dort jeden Morgen mit dem Sonnenwagen erschien? Oder wollte sie nur über den Fluss, um nach Tiugar zu gehen und die verborgene Stadt der Hakul zu zerstören? Doch wusste sie überhaupt von dieser Stadt? Xlifara war in die Slahan verbannt worden, lange bevor die Hakul durch das Staubland zogen. Selbst ihre Winde wussten nicht viel über die Welt außerhalb der Wüste.

Aber doch schien sie etwas Bestimmtes zu suchen. Awin verfluchte wieder den Tag, an dem er seine Sehergabe verloren hatte. Weder kamen Träume zu ihm, noch konnte er auf die Reise des Geistes gehen. Die alte Telia hatte am Sichelsee vom Daimonentor geträumt, doch das lag im hohen Norden, nicht im Osten. Vielleicht wusste Mereges Ahnmutter Senis, was die Gefallene Göttin antrieb. Senis wusste vielleicht auch, was sie tun sollten, aber die Kariwa war am Schlangenmeer, unerreichbar weit entfernt für Awin. Aber auch für Merege? Die Kariwa konnten in einem Wimpernschlag so weit reisen wie Reiter in vielen Stunden nicht. Aber dann fiel Awin wieder ein, dass das nicht umsonst zu haben war. Er dachte mit Schrecken an den Akkesch zurück, dessen Lebenskraft Merege für eine kurze Strecke, den Sprung in den Glutrücken, gebraucht hatte. Der Akkesch war ein Feind gewesen, und hier gab es nur Hakul. Nein, dieser Weg stand ihnen also auch nicht offen. Kannte Merege vielleicht einen anderen? Er hätte sie das schon viel früher fragen sollen, andererseits – wenn sie einen Weg wüsste, dann hätte sie ihn doch sicher schon angeboten, schließlich wollte auch sie den Rat ihrer Ahnmutter einholen. Awin seufzte. Was vor ihm lag, war wie das Karys, voller Tücken und gefährlicher Abgründe. Er wollte sich aber nicht verschlingen lassen.

Nach einer Weile stießen sie auf einen richtigen Pfad, der sich kurz darauf in zwei Wege gabelte. Wie Awin erfuhr, führte der eine zu einer weiteren Furt durch den Dhurys, der andere ins Ahnental. Noch einmal fragte er sich, ob es nicht doch besser wäre, der Begegnung mit Heredhan Horket auszuweichen. Aber dafür war es jetzt zu spät. Es waren ständig einige Krieger in seiner Nähe, die nur darauf zu achten schienen, dass er den Sger nicht verließ. Aber es war ohnehin nur ein flüchtiger Gedanke, denn inzwischen hielt er die Begegnung mit Horket für unvermeidlich, ja, beinahe für wünschenswert. Schließlich hatte er einen Plan.

Sie folgten dem Pfad hinein in die Blauen Hügel, die sich nun doch ein wenig weiter in die Höhe reckten. Am frühen Nachmittag entdeckten sie den ersten Garam. Der Steinkegel thronte auf einer Anhöhe und schien sie zu erwarten. Die Steine in den untersten Reihen waren so groß, dass wenigstens drei Männer erforderlich gewesen sein mussten, um sie dort hinaufzuwuchten. Nach oben hin wurden die Steine viel kleiner, und es war in ihrer Schichtung auch keine Ordnung mehr zu erkennen. Die Hakul stiegen ab. Jeder, der noch nie hier gewesen war, suchte die Umgebung nach einem Stein ab. Awin fand einen, der nicht viel größer war als sein kleiner Finger, und fügte ihn vorsichtig dem Steinkegel hinzu. Die größeren Steine waren von gelben Flechten bewachsen, ein Zeichen, dass sie schon sehr lange dort liegen mussten. Gemeinsam beteten sie zu den Ahnen, für die dieser Garam errichtet worden war. Awin konnte vom Hügel aus weitere Steinkegel sehen. Die meisten waren viel kleiner als der, an dem sie standen. Ganz in der Nähe hatte ein großer Dornbusch mitten in einem Garam Wurzeln geschlagen. Die Hakul hatten ihn wachsen lassen. Nun gab er den Steinen besseren Halt. Awin sah auch einige Ulmen, von denen es im Ahnental so viele geben sollte.

»Sind das eure Tempel, Awin?«, fragte Merege, die dem Gebet von weitem zugesehen hatte.

»Wo immer ein Hakul einen Stein auf einen anderen legt, kann er zu den Ahnen sprechen«, antwortete Awin, »aber dieser Ort ist uns besonders heilig. Schon in der alten Zeit, bevor wir das Pferd zähmten, fanden hier große Versammlungen statt. Und es wird erzählt, dass früher ein Hakul, der sein Ende nahen fühlte, hierher reiste, um zu sterben. Es soll von hier aus nicht mehr weit zu Marekets unsterblichen Weiden sein.«

»Es sind seltsame Gebilde. Kein Mörtel hält sie zusammen, und ich sehe dort drüben einige, die eingestürzt sind«, sagte Merege ernst.

»Sie sind vergänglich, Merege, aber sie können erneuert werden. Jeder Hakul, der willens ist, kann an ihrer Vollendung arbeiten, und kein Priester oder Fürst muss Sklaven befehligen, diese Tempel zu errichten.«

»Ist es auch Fremden erlaubt, diesem Brauch zu folgen?«

»Ich weiß nicht, ob es schon einer versucht hat. Aber ich werde Blohetan fragen, denn er kennt unsere Gesetze besser als jeder andere, scheint mir«, antwortete Awin. Er freute sich über diese Geste Mereges.

Blohetan war allerdings mehr als unsicher, ob es erlaubt war oder nicht: »Bedenke, dass es Unglück bringt, wenn ein Hakul einen Garam zum Einsturz bringt. Und sie ist eine Fremde. Was, wenn sie etwas falsch macht?«

»Sie muss einen Stein auf einen anderen legen. Ich traue ihr zu, das zu vollbringen«, antwortete Awin ernsthaft.

Der Älteste sah sich hilfesuchend um, aber niemand schien Lust zu verspüren, ihm die Last der Entscheidung abzunehmen. »Aber sie soll sich vorsehen«, sagte er schließlich.

Der Garam stürzte nicht ein, als Merege ihren Stein hinzufügte. Aus einer nahen Ulme stieg ein Habicht in den Himmel auf. Einige Krieger sahen das, und sie raunten einander zu, unsicher, was dieses Zeichen bedeuten mochte. Merege bemerkte davon nichts. Sie sprach mit geschlossenen Augen ein stummes Gebet. Awin sah, wie sich ihre Lippen bewegten. Er hätte gerne gewusst, zu wem sie gebetet hatte, und nahm sich vor, sie später, wenn sie ungestört waren, danach zu fragen.

Sie rochen das Ahnental, bevor sie es sahen, denn beißender Rauch zog flach über die Hügel und wehte den Neuankömmlingen entgegen. Dann hörten sie Lärm, fast so, als sei dort ein Kampf im Gange. Er wurde von Geräuschen begleitet, wie sie beim Lagerleben eben entstanden: das Wiehern der Pferde, das Blöken der Hammel und das Hämmern, wenn Zeltpfosten in die Erde getrieben wurden. Sie überquerten einen Hügelkamm zwischen zwei Garamen, auf denen, dicht an dicht, Dutzende Krähen saßen. Dann lag das Tal zu ihren Füßen. Es war eher eine flache Mulde als ein richtiges Tal, weitläufig, von sanft ansteigenden Hügeln begrenzt und von einem schmalen, gewundenen Bach geteilt. Es musste im Sommer einen lieblichen Anblick bieten, wenn die verstreut stehenden Ulmen und die dichten Dornbüsche Grün trugen und sich die Hakul hier sammelten, um die Sonnenwende zu feiern. Doch es war Winter, die Dämmerung hatte bereits eingesetzt, die Ulmen ragten im trüben Licht kahl aus Dunst und Qualm, und die schwarzen Dornbüsche ließen ihre Zweige kraftlos in den allgegenwärtigen Morast hängen.

*Was für ein Durcheinander*, dachte Awin, der das Gewimmel zunächst nicht überschauen konnte. Zelte waren überall aus dem Boden gewachsen, Kriegszelte zumeist, aber in der Mitte des Lagers drängten sich auch einige große Rundzelte aneinander. Awin entdeckte den heiligen Versammlungsort. Er lag auf der gegenüberliegenden Ostseite des Tals. Viele Hakul drängten sich an einem Kreis, der von vier mächtigen Steinsäulen umstanden war. Eine von ihnen hatte sich deutlich nach innen geneigt. »Das ist die Schiefe Schwester. So stand sie schon, als ich zum ersten Mal hier war, und so wird sie noch stehen, wenn wir alle längst tot sind«, erklärte Tuge Mabak, der ihn neugierig ausfragte. »Es heißt, wenn sie stürzt, ist das Ende der Hakul gekommen.«

»Hat Etys sie dort hingestellt, Meister Tuge?«

»Aber nein, junger Krieger, wie könnte ein Mensch diese mächtigen Säulen errichten? Die Alten sagen, es war Mareket selbst, der diese Steine einst aufstellte, um dort nach der Jagd seine unsterblichen Rösser anzubinden. Doch sie zerrten an ihren Halftern, und Aiga, sein liebster Schimmel, zog so stark, dass sich eben diese Säule zur Seite neigte. Also ließ Mareket seine Lieblinge frei, denn er erkannte, dass es nicht gut wäre, sie gegen ihre Natur an einem Platz festhalten zu wollen. Wer Glück hat, kann seine Rösser an Frühlingstagen von diesem Tal aus sehen, wie sie am Himmel mit den schnell ziehenden Wolken um die Wette rennen. Diesen Platz aber schenkte Mareket den Hakul, damit sie künftig alle zwölf Jahre zur heiligen Sonnenwendfeier und zur Großen Versammlung, dem Dhanegedh, zusammenkommen. Und schon jetzt kannst du sehen, dass dort unten die Yamane sitzen und beraten.«

Diese »Beratung« war die Quelle des Lärms, den sie schon jenseits des Hügelkamms vernommen hatten. Viele Männer waren dort, aber keiner von ihnen saß. Es hörte sich an, als sei dort unten eine Schlägerei im Gange. Es war nicht ganz das, was Awin erwartet hatte.

Er nagte an seiner Unterlippe. Unterwegs hatte er sich immer wieder gefragt, wie er am besten vorgehen sollte. Er wollte hier keine Zeit verlieren, nur den Heredhan auffordern, ihm, dem Träger des Heolins, in den Kampf gegen Slahan zu folgen. Natürlich hatte er schon unterwegs gewusst, dass es ganz so einfach und schnell nicht gehen würde, aber nun sah er das wuchernde Lager, die vielen Hakul, hörte den Lärm vom Versammlungskreis, roch die zahlreichen Lagerfeuer und wusste – dies würde Zeit in Anspruch nehmen. Zeit, die seine Schwester und all die anderen Verschleppten nicht hatten.

»Weiter«, rief Uredh.

Ihr Zug bewegte sich langsam hinab in die Senke. Awin hatte mit irgendjemandem gerechnet, der sie in Empfang nehmen und ihnen einen Platz in diesem Durcheinander zuweisen würde, aber das geschah nicht. Einige Männer sahen auf, als sie den Hügel hinunterritten, und Awin spürte, dass sie ihn und den Heolin anstarrten.

Yaman Werek sprach einen der Männer an. »Holla, Krieger, sag, wer ist der Meister dieses Lagers?«

Der Krieger sah ihn verwundert an. »Ich nehme doch an, dass das der Heredhan ist.«

»Dummkopf, ich wollte wissen, wer das Lager hier ordnet.«

»Du solltest vorsichtig sein, Hakul, denn wenn ich wirklich ein Dummkopf wäre, dann wüsste ich vielleicht nicht, dass der Heredhan ein Fehdeverbot verhängt hat. Und dann würde sich an meiner statt mein Dolch mit dir unterhalten.« Und damit ließ der Mann sie stehen.

Dann entdeckte Werek einen Jungkrieger, der offensichtlich nicht sehr beschäftigt war, denn er gaffte sie unverhohlen an. »Junger Krieger, willst du mir einen Gefallen tun?«

Der junge Mann zuckte mit den Achseln.

»Du kannst Ruhm erwerben, denn du wirst nun laufen und Heredhan Horket melden, dass der Seher Kluwe mit sieben Klans in diesem Tal eingetroffen ist. Sag ihm weiter, dass ihm Werek, wie versprochen, den Lichtstein bringt und …«

Harmin fiel ihm laut ins Wort: »Sag ihm, dass wir den Lichtstein mit uns führen. Und sag ihm auch, dass wir noch nicht wissen, wo wir lagern werden, er wird also vielleicht Glück brauchen, uns zu finden. Hast du das verstanden?«

Der Jungkrieger nickte und lief davon.

»Du solltest einem Yaman niemals ins Wort fallen, Schmied!«, fuhr Werek Harmin böse an.

»Wenn er redet wie ein Yaman, würde ich das auch nie tun, Yaman Werek.«

»Lasst doch die Streitereien«, rief Uredh, und er schlug vor, dass die Anführer des Sgers am besten selbst zum Zelt Horkets reiten sollten, während die übrigen Männer einen guten Lagerplatz suchten. Nach einem kurzen Zwist darüber, wo dieser Platz sein könnte, rollte der Wagen davon, und es gab sofort wieder Streit mit einigen Hakul, weil die schweren Räder von Kluwes Gefährt ein Zelt überrollten. In diesem Durcheinander tauchte plötzlich Curru an Awins Seite auf. »Siehst du, Awin? Die Herrschaft Horkets muss schon sehr geschwächt sein, wenn er so eine Unordnung zulässt. Vielleicht fehlt gar nicht mehr viel, um ihn endgültig zu stürzen.«

Awin sah Curru ruhig ins Gesicht: »Dennoch werde ich sicher nicht so dumm sein, ihn herauszufordern, Curru.«

Der Seher tat überrascht: »Das hat doch niemand verlangt, mein Junge.«

»Aber vielleicht erwartet, Curru?«, erwiderte Awin und trieb sein Pferd an, um dieses Gespräch zu beenden. Sein ehemaliger Lehrer hatte die ahnungslose Wela dazu benutzt, ihn gegen Horket aufzuhetzen. Hatte er ernsthaft angenommen, dass das klappen könnte? Awin bekam plötzlich Zweifel. Kämpfe, auch Zweikämpfe waren während der Stammesversammlung verboten, das wusste Curru doch auch. War das alles vielleicht nur ein Mittel, ihn abzulenken? Hatte Curru vielleicht, allen gegenteiligen Beteuerungen zum Trotz, einen fertigen Plan zur Hand, um Eri zum Heredhan zu machen? Awin schüttelte den Kopf. Eri war ein Knabe, der unter unglücklichen Umständen und noch unglücklicheren

Vorzeichen Yaman geworden war. Kein Hakul würde ihn als Heredhan anerkennen. Und doch nagten Zweifel an Awin. Der Tod seiner Frau Egwa hatte Curru hart getroffen. Vielleicht war ihm ja gleich, ob sein Plan gelang oder nicht, ob er – und seine Klanbrüder – dabei starben oder nicht. Awin biss sich auf die Lippen. Diese Möglichkeit erschien ihm mit einem Mal so naheliegend, dass es ihm den kalten Schweiß auf die Stirn trieb. Dann riss er sich zusammen. Das Beste würde sein, wenn er Curru zuvorkam. Er würde Horket mit dem Heolin in der Hand auffordern, in den Kampf zu ziehen. Am besten gleich jetzt, an seinem Zelt. Curru sollte gefälligst selbst zusehen, wie er Eri auf einen Schild brachte, der dem Knaben ohnehin viel zu groß war.

Horket war natürlich nicht in seinem Zelt, wie Awin, wider besseres Wissen, gehofft hatte. Vom nahen Versammlungsplatz scholl lautstarker Streit herüber, und Awin war klar, dass auch der Heredhan dort sein würde. Ein graubärtiger Krieger empfing sie. In der Nähe entdeckte Awin zwei bekannte Gesichter, Krieger aus Wereks Sperber-Klan. Also hatte er wirklich Boten vorausgesandt.

»Sieben weitere Klans, sechs davon sind hier willkommen«, begrüßte sie der Krieger mit finsterer Miene.

»Es ist die Stammesversammlung, seit wann werden Hakul davon ausgeschlossen?«, rief Eri aufgebracht, denn es war klar, welcher Klan *nicht* willkommen geheißen wurde.

»Ich habe nicht gesagt, dass ihr ausgeschlossen seid, Eri vom zerbrochenen Schild«, entgegnete der Graubärtige gelassen, worauf Eri betroffen verstummte.

»Ich nehme an, der Heredhan ist bei der Versammlung?«, fragte Yaman Uredh. »Wir wollen zu ihm.«

»Er sitzt dem Rat vor, Yaman, wie du es vermutest. Doch

kann ich euch noch nicht zu ihm lassen. Isgi wird später zu euch kommen und euch die erforderlichen Eide abnehmen. Erst dann dürft ihr den heiligen Kreis betreten.«

»Eide? Wovon sprichst du, Mann?«, fragte Uredh.

»Die Eide, die ihr auf Mareket und die Hüter leisten werdet, den Fehdefrieden zu achten.«

»Seit wann müssen Hakul beschwören, dass sie sich an die alten Gesetze halten?«, polterte Harmin.

»Es sind düstere Zeiten, und die alte Ordnung ist erschüttert, ihr Krieger. Der Heredhan unternimmt alles, um sie zu bewahren und zu festigen. Er hofft sehr, dass ihr ihm dabei helfen werdet«, antwortete Horkets Stellvertreter ruhig.

»Und wenn nicht?«, fragte Werek ungehalten.

»Habt ihr in diesem heiligen Tal nichts verloren, Hakul«, entgegnete der Graubärtige knapp.

»Horket würde wirklich Klans der Hakul von der Versammlung ausschließen?«, fragte Uredh ungläubig.

»Nur jene, die nicht guten Willens sind, Krieger«, erwiderte Horkets Stellvertreter.

»Siehst du, wie recht ich hatte, Awin?«, sagte Curru, als sie zu ihrem Lagerplatz ritten. »Horket ist geschwächt, und er hat schlechte Ratgeber, denn er macht den Frieden nicht sicherer, sondern schwächer, wenn er ihn mit Eiden beschwören lässt.«

Awin nahm diese ungefragte Erklärung schweigend hin, und auch Wela, die neben ihm ritt, schien keine Lust zu haben, weitere Erläuterungen zu fordern. Erst als Curru wieder außer Hörweite war, fragte sie: »Er hat das vorausgesehen?«

»Nein, er hat nur die Unordnung hier im Lager als Zeichen für Horkets Schwäche gedeutet«, erwiderte Awin, woraufhin Wela trocken feststellte: »Dann scheint er dieses eine Mal richtig geraten zu haben.«

Sie schlugen ihre Zelte am Rande des Lagers im Schutze einiger alter Ulmen auf. Behutsam hoben Wereks Krieger den alten Kluwe von seinem Wagen, als sein Zelt fertig aufgebaut war. Er war in seinem Sitz, in dem er auch auf dem Wagen saß, eingeschlafen. Er wachte auch nicht auf, als sie ihn mit dem Stuhl in sein Zelt trugen.

»Ich dachte schon, er sei während der Fahrt gestorben«, sagte Wela grinsend.

»Er ist eben alt«, erwiderte Awin, der einen Zeltpflock tiefer in die schlammige Erde trieb. Was tat er nur? Er errichtete ein Lager für die Nacht, statt Slahan nachzujagen, wie es seine Pflicht gewesen wäre. *Nur eine Nacht*, versprach er sich selbst, *dann bin ich fort, gleich, was sie hier beschließen.* Laut sagte er: »Du hast ja gehört, wie klar sein Verstand und wie mächtig seine Sehergabe ist.«

Welas Grinsen wurde noch ein wenig breiter. »Das sagst du nur, weil er vielleicht dich meinte, als er von dem jungen Krieger sprach, der das Licht bringt. Aber im Ernst, ich frage mich, was Curru von ihm wollte.«

Awin fragte sich das auch. Kluwe war eine Legende, in seiner Nähe sein zu dürfen eine Ehre. Die Hakul hörten auf ihn. Curru wusste das natürlich. Awin verpasste dem Pfosten einen letzten Schlag, dann richtete er sich auf. »Ich werde selbst mit Kluwe sprechen.«

Wela sah ihn zweifelnd an. »Glaubst du, sie lassen dich zu ihm?«

»Wenn sie Curru vorlassen, dann werden sie doch einen Seher, der den Heolin trägt, sicher nicht abweisen.«

»Und du hältst es für klug, ihn hier überall zu zeigen?«, fragte die Schmiedin. Awin hatte den Stab in sein Zelt gelegt.

»Es ist besser, ich zeige ihn offen, bevor mir wieder jemand aus meinem Klan in den Rücken fällt und es aussieht, als hätte ich etwas zu verbergen«, erwiderte Awin. Er rüttelte am Seil, und der Zeltpfosten gab nach. Der Boden in diesem Tal schien außerordentlich tückisch zu sein.

»Dafür wäre es ohnehin zu spät«, meinte Wela trocken.

Awin blickte auf. Dutzende Hakul standen da und beobachteten, wie er versuchte, sein Zelt aufzuschlagen. Er wischte sich die Hände am Gewand ab und wusste nicht, was er sagen sollte. Was wollten diese Krieger? Eine Weile starrten sie ihn schweigend an, dann rief einer: »Bist du der Seher, der den Heolin bringt?«

Awin nickte. Er fragte sich, warum sie nicht näher kamen.

»Seht ihn euch an, er hat keine Wunden«, rief ein Zweiter. Die Menge raunte Zustimmung, aber Awin verstand diese Bemerkung nicht.

»Kannst du ihn uns zeigen, Seher?«, fragte der Erste wieder, und dann, nach einer kurzen Pause, fügte er hinzu: »Ohne dass er uns verbrennt?«

Also das war es. Awin unterdrückte ein Lächeln. Er zog den Stab aus dem Zelt und reckte ihn gen Himmel. Die Dämmerung hatte schon eingesetzt, und der Lichtstein schimmerte goldgelb, aber immer noch schwach, nicht stärker als ein Bernstein, der die Sonne auffing. Das Raunen verstummte.

Schließlich fragte eine Stimme zweifelnd: »*Das* soll der Lichtstein sein, der Etys fast verbrannte?«

»Ich finde, er sieht aus wie ein Stück Bernstein oder Glas, wie es die Akkesch machen«, rief eine zweite.

Awin räusperte sich und sagte: »Er war lange in der Erde verborgen und hat viel Kraft verloren. Doch nun wird er von Tag zu Tag stärker.«

»Dann komm wieder, wenn er so weit ist«, rief eine Stimme aus dem Hintergrund. Ein paar Männer lachten.

»Glaubt es oder glaubt es nicht, aber dieser Stein hat die

mächtige Slahan in die Flucht geschlagen!«, rief Awin wütend. Er konnte nicht fassen, wie wenig Achtung die Männer dem Heolin entgegenbrachten.

»Wir glauben es nicht«, rief wieder die Stimme aus den hinteren Reihen.

»Wo ist die verzehrende Flamme? Wo die versengende Hitze, junger Seher?«, fragte ein anderer und setzte hinzu: »Du hast ein ehrliches Gesicht, vielleicht glaubst du selbst, was du da sagst, aber ich sage, das ist nur ein gelber Stein, in dem sich die Flammen dieses kleinen Feuers brechen. Hübsch anzusehen, doch sicher keine Waffe.«

»Dann gibt es für euch auch keinen Grund, uns länger anzugaffen, Hakul«, polterte Harmin der Schmied, der hinzugetreten war.

Und daraufhin zerstreute sich die Menge.

»Du warst sehr überzeugend, mein Junge«, spottete Curru, der sich das Schauspiel schweigend angesehen hatte.

»Sie werden es schon noch begreifen«, murmelte Awin schlecht gelaunt.

Nur wenig später stand Awin vor Kluwes Zelt, den Stab in der Hand. Die Wache beäugte ihn und vor allem den Stab misstrauisch. »Wo willst du hin, Lichtträger?«

»Zu Kluwe, dem Größten meiner Zunft«, antwortete Awin höflich.

»Ich hörte, dass du ein Seher sein sollst«, erwiderte der Wächter gedehnt.

»Ich *bin* ein Seher«, antwortete Awin, obwohl er dachte, dass er eigentlich sagen müsste, er wäre einmal ein Seher *gewesen*. Seit Wochen schon war er wie blind.

»Er hat nicht nach dir geschickt«, erklärte der Wächter abwehrend.

»Vielleicht fragst du ihn einfach, ob er mich sehen will, Krieger«, drängte Awin.

»Kluwe liebt Störungen nicht, denn jeder Gast wirft Schatten auf das, was er sehen kann.«

Awin blieb hartnäckig: »Ich kann mir nicht vorstellen, dass der Lichtstein Schatten wirft. Frag ihn endlich, ob er mich sehen will.«

Plötzlich wurde das Leder vor dem Eingang zur Seite geschlagen. Kluwes Sprecher steckte den Kopf heraus und sagte: »Mein Meister bittet ihn herein.«

Awin trat ein. Kluwe saß auf seinem mit Fellen gepolsterten Stuhl im Dämmerlicht und schien zu schlafen. Das Zelt machte einen beinahe ärmlichen Eindruck. Die inneren Zeltbahnen waren alt und vielfach geflickt, die Muster auf den Vorhängen, die den Schlafbereich abtrennten, verblasst. Das Geschirr, das Awin in der Kochecke entdeckte, war aus Holz oder verbeulter Bronze. Nein, Kluwes großer Ruhm hatte ihm ganz offensichtlich keinen ebenso großen Reichtum eingebracht. »Bist du sicher, junger Krieger, dass er mich sehen will?«, fragte Awin.

Der Krieger lächelte. »Mein Meister muss die Augen nicht öffnen, um zu sehen. Doch wirst du nicht viel Zeit haben, Fragen zu stellen, denn er ist müde. Warte hier.« Er ging zu dem Alten, beugte sich hinunter und sagte ihm etwas ins Ohr. Der Alte nickte zweimal, dann flüsterte er dem Jüngling seine Antwort zu. »Du kannst näher kommen. Doch lass den Stab am Eingang, Sehersohn.«

Awin zögerte einen Augenblick, dann lehnte er den Stab an die Zeltwand. Kluwe wusste also, dass er der Sohn eines Sehers war? Er trat näher heran. Der Alte murmelte wieder etwas in das Ohr seines Gehilfen. Obwohl Awin kaum zwei Schritte entfernt stand, konnte er nicht einmal erahnen, was der Seher sagte. »Ich kannte deinen Vater«, verkündete der Jungkrieger die Worte seines Meisters.

Awin drängte sich plötzlich eine Frage auf: »Du bist ein großer Seher, Kluwe. Wie kommt es, dass du damals nicht verhindert hast, dass ein Zauberer Horket zum Heredhan machte, dass du meinen Vater in seinem Kampf allein gelassen hast? Die Hakul hätten doch sicher auf dich gehört.«

Der Jüngling beugte sich wieder hinab zu Kluwe und lauschte. Er hatte Awins Anschuldigung vernommen, ohne mit der Wimper zu zucken. Awin fragte sich, wie viele Geheimnisse dieser Gehilfe wohl schon gehört haben musste. Er war jung, zwar älter als Awin, aber sicher noch keine zwanzig Winter alt. Er war die Stimme Kluwes, die einzige Verbindung des Sehers zur Außenwelt, und er trug diese große Verantwortung offensichtlich mit Selbstbewusstsein und Gelassenheit. Jetzt gab er die Worte seines Meisters wieder: »Ich kann nicht aufhalten, was nicht aufzuhalten ist. Ein weiser Seher sollte das wissen, Sehersohn. Bist du gekommen, um mich anzuklagen? Ich hatte deinen Vater gewarnt. Doch hat er meinen Rat in den Wind geschlagen.«

Anklagen? Nein, Awin war nicht gekommen, um alte Geschichten zu klären, auch wenn er dazu noch viele Fragen an den Alten hätte. Er musste wissen, was die Zukunft brachte. Awin gestand sich ein, dass er besser darüber hätte nachdenken sollen, was er Kluwe eigentlich fragen wollte. Jetzt stand er da, im Angesicht einer Legende, und suchte nach den richtigen Worten. »Sagen dir die Zeichen, ob ich Erfolg haben werde, Meister Kluwe? Wird es mir gelingen, Slahan zu besiegen?«

Wieder flüsterte Kluwe seinem Gehilfen eine Antwort ins Ohr. Awin begann sich zu fragen, wie es eigentlich kam, dass der Seher offensichtlich noch viel besser hören als sprechen konnte. War es bei den Alten sonst nicht so, dass sie allmählich taub wurden, aber dafür umso lauter krähten?

»Dein Pfad ist schmal und gefährlich wie eines Messers Schneide, junger Seher. Selbst wenn es gut geht, werden viele sterben. Und nur wenn du siehst, wirst du den Weg überhaupt finden können.«

Awins Mut sank. Nur wenn er sah? Der Alte wusste also, dass er die Gabe verloren hatte. »Doch wie kann ich wieder sehen, Meister?«

»Er ist eingeschlafen«, lautete die Antwort des Gehilfen, aber Awin sah es schon selbst. Das Kinn war dem Alten auf die Brust gesunken. Awin fluchte innerlich. Nichts hatte er erreicht. Weder hatte er erfahren, was Curru hier gesucht hatte, noch, was ihm die Zukunft bringen würde. Er war sich sicher, dass der Alte viel mehr sah, als er gesagt hatte. Er griff nach seinem Stab und verharrte. Der alte Seher war nicht der Einzige, der wusste, was Curru hierhergetrieben hatte. Er drehte sich um. »Sag, junger Krieger, wie ist dein Name?«

»Ich bin Kluwes Stimme.«

»Und einen Namen hast du nicht?«

Der Gehilfe lächelte, statt zu antworten.

»Sag, Kluwes Stimme, mein ehemaliger Meister war gestern hier: Was hat er gewollt?«

Das Lächeln wurde noch freundlicher, und der Krieger antwortete: »Glaubst du im Ernst, Kluwes Stimme würde aussprechen, was Kluwe nicht sagen will?«

Awin nickte verdrossen. Natürlich hatte er das nicht erwartet. Der Gehilfe rechtfertigte leider das Vertrauen, das sein Meister in ihn setzte. »Ich halte dich nicht für einen Seher, junger Krieger«, sagte Awin, als er schon am Ausgang war.

»Das bin ich auch nicht, doch auch ein Krieger kann viel von diesem Weisen lernen, vielleicht mehr als ein Seher, der blind geworden ist.«

Bei den Zelten ihres Sgers war die Stimmung schlecht. Awin erfuhr den Grund, als er Harmin über den Weg lief: »Es ist Sache des Heredhans, für ausreichend Nahrung zu sorgen, und wenigstens für die Anführer der Klans sollten doch wohl Rundzelte bereitstehen. Doch an beidem herrscht großer Mangel, wie es scheint«, rief der Schmied ungehalten.

»Unsere Vorräte werden doch noch einige Tage reichen, oder?«, fragte Awin.

»Darum geht es nicht, junger Seher. Es geht um die heiligen Pflichten eines Heredhans. Er sollte nicht zu viele verletzen, wenn er sich noch weiter so nennen will.«

Yaman Werek hatte ihn gehört. »Es wird nicht helfen, wenn du hier lauthals deine Unzufriedenheit verkündest, Schmied. Es sind Zeiten der Not, und es ist eine große Leistung Horkets, dass er uns überhaupt hier zusammenbringt.«

»Es ist kein Kunststück, Yaman Werek, Gäste zu einem Mahl zu rufen. Aber dann sollte doch wenigstens die Tafel gedeckt sein«, gab Harmin nun zurück.

»Liegt dir nur daran, dir den Bauch vollzuschlagen, Schmied? Wir sind nicht hier, um die Sonnenwende zu feiern«, entgegnete Werek verärgert.

»Und dennoch, wenn Horket unsere Achtung erwartet, sollte er auch uns Achtung entgegenbringen.«

Plötzlich lächelte Werek herablassend.

»Ich hörte, dass am Glutrücken, vor gar nicht langer Zeit, Männer deines Klans die Gastfreundschaft Horkets ausgeschlagen haben, Harmin vom Schwarzen Fuchs. Es soll ihnen nicht bekommen sein.«

Awin legte Harmin die Hand auf den Arm, denn der Schmied war drauf und dran, seinen Blutdolch zu ziehen.

»Es war eine vergiftete Einladung«, entgegnete Harmin mühsam beherrscht, »die anzunehmen auch noch Verrat bedeutet hätte, und der ist meinem Klan fremd. Ich bin aber sicher, Männer deiner Sippe hätten sich anders entschieden, Yaman Werek!«

Jetzt fuhr auch Wereks Hand zum Dolch, er trat einen Schritt auf Harmin zu, setzte zu einer Antwort an, aber dann winkte er ab, drehte sich um und ging wortlos davon.

Harmin starrte ihm wütend hinterher. »Ich glaube, es war ein Fehler, hierherzukommen, Awin, denn Versammlungsfriede oder nicht, wenn es so weitergeht, wird bald Blut fließen.«

Kurze Zeit später gab es Streit um einen Hammel, der sich irgendwo losgerissen und zum Zelt Kluwes gelaufen war. Jemand aus Uredhs Klan der Faust hatte ihn daraufhin als Eigentum seiner Sippe betrachtet und für das Abendessen geschlachtet. Uredh hatte jedoch nicht vor, das Tier wenigstens mit seinen Sgerbrüdern vom Sichelsee zu teilen, deshalb hatte er bald nicht nur Ärger mit dem ursprünglichen Besitzer des Hammels, sondern auch mit den Hakul, die seit Tagen mit ihm geritten waren. Und immer noch war Isgi nicht erschienen, um ihnen die Eide abzunehmen. Sie konnten die vier Säulen sehen, die im Schein großer Feuer in den finsteren Himmel ragten, und sie hörten immer wieder großes Geschrei, weil dort gestritten wurde. Und sie konnten nicht dabei sein.

»Vielleicht fürchtet Horket uns«, vermutete Eri, als sie sich an ihrem eigenen kleinen Feuer sammelten. Es war inzwischen dunkel. Auf den Hügeln rund um das Tal waren Wachfeuer entzündet worden. Es trafen immer noch weitere Sgers ein, und die meisten kamen über den Hügel ins Tal, den sie selbst auch überquert hatten. Awin sah die Schattenrisse der Reiter, die müde auf ihren Pferden hingen. Und er bestaunte wieder die großen Garame, die sich auf den Anhöhen im flackernden Licht erhoben. Sie sahen aus, als würden sie sich bewegen. Neben einem der Steinkegel, gar nicht weit entfernt, sah er eine schlanke, schwarze Gestalt stehen. Merege. Er musste sie warnen. Die Hakul mochten Fremde nicht, schon gar nicht an diesem heiligen Ort. Es war gefährlich für sie, sich allein dort oben aufzuhalten. Eri hatte von Furcht gesprochen. Und Awin verstand plötzlich, dass unter all dem Streit, den Meinungsverschiedenheiten und Rangeleien, die hier im Lager vorherrschten, eine tief sitzende Furcht lauerte. Die Hakul waren tapfer, aber nun zog eine Unsterbliche über ihre Weiden und tötete wahllos Mensch und Vieh. Das fürchteten die Hakul viel mehr als einen ehemals bedeutenden Klan von den Schwarzen Bergen, gleich, was Eri sagen mochte.

»Wie kommst du darauf, dass er Angst vor uns hat, ehrwürdiger Yaman?«, fragte Mabak jetzt schüchtern.

»Er wird sich voller Scham daran erinnern, dass er um ein Haar verhindert hätte, dass wir den Lichtstein wieder erlangten«, antwortete Eri, »und er fürchtet, dass wir den anderen von diesem Tag der Schande berichten werden.«

»Ich nehme an, er wird es so darstellen, dass er uns diesen Fund erst ermöglicht hat«, knurrte Tuge.

»Wir werden es gleich wissen«, warf Awin ein, »denn dort kommt Isgi.«

Isgis Gestalt war unverkennbar: Der zu große Kopf auf dem schmalen, nach vorn gebeugten Leib, und als er näher gekommen war, der unruhige Blick aus den Augen mit den tiefen dunklen Ringen. Am Glutrücken hatte der Seher und Ratgeber Horkets zu Pferde gesessen, da war er Awin viel größer erschienen. Als Isgi nun über den Morast vorsichtig heranschritt, kam er Awin mit einem Mal klein und schwächlich vor. Aber er machte nicht den Fehler, Isgi zu unterschätzen. Sein Körper mochte schwach sein, aber sein Geist war scharf und gefährlich. Der Seher vom Klan des Schwarzen Grases kam nicht allein, sondern begleitet von einem guten Dutzend Krieger, und jeder von ihnen trug eine brennende Fackel. Awin wunderte sich über diesen Aufwand. Vielleicht wollte Isgi die Aufmerksamkeit des Lagers wecken. Er verschwand zunächst im Zelt Kluwes. *Vermutlich schläft der alte Seher wieder*, dachte Awin, denn Isgi blieb nur sehr kurz im Inneren des Zeltes. Dann kam er endlich zu ihnen. Die meisten Anführer der sieben Klans grüßten ihn ehrerbietig, nur Harmin und Eri schienen dazu keine Lust zu haben. Eri schwieg, und Harmin rief laut: »Wo ist dein Meister, Isgi? Hält er es nicht für wert, den weisen Kluwe und die tapferen Yamane und Anführer unserer Klans selbst zu begrüßen?«

»Er ist dort, wo der Heredhan sein sollte, Hakul, im Kreis der Beratung«, entgegnete Isgi ungehalten.

»Ich sehe schon, du bist dort entbehrlich«, spottete Curru gallig.

»Curru von den Schwarzen Bergen, ich dachte nicht, dass ich dich je wiedersehen würde«, entgegnete Isgi mit falscher Freundlichkeit. »Es ist mutig, dass ihr euch hierherwagt. Wart ihr nicht die Männer, die Slahan geweckt haben?«

»Wach war sie schon vorher, Hakul«, entgegnete Curru eisig, »denn der Grabräuber, dem Horkets Vetter seine Pferde schenkte, hat ihren Schlummer beendet.«

»Geschichten!«, zischte Isgi. »Und kein Wort wahr! Oder soll dieser blasse Klumpen da etwa der Lichtstein sein?«

Awin erhob sich. Isgi verschwendete offenbar keine Zeit mit Höflichkeiten, sondern versuchte von vornherein, dem Klan der Berge alle Schuld für das Verhängnis zuzuschieben. Das durften sie sich nicht gefallen lassen. Er hob den Lichtstein vor den dunklen Himmel. Das Leuchten war schwach, doch unübersehbar. »Er ist es, Isgi, oder kennst du einen anderen Stein oder ein anderes Ding, das aus sich selbst heraus leuchten könnte?«

Isgi fasste ihn ins Auge. »Ich kenne dein Gesicht, auch du warst am Glutrücken«, sagte er nachdenklich. »Noch ein Hakul, den die Akkesch nicht haben töten können. Mir scheint, ihre Kriegskunst wird weit überschätzt.«

»Hätten sie nicht Hilfe gehabt, wäre ihnen unser ganzer Sger leicht entkommen«, rief Awin wütend. Für Isgi lag dieses Gefecht schon ein halbes Jahr zurück, aber für Awin waren es erst wenige Wochen, und die Gesichter seiner gefallenen Brüder waren ihm sehr gegenwärtig.

Isgis Miene verfinsterte sich. »Alte Geschichten. Doch nun gib mir diesen Stein. Wir werden ihn untersuchen und sicher schnell herausfinden, dass er doch nur irgendein Zauber ist, den ihr von den Akkesch gestohlen habt.«

»Ich kann ihn dir nicht geben, Isgi«, erklärte Awin ruhig.

»Du weigerst dich?«, fragte der Seher scharf.

»Es ist zu deinem Besten«, polterte Harmin. »Der Letzte, der es versuchte, wäre fast durch die Kraft des Steines getötet worden.«

»Ich hörte davon«, entgegnete Isgi, »und ich glaube es nicht.«

Er trat, geschützt durch seine zwölf Krieger, nah an Awin heran und streckte mit herrischer Geste die Hand aus. Awin sah aus den Augenwinkeln, dass Tuge die Hand am Dolch hatte, ebenso Harmin. Aber sonst rührte niemand einen Finger für ihn. Er schüttelte den Kopf.

»Ich verstehe deine Furcht, blinder Seher«, sagte Isgi herablassend, »denn es ist klar, dass du niemand mehr bist, wenn du diesen Stab hergibst. Aber glaube mir, ein Niemand zu sein ist besser, als tot zu sein.«

»Du willst den Versammlungsfrieden brechen, Isgi?«, fragte Awin und versuchte, sich seine Beunruhigung nicht anmerken zu lassen. Woher wusste der Mann, dass er seine Sehergabe verloren hatte?

»Noch habt ihr die Eide nicht geleistet, noch ist der Schutz des Fehdefriedens ein Schutz, den Heredhan Horket euch gewähren, aber auch entziehen kann. Gib mir den Stein!« Er streckte die Hand noch weiter aus, aber plötzlich zuckte er zurück. Eine Flamme tanzte über seine Finger. Isgi schrie laut auf. Sein Gesicht verzerrte sich in ungläubigem Schrecken, und seine Augen quollen aus den Höhlen. Er sprang zurück und taumelte mit zitternden Beinen gegen einen seiner Begleiter. Der Krieger ließ geistesgegenwärtig seine Fackel fallen und fing Isgis Sturz ab. Awin hatte unbewusst ebenfalls einen Schritt auf den Mann zu gemacht, um ihm zu helfen, eine Geste, die Isgi falsch verstand. »Bleib mir vom Leib, bleib mir vom Leib mit dem verfluchten Stein«, keuchte er und hielt die verbrannten Finger umklammert. Auch seine Krieger wichen vor Awin und seinem Stab zurück. »Denk an das Friedensgebot des Heredhans. Du versündigst dich, Hakul!«

»Ich dachte, dieses Gebot gilt für uns noch nicht«, rief Harmin höhnisch.

»Es gilt. Doch ich muss zurück. Ein anderer wird kommen und euch die Eide abnehmen. Ich muss zurück«, rief Isgi, drängte seine Krieger zur Seite und stürmte davon. Die Fackelträger folgten ihm. Awin schickte ein Dankgebet zu den Göttern. Seine Augen suchten die dunklen Hügel ab. Von irgendwo dort hatte Merege schützend die Hand über ihn gehalten.

»Nun wird niemand mehr an der Wahrheit unserer Worte zweifeln«, verkündete Curru zufrieden.

*Wie seltsam*, dachte Awin, *wir müssen sie täuschen, um sie von der Wahrheit zu überzeugen*. Eine Menge Hakul hatten Isgi schreien hören, einige hatten seine Hand brennen sehen, genug, um bald das ganze Lager wissen zu lassen, dass die Flamme, die einst Etys die Hand verbrannt hatte, noch lebendig war. Etwas später kam ein Yaman zu ihnen. Es war der Graubart, der sie an Horkets Zelt empfangen hatte. Er beäugte Awin und vor allem seinen Stab misstrauisch, und er verhaspelte sich mehrfach, als er den Führern der sieben Klans den Eid vorsprach. Auch Eri schwor bei Mareket und Edhil, stellvertretend für alle Männer seines Klans, seine Hand nicht gegen einen anderen Hakul zu erheben, solange die Versammlung dauerte, und den Frieden, den Heredhan Horket verkündet hatte, zu achten, und Awin fragte sich, wie er Horket stürzen wollte, wenn nicht mit Gewalt, also einem Verstoß gegen den Eid, den er gerade leistete. Als sie nun endlich das Recht erworben hatten, den heiligen Kreis zu betreten, erfuhren sie als Nächstes, dass Heredhan Horket eine Unterbrechung verfügt hatte. Er wollte die Versammlung jedoch später am Abend wieder einberufen. Dann erschien ein Bote und fragte an, ob Kluwe bereit sei, den Heredhan mit einem Besuch zu ehren, aber er zog unverrichteter Dinge wieder ab. Er war nicht einmal ins Zelt des Sehers eingelassen worden. Der große Kluwe weigerte sich, mit dem Heredhan zu sprechen? Auch das sprach sich bald im Lager herum.

Awin zog sich in die Dunkelheit abseits der Lagerfeuer zurück. Er verhüllte den Lichtstein und begab sich auf die Suche nach Merege. Er stieg hinauf zu dem Garam, an dem er sie am frühen Abend gesehen hatte. Im Windschatten des Steinkegels brannte ein Wachfeuer, an dem sich zwei Krieger die Hände wärmten. Sie sahen ihn kommen, kamen wohl zu dem Schluss, dass er keine Gefahr darstellte, und wandten sich wieder der Glut und ihren eigenen Gedanken zu. Awin fand die Kariwa auf der Windseite des Garams, wo sie auf der kalten Erde saß und etwas betrachtete, das vor ihr auf dem Boden lag. Nur schwach schimmerte der Feuerschein herüber, und Awin brauchte eine Weile, um seine Augen an die Dunkelheit zu gewöhnen.

»Sie hat ihr Leben für dich gegeben, Awin«, sagte Merege leise, noch bevor er sie begrüßen konnte. Awin erkannte zwei dunkle Flügel.

»Eine Krähe?«

»Sie brachte die Flamme zu Isgis Hand.«

Awin drehte sich um. Es waren gut und gern sechzig Schritt bis zu ihrem Lagerfeuer, vielleicht mehr. »Deine Kraft ist erstaunlich.«

»Verstehst du es nicht?«, unterbrach sie ihn schroff. »Es ist nicht meine Kraft. Ich habe sie geraubt.«

Er spürte ihre Gereiztheit und fürchtete, er könne wieder etwas Falsches sagen, wie es ihm in letzter Zeit oft geschehen war. Deshalb sagte er nur schlicht: »Danke.«

Sie strich stumm mit der Hand über das Gefieder des Vogels.

»Tut die Krähe dir leid, Merege?«, fragte Awin nach einer Weile des Schweigens.

Merege hielt inne. Schließlich sagte sie: »Es ist mir viel leichter gefallen, dieses Leben zu nehmen, leichter als noch am Sichelsee.«

»Ich verstehe, du sagtest, dass es unangenehm ist.«

Merege legte den Kopf schief. Ihr Gesicht lag im Schatten. »Nein, das sagte ich nicht. Dennoch bitte ich dich, jetzt zu gehen, Awin. Ich muss meine Ahnen fragen, was ich davon halten soll.«

»Wovon?«, fragte Awin verwirrt, aber sie antwortete nicht.

Etwa zur dritten Abendstunde riefen Jagdhörner den Dhanegedh wieder zusammen. Awin nahm den Stab mit, aber er ließ ihn bedeckt. Es schwirrten so viele Gerüchte über die Kraft des Heolins herum, dass es ihm einfach zu gefährlich schien, ihn unverhüllt mitten durchs Lager zu tragen. Erst im Rat würde er den Lichtstein zeigen. Er konnte es jetzt kaum noch erwarten. Endlich würde er dem Heredhan gegenübertreten, dem Mann, der den Klan seiner Geburt ebenso wie seinen neuen Klan ins Unglück gestürzt hatte. Wie eine schwarze Wolke hatte der Name Horket seit Tagen auf ihm gelastet, nun würde er alle Wolken zerreißen und seinen Feind zwingen, ihm zu helfen. Das war besser, viel besser als ein Sieg in der Schlacht – wenn es denn gelang. Ihm wäre wohler gewesen, wenn er Merege bei sich gehabt hätte, aber die Fremde durfte den Steinkreis nicht betreten, das hatte der Yaman, der ihnen die Eide abnahm, ausdrücklich betont. Noch so eine Regel, die Awin mit Stirnrunzeln zur Kenntnis genommen hatte, denn er wusste ja, wie Horket auf seinen Schild gekommen war. Die Stimmung im Lager war gereizt, das war fast mit Händen zu greifen. Und dass der Heredhan verboten hatte, in der Versammlung Waffen zu tragen, machte es nicht besser. Awin legte seinen Blutdolch ins Zelt. Er wollte ihn eigentlich Wela anvertrauen, doch die erklärte, dass sie sich dieses Schauspiel auf keinen Fall entgehen lassen wolle. Es wurde schwer genug, sie davon zu überzeugen, dass sie nicht an der Seite der Seher, Yamane und Schmiede anderer Klans Platz nehmen sollte.

»Bin ich eure Schmiedin, oder bin ich es nicht?«, fauchte sie.

»Du bist es, Wela«, erklärte Eri, »und ich bin dein Yaman und sage, du wirst dort nicht neben mir sitzen. Sie werden uns auch so schon genug hassen. Wir müssen nicht noch mehr Öl in Horkets Feuer gießen, indem wir den Sippen zeigen, wie wenig wir die alten Gebräuche achten.«

»Also bestimmt jetzt schon Horket, wer von uns an deiner Seite sitzt, Yaman Eri?«, fragte Wela wütend.

Eri antwortete mit einem schlichten Lächeln, und Wela fügte sich widerwillig. Als sie neben Awin durch den Schlamm stapfte, fragte er sich, ob sie sich an Eris Verbot halten würde. Sie war unberechenbar, wenn sie wütend war. Eine große Schar von Würdenträgern strebte mit ihnen zum heiligen Kreis, und noch viel größer war die Zahl der Krieger, die zwar im Rat nicht sprechen durften, aber zuhören wollten. Wereks Krieger trugen Kluwe in seinem Stuhl zum Dhanegedh, und die anderen Hakul versuchten, ihm Platz zu lassen, was fast aussichtslos war. Der heilige Kreis war nach allen Seiten offen, aber auf der Südseite standen zwei schlanke, mit reichen Schnitzereien verzierte Holzstelen dicht beieinander, eine für Mareket und eine für Edhil, und es sollte Glück bringen, den Platz erst zu betreten, wenn man beide Säulen berührt und den Segen der Götter erfleht hatte.

Awin drängte sich mit den anderen Hakul heran. Es wäre leichter gewesen, wenn jemand für Ordnung gesorgt hätte, aber so war gerade zwischen den beiden heiligen Stelen das Gedränge am größten. Als auch Awin den Segen beider Götter erbeten hatte, betrat er den Platz und erkannte, dass es auch hier so etwas wie eine Ordnung nicht gab. Die Menge verteilte sich, und jede Sippe suchte sich ihren Platz, wo es ihr gefiel. Unweit der beiden Holzstelen, am Rand des Kreises, ruhte ein mächtiger Steinblock, über den schwarze Wolfsfelle gebreitet waren. Zahlreiche Sgerlanzen umstanden diesen Sitz, und es war unschwer zu erraten, wer dort gleich Platz nehmen würde. Das heilige Innerste war durch einen Kreis faustgroßer Steine gekennzeichnet. Nur die Würdenträger einer Sippe, der Yaman, der Seher und der Schmied, hatten das Recht, diese Linie zu überschreiten. Die anderen Hakul drängten sich außerhalb.

Zur Mitte hin fiel der Platz leicht ab, und Wasser hatte sich dort in schlammigen Pfützen gesammelt.

»Bei den Hütern! Was ist das?«, fluchte Curru, als sie den Kreis betraten.

»Was meinst du?«, fragte Eri.

»Die Steine. Er hat die Sitzsteine entfernen lassen! Was denkt er sich – dass wir ihm leichter folgen, wenn wir müde sind vom Stehen? Dieser Heredhan verletzt unsere ältesten Vorrechte!«

Awin erkannte kleine Vertiefungen, wo vor kurzem noch die erwähnten Steine gelegen haben mussten. Natürlich war es eine Beleidigung, die Yamane und Seher stehen zu lassen, aber insgeheim hielt Awin das für einen guten Einfall. Auch er war der Meinung, dass diese Versammlung nicht länger dauern sollte als unbedingt nötig. Nur der alte Kluwe, den sie in seinem Sessel herangetragen hatten, saß. Es war schwer zu unterscheiden, ob er wach war oder schlief. Curru suchte ihnen einen Platz nahe der schief stehenden Steinsäule, fast genau gegenüber dem Sitz des Heredhans. Awin fand einleuchtend, dass hier niemand sonst stehen wollte, denn die Schiefe Schwester neigte sich genau in ihre Richtung. Tuge hatte zwar behauptet, dass es schon immer so gewesen war, dennoch war es ein beunruhigendes Gefühl, diesen verwitterten Stein über sich zu wissen. Jetzt hörte Awin, wie Tuge Mabak zurief: »Siehst du dort oben in doppelter Mannshöhe die Kerbe, die sich rund um die ganze Säule zieht? Dort hat Mareket einst sein Ross Aiga angebunden.«

Allmählich fanden die Hakul ihre Plätze, nur Horket und Isgi fehlten noch. Awin wandte sich an einen Hakul, der neben ihm stand. »Sag, Freund, was hat der Rat bisher beschlossen?«

Der Hakul sah ihn an, als habe er etwas außerordentlich Dummes gefragt, und entgegnete: »Beschlossen? Noch gar nichts. Viele Klagen wurden vorgebracht, denn schwer lastet das Verhängnis auf den Weiden unseres Stammes.«

»Wie lange beraten die Männer denn schon?«

»Seit dem Mittag erst, auch wenn schon gestern viele Klans hier waren. Aber es waren Lager zu errichten und Eide zu sprechen. Es ist viel böses Blut mit hierhergebracht worden, und es ist erstaunlich, dass noch kein neues hinzugekommen ist – Eide hin oder her. Doch sag, von welchem Klan bist du, ich sehe weder Sgerlanze noch Sgertan bei euch.«

»Ich bin Awin, ein Seher vom Klan der Schwarzen Berge«, antwortete Awin möglichst beiläufig.

Der Mann starrte ihn mit großen Augen an. »So bist du von dem Klan, der all das Unglück über uns gebracht hat?« Dann verfinsterte sich seine Miene. »Es ist mutig von euch, vielleicht auch dumm, hierherzukommen.«

»Und es ist dumm von dir, von Dingen zu reden, von denen du nichts verstehst, Hakul«, mischte sich Curru ein.

Der Mann verstummte und wandte sich ab.

»Es gibt keinen Grund, mich so vorwurfsvoll anzusehen, junger Seher«, erklärte Curru grimmig. »Dies ist der Dhanegedh der Hakul, wer hier glaubt, mit Höflichkeit sein Ziel zu erreichen, wird untergehen.«

»Dennoch glaube ich, dass wir uns nicht mehr Feinde schaffen sollten als unbedingt nötig«, entgegnete Awin.

»Dies lass meine Sorge sein, mein Junge. Du weißt, dass Eri mich zum Sprecher für unseren Klan ernannt hat.«

Davon wusste Awin allerdings nichts. Curru grinste zufrieden. »Nein? Dann weißt du vermutlich auch nicht, dass im Rat immer nur ein Vertreter einer Sippe das Wort ergreifen darf. Was immer du also gesagt haben willst, solltest du nun mir mitteilen, junger Seher.«

Awin brachte kein Wort heraus, denn darauf war er nicht

vorbereitet. Er wusste zwar nicht, was er Horket sagen sollte, aber er hatte darauf vertraut, dass er die richtigen Worte schon finden würde. Und jetzt *durfte* er gar nicht sprechen?

»Du wunderst dich, mein Junge? Ich gebe zu, auch ich habe gestaunt, als ich von diesem neuen Gesetz hörte. Horket hat es erlassen. Er kennt viele Wege, unliebsame Stimmen zum Schweigen zu bringen, und dies ist einer der wenigen, bei dem Messerklingen keine Rolle spielen«, fügte Curru hinzu.

Awins Geist war wie leergefegt. Dann schüttelte er den Kopf. Er würde sich schon irgendwie Gehör verschaffen. Zur Not mit dem Lichtstein. Wenn nur Merege irgendwo zu sehen gewesen wäre.

Endlich ließ sich Heredhan Horket dazu herab, zu erscheinen. Er schritt zu den beiden Säulen, murmelte kurz seine Gebete und trat dann aus den Schatten. Zwei Männer waren bei ihm. Den einen hatte Awin schon am Glutrücken gesehen und schon da für einen von Horkets Söhnen gehalten. Der andere schien sein Bruder zu sein. Horket trat in den Kreis. Sein pelzverbrämter Mantel schleifte über den Boden. Er ließ seine kalten Augen über die Runde schweifen, bis das letzte Gespräch unter den Yamanen erstorben war, dann setzte er sich, und der große steinerne Sitz schien für seine breitschultrige Gestalt noch zu klein zu sein. Awin kam nicht umhin, sich einzugestehen, dass Horket eine sehr beeindruckende Persönlichkeit war. Isgi war mit ihm gekommen und trat nun nach vorn. Sein großer Kopf schoss unruhig hin und her. Seine rechte Hand war verbunden. Als er Awin und seine Klanbrüder entdeckte, verzog er angewidert das Gesicht. Dann wandte er sich kurz dem Heredhan zu, deutete eine Verneigung an und begann zu sprechen: »Ich danke für eure Geduld, Brüder. Vieles wurde heute schon gesagt, über den Zorn der Göttin, unsere unsagbaren Verluste, unsere Trauer und unsere Wut. Nach all dem, was wir heute schon gehört haben, wird wohl niemand mehr daran zweifeln, dass es Xlifara Slahan selbst ist, die über unsere Weiden zieht und Mensch und Vieh tötet. Was aber hat ihren Zorn geweckt? Darüber kamen uns seltsame Geschichten zu Ohren, und wir werden herausfinden müssen, was davon wahr ist und was nicht. Aber vor allem, wie können wir die Göttin besänftigen? Viele Seher sind hier, und keiner weiß die Antwort. Ich sprach heute mit Kluwe, den jeder von euch als den hellsichtigsten meines Handwerks kennt. Doch Kluwe hüllt sich in Schweigen.«

Alle Blicke wandten sich dem alten Seher zu, der neben Werek in seinem Sessel saß. Doch er schien zu schlafen.

»Wir wissen selbst, dass du blind bist, Isgi«, rief jetzt ein Yaman aus dem Kreis. »Berichte etwas Neues!«

»Schweig, du Narr!«, antwortete ein anderer laut.

Sofort brach der Aufruhr wieder los, denn nun brüllten die Würdenträger einander an, und schnell war der Auslöser für den Streit vergessen. Awin sah beklommen, wie sich rechts und links Yamane und Seher gegenseitig fast an die Gurgel gingen und ein jeder versuchte, die anderen niederzubrüllen, weshalb es immer lauter wurde. Auch die Krieger außerhalb des heiligen Kreises trugen ihren Teil zum Streit bei. Es wäre sicher Blut geflossen, wenn die Männer bewaffnet gewesen wären. Der Aufruhr war erschreckend, und Awin dachte mit Sorge daran, was diese Männer tun würden, wenn Isgi seine unausweichliche Anklage gegen sie erhob; die Hakul waren im Innersten erschüttert, denn noch nie war ihr Stamm so hart geprüft worden wie in diesen Tagen. Würden sie Curru noch anhören oder gleich auf der Stelle mit bloßen Händen zerreißen, wenn Isgi alle Schuld für Slahans Auftauchen auf sie abwälzte? Es war Wahnsinn, dass sie sich hierhergewagt hatten, das begriff Awin jetzt. Doch es war zu spät, um umzukehren. Er biss die Zähne zusammen und schickte ein stummes Gebet an Tengwil, sie möge seinen Schicksalsfaden nicht reißen lassen, nicht heute. Dann beobachtete er Horket. Der Heredhan saß ruhig auf seinem steinernen Sitz und betrachtete das Durcheinander mit einer Geduld, als ginge ihn das alles nichts an. Er winkte Isgi heran und besprach sich leise mit ihm, bis der Lärm allmählich wieder verebbte.

»Ich danke euch, meine Brüder«, setzte Isgi seine Rede mit einem feinen Lächeln fort. »Nun ist es vielleicht so, dass wir die Weisheit der Seher nicht brauchen, um die Frevler in unserer Mitte zu finden, jene unglückseligen Hakul, die die Göttin erweckten, die in ihrer unfassbaren Überheblichkeit hinabstiegen an ihr Lager und sie aus ihrem Jahrhunderte langen Schlaf rissen.« Nun musste kommen, was Awin befürchtet hatte. Er widerstand der Versuchung, die Augen zu schließen. Isgi streckte seine Hand in anklagender Geste aus und rief: »Dort drüben stehen sie, die Männer vom Klan der Schwarzen Berge!«

Awin hielt den Atem an – aber nichts geschah. Er sah, dass Isgi wenigstens ebenso verblüfft war wie er selbst. Eine tiefe Stille hatte sich über die Versammlung gelegt. Doch Awin spürte schnell, dass es keinen Grund gab, sich in Sicherheit zu fühlen, denn in dieser Stille lauerte eine abgrundtiefe Feindseligkeit. Es schien fast so, als könne sie sich nur noch nicht entscheiden, wie sie über ihnen zusammenschlagen und sie begraben wollte.

»Ich sehe, Isgi, dass die Oberhäupter der Klans nicht so dumm sind, jede deiner Lügen zu schlucken«, rief Curru laut.

Und erst jetzt brach der Tumult los. Es war leicht zu erkennen, wer auf Horkets Seite stand – es waren beunruhigend viele Klans, wie Awin feststellte. Sie wurden hart bedrängt, und er bekam einige Schläge und Knüffe ab. Er war jetzt sehr froh, dass Horket das Tragen von Dolchen verboten hatte. Wieder dauerte es eine ganze Weile, bis sich die wütende Menge beruhigte und Isgi erneut das Wort ergreifen konnte. Was folgte, erschien Awin im Nachhinein wie ein Albtraum: Isgi beschuldigte sie, den Heolin nicht bewacht und dann auch noch Xlifara Slahan aufgestört zu haben. Curru hielt dem entgegen, dass es schließlich ein Vetter des Heredhans gewesen war, der den Räuber mit frischen Pferden versorgt hatte, und dass jener Räuber die Gefallene Göttin geweckt hatte, noch bevor sie selbst von Heredhan Horket schließlich in Uos Mund hineingezwungen worden waren. Und immerhin hätten sie den Lichtstein doch wieder gewonnen! Aber Isgi behauptete, der Stein sei eine Fälschung. Niemand kam auf den Einfall, den Lichtstein in Augenschein zu nehmen, niemand außer Awin, der es plötzlich für zu gefährlich hielt. Was, wenn ihm einer im unvermeidlichen Gerangel den Stab entriss? Also hielt er sich zurück und wartete auf die passende Gelegenheit.

Die Zeit verstrich. Beide Seher verstanden es hervorragend, mit Halbwahrheiten, Auslassungen und Übertreibungen die Wahrheit so zu verzerren, dass Awin schließlich selbst kaum noch wusste, was wirklich geschehen war. Er musste zugeben, dass Curru geschickt war, aber Isgi war es auch. Das Wortgefecht wurde immer wieder unterbrochen, weil die Yamane, Seher und Schmiede im Rat, ebenso wie die Krieger außerhalb des Kreises, die beiden Streithähne bei jeder sich bietenden Gelegenheit niederbrüllten. Awin versuchte, die anderen Sippen einzuschätzen. Einige waren offen auf ihrer Seite, vermutlich nicht, weil sie Curru glaubten, sondern eher weil sie einen anderen Groll gegen den Heredhan hegten. Viel mehr Klans waren aber gegen sie, und sosehr Curru sich auch anstrengte, er konnte einige Tatsachen nicht leugnen: Sie hatten den

Lichtstein nicht bewacht – und sie waren in Uos Mund gewesen, als Slahan von dort zu ihrem verheerenden Rachefeldzug aufgebrochen war. Awin fragte sich, woher Isgi so genau über jeden ihrer Schritte unterrichtet war. Curru hatte zwar auch am Sichelsee von ihren Abenteuern erzählt, aber doch in einer Art und Weise, die sie ziemlich gut hatte aussehen lassen. Nun, Isgi war ein Seher, und zwar einer, der nicht blind war wie Awin. Vielleicht wusste er es daher. Vielleicht war er auf die Reise gegangen, auf die Awin nicht mehr gehen konnte. Das Wortgefecht der beiden Seher dauerte und dauerte, doch ganz allmählich schien es auf ein Ende zuzusteuern. Isgi sagte: »Du kannst es abstreiten, Curru, aber ich habe gesehen, dass dein Klan, falls die wenigen Köpfe, die er noch zählt, überhaupt Klan genannt werden können, durch frevelhaftes Verhalten die Götter erzürnt und so das Unglück über uns alle gebracht hat.«

»Ich streite es ab!«, rief Curru zum wiederholten Male in das entstehende Stimmengewirr. Awin bemerkte, dass auch das inzwischen bedeutend leiser geworden war. Natürlich, die meisten Hakul standen schon seit dem Mittag hier und stritten, und nun hatten sie Mitternacht bereits hinter sich gelassen. Isgi beriet sich wieder leise mit dem Heredhan, und Awin schloss aus Horkets Gesten und Miene, dass er die Versammlung bald beenden wollte. Das konnte er nicht zulassen, denn das Entscheidende – das, weswegen er hier war – war doch noch gar nicht gesagt worden. Er wickelte den Heolin aus dem schützenden Leder und hielt ihn hoch. Als der Lärm verebbte und er sicher war, die Aufmerksamkeit aller zu haben, trat er einen Schritt vor. »Dies, Stammesbrüder, ist der Heolin«, rief er.

»Dieser junge Seher hat nicht das Recht, hier zu sprechen!«, zischte eine durchdringende Stimme.

»Wir wollen ihn hören«, brüllte ein anderer.

Und der Aufruhr, der beinahe eingeschlafen war, erwachte von neuem. Als er sich endlich legte, war es Heredhan Horket, der das Wort ergriff: »Wir haben lange beraten, ihr Männer, vielleicht zu lange. Was jenen jungen Seher betrifft, so sollte er die Gesetze kennen. Er hat in diesem Rat nicht das Wort, denn das hat er seinem Meister überlassen. Er kann uns aber diesen Stein an seinem Stab übergeben. Wir werden dann die Seher zusammenrufen, um zu entscheiden, ob es der Heolin ist oder nicht.«

Awin schüttelte stumm den Kopf.

»Nun, bei einem Mann deines Klans wundert mich diese Verstocktheit nicht, junger Seher. Ihr seht, Hakul«, wandte er sich an die Versammlung, »dass nur noch wenig Klugheit in den Schwarzen Bergen wohnt, die doch einst für ihre weisen Bewohner berühmt waren. Wäre dies der Heolin, könnten sie ihn uns doch ruhigen Gewissens zur Prüfung überlassen. So aber ist offensichtlich geworden, dass dies nicht der Lichtstein ist. Soll der Knabe dieses bunte Stück Akkesch-Glas behalten. Ihr habt gehört, was heute hier gesagt wurde. Morgen werden wir entscheiden, was daraus folgt.« Dann schlug er mit einem schweren Stein auf die Armlehne seines Sitzes, und damit war die Versammlung für diesen Tag beendet.

»Du hast alles nur noch schlimmer gemacht, mein Junge«, zürnte Curru, als sie beieinanderstanden und warteten, dass die Menge sich verlief. Das geschah sehr langsam. Der Heredhan mochte das Ende der Beratung verkündet haben, doch es gab noch so vieles zu bereden. Bald bildeten sich überall kleine Grüppchen, die mit ernster Miene noch einmal berieten, was sie eben gehört hatten.

»Es war die einzige Möglichkeit. Du hättest ihn doch nie erwähnt, Curru«, verteidigte sich Awin.

»Alles zu seiner Zeit, aber das musst du wohl noch lernen, mein Junge.«

Harmin kam zu ihnen, grüßte mit einem freundlichen Nicken und sagte dann: »Morgen kannst du, Awin Sehersohn, für den Klan des Schwarzen Fuchses sprechen.«

Awin starrte den Schmied verdutzt an. Womit hatte er denn dieses Angebot verdient?

»Ein Hakul kann nicht für eine andere Sippe sprechen, Schmied, das solltest du wissen«, entgegnete Curru scharf.

»Es sei denn, er wird in diese Sippe aufgenommen«, erklärte Harmin lächelnd.

Jetzt verschlug es nicht nur Awin die Sprache. Selbst Curru war für einen Augenblick verblüfft, dann zischte er: »Mein Schüler wird seinen Klan in dieser finsteren Stunde sicher nicht verlassen, denn das wäre Verrat.«

Harmin blieb gelassen. »Seit wann, Seher, ist eine Hochzeit mit einem jungen Mädchen denn Verrat? Es geschieht tausendmal auf den Weiden, immer wieder, und meine Enkeltochter Kuandi erwartet schon sehnsüchtig seine Rückkehr. Außerdem – er ist ein Seher. Und im Klan der Berge gibt es bereits einen. Es wird Zeit, dass er sich einen neuen Klan sucht.«

Aus den Augenwinkeln sah Awin das Gesicht Welas, die ungläubig glotzte. Er war sich ziemlich sicher, dass er selbst auch ein ausgesprochen dummes Gesicht machte. Aber dann sammelte er sich und sagte: »Dein Angebot ehrt mich, Schmied Harmin vom Fuchs-Klan. Du verstehst hoffentlich, dass ich es nicht annehmen kann?«

In das zufriedene Grinsen Currus hinein erwiderte Harmin: »Ich verstehe, dass du dich nicht jetzt entscheiden kannst, Awin Sehersohn, aber du solltest eine Nacht darüber schlafen. Bei Licht betrachtet, sieht vieles anders aus.«

Awin nickte. Zum einen, weil es ihm Zeit verschaffte, zum

anderen, weil er Currus Empörung genoss. Als Harmin gegangen war, sagte Eri: »Unser Klan hat dich großgezogen, hat dir einen unvergleichlichen Lehrer zur Seite gestellt – und nun ziehst du auch nur in Erwägung, uns zu verlassen?«

»Ich werde tun, was ich tun muss, Yaman Eri«, entgegnete Awin düster.

»Das sagen noch stets alle Verräter«, erwiderte Eri voller Verachtung.

Awin zuckte mit den Schultern, drehte sich um und ging in Richtung der Hügel davon. Wela lief ihm nach. Erst als sie den Kreis der Beratung und auch die letzten Zelte des Lagers hinter sich gelassen hatten, drehte er sich um: »Was willst du?«, herrschte er sie an, viel unfreundlicher, als er es beabsichtigt hatte.

»Du willst doch nicht wirklich diese Kuh heiraten und … und … uns verlassen?«

»Das wird sich zeigen«, gab er harsch zurück.

Wela blieb stehen. Ihm war, als hätte er im schwachen Licht des Heolins Tränen in ihren Augen gesehen. Aber er lief weiter. Er musste nachdenken, und dazu musste er allein sein. Hatten sie vergessen, weswegen sie hier waren? Sahen sie denn nicht, dass er alles versuchte, seine Klanbrüder und -schwestern zu retten? Wenn es sein musste, wenn sie ihm keine andere Wahl ließen, dann würde er dafür vielleicht sogar einen Verrat begehen.

# Kämpfe

AWIN SUCHTE SICH einen Steinkegel und setzte sich auf die windgeschützte Seite. Er fragte sich, ob die Ahnen ihm in dieser Sache beistehen würden. Eine Krähe flatterte auf und krächzte missmutig, bevor sie in der Dunkelheit verschwand. Offenbar hatte er ihren Schlaf gestört. Er fröstelte, der Südwind ließ nasskalte Luft über die Hügel ziehen, und die ging durch alle Schichten seiner Kleidung. Er wickelte den Heolin wieder sorgsam ein, denn er wollte nicht gesehen und schon gar nicht gestört werden. Unter ihm lag das Lager. Er beobachtete, wie sich der Kreis der Beratung nach und nach leerte. Er wusste nicht, was er tun sollte. Harmins Angebot hatte ihn völlig überrumpelt. Es kam natürlich gar nicht in Frage, dass er es annahm. Er konnte den Schmied sogar verstehen: Es gab keinen Seher im Fuchs-Klan, er wäre also willkommen. Wie vorteilhaft, wenn er auch noch den berühmten Lichtstein mitbringen würde. Offenbar war Harmin bereit, dafür darüber hinwegzusehen, dass Awins Sehergabe erloschen war. Der Schmied verhielt sich ganz wie ein umsichtiger Yaman, bemüht, den Wohlstand seines Klans zu mehren. Nur, dass er gar nicht der Yaman war. Aber Auryd war weit im Süden, auf der Jagd nach dem Frevler, der dieses ganze Unglück angerichtet hatte.

Awin seufzte. Er hatte Wela hart vor den Kopf gestoßen. Er würde sich entschuldigen, später, wenn er wieder einen klaren Gedanken fassen konnte. Er versuchte, die Anspannung abzuschütteln, die sich seiner bemächtigt hatte. Das Lager zu seinen Füßen schien nicht zur Ruhe zu kommen. Zahlreiche Feuer brannten zwischen den Zelten, und von einigen hörte er sogar Trommelschlag, Gesang und Gelächter. Natürlich, nicht alle Sippen hatten Verluste erlitten, und für diese war das hier nur eine große Versammlung, ein Dhanegedh, den es zu feiern galt. An den meisten Feuern ging es jedoch wesentlich ruhiger zu, und Awin meinte zu spüren, dass ein tiefes Gefühl von Trauer und Verlust darauf wartete, dass der Lärm endlich verstummte. Drei Männer tauchten jetzt im verlassenen Kreis der Beratung auf. Einen erkannte Awin als den Seher Isgi wieder. Er fragte sich, was Horkets rechte Hand dort zu tun hatte. Er sprach mit den beiden Kriegern, schien ihnen irgendetwas einzuschärfen, dann schickte er sie fort. Sie verließen den Kreis, und Awin verlor sie zwischen den Zelten aus den Augen. Er musste einen Weg finden, sich Gehör zu verschaffen. Der Heredhan wollte offensichtlich gar nicht hören, was er zu sagen hatte. Wusste er etwa, dass Awin ihn zur Jagd auf Slahan auffordern wollte? Hatte Isgi das gesehen? Oder war sein Plan von anderen verraten worden? Schritte näherten sich aus der Dunkelheit. Sie hielten zielstrebig auf Awin zu. Es waren die Schritte eines einzelnen Mannes. Der Himmel war wolkenverhangen, und hier, weitab vom nächsten Wachfeuer, konnte Awin nicht mehr als einen Schatten erkennen.

»Bist du der junge Seher, den man Awin nennt?«, fragte der Schatten.

»Wer fragt danach?«, antwortete Awin vorsichtig.

Der andere lachte. »Ich erkenne deine Stimme wieder, junger Seher. Isgi schickt mich. Er will mit dir reden.«

Awin erhob sich. »Wie hast du mich gefunden, Krieger?«

»Du warst nirgendwo zu sehen, Hakul, also musste ich dich nur noch dort suchen, wo man dich nicht sehen konnte«, lautete die Antwort.

»Und was will Isgi von mir?«

»Das wirst du ihn selbst fragen müssen, aber er sichert dir zu, dass weder dir noch dem Heolin etwas geschehen wird.«

»Und glaubst du, ich kann dem trauen?«, fragte Awin.

Wieder lachte der Mann. »Das fragst du mich, einen Klanbruder Isgis? Ich schlage vor, dass du es selbst herausfindest. Du kannst natürlich auch weiterhin versuchen, dich in der Dunkelheit zu verkriechen, Seher, aber ich denke, du weißt, dass irgendwann das Licht des neuen Tages kommt.«

Isgi erwartete Awin am Sitz des Heredhans. Die Wolfsfelle waren fortgebracht worden, jetzt sah man nur noch nackten Stein. Eine einzelne Fackel schuf einen kleinen Lichtkreis.

»Ich grüße dich, junger Seher. Ich hatte gehofft, dass unsere Jäger dich finden würden«, begann Isgi freundlich. Dann wandte er sich an Awins Begleiter: »Ich danke dir, mein Freund, du hast deinem Klan Ehre gemacht.«

Der Jäger nickte knapp und zog sich zurück. Er verschwand in den Schatten einer der heiligen Säulen, doch entging Awin nicht, dass er nicht jenseits davon wieder auftauchte. So war er vielleicht außer Hörweite, aber sie waren nicht ganz so allein, wie Isgi ihn glauben machen wollte.

»Es war klug von dir, den Stein zu verhüllen«, sagte Isgi mit sanfter Stimme. Seine unruhigen Augen schienen die lederne Hülle des Stabes durchdringen zu wollen.

Awin hatte nicht die Absicht, sich von vorgetäuschter Freundlichkeit einwickeln zu lassen, und fragte spöttisch: »Wie geht es deiner Hand?«

Isgi lächelte schwach. »Ach, die Hand. Es ist dir wirklich gelungen, mich für eine Weile glauben zu machen, dass der Heolin sich gegen mich wandte. Oder sollte ich sagen, es ist *euch* gelungen?«

»Ich weiß nicht, was du meinst, Isgi«, erwiderte Awin knapp.

»Wir sind unter uns, junger Seher, du musst das Schauspiel nicht fortsetzen, das du den Kriegern vorführst. Vergiss nicht, mit wem du redest«, erklärte Isgi lächelnd.

»Wie könnte ich das vergessen, Isgi?«, erwiderte Awin grimmig.

»Ich spüre und verstehe deinen Zorn. Du denkst zurück an die Ereignisse am Glutrücken. Nun, wir alle hätten uns gewünscht, es wäre nicht geschehen, Awin. Yaman Aryak hätte nur die Sühne zu entrichten brauchen, und ihr alle hättet die Zelte eures Lagers wiedergesehen.«

»Aber Aryaks Tod hat euch nicht davon abgehalten, die Sühne trotzdem einzutreiben, Isgi vom Schwarzen Gras«, entgegnete Awin wütend.

Isgi zuckte mit den Achseln. »Sie wäre weit höher ausgefallen, wenn wir gewusst hätten, dass dieser unselige Knabe, der sich nun Yaman nennt, noch lebt. Sag, Awin, wo habt ihr euch versteckt in diesem halben Jahr? Ich kann nicht glauben, dass ihr all die vielen Monde in Uos Mund ausharren konntet.«

»Haben deine Späher dir das nicht verraten, Isgi?«, fragte Awin. Es freute ihn, dass der Seher Horkets wohl doch nicht alles wusste.

Isgi gab sich weiter sanftmütig: »Ich bin ein Seher, Awin. Vieles sehe ich, was anderen verborgen bleibt. Aber, ja, warum soll ich es leugnen? Es ist mir auch das eine oder andere von Männern zugetragen worden, denen das Wohl unseres Stammes am Herzen liegt. Doch soll ich glauben, dass ihr nur einen Tag und eine Nacht in Uos Mund wart, wie Curru es erzählte? Er nimmt es ja nicht sehr genau mit der Wahrheit, wie du, als sein ehemaliger Schüler, aus eigener Erfahrung sicher nur zu gut weißt.«

»Glaube, was du willst, Seher«, entgegnete Awin ruhig. Er fragte sich, wann Isgi ihm endlich sagen würde, was er von ihm wollte.

»Nun, die Welt der Götter ist rätselhaft. Ihr wart in Uos Mund, und ich glaube, als ihr wieder herauskamt, da ist der Gott des Todes euch gefolgt. Sieh nur, welch reiche Ernte er in diesem Winter einfährt.«

»Es war Slahan, nicht Uo, die unser Lager überfallen hat, Isgi, und die Lager vieler anderer Klans auch. Auch das Lager des Schwarzen Grases?«

»Nein, uns hat sie verschont, den Hütern sei Dank. Nun, Awin, ich würde das gerne weiter mit dir erörtern, doch die Nacht ist nicht mehr allzu lang, und ich habe noch viel zu besorgen für den morgigen Tag.«

Awin fiel auf, wie müde der Mann aussah. Die braunen Ringe unter seinen Augen schienen noch größer geworden zu sein. »Willst du mir also endlich sagen, warum du mich sprechen wolltest, Isgi?«

Isgi lächelte freundlich: »Ich habe dich durchschaut, Awin, dich und diesen Stein, den du da am Stab trägst.«

Awin zuckte mit den Achseln. »Das hast du schon einmal behauptet, aber dennoch sind deine Finger verbrannt.«

»Ja, die Finger, eine schmerzhafte Erfahrung, auf die ich gerne verzichtet hätte, doch bin ich *euch* deswegen nicht böse. Ich habe lange darüber nachgedacht, bin die alten Geschichten von Etys noch einmal durchgegangen. Der Stein hat ihm die Hand verbrannt, als er ihn raubte, doch wird nirgendwo erwähnt, dass sich der Heolin je gegen einen anderen Hakul wandte. Ich habe Augen im Kopf, Seher. Mir ist nicht entgangen, dass nicht mehr als ein Glimmen in diesem Stein wohnt, den du Heolin nennst.«

»Weil es der Heolin ist, Isgi!«

»Mag sein oder mag auch nicht. Ich habe sie gesehen, Awin.«

»Wen?«

»Das Mädchen aus dem eisigen Norden, die Kariwa, die *Zauberin*, wie sie in eurem Sger genannt wird. Sag mir, warum nennt ihr sie so?«

Awin verstummte. Isgi war wirklich scharfsinnig, wenn er die Zusammenhänge so schnell durchschaute.

»Sie muss über beachtliche Kräfte verfügen, denn sie war doch gar nicht in der Nähe, als sie meine Hand verbrannte.«

»Das war der Heolin, Isgi«, entgegnete Awin trotzig.

Isgis falsches Lächeln wurde noch eine Spur breiter. »Bitte, Awin, beleidige nicht unsere Zunft, indem du annimmst, alle Seher seien so blind wie du. Ich erkenne eine Maghai, wenn ich eine sehe – obwohl ich noch nie hörte, dass auch Frauen diese Kunst erlernen dürfen. Eine mächtige Verbündete, auch wenn sie mir noch jung und unerfahren erscheint. Du musst dir aber keine Sorgen machen, dein Geheimnis ist bei mir sicher.«

Awin fiel es schwer, das zu glauben. Er entgegnete: »Du kannst denken, was du willst, Isgi. Morgen werde ich deinen Herrn, Heredhan Horket, auffordern, dem Heolin in den Kampf zu folgen.«

»Ich weiß, dass du das vorhast, junger Seher, und mir gefällt dein aufrichtiger Wunsch, gegen Slahan zu kämpfen. Ich nehme an, dir ist klar, dass das Wahnsinn wäre?«

»Wir haben sie schon einmal besiegt, Isgi«, entgegnete Awin.

»Besiegt? Nein, ihr habt sie nur gereizt. Ist sie nicht viel stärker und wütender als je zuvor? Damals, in der dunklen Zeit vor dem Heolin, da kam sie nur ab und zu in unsere Lager, um ihren Durst zu stillen – aber heute? Der Lichtstein kann sie nicht mehr halten, und er kann sie sicher nicht vernichten. Sie ist eine unsterbliche Göttin, mein Junge, und uns armen Sterblichen bekommt es nicht, wenn wir uns den Göttern in den Weg stellen!«

»Dennoch werde ich sie jagen, und Horket wird aussehen

wie ein Feigling, wenn er sich weigert, mir in diese Schlacht zu folgen.«

Isgi legte ihm mit einer väterlichen Geste die Hand auf die Schulter. »Wirklich, diese Entschlossenheit bewundere ich an dir, Awin. Doch ich denke, du hast die guten Neuigkeiten noch nicht gehört.«

Awin runzelte die Stirn. »Welche meinst du?«, fragte er knapp.

»Slahan hat den Dhurys überschritten, dort, wo sein Bett ausgetrocknet ist, südlich des Karys. Jetzt zieht sie weiter nach Osten, zu den Sonnenbergen, vielleicht auch zu den Viramatai, wer weiß das schon?«

»Das ändert gar nichts!«, rief Awin.

»Ganz im Gegenteil, junger Seher, das ändert alles.« Und als er Awins verständnislosen Blick sah, ergänzte er sanft: »Glaubst du, die Schwarzen Hakul scheren sich darum, was den Viramatai oder auch nur ihren Grauen und Eisernen Brüdern im Osten widerfährt? Slahan hat unsere Weiden verlassen, die Gefahr ist gebannt.«

»Aber sie hat hunderte unserer Brüder und Schwestern verschleppt. Willst du die einfach aufgeben, Isgi?«, rief Awin aufgebracht.

»Wollen, Awin? Nein, aber Xlifara Slahan ist eine Göttin, schnell wie der Wind, schneller als jedes Pferd unseres Stammes. Es ist aussichtslos, sie zu verfolgen, das solltest du einsehen, mein Junge.«

Awin schwieg. Manches von dem, was Isgi gesagt hatte, war gut begründet.

»Ich sehe, es fällt dir schwer, das Unvermeidliche hinzunehmen, junger Seher«, sagte Isgi jetzt. »Wie kann ich dich davon überzeugen, dass ich es gut mit dir meine?«

»Du müsstest mich vergessen lassen, was am Glutrücken geschah«, entgegnete Awin zornig.

Isgi lächelte traurig. »Das kann ich nicht, so wie du nicht vergessen kannst, was deinem Vater widerfahren ist, Awin, *Kawets Sohn*. Kawet war ein großer Mann, Awin. Ich habe ihn stets bewundert. Du bist überrascht? Meinst du, mir wäre die Ähnlichkeit nicht aufgefallen? Ich bin ein Seher, mein Junge. So wie dein Vater einer war.«

»Dann weißt du, dass der Heredhan meinen ganzen Klan ausgelöscht hat.«

»Nicht den ganzen, mein Junge, obwohl er es damals geschworen hatte. Wenn er wüsste, dass du noch lebst, müsstest du um dein Leben fürchten.«

»Du … du hast es ihm nicht gesagt?«, fragte Awin, ehrlich verblüfft.

»Wozu den Wolf wecken, wenn er endlich schläft?« Isgi seufzte. Er wirkte bekümmert, als er fortfuhr: »Es war eine unselige Geschichte damals, und viel Blut wurde vergossen, was hätte vermieden werden können, wenn Kawet nicht so stolz und stur gewesen wäre. Awin, ich suche nach einer Möglichkeit, diese alte Geschichte zu einem guten Ende zu führen. Willst du mir nicht dabei helfen? Wer weiß, vielleicht erleben wir gerade den Beginn einer neuen Zeit? Möchtest du nicht auch, dass diese endlosen Streitigkeiten aufhören, die seit Jahrhunderten die Hakul von einem Unglück ins nächste stürzen? Frieden auf unseren Weiden, ein Ende des ewigen Blutvergießens unter den Sippen – wäre das nicht ein lohnendes Ziel, Awin, Kawets Sohn?«

»Ich werde nicht lange genug hier sein, um dir zu helfen. Wenn der Heredhan nicht mit in den Kampf ziehen will, gibt es für mich und den Heolin keinen Grund, noch zu bleiben.«

»Und du glaubst, wir lassen ihn aus dem Lager und setzen ihn den furchtbaren Gefahren aus, die dein Weg mit sich bringen wird?«, fragte Isgi freundlich.

»Du hältst ihn doch für eine Fälschung, Seher«, entgegnete Awin trocken.

»Das habe ich nicht gesagt«, erwiderte Isgi mit gleich bleibender Freundlichkeit. »Ich habe nur gesagt, dass es nicht die Kraft des Steins war, die meine Hand verbrannte. Nein, der Heolin sollte hierbleiben. Ich kann mir vorstellen, dass seinem Träger viel Achtung entgegengebracht wird, wenn diese dunkle Zeit erst einmal vorüber ist.«

»Und willst du deinem Herrn auf ewig verschweigen, dass ich im Klan der Schwarzen Dornen geboren wurde?«

»Dieser Klan ist von den Weiden verschwunden, Awin, und wenn ich mich nicht täusche, gehen auch die Tage des Klans der Berge dem Ende entgegen. Nein, nein, das soll keine Drohung sein. Aber Curru und dieser Knabe Eri wandeln auf sehr gefährlichen Pfaden. Willst du ihnen folgen? Mit ihnen untergehen? Du schweigst? Ich verstehe. Mir kam jüngst zu Ohren, dass Harmin der Schmied dir seine Enkeltochter angeboten hat …«

Awin schwieg. Er fragte sich, was Isgi eigentlich nicht wusste.

»Es stimmt also? Harmin ist ein schlauer Fuchs, mein Junge, er weiß, wie viel Ruhm einem Klan zuflösse, der dich in seiner Mitte hätte. Nun, Awin, du solltest nichts übereilen. Auch andere Sippen haben schöne Töchter.«

Awin traute seine Ohren nicht. Es konnte doch wohl nicht sein, dass nun auch Isgi ihn mit einer Braut in seinen Klan locken wollte! Er fragte: »Wen willst du eigentlich in deinem Klan wissen, Isgi? Den Seher, der nicht mehr sieht, oder den Lichtstein?«

»Ja, es ist eigentümlich, dass dir die Gabe genommen ist. Ich hörte noch nie, dass so etwas vorgekommen ist«, sagte Isgi nachdenklich. »Du hast den alten Kluwe gesehen, er scheint mehr tot als lebendig, aber seine Gabe ist stärker als je zuvor, vielleicht schon zu stark für seinen schwachen Körper. Aber du? Nun, wer weiß, vielleicht kehrt sie zurück zu dir, wenn du die richtigen Entscheidungen triffst, junger Seher. Ich könnte dir vielleicht mehr helfen, als du glaubst. Auch mir fällt es nicht immer leicht, meine Gabe einzusetzen, aber ich kenne Mittel und Wege, die mir helfen, selbst wenn mein Geist eigentlich zu erschöpft ist und nach Ruhe verlangt. Meinen Schwiegersohn würde ich vielleicht in das eine oder andere Geheimnis einweihen, Awin, aber ich muss dir sagen, dass es viele Bewerber um die Hand von Isgis Tochter gibt, du solltest also nicht zu lange zögern.«

Awin sah zu Boden, denn er wollte das gänzlich unbegründete Grinsen verbergen, das über sein Gesicht schlich. Das war alles völlig verrückt. Isgi bot ihm seine Tochter an? Vielleicht sollte er sich mit Harmin absprechen, der ihm seine Enkelin angeboten hatte. Awin fragte sich, was diese beiden jungen Frauen wohl davon hielten, dass sie derart verschachert werden sollten. Er sammelte sich und sagte: »Ich danke dir für deine wohlmeinenden Worte, Isgi, deine Tochter muss sich glücklich schätzen, dass sie so begehrt ist. Doch ich glaube nicht, dass ich mich unter die Bewerber einreihen werde.«

Kurz verschwand der Ausdruck unendlicher Sanftmut aus Isgis Gesicht. »Ist es wegen der Kariwa? Ich hörte da gewisse Gerüchte …«

Awin starrte den Seher entgeistert an.

»Du solltest sie übrigens warnen, Awin«, fuhr Isgi mit plötzlich sehr kalter Stimme fort. »Es ist gefährlich, wenn sie sich allein am Rande des Lagers herumtreibt. Unsere Wachen sind von der Furcht erfüllt, die Gefallene Göttin könnte hier erscheinen. Sie könnten die Kariwa leicht mit ihr verwechseln. Ich habe meinen Männern zwar gesagt, wer sie ist, aber du weißt ja, wie die Krieger sind. Es wäre doch schade, wenn einer meiner Männer sie versehentlich tötet.«

Awin verstand die kaum verhüllte Drohung nur zu gut: »Sie töten? Das haben schon andere versucht und es sehr bereut, Isgi. *Das* solltest du deinen Männern sagen«, entgegnete er scharf.

»Ah, ich sehe, du bist zornig und zweifelst immer noch an meinen guten Absichten. Ich kann es dir nicht verdenken, denn bisher hat Tengwil verhindert, dass wir Freunde wurden. Du solltest überschlafen, was du heute gehört hast. Denke einfach in Ruhe darüber nach und lausche auf die Stimme der Vernunft. Vergiss die alten Zwistigkeiten und sieh nach vorn, dann wirst du sehen, dass es das Beste für dich wäre, mein Angebot anzunehmen. Ich erwarte deine Entscheidung morgen, Awin, Kawets Sohn, nicht später.«

Awin eilte durch die Nacht. Er musste Merege warnen. Das Lager war immer noch nicht zur Ruhe gekommen. Lagerfeuer brannten, an einigen wurde gesungen, an anderen still getrauert, und an manchen wurde auch gestritten. Beißender Rauch lag in der Luft, und darüber roch es nach Regen. Awin war so in Gedanken, dass er die Reiter erst bemerkte, als sie ihn fast schon über den Haufen geritten hatten. Pferde schnaubten unwillig, als die Reiter sie zurückrissen. »Mach die Augen auf, Hakul!«, rief eine zornige Stimme.

Awin blickte erschrocken auf. Ein Sgertan baumelte dicht vor seinen Augen, es sah fast aus, als wolle der Träger der Sgerlanze ihn damit durchbohren. Awin kannte das Zeichen nicht. Im flackernden Licht der Lagerfeuer sah er drei einfache gekreuzte Striche. Ein Krieger blitzte ihn an. »Das nächste Mal reiten wir dich nieder, Knabe!«

Bevor Awin seine Überraschung überwinden konnte, mischte sich ein anderer Hakul ein: »Freche Töne für so ehrlose Räuber wie die sogenannten Krieger vom Klan der Dolche.« Das kam von einem der Lagerfeuer, wo ein weiterer Hakul aufgestanden war. Jetzt schlenderte er breit grinsend näher heran.

Der Reiter, der Awin angefahren hatte, wendete sein Pferd und ritt ein Stück zurück. Er schien trotz seiner jungen Jahre der Yaman des Klans zu sein. Seine Krieger, Awin zählte ungefähr dreißig, waren schlammbespritzt, und ihre Pferde sahen müde aus. »Wer kläfft uns denn da an wie ein räudiger Hund?«, fragte der Yaman wütend.

»Ich bin Getwin vom Klan des Bussards«, lautete die stolze Antwort. »Und wir haben nicht vergessen, wer unser schutzloses Lager überfiel und beraubte, als unsere Männer auf Kriegszug waren.«

Der Yaman starrte ihn finster an. »Auch wir haben das nicht vergessen und singen immer noch Lieder über eure Dummheit und diesen leichten und großen Sieg, mag er auch mehr Jahre zurückliegen, als wir beide zusammen zählen, Hakul.«

Seine Männer hatten einen bedrohlichen Kreis um den Rufer gebildet. Aber dieser wirkte keineswegs eingeschüchtert. Andere Krieger erhoben sich von ihren Feuern und schlenderten heran. Es roch nach einem ernsten Streit, und das war immer anziehend für einen Hakul. Auch Awin vergaß für einen Augenblick den Grund für seine Eile und blieb stehen.

Getwin genoss offensichtlich die Aufmerksamkeit, die er erregte. Er rief laut: »Dass ihr das einen Sieg nennt, wundert mich nicht, denn euer Klan ist arm an ruhmreichen Schlachten. Es erstaunt mich aber, dass der Heredhan euren ehrlosen Klan nicht schon längst aus der Gemeinschaft unseres Stammes ausgeschlossen hat. Ich jedenfalls spucke auf euch!« Und tatsächlich spuckte er auf den Boden.

Ein junger Reiter sprang vom Pferd, lief auf den Mann zu

und zog seinen Dolch aus dem Gürtel. Getwin grinste immer noch breit. Wahrscheinlich fühlte er sich sicher unter dem Schutz des Fehdeverbots, und offenbar kam ihm der Gedanke, dass dieser Hakul sich nicht darum kümmerte, erst als es schon zu spät war. Eine schnelle Bewegung, ein erstickter Schrei, und Getwin brach tot zusammen. »Hakul!«, rief sein Mörder, und »Hakul!«, jubelten seine Sgerbrüder.

»Was hast du getan?«, rief Awin entsetzt.

»War der Mann von deiner Sippe?«, fragte der Krieger ruhig zurück.

Awin schüttelte den Kopf.

»Dann sollte es dich nicht kümmern.« Der Krieger kniete nieder und tauchte seinen Dolch noch einmal in das Blut des Toten. Dann schloss er die Augen und murmelte die Blutgebete, um die Kraft seines Feindes auf sich zu übertragen. So kniete er noch, als Isgi mit seinen Leuten heraneilte.

»Das Fehdeverbot?«, rief der Yaman erstaunt, als ihm Isgi die Lage erklärte. »Ich hörte, es gilt erst, wenn man es bei den Göttern schwört.«

»Ich weiß, dass der Klan der Dolche nicht den besten Ruf hat, Yaman Skian«, rief Isgi zornig aus, »aber selbst ihr solltet doch wohl wissen, dass im Ahnental bei der Großen Versammlung von alters her die Waffen ruhen.«

»So war es früher, doch ich berufe mich auf das neue Gesetz des Heredhans«, entgegnete der Yaman wütend.

»Das dem alten nicht widerspricht, Yaman!«, rief Isgi ungehalten und fuhr fort: »Dein Sgerbruder wird schon bald merken, wie sehr es noch gilt, denn er hat sein Leben verwirkt.« Isgis Männer hatten den Täter ergriffen. Dieser ließ es mit ungläubigem Staunen über sich ergehen.

»Mit seinem Leben? Wer sagt das?«, rief der Yaman aufgebracht. Einige seiner Sgerbrüder zogen ihre Waffen.

»Dies ist das Ahnental, Yaman Skian von den Schwarzen Dolchen. Hier ist das Wort des Heredhans Gesetz. Oder zweifelst du daran?«

Viele weitere Hakul waren herangekommen. Skian sah Isgi finster an. »Du sagst selbst, dass der Heredhan das Gesetz ist, und er verlangt einen Eid für den Fehdefrieden. Mein Bruder Kenak hat demnach nichts Unrechtes getan. Das sollte der Heredhan wissen, wenn er es wagt, über ihn zu urteilen.«

»Dieser Mann ist dein Bruder? Nun, ich werde es Heredhan Horket berichten, und er wird es berücksichtigen, wenn er bei Sonnenaufgang sein Urteil fällt.«

»Bei Sonnenaufgang? Ich werde dort sein und für Kenak sprechen.«

»Ich weiß nicht, ob der Heredhan Zeit hat, dich anzuhören, Yaman Skian.«

»Das sollte er, wenn er uns nicht zu seinen Feinden zählen möchte«, entgegnete der Yaman düster. »Richte ihm dies von mir aus, Isgi.«

Inzwischen waren noch mehr von Isgis Männern aufgetaucht und hielten Kenak fest, während seine Sgerbrüder weiterritten. Awin konnte im Gesicht des Mörders keine Spur von Reue oder Sorge sehen, nur Stolz.

Awin hatte das Geschehen verfolgt. Irgendetwas sagte ihm, dass dies noch wichtig werden könnte. Aber jetzt hastete er weiter, denn er hatte schon genug Zeit mit diesem unseligen Zwischenfall verloren. Er musste Merege warnen. Er fand sie nicht an ihrem Lagerfeuer, an dem nur der junge Mabak saß und schläfrig Wache hielt, sie war auch nicht an dem Steinkegel, an dem er sie am Abend getroffen hatte. Er fragte die beiden Wächter nach der Fremden, aber sie hatten sie schon vor längerer Zeit aus den Augen verloren. Er ging zu den Pferden, aber Wereks Krieger, die sie bewachten, hatten die Kariwa nicht gesehen. Er fand sie auch nicht in dem Zelt, das sie mit Wela teilte. Die Schmiedin lag allein dort, und ihr ruhiger Atem verriet ihm, dass sie schlief. Er dachte daran, sie zu wecken und sie für das, was er gesagt hatte, um Verzeihung zu bitten, aber dann verschob er das auf den nächsten Morgen.

Plötzlich, und er hätte nicht sagen können, woher, kam ihm der Gedanke, dass Merege vielleicht am heiligen Kreis sein könnte. Es war Fremden verboten, zwischen Marekets heilige Steine zu treten, doch sie hatte die Säulen schon am Tag mit einem seltsam gedankenverlorenen Blick angesehen. Vielleicht hatte sie der Anziehungskraft des Ortes nicht widerstehen können. Awin beeilte sich. Es wäre nicht gut, wenn ein anderer sie dort sehen würde. Im Lager war es inzwischen ruhiger geworden, die meisten Hakul schliefen. Awin eilte durch die Dunkelheit. Er schlug einen Bogen um die Rundzelte der Yamane und betrat den Kreis von Osten. Die Fackel, die vorhin für Isgi und ihn gebrannt hatte, war erloschen, aber der schnelle Südwind hatte die Wolkendecke aufgerissen, und aus den Lücken schimmerte die Sichel des Mondes auf den Platz herab. Awin tastete sich vorsichtig voran und hielt nach Wachen Ausschau. Eine Krähe krächzte müde von einer der Säulen. Curru hätte das bestimmt wieder als Zeichen für irgendetwas gedeutet. Krähe in der Nacht? Awin war sicher, dass es dazu wenigstens eine alte Seherweisheit gab. Und wie alle Krähenzeichen hing sie vermutlich mit dem Tod zusammen.

»Ich bin hier, Awin«, hauchte Mereges leise Stimme.

Er konnte sie immer noch nicht sehen. Dann hörte er ihre Schritte. Merege trat aus dem tiefen Schatten der nächsten Säule heraus.

»Was machst du hier?«, rief er leise. »Es ist gefährlich. Wenn sie dich hier finden …«

»Hast du sie berührt?«, fragte Merege, als habe sie ihn gar nicht gehört.

»Wen?« Er verlor für einen Augenblick den Faden.

»Berühre diese Säule, Awin!«

Er kam ihrem Wunsch nach. Der Stein war kalt, die Oberfläche rau. Es fühlte sich nicht anders an als Fels.

»Spürst du ihr Alter, Awin?«

»Nun, es ist Stein, ich kann nicht sagen, wie alt oder jung er sich anfühlt«, erwiderte Awin verunsichert. »Dennoch wäre es sicherer für dich, nicht hier zu sein.«

»Aber selbst ein Steppenkind sollte doch spüren, dass diese Säule schon ungezählte Jahrhunderte hier steht«, erwiderte Merege ruhig.

»Mag sein«, gab Awin leise zurück. Er betrachtete die Säule. »Unsere Alten erzählen, dass der Gott Mareket selbst sie errichtet hat«, gab er das wieder, was er von Tuge gehört hatte, und er fragte: »Glaubst du, dass das stimmt?«

Eine schwere Wolke schob sich vor den Mond, und so ahnte er mehr, als es zu sehen, dass sie den Kopf schüttelte. »Die Riesen haben diese Steine aufgestellt.«

Awin fand es aber leichter, zu glauben, dass es Mareket gewesen war, und als hätte sie seinen Unglauben noch aus seinem Schweigen herausgehört, fuhr Merege fort: »Sie haben viele solcher Steine aufgestellt. Bei uns findest du ganz ähnliche Säulen, gar nicht weit vom Skroltor. Oder denke an den Stein, den ihr Strydhs Felsen nennt. Die Riesen haben diese Säulen vor langer Zeit errichtet, weil sie fürchteten, in Vergessenheit zu geraten. Doch es war wohl vergeblich. Nur die Kariwa erinnern sich noch an sie, und ihre Werke werden Göttern oder gar Menschen zugeschrieben.«

»Wir sollten hier verschwinden. Ich wundere mich ohnehin schon, dass hier keine Wachen stehen«, drängte Awin.

»Oh, dort drüben steht ein Krieger. Unter der Säule, die ihr die Schiefe Schwester nennt.«

Awin erstarrte. »Hat er uns noch nicht entdeckt?«

»Doch, natürlich. Er hat mich gegrüßt, als ich diesen alten Kreis betrat.«

»Er hat dich gesehen?«

»Ich glaube sogar, dass er uns jetzt hören kann, junger Seher.«

Aus dem Dunkeln klang leises Gelächter herüber. Aus irgendeinem Grund war sich Awin sicher, dass es der Jäger war, der ihn oben am Garam aufgespürt hatte. Er packte Merege am Arm. »Dann komm, ich habe mit dir zu reden, aber am besten außerhalb des Lagers. Hier gibt es mir zu viele Krähen – und zu viele Späher.«

Er zog sie aus dem Lager. Er fand eine Lücke in dem Kreis der Wachfeuer auf den Hügeln und hielt darauf zu. Oben angekommen, war er unschlüssig, aber dann nahm die Kariwa ihn bei der Hand und sagte: »Komm, ich kenne einen sicheren Platz.«

Sie zog ihn hinab in die Dunkelheit der nächsten Senke. Als Awin sich umdrehte, sah er den Lichtschimmer des Lagers über den Hügeln. Er fragte sich, ob der Jäger sie vielleicht verfolgte. Wenn es so war, würde er ihn kaum bemerken. Merege führte ihn mit sicheren Schritten über den Hang. Bald hörte Awin Wasser plätschern. Sie blieben stehen.

»Ich kann nicht sagen, ob uns jemand folgt, Awin, denn selbst ich müsste Licht machen, um ihn zu entdecken. Aber dieses freundliche Gewässer wird einen Schleier über unsere Worte legen.«

Die Wolken rissen wieder auf, und Awin konnte immerhin erkennen, dass sie an einem kleinen Bach standen. Das Wasser sprang munter von einem nahen Hang hinab. Irgendwo dort musste seine Quelle sein. Merege hatte recht, es würde ihre Worte übertönen.

»Ich muss dich warnen«, begann Awin, »Isgi hat gedroht, dass dir etwas geschehen könnte.«

»Also auch Isgi«, erwiderte Merege ruhig.

»Wieso auch?«

»Curru und Eri haben mich heute aufgesucht.«

»Sie haben dir gedroht?«, fragte Awin verwundert. Die beiden mussten doch aus eigener Erfahrung wissen, wie stark die Kariwa war.

»Zuerst nicht. Eigentlich kamen sie zu mir, um mich um Hilfe zu bitten.«

Jetzt verstand Awin gar nichts mehr.

Merege erklärte es ihm: »Sie wollen den Heredhan töten, das heißt, eigentlich wollen sie, dass ich den Hauptteil der Arbeit übernehme.«

»*Du* sollst Horket für sie töten?«, rief Awin, der nun begriff.

»Leise, Awin, der Bach ist freundlich, aber nicht laut genug, um dich zu übertönen, wenn du so einen Lärm vollführst.«

»Ich verstehe aber immer noch nicht, wie …«

»Sie haben mir den Heolin als Lohn versprochen«, unterbrach ihn Merege.

Awin verstummte. Er wusste, wie verführerisch dieses Angebot für die Kariwa war. Der Lichtstein war der Grund, warum sie noch bei ihnen war. Sie behauptete, er sei ein Teil des Siegels am Skroltor, jenem Tor am nördlichen Rand der Welt, das die Daimonen von den Ländern der Menschen fernhielt. Der große Etys hatte es angeblich von dort gestohlen. Und das fand Awin immer noch schwer zu glauben. »Und meinst du, dass sie sich an ihr Versprechen erinnern, wenn sie haben, was sie wollen, Merege?«, fragte er.

»Das spielt keine Rolle, denn ich habe ihr Angebot abgelehnt. Ich bin keine käufliche Mörderin.«

Awin konnte gar nicht sagen, wie erleichtert er über ihre

Entscheidung war. Aber dann dachte er an den Beginn ihres Gespräches und fragte: »Und dann haben sie dir gedroht? Haben sie vergessen, was in Uos Mund geschah, oder wie du Eris Bogensehne hast reißen lassen?«

»Nein, das haben sie nicht vergessen«, erwiderte Merege, »aber ich habe ja auch nicht gesagt, dass sie *mich* bedroht hätten.«

Awin öffnete den Mund, aber es kamen keine Worte heraus. Das konnte doch nur heißen ... »Sie haben doch nicht etwa gesagt, dass sie mir etwas antun wollen?«, fragte er ungläubig.

»Du kennst Curru«, erwiderte Merege nachdenklich, »er hat alles nur angedeutet. Eigentlich hat er es so ausgedrückt, dass dein Leben in großer Gefahr wäre, wenn der Heredhan nicht stirbt. Und er sagte etwas über den Klan der Schwarzen Dornen, von dem Horket etwas nicht wisse.«

Merege saß nicht oft mit am Feuer, wenn sie sich unterhielten, also wusste sie vielleicht gar nichts über Awins Abstammung. Er klärte sie rasch in wenigen Sätzen über die Zusammenhänge auf.

»Es heißt, dass Fremde nicht in den heiligen Kreis eintreten dürfen, aber jetzt sagst du, dass ein Maghai genau dort Horket zu seiner Macht verholfen hat? Ihr seid ein unstetes Volk und ändert eure Gesetze immer so, wie es euch gerade gefällt.«

Awin verfiel in nachdenkliches Schweigen. All diese Bedrohungen, die sie umgaben, die beinahe unerfüllbaren Aufgaben, die vor ihnen lagen, bedrückten ihn. Als er vom Sichelsee aufgebrochen war, hatte er klar und deutlich einen Weg gesehen, gefährlich, aber einen Pfad, der leicht zu verfolgen war, und alles andere hatte sich dem untergeordnet. Doch jetzt saß er plötzlich im Ahnental fest, und wie schwarze Spinnen woben Curru und Isgi ihre Netze, um ihn und den Heolin einzufangen. Er wollte sich nicht einfangen lassen. Aber das alles war so … schwer. Er lauschte dem lebhaften Plätschern des Baches, das ihm beinahe unpassend friedvoll erschien. Merege war nah bei ihm. Er konnte den ihr eigenen zartherben Duft riechen, und wenn der Wind eine Böe schickte, streifte ihr langes schwarzes Haar sein Gesicht. Ihre helle Haut schimmerte blass im Mondlicht, und er fragte sich, wie sie sich wohl anfühlen mochte. Warum konnten sie nicht für immer an diesem Bach bleiben und den schnell ziehenden Wolken zusehen?

»Wir sind nicht allein«, erklärte Merege plötzlich. Sie bückte sich, und Awin hörte, dass sie etwas aus dem Boden ausriss.

Awin schreckte aus seinen Gedanken hoch. »Der Mann vom Steinkreis?« Seine Hand suchte die lederne Hülle. In dieser Dunkelheit würde der Heolin vielleicht schon genug Licht spenden, um die Schatten zu durchdringen.

Aber Merege war schneller. »*Naiwas Gaida!*«, rief sie leise. Ein kleiner blasser Funke stieg von ihrer ausgestreckten Hand auf und vertrieb die Dunkelheit.

Es war Eri, der sich aus den Schatten erhob.

»Du bist leichtsinnig, Kariwa, dass du deine Kunst hier offenbarst«, erklärte er grinsend.

»Wie hast du uns gefunden, Eri?«, fragte Awin und ließ den Ehrentitel absichtlich fort.

Eri sah ihn böse an. »Ich bin dir von unserem Lagerplatz aus gefolgt, denn ich wollte sehen, welche Ränke du in dieser dunklen Nacht schmieden würdest.«

»Weit weniger als du und Curru, scheint mir«, entgegnete Awin trocken.

»Du bist wirklich blind, Awin, wenn du nicht erkennst, dass wir nur versuchen, die Unseren zu retten. Siehst du nicht, dass Horket zwar die Macht hat, die wir brauchen, er aber keinen Finger für die Verschleppten krumm machen wird?«

Awin musste sich eingestehen, dass Eri in diesem Punkt

recht hatte. Er hatte nur Zweifel, dass sich sein Yaman sehr viel anders verhalten würde, wenn er erst einmal Heredhan war. »Wir werden sehen«, entgegnete er daher knapp.

»Du bist ein seltsamer Mensch, Awin, ein Seher, aber blind für das, was offen zutage liegt, ein Krieger, aber ohne Treue für die, die ihn schützten und aufzogen. Nun, ich habe begriffen, dass ich nicht länger auf deine Gefolgschaft vertrauen kann, aber ich bitte dich um einen letzten Gefallen. Curru erwartet uns an einem der Garame. Er hat einen Vorschlag für dich. Begleite mich und höre dir an, was er zu sagen hat, danach magst du entscheiden, wie immer du willst. Ich jedenfalls werde dich zu nichts zwingen, denn erzwungene Gefolgschaft ist wenig wert.«

Der Funke über Mereges Hand erlosch.

Awin hatte schon geahnt, dass es nicht Eris eigene Idee gewesen war, ihn zu verfolgen. »Dann bin ich neugierig, was mein ehemaliger Meister mir zu offenbaren hat«, antwortete er.

Und die kühle Stimme Mereges fügte aus der Dunkelheit hinzu: »Ich hoffe, du weißt, Eri, Aryaks Sohn, dass dieser Seher unter meinem Schutz steht, auch wenn ich *nicht* in seiner Nähe bin.«

Curru erwartete sie auf einem Hügel am Rande des Lagers, der von einem großen, aber zerfallenen Steinkegel gekrönt wurde. Ein helles Feuer brannte ein gutes Stück entfernt, und eine Wache ging dort auf und ab. Sie war außer Hörweite. Curru saß zusammengekauert auf den Steinen, ein krummer Schatten vor der unruhigen Flamme.

»Vor vielen Jahren, Awin, habe ich einen Stein auf diesen Garam gelegt«, begann er. »Zu meiner Linken stand mein guter Freund Aryak, zu meiner Rechten dein Vater Kawet, der es mir gleichtat. Wie du siehst, war unserem Werk kein Bestand beschieden.«

»Du wolltest mich sprechen, Curru?«, fragte Awin schroff.

»Es ist traurig, dass es für dich ohne Belang scheint, was ich dir über deinen Vater erzählen will.«

Awin schwieg. Curru versuchte vermutlich nur, ihn mit einer alten Geschichte einzuwickeln.

»Dein Vater war ein hellsichtiger Mann, ein Meister unserer Kunst. Es ist wirklich schade, dass du nur für so kurze Zeit in seine Fußstapfen treten konntest. Aber ich habe dich nicht gerufen, um in deinen Wunden zu rühren, mein Junge«, behauptete Curru. »Jedenfalls hat Kawet vorausgeahnt, dass Tengwil uns trennen würde. Er sagte, dass wohl nur einer von uns noch einmal an diesem Garam stehen würde. Das war, als der Nachfolger von Lepi noch nicht auf den Schild gehoben war, als noch niemand ahnte, dass sich Horket dort hinaufschwingen würde – niemand außer deinem Vater.«

»Hast du mich hergerufen, um in Erinnerungen zu schwelgen, Curru?«

»Er hat schon mit der Kariwa gesprochen«, warf Eri ein.

»Dann weißt du also, worum wir sie gebeten haben?«

»Ich weiß, was ihr Merege dafür versprochen habt«, erwiderte Awin grimmig.

»Nun, wir werden ihr den Stein erst geben, wenn wir ihn nicht mehr brauchen, das sollte sie wissen«, erklärte Curru.

»So hat es sich für sie aber nicht angehört«, erwiderte Awin kalt.

»Ich weiß nicht, was sie hört oder nicht hört, ich weiß nur, was ich gesagt habe«, erklärte Curru ruhig. »Ich glaube, wir können unsere Brüder und Schwestern aus Slahans Klauen retten, aber nur wenn Eri Heredhan wird. Und dabei erwarte ich deine Hilfe. Wenn du es nicht für Eri tust, dann für deinen Vater, den Horket getötet hat, oder wenigstens für Yaman Aryak und deine Sgerbrüder, die dieser Mann ins Verderben stürzte.«

Aus den letzten Worten seines ehemaligen Lehrers hörte Awin viel Bitterkeit heraus. War es das, was Curru antrieb? Der Gedanke an Yaman Aryak und die anderen Gefallenen, die ja auch gestorben waren, weil Currus Vorhersagen so falsch gewesen waren? Wollte er das wiedergutmachen, indem er Aryaks Sohn Eri auf den Schild des Heredhans half? »Und das willst du durch Mord erreichen?«, fragte er. Er bemühte sich, leise zu sprechen. Sie hätten einen anderen Ort für dieses Gespräch wählen sollen. Die Wache am Feuer war nicht sehr weit entfernt. Awin konnte hören, wie sie mit den Füßen trampelte, um sich zu wärmen.

»Durch einen Zweikampf. Yaman Eri wird gegen Horket kämpfen.«

»Es gibt ein Fehdeverbot, hast du das vergessen, Curru? Isgi hat gerade vorhin einen Mann festnehmen lassen, der dagegen verstoßen hat. Ich glaube, Horket wird ihn töten lassen.«

»Ich habe davon gehört, und es ist gut für uns, denn es führt den Klans vor Augen, was für eine Art von Fürst Horket ist. Wir haben auch nicht vor, gegen das Gesetz zu verstoßen – das wollen wir dem Heredhan selbst überlassen.«

»Wie soll das gehen?«, fragte Awin ungläubig.

»Das wirst du morgen schon sehen«, meinte Curru. Er klang sehr überzeugt, aber Awin glaubte ihm nicht. Der Heredhan sollte sich dazu herablassen, Eri zu fordern? Wenn das Currus ganzer Plan war, stand er auf sehr schwachen Füßen.

Curru fuhr fort: »Nimm einfach für einen Augenblick an, dass es zu diesem Zweikampf kommt, Awin. Eri ist ein geschickter Kämpfer, und Horket ist alt geworden. In einem ehrlichen Kampf hätte dein Yaman gute Aussichten zu siegen, doch fürchte ich, dass der Kampf nicht ehrlich sein wird.«

Awin schüttelte den Kopf. »Horket ist nicht alt, sondern erfahren. Hast du ihn nicht gesehen? Kein Zeichen von Schwäche ist an ihm. Er ist ein gewaltiger Kämpfer, und er hat noch jeden Zweikampf gewonnen.«

Curru lachte leise: »Sogar immer mit Leichtigkeit. Hast du dich nie darüber gewundert?«

Awin runzelte die Stirn. Horket war als Kämpfer berühmt. Er hatte viele Yamane besiegt, deren Klans die von ihm geforderte Sühne für irgendein angebliches oder tatsächliches Vergehen nicht hatten zahlen wollen. Er hatte sie alle bezwungen, selbst die besten Krieger. Was wollte Curru da andeuten? »Du meinst, er betrügt? Wie sollte das gehen?«, fragte Awin.

»Ich kann dir leider nicht mehr genug vertrauen, um dir zu verraten, wie er es anstellt, mein Junge«, fuhr Curru fort, aber es klang ausweichend, so als wisse er es selbst auch nicht. »Ich sage dir nur, er kämpft nicht ehrlich. Und deswegen brauchen wir die Hilfe der Kariwa. Sie soll diesen Nachteil für uns ausgleichen, mehr nicht.«

»Es klingt schön, wie du es sagst, Curru, doch wenn du ehrlich wärst, müsstest du zugeben, dass sie Horket für euch ermorden soll«, erwiderte Awin leise.

»Ich zweifle manchmal daran, dass du wirklich mein Schüler warst, Awin, denn genau das soll sie natürlich nicht tun.«

Awin schwieg. Er verstand nicht, was der Alte wollte. Das Gesicht seines ehemaligen Meisters lag im Schatten, und so konnte Awin nichts aus seinen Zügen herauslesen, während die Miene seines ehemaligen Schülers für Curru im Widerschein des Wachfeuers leicht zu deuten war. Vermutlich hatte Curru den Platz genau deshalb gewählt. Jetzt sagte er: »Es ist wichtig, dass Eri ihn tötet, niemand sonst. Die Kariwa soll den Heredhan nur schwächen, ablenken, so wie sie es an Strydhs Felsen mit Brediak getan hat. Leider war sie taub für unsere

Bitten, deshalb frage ich nun dich, Awin, Kawets Sohn. Wenn du Gerechtigkeit für deinen Vater willst, dann bitte sie, uns in diesem Kampf beizustehen.«

Awin ging ein Stück um Curru herum und legte eine Hand auf die Steine. Ob sein Vater genau diesen Stein in der Hand gehalten hatte? Das Feuer war jetzt in seinem Rücken, und das Gesicht des Alten glänzte im Licht. Es lag viel Bitterkeit darin. »Die Gerechtigkeit hat wenig zu tun mit Eris Ehrgeiz, oder sollte ich sagen, mit deinem?«, entgegnete Awin gereizt. »Ich muss dir diesen Wunsch also leider abschlagen.«

»Ich habe es dir gleich gesagt, dass er uns nicht helfen wird«, zischte Eri wütend, »aber lass nur, Curru, wir werden vielleicht auch auf andere Weise siegen, und dann ...« Er beendete den Satz nicht, aber Awin verstand die Drohung auch so.

»Willst du dich wirklich mit Merege anlegen, Eri? Du hast doch gesehen, wie stark sie ist«, warnte ihn Awin.

»Aber auch der Stärkste muss einmal schlafen, Awin«, entgegnete Eri wütend.

Awins Hand fuhr zum Gürtel, aber sein Dolch lag noch immer im Zelt.

»Beruhigt euch, ihr Krieger«, rief Curru leise, »wir haben doch gar nicht vor, ihr etwas zu tun. Verzeih der hitzigen Jugend, Awin, und verrate uns doch deinen Plan, wenn du denn einen hast. Vielleicht ist er ja besser als unserer. Wir wollen ihn uns doch wenigstens anhören«, sagte er.

Es klang, als wäre diese Frage ernst gemeint, aber Awin blieb misstrauisch. »Ich werde Horket morgen auffordern, mit uns und dem Heolin Slahan nachzusetzen, ganz einfach. Und wenn ich, um mir Gehör zu verschaffen, Harmins Angebot annehmen muss.«

»Du willst seine Enkeltochter heiraten, nur um hier sprechen zu dürfen?«, fragte Curru, und es schien ihn zu belustigen.

»Wenn es nicht anders geht.«

»Hoffentlich ist sie hübscher als ihr Großvater. Aber ich hätte vielleicht einen anderen Weg für dich, Awin, einen einfacheren und schnelleren, einen, bei dem du dich Harmin nicht verpflichten musst.«

»Und du hilfst mir, ohne etwas dafür zu verlangen?«, fragte Awin spöttisch.

»Mein Preis ist nicht sehr hoch, Awin, Kawets Sohn.«

Awin glaubte ihm kein Wort, dennoch fragte er: »Was schlägst du vor?«

»Ich werde dir eine Möglichkeit verschaffen, vor den Hakul zu sprechen und Horket aufzufordern, dir zu folgen. Geht er darauf ein, nun, so werden wir das hinnehmen. Wir werden, Seite an Seite mit dem Mörder deines Vaters und Feind unserer Sippe, der Gefallenen Göttin nachsetzen und ihm kein Haar krümmen, jedenfalls nicht, solange diese Jagd dauert, das verspreche ich.«

»Und du auch, Yaman Eri?«

»Auch ich bin bereit, zu beschwören, dass ich meine Hand nicht gegen ihn erheben werde, wenn du ihn überzeugen kannst, mit uns die Göttin zu verfolgen. Was danach geschieht, wird man sehen.«

Awin spürte den Worten nach. Er suchte die Falle, die darin verborgen lag. Natürlich, diese Eide würden nur gelten, wenn es ihm gelang, Horket zu überzeugen. »Und wenn ich es nicht schaffe?«, fragte er.

»Dann wirst du die Kariwa bitten, uns beizustehen, wenn es zum Zweikampf kommt.«

»Sie wird auf mich ebenso wenig hören wie auf euch, denn sie mag Eri nicht sonderlich und wird wenig Grund sehen, ihm zu helfen«, entgegnete Awin. »Das weißt du auch, Curru, und deshalb glaube ich, dass das nicht alles ist, was du von mir erwartest, oder?«

»Nun, Awin, du wirst sie kaum zwingen können, das ist mir klar, auch wenn ich für uns alle hoffe, dass du Erfolg hast. Aber, ja, ich verlange noch etwas von dir, keine große Sache allerdings. Wenn Eri den Heredhan nicht nur herausfordern, sondern auch beerben will, dann braucht er etwas, um seinen Anspruch zu untermauern, ein starkes Zeichen der Macht und des Wohlwollens der Götter, und es gibt kein größeres Zeichen als Etys' Lichtstein.«

»Ihr wollt den Heolin?«, fragte Awin ungläubig.

»Nur für diese Nacht und den morgigen Tag, Awin, nicht länger. Es hat sich längst herumgesprochen, dass der Lichtstein Isgi die Hand verbrannt hat. Diese Geschichte konnte Isgi nicht unterdrücken, sosehr er sich auch bemüht hat. Aber Yaman Eri wird den Heolin halten können, ohne dass er ihm auch nur eine Wimper versengt. Vielleicht werden diese Yamane und Seher weiter zweifeln, aber es wird sie beeindrucken, ob sie es wollen oder nicht. Wenn Eri auch noch im Zweikampf siegreich ist, dann werde ich schon dafür sorgen, dass sie erkennen, wie sehr Eri von den Göttern begünstigt ist.«

»Und wenn er nicht siegt?«

»Dann ist ohnehin alles verloren. Unser Klan wird ausgelöscht, unsere Brüder und Schwestern werden in den Klauen Xlifara Slahans sterben. Vielleicht kannst du die Jagd dann allein fortsetzen, vielleicht wird auch die Kariwa den Stein an sich bringen und damit für immer in ihr eisiges Land verschwinden. Ich kann es nicht sagen. Aber du hast die Krähen gesehen, oder? Sie verkünden nahen Tod. Lass uns zu Tengwil beten, dass es nicht der unsere ist.«

Alles in Awin sträubte sich, das Angebot anzunehmen. Wäre es nicht klüger, den Heolin zu nehmen und sich zur Not allein an die Verfolgung zu machen? Aber wie weit würde er kommen? Wereks Krieger wachten nicht ohne Grund über die

Pferde. »Und ihr werdet Horket erst fordern, wenn er sich weigert, uns zu helfen?«

»So ist es. Und du wirst sehen, er wird uns fordern, nicht wir ihn.«

»Und warum braucht ihr den Stab schon heute Nacht?«

»Die Hakul sind müde und mutlos. Wenn nun ein junger Yaman durch das Lager schreitet, zum heiligen Kreis, vielleicht auch zu dem einen oder anderen Lagerfeuer, um den Kriegern Mut zuzusprechen in dunkler Stunde, und das im Licht des Heolins, dann werden sie dieses Zeichen sehen und Hoffnung schöpfen. Wenigstens werden sie ins Grübeln kommen.«

»Aber die Krieger schlafen.«

»Nicht alle, Awin, und es ist gut, dass nur wenige es sehen werden, denn beim Weitersagen ist noch jede Geschichte gewachsen.«

Awin konnte riechen, fast schmecken, dass sich irgendwo eine Falle verbarg, dass es ein Fehler wäre, Curru und vor allem Eri zu vertrauen. Zögernd sagte er: »Dann verrate mir, Curru, wie du mir Gehör verschaffen willst, dann erst werde ich entscheiden, ob ich mich auf diesen Handel einlasse.«

»Komm näher, junger Seher, und höre, welchen Weg dein alter Meister für dich gefunden hat.«

*Es ist ein Fehler, es kann nicht viel Gutes daraus werden*, dachte Awin, als er den Hügel hinabstieg. Nun musste er Merege erklären, warum er den Stab in Eris Hände gelegt hatte, und gleichzeitig musste er sie um Hilfe bitten. Das konnte ihr nicht gefallen, aber er betete zu den Hütern, dass sie es wenigstens verstehen würde. Sie war nicht am Zeltplatz. Ob sie noch am Bach war? Er wusste, es wäre klüger, sie gleich aufzusuchen, aber er war müde, und seine Gedanken kreisten. Er fühlte sich nicht in der Lage, ihr seine Entscheidung jetzt vernünftig zu erklären. Er würde es ihr am nächsten Morgen sagen, gleich als Erstes.

Einige Krieger saßen am Feuer und musterten ihn misstrauisch, als er in sein Zelt kroch. Vielleicht war ihnen aufgefallen, dass er den Stab nicht mehr dabeihatte. Es war schon erstaunlich, dass sie ihn nicht den ganzen Abend verfolgt hatten. Oder hatten sie das? Isgis Jäger hatte er nach dem Treffen mit Merege am Steinkreis weder gesehen noch gehört. Am Bach, als Merege das Leben einer Pflanze in Licht verwandelt hatte, hätte er ihn jedoch sehen müssen. Oder vertraute Isgi inzwischen darauf, dass Awin bleiben würde? Awin betete zu Mareket, zu Edhil und zu Tengwil, dass alles gut gehen möge. Er streckte sich neben dem leise schnarchenden Tuge aus und war sich sicher, dass er nicht einschlafen konnte. Es lasteten einfach zu viele bedrückende Fragen auf ihm. Er atmete tief durch, schloss die Augen und versuchte, die Anspannung loszuwerden. Er würde für den kommenden Tag alle Kräfte brauchen. Aber es hielt ihn nicht auf seinem Lager. Irgendetwas trieb ihn dazu, aufzustehen und sich davonzustehlen.

Es war Nebel aufgekommen. Die Lagerfeuer waren nur noch undeutliche Lichtpunkte, an denen einige wenige schemenhafte Gestalten saßen. Es war ruhig geworden, die meisten Hakul schienen zu schlafen, das begünstigte sein Vorhaben. Awin schlich zum Zelt Horkets. Er konnte nicht sagen, was ihn antrieb, es war, als würde ihn eine höhere Macht dort hinziehen. Ganz plötzlich stand er vor einem grauen Rundzelt, aber es war gar nicht das von Horket. Er hörte leises Gemurmel aus dem Inneren. Er ging hinein – nein, er war auf einmal innerhalb des Zeltes, ohne dass er wusste, wie er dort hingekommen war. Er fühlte eine starke Beklemmung. Es war merkwürdig hell im Inneren, beinahe als sei es Tag. Isgi war dort. Er kniete auf dem Boden, stampfte mit dem Stößel einige Kräuter in einem Mörser klein und murmelte leise Beschwörungsformeln. Offenbar hatte er Awin noch gar nicht bemerkt. Leise summend stampfte er weiter Kräuter und Beeren. Awin erkannte die giftige Rabenbeere, sonst schienen die Pflanzen fremd. Der Stößel unterbrach seine Arbeit, Isgi blickte auf und warf Awin einen scharfen Blick zu. »Awin«, rief eine Stimme, aber es war nicht die von Isgi. Erschrocken prallte er zurück. Um seine Füße war Wasser. Erstaunt blickte er auf. Vor seinen Augen entfaltete sich das weite dunkle Meer. Lange Wellen rollten mit weißen Schaumkronen auf ihn zu, brachen sich und umspülten seine Füße.

»Ich habe lange auf dich gewartet, junger Hakul.«

Awin drehte sich um. Da stand Senis, weißhaarig und bucklig, und ihre Augen blitzten. Staunend sah Awin sich um. Der Strand lag schwarz unter dem Mond, genauso das Meer, aber gar nicht weit entfernt ragte eine mächtige weiße Stadtmauer in einen fremden Himmel. Der Nebel war verschwunden.

»Ich bin am Schlangenmeer?«, fragte er verwirrt.

»Vor den Mauern der Stadt Pleigos, im Land der Iaunier, wenn du es genau wissen willst.«

»Ich träume?«

»Dein Geist ist hier, Seher.«

»Aber … ich war so lange blind. Wie …«

»Ich habe dich gesehen, Awin, und gerufen habe ich dich oft, aber solange du den Lichtstein in Besitz hattest, konnte ich dich nicht erreichen.«

»Der Heolin hat mich … geblendet?«

»So kannst du es ausdrücken, junger Seher.«

Das Wasser umspülte Awins Füße. Er fühlte sich unglaublich erleichtert und lachte plötzlich befreit auf.

»Ich glaube, zur Fröhlichkeit ist wenig Anlass, Awin. Es war weise, dass du den Stein aus der Hand gegeben hast. Weniger weise war es, ihn deinem Lehrer anzuvertrauen.«

Awins gute Laune schwand sofort. »Weißt du, was geschehen wird, ehrwürdige Senis?«

»Nein, Awin. Der Heolin ist wie ein Schleier, nicht nur für dich, und ich kann wenig von dem sehen, was die Zukunft bereithält. Und von dem wenigen, was ich erkenne, werde ich dir noch weniger sagen, denn das wäre gefährlich.«

Awin verstand nicht, was daran gefährlich sein sollte. Er rief: »Aber Slahan, sie hat meine Schwester und all die anderen Hakul entführt. Warum? Ich dachte, die Gefallene Göttin sei für immer in die Wüste gebannt. Wie konnte sie sie verlassen? Und wo will sie hin?«

»Große Fragen stellst du da, Awin.« Senis sah ihn an und seufzte. Dann erklärte sie: »Auch ich weiß längst nicht auf alles eine Antwort. Ich kann dir nur sagen, dass Fahs, als er seine Geliebte Xlifara Slahan so schwer für ihren Verrat bestrafte, sie mit zwei Flüchen belegte. Du kannst sie dir als Ketten vorstellen. Die eine Kette fesselte sie an diese Wüste, die doch zuvor ihr eigener blühender Garten gewesen war, die andere verhinderte, dass sie offenes Wasser überqueren oder gar trinken konnte, weshalb sie ihren Durst mit dem Blut von Menschen oder Tieren stillen muss. Nicht einmal einen kleinen Bach kann sie überschreiten, und dafür sollten wir dankbar sein, denn sonst wäre sie wohl längst dort, wo es sie hinzieht. Als meine Ahntochter die Göttin in die Flucht schlug, unten in Uos Mund, da hat sie wohl auch die erste Fessel zerstört. Vielleicht war auch der Schmerz, den Slahan empfand, so groß, dass sie sie selbst sprengte.« Senis sah ihm ernst in die Augen. »Letzteres ist jedenfalls das, was du meiner Ahntochter erzählen solltest, Seher, wenn du willst, dass sie sich noch einmal der Göttin entgegenstellt. Aber deine Gabe ist zu dir zurückgekehrt, Awin. Du solltest sie nutzen, um selbst herauszufinden, was Slahan vorhat, denn es wäre nicht gut, wenn ich dir zu sehr helfen würde.«

»Aber wir brauchen dich!«, rief Awin. Das Rauschen der Wellen wurde lauter.

»Halte Ausschau nach Osten. Ich fürchte, sie wird bald finden, was sie dort sucht.«

*Nach Osten?*, wunderte sich Awin. Das Rauschen wuchs zu einem Brüllen. Es kam von irgendwo hinter ihm. Er drehte sich um – und ein Sandsturm brach über ihn herein. Er schrie auf, rief nach Senis, aber sie war ebenso fort wie das Meer und die Stadt. Der Sturm warf ihn beinahe um. Er drehte sich zur Seite. Durch den Sturm wankten schemenhafte Gestalten. Awin hielt die Hand schützend vor die Augen, als ob das in einem Sandsturm etwas nützen würde. Nyet, dachte er. Das war eindeutig Nyet der Angreifer, Slahans stärkster Sturmwind. Awin ahnte, wo er sich befand. »Gunwa«, brüllte er, »Gunwa!«, und stolperte plötzlich durch kniehohes Herbstlaub. Knochenweiße Bäume umstanden ihn. Er fand sich am Rand eines Waldes wieder, der Sandsturm quälte die schlanken Bäume, und Blätter wirbelten durch die Luft. Es passte nicht zusammen. Dort ragte etwas aus der Ebene, fast verhüllt von Sand und Staub, ein Felsen, hoch und mächtig. Er kniff die Augen zusammen. Nein, das war kein Fels, es war ein Bauwerk von Menschenhand, eine Festung, ähnlich wie die Rote Festung in der Nähe des Glutrückens. Er erkannte drei Türme, die dem Sturm trotzten, einer davon außerordentlich schmal und hoch. Um ihn herum waren noch mehr dieser schweigsamen Gestalten, sie schienen alle der Festung zuzustreben. Er versuchte, eine von ihnen zu erreichen. »Gunwa!«, rief er wieder. Da packte ihn jemand hart an der Schulter. Er fuhr herum und blickte in das finstere Gesicht Nyets. Er schlug die Augen auf.

»Alles in Ordnung?«, fragte Tuge, der ihn an der Schulter hielt.

Awin glotzte ihn an.

»Du hast geträumt, scheint mir. Dreimal hast du den Namen deiner Schwester gerufen.« Der Bogner sah ihn prüfend an. Er wusste um die Bedeutung von Träumen.

»Gunwa«, murmelte Awin benommen. Er war sich fast sicher, dass die Gestalt, die er eben beinahe berührt hätte, seine Schwester gewesen war.

Awin musste erst selbst verstehen, was geschehen war, also wich er den Fragen des Bogners aus und vertröstete ihn auf später. Er musste mit Merege reden, ihr erklären, warum er den Stab – vorübergehend – aus der Hand gegeben hatte, und er musste ihr von seinem Traum berichten. Er kroch aus dem niedrigen Zelt. Schwerer Nebel hatte sich über das Ahnental gelegt, und es war kaum zu bemerken, dass die Sonne aufgegangen war. Awin spürte eine seltsame Anspannung, die über den Zelten lag.

»Was ist denn los?«, fragte er Blohetan, den er am Feuer traf.

»Horket hatte sein Urteil über Kenak von den Schwarzen Dolchen schon vor Tagesanbruch gefällt. Er soll für den Mord mit seinem Leben bezahlen«, erklärte der Älteste und fuhr flüsternd fort: »Er hat Yaman Skian, den Bruder dieses Mannes, nicht einmal angehört.«

»Er hat gegen das Fehdeverbot verstoßen. Das Urteil ist gerecht«, brummte Uredh, der aus dem Dunst auftauchte.

»Dennoch, es hätte besser ausgesehen, wenn der Heredhan den Yaman angehört hätte. Und hat Horket nicht selbst zu diesem Unglück beigetragen mit seinen neuen Gesetzen? Und jetzt? Er gönnt Kenak ja nicht einmal das Schwert, sondern will ihn erwürgen wie einen ehrlosen Dieb. Viele Freunde macht sich Horket mit dieser Härte sicher nicht«, meinte Blohetan besorgt.

»Kenak hätte den Mann eben nicht töten sollen, nicht im Ahnental und schon gar nicht während eines Fehdefriedens«, hielt Uredh dem entgegen. »Und was ist das überhaupt für ein Klan, der die alten Gesetze nicht achtet?«

Darauf wusste Blohetan nun nichts zu sagen. Awin ließ die beiden stehen und suchte nach Merege, aber sie war weder im Zelt noch an einem der Feuer oder bei den Pferden. Da er sie nicht finden konnte, beschloss er, diese Suche zu verschieben und einer plötzlichen Eingebung zu folgen: Er brauchte jemanden, der ihm helfen konnte, ein Bild aus seinem Traum zu verstehen. Kurz darauf wanderte er durch das Lager. Der Nebel war hilfreich, denn so konnte er sich weitgehend unerkannt zwischen den Feuern bewegen. Überall sprach man über Kenaks bevorstehende Hinrichtung. Viele Hakul fanden das Urteil zu hart, wenn auch im Kern nicht ungerecht. Am meisten schien sie zu stören, dass der Yaman des angeklagten Kriegers nicht angehört worden war.

Es schien, als wären alle anderen Ereignisse des Vortages mit einem Mal ziemlich unwichtig geworden. Niemand sprach über den Heolin, ganz im Gegensatz zu dem, was sich Curru erhofft hatte. Oder war Eri gar nicht durch das Lager gezogen? Awin tat das vorläufig mit einem Achselzucken ab. Er hatte Wichtigeres zu tun. Unauffällig hörte er sich nach einer Sippe um, die ihre Herden möglichst weit östlich des Dhurys weiden sollte. Er erfuhr, dass das am ehesten auf den Klan des Löwen zutraf, und fragte sich nach den Zelten dieses Klans durch. Der Yaman des Schwarzen Löwen, ein schwerfälliger Mann mit geflochtenem Bart, saß missmutig im Qualm eines fast niedergebrannten Feuers und schlang ein Stück kaltes Fleisch hinunter. Er erkannte Awin gleich wieder: »Du bist der Jüngling, der reden wollte, wo selbst viele Alte schweigen müssen. Was willst du?«

Awin ließ sich durch die Unhöflichkeit nicht abschrecken: »Ich habe eine Frage, ehrwürdiger Yaman, denn ich habe etwas gesehen und hoffe, du kannst mir sagen, was es ist.« Awin beschrieb ihm dann möglichst genau die Festung, die er im Traum gesehen hatte, und fragte, ob der Yaman sie kenne.

»Ich verstehe die Frage nicht, junger Krieger. Wenn du sie gesehen hast, musst du doch wissen, wie sie heißt und wo sie liegt.«

»Ich sah sie in einem Traum, den Tengwil mir gesandt hat, ehrwürdiger Yaman«, erklärte Awin.

»Ich hörte, deine Sehergabe sei erloschen, Hakul«, erwiderte der Yaman zögernd, aber doch beeindruckt.

»Vieles, was du hier hörst, Yaman, ist falsch. Ich sah sie heute Nacht, und Slahans Stürme rannten gegen sie an. Woher sollte ich diese Festung sonst kennen?«

Der Yaman kratzte sich im Nacken. »Drei Türme, sagst du? Einer schlank und die Mauern weit überragend? Dies klingt nach der Festung Pursu. Sie gehört den verfluchten Männertöterinnen, den Viramatai. Du findest sie weit, sehr weit im Osten, schon fast am Fuß der Sonnenberge. Und du hast sie im Traum gesehen?«, fragte der Yaman, und als Awin ernst nickte, fügte er hinzu: »Mir scheint, du bist wirklich ein Seher, und ich werde nun aufmerksamer zuhören, wenn du noch einmal das Wort im Dhanegedh ergreifen solltest.«

Awins Hochstimmung verflog, als ihm auf dem Rückweg Merege plötzlich den Weg verstellte. Wie ein Geist war sie aus dem Nebel aufgetaucht. Sie sah ihn schweigend an. Auf den ersten Blick wirkte sie so gelassen wie stets, aber gleichzeitig verströmte sie eine Eiseskälte, die Awin erschreckte. Sie wusste also Bescheid. Er versuchte, es ihr zu erklären.

»Also hast du den Heolin aufgegeben, um einmal in dieser

Versammlung zu sprechen?«, fragte sie so kühl, dass es ihm lieber gewesen wäre, sie hätte ihn angebrüllt.

»Es ist nur für diesen Tag, Merege, dann nehme ich ihn wieder in meine Obhut. Das haben sie mir beide versprochen.«

»Es wundert mich, dass du ihnen immer noch traust.«

»Du solltest vielleicht wissen, dass ich deine Ahnmutter heute Nacht gesehen habe«, erklärte er, um das Gespräch schnellstmöglich in erfreulichere Bahnen zu lenken.

Merege stutzte, aber ihr Blick blieb kalt und traf Awin wie Dolche aus Eis. Als sie keine Frage stellte, fuhr er fort: »Ich weiß jetzt, wo Slahan ist … oder vielleicht bald sein wird.« Mereges eisiges Schweigen verunsicherte ihn. Awin wurde mit einem Mal klar, dass er gar nicht genau wusste, ob seine Gesichte ihm die Gegenwart oder die Zukunft gezeigt hatten. »Eine Festung. Unweit der Sonnenberge. Senis sagt, sie wird dort bleiben«, stieß er hervor.

»Warum?«

»Ich weiß es nicht, und deine Ahnmutter wollte es nicht erklären.« Und er gab ihr kurz das Gespräch wieder, soweit er sich daran erinnern konnte. Mit Sorge bemerkte er, dass die Erinnerung daran schon zu verblassen begann, wie es eben meist bei Träumen der Fall war.

»Hat sie von mir gesprochen?«, fragte Merege leise. Das Eis schien zu schmelzen.

Awin dachte an das, was die alte Kariwa über die erste Kette Slahans gesagt hatte, und schüttelte den Kopf. »Ich habe sie nur sehr kurz gesehen, dann war ich auch schon vor dieser Festung, mitten im Sturm, und um mich herum all die Unglücklichen, die Slahan verschleppt hat. Merege, ich musste den Lichtstein aufgeben, um wieder sehen zu können.«

Die Kariwa sah ihn nachdenklich an. Schließlich fragte sie:

»Wenn das tatsächlich so ist, frage ich mich, ob du ihn auch wirklich wiederhaben willst, Seher.«

Awin schluckte. So hatte er das noch gar nicht betrachtet. Würde er wieder blind werden, wenn er den Heolin zurückbekam? Merege ließ ihn stehen. Erst später wurde ihm bewusst, dass er sie gar nicht gefragt hatte, ob sie bereit war, Eri zu helfen.

Als er zum Lagerplatz seines Sgers zurückkehrte, erntete er viele fragende Blicke. Der Grund dafür war offensichtlich: Eri saß am Feuer, den Stab mit dem enthüllten Heolin in der Rechten, als wäre es schon immer so gewesen. Awin wich zunächst allen Fragen danach aus, aber als die Gelegenheit günstig schien, gab er Wela und Tuge einen Wink. Sie folgten ihm hinter einige dicht stehende Ulmen, bis sie sicher waren, dass der Nebel und die Bäume sie den Blicken der anderen entzogen.

»Kannst du mir das erklären, Awin?«, fragte Wela und deutete in Richtung des Lagerfeuers, an dem Eri thronte. Der Lichtstein leuchtete goldfarben durch die Nebelschleier.

»Ich kann es, doch dazu später mehr. Wichtiger ist, dass ich heute Nacht wieder Gesichte hatte.«

»Tengwil hat dir einen Traum geschickt?«, fragte Tuge ehrfürchtig.

»Mehr als das, Tuge. Es war irgendetwas zwischen einem Traum und jener Reise des Geistes, die ich vor Serkesch unternahm. Ich habe die alte Kariwa getroffen, und ich habe Slahan gesehen.«

»Du hast die Göttin gesehen?«, rief Wela beeindruckt.

»Nicht so laut«, mahnte Awin. »Eigentlich nicht sie selbst, aber einen ihrer Diener, Nyet, und auch die Verschleppten. Und ich weiß, wo wir sie finden werden. Es ist eine Festung der Viramatai. Die alte Kariwa sagt, sie wird dort bleiben, auch wenn ich nicht genau weiß, warum sie das tun sollte.«

»Das ist gut, so haben wir ein Ziel«, stellte Wela leise fest. Aber dann setzte sie hinzu: »Wenn wir denn jemals von hier fortkommen, Awin. Eri hat den Stab, und das hat doch nichts Gutes zu bedeuten, oder?«

»Wenn es so geht, wie ich will, wird Eri der Stab nichts nützen. Ich werde Horket auffordern, dem Heolin zu folgen. Und da ich verkünden kann, wohin Slahan will, wird es ihm schwerfallen, abzulehnen.«

»Dem Lichtstein folgen? Du hast ihn doch aus der Hand gegeben, Awin. Eri trägt ihn stolz vor sich her. Willst du uns nicht sagen, was er plant?«, fragte Tuge.

Awin zuckte mit den Achseln. »Muss ich das? Oder ist das nicht längst offensichtlich?«

»Er hat den Lichtstein, das heißt, er besitzt ein Zeichen großer Macht. Seine Ausstrahlung wird viele Hakul zögern lassen, sich gegen ihn zu stellen. Ich frage mich, ob du ihn nicht vielleicht besser behalten hättest, junger Seher«, meinte Tuge nachdenklich.

»Es ist nun einmal so, jetzt müssen wir das Beste daraus machen«, forderte Wela, und Tuge widersprach ihr nicht.

Sofort nach Ende ihrer kleinen Versammlung ging die Schmiedin mit der ihr eigenen Entschlossenheit daran, Awins Aussichten auf Erfolg zu verbessern. Sie rief Mabak und auch Harmin mit seinen Enkelsöhnen zu sich, erklärte ihnen, dass Awin seine Gabe zurückgewonnen und was er gesehen hatte. Dann bat sie die Männer, die Nachricht möglichst rasch zu verbreiten. Das war schwere Arbeit, denn das Lager war mit anderen Dingen beschäftigt. Horket hatte das Urteil vollstrecken und Kenak vom Schwarzen Dolch erwürgen lassen. Da schien wenig Platz für andere Neuigkeiten. Dennoch wussten bald die Sgers vom Sichelsee von Awins Sehertraum, und als der Dhanegedh wieder zusammengerufen wurde, da sprang diese Nachricht doch schon wenigstens als Gerücht durch den wabernden Nebel und die zusammenströmende Menge. Ein Hakul, der Awin im Gedränge nicht erkannte, stieß ihn an: »Hast du gehört«, raunte der Mann, »dieser junge Seher hat das Heer der Verschleppten gesehen, wie sie im Sturm gegen die Viramatai kämpfen.«

»Und du glaubst ihm?«, fragte Awin neugierig zurück.

»Ich würde nie an einem Mann zweifeln, der dem Totengott den Heolin entriss. Er soll auch auf einer Seeschlange geritten sein, hört man.«

Awin unterdrückte ein Grinsen. Wela hatte also Erfolg gehabt. Seine Nerven waren dennoch zum Zerreißen gespannt. Er würde das Wort ergreifen, und niemand konnte ihn daran hindern – wenn stimmte, was Curru gesagt hatte. Er würde einige Leute vor den Kopf stoßen, Harmin zum Beispiel. Ihm war auch nicht klar, was Wela davon halten würde. Er hoffte, sie würde es verstehen. Und wenn er scheiterte? Als Awin sich durch die Menge zum heiligen Kreis schob, fragte er sich, ob er sich nicht zu weit vorwagte. Vielleicht hätte er doch Kuandi zur Frau nehmen sollen, das wäre der bedeutend ungefährlichere Weg zu seinem Ziel gewesen. Harmin hatte ihn vor ihrem Aufbruch zur Versammlung abgefangen und mit erwartungsvollem Blick gefragt, wie er sich in dieser Angelegenheit entschieden habe. Die Liebliche könne seine Rückkehr ganz sicher kaum noch erwarten. Aber Awin hatte das Angebot noch einmal, und zwar endgültig, dankend abgelehnt. Der Schmied hatte es hingenommen und versucht, sich nichts anmerken zu lassen, aber Awin schien es doch, als sei er gekränkt. Nun, er konnte es nicht allen recht machen.

Er drängte weiter durch die Menge zum Platz. Plötzlich teilte sich der Strom der Hakul. Der zähe Dunst ließ Awin den Grund dafür fast zu spät erkennen. Entsetzt prallte er zurück.

Am Stamm einer Ulme, die ihre kahlen Äste nach oben reckte, lehnte eine leblose Gestalt. Es war Kenak vom Klan der Dolche. Mit zwei Seilen war er an den Baum gebunden, ein drittes war um seinen Hals geschlungen. Er war tot. Awin erkannte Yaman Skian, der mit seinen Kriegern bei Kenak Wache zu halten schien. Wie eine schwarze Insel teilten sie den Strom der Männer. Die Hakul wichen ihnen aus, als seien sie Aussätzige, und sie waren die Einzigen, die nicht zum Versammlungskreis strebten. Doch bei Yaman Skian stand jemand, der nicht von seinem Klan war, und redete auf ihn ein. Awin musste zweimal hinsehen. Es war Curru. Awin ahnte, dass sein ehemaliger Lehrer dabei war, einen Verbündeten zu gewinnen. Er wurde weitergeschoben. Als er sich noch einmal umdrehte, schienen Curru und der Klan der Dolche im Nebel miteinander verschmolzen. Er fragte sich, was daraus nun wieder erwachsen würde. Ein Bündnis, das in Gegenwart eines Hingerichteten geschlossen wurde? Das konnte nicht Gutes bedeuten. Endlich erreichte Awin den Kreis. Er berührte die beiden Holzstelen, flüsterte seine Gebete zu Edhil und Mareket, und dann suchte er sich seinen Platz. Er achtete darauf, nicht zu nahe bei Eri zu stehen, wie sie es besprochen hatten. Er konnte die fragenden Blicke von Tuge und Wela im Genick spüren.

Ein Schwarm Krähen zog krächzend nach Osten – im Nebel besser zu hören, als zu sehen –, gerade als Isgi und Horket den Versammlungskreis betraten. Der Heredhan nahm wortlos Platz, und wie am Vortag reichte seine bloße Anwesenheit, die Gespräche im weiten Rund verstummen zu lassen. Obwohl es schon später Morgen war, brannten zahlreiche Fackeln, um den zähen Nebel zu vertreiben, doch der hielt sich hartnäckig und lag wie ein Schleier über der Versammlung. Es war schwer, die Mienen der Männer zu lesen. Isgi rief die Götter an und bat um ihren Segen für den Dhanegedh, dann wandte er sich an die Versammlung. Doch noch einmal wurde er unterbrochen, denn erst jetzt betrat Yaman Skian mit seinen Leuten den Kreis. Er ging dicht an Horket vorüber, würdigte ihn jedoch keines Blickes, dafür nickte er Curru, der kurz vor ihm gekommen war, knapp zu. Isgi wartete, bis die Krieger von den Dolchen sich einen Platz gesucht hatten, dann begann er: »Edle Brüder, viel haben wir gehört über das Leid in dieser dunklen Zeit, doch gestern kam ein Reiter in dieses Lager, und er brachte endlich gute Kunde. Xlifara Slahan, die Gefallene Göttin, hat mit ihren verfluchten Winden unsere Weiden verlassen. Sie ist weitergezogen nach Osten, und wir können Hoffnung schöpfen für die Zukunft.«

»Hoffnung? Und die, die verschleppt wurden?«, rief eine wütende Stimme.

Der Aufruhr, den Awin erwartete, blieb aus. Isgi setzte ein trauriges Lächeln auf und sagte: »Sieh, Bruder, ich teile deinen Schmerz, denn auch ich habe Freunde an die Verhasste verloren, doch was können wir tun? Wir sind Hakul. Niemand sollte wagen, unsere Tapferkeit in Frage zu stellen, und jedermann weiß, dass es unter den Völkern keine besseren Reiter gibt, doch ich frage dich, sind unsere Pferde schneller als der Wind? Slahan ist uns viele Tage voraus – wir können sie nicht einholen.«

Awin erhob sich und trat in den Kreis. »Ich verlange Gehör!«

Isgi lachte höhnisch auf, doch wieder blieb der zu erwartende Tumult aus. Horkets rechte Hand wirkte für einen Augenblick verunsichert. »Du, Awin von den Schwarzen Bergen? Hast du gestern nicht gelernt, wo dein Platz ist? Und dass du schweigen solltest, wenn Männer reden?« Isgi sah sich Beifall heischend um, doch es blieb still. Er setzte rasch hinzu: »Du hast deine

Stimme an deinen Meister Curru abgegeben, woher nimmst du also das Recht, hier zu sprechen?«

»Ich bin kein Krieger aus Currus Klan, Isgi vom Schwarzen Gras«, rief Awin laut.

Isgi breitete die Arme aus: »Ich hörte da ein Gerücht«, rief er lachend. »So willst du dich wirklich auf Harmins dummen Vorschlag einlassen und seine Enkeltochter heiraten? Und das nur, um hier den Mund aufzureißen? Dann komm wieder, wenn die Heirat vollzogen ist!«

Einige Hakul lachten, aber es waren nicht sehr viele.

»Er spricht nicht für meine Sippe«, rief Harmin laut.

Isgi wurde noch unruhiger, seine Augen schossen umher, als suchten sie die Gefahr, die er witterte, aber nicht finden konnte. Awin sammelte seinen ganzen Mut und rief dann laut: »Ich bin Awin, Kawets Sohn, ein Spross des Klans der Schwarzen Dornen, und ich habe das Recht, hier zu sprechen!«

Totenstille legte sich über die Versammlung. Jeder Yaman wusste, wer Kawet war, und auch die meisten Krieger hatten vom Untergang des Dornen-Klans gehört. Hatte der Heredhan nicht sogar geschworen, diese Sippe bis zum letzten Mann auszurotten? Alle Augen wandten sich Horket zu. Sein Gesicht schien zu einer Maske versteinert. Isgi drehte sich zu ihm um, und es sah aus, als würde er unter dem wütenden Blick des Heredhans schrumpfen.

»Dann sprich zu uns, Awin von den Dornen«, rief jemand laut. Es war der Yaman vom Klan des Löwen, mit dem er am Morgen gesprochen hatte.

»Dieser Klan ist erloschen, er hat keinerlei Rechte hier!«, rief Isgi, und seine Stimme überschlug sich dabei.

»Lass ihn, Isgi«, übertönte Horket die vielen Rufe der Empörung mit lauter Stimme. »Er soll ruhig sprechen. Ich will hören, was dieser junge Mann zu sagen hat. Vielleicht kann er uns dann auch erklären, warum er den Klan, der ihn jahrelang vor mir versteckte, jetzt in Zeiten der Not verlassen hat wie ein Dieb in der Nacht.« Ganz offensichtlich hatte der Heredhan sich schnell wieder gefasst, nachdem er seine Überraschung für einen kurzen Augenblick nicht hatte verbergen können.

»Ich danke dem Heredhan«, begann Awin, und es klang spöttisch, auch wenn ihm wirklich nicht nach Spott zumute war. Ein paar Hakul lachten verhalten, und Awin fasste Mut. Curru hatte ihm diesen Weg aufgezeigt, hatte ihm gesagt, dass er für den Klan seiner Geburt sprechen dürfe, ja sprechen müsse, denn das würde Horket aus der Fassung bringen. Awin hatte ihm erst nicht geglaubt, aber dann hatte Curru behauptet, dass der Heredhan die Männer der Dornen deshalb so gnadenlos verfolgte, weil ihm der alte Kluwe prophezeit hatte, dass die Dornen ihm den Untergang bringen würden. Jetzt sah Awin den Todfeind seiner Sippe dort sitzen, und er fragte sich, ob dieser Teil der Geschichte, den er nie zuvor gehört hatte, wirklich stimmte. Aber es war zu spät, um umzukehren.

Er fuhr fort: »Ich bin ein Seher, wie ihr vielleicht wisst, so wie mein Vater, der berühmte Kawet, schon ein Seher war. Manche werden gehört haben, dass ich erblindet bin, doch das ist falsch. In der vergangenen Nacht schickte mir Tengwil starke Gesichte, ich sah Slahan, und ich sah unsere unglücklichen Brüder und Schwestern, die in ihrer Gewalt sind.« Er wartete, bis sich die aufkommende Unruhe wieder legte. »Es ist wahr, sie hat unsere Weiden verlassen, und zöge sie weiter, so könnte auch das schnellste Pferd sie nicht einholen. Doch sie hat angehalten, ihr Männer! In einer Festung der Viramatai, Pursu genannt, da verharrt sie. Und dort werden wir die Verschleppten finden und vielleicht, wenn die Götter uns beistehen, aus den Fängen Xlifaras befreien können. Und deshalb fordere ich dich auf, Heredhan Horket, erster Fürst der

Schwarzen Hakul, mir und dem Heolin nach Osten zu folgen und den Kampf anzunehmen – dich und jeden anderen Mann, der den Mut dazu findet! Begrabt die Streitereien, die zwischen euch stehen, so wie auch ich meinen Streit begrabe mit dem Mann, der meinen Vater getötet hat. Was ist, Horket, hast du den Mut? Gehst du deinem Stamm voran, oder bist du so fett und faul geworden, dass wir dich tragen müssen?«, rief Awin über den anschwellenden Lärm. Die Hakul waren außer sich. Er hatte sie schließlich alle herausgefordert, nicht nur den Heredhan.

Horket erhob sich von seinem Platz und schob Isgi, der ihm etwas zuflüstern wollte, mit einer unwilligen Handbewegung zur Seite. »Das hast du also gesehen, Awin, der du dich Kawets Sohn nennst? Nun, du bist nicht der einzige Seher in diesem Kreis. Hat noch ein anderer gesehen, was dieser Knabe sah? Hat ein anderer die Göttin ruhen sehen? Nein? Ist das nicht seltsam, Kawets Sohn? Viele berühmte Seher sind hier, Kluwe sitzt dort, dein ehemaliger Meister Curru steht dort drüben, doch sie schweigen.«

»Ich sah, was ich sah«, entgegnete Awin steif.

»Die Krähen ziehen nach Osten«, rief eine junge Stimme plötzlich. Es war Kluwes Sprecher. Der Alte schien also nicht zu schlafen, auch wenn es im Dunst so aussah.

»Ein Zeichen, ein Zeichen!«, riefen einige Hakul ehrfürchtig.

»Natürlich ist es ein Zeichen!«, rief Isgi schrill. »Sie erkunden den Pfad für ihren Herrn Uo. Sie wissen, dass im Osten nur der Tod auf uns wartet! Die Festung Pursu? Sie gehört den Männertöterinnen wie das ganze Land ringsum. Sie werden uns nicht willkommen heißen. Und der Weg dorthin? Die Eisernen nennen sich die Hakul, deren Weiden wir durchqueren müssten, und eisern ist die Feindschaft, die sie gegen uns hegen.

Slahan verfolgen? Nein, Freunde, selbst wenn stimmt, was dieser selbst ernannte Seher hier verkündet, wir müssten durch ein Meer von Blut reiten, um überhaupt dorthin zu gelangen, wohin er uns senden will. Seht ihr es nicht? Seht ihr nicht, dass er genau das will? Dass er uns alle in den sicheren Tod schicken will, nur um seinen Vater zu rächen?«

Isgi sprach weiter, doch seine Sätze gingen in Geschrei und Gebrüll unter. Awin stand am Rande der Pfütze, die sich in der Mitte des Kreises gebildet hatte. Horket stand ihm gegenüber, selbstbewusst, stolz. Ein höhnischer Zug spielte um seine Lippen. Nein, es war Awin nicht gelungen, ihn zu erschüttern. Er begriff, dass er gescheitert war. Die Versammlung war gespalten, aber keineswegs bereit, ihm zu folgen. Isgi hatte die Wahrheit geschickt verdreht. Für einen kurzen Augenblick hatte Awin gehofft und geglaubt, die Klans überzeugt zu haben – es hatte beinahe so ausgesehen, als könnten sie es nicht erwarten, auf die Pferde zu springen und der Göttin nachzujagen, aber Isgi hatte alles verdorben: Die Hälfte der Krieger hielt ihn für einen Betrüger, der sie in den Untergang locken wollte, und die Zahl derer, die unsicher waren, ob sie ihm glauben konnten, überwog noch bei weitem die kleine Schar derer, die er überzeugt hatte. *Natürlich*, dachte Awin, *ich habe von ihnen verlangt, sich in Todesgefahr zu begeben, ohne dass ich ihnen viel Hoffnung auf Sieg machen kann. Aber hätte ich lügen sollen? Hätte sie das überzeugt?* Awin zweifelte daran, denn er wusste, es war leichter, nichts zu unternehmen, die Toten zu begraben und den Göttern zu danken, dass Slahan fort war, viel leichter, als einer Göttin hinterherzujagen und gegen sie zu kämpfen. Die Hakul waren tapfer, aber er hatte sie aufgefordert, sich gegen eine Unsterbliche zu stellen. Er hatte zu viel verlangt. Plötzlich stand Curru im Kreis, und Eri trat zu ihm, den Heolinstab in der hoch erhobenen Faust. Der Lärm verebbte.

»Warum wedelt der Knabe mit dem falschen Stein? Was will er hier? Mit dem Narren Curru noch ein paar weitere Lügen verbreiten?«, fragte Isgi höhnisch.

»Frag deine verbrannte Hand, Isgi, ob dieser Stein falsch ist«, rief Curru laut. »Aber nicht ich sollte gehört werden, sondern Kluwe!« Alle Blicke wandten sich dem uralten Seher zu, der, gehüllt in dünne Nebelschleier, zusammengesunken in seinem Sessel ruhte. Es war schwer zu erkennen, ob er nicht wieder eingeschlafen war. Curru fuhr fort: »Wir trafen den ehrwürdigen Kluwe erst vor wenigen Tagen am Dhurys, und er wusste sogleich, dass der Heolin mit uns war. Wie lauteten seine Worte, junger Krieger? Was hat dein Meister gesehen, als wir in euer Lager kamen?«, wandte er sich an Kluwes Stimme.

Der junge Mann zögerte nur einen kurzen Augenblick, dann wiederholte er, Wort für Wort: *»Ich sah ein Licht in der finstersten Nacht, ein Licht, das ein junger Krieger trägt, der doch kein Krieger ist. Er bringt die große Veränderung.«*

Atemlose Stille legte sich über die Versammlung. Curru nickte. »Ihr habt es gehört: Ein Krieger, der doch kein Krieger ist. Und hier steht er, Eri, ein Krieger ohne Zweifel, aber eben doch kein Krieger, denn er ist der Yaman unseres Klans. Er bringt die Veränderung!«

Awin musste sich zusammenreißen, um seine Fassungslosigkeit zu verbergen. Es war doch offensichtlich, dass Kluwe ihn, den Seher, gemeint hatte, und nicht Eri, den Yaman. Curru wusste das, aber wie Isgi war auch er ein Meister darin, die Wahrheit zu verdrehen.

»Und wie soll diese Veränderung aussehen, Curru von den Bergen?«, schrie Isgi über die neuerliche Unruhe hinweg. »Will er noch ein paar Schilde zerbrechen?«

Curru zuckte nicht einmal mit der Wimper: »Der Schild zerbrach, weil die Götter uns zeigen wollten, dass Eri auf einem anderen Schild stehen sollte. Das habe ich endlich verstanden. Er trägt den Lichtstein, den Stein, mit dem Etys die Hakul vereinte und allen Streit beendete. Er ist der Erbe unseres ersten Fürsten und hat Anspruch auf den Schild, hinter dem sich Horket versteckt.«

»Willst du etwa den Heredhan fordern? Hast du das Fehdeverbot vergessen, Hakul?«, schrie Isgi. Seine Stimme überschlug sich und klang schrill zwischen den Felssäulen, denn die Versammlung war vollständig verstummt.

»Wie könnte ich? Schützt es doch diesen Feigling dort, der es nicht wagt, seine verschleppten Brüder zu befreien vor dem Zorn vieler Männer!«, brüllte Curru.

»Ich kenne keine Angst, schon gar nicht vor so einem Knaben. Mit meiner Linken könnte ich ihm das Genick brechen!«, brüllte Horket laut. Dann fuhr er wütend fort: »Ihr kennt mich! Wie viele Schlachten habe ich geschlagen, wie viele Zweikämpfe bestritten? Seht ihr nicht die Narben, die ich davongetragen habe, als ich zum Ruhme unseres Stammes stritt? Ich bin Heredhan Horket, und niemand sollte an meinem Mut zweifeln.«

»Eri tut es, Horket; ich tue es, und viele andere hier tun es auch«, entgegnete Curru höhnisch.

»Dann werde ich sie eines Besseren belehren! Ich sehe dich zur Mittagsstunde hier, Knabe. Bring das Schwert mit, mit dem du zu spielen pflegst.«

»Wie?«, fragte Curru mit schlecht gespielter Überraschung, »das Fehdeverbot soll nicht mehr gelten, Horket?«

»Ich hebe es auf, bis dieser Knabe hier tot auf der Erde liegt!«

»Ich werde dich töten, Horket, und bei den Göttern, dein Schild wird mir gehören!«, entgegnete Eri stolz.

Im Aufruhr, der der Ankündigung des Zweikampfs folgte,

blickte Awin betroffen von einem zum anderen. Alles war so gekommen, wie Curru es vorausgesagt hatte: Horket hatte sich dazu hinreißen lassen, sein eigenes Gebot zu brechen und Eri zu fordern. Das war wichtig, wenn Eri Heredhan werden wollte, denn niemand würde nun behaupten können, er habe gegen das Gesetz verstoßen. Aber bestand überhaupt Aussicht, dass Eri gewinnen konnte? Dort stand er, schlank, tapfer, schnell, doch noch ein Halbwüchsiger, hitzköpfig, mit wenig Erfahrung. Und ihm gegenüber stand Horket, ein selbstbewusster Kämpfer, der unzählige Feinde getötet hatte. Es gab wenig Zweifel, wie das enden würde – wenn Merege nicht half. Awin wusste, er musste sie suchen und überreden, Eri beizustehen. Sonst war alles verloren.

Zunächst jedoch kam Awin nicht fort, denn um ihn, Curru und Eri bildete sich eine dichte Menschentraube, und er wurde mit Fragen zu seinen Gesichten und seiner Herkunft bestürmt. Es musste schon später Vormittag sein, auch wenn das im Nebel kaum festzustellen war. Es blieb nicht mehr viel Zeit, sich auf den Kampf vorzubereiten. Eri lächelte selbstbewusst. Er schien zu glauben, dass er keine besondere Vorbereitung brauchte, und schickte lediglich den jungen Mabak, seine Waffen vom Lagerplatz zu holen. Schließlich gelang es Awin doch, sich von der Menge zu lösen. Wela hatte ihm einen sehr seltsamen Blick zugeworfen. Ob sich etwas zwischen ihnen veränderte, jetzt, da sie nicht mehr zum selben Klan gehörten?

Er lief an Horkets Felsensitz vorbei. Eines der Wolfsfelle war heruntergerutscht und in den Schlamm getreten worden. Niemand hatte sich die Mühe gemacht, es aufzuheben. Horket war ebenso wenig zu sehen wie Isgi. Nun, die beiden nahmen die Sache wohl ernster als Eri und bereiteten sich auf das Kommende vor. Awin eilte weiter und kam an einem grauen Zelt vorüber, als er plötzlich etwas hörte, was ihn stehen bleiben ließ. Jemand in diesem Zelt summte. Dieses Lied – er hatte die schlichte Tonfolge schon einmal gehört. Ein Schauer lief ihm über den Rücken. Dann wusste er es: Es war in der Nacht gewesen, als er in einem Zelt Isgi beim Zerstampfen fremdartiger Kräuter beobachtet hatte. Er erinnerte sich wieder, dass die giftige Rabenbeere unter den Zutaten gewesen war und dass Isgi plötzlich aufgeblickt hatte, als habe er ihn sehen können. Er drehte auf dem Absatz um und lief zurück zum Versammlungskreis. Er musste Curru und Eri warnen. Isgi würde versuchen, Eri mit Gift zu schwächen, das hatte er jetzt verstanden. Es war also wieder, wie Curru gesagt hatte: Horket würde nicht ehrlich kämpfen. Hatte er das jemals zuvor getan? War sein legendärer Ruhm durch Gift entstanden? Awin fragte sich, was das für ein Mittel sein könnte, das so unauffällig wirkte, dass es nie entdeckt worden war. Es musste eines sein, das seine Gegner gerade genug schwächte, um einen tödlichen Vorteil zu erhalten, aber ohne dass es den Zuschauern auffiel.

Im Kreis herrschte immer noch großes Gedränge, ein Gewimmel schwarz gekleideter Hakul zwischen den großen Säulen, die unerschütterlich in den Nebel ragten. Awin hörte im Vorüberlaufen einen alten Yaman, der sich bei einem Nebenmann beklagte: »Alle Gesetze werden heute mit Füßen getreten. Der Dhanegedh wurde nicht beendet, nicht, wie es sich gehört, und sieh nur, selbst der heilige Kreis wird nicht mehr geachtet, jedermann trampelt achtlos über den gesegneten Grund, ja, ich habe sogar Frauen dort gesehen.« Letzteres schien ihn mehr zu beschäftigen als die Tatsache, dass Horket, entgegen seinem eigenen Gebot, Eri zum Kampf gefordert hatte. Awin nahm an, dass der Alte von Wela gesprochen hatte, denn Merege wäre ihm aufgefallen. Sie war immer von einer Aura der Unnahbarkeit umgeben, und selbst im größten Gedränge versuchten die Hakul noch, ihr aus dem Weg zu gehen. Er sah die Schmiedin, die sich mit düsterer Miene mit Harmin und Tuge besprach. Eine Gruppe erfahrener Krieger hatte sich um Eri gesammelt und versorgte ihn offenbar mit guten Ratschlägen für den bevorstehenden Kampf. Eine zweite, weit größere Gruppe wartete vor Horkets Zelt. Awin sah Werek mit seinen Männern dort stehen. Eine dritte Gruppe, und das war bei weitem die größte, hielt sich abseits von den beiden anderen. Sie stand vor einer der Säulen, und Awin bemerkte erstaunt, dass Kluwe dort saß. Hatte er sich von Wereks Klan getrennt? Es musste so sein. Auch den alten Blohetan und Uredh entdeckte er dort. Awin drängte sich weiter durch die Menge, und es gelang ihm schließlich, zu Curru vorzudringen. Er flüsterte ihm zu, was er gesehen hatte. Curru warf ihm einen scharfen Blick zu: »Gift?«, fragte er zweifelnd.

»Es wird Eri nicht töten, nur ein wenig schwächen. Alles andere würden diese vielen erfahrenen Kämpfer doch bemerken.«

Curru nickte düster. »Dann werden wir darauf achten, wer Yaman Eri den Opfertrunk bringt. Doch wo ist die Kariwa? Wir werden sie brauchen, wenn das hier gut ausgehen soll. Was ist? Zögerst du etwa, weil du glaubst, es ginge dich nichts an? Dann sollte ich dich warnen, mein Junge, denn Horket wird dich kaum am Leben lassen, wenn er Eri bezwingen sollte.«

Awin erbleichte. Weniger weil er Horket fürchtete, sondern mehr weil er nun endlich begriff, was Curru noch mit seinem Vorschlag bezweckt hatte: Indem er sich als Erbe des Dornen-Klans zu erkennen gegeben hatte, war dieser Kampf nun auch für ihn selbst eine Sache von Leben und Tod. Awin schalt sich für seine Dummheit: Er war so beseelt von der Aussicht gewesen, die Hakul zur Jagd auf Slahan auffordern zu können, dass er für die Gefahren taub und blind gewesen war. Curru hatte das gespürt und ausgenutzt. Doch jetzt war keine Zeit, mit dem Alten darüber zu streiten. Er musste Merege finden, denn es war schon beinahe Mittag. Er ließ Curru stehen und eilte davon. Einige Krieger aus Horkets Klan schickten sich an, die Menge aus dem Versammlungskreis zu treiben, damit sie den Platz für den Zweikampf vorbereiten konnten. Isgi oder Horket waren immer noch nicht zu sehen.

Abseits des Versammlungskreises schien der Nebel noch dichter zu sein. Awin hastete zum Lagerplatz. Merege war nicht dort, nicht in ihrem Zelt und auch nicht bei den Pferden. Die Wachen waren verschwunden. Es gab aber auch keinen Grund mehr, die Tiere zu bewachen, denn der Heolin war im Dhanegedh. Tausend Augen sahen ihn, und was der ehemalige Lichtträger tat, ob er floh oder blieb, war wohl nicht mehr wichtig. Das ganze Lager war wie ausgestorben, kein Mensch war bei den Zelten, nur auf den Hügeln fand sich noch der eine oder andere einsame Wachtposten. Er fragte einen nach der Kariwa, aber der Krieger hatte sie nicht gesehen und wollte wissen, wie die Dinge unten im Dhanegedh liefen und was der Lärm zu bedeuten habe. Awin erklärte es ihm so knapp wie möglich und hetzte weiter. *Ich könnte in dieser verfluchten Suppe zwanzig Schritt an ihr vorbeirennen und sie nicht sehen*, fluchte er. Er blieb stehen und dachte nach. Endlich kam er auf den Gedanken, sie an jenem Bach zu suchen, an dem sie vorige Nacht gewesen waren. Er hörte Krähen krächzen. Sie schienen über dem Versammlungsplatz zu kreisen, als ahnten sie, dass dort bald jemand sterben würde. Vom Steinkreis wehten Hornsignale heran. Awin hetzte weiter. Eine laute Stimme tönte durch den Dunst. Awin erkannte am getragenen Ton, dass ein Yaman oder Seher – und es war nicht Isgi – die heiligen Rituale zur Vorbereitung des Kampfes vollzog: Der Kreis musste von bösen Gedanken gereinigt, die Götter um eine gerechte Entscheidung angefleht werden. Awin dachte daran, dass sich die Götter in der Vergangenheit oft taub gestellt haben mussten, denn stets hatte Horket gewonnen, und nach dem, was er jetzt wusste, konnte das nicht gerecht gewesen sein.

Er rannte den Hügel hinauf. Oben blieb er noch einmal stehen, weil er sich plötzlich nicht mehr sicher war, ob die Richtung stimmte. Er hörte zwei laute Stimmen. Das waren die Männer, die den Kreis abschritten, um zu entscheiden, ob er würdig war, ein Kampfplatz zu sein. Ein weiteres, übliches Ritual. Awin hatte keine Zweifel daran, dass sie den Platz trotz der schlammigen Pfützen, die in seiner Mitte standen, für würdig befinden würden. Awin konnte sich gut vorstellen, was da unten jetzt geschah. Die Kämpfer würden sich aufstellen, die Götter anrufen, ihre Waffen zeigen. Auf der einen Seite der junge, kühne – ja tollkühne – Eri, auf der anderen Seite die mächtige Gestalt Horkets, des alten, abgebrühten Kämpfers, der schon so viele Zweikämpfe gegen weit bessere Krieger bestanden hatte. Natürlich mit Hilfe von Gift, aber irgendetwas sagte Awin, dass Horket die meisten Kämpfe auch ohne Hilfe gewonnen hätte. Eri hatte keine großen Aussichten auf den Sieg. Und jetzt würde ihm bald jemand den Opferbecher reichen. Es war üblich, dass die Kämpfer diesen Trunk mit den Göttern teilten, indem sie einen Teil tranken, den anderen für die Götter auf den Leib und den Kampfplatz versprengten. Ob Eri die Warnung beherzigte? Wenn er aber nicht trank, würde er die Götter beleidigen. Und warum sollten die Götter ihm dann beistehen? Awin unterdrückte einen Fluch und sprang den Hügel auf der anderen Seite hinab. In der Nacht hatte alles ganz anders ausgesehen. Er hörte entrüstete Rufe über den Hügel schallen. »Frevler! Frevler!«, riefen die Hakul. Also hatte Eri den Trunk verweigert. Awin hörte ein leises Plätschern und folgte ihm. Der Bachlauf! Dann sah er endlich Merege dicht bei der Quelle sitzen. Schon völlig außer Atem rannte er weiter. Er rief ihren Namen. Sie blickte kaum auf, sondern schien ganz in die Betrachtung des Wassers vertieft.

»Merege, schnell«, keuchte Awin. Lärm schallte über die Hügel. Ein lautes »Hakul!« aus hunderten Kehlen verriet ihm, dass der Kampf nun begonnen hatte. Merege gab ihm keine Antwort. »Wenn wir Eri nicht helfen, wird Horket ihn töten«, rief er, immer noch nach Luft ringend.

»Und du glaubst, das kümmert mich?«, fragte Merege gelassen. »Vergiss nicht, dieser Knabe hat versucht, mich umzubringen. Das ist noch nicht sehr lange her.«

»Ich weiß«, keuchte Awin, »aber wenn Horket ihn erledigt hat, bin ich vermutlich der Nächste. Der Heredhan weiß, dass ich Kawets Sohn bin.«

»Woher weiß er das? Hat Curru ihm das verraten?«, fragte die Kariwa beiläufig. Sie streckte ihre Hand ins kalte Wasser und sah zu, wie es ihre schlanken Finger umspülte.

»Ich habe es ihm gesagt!«, rief Awin ungeduldig. »Nun komm, sonst bringt Horket den Lichtstein an sich.«

»Er wird ihn nicht behalten können, wenn ich es nicht will, Awin«, lautete die ruhige Antwort.

»Ich bin sicher, Isgi weiß das, und ich bin noch sicherer, dass Isgi auch für dich etwas vorbereitet hat. Vermutlich für alle, die mit mir ritten«, drängte Awin.

»Und nun willst du, dass ich Horket töte? Das kannst du nicht von mir verlangen.«

Laute Rufe wurden über den Hügel geweht. Offenbar hatte einer der Kämpfer einen guten Schlag gelandet. Awin schüttelte den Kopf. »Nein, niemand verlangt das, nur ein wenig Kraft sollst du ihm nehmen. Damit Eri gewinnen kann.«

»Das ist nicht viel besser als Mord«, erwiderte Merege

unwillig. Sie war immer noch in die Betrachtung ihrer Hand vertieft.

»Das weiß ich, Merege. Aber wenn das da unten schiefgeht, wirst du weit mehr als einen Menschen töten müssen, um noch einmal an den Lichtstein heranzukommen.«

Jetzt blickte sie auf. Ihre blassblauen Augen verengten sich, dann nickte sie und sprang auf. »Du hast recht, Seher, aber ich denke, wir werden auf jeden Fall kämpfen müssen, um den Heolin wiederzuerlangen, gleich, wer jetzt da unten siegt. Denk an meine Worte.«

Wieder wurden aufgeregte Rufe, Johlen und Brüllen über die Hügelkette geweht. Der Kampf musste in vollem Gange sein. Merege sprang über den kleinen Bach, und dann eilten sie gemeinsam den Hügel hinauf. Oben blieben sie beide stehen. Die Nebel schienen dünner zu werden. Sie sahen die Steinsäulen aus dem Dunst ragen.

»Kannst du von hier ...?«, fragte Awin.

»Nicht, wenn ich nichts sehe.«

»Dann schnell!«, rief Awin. Sie rannten ins Lager hinab. Die Menge schrie auf.

»Wie nah musst du heran?«, fragte Awin.

»Je näher, desto besser«, antwortete Merege.

»Besser wofür?«, fragte eine schrille Stimme. Ihr Lauf endete plötzlich, denn Isgi versperrte ihnen den Weg, und er war nicht allein. Zwei seiner Krieger waren bei ihm. Einen erkannte Awin als den Jäger wieder, der ihn in der Nacht zu Isgi gebracht hatte.

»Nicht beim Kampf, Isgi?«, fragte Awin, der versuchte, die Lage abzuschätzen. Waren noch mehr Männer im Nebel versteckt?

Schreie vom Steinkreis zeigten, dass dort wieder etwas geschah, doch da sie so schnell verebbten, wie sie aufgestiegen waren, hoffte Awin, dass es noch nicht entschieden war.

»Horket spielt mit deinem Yaman, Seher – oder sollte ich sagen, deinem ehemaligen Yaman? Der Knabe ist bereits tot, er weiß es nur noch nicht.«

»Eri ist zäh«, entgegnete Awin vorsichtig. Isgi hatte nur zwei Männer mitgebracht. Entweder hatte er eine Überraschung für sie, oder er wusste nicht, wie stark Merege war. Die beiden Krieger legten die Hände an ihre Schwerter. Awin hatte nicht einmal einen Dolch. Aber neben ihm stand Merege.

»Ich habe dich gesehen, Awin«, sagte Isgi lächelnd. »Ich war erst nicht sicher, doch als ich sah, dass der Knabe den Trunk ausschlug, den ich ihm vorbereitet hatte, da wusste ich, dass dein Geist in mein Zelt eingedrungen ist.«

»Ich bin ein Seher, Isgi, und du bist ein Giftmischer«, entgegnete Awin ruhig.

»Ich verstehe mich auf Kräuter, aber auch auf Menschen, mein Junge. Ich wusste, du würdest eine unsinnige Entscheidung fällen. Und nun willst du diese Zauberin an den Steinkreis bringen? Ein erneuter Frevel.«

Die Menge johlte und brüllte. Awin kannte die Hakul. Sie hatten vermutlich vergessen, was auf dem Spiel stand. Für sie war es wohl nur noch ein spannender Kampf auf Leben und Tod.

»Stimmt es, was man sagt, Kariwa? Dass dein Volk zur Hälfte aus Eis besteht?«, wandte sich Isgi jetzt spöttisch an Awins Begleiterin.

Merege antwortete nicht.

»Vielleicht sollten wir dich verbrennen, um zu sehen, ob diese Gerüchte stimmen.«

»Du kannst es versuchen, Hakul«, sagte Merege ruhig. Ihr Blick wirkte nach innen gekehrt.

»Man sagt, du habest Zauberkräfte, Kariwa, doch konnte mir keiner sagen, welcher Art diese Kräfte sein sollen. Von zerbrochenen Schwertern war die Rede, gerissenen Bogensehnen, aber ich glaube, Curru hat nur eine weitere Lüge in die Welt gesetzt, um seine Gegner zu verwirren.«

»Glaube, was du willst, Isgi«, erwiderte Merege leise.

Awin konnte spüren, dass sie sich sammelte. Schreie tönten vom Kampfplatz, lauter als zuvor. Kamen sie vielleicht zu spät? Isgi gab seinen Männern einen Wink. Sie kamen auf Merege und Awin zu. Isgi hielt plötzlich einen Beutel in der Hand. »Ich hatte schon früher mit Zauberern zu tun, mit mächtigen und erfahrenen Maghai, nicht mit solchen Kindern wie dir, Kariwa. Ich weiß, dass eure Kunst auf Täuschung und Verwirrung beruht. Ihr könnt einen Mann mit seinen eigenen Gedanken töten, doch einer der Maghai hat mir diese Kräuter offenbart, die mich vor deinesgleichen schützen. Versuche es also gar nicht erst, Mädchen. Gib auf, und ich werde dir einen schnellen Tod gönnen. Vielleicht werde ich dich auch gar nicht töten, sondern auch nur als Sklavin an die Akkesch verkaufen.«

Ein Schrei stieg aus hunderten von Kehlen auf. War der Kampf entschieden? Einer von Isgis Männern zog sein Schwert. Merege streckte ihre Hand aus. Die Männer zögerten. Awin ließ die Zauberin nicht aus den Augen. Gebannt beobachtete er, wie sie sich sammelte und ihre schmalen Lippen die Worte flüsterten, die er schon einmal gehört hatte: *»Uo jega! Kaiwin Milnar! Uo jega!«* Sie beschwor den Totengott.

Isgi lachte abschätzig und hielt den Beutel in der Hand höher. Doch dann gefror sein höhnisches Grinsen. Sein Gesicht begann, sich zu einer grauenvollen Fratze zu verzerren.

*»Uo jega! Kaiwin Milnar! Uo jega!«*

Die Augen von Horkets Seher traten aus den Höhlen, und ein Stöhnen entrang sich seiner Brust. Awin sah gebannt zu, er konnte den Blick nicht abwenden. Isgi zitterte, taumelte, tat noch einen Schritt und brach mit einem Ächzen zusammen.

Die beiden Krieger starrten schreckensbleich auf den fallenden Seher. Plötzlich wandte sich Merege dem Jäger zu, streckte die Hand nach ihm aus und rief: »*Kaiwin Milnar!*«

Ein gleißender Blitz zerriss den Nebel. Geblendet schloss Awin die Augen. Er sah gerade noch, wie der Jäger von einer leuchtenden Kraft viele Schritte durch die Luft geschleudert wurde, bevor er tot auf dem Boden aufschlug. Krähen stiegen über den Zelten auf. Merege wandte sich dem anderen Krieger zu, der sie nur ungläubig anglotzte. Awin blinzelte. Er hatte den Blitz gesehen. Aber es gab keinen Donner. Dafür schrien und brüllten die Männer am Steinkreis umso lauter. Der Zweikampf schien immer noch nicht zu Ende zu sein. Merege streckte noch einmal die Hand aus. Der Krieger starrte auf die Finger, die auf ihn zeigten, ließ sein Schwert fallen, drehte sich um und lief. »*Kaiwin Milnar*«, hauchte Merege. Wieder spaltete ein Blitz lautlos die Luft, traf den Flüchtenden und warf ihn gegen ein Zelt, wo er stöhnend zusammenbrach. Merege ließ die Hand sinken. Sie zitterte am ganzen Leib, und ihre Augen leuchteten weiß, alle Farbe war daraus gewichen. Sie lief dem Mann nach, und ehe Awin begriff, was geschah, rammte sie ihm ihr Schwert in den Leib. Dann drehte sie den Krieger auf den Bauch und stellte sich auf seinen Rücken. Sie reckte ihren Arm ungefähr in Richtung des Kampfplatzes und flüsterte Worte, die Awin nicht hören konnte. Ein vielstimmiger Schrei erklang vom Kampfplatz, ein zweiter, dann wurde es totenstill, ein Raunen lief durch die Menge, dann lautes Rufen, und schließlich ertönte lauter Jubel: »Eri! Eri! Eri!«

Merege stieg von dem Leichnam herab, beugte sich zu dem Toten und flüsterte ihm etwas zu. Dann kam sie mit unsicheren Schritten auf Awin zu. Ihre Augen waren immer noch schneeweiß, keine Spur von Blau war zu sehen. »Nimm ein Schwert und durchbohre die anderen. Dann bring mich von hier weg«, flüsterte sie heiser. Awin tat, was sie verlangte. Er begriff, dass es nach einem normalen Kampf aussehen sollte. Als er Merege aus dem Lager führte, musste er sie stützen. Hinter ihnen war Tumult ausgebrochen. Der Zweikampf war entschieden, und Eri hatte ihn gewonnen.

# Verräter

MEREGE HOCKTE ZITTERND am Wasser. Sie hatte Awin den Rücken zugekehrt und wusch sich unaufhörlich Gesicht und Hände. Er blickte zurück zu den Hügeln. Halb rechnete er damit, dass dort oben Hakul auftauchen würden, die nach den Mördern von Isgi und seinen Männern suchten, aber nur der Lärm vieler Stimmen drang über den Hügelkamm. Tausend Gedanken beschäftigten ihn: Im Ahnental geschahen große Dinge – Dinge, die er verursacht hatte. War es nicht das, was der alte Kluwe gesagt hatte? Der Krieger, der kein Krieger ist, wird große Veränderung bringen? Das war nun eingetreten. Er fragte sich, warum Kluwe geschwiegen hatte, als Curru seinen Seherspruch so unglaublich zurechtgebogen hatte. Verfolgte er eigene Ziele, oder wollte er sich einfach nur heraushalten? Er hatte Awins Vater im Stich gelassen, als dieser sich gegen Horket gestellt hatte, und auch jetzt gab es kein Zeichen, dass er sich auf irgendeine Seite schlagen würde. Nun konnte Eri vermutlich Heredhan werden. Ob Kluwe das auch für so schicksalhaft und unvermeidlich hielt wie damals den Aufstieg Horkets?

Awin hatte seine Zweifel. Wenn er Merege nicht überzeugt hätte, würde der alte Heredhan immer noch auf seinem steinernen Stuhl sitzen. Nichts war so unausweichlich und vorherbestimmt, wie Kluwe zu glauben schien. Doch was jetzt? Würde Eri tun, was erforderlich war? Eri musste den Heolin nutzen und Slahan hinterherjagen mit so vielen Kriegern wie nur möglich. Dann konnten sie mit Mereges Hilfe die

Gefangenen vielleicht retten. Vielleicht. Awin sah den schmalen Rücken des zitternden Mädchens. Als sie mit Isgi gekämpft hatte, war sie ihm groß und schrecklich erschienen, jetzt wirkte sie erschöpft und zerbrechlich. »Was hast du zu dem gefallenen Krieger gesagt?«, fragte er schließlich, um das Schweigen zu beenden.

Merege schöpfte sich immer noch eiskaltes Wasser ins Gesicht. Jetzt hielt sie inne. »Ich bat ihn um Verzeihung, da ich die Würde seines Todes verletzt habe. Aber ich musste über die Menge blicken und sehen, wo genau Horket war.«

Eine Schar Krähen schoss krächzend durch den Nebel. Es schien lichter zu werden. Awin konnte die blasse Sonnenscheibe erahnen.

»Du hast es geschafft«, stellte Awin vorsichtig fest.

Sie drehte sich um. Ihre blassblauen Augen waren wieder da, das unheimliche, leuchtende Weiß war verschwunden. Sie wirkte bedrückt. »Ich musste drei Männer töten, vier, wenn ich Horket mitrechne, den mein Eingreifen zum Tode verurteilte, und das alles für diesen Knaben, der sich nun bald Heredhan nennen wird.«

»Es tut mir leid, dass ich dich darum bitten musste. Ich sah keinen anderen Weg. Aber ich glaube, es wird nicht so leicht gehen, wie Curru denkt. Du kannst hören, wie sie sich streiten. Horket hatte viele Anhänger. Und er hat Söhne. Sie werden Eris Anspruch anfechten.«

Merege erhob sich. Sie sah Awin ernst in die Augen und erklärte: »Wenn wir nicht spätestens morgen aufbrechen, um Slahan zu verfolgen, junger Seher, werde ich tun, was getan werden muss.«

Er sah kalten Zorn in ihren Augen und nickte. »Und ich werde noch vor dir im Sattel sitzen, Merege – mit oder ohne Eri. Doch wir müssen vorsichtig sein. Isgis Tod wird viele Fragen aufwerfen. Die Haare und Kleider des Jägers, den du getötet hast, waren angesengt. Das werden sie nicht übersehen. Der eine oder andere wird vielleicht erraten, was geschah.«

»Ich weiß«, erklärte Merege ruhig. »Wie ich die Hakul kenne, würde es sie kaum kümmern, dass Isgi uns so heimtückisch auflauerte, da ich es war, eine Fremde, die ihn tötete.«

Awin nickte. Seine Sorge war jedoch eine andere. Eri hatte den Kampf mit dem Heredhan gewonnen. Doch er stand noch lange nicht auf dem Schild. Der Klan des Schwarzen Grases war groß und mächtig, und Horkets Söhne würden sicher alles tun, um Eris Aufstieg zu verhindern. Und wenn Eri mehr sein wollte als ein Heredhan mit drei Kriegern, musste er die Unterstützung anderer Sippen gewinnen. Einige würden ihm vielleicht folgen, denn er hatte einen Kampf unter den Augen der Götter gewonnen. Aber sie würden trotzdem wissen wollen, wer Isgi und seine beiden Gefolgsleute getötet hatte. Würde Eri Merege schützen? Vielleicht würde er die Möglichkeit sogar nutzen, sie loszuwerden, denn er wusste nur zu gut, wie gefährlich die Kariwa war. Und er hatte am Vorabend schon seine Gedanken ausgesprochen: Auch eine mächtige Zauberin musste gelegentlich schlafen.

Awin teilte seine Gedanken Merege mit, und sie stimmte ihm zu, dass es sicherer für sie war, vorerst hier am Bach zu bleiben. Awin kehrte also allein zurück. Er war begierig zu erfahren, was in seiner Abwesenheit geschehen war, und vor allem, was nun geschehen sollte. Das Lager war in heller Aufregung. Noch keine zwei Stunden waren seit dem Zweikampf vergangen, und die Luft schwirrte von Fragen, Vermutungen und Deutungen: Eri hatte Horket besiegt, als er schon wie der sichere Verlierer ausgesehen hatte, wie war das möglich? Wie konnte der unbesiegbare Horket gegen diesen schmächtigen Knaben verlieren?

Isgi war tot aufgefunden worden, und zwei Krieger mit ihm. Wer hatte sie getötet? Warum waren sie nicht am Kampfplatz gewesen?

Awin wurde immer langsamer. Es war unfassbar, in welcher Geschwindigkeit das, was geschehen war, verdreht wurde. Eri, der tapfere junge Eri, hatte Horket mit Leichtigkeit getötet. Der Lichtstein war mit ihm, das war die nächstliegende Erklärung. Hatten nicht einige ein helles Licht gesehen? Es schien keine Rolle zu spielen, dass dieses zweimalige Blitzen über den Zelten und nicht am Kampfplatz gesehen worden war. Je näher Awin den Zelten der Sgers vom Sichelsee kam, desto sicherer waren die Krieger, dass die Götter sogar den Nebel geschickt hatten, um seinen Feind zu verwirren und Eri zu helfen, hatte er den Kampf doch fast unversehrt überstanden. Es gab Stimmen, die dem entgegenhielten, dass Horket den Schild des Knaben zerschmettert und ihm dabei den Arm gebrochen habe, aber das wurde abgetan als List der höheren Mächte, um den alten Heredhan in Sicherheit zu wiegen. Und zu guter Letzt hatte der Heolin Horket geblendet, gerade als er zum tödlichen Schlag ausholte. Der Segen des Fürsten Etys war mit Eri. Erstarrt war der Heredhan, mitten in der Bewegung. Vielleicht waren es sogar die Götter selbst gewesen, die dem alten Heredhan in den Arm gefallen waren. Awin schnappte staunend all die Fetzen auf, die ihm zuflogen, die Gerüchte, die sich widersprachen, zurechtgebogen wurden, plötzlich Ergänzungen fanden, sich wandelten und schließlich zu Gewissheiten verfestigten: Eri war der würdige Erbe des großen Etys. Er hatte Horket mit Hilfe eines gottgesandten Blitzes aus dem Heolin besiegt. Isgi hatte das vorhergesehen und fliehen wollen, aber er war nicht weit gekommen. Auch ihn hatte der Wille der Götter gefällt, vielleicht sogar mit demselben Blitz, der Horket gelähmt hatte.

Am Lagerplatz der sieben Klans war die Stimmung gespalten. Werek und seine Sippe waren Horket verpflichtet gewesen, und Awin hörte, wie er mit Blohetan und Uredh stritt, ob diese Verpflichtung nun dem neuen Heredhan galt oder an Horkets Söhne vererbt wurde. »Diese Verpflichtung wäre mir an deiner Stelle gleich, Werek, denn du hast doch gesehen, dass die Götter Eri auf den Schild heben wollen«, meinte Blohetan ehrfürchtig.

»Dann wollen wir hoffen, dass er ihn nicht zerbricht«, antwortete Werek missmutig. »Und es ist auch noch lange nicht gesagt, dass er wirklich Heredhan wird. Welchen Anspruch hat er denn, außer dem, dass er Horket mit viel Glück besiegt hat? Halten die Yamane ihn wirklich für geeignet? Der Wille der Götter ist eine Sache, der Wille der Klans eine ganz andere.«

»Ich glaube, die meisten Yamane werden sich für Eri entscheiden«, sagte Uredh nachdenklich.

Awin konnte sich vorstellen, dass das dem Yaman der Schwarzen Faust zu schaffen machte. Er hatte sich auf dem Ritt hierher nicht sehr gut mit Eri verstanden.

»Aber nicht alle«, entgegnete Werek knapp.

Awin versuchte, sich möglichst unauffällig seinem Zelt zu nähern, aber das misslang. »Da ist ja der Seher der Schwarzen Dornen«, rief Tuge viel zu laut für Awins Geschmack.

Alle Augen wandten sich Awin zu.

»Ich habe dich nicht am Kampfplatz gesehen, Awin, Kawets Sohn«, sagte Werek nachdenklich.

Awin zuckte mit den Achseln.

»Du hattest wohl nur Augen für den Kampf, Yaman Werek«, warf Wela ein, »denn Awin stand nicht weit von mir entfernt.«

»Oder du konntest deine Augen nicht von meiner Nichte lassen, Werek vom Sperber, denn sonst hättest du den Jungen sehen müssen, auch wenn es sehr neblig war«, rief Tuge.

Ein paar Krieger lachten, und damit war die Sache erst einmal vergessen.

»Ich danke euch«, flüsterte Awin den beiden zu.

»Wofür? Ich sah, was ich sah«, entgegnete Wela leichthin. Awin zog sie ein Stück zur Seite und gab auch Tuge einen Wink.

»Wo ist Eri?«, frage Awin.

»Er ist im Zelt des Heredhans, und einige Heiler sind bei ihm. Mich hat er fortgeschickt«, entgegnete Wela mit finsterem Blick.

»Wie schlimm ist es?«

»Er wird seine Linke einige Zeit nicht gebrauchen können«, sagte Tuge. »Horket hat – *wie du ja gesehen hast* – seinen Schild zerschmettert und seinen Unterarmknochen gleich mit. Etwas Blut hat er auch verloren, bevor er Horkets Blut nehmen konnte, aber er wird es überstehen.«

»Ich nehme an, Curru ist bei ihm?«

»Der Lichtstein auch«, meinte Wela mit einem vielsagenden Blick.

»Und was wird jetzt geschehen?«

»Was wohl?«, antwortete Tuge mit einem Achselzucken. »Sie werden Eri auf den Schild heben. In drei Tagen, denn so lange dauern die Rituale der Vorbereitung.«

»Drei Tage?«, fragte Awin entsetzt.

»Es würde mich wundern, wenn es so schnell ginge«, meldete sich Harmin zu Wort, der sich ihrer kleinen Gruppe unaufgefordert angeschlossen hatte. Er schlug Awin auf die Schulter. »Ich sollte wirklich beleidigt sein, denn Kuandi ist meine liebste Enkeltochter und wird gerühmt für ihre Schönheit, doch bewundere ich deine Kühnheit, Awin vom Klan der Schwarzen Dornen. Ich bin sicher, Horket hätte dir den Kopf abgerissen, wenn er nicht eben über Eri gestolpert wäre. Übrigens, wenn du es einmal leid bist, ganz allein in deinem Klan zu leben, dann wärest du mir immer noch willkommen als Schwiegerenkel – und auch auf dich, Wela, warten zwei Bewerber, wie du weit und breit keine anderen finden wirst.«

»Kannst du nicht aufhören, deine Enkelkinder anzupreisen, als seien sie Rinder auf einem Viehmarkt der Budinier?«, rief Wela ungehalten aus.

Harmin grinste sie an. »Ich biete sie nicht jedem an, Wela, Tuwins Tochter. Du solltest dich also geehrt fühlen.«

»Tue ich aber nicht!«

Harmin wurde plötzlich wieder ernst. »Habt ihr es schon gehört? Die beiden Söhne Horkets sind festgenommen worden. Eri behauptet, sie hätten versucht, ihn mit Isgis Hilfe zu vergiften.«

Harmin hatte das so laut gesagt, dass auch Werek und die anderen Anführer es hören konnten. »Er hat sie festnehmen lassen? Es sind freie Hakul. Er wird beweisen müssen, was er behauptet«, rief Werek finster herüber.

»Es ist möglich, dass er das schon getan hat, denn er ließ sie den Krug leeren, den man ihm vor dem Kampf als Opferbecher anbot. Jetzt winden sie sich auf dem Boden wie tolle Hunde. Ich glaube nicht, dass sie den Tag überleben.«

Die Nachricht, dass Horkets Söhne im Sterben lagen, lief bald wie ein Lauffeuer durchs ganze Lager. Die Umstände erschütterten die Anhänger Horkets aufs Tiefste. Gift? Das war eines Hakul, vor allem eines Heredhans, unwürdig. Awin jedoch machte sich seine eigenen Gedanken. Das Gift im Opferbecher konnte nicht sehr stark gewesen sein, schließlich sollte es Horkets Gegner nur ein wenig schwächen, nicht umbringen. Jetzt tötete es zwei Männer? Irgendjemand musste nachgeholfen haben.

Aus diesen düsteren Gedanken wurde Awin durch einen jungen Krieger gerissen. Er brachte Nachricht von Kluwe. Der alte Seher wollte ihn sprechen. Awin konnte förmlich sehen, wie ihn diese Einladung in der Achtung der anderen Krieger steigen ließ. Er ließ sich sogar etwas Zeit, bevor er dem Boten folgte. Dies jedoch weniger um die Männer zu beeindrucken, sondern eher um sich auf das Gespräch vorzubereiten. Er hatte viele Fragen und bezweifelte, dass Kluwe lange genug wach bleiben würde, um sie alle zu beantworten. Im Zelt des Alten herrschte trübes Dämmerlicht. Kluwe saß in seinem Sessel, und es war schwer zu erkennen, ob er wach war oder schlief. Aber der Krieger, der seine Stimme war, stand neben ihm und begrüßte Awin freundlich: »Du wirst dich fragen, warum ich dich hergebeten habe, junger Seher. Ich will dir nur sagen, dass ich weiß, was du getan hast. Ich weiß aber auch, was Isgi getan hat.«

»Wirst du es den anderen sagen, ehrwürdiger Kluwe?«, fragte Awin.

Die Stimme gab die geflüsterten Worte ihres Meisters wieder: »Nein, denn es würde nichts ändern. Curru wird Eri auf den Schild heben. Es ist nur noch die Frage, wie viel Blut er dafür vergießen muss. Es ist ihm bestimmt, so wie es einst Horket bestimmt war, den Schild zu besteigen. Auch das war unausweichlich.«

»Hast du deshalb meinem Vater nicht beigestanden?«

Der Alte lachte heiser, dann übermittelte sein Sprecher seine Antwort: »Er war genauso uneinsichtig wie du, junger Seher.«

Awin runzelte die Stirn. Viele Hakul glaubten an die Unausweichlichkeit des Schicksals. Er jedoch nicht. Hätte er geschwiegen, wäre Eri vergiftet worden und jetzt tot. Er war ein Seher, verpflichtet, Unheil von den Seinen abzuwenden. Er schüttelte den Kopf. »Alle reden von Eri, ehrwürdiger Kluwe, aber was ist mit Xlifara Slahan?«, fragte er. »Hast du Zeichen gesehen?

Wird der neue Heredhan mich auf der Jagd begleiten? Wird überhaupt irgendein Hakul mich auf dieser Jagd begleiten?«

»Ich sah dich, junger Seher. Du bist aus dem Nebel getreten«, lautete die Antwort.

»Aber was ist mit der Gefallenen Göttin?«

»Es gibt nicht viele Hakul, die diese Frage noch beschäftigt, Kawets Sohn«, antwortete der junge Krieger für Kluwe.

Awin dachte über diesen Satz nach, dann sagte er: »Ich werde sie daran erinnern. Es gibt nichts Wichtigeres, als unsere Brüder und Schwestern zu retten.«

»Er ist eingeschlafen«, erklärte Kluwes Stimme. Awin starrte den schlafenden Seher an. Kluwe würde Merege also nicht verraten, das war gut. Aber warum tat er nicht mehr? Warum forderte er die Hakul nicht dazu auf, aufzubrechen und Slahan zu verfolgen? Plötzlich sagte der junge Krieger: »Die Hakul werden nicht auf dich hören, gleich, was du sagst.« Und als er Awins verwunderten Blick sah, fügte er hinzu: »Man muss nicht der weise Kluwe sein, um das vorherzusehen.«

Awin trat mit grimmiger Entschlossenheit aus Kluwes Zelt. Er würde sich nicht so leicht entmutigen lassen. Er wusste, was zu tun war. Er blieb stehen. Der Nebel hatte sich nun ganz verflüchtigt, und eine blasse Wintersonne schien auf ein Lager voller Betriebsamkeit. Die Hakul hasteten durcheinander. Irgendetwas war im Gange. Awin sah einige Männer, die eine der alten Ulmen fällten, um Holz für ihre Feuer zu bekommen. Es war schon so, wie der alte Yaman am Kreis gesagt hatte: Die überlieferten Gesetze wurden nicht mehr geachtet. Dann bemerkte er, dass Wereks Männer ihre Kriegszelte abbauten und die Pferde sattelten. »Was hat das zu bedeuten, Yaman Werek? Ihr verlasst das Lager?«, rief er hinüber.

»Wir sind nicht die Einzigen, Awin. Diese Narren mögen

Eri auf den Schild heben – wir erkennen seinen Anspruch nicht an, und wir werden ihm bestimmt nicht Gefolgschaft schwören.«

Awin sah jetzt, dass überall im Lager Zelte abgebaut wurden. »Es fehlt ihnen die Einsicht, junger Seher«, sagte Blohetan, der plötzlich neben ihm stand. »Sie sind stur, dumm und wollen die göttlichen Zeichen nicht erkennen, auch wenn der Heolin sie doch mit der Nase darauf gestoßen hat.«

»Aber du bleibst, Blohetan von der Schwarzen Ranke?«

»Um nichts in der Welt will ich diesen großen Augenblick versäumen. Ich werde Heredhan Eri im Namen meines Klans anerkennen, und wenn wir wieder am Sichelsee sind, werde ich dem Rat der Männer vorschlagen, dass wir uns dem Klan der Berge anschließen.«

»Du willst deine Sippe mit unserer zusammenschließen?«, fragte Awin verwundert.

Blohetan sah ihn befremdet an. »Unserer? Hast du den ruhmreichen Klan der Berge nicht im Stich gelassen, Awin von den Schwarzen Dornen?«

Awin war so verblüfft über den vorwurfsvollen Ton des Ältesten, dass er keine Worte fand. War es das, was die Hakul sich nun erzählten, dass er den künftigen Heredhan im Stich gelassen hatte? Eri und Curru mussten das richtigstellen, mussten erklären, dass er es auf ihr Anraten hin getan hatte. Awin atmete tief durch. Er musste ohnehin mit den beiden reden. Sie hatten den Heolin benutzt und bekommen, was sie wollten, jetzt war es Zeit, dass sie ihn zurückgaben. Eine leise Stimme im Hinterkopf warnte ihn. *Es wird nicht so leicht, wie du denkst*, sagte sie, aber Awin versuchte tapfer, sie zu überhören. Er marschierte fest entschlossen durch den Morast und staunte, wie viele Hakul ihre Zelte nun schon abbauten. Awin schätzte, dass etwa ein Viertel der Klans sich anschickte, das Ahnental zu verlassen. Er lief weiter. Ein Viertel? Das hieß doch umgekehrt, dass drei Viertel der Schwarzen Hakul bereit waren, Eri als Heredhan anzuerkennen und ihm vielleicht sogar Gefolgschaft im Kampf zu geloben. Awin wusste, dass Horket trotz aller Schlachten und Kämpfe nicht einmal die Hälfte der Klans so weit hatte bringen können. *Hoffentlich*, so dachte er grimmig, *weiß Eri noch, wem er das alles zu verdanken hat.*

An Horkets Zelt wurde er aufgehalten. Drei fremde Krieger standen dort und versperrten ihm den Weg. Einer von ihnen fragte herablassend: »Wo willst du hin, Hakul?«

Awin starrte den Mann an. Dann erkannte er ihn wieder, es war ein Yamanoi aus Skians Dolche-Klan. Und wenn *er* diesen Mann erkannte, dann war es doch sehr unwahrscheinlich, dass dieser nicht wusste, wer er war. Schließlich hatte Awin am Vormittag im Kreis gesprochen. Er zwang sich, ruhig zu bleiben. »Melde doch Yaman Eri oder Curru, dass ihr Sgerbruder Awin sie zu sprechen wünscht«, sagte er freundlich.

»Sgerbruder? Ein großes Wort für einen Mann, der in der Stunde vor der Schlacht seinem Yaman den Rücken kehrt«, erwiderte der Mann und machte keinerlei Anstalten, dem Wunsch Awins zu entsprechen.

»Rede nicht von Dingen, von denen du nichts verstehst, Hakul«, fuhr Awin ihn hart an. Er konnte sich doch nicht beherrschen.

Der Mann grinste höhnisch, aber hinter ihm öffnete sich der Zelteingang, und der graue Kopf von Curru erschien. »Lass ihn ruhig ein, Krieger. Ich will doch hören, was er zu sagen hat.«

»Wie großzügig, Curru«, sagte Awin bissig, als er das Zelt betreten hatte. Es war das größte Zelt, das er je gesehen hatte. Von außen hatte es so ausgesehen, als handele es sich um drei einzelne Rundzelte, die nur zu dicht aneinandergestellt worden waren, und Awin hatte andere Sorgen gehabt und sich nicht weiter damit beschäftigt. Jetzt sah er, dass diese drei Zelte miteinander verbunden und die einzelnen Kammern nur durch schwere Tücher voneinander getrennt waren. »Wo ist Eri?«, fragte er.

»Er liegt nebenan und darf nicht gestört werden. Die Heiler versorgen seine Wunde.«

»Ich habe gehört, dass Wela nicht unter ihnen ist«, merkte Awin an.

»Er wird Heredhan, wie könnte er sich von einer Frau heilen lassen?«, fragte Curru.

»Ist das dein Ernst?«, fragte Awin verblüfft. »Die Heilerin seines eigenen Klans ist ihm nicht gut genug?«

Jetzt warf Curru ihm einen bösen Blick zu. »Eri kann sich keinen Verstoß gegen die alten Bräuche leisten, wenn er die Klans hinter sich vereinen will.«

»Viele von den Klans, die du erwähnst, verlassen gerade das Tal, Curru, wusstest du das?«

Curru verzog sein Gesicht zu einem überheblichen Lächeln. »Die Zahl derer, die bleiben, ist weit größer, mein Junge, das sollte dir nicht entgangen sein. Und ist es nicht ein Wunder? Gestern noch waren wir ein Klan kurz vor der Auslöschung, und in drei Tagen wird Yaman Eri von den Bergen der Heredhan aller Schwarzen Hakul. Wusstest du, dass schon andere Sippen um Aufnahme in unseren Klan bitten?«

Awin schwieg. Blohetans Klan war nicht der einzige?

»Ich sehe, dass du es nicht verstehst, mein Junge, und das erstaunt mich. Es sind Zeiten der Not, und viele Klans haben ihre Oberhäupter und oft auch deren Erben verloren. Sie brauchen Führung. Wenn du so willst, hat Xlifara Slahan uns einen Gefallen getan.«

Jetzt starrte Awin seinen ehemaligen Lehrer entgeistert an: »Einen Gefallen, Curru? Hunderte Hakul sind tot, ebenso viele verschleppt. Ist der Schild des Heredhans so groß, dass in deinen Gedanken kein Platz mehr für etwas anderes ist? Bist du so verblendet durch seinen Glanz, dass du das Elend unserer Brüder nicht mehr siehst?«

»Der Schild ist groß und wichtig, Awin, sehr wichtig. Eri kann gelingen, was keinem Heredhan vor ihm gelungen ist. Slahan ist fort, sieh es ein! Wir können nichts mehr für die Verschleppten tun, und, glaube mir, es bedrückt mich zutiefst. Aber andererseits hat sich nun vieles verändert, und Eri kann viele Klans der Schwarzen Hakul – vielleicht irgendwann sogar alle – unter einem Banner vereinen! Und dann …« Curru führte den Gedanken nicht zu Ende.

Awin konnte nicht fassen, was er hier hörte. Er schüttelte den Kopf und erwiderte scharf: »Wird ihm das auch gelingen, wenn der Heolin nicht mehr in seiner Hand liegt, Curru?«

»Ah, der Lichtstein!«, sagte der Alte gedehnt.

»Ich überließ ihn euch für eine Nacht und einen Tag«, sagte Awin.

Curru zuckte mit den Achseln und erklärte ruhig: »Ich kann verstehen, dass du ihn wiederhaben willst, aber ich denke, du wirst dich noch ein paar Tage gedulden müssen.«

Awin schloss die Augen. Es durfte nicht wahr sein. »Curru, du hast es versprochen.«

»Ich gedenke natürlich auch, dieses Versprechen zu halten. Sobald Eri mit dem Heolin auf dem Schild gestanden hat, werden wir ihn nicht mehr lange brauchen.«

»Curru, jeder Tag, der verstreicht, bedeutet Leid, vielleicht Tod für die Verschleppten. Gib mir den Heolin. Ich werde in der Versammlung fragen, wer mich begleiten will.«

Curru nickte bedächtig. »Es steht dir frei, auch ohne Heolin dort zu sprechen. Der Dhanegedh wird in drei Tagen wieder zusammentreten, wenn es gilt, Eri auf den Schild zu heben.«

»Drei Tage? Dann könnte es zu spät sein!«, rief Awin aufgebracht.

Der alte Seher zuckte mit den Achseln. »Es sind alte Gesetze, Awin, und ich gedenke, sie zu achten. Darin unterscheiden wir uns vielleicht.«

Die böse Anspielung des Alten ließ Awin erbleichen. »Was willst du damit sagen, Curru?«, presste er hervor.

»Du hast deinen Klan verlassen, Awin von den Schwarzen Dornen. Es kommt zwar vor, dass sich Sippen von großen Klans abspalten, doch wenn sie das ohne den Segen ihres Yamans tun, gilt es unter allen Stämmen des Staublandes als Verrat. Wusstest du das etwa nicht? Oder habe ich etwas versäumt, und du hattest Eris Segen für diesen Schritt, Awin?«

»Aber du hast mir doch dazu geraten …«

»Ich? Du musst dich verhört haben, mein Junge. Du hast mich gefragt, wie du dir Gehör im Rat verschaffen kannst, und das habe ich dir gesagt. Nach den Folgen deiner Entscheidung hast du mich nicht gefragt. Ich nahm an, sie seien dir bewusst. Und ich habe dir sicher nie gesagt, dass du Eri verraten sollst.«

Awins Hand fuhr zum Gürtel. Dieses Mal hatte er den Dolch nicht im Zelt gelassen.

Curru lachte geringschätzig. »Was versuchst du hier? Willst du nicht nur ein Verräter, sondern auch ein Mörder sein?«

Der Dolch war schon einen Finger breit aus der Scheide gefahren, aber da bemerkte Awin eine Bewegung hinter den Tüchern, die diesen Teil des Heredhanzeltes vom nächsten trennten. Sie waren nicht allein. Dennoch: Der faltige Hals des Alten war ein lohnendes Ziel. Wenn er schnell genug war, würde Curru tot am Boden liegen, bevor seine Krieger bei ihm waren. Die Hand an seiner Waffe verlangte danach, und der Dolch selbst schrie nach Currus Blut. Awin versuchte, sich zu beruhigen, seinen brennenden Zorn in kalte Wut umzuwandeln. Er biss sich auf die Lippen, dann schob er die Klinge wieder ganz zurück in die Scheide. Es würde seiner Schwester nicht helfen, wenn er Curru umbrachte und dabei starb. Es gab andere Möglichkeiten. Awin zwang sich zu einem Lächeln. »Ich werde dir nicht den Gefallen tun, mich hier töten zu lassen, Curru. Und sag, weiß Merege schon, welche großen Pläne du mit dem Lichtstein verfolgst?«

Zu Awins Überraschung lächelte nun auch Curru. »Sie weiß es, Awin, und sie wird sich in Geduld üben, denn sie wird den Stein in einigen Wochen in der Hand halten. Das habe ich ihr versprochen.«

»Und sie hat dir geglaubt?«, entfuhr es Awin.

Curru lächelte noch breiter. »Ich habe sie noch nie belogen, Awin, kannst du das auch von dir behaupten? Hast du ihr nicht versprochen, den Heolin nie aus der Hand zu geben?«

Awins Hand krampfte sich um den Dolchgriff. Wie konnte der Alte die Wahrheit nur so verdrehen – und wie hatte er selbst nur so dumm sein können, Curru zu vertrauen?

»Ich glaube dir kein Wort«, behauptete Awin.

Curru lachte. »Ich kenne dich, Awin, Kawets Sohn, und ich sehe doch, dass du nun begriffen hast, wie vollständig mein Sieg ist.«

Ein leises Stöhnen antwortete auf Currus Lachen. »Hörst du das?«, fragte der alte Seher. »Es sind die beiden Söhne Horkets. Ich glaube nicht, dass sie den nächsten Morgen erleben werden. Dieser Isgi verfügte wirklich über eine abscheuliche Begabung für die Kunst des Giftmischens.« Bei diesen Worten sah Curru Awin so unbefangen ins Gesicht, als würden die beiden wirklich an Isgis Gift sterben – und nicht an dem, was Curru ihnen gereicht hatte.

Mit einem Mal packte Awin das Grauen vor seinem ehemaligen Meister. Curru und Egwa hatten ihm und Gunwa über Jahre

Obdach gewährt und selbst in Zeiten der Not das karge Essen mit ihnen geteilt. Ihr Zelt war niemals ein warmes, glückliches Heim gewesen, und Curru und Egwa war es wohl einfach nicht bestimmt gewesen, liebevolle Eltern zu sein – aber sie hatten alles gegeben, was ihnen möglich war. Und jetzt war Egwa tot, und Curru? Schon auf dem Ritt nach Serkesch hatten sie sich entzweit, aber jetzt? Er behandelte Awin wie einen Fremden, ja, wie einen Feind, und Gunwas Schicksal schien den Alten völlig kaltzulassen. Gunwa, die, als sie klein gewesen war, auf Currus Schoß gesessen hatte, seinen Geschichten gelauscht und mit seinem geflochtenen Bart gespielt hatte, bis er lächelte. Das schien alles vergessen. Curru log und verbog die Wahrheit mit solcher Überzeugungskraft, als würde er seine Lügen selbst glauben. *Vielleicht tut er das ja,* dachte Awin. *Vielleicht glaubt er all das, was er mir erzählt, wirklich selbst. Vielleicht ist er wahnsinnig.* Wenigstens schienen ihn weder Gewissen noch Reue zu plagen. Er hatte betrogen, um Eri auf den Schild zu bringen, und nun war er dabei, für dieses Ziel auch zu morden, denn wenn die beiden Söhne Horkets tot waren, dann waren die gefährlichsten Anwärter auf den Heredhanschild aus dem Weg geräumt. Aber da war noch etwas, das Awin mit einem Mal zutiefst beunruhigte. Curru gab sich nicht viel Mühe, ihn auf seine Seite zu ziehen. Awin begriff plötzlich und mit eisiger Klarheit, dass Curru seinen Tod beschlossen hatte.

Sie stritten noch eine Weile, doch Awin war an diesem Tag kein würdiger Gegner für Curru, weil er jetzt nicht mehr versuchte, wirklich etwas zu erreichen. Es war alles gesagt worden. Awin war nur noch ein Stachel im Fleisch des zukünftigen Heredhans. Er war drauf und dran, Curru zu fragen, auf welche Weise er ihn denn sterben lassen wolle, aber dann riss er sich zusammen. Er überhäufte Curru mit Vorwürfen und Anschuldigungen, gab sich gekränkt und tat alles, um den Alten nicht merken zu lassen, dass er wusste, was er vorhatte. Und als er scheinbar wütend davonstürmte, war er in Wahrheit erleichtert, dass er noch am Leben war.

Er eilte zurück zu den Feuern des Sichelsee-Sgers. Viele Zelte waren schon verschwunden, und lange Züge von Reitern verließen das Lager in alle Richtungen, verabschiedet vom Krächzen der Krähen, die sich über die zurückgelassenen Abfallhaufen hermachten und um abgenagte Knochen stritten. Ein leichter Nieselregen mischte sich mit dem Qualm der Feuer, der dicht über dem Boden durch das Tal zog. Awin bemerkte einige feindselige Blicke, während er durch das Lager lief, und einmal war ihm, als hätte er das Wort »Verräter« gehört. Er schlug den Staubschal vors Gesicht und lief schneller. Yaman Werek und seine Männer waren schon fort, und Kluwes Zelt wirkte einsam, weil die Kriegszelte des Sperber-Klans, die es am Morgen noch umgeben hatten, nun fort waren. Awin musste überlegen, wem er noch trauen konnte. Wela und Tuge natürlich. Aber würde Tuge sich auch offen gegen Eri stellen? Er achtete die Gesetze, und Awin hatte den Klan verlassen. Tuge war ihm gegenüber zu nichts verpflichtet. Harmin? Es war schwer zu erkennen, was diesen Mann antrieb, aber er war ein Feind Currus, das war gut. Merege? Das war die große Frage. Awin konnte nicht glauben, dass sie sich wirklich auf einen Handel mit Curru eingelassen hatte. Zu seiner Erleichterung traf er die Kariwa am Lagerplatz. Sie saß mit Wela, Tuge und Harmin am Feuer. Es sah fast so aus, als würden sie ihn erwarten.

»Wie ist es gegangen, Awin?«, fragte Tuge leise.

Awin sah sich um. Sie waren unter sich. »Nicht gut, Tuge, gar nicht gut. Ich weiß jetzt, dass Curru den Lichtstein nicht hergeben wird, und er denkt gar nicht daran, Slahan zu verfolgen.«

»Das hätte ich dir vorher sagen können«, brummte Harmin.

»Er hat gesagt, dass er dir den Stein versprochen hat, Merege«, fuhr Awin fort.

»Das hat er, Awin«, erwiderte die Kariwa ruhig. Einzelne schwere Tropfen fielen vom Himmel und vergingen zischend in den Flammen.

»Er sagte auch, du habest das Angebot angenommen …«

Merege lächelte. »Weißt du, junger Seher, wir Wächter des Skroltors stehen an einer Mauer, die die Welt der Menschen von der der Daimonen trennt. Nur wer im Herzen wahrhaftig ist, kann dort bestehen. Die Lüge ist uns fremd. Curru dagegen ist ein Meister der Lügen und halben Wahrheiten. Eine Kariwa kann viel von ihm lernen, wenn es sein muss. Ich habe ihm also gesagt, dass ich den Stein in spätestens sechs Wochen in den Händen halten will. Das heißt aber nicht, dass ich so lange warten werde. Wenn du so willst, war es die Art Wahrheit, wie ich sie öfter von den Hakul gehört habe.«

Die Hakul am Feuer grinsten breit, selbst Wela. Awin hatte dagegen so eine Ahnung, wie schwer es Merege gefallen sein musste, auch nur den listigen Curru anzulügen.

»Was sagt eigentlich Eri zu der ganzen Sache?«, fragte Tuge.

»Nichts. Ich bin nicht einmal zu ihm vorgelassen worden«, berichtete Awin.

»Und was hast du jetzt vor, Awin von den Schwarzen Dornen?«, fragte Harmin.

Awin seufzte. »Ich denke, gleich, was ich tue, ich muss es schnell tun, denn Curru braucht mich nicht mehr, und es ist gut möglich, dass mir bald ein Unglück widerfährt. So wie auch du, Merege, in diesem Lager nicht mehr sicher bist.«

Merege nickte nur. Die Hakul blickten nachdenklich zu Boden. Das war ein schwerer Verdacht, den Awin da äußerte. Es war Wela, die das Schweigen schließlich brach. »Du solltest wissen, Awin, dass wir dir folgen, wenn du den Lichtstein wieder an dich bringen willst.«

»Es ist gefährlich«, erwiderte Awin, »und ich werde Slahan jagen, und das ist noch gefährlicher. Ich erwarte nicht, dass ihr mir helft und dabei euer Leben aufs Spiel setzt.«

»Du kannst schlecht ganz allein durch die Länder der Viramatai und Eisernen Hakul reiten«, verkündete Harmin ruhig. »Ich und meine Enkel, wir werden dich begleiten.«

Tuge starrte angestrengt in die Flamme. Awin ahnte, welche Kämpfe in dem Bogner abliefen. Es widersprach allem, was er gelernt und geglaubt hatte, wenn er sich nun gegen seinen Yaman stellen sollte. Schließlich sagte er: »Wenn der Klan der Schwarzen Dornen einen Bogner braucht, dann würde ich mich freuen, aufgenommen zu werden, Yaman Awin.«

Hatte er ihn gerade *Yaman* genannt? Awin glotzte Tuge überrascht an.

Wela lachte plötzlich laut auf. »Dieses Gesicht ist eines Yamans nicht würdig, Awin, das musst du noch üben.«

»Ich bin doch kein Yaman«, widersprach Awin kopfschüttelnd.

»So wie es aussieht, bist du es gerade geworden«, erklärte Harmin grinsend und schlug ihm lachend auf die Schulter.

»Ich, als Schmiedin deines Klans, mache dir auch einen Schild, auf den wir dich heben werden, Yaman Awin, und zwar einen, der nicht zerbricht«, rief Wela fröhlich.

»Aber das ist verrückt!«, erwiderte Awin.

»Ist es«, stimmte Harmin lachend zu, »erwarte also bitte nicht, dass ich mich deinem ruhmreichen Klan anschließe, Yaman Awin, aber in deinem Sger und bei deiner Jagd auf Slahan, da kannst du auf mich zählen – wenn du den Lichtstein hast.«

»Ich werde ihn mir holen«, verkündete Awin entschlossen.

»Und wie willst du das anstellen?«, fragte Wela besorgt.

Awin warf Merege einen fragenden Blick zu. Sie nickte.

»Merege wird mir dabei helfen.«

Das feine Lächeln der Kariwa zeigte ihm, dass sie sehr wohl wusste, wer dabei wem half, aber auch, dass sie bereit war, über diese Ungenauigkeit hinwegzusehen.

»Aber wie wollt ihr an den Wachen vorbeikommen? Und selbst, wenn ihr ihn Eri entreißen könnt, wie wollt ihr lebend aus dem Lager kommen? Es sind immer noch hunderte Hakul hier, die werden euch nicht einfach ziehen lassen«, gab Wela zu bedenken.

»Es gibt einen Weg«, verkündete Merege gelassen.

»Und verrätst du uns auch, welchen?«, fragte Wela spitz.

»Nein«, entgegnete Merege kühl.

»Welche Aufgabe hast du uns dabei zugedacht, Awin?«, fragte Tuge.

Awin schloss die Augen und dachte einen Augenblick nach. Er brachte sie alle in Gefahr. Aber dennoch, es war besser, Gefährten zu haben, als allein einer Göttin nachzujagen. Und hier im Lager war niemand mehr sicher, der auf seiner Seite stand. Er öffnete die Augen und sagte: »Verlasst das Lager. Nehmt unsere Pferde mit und erwartet Merege und mich … wo?«, wandte er sich an die Kariwa.

»Dieser erste Steinkegel, den wir sahen, kurz nach der Weggabelung, auf dem Weg hierher«, sagte Merege langsam.

»Der Garam, an dem ihr die Steine abgelegt habt?«, fragte Tuge.

Merege nickte.

»Das sind mehr als drei Stunden zu Pferd. Wie wollt ihr uns zu Fuß einholen?«

»Das lass ruhig meine Sorge sein, Bogner«, entgegnete die Kariwa mit einem Lächeln.

»Und sie ist doch eine Ziege«, schimpfte Wela, als sie ihr Pferd sattelte. Awin ging ihr zur Hand. Er war sich sicher, dass Curru bald erfahren würde, dass Tuge und die anderen das Lager verlassen wollten. Würde er es verhindern? Einige Hakul beäugten sie misstrauisch. Waren es Späher des künftigen Heredhans? Es würde doch seltsam aussehen, wenn Eri auf den Schild gehoben würde, und die Krieger seines eigenen Klans wären fort. Dass er selbst das Tal nicht verlassen konnte, war ihm längst klar. Schon bald nach der kleinen Beratung am Feuer war nicht mehr zu übersehen, dass er beobachtet wurde.

»Du widersprichst mir gar nicht?«, fragte Wela.

»Wie? Nein, du hast sicher … was hast du gesagt?«

Wela sah ihm ernst in die Augen. »Du machst dir Sorgen, das sehe ich dir an, Awin Sehersohn. Aber sei beruhigt, es verlassen immer noch einige Sgers das Tal, und wir werden uns einfach unter sie mischen. Was mich betrifft, werden sie mich töten müssen, um mich aufzuhalten, und das würde doch sehr schlecht aussehen für Eri, oder nicht? Außerdem ist Fahs auf unserer Seite, denn er hat uns diesen kalten Regen geschickt, und so viele Reiter haben heute dieses Tal verlassen, dass sie es schwer haben werden, unserer Spur zu folgen. Wir werden also hier rauskommen. Aber was ist mit dir und der bleichen … mit Merege?«

»Sie ist eine Zauberin, das solltest du nicht vergessen, Wela. Um uns musst du dir keine Gedanken machen, eher um die, die sich Merege in den Weg stellen.«

»Isgi und die beiden Krieger – das war sie?«, fragte Wela leise. Sie stieg auf ihr Pferd.

Awin reichte ihr ihren Trinkschlauch und nickte stumm.

»Warum reiten wir ins Karys?«, fragte Mabak, der sein Pferd heranführte.

Sie waren lange unsicher gewesen, ob sie den jungen Krieger

mitnehmen sollten. Einweihen wollten sie ihn nicht, denn er konnte kein Geheimnis lange für sich behalten. Zurücklassen wollten sie ihn aber auch nicht. »Er redet mehr, als gut für ihn ist, aber es würde mich schmerzen, ihn unter Currus Einfluss zu sehen«, hatte Tuge gesagt und sie damit überzeugt. Also hatten sie Mabak erzählt, dass sie ins Karys reiten würden, in der Annahme, dass Curru dann davon hören würde. Es war ein ziemlich durchsichtiger Täuschungsversuch, aber wenn es die Verfolger nur ein wenig verwirrte, war es besser als nichts. Jetzt beantwortete Harmin die Frage Mabaks: »Es gibt dort eine heilige Schlucht, junger Freund«, erklärte er, »und es heißt, die Gebete, die dort reinen Herzens gesprochen werden, werden von Dhurys erhört.«

»Und worum wollen wir den Flussgott bitten? Um noch mehr Regen?«, fragte Mabak verdrossen.

»Um alle Hilfe, die wir bekommen können, junger Hakul«, antwortete Harmin schlicht und gab das Zeichen zum Aufbruch. Harmin übernahm die Spitze, seine Enkel Limdin und Dare waren hinter ihm, dann folgte das halbe Dutzend Männer aus Harmins Klan, das schon seit dem Sichelsee mit ihnen geritten war. Wela, Tuge und Mabak mischten sich unter sie. Krähen stoben auf, und Hakul gafften ihnen hinterher. Sie verließen das Tal im letzten Licht der Dämmerung, auf dem gleichen Weg, auf dem sie gekommen waren. Die Wachen oben auf dem Hügel sahen anscheinend gleichmütig zu. Niemand hielt sie auf, niemand schien nach den beiden reiterlosen Pferden zu fragen, die sie mitführten. Awin blickte ihnen nach, bis sie hinter der Hügelkuppe verschwunden waren. Das war zu einfach gegangen. Merege trat zu ihm. »Wenn Curru etwas gegen sie unternehmen will, dann wird er es sicher nicht hier im Lager tun«, sagte sie, als habe sie seine Gedanken erraten.

Awin schluckte. »Wir müssen sie warnen!«, rief er.

»Ich habe es Harmin gesagt und dem Bogner auch«, erwiderte die Kariwa gelassen.

»Und mir nicht?«

»Du reitest ja nicht mit ihnen. Außerdem solltest du dir über andere Dinge Gedanken machen, denn noch wissen wir nicht, wie wir den Heolin bekommen können. Oder hast du schon einen fertigen Plan?«

Awin entgegnete: »Im Augenblick sollten wir gar nichts unternehmen. Es wird wenigstens drei Stunden dauern, bis unsere Freunde an jenem Garam sind. Es wäre unklug, die Verfolger zu früh aufzuschrecken.«

»Das beantwortet meine Frage nicht«, sagte Merege.

Awin nickte. »Ich dachte, wir könnten einfach zu Curru gehen und ihn um eine Unterredung mit Eri bitten. Der Lichtstein wird dann nicht weit sein.«

Merege schüttelte den Kopf. »Curru wird ahnen, was wir vorhaben. Entweder wird der Lichtstein nicht dort sein, oder er ist so schwer bewacht, dass meine Kräfte nicht reichen würden.«

Awin nagte an seinen Lippen. »Dann müssen wir versuchen, im Schutz der Dunkelheit heimlich in dieses Zelt einzudringen. Und dann ...« Er vollendete den Satz nicht.

»Es wird für mich leichter sein als am Glutrücken, uns dort hinauszubringen, Awin«, versprach Merege.

Ein Gedanke, den Awin lange verdrängt hatte, verlangte jetzt danach, ausgesprochen zu werden: »Aber die Reise, diese Flucht, ich meine ... musst du auf jeden Fall, ich meine, musst du denn wirklich töten? Es werden nur Hakul dort sein.«

Merege sah ihn kühl an. »Ich muss Kraft von anderen rauben. Es gibt keinen anderen Weg. Doch das wusstest du vorher.«

»Aber reicht es nicht, wenn du nur ein halbes Leben nimmst? Musst du gleich töten?«, suchte Awin nach einem Ausweg.

»Du weißt nicht, wovon du redest, Seher«, antwortete Merege leise und mit einem Kopfschütteln. »Wenn ich ein anderes Leben berühre, seine schützende Hülle durchstoße, dann befreie ich einen mächtigen Fluss, der strömt, bis die Quelle versiegt. Niemand kann diesen Strom aufhalten.«

Awin verstummte. Es lag eine gewisse Bitterkeit in Mereges Worten, als sei da noch etwas anderes, ein Geheimnis hinter dem Geheimnis, über das sie nicht reden wollte. Und sie hatte recht: Er hatte gewusst, dass es Leben kosten würde. Sie berieten noch eine Weile und kamen schließlich überein, sich von Osten, über den Heiligen Kreis, an das Heredhanzelt heranzuschleichen, denn dort standen die wenigsten Zelte. Als das geklärt war, stand Awin auf. »Komm«, sagte er.

»Wohin?«, fragte sie erstaunt.

»Ich will hinüber zu Uredh und Blohetan. Wir sind unter anderen Hakul kein ganz so leichtes Ziel, falls Curru auf den Gedanken kommen sollte, schon heute Abend etwas gegen uns zu unternehmen. Dafür bin ich bereit, die immer gleichen Geschichten, die Blohetan zum Besten gibt, zu ertragen.«

Sie waren nicht sehr willkommen an diesem Feuer. Awin konnte die Ablehnung spüren, aber sie wurden auch nicht abgewiesen. Er konnte den Kriegern auch ansehen, dass sie vor Neugierde brannten. Seine Gefährten hatten das Ahnental verlassen – warum war er noch hier? Und was hatte die Fremde noch hier zu suchen? Es war Blohetan, der diese Frage schließlich stellte, aber Awin antwortete ausweichend, dass er später noch mit Kluwe zu reden habe, aber nicht mehr dazu sagen wolle oder könne. Die Hakul waren mit der Antwort sichtlich unzufrieden, aber sie verstanden immerhin, dass er nicht darüber reden wollte. Also wandten sie sich wieder ihren eigenen Gesprächen zu.

Ein leichter Regen ging nieder, aber sie blieben trotzdem am Feuer, denn es gab viel zu besprechen. Noch einmal wurden alle Einzelheiten des Kampfes durchgegangen, geschildert, wie Horket mit einem gewaltigen Streich den Schild Eris zerschmetterte, und dann, als er schon zum tödlichen Schlag auf den am Boden Liegenden ausholte, plötzlich und unerklärlicherweise erstarrte und von Eri mit großer Leichtigkeit getötet werden konnte. Blohetan redete viel. Er schwärmte geradezu vom neuen Heredhan, der seinen Kampf gegen den doch eigentlich unbesiegbaren Horket mit solcher Leichtigkeit gewonnen hatte. Uredh war deutlich schweigsamer. Irgendwann sagte er: »Ich hätte nicht gedacht, dass dieser Knabe so von den Göttern begünstigt wird.« Vermutlich dachte er wieder daran, dass er auf ihrem gemeinsamen Zug unentwegt mit dem zukünftigen Heredhan über den richtigen Weg gestritten hatte und dass er anfänglich sogar der Meinung gewesen war, dass der Heolin am Sichelsee zu bleiben habe. Awin hörte nur mit einem halben Ohr zu. Er überdachte noch einmal ihren Plan, der ihm unfertig und lückenhaft erschien, und er machte sich Gedanken um Wela, Tuge und die anderen, die das Lager verlassen hatten. Curru konnte nicht zulassen, dass sie sich ungestraft vom Klan des Heredhans abwandten. Er konnte sie auch nicht offen angreifen, schließlich waren es Verwandte, aber er würde sicher dafür Sorge tragen, dass irgendein Verhängnis auf sie wartete – eines, das mit ihm nicht in Verbindung gebracht werden konnte. Sie waren in Gefahr, und er konnte ihnen nicht helfen. Er vertrieb diesen Gedanken und fragte Uredh, dessen letzte Bemerkung ihn verwunderte: »Wirst auch du Eri die Gefolgschaft schwören, Yaman?«

Uredh nickte. »Es wäre töricht, es nicht zu tun, denn Tengwil hat ganz offensichtlich einen besonderen Faden für ihn gewoben. Vielleicht ist es ja wirklich so, wie manche sagen – Etys ist auferstanden, in der Gestalt dieses jungen Yamans.«

Awin fragte sich, ob der große Fürst Etys ein ebensolcher Ausbund an Undankbarkeit gewesen war wie sein angeblicher Erbe Eri, aber er behielt diesen Gedanken für sich. Tat er ihm am Ende vielleicht sogar Unrecht? Eri war ein Hitzkopf, sprunghaft, unreif sicher auch, aber er war nicht so falsch und verschlagen wie Curru. Awin war sich inzwischen sicher, dass es Curru war, der Eri gegen Merege aufgehetzt hatte, damals vor Serkesch. Und auch jetzt war es der Seher, der den Knaben lenkte. Möglicherweise würde Eri seine Leichtgläubigkeit trotzdem mit dem Leben bezahlen müssen, nämlich dann, wenn er sich in dieser Nacht der Zauberin in den Weg stellte. Awin hoffte, dass er es nicht tat.

Die Stunden verrannen. Awin lauschte auf den leichten Regen und die anderen Geräusche der Nacht. Es war ein großer Tag für den Stamm, aber an den meisten Feuern ging es dennoch ruhig zu. Die Zeiten waren wohl zu unsicher und düster, um den kommenden Heredhan mit Trommeln und Gesang zu feiern. Awin fragte sich, ob die Hakul vielleicht auch in ihrem Innersten spürten, dass an Eris Sieg etwas faul war. Noch lobten sie die Götter, die den jungen Heredhan offensichtlich auf dem Schild sehen wollten, aber leise Zweifel mochten bei dem einen oder anderen schon erwacht sein. Als es dann allmählich Zeit für sie wurde, zur Tat zu schreiten, flüsterte Merege. »Es sind zwei, die uns beobachten.«

Awin nickte. Er hatte die beiden Männer, die von einem benachbarten Feuer aus immer wieder zu ihnen hinüberblickten, auch bemerkt. Er hielt sie für Krieger aus Skians Klan der Dolche, und er hatte inzwischen einen Plan, sie loszuwerden. Er stand auf, nickte den Kriegern am Feuer zu und sagte:

»Wir würden gerne länger unter euch sitzen, ihr Männer, doch Kluwe hat uns gebeten, noch einmal zu ihm zu kommen.«

»Um diese Zeit?«, fragte Blohetan erstaunt.

»Es ist die Stunde der Seher, denn wenn die Augen nichts sehen, wird der Geist nicht geblendet«, behauptete Awin kühn. Er verabschiedete sich laut, um sicherzugehen, dass Currus Späher seinen Aufbruch auch bemerkten. Merege folgte ihm stumm, ohne sich ihre Überraschung anmerken zu lassen. Das Zelt war nicht bewacht. Wereks Männer waren fort, und offenbar fühlte sich noch kein anderer Klan für Kluwe verantwortlich. Vielleicht lag es aber auch an der Scheu, die die Hakul vor der Gabe Kluwes empfanden. Sie wagten nicht, sich aufzudrängen, sondern warteten, bis der berühmte Seher von sich aus einen neuen Klan wählte. Awin war das nur recht. Er trat ein, und Merege folgte ihm. Eine einzelne Kerze verbreitete etwas Licht. Kluwe saß in seinem Stuhl, einen knorrigen Stab in den Händen. Awin dachte zunächst, dass er schlief, doch dann bemerkte er, dass ihn der Alte aus seinen tief liegenden Augen anstarrte. Sein Sprecher lag schlafend neben ihm auf dem Fußboden. Awin blieb stehen. Er war sich unsicher, was er tun sollte. Der Alte lachte leise und winkte ihn heran. Awin trat näher und beugte den Kopf hinab. »Wenn du versagst, kann es das Ende bedeuten«, flüsterte der Alte heiser.

Awin blickte ihn verwirrt an. Kluwe hatte so leise gesprochen, dass er nicht sicher war, ihn richtig verstanden zu haben. »Das Ende der Hakul?«, fragte er unsicher nach.

»Das Ende der Welt«, flüsterte der Alte.

Awin richtete sich auf. Ein Schauer lief ihm über den Rücken. Er beugte sich wieder hinab, um noch einmal nachzufragen, aber der Alte machte eine abwehrende Handbewegung, stützte das Kinn auf seinen Stab und starrte in die Ferne.

»Was hat er gesagt?«, fragte Merege leise.

Awin schüttelte den Kopf. Er wusste nicht, was er davon halten sollte. Er spürte nur, dass Kluwe es ernst gemeint hatte.

»Und jetzt?«, drängte Merege.

Awin starrte immer noch auf das Gesicht aus tausend Falten und Runzeln, das ausdruckslos in die Ferne blickte, dann riss er sich los und zog seinen Dolch.

»Der Hinterausgang«, murmelte er.

Es war ein Winterzelt, was hieß, dass es aus einer inneren Tuch- und einer äußeren Lederschicht bestand. Leise trennten sie die Nähte auf und schlüpften hinaus in die Nacht. Der Himmel war auf ihrer Seite, denn die dichten Wolken ließen keinen Mondstrahl hindurch. Sie schlichen hinter einer Reihe Ulmen davon. Awin konnte Currus Späher sehen, sie ließen Kluwes Zelt nicht aus den Augen.

»Wir müssen uns beeilen, denn ewig werden sie nicht darauf hereinfallen«, flüsterte Merege.

Stumm eilten sie am Rande des Lagers entlang. Sie versuchten, wie abgesprochen, von Osten, über den heiligen Kreis, ihr Ziel zu erreichen. Dort brannten nur wenige Feuer, und die Hakul duckten sich vor dem Regen unter ihre Kapuzen und bemerkten die Gestalten nicht, die durch die Schatten schlichen. Awin zog seinen Dolch. Sollte es zu einer unverhofften Begegnung im Dunkeln kommen, wollte er schneller sein als ein möglicher Gegner. Das Heredhanzelt war bewacht, doch die Krieger nahmen ihre Aufgabe offenbar nicht sehr ernst, denn sie hatten sich vor dem Eingang zusammengefunden, stützten sich müde auf ihre Speere und unterhielten sich leise. Licht fiel aus dem Eingang. Sie schlichen zur Rückseite des dreiteiligen Zeltes. Als Awin mit Curru in der Eingangskammer gesprochen hatte, war der Heolin nicht zu sehen gewesen. Er war vermutlich auch jetzt in einer der beiden hinteren Zeltkammern. Awin lauschte. Gespräche drangen durch die doppelte Wand aus Leder und Tuch. Es waren mehrere Männer, die sich unterhielten. Das war schlecht. Awin näherte sich der zweiten Kammer. Dort war alles ruhig. Er hörte Merege ganz regelmäßig neben sich atmen, während sein eigenes Herz wild klopfte. War sie wirklich so kaltblütig? Er nahm seinen Dolch und begann vorsichtig, die Naht aufzutrennen.

Plötzlich fühlte er Mereges Hand auf der Schulter. Sie schob ihn zur Seite. Ein leises Geräusch verriet ihm, dass sie ihr Schwert gezogen hatte, die Waffe, die Welas Vater Tuwin, den Schmied, vor Neid hatte erblassen lassen. Er hörte leise, schnelle Schnitte, dann war die lederne Haut einen Spalt weit geöffnet. Nebenan lachten die Männer laut und rau. Das Gelächter übertönte das Reißen des Tuchs. Das Gespräch ging weiter. Awin vermeinte, Curru herauszuhören, aber es sprachen immer mehrere Männer gleichzeitig. Awin zählte die Stimmen. Es waren wenigstens sechs. Bis jetzt gab es keinerlei Anzeichen, dass sie jemand bemerkt hatte. Merege wollte hineinklettern, doch Awin hielt sie auf. Er fand, das sei seine Sache. Er stieg vorsichtig durch die schmale Öffnung. Die Kammer war in sanftes Dämmerlicht getaucht. Awin hörte ruhige Atemzüge. Er sah eine schlanke Gestalt auf einem niedrigen, fellgepolsterten Gestell ruhen. Es war Eri, und er schlief im goldenen Schimmer des Heolins. Der Stab war zum Greifen nah – und unbewacht.

Vorsichtig tastete sich Awin voran. Er betrachtete den Schlafenden. Eris linker Arm lag in einer Schlinge. Er schlief unruhig. Vielleicht sandte ihm die Schicksalsweberin einen Traum. Awin schickte ein Stoßgebet zu den Göttern, damit Tengwil den Knaben nicht weckte. Merege tauchte geräuschlos neben ihm auf. Sie atmete ruhig und regelmäßig. Da war der Heolinstab, neben dem Bett eingepflanzt in den Boden. Es sah einfach aus. Awin stockte. Merege musste ein Leben nehmen, um sie hier fortzubringen. Und dafür stand ihr außer seinem eigenen nur eines zur Verfügung – das von Eri. Während er die Hand nach dem Heolin ausstreckte, überlegte er fieberhaft noch einmal, ob es nicht eine andere Möglichkeit gäbe. Konnten sie nicht einfach den Stab nehmen, verhüllen und zu Fuß flüchten? Vielleicht würde bis zum Morgen niemand bemerken, dass der Lichtstein fort war. Awin berührte den Stab. Vorsichtig, ganz vorsichtig zog er ihn aus der Erde. Nur ein leises Schmatzen verriet, dass der weiche Boden ihn losgelassen hatte. Nebenan wurde wieder rau gelacht. Awin konnte dennoch förmlich spüren, wie Merege hinter ihm ihre Kraft sammelte. Dann bemerkte er, dass Eri nicht mehr atmete. Er blickte dem jungen Krieger ins Gesicht. Dieser hatte die Augen geöffnet und erwiderte den Blick mit einer Wut, die Awin erbleichen ließ. Für einen kurzen Augenblick schien die Welt den Atem anzuhalten.

»Zu den Waffen, Hakul!«, brüllte Eri dann, rollte zur Seite, stöhnte, weil er dabei seinen gebrochenen Arm belasten musste, und packte sein Schwert.

Awin sprang zurück. Merege umfasste seinen Unterarm mit eisernem Griff. »Nicht Eri«, flüsterte Awin. Die Tücher im Durchgang wurden zur Seite gerissen. Zwei Krieger stürmten herein. Dahinter waren noch weitere. Merege streckte ihnen mit schneller Geste ihre offene Hand entgegen, was die beiden zu verunsichern schien. Sie zogen ihre Sichelschwerter, drangen aber nicht weiter vor. Curru war dicht hinter ihnen. »Tötet sie!«, schrie er.

*»Gul-sen suoli!«*, hauchte Merege. *»Nawiar skerik!«* Awin spürte einen kalten Schauer über seinen Rücken laufen. Einer der beiden Krieger erstarrte in der Bewegung. Das Schwert glitt ihm aus den Fingern, die Augen quollen aus den Höhlen. Der andere sah es und blieb entsetzt stehen. Curru gab ihm einen Stoß. »So töte sie doch!«, schrie er schrill.

*»Gul-sen suoli!«*, flüsterte Merege noch einmal. Awin spürte Schmerz durch seinen Arm kriechen. *»Nawiar skerik!«*

Da war sie wieder, die Eiseskälte, die Awin in die Brust kroch, so wie es am Glutrücken geschehen war. Der Krieger brüllte. Awin hörte einen wütenden Schrei in seinem Rücken, doch er konnte sich nicht umdrehen. *»Gul-sen suoli!«* Das Gebrüll des Kriegers gellte in Awins Ohren. Die Welt löste sich in roten Schleiern auf. *»Nawiar skerik!«* Die Schleier packten Awin und zerrissen ihn in tausend Stücke. Dann war alles schwarz. Und still.

Die Welt kam zurück, brüllend und mit schwarzer Nacht. Blut rauschte in Awins Ohren, seine Lungen brannten, und kalter Schmerz durchzuckte alle Glieder. Die Dunkelheit bewegte sich. Awin spürte, dass ihm etwas aus den Fingern glitt. Der Heolinstab, dachte er. *Zauberei!*, brüllte jemand. Was war das für ein Lärm? Was waren das für Schatten, die auf ihn einstürmten? Eine laute Männerstimme drang an sein Ohr. *Die Zauberin!* Dann eine andere: *Ihre Augen, seht nur ihre Augen.* Der Schmerz in Awins Beinen löste sich in einem Gefühl von Taubheit. Er sackte auf die Knie. *Tötet sie!* Awin hustete, und Krämpfe schüttelten seinen ganzen Körper. Er blinzelte, um die Schemen in seiner Umgebung besser zu erkennen. Ein schleifendes Geräusch. Jemand zog eine Waffe aus der Scheide. *Awin, dein Dolch*, hauchte es leise aus der Finsternis. Plötzlich stand ihm der sterbende Hakul aus dem Zelt wieder vor Augen. Er hörte ihn noch brüllen. *So tötet sie doch!* Aber nein, das war eine andere Stimme. Sie kam aus der Dunkelheit. Awin kniff die Augen zusammen. Da lag der Heolin, warf schwaches Licht. Und davor Männer, schwarz gekleidet. Etwas blitzte in ihren Händen. Sie kamen auf ihn zu. Sein Kopf dröhnte, und er konnte nicht klar sehen. Seine Glieder waren abwechselnd taub und dann von brennendem Schmerz erfüllt.

»Ihr Feiglinge, so greift doch an«, rief eine Stimme aus der Dunkelheit. Schwerter blitzten auf.

»Dein Dolch, Hakul«, drängte eine leise Stimme neben ihm.

Sein Dolch? Den hatte er doch eben noch in der Hand gehalten. Er blickte sich verwirrt um. Neben ihm stand Merege, ihre Augen brannten weiß, und selbst ihre helle Haut schien zu leuchten. Seine Beine waren wachsweich. Diese Männer wollten sie töten! Er tastete den Boden ab. Da, seine Waffe. Jemand kam auf ihn zugerannt. Er duckte sich und spürte ein Sausen, als eine Klinge ihn knapp verfehlte. Dann klirrten zwei Schwerter aufeinander. Noch einmal. Ein hässliches Knirschen, ein Fluch. Awin kam stolpernd auf die Beine. Neben ihm rangen zwei Schatten miteinander. Einer von beiden war schmal, zierlich, aber in ihm brannten diese unheimlichen, leuchtenden Augen – Merege. Awin drehte sich um. Die Schleier verschwanden. Im Zwielicht des Heolins sah er ein Dutzend Männer. Sie starrten zu ihm hinauf – nein, zu den beiden Gestalten, die miteinander rangen. Awin fühlte das Heft seines Dolches in der Hand. Er hatte gar nicht gemerkt, dass er ihn aufgehoben hatte. Sein Geist war plötzlich wieder klar und scharf. Er wusste, wo sie waren und was gerade geschah. »Hakul!«, rief er laut. Und noch einmal: »Hakul.«

Neben ihm sackte eine Gestalt stöhnend zusammen. Und dann donnerten Reiter über den Hügel. Sie trugen Fackeln in den Fäusten. Die Männer in der Senke drehten sich um und rannten zu ihren Pferden, die dort warteten. Awin spürte, dass seine Beine wieder unter ihm nachgaben. Es wurde wieder schwarz um ihn.

Kurze Zeit später kamen die Reiter zurück. »Ich glaube, wir haben sie alle erwischt«, rief Harmin laut. Awin stand am Hang, auf seinen Stab gestützt. Das Leben war in seine Glieder zurückgekehrt. Wenn er sich recht erinnerte, war es bei der ersten Reise dieser Art weit schlimmer gewesen. Allerdings waren sie da nicht angegriffen worden. »Wie viele habt ihr?«, fragte er.

»Acht oder neun«, lautete die zufriedene Antwort.

»Dann sind euch wenigstens drei entkommen«, stellte Merege kühl fest.

Harmin verstummte.

»Aber wir haben keinen Mann verloren, und das ist ein Wunder«, rief Tuge.

»Und wir haben ihre Pferde!«, rief Wela stolz. »Sie werden lange brauchen, bis sie wieder zurück ins Ahnental gestolpert sind.«

»Es ist auch ein Wunder, dass ihr gerade rechtzeitig hier eingetroffen seid«, sagte Awin.

»Gerade?«, rief Harmin. »Wir lagerten schon eine ganze Weile auf der anderen Seite dieses Hügels. Dann hörten wir plötzlich Lärm.«

»Ich nehme an, sie wollten zuschlagen, wenn wir schlafen«, ergänzte Tuge, »doch Tengwil hat ihre Schicksalsfäden schon vorher durchtrennt. Wir sollten ihr ein Dankopfer bringen.«

»Das sollten wir«, stimmte Awin zu, »doch später. Schon jetzt wird Curru weitere Männer hinter uns herschicken.«

»Zu welchem Klan gehörten diese Krieger, Yaman Awin?«, fragte der junge Mabak.

»Skians Klan der Dolche. Und hier liegt Skian selbst«, antwortete Awin und deutete auf den Mann, den Merege getötet hatte. Er hatte sich den Toten angesehen. Er war wirklich ziemlich jung für einen Yaman gewesen, nicht viel älter als Eri. »Seine Treue zu Curru und dem neuen Heredhan hat ihm nicht viel Glück gebracht.«

Limdin führte Awins Braunen heran. »Sollen wir die Pferde dieser Krieger davontreiben, Yaman?«, fragte er.

Awin schüttelte den Kopf, auch darüber, dass er schon wieder Yaman genannt wurde. Er antwortete: »Nein, denn das würde uns mehr aufhalten als sie. Wir haben nicht viele Stunden Vorsprung, aber die müssen wir nutzen.«

Awin legte seine Hand auf Mereges Arm. Sie sah ihn überrascht an – es war nicht üblich, dass ein Hakul sie berührte. Das Leuchten war aus ihren Augen verschwunden, und sie sah blass aus. Awin musste daran denken, wie viel erschöpfter sie gewesen war, als sie zum ersten Mal mit ihm diesen Zauber durchgeführt hatte. Er dankte den Göttern, dass sie sich dieses Mal schneller erholt hatte. Sonst würde er jetzt vermutlich tot auf diesem Hang liegen. »Ich danke dir«, sagte er leise.

»Wofür?«, fragte sie.

»Du hast mir eben das Leben gerettet. Und du hast im Zelt nicht Eris Leben genommen.«

»Es war vielleicht ein Fehler«, erwiderte Merege kühl, »aber die beiden Krieger waren die größere Gefahr. Ich musste sie aufhalten.«

Awin nickte. »Wir sind doch hier in der Nähe des Treffpunktes, oder?«, fragte er Tuge.

Der Bogner sah ihn etwas befremdet an. Noch hatte keiner gewagt, Awin zu fragen, wie er mit Merege an diesen Ort gekommen war, aber es war natürlich noch seltsamer, wenn er gar nicht genau wusste, dass sie wirklich dort waren. Tuge antwortete: »Dort oben steht der Steinkegel, in dem der große Dornbusch Wurzeln geschlagen hat, und wenn wir über den Hügel gehen, könntest du bei etwas mehr Licht den Garam sehen, an dem wir unserer Ahnen gedachten.«

»Dann lass uns eilen, Tuge. Ich bin froh, wenn ich den Rest der Reise auf dem Rücken eines Pferdes zurücklegen kann.«

»Wie hat sie das gemacht?«, platzte Wela heraus, als sie die

Pferde zum Feuer zogen, wo die Krieger hastig ihre Sachen zusammenrafften.

»Frag sie selbst«, antwortete Awin knapp.

Aber niemand traute sich, der Kariwa diese Frage zu stellen. Es schien, als sei die Scheu vor dem blassen Mädchen mit den unheimlichen Fähigkeiten noch größer geworden.

»Ich hätte nie gedacht, dass Eri und Curru so weit gehen würden, Mörder gegen ihre eigenen Verwandten auszusenden«, sagte der Bogner niedergeschlagen.

»Ich glaube, da steckt nur Curru dahinter. Eri traue ich diese Tat nicht zu«, antwortete Awin.

»Es ehrt dich, dass du diesen Undankbaren auch noch in Schutz nimmst. Ich ahnte gleich, dass es nichts Gutes bedeuten kann, als der Schild zerbrach«, erwiderte Tuge.

Harmin mischte sich ein: »Offenbar glaubt Eri, dass er euch nicht mehr braucht. Ich hörte, dass sich ganze Sippen dem Klan der Berge anschließen wollen.«

»Uns nicht mehr braucht? Ich denke, es ist eher so, dass er jene fürchtet, die ihn an alte Zeiten und Verfehlungen erinnern«, meinte Awin grimmig.

Sie löschten das Feuer und bestiegen ihre Pferde. Dann brachen sie auf. Sie folgten dem Pfad bis zur Gabelung und bogen dort nach Osten ab. Harmin hatte sich unterwegs bei anderen Hakul erkundigt. Sie würden die Furt über den Dhurys am Morgen erreichen können. »Hoffentlich ist sie nicht bewacht«, meinte Tuge.

»Das würde keinen Unterschied machen«, entgegnete Awin. »Wir haben viel Zeit verloren, Tuge, aber ab jetzt wird es keine Umwege und kein Zögern oder Zurückweichen mehr geben. Wir haben den Heolin, und wir haben die Kariwa. Es soll nur jemand wagen, uns aufzuhalten, er würde es bereuen.«

»Du sprichst wie ein Yaman«, meinte Tuge grinsend, als sie weiter durch die Nacht galoppierten.

»Yaman oder Seher, ich muss dir leider sagen, dass ich nicht weiß, was uns auf der anderen Seite des Flusses erwartet, Tuge. Ich kenne das Land nicht, ich weiß nichts über die Hakul, die dort leben, außer, dass man sie die Eisernen nennt.«

»Oh, eine Weile werden wir noch Brüder unseres Stammes antreffen, sofern sie nicht alle im Ahnental sind. Und du hast doch unser Ziel gesehen, diese Festung, wie hieß sie noch gleich – Pursu?«

»Gesehen habe ich sie, doch weiß ich nicht genau, wo sie liegt. Wir werden jemanden brauchen, der uns dort hinführt«, entgegnete Awin.

»Das wird sich schon finden«, meinte der Bogner.

Awin hoffte, dass Tuge recht behalten würde, aber Zweifel nagten an ihm. Er hatte den Heolin, und Merege ritt an seiner Seite, doch sie waren nur dreizehn, die ausritten, um eine Göttin herauszufordern. Xlifara Slahan gebot über mächtige Winde, und sie konnte ihre Gefangenen in ein ganzes Heer seelenloser Krieger verwandeln. Er durfte gar nicht darüber nachdenken, denn dann wurde ihm klar, dass dieses Unternehmen Wahnsinn war. Und was hatte der alte Kluwe gesagt? Wenn er versagte, würde es das Ende bedeuten. Das Ende der Welt.

# Dhaud

AWIN WISCHTE SICH den Schweiß von der Stirn, hob die Hand schützend vor die Augen und blickte sich um. Es mochte fast Mittag sein. Er entdeckte zwei schwarze Punkte im Flimmern über der Wüste. Sie kamen langsam näher. Er wandte sich um. Die Reiter seines Sgers hingen müde auf ihren Pferden, und die Tiere sahen erschöpft aus. Wela sprach leise mit dem Verwundeten, der ihre Fürsorge missmutig abzuwehren versuchte. Es war Orwe, einer der Yamanoi des Fuchs-Klans.

»Wenn er bis jetzt nicht vom Pferd gefallen ist, wird er es auch weiterhin nicht tun, es sei denn, du öffnest die Wunde wieder, Heilerin«, rief Harmin spöttisch.

Awin fand, dass er wenig Grund hatte zu spotten, denn bei Orwes Verwundung hatte sich gezeigt, dass er ein weit besserer Schmied als Heiler war. Ohne Wela würde der Krieger vermutlich nicht mehr mit ihnen reiten. Die beiden schwarzen Punkte kamen rasch näher, und aus der flirrenden Luft lösten sich nun die Umrisse zweier Reiter. Es waren Limdin und Dare, die Awin vorausgesandt hatte, um den Weg zu erkunden. Die Dhaud hatte ihn gelehrt, dass es besser war, auf unangenehme Überraschungen vorbereitet zu sein. Er spülte den Staub in der Kehle mit einem kleinen Schluck Wasser hinunter, dann blickte er zurück bis zum Horizont, wie schon so oft. Aber immer noch war dort keine Staubwolke zu sehen. Harmins Enkel waren jetzt in Rufweite. Die Flanken ihrer Pferde troffen vor Schweiß.

»Es liegt ein zerstörtes Lager vor uns«, rief Limdin, der Ältere.

»Plünderer?«

»Nur Krähen und Geier, Yaman Awin.«

Yaman, so nannten sie ihn, seit sie das Ahnental hinter sich gelassen hatten, und sie ließen es sich auch nicht ausreden. Seit ihrer Flucht aus dem Ahnental führte er den Sger, er ganz allein. Er fragte Harmin und Tuge immer wieder um Rat, aber die letzte Entscheidung lag immer bei ihm. Awin richtete sich im Sattel auf. Er war also der Yaman dieses kleinen Sgers, das hieß, er musste stets mit gutem Beispiel vorangehen und durfte weder Schwäche noch Erschöpfung zeigen. Er ließ noch einmal den Blick über das karge Land schweifen. Sie waren weit gekommen. Die Furt über den Dhurys hatten sie unbewacht vorgefunden und das Weideland dahinter leer. Es gab weder Herden noch Hirten. Sie waren so lange wie nur möglich im Sattel geblieben, am Anfang waren sie auch gelaufen, wenn die Pferde Schonung brauchten, und es war an Awin, den Sger immer wieder anzutreiben. Eri, der neue Heredhan, gebot über viele Krieger aus vielen Klans, die auf viele Pferde zum Wechseln zurückgreifen konnten. Immer wieder war Awins Blick zurück über die Schulter gewandert, denn irgendwann mussten ihre Feinde doch erscheinen. Eine halbe Nacht Vorsprung, was war das schon? Awin hatte erwartet, dass ihre Flucht nach drei oder vier Tagen zu Ende sein würde. Doch die Verfolger waren nicht gekommen, nicht bis zu diesem Tag.

Am dritten Tag nach ihrer Flucht aus dem Ahnental waren sie auf Slahans Spur gestoßen, den feinen gelben Staub, der sich wie Mehltau über das Land gelegt hatte. Sie hatten sich zuvor viele Gedanken gemacht, wie sie ihr Ziel, die Festung im Land der Viramatai, finden könnten, aber es war im Grunde genommen ganz einfach: Sie mussten nur der Spur der Zerstörung folgen, die die Gefallene Göttin durch das Land zog. Sie kannten den Weg nicht? Xlifara Slahan führte sie. Ihr zu folgen, erwies sich auch aus anderen Gründen als klug, denn die Göttin verbreitete Angst und Schrecken, und das Land lag dort, wo sie gewütet hatte, menschenleer. So ritten sie meist in gespenstischer Stille, denn auch die meisten Tiere waren verschwunden, und sie hörten oft den ganzen Tag lang nichts anderes außer dem Tritt ihrer eigenen Pferde. Nur manchmal störten sie Krähen oder Geier bei ihrem schaurigen Mahl, die dann mit misstönendem Krächzen davonflogen. Schon lange dachte keiner von ihnen mehr daran, die Leichen näher zu betrachten. Sie waren bis zur Unkenntlichkeit entstellt, und ein sicheres Wiedererkennen war gar nicht möglich. Vielleicht wollten sie auch gar nicht wissen, wer diese Toten waren, und redeten sich ein, dass niemand darunter war, den sie kannten. Awin jedoch dachte immer sofort an seine Schwester und trieb seinen Sger weiter voran.

Sie waren auf der Spur ihrer Feindin geblieben, und die ständige Begegnung mit Tod und Verwüstung ließ Schwermut im Sger entstehen. Selbst der junge Mabak redete nicht mehr, und sogar wenn sie lagerten, blieben sie wortkarg. Sie wurden noch einsilbiger, als sie das Gebiet der Eisernen Hakul erreicht hatten. Keiner von ihnen wusste über die Klans dieses Stammes mehr, als dass sie die Schwarzen Hakul hassten und dass sich die Stämme dort, wo sich ihre Weidegründe überschnitten, seit Menschengedenken bekämpften. Und auch hier sorgte ihre Feindin für Sicherheit, denn viele Tage waren sie sogar bis weit in die Nacht hinein geritten und hatten von den Eisernen Hakul doch nicht mehr gesehen als zerstörte Lager und hier und da ein herrenloses Stück Vieh. Aber nur wenn ihre Vorräte zusammengeschmolzen waren, ließ Awin zu, dass sie ein Schaf oder eine Ziege töteten. Die Hakul hatten feine Regeln dafür, was ein Sger in Not von anderen ohne zu fragen nehmen durfte und was nicht. Awin hegte insgeheim die Hoffnung, dass sie vielleicht irgendwie die Unterstützung der Eisernen Hakul gewinnen könnten. Plünderern würden sie jedoch kaum beistehen.

»Verbündete wären gut, Yaman, doch dazu müssten wir eine lebende Seele treffen, oder nicht? Und das wird schwierig, wenn wir gleichzeitig versuchen, ihnen aus dem Weg zu gehen«, hatte Tuge trocken gemeint, als Awin ihm seine Gedanken eines Abends auseinandersetzte. Und auch jetzt lag also wieder nur ein zerstörtes Lager vor ihnen. Seit einigen Tagen wussten sie, dass dies Gefahr bedeutete. Für die Eisernen Hakul waren sie Fremde, allein das war schon gefährlich, und sie ritten in Slahans Spur, das machte sie doppelt verdächtig. Aber inzwischen waren sie nicht mehr die einzigen Menschen im verwüsteten Land. Slahan war ihnen jeden Tag weiter voraus. Ihr Schrecken verblasste schon, und die zerstörten Lager und das herrenlose Vieh zogen dunkle Gestalten an: Plünderer, Männer aus den Oasenstädten an der Eisenstraße, aber auch Hakul, mit deren Ehre es nicht so weit her war. Zweimal schon hatten sie solche Männer aus einem zerstörten Klanlager aufgescheucht. Einmal waren sie den Plünderern unerwartet so nahe gekommen, dass ein Schusswechsel stattgefunden hatte. Der Wind war aber mit den Pfeilen ihrer Feinde gewesen, und Orwe wurde an der Schulter verwundet. Awin hatte die Verfolgung, sehr zu Harmins Missfallen, unterbunden, denn sie hatten nichts dabei zu gewinnen, aber viel zu verlieren. Orwes Wunde erwies sich als nicht tief, aber schmerzhaft, und Wela hatte viel Zeit gebraucht, um den Pfeil herauszuschneiden. Der Krieger hatte angeboten, zurückzubleiben und das von Tengwil verhängte Schicksal nach Art der Hakul zu ertragen. Awin erlaubte ihm jedoch nicht, dass er sich zum Sterben zurückzog, und Wela meinte nur, dass er an so einem Kratzer schon nicht sterben würde, nicht, solange sie als seine Heilerin in der Nähe war. Orwe würde überleben, aber der große Blutverlust schwächte ihn, und ein paar Tage lang hatten sie länger und öfter gerastet als sonst. Von da an schickte Awin stets zwei oder drei Späher voraus. Meist waren es Limdin und Dare, so wie jetzt. Sie hatten etwas aus dem zerstörten Lager mitgebracht. Es war eine kleine Scheibe aus Eisenblech. Einige rot aufgemalte Striche deuteten so etwas wie ein Blatt an. »Sehr dünn, minderwertig und schlecht gearbeitet«, brummte Harmin, als er das Sgertan in der Hand hielt und von allen Seiten betrachtete.

»Ich bin sicher, wir finden mehr Eisen dort, Großvater«, rief Dare.

Harmin schüttelte den Kopf. »Wir sind Hakul, wir rauben kein Lager aus, das wir nicht selbst überfallen haben. Selbst wenn sie dort Berge aus Eisen haben.«

»Von Ausrauben war nicht die Rede, Schmied«, sagte Tuge, »aber vielleicht finden wir dort etwas, was wir gebrauchen können. Das Dörrfleisch geht zur Neige, und ich habe gesehen, dass bei dem einen oder anderen das Zaumzeug geflickt werden sollte, bevor es noch reißt. Und es wäre Zeit für eine längere Rast. Die Pferde sind erschöpft.«

»Aber nicht in diesem Lager, Tuge«, entgegnete Awin, der sah, dass nicht nur ihre Reittiere müde waren.

»Sollen wir nicht wenigstens nachsehen, Awin?«, fragte Wela. »Vielleicht findet sich ein herrenloses Schaf oder wenigstens eine Ziege. Das Dörrfleisch mag zur Neige gehen, doch bedaure ich das kaum. Ich kann es nämlich nicht mehr sehen.«

Wela nannte ihn immer noch bei seinem Vornamen, als Einzige – außer Merege. Alle anderen beharrten darauf, dass er Yaman Awin vom Klan der Schwarzen Dornen war. Und immerhin zählte sein Klan mit der Schmiedin, Tuge und Mabak schon drei Köpfe, vier, wenn er Mabaks junge Frau mitzählte, die am Sichelsee bestimmt mit Ungeduld auf die Rückkehr ihres Mannes wartete. *Sie nennen mich mit mehr Berechtigung Yaman, als ich mich Seher nenne*, dachte Awin. Er trug den Heolinstab nicht selbst, denn er wusste, dass sein Geist nicht auf Reisen gehen konnte, solange er den Stab besaß. Er hatte zunächst vorgehabt, ihn Merege anzuvertrauen, aber Senis hatte sie davor gewarnt, damals, nach dem Kampf in Uos Mund, und wenn der Stab den Seher blendete, dann mochte er auch auf die Zauberin ungut wirken. Er war mit Merege übereingekommen, dass jemand aus seinem Klan ihn halten sollte. Die Wahl war auf die Schmiedin gefallen, ein Umstand, der Wela außerordentlich schmeichelte. Sie hielt den Stab stolz, und der Heolin gewann zusehends an Kraft. Zuerst schien das eine weise Entscheidung gewesen zu sein, denn schon in der zweiten Nacht nach dem Ahnental, als sie zum ersten Mal gerastet hatten, hatte ihm Tengwil einen starken Traum gesandt. Darin fand Awin sich vor einer schwarzen Mauer wieder, die den Himmel zu berühren schien. Von irgendwoher hinter der Mauer musste ein gewaltiges Feuer rotes Licht auf die tief hängenden Wolken werfen, die den Himmel bedeckten.

»Wenn sie es öffnet, ist es zu Ende«, hauchte eine Stimme. Awin wollte sich umdrehen, doch er vermochte es nicht. »Senis?«, fragte er ins Nichts hinein. Plötzlich öffnete sich ein Spalt in der Mauer, durch den sich gleißend helle Glut den Weg bahnte. Sie drohte, ihn zu verbrennen. Schweißgebadet und bestürzt war er aufgewacht. Er hatte Merege geweckt und ihr beschrieben, was er gesehen hatte. Lange hatte sie ihn nachdenklich angesehen und gesagt: »Es ist die Mauer, die uns vor den Daimonen schützt. Was hast du noch gesehen?« Aber Awin konnte sich an nichts sonst erinnern, und er verstand nicht, was Tengwil ihm mit diesem Traum sagen wollte. Awin lief immer noch ein Schauer über den Rücken, wenn er an das Gefühl der Bedrohung dachte, das von diesem Spalt in der Mauer auszugehen schien, und er musste an den Traum denken, der zu der alten Telia am Sichelsee gekommen war – der, in dem entweder Eri oder er selbst das Daimonentor geöffnet hatten.

Aber das Skroltor lag weit im Norden, und seine Feindin war nach Osten gezogen und schien nun in einer fremden Festung auf ihn zu warten. Er hatte in den folgenden Nächten durch Ruhe und innere Sammlung versucht, weitere Gesichte herbeizurufen. Er wollte mit Senis sprechen, erfahren, was Slahan tat, und es wäre auch gut, da waren sich alle einig, wenn er einen Blick auf das werfen könnte, was Eri und Curru unternahmen. Doch es gelang nicht. Nur einmal hatte er noch in schattenhaften, unklaren Bildern schneebedeckte Berge und die schwarze Mauer gesehen, und es kam ihm vor, als würde diese Mauer verhindern, dass er etwas anderes sah. Er war wieder blind, und so blieb ihnen nichts anderes übrig, als Slahans Spur der Verwüstung zu folgen, nicht wissend, was sie am Ende erwartete, und ahnungslos, wie dicht ihre Verfolger ihnen auf den Fersen waren.

Awin seufzte und spuckte Staub aus. Seit sie den Dhurys überquert hatten, war es jeden Tag wärmer geworden. Und hier in der Wüste Dhaud war es tagsüber schon wieder so heiß, dass Mensch und Tier unter der Hitze stöhnten. Die Nächte jedoch waren so kalt, dass ihnen das Wasser in den Trinkschläuchen gefror, und so fluchten sie abwechselnd über Kälte und Hitze. Das Land war trocken, kein Bach zwang Xlifara Slahan zu Umwegen, und ihr Weg führte am Rand der Wüste entlang, immer weiter nach Osten. An klaren Tagen konnten sie in der Ferne schon die schneebedeckten Gipfel der Sonnenberge aufragen sehen. Awin hätte nie für möglich gehalten, dass es so hohe Berge gab.

»Wie weit mag das sein?«, fragte er den Bogner wieder einmal, während er überlegte, ob sie das entdeckte Lager aufsuchen sollten oder nicht.

»Vielleicht noch sieben oder acht Tage, bis wir am Fuß der Sonnenberge ankommen«, entgegnete Tuge, aber er gab zu, dass dies eine sehr grobe Schätzung war.

Die Festung Pursu sollte unweit der Berge liegen. Solange sie Slahans Spur hatten, konnten sie sie nicht verfehlen. Das hieß, noch sieben oder acht rastlose Tage, bis … ja, was dann? Noch immer hatte Awin keine Vorstellung davon, wie er Slahan aufhalten konnte. Sie hatten sie in Uos Mund besiegt, doch dieser Sieg hatte schreckliche Folgen gehabt. Noch einmal durften sie sich nicht mit einem halben Sieg zufriedengeben – sie mussten die Göttin vernichten. Aber wie? Awin blickte in die staubbedeckten Gesichter seiner Gefährten, sah die erschöpften Pferde und ließ noch einmal seinen Blick zum Horizont schweifen. Die Dhaud war durchbrochen von schroffen Hügelketten. Wann immer es sich anbot, schickte Awin einen Späher auf diese Hügel. Noch hatte keiner die Staubwolke im Westen gesehen, die doch unweigerlich irgendwann kommen musste.

Awin seufzte wieder. Der Weg war noch weit. Ihr Zaumzeug musste überprüft und geflickt werden, und ihre Vorräte gingen zu Ende. Es gab viele Gründe, die dafür sprachen, dass sie das zerstörte Lager aufsuchen sollten. Awin verkündete seine Entscheidung: »Wir werden zu diesem Lager reiten und sehen, was wir verwenden können, doch werden wir nicht mehr nehmen, als wir brauchen, und so schnell wie möglich weiterziehen. Denkt daran, dass wir nicht für Plünderer gehalten werden dürfen. Und ich will noch vor dem Abend ein Feuer haben und einen Braten, wenn wir einen bekommen können. Diese Nacht werden wir nicht reiten.«

Diese Nachricht wurde mit Erleichterung aufgenommen, und die Krieger richteten sich in ihren Sätteln auf, ermutigt durch die Aussicht auf etwas Ruhe. *Wie einfach es ist, ihnen Mut zu machen*, dachte Awin. Allzu lange würde die Nacht aber nicht werden, dafür würde er schon Sorge tragen. Jede Stunde, die sie verloren, konnte eine zu viel sein. Einmal, im Schlaf, hatte er geglaubt, seine Schwester Gunwa würde ihn rufen. Aber dann war er erwacht, und es war nur Wela gewesen, die ihn aufwecken wollte. So waren sie Tag für Tag weitergehetzt, und die Sorge um seine Schwester und seine anderen Stammesbrüder machte ihn krank. Vielleicht konnte er deshalb seinen Geist nicht auf die Reise schicken, denn er fand einfach keine Ruhe. Und dann war da noch das, was der alte Kluwe gesagt hatte: Das Schicksal der Welt ruhte auf seinen Schultern. Und das war manchmal mehr, als er ertragen konnte.

Etwas später stießen sie auf die armseligen Überreste des Lagers, das Limdin und Dare ausgekundschaftet hatten. Zeltstangen ragten aus dem Boden, und zerfetzte Stoffbahnen flatterten träge im schwachen Wind. Sie fanden einige Leichen, die ausgedörrten Gesichter ein Bild des Schreckens, die Haut wie Leder, die Augen eingefallen oder von Krähen geraubt.

»Es sind keine Menschen aus diesem Lager«, stellte Merege nüchtern fest.

»Woher willst du das wissen?«, fragte Wela gereizt.

»Ihre Mäntel. Sie sind schwarz.«

Awin nickte. Er hatte das schon vor einigen Tagen bemerkt. Sie stießen immer wieder auf Leichen, von Slahan achtlos zurückgelassen, Männer, Frauen und selbst Kinder. Waren es Männer, war die Stammeszugehörigkeit leicht an der Farbe der Mäntel zu erkennen. Sie waren selten grau.

»Das heißt gar nichts«, rief Wela ungehalten. Die vielen Toten setzten ihr offensichtlich mehr zu, als sie zugeben wollte.

Tuge hatte unterdessen das Rundzelt des Bogners gefunden.

Viel war nicht davon übrig. »Ihre Zelte taugen nichts. Als Slahan über unser Lager hergefallen ist, haben unsere viel besser standgehalten.«

»Sie sind viel leichter als unsere, offenbar ist der Winter hier ein anderer«, entgegnete Awin nachdenklich. All diese Zerstörung, aber was bezweckte die Göttin damit? Sie war jahrhundertelang ohne Sklaven ausgekommen, warum verschleppte sie nun Hakul? Und was wollte sie im Osten? Senis hatte etwas darüber gesagt, und Awin versuchte sich zu erinnern, wie genau ihre Worte gelautet hatten. Sie hatte davon gesprochen, dass es Slahan eigentlich nach Norden zog, sie aber wegen der vielen Flüsse und Bäche nicht dorthin gelangen konnte. Aber sie würde im Osten etwas finden, das sie suchte. Doch was konnte das sein? Was gab es in dieser Festung der Viramatai, dass die Göttin unbedingt dorthin wollte? Awin blickte auf die verstreuten Trümmer und fragte sich, was für Menschen hier gelebt haben mochten. Das Lager war nicht sehr groß. Vermutlich war hier ebenso gelacht und gestritten worden wie in seinem eigenen Klan. Und nun war alles ausgelöscht. Ausgelöscht – plötzlich schlich Awin ein kalter Schauer über den Rücken, eine Ahnung. Er wusste plötzlich, was die Gefallene Göttin vorhatte. Es mochte sein, dass sie jetzt nach Osten ging, aber ihr Ziel lag letztendlich im Norden. Das Daimonentor! Sein Traum hatte es ihm gezeigt: Sie wollte das Skroltor öffnen, wollte die verbannten Daimonen befreien und den ganzen Erdkreis mit Feuer und Tod heimsuchen. Es ging ihr nicht um Rache an den Hakul, die Göttin dachte in größeren Maßstäben – sie wollte die Menschheit auslöschen. War das möglich? Ihn fröstelte plötzlich.

»Bedrückt es dich immer noch so?«, fragte Merege.

Er sah sie an, als sähe er sie zum ersten Mal: Die Kariwa, schwarz gekleidet, blass, zart und doch so mächtig. Eri hatte in

Uos Mund der Göttin verraten, wer Merege war, eine Wächterin an der Mauer, die die Welt vor den Alfskrolen beschützte. Er schluckte. Die Ahnung wurde zur kalten Gewissheit. »Ich weiß, was Slahan vorhat«, flüsterte er. »Sie will das Skroltor öffnen.«

Merege starrte ihn an. Dann schüttelte sie den Kopf: »Dann geht sie in die falsche Richtung, Awin, denn das Tor liegt im hohen Norden, nicht im Osten.«

Awin nagte an seiner Unterlippe. Merege hatte recht. »Vielleicht weiß sie nicht, wo es liegt«, sagte er lahm.

Über Mereges Gesicht zuckte ein kurzes Lächeln. »Sie ist eine Göttin, Awin. Und auch wenn sie viele Jahrhunderte in die Wüste gebannt war, ja, selbst wenn das geschehen ist, bevor die Schwarze Mauer gebaut wurde, wird sie es doch irgendwann erfahren haben. Nein, es muss einen anderen Grund geben, warum sie zu jener Festung will.«

Das war die entscheidende Frage: Was wollte sie in dieser Festung? Der Yaman des Löwen-Klans hatte nur gesagt, dass die Festung Pursu den Viramatai gehörte, mehr nicht. Awin befürchtete, dass er vielleicht die Männertöterinnen um Rat fragen musste. Über dieses Volk wusste er nicht viel – nur, dass sie von Frauen geführt wurden und alle Hakul hassten. Er fragte sich, ob sie irgendwann auch einmal auf einen Stamm oder ein Volk stoßen würden, das ihnen wohlgesinnt war. Er bezweifelte es. Nicht einmal die Hakul kamen mit den Hakul gut aus. Er straffte sich im Sattel. Er war sich jetzt sicher über die Absichten Slahans: »Doch, Merege, ich habe das Tor in meinen Träumen gesehen. Es wurde geöffnet. Wer sollte das wollen, wenn nicht Slahan?«

Merege legte die Stirn in Falten. »Vielleicht hat sie eingesehen, dass sie es auf geradem Weg nicht erreichen kann. Es gibt viele Flüsse, Seen und Sümpfe zwischen ihrer Wüste und meiner Heimat.«

»Vielleicht weiß sie einen anderen Weg, jenseits der Berge«, meinte Awin.

Merege packte Awin hart am Arm. »Gleich, welchen absonderlichen Weg sie auch nehmen will, die Göttin darf das Tor nicht erreichen!«, sagte sie sehr bestimmt.

Awin nickte. Wenn Xlifara Slahan das Skroltor öffnete, würden die verbannten Daimonen und Unholde über diese Erde ziehen und der Welt der Menschen ein schreckliches Ende bereiten. Die Hüter schliefen – sie konnten die Daimonen nicht aufhalten.

»Wirst du den anderen sagen, was sie vorhat?«, fragte Merege.

»Später«, sagte Awin, »später, wenn ich sicher bin. Und wenn ich verstehe, warum sie diesen Weg nimmt und keinen anderen.«

Er beobachtete Harmin, Mabak und Wela, die über den zerstörten Lagerplatz ritten, sorgsam darauf achteten, den Toten nicht zu nahe zu kommen, und schweigend Ausschau hielten nach Dingen, die sie gebrauchen konnten. Awin sah selbst einige Waffen, zerbrochene Speere mit bronzenen Spitzen, die verstreut auf dem Boden lagen. Sie ließen sie liegen, denn sie waren Krieger, keine Räuber, und wie alle Hakul verstanden sie den Unterschied, der zwischen dem Nehmen von Lebensnotwendigem und dem Plündern aus reiner Gier bestand.

»Es war schon jemand vor uns hier«, stellte Harmin fest.

»Wie kommst du darauf?«, fragte Awin, der mit seinen Gedanken immer noch bei Slahan war.

»Die Speere. Es liegen nur zerbrochene dort. Auch finde ich keine Helme oder Schilde und auch kein Eisen. Es waren Plünderer vor uns im Lager, es sei denn, Slahan begänne nun, ihre Krieger neu zu bewaffnen.«

Aber das glaubten sie beide nicht. Tuge fand Werkzeug,

Sehnen und gegerbtes Leder unter den Trümmern und steckte ein, was er brauchte, um ihr Sattelzeug in Ordnung zu bringen. Dann verließen sie das Lager schnellstmöglich. Awin hatte das Gefühl, dass sie dabei beobachtet wurden. Er fragte seine Gefährten danach, aber die hatten nichts dergleichen bemerkt.

Etwas später hatten sie Glück, denn Limdin und Dare, die wieder vorausgeritten waren, erspähten eine kleine Herde Rotgazellen an einem Wasserloch. Harmin griff nach seinem Bogen, doch Tuge legte ihm die Hand auf den Arm. »Ich übernehme das, wenn du erlaubst, Schmied«, sagte er mit einem feinen Lächeln. Tuge hatte die ruhigste Hand und den besten Bogen im Sger.

Wenig später saßen sie an der Wasserstelle, entzündeten ein Feuer, und der Bogner zog befriedigt einem stattlichen Gazellenbock das Fell ab. Sie alle freuten sich auf eine Abwechslung nach den Tagen, an denen es nur Trockenfleisch und wieder Trockenfleisch gegeben hatte. Einige brüchige Felsen schützten sie vor fremden Blicken, aber der Schein eines Feuers würde weithin in die Nacht leuchten, weshalb Awin darauf drängte, dass sie es so früh wie möglich herunterbrennen ließen. Seitdem sie im Lager gewesen waren, hatte ihn das beunruhigende Gefühl, dass sie beobachtet wurden, nicht mehr verlassen. Sie stellten doppelte Wachen, aber die Nacht war ruhig und klar, und es gab keinerlei Anzeichen von Gefahr. Sie brachen noch vor Sonnenaufgang wieder auf. Limdin und Dare ritten wieder vorneweg, doch Awin verfügte, dass sie in Rufweite bleiben sollten. Allmählich veränderte sich die Wüste. Die Hügelkämme wurden zahlreicher, länger und schroffer. Immer wieder zwangen sie steile Hänge zu zeitraubenden Umwegen, und die gehobene Stimmung des vergangenen Abends verflog bald in der rasch zunehmenden Hitze. Gegen Mittag hörten sie von ihren Spähern plötzlich einen warnenden Pfiff. Sie machten sich kampfbereit, während sie eilig zu den beiden Kundschaftern aufschlossen. Limdin zeigte nach vorn. Awin beschattete die Augen. Auf einem der Hügelkämme bewegte sich etwas. Es war ohne Zweifel ein Reiter.

»Ist es nur einer?«, fragte er Limdin, der die schärfsten Augen im Sger hatte.

Der Jungkrieger nickte. »Ich sehe keinen zweiten.«

Awin biss sich auf die Lippen. »Sein Mantel?«, fragte er.

Limdin starrte lange hinüber, bevor er antwortete: »Grau.«

»Es ist vielleicht einer der Plünderer, die vor uns in diesem Lager waren. Wir sollten ihn fangen, befragen und töten, Yaman«, riet Harmin.

Aber Awin schüttelte den Kopf. »Es ist nicht gesagt, dass es so ist. Wir wollen keinen Streit mit diesem Reiter beginnen«, beschied er den Schmied.

»Noch ist es nur einer. Aber wenn er mit seinen Klanbrüdern wiederkommt?«, hielt Harmin dem entgegen.

»Auch mit diesen will ich keinen Streit beginnen.«

»Bleibt die Frage, ob es darauf ankommt, was du willst, Yaman Awin«, brummte der Schmied.

Der Reiter verschwand hinter dem Hügel.

»Ich glaube, er wollte, dass wir ihn sehen«, meinte Tuge.

Auch Awin hielt das für wahrscheinlich.

Gegen Mittag entdeckte Wela den einzelnen Reiter wieder. Er war jetzt hinter ihnen. Er schien auf Abstand zu achten, aber er blieb in Sichtweite.

»Soll ich den Heolin verhüllen?«, fragte die Schmiedin.

Der Lichtstein hatte viel Kraft gewonnen, seit sie aufgebrochen waren. Der Funke, der in seinem Inneren glomm, war wesentlich heller geworden, und manchmal schien er sich im

Stein zu bewegen. Aus der Ferne mochte man ihn trotzdem für ein Stück Bronze halten, auf dem sich die Sonne spiegelte.

»Erst wenn der Fremde näher kommt, Wela. Der Stein soll so viel Stärke sammeln wie möglich«, meinte Awin.

Doch der Reiter kam nicht näher. Manchmal entschwand er ihren Blicken, aber er tauchte immer wieder auf. Awins Sger folgte weiter der Spur Slahans. Kurz nach der Mittagsstunde stießen sie auf eine Gruppe von drei Leichen, Opfer Slahans, ausgedörrt, und noch zusätzlich entstellt durch einige Geier, die träge aufflogen, als sie sich näherten.

»Das hier war noch fast ein Kind«, stellte Wela betroffen fest, als sie an den Körpern vorüberritten.

Niemand antwortete. Sie hatten das vielleicht schon zu oft gesehen. Es waren ein Mann, eine Frau und ein Knabe. Awin hatte nur einen Blick auf die Kleidung geworfen. Der Mann trug einen grauen, jetzt völlig zerfetzten Mantel. Ob sie eine Familie gewesen waren? Oder wählte Slahan ihre Opfer willkürlich aus, und nur der Tod am selben Ort verband diese drei miteinander? Danach ritten sie eine Weile im schnellen Trab. Wieder zeigte sich der Fremde auf einem der Hügel. Die Reiter in Awins Sger wurden allmählich unruhig.

»Wieso kommt er nicht näher und sagt, was er will?«, fragte Tuge.

»Ich bin sicher, es ist einer der Plünderer. Er weiß, wie weit unsere Bogen reichen«, brummte Harmin.

Immer wieder tauchte der Reiter an unvermuteter Stelle auf. Bald war es schlimmer, ihn nicht zu sehen, als sich von ihm beobachtet zu fühlen. Awin blickte oft über seine Schulter zurück, und nie erschien ihr Begleiter da, wo er ihn erwartete. Manchmal war er hinter ihnen, dann ritt er wieder auf gleicher Höhe.

»Es sind zwei«, stellte Merege irgendwann fest.

»Wir sehen aber nie mehr als einen«, widersprach Wela sofort.

Aber Awin nickte. »Er ist zu schnell. Vorhin war er links hinter uns, dann rechts neben uns. Entweder kann sein Pferd fliegen, oder es sind zwei Männer, die uns beobachten.«

»Das wird ja immer besser. Ich sage ja, wir hätten ihn töten sollen«, murmelte Harmin.

»Welchen von den beiden?«, fragte Awin, aber der Schmied antwortete nicht.

Gegen Mittag ließen sich endlich beide Reiter zur gleichen Zeit sehen. Einer folgte ihnen, der andere schien sie aus einiger Entfernung zu begleiten. Die Stimmung im Sger wurde immer gereizter. Sie alle hatten das Gefühl, dass sich Unheil über ihnen zusammenbraute. Dieses unbestimmte Gefühl wurde bald zur Gewissheit, denn Limdin und Dare, ihre Späher, warteten auf sie. Auf einer Hügelkuppe vor ihnen zeigte sich ein dritter Reiter. Awin ließ den Sger anhalten. Er beschattete die Augen. Der Mann auf der Kuppe ritt einen Schimmel. Das deutete darauf hin, dass es sich um einen Yaman oder Seher handeln könnte. Das war kein Gesetz, aber doch ein Brauch, der sich in vielen Klans verbreitet hatte.

»Tuge kann den da mit dem Bogen erledigen. Die anderen beiden – nun, wir könnten sie einholen«, meinte Harmin und rieb sich die grauen Bartstoppeln.

»Da, wo drei sind, können leicht auch vier sein oder vierzig«, entgegnete Awin ruhig, aber auch er hatte dieses Spiel satt. »Ich werde den Mann auf dem Hügel fragen, was er von uns will«, erklärte er.

»Du willst doch wohl nicht allein gehen?«, fragte Harmin.

Awin sah ihn kurz an. Der alte Schmied war erfahren, aber auch leicht reizbar und immer schnell zur Hand, wenn es galt, einen Streit anzufangen. »Ich halte es für besser, wenn du diesen Sger in meiner Abwesenheit führst. Sollte mir etwas zustoßen, nun, dann wirst du wissen, was zu tun ist, Harmin.«

Harmin sah ihn zweifelnd an. Sicher schmeichelte es ihm, dass Awin ihm die Verantwortung übertrug, aber er durchschaute wahrscheinlich den Gedanken dahinter. Er nickte knapp.

»Stattdessen wird Wela mich begleiten«, erklärte Awin ruhig.

»Das Mädchen?«, fragte Harmin fassungslos.

»Die Schmiedin und Trägerin des Lichtsteins. Wenn du so willst, ist der Heolin ja unser Sgerzeichen. Und wir wollen doch Eindruck machen«, erklärte Awin lächelnd.

Wela starrte ihn mit großen Augen an.

»Aber was, wenn sie versuchen, den Heolin zu rauben, Awin?«, meldete sich Tuge besorgt zu Wort.

»Ich glaube, das würden sie bereuen, nicht wahr, Merege?«

Die Kariwa legte ihren Kopf schief und sah ihn mit ihren blassblauen Augen an. Dann sagte sie ruhig: »Es könnte dann jedoch für euch schon zu spät sein, Awin.«

Awin versuchte, nicht an diese Warnung zu denken, als er mit Wela den Sger verließ. Die Schmiedin hatte geschwiegen, seit er sie zur Begleitung ausgewählt hatte. Jetzt sagte sie: »Warum ich, warum nicht die bleiche Zie … die Zauberin, Awin?«

»Ich weiß nicht, wie das ausgehen wird. Vielleicht gibt es einen Kampf. Ich will Merege nicht in Gefahr bringen, denn sie ist die Einzige, die etwas gegen Slahan ausrichten kann.«

»Das heißt also, *ich* bin entbehrlich?«

Awin schüttelte lächelnd den Kopf. »Nicht mehr als ich, Wela. Und jetzt lass uns versuchen, diesen Reiter zu beeindrucken, der da auf dem Hügel auf uns wartet.«

»Wie du es wünschst, *Yaman*. Aber wird er nicht sehr staunen, dass eine Frau das Sgerzeichen trägt, das ja noch nicht einmal ein richtiges Sgerzeichen ist?«, fragte Wela nach einer kurzen Pause.

»Ich hoffe es doch. Ich weiß nicht viel über diesen Stamm unseres Volkes, aber wenn sie nur ein wenig wie die Schwarzen Hakul sind, dann hängen sie an den alten Bräuchen, und alles, was neu ist, bereitet ihnen Kopfzerbrechen. Und ich will, dass dieser Mann sich den Kopf zerbricht. Doch still jetzt, wir sind fast in Hörweite.«

Der Mann auf der Kuppe wartete. Sie mussten ihre Pferde einen steilen Hügel hinaufjagen, und er machte keinerlei Anstalten, ihnen entgegenzukommen. Awin trieb seinen stöhnenden Braunen den Hang hinauf, bis er ebenfalls die Kuppe erreichte. Er achtete darauf, nur ja nicht unterhalb des Fremden anzuhalten, denn er wusste, dass die Hakul sehr genau auf solche Zeichen der Unterordnung achteten.

»Ich grüße dich, ehrwürdiger Fremder«, begann er. »Ich bin Yaman Awin vom Klan der Dornen.« Es war das erste Mal, dass er sich selbst so nannte. Es war ein befremdliches Gefühl.

»Und wer ist das Weib?«, fragte der andere. Awin hatte Gelegenheit, ihn sich genauer anzusehen. Der Mann war grau. Nicht nur sein Mantel und sein Gewand, sein geflochtener Bart und seine Haare hatten dieselbe Farbe, und selbst seine Haut war grau. »Dies ist Wela, die Schmiedin und Heilerin unseres Klans«, beantwortete er die Frage.

Der Fremde schien kaum zuzuhören. »Dies ist keine Sgerlanze«, stellte er mit einem nachdenklichen Blick auf den Heolin fest.

»Und dies ist keine Begrüßung, wie sie auf unseren Weiden üblich ist«, erwiderte Awin schroff.

Der Fremde starrte ihn kurz an. Dann grinste er dünn. »Ich bin Yaman Gerwi vom Klan der Steine. Und es sind unsere Weiden, über die ihr reitet, Hakul.«

»Wenn das eure Weiden sind, so sind sie erstaunlich armselig, Hakul«, rief Wela ungehalten. »Fressen eure Pferde Sand und eure Schafe Staub, dass sie hier satt werden?«

»Ich wusste, dass die abtrünnigen Hakul seltsame Sitten haben. Aber ich wusste nicht, dass sie Frauen erlauben, das Schmiedehandwerk auszuüben«, entgegnete der Yaman herablassend.

»Wen nennst du abtrünnig?«, fragte Awin scharf. »Wir sind die Schwarzen Hakul, der älteste Stamm unseres Volkes.« Er spürte, dass dies ein Kampf der Worte war. Er durfte keinen Fuß breit zurückweichen, denn das wäre ihm als Schwäche ausgelegt worden.

»Allein die Eisernen Hakul folgen noch den Regeln der Vorväter«, lautete die stolze Antwort. »Wir schließen keinen Frieden mit unseren Feinden, wir ehren die Ahnen, wir sind die treuesten Diener Marekets. Und Drabar, Etys' rechtmäßiger Erbe, gründete unseren Stamm.«

»Nur die Eisernen Hakul halten Drabar für Etys' Erben – und der große Fürst liegt in unseren Bergen begraben, nicht in euren, Hakul«, entgegnete Awin, ebenfalls mit möglichst viel Stolz in der Stimme. Gleichzeitig achtete er sorgsam darauf, nicht beleidigend zu werden. Er war froh, dass Harmin nicht hier war, denn der Schmied hätte vermutlich schon bei dem Wort »abtrünnig« seinen Dolch gezogen.

Der Graue grinste plötzlich breit und schien einen bestimmten Punkt hinter einem der Hügel zu suchen. »Ich sehe, du hast deinen Stolz, Hakul«, sagte er anerkennend, »und ich denke, wir werden den alten Zwist heute nicht lösen. Zumal wir vielleicht einen neuen Streit haben, um den wir uns kümmern sollten.«

Awins Augen folgten dem gelassenen Blick des Fremden. Er entdeckte sieben Krieger, die gut versteckt im Schatten eines Felsens warteten. Wenn er die beiden dazuzählte, die sie den ganzen Tag begleitet hatten, waren es also wenigstens neun Männer, über die dieser Yaman gebot, und vielleicht waren hinter den Hügeln noch mehr versteckt.

»Ich weiß von keinem Streit, den wir mit dem Klan der Steine hätten, Yaman Gerwi«, sagte Awin vorsichtig.

»Ihr seid fremd, und ihr durchquert das Land der Eisernen Hakul, ohne uns um Erlaubnis zu fragen.«

»Die einzigen Männer eures Stammes, die wir bisher trafen, rissen vor uns aus«, gab Awin ruhig zurück. »Es waren Plünderer, denen wir vor einigen Tagen in einem zerstörten Lager begegneten. Waren es vielleicht Männer aus deinem Klan?«

Die Miene des Grauen verdüsterte sich. »Meine Krieger sind keine Räuber. Doch was hattet ihr in diesem zerstörten Lager zu suchen?«

»Auch wir sind keine Plünderer, und du wirst nichts bei uns finden, was uns in diesen Verdacht bringen könnte, Yaman«, beeilte sich Awin zu versichern.

Gerwi gab sich weiter misstrauisch: »Dennoch, ihr folgt der Spur der Verwüstung, wie mir scheint, und das wirft die Frage auf, was ihr über diesen namenlosen Schrecken wisst. Und ich würde gerne erfahren, was es mit diesem seltsam leuchtenden Stein auf sich hat, den dieses Weib da am Stab mitführt.«

Awin warf Wela einen warnenden Blick zu, denn er konnte sehen, dass der Yaman sie mit seiner herablassenden Bemerkung sehr gegen sich aufbrachte. Es schien ihm aber klüger, darauf nicht einzugehen.

»Wir können dir deine Fragen beantworten, Yaman Gerwi, doch kann ich dir nicht versprechen, dass du glauben wirst, was du hörst«, antwortete Awin.

»Ich werde die Wahrheit deiner Worte schon erkennen – wenn sie denn Wahrheit enthalten, Hakul«, antwortete Gerwi finster.

Awin zögerte. Es war nicht ungefährlich, einem Fremden zu verraten, was sie hierher geführt hatte. Aber er sah keine andere Möglichkeit. Also erzählte er dem Yaman von den Geschehnissen im Staubland, von dem Räuber, der den Lichtstein gestohlen und Xlifara Slahan geweckt hatte. Er berichtete von ihrem Kampf in Uos Mund und wie sie den Heolin wiedergewonnen hatten. Er erwähnte beiläufig, wie Männer versucht hatten, ihm den Lichtstein wegzunehmen – und dabei plötzlich unsägliche Qualen erlitten hatten, denn er wollte verhindern, dass dieser fremde Yaman auf gefährliche Gedanken kam. Die Versammlung im Ahnental erwähnte er nur am Rande, schilderte aber ausführlich, welche Verwüstungen Slahan angerichtet hatte: »Sie hat viele Lager zerstört und Männer, Frauen und Kinder der Hakul getötet oder verschleppt, und dabei hat sie nicht auf die Farbe ihrer Mäntel geachtet. Wir hoffen, die Gefallene Göttin mit dem Lichtstein endgültig besiegen und die Gefangenen befreien zu können«, schloss Awin seinen Bericht ab. Er hatte vieles nur grob angerissen, manches vereinfacht und einiges ausgelassen. Sein Blick schweifte besorgt zurück zu seinem Sger. Er hoffte sehr, dass Harmin nicht die Geduld verlor.

Der Yaman sah ihn an. Das Erstaunen in seinen Augen war während Awins Bericht zusehends gewachsen. Jetzt schüttelte er den Kopf und sagte: »Wirklich, es ist schwer zu glauben, was du erzählst, Seher, und doch sehe ich den Heolin, den ich nur aus Geschichten kannte, und ich sah den Sturm, der unser Land verwüstete. Vieles verstehe ich noch nicht, und einiges hast du mir auch verschwiegen, wie ich wohl bemerkt habe, doch glaube ich dir. Kein Hakul könnte sich eine solche Lüge ausdenken, nicht einmal ein Seher. Du musst in deinem Stamm viel Ruhm erworben haben …« Gerwi hielt einen Augenblick inne, bevor er nachdenklich fortfuhr: »Umso mehr erstaunt es mich, dass sie einem so jungen Yaman diese gewaltige Aufgabe anvertrauen – und noch mehr, dass sie ihm so wenige Männer mitgeben.«

Das war eine gefährliche Andeutung. Awin wich einer klaren Antwort aus: »Ich kenne die Gebräuche der Eisernen Hakul nicht sehr gut, Gerwi, doch bei uns kann es viele Tage dauern, bis der Dhanegedh zu einem Entschluss kommt. So lange konnte ich nicht warten. Außerdem kommt es in diesem Kampf wohl gar nicht auf die Zahl, sondern auf die Entschlossenheit der Krieger an.«

»Du bist sehr mutig«, sagte Gerwi, aber es klang, als würde er in Wahrheit »dumm« meinen. »Ich frage mich aber, wie ihr die Göttin einholen wollt, denn sie ist euch viele Tage voraus, und der Sturm ist doch immer schneller als ein Pferd.«

»Sie wird den Sturm anhalten, das habe ich gesehen, Yaman Gerwi. Sie wird in einer Festung der Viramatai auf uns warten, auch wenn ich dir nicht sagen kann, warum. Wir werden es vielleicht herausfinden, wenn wir dort sind.«

»Eine Festung der Männertöterinnen?«

»Ich habe sie im Traum gesehen und dem Mann eines Klans beschrieben, der das Land im Osten kennt. Er sagte mir, ihr Name sei Pursu.«

»Die Unbezwingbare? Jeder aus unserem Stamm kennt diese verfluchte Festung. Die Viramatai haben sie in das Land gebaut, das einst uns gehörte. Sie behaupten, es sei heiliger Boden, doch für uns ist sie nur ein schmerzender Stachel in unserem Fleisch. Wir haben sie oft belagert, aber noch nie eingenommen.«

»Ist es weit bis dahin?«, fragte Wela.

Der Yaman sah sie nachdenklich an. Vielleicht überlegte er, ob es unter seiner Würde war, einer Frau diese Frage zu beantworten. Schließlich antwortete er: »In sechs Tagen könnt ihr sie erreichen, doch nicht, wenn ihr weiter durch die Dhaud reitet. Bald beginnt die Innere Dhaud, ein Land der Klüfte, Felsen und Geröllfelder. Es wäre eine Qual für euch und eure Pferde, wenn ihr versuchtet, der Verwüsterin auf diesem Weg zu folgen.«

»Aber wie sollen wir sie sonst finden, Yaman? Dieses Land ist uns fremd«, erklärte Awin bedächtig.

Gerwi sah ihn nachdenklich an. »Es gibt zwei Wege für euch, Yaman Awin«, begann er. »Ihr könnt euch südlich halten, bis ihr auf die Eisenstraße stoßt. Auf ihr kommt ihr schnell voran. Folgt ihr bis zur Oase Kaldhaik-Mat. Von dort haltet euch nordöstlich. Es führt ein Pfad der Viramatai zur Festung, den werdet ihr finden. Jedoch sollte ich euch warnen. Weder die Menschen in den Oasen noch die Viramatai werden sich freuen, Reiter der Hakul zu sehen. Es kann sein, dass ihr weder Wasser noch Obdach in den Siedlungen findet.«

Awin wusste, dass die Eisenstraße im Süden lag. An manchen Abenden hatten sie in der Ferne sogar Lichter von Oasenstädten gesehen. Er warf einen Seitenblick zu Wela. Er wusste, dass sie darauf brannte, wenigstens einmal in ihrem Leben eine Stadt zu besuchen, und doch hatte sie noch nicht einmal danach gefragt. Jetzt leuchteten schon bei der Erwähnung der Oasen ihre Augen.

»Ohne Wasser ist dieser Weg schwierig, Yaman«, entgegnete Awin jetzt. Er spürte, dass Gerwi in Erwägung zog, ihnen seine Hilfe anzubieten, aber noch darüber nachdenken wollte. »Du hast einen zweiten Weg erwähnt, Yaman«, sagte er bedächtig.

Der Yaman zögerte, aber endlich antwortete er: »Es gibt einen anderen Weg, weiter nördlich, um die Innere Dhaud herum. Ihr bräuchtet jedoch einen Führer, der die Wasserstellen kennt.«

»Ein solcher Führer könnte viel Ruhm erwerben«, warf Awin ein.

»Ruhm?«, fragte Gerwi.

»Natürlich, wer hätte je von einer solchen Geschichte gehört? Eine Schar tapferer Hakul zieht aus, gegen eine Göttin zu kämpfen. Noch die Enkel unserer Enkel werden mit Stolz davon berichten«, behauptete Awin.

»Die Enkel unserer Enkel, ja?«, sagte Gerwi mit einem belustigten Seitenblick. »Nun, das ist eine bedeutende Sache. Ich werde mit meinen Männern reden. Vielleicht findet sich einer unter ihnen, der bereit ist, euch durch das Land zu bringen.«

»Unsere Dankbarkeit wäre ihm gewiss, Yaman Gerwi«, sagte Awin höflich.

»Das wäre auch das Wenigste«, antwortete Gerwi.

Dann schieden sie voneinander.

»Glaubst du, er wird jemanden finden, der sich darauf einlässt, uns *Abtrünnige* durch diese Wüste zu führen, Awin Sehersohn?«, fragte Wela zweifelnd, als sie zurück zum Sger ritten.

»Nein, Wela Schmiedetochter. Ich gehe eigentlich davon aus, dass er das selbst übernehmen wird«, antwortete Awin lächelnd.

»Einer von *denen* als Führer durch die Wüste?«, fragte Harmin ungläubig, als sie ihrem Sger Bericht erstattet hatten. »Ich fürchte, es war leichtsinnig von dir, sie darum zu bitten, Awin. Es sind Eiserne Hakul. Man kann ihnen nicht trauen.«

»Es war meine Entscheidung, Harmin. Ich hoffe sehr, du trägst sie mit«, antwortete Awin ruhig.

»Wir werden sehen«, gab Harmin zur Antwort.

Awin nahm es hin, ohne ein weiteres Wort darüber zu verlieren, aber er machte sich seine Gedanken. Er würde den Schmied im Auge behalten müssen.

»Sie kommen«, rief Mabak.

Tatsächlich zeigten sich nun Gerwis Reiter dicht unter einem der Hügel. Awin zählte fünf. In den Schatten waren es jedoch noch einige mehr gewesen. Wo waren die anderen? Gerwi löste sich vom Sger und näherte sich ihnen, begleitet von einem breitschultrigen Mann, der stolz die Sgerlanze trug, an der unter einer übergroßen Speerspitze zwei weiße Rossschweife und ein großes, rundes Klanzeichen leuchteten.

»Eisen, überall Eisen«, murmelte Wela beeindruckt.

»Sie werden es sich irgendwo zusammengeraubt haben«, brummte Harmin missmutig.

Awin ritt Gerwi ein Stück entgegen, und dieses Mal ließ es sich der Schmied des Fuchs-Klans nicht nehmen, ihn und Wela zu begleiten.

»Bist du mit deinen Männern zu einer Entscheidung gekommen, Yaman Gerwi?«, fragte Awin.

Gerwi lächelte. »Ich biete dir an, dass wir fünf euch führen.«

»Ihr fünf?«, fragte Harmin misstrauisch.

Awin wusste auch nicht recht, was er davon halten sollte. Er wandte sich wieder an den Yaman. »Mir war, als hätte ich in den Hügeln einige Reiter mehr gezählt.«

»Nun, ich habe sie fortgeschickt. Sie sollen in Tiugar, der verborgenen Stadt, berichten, was wir von dir erfahren haben, Yaman Awin. Der Tiudhan wird das Ross-Orakel befragen. Bitten wir Tengwil darum, dass ihm die heiligen Stuten enthüllen, was er zu tun hat.«

Awin zögerte. Das war eine gute Erklärung, aber er blieb misstrauisch. »Das ist ein großzügiges Angebot, Yaman. Erfolgt es im Namen der Hüter?«, fragte er. Und als Gerwi knapp nickte, erklärte Awin: »Dann nehme ich es im Namen der Hüter an.«

Sie besiegelten ihren Bund mit einem Opfer für Dhaud, die

Göttin dieser Wüste, und einem weiteren für die Hüter, auf dass sie dieses Bündnis segneten und schützten. Dann brachen sie auf.

Die Reiter des neu gebildeten Sgers beäugten einander misstrauisch, aber Awin war vorerst zufrieden. Er erwartete keine Freundschaft zwischen diesen Kriegern, denn sie gehörten zu Stämmen, die schon aus schierer Gewohnheit miteinander verfeindet waren. Es genügte ihm vorerst, dass sie sich nicht gegenseitig an die Kehle gingen, und dafür würden hoffentlich die Eide auf die Hüter sorgen. Ihm aber gingen die Reiter, die der Yaman fortgeschickt hatte, nicht aus dem Sinn. Er hätte es verstanden, wenn Gerwi ein oder zwei Männer fortgeschickt hätte, aber so waren es wenigstens vier, der halbe Sger. Das war seltsam und gab Awin ein ungutes Gefühl. Er würde später mit den anderen darüber reden. Jetzt versuchte er, mehr über Gerwi und seinen Stamm zu erfahren. »Warst du je in der verborgenen Stadt, ehrwürdiger Gerwi?«, begann er.

»Tiugar? Nein, wozu? Ich finde, Hakul sollten nicht in Städten leben.«

»Und das Ross-Orakel? Hat dein Klan es schon einmal befragt?«

»Auch das nicht, ehrwürdiger Awin, denn die Wächter der weißen Stuten erwarten Geschenke, bevor sie eine Frage an ihre Schützlinge weitergeben. Mein Klan ist nicht arm, falls du das denken solltest, aber wir schätzen es nicht, Dinge von Wert zu geben, wenn wir dafür nichts als verschwommene Worte zurückbekommen.«

»Du scheinst nicht viel von der Seherkunst zu halten, Gerwi.«

»So ist es nicht, ich achte die Seher, denn sie wissen viel und sehen manches voraus, was nützlich ist, Yaman Awin, und der

Hirte wäre doch ein Narr, der nicht wissen wollte, wie der Sommer auf den Weiden wird. Doch das Ross-Orakel ist anders. Immer sind die Worte aus Tiugar zweideutig, und ich hörte noch nie eine Weissagung von dort, die ein Hakul verstehen oder auf die er sich verlassen konnte.«

»Aber es ist heilig und uralt«, widersprach Awin.

»Trotzdem verstehe ich es nicht«, entgegnete Gerwi schlicht.

»Und dennoch hast du Boten nach Tiugar gesandt?«

Gerwi lächelte. »Der Tiudhan hat viele kluge Ratgeber, Seher und Yamane in seinem Haus. Sie wissen vielleicht eher etwas mit den Worten des Orakels anzufangen als ich. Ich gebe aber gerne zu, dass ich nicht so sehr auf die Worte des Orakels, sondern vielmehr auf die vielen Speere des Tiudhans vertraue.«

Sie kamen gut voran, und allmählich löste sich das eisige Schweigen, das seit Beginn des Ritts zwischen den Kriegern geherrscht hatte. Am misstrauischsten blieb Harmin, der neben Menek dem Sgerträger ritt, aber während des ganzen Tages nicht ein einziges Wort an diesen Mann richtete. Dafür freundete sich Wela abends am Lagerfeuer mit diesem breitschultrigen, aber kleinen Mann an. Menek war ebenfalls ein Schmied. Wela, die ihn beinahe um Haupteslänge überragte, sprach mit ihm über das Schmelzen von Eisen, aber darüber wusste er nicht viel mehr als sie selbst, und er gab bereitwillig zu, dass die meisten eisernen Waffen seines Klans von den Viramatai erbeutet waren. Harmins Abneigung gegen diesen Mann schien sich jedoch allein durch diese harmlose Unterhaltung noch zu steigern. Sie brachen am nächsten Morgen wieder früh auf, und die Wege, auf denen Gerwi sie führte, erwiesen sich als gut. Gegen Mittag überquerten sie eine weitläufige Hügelkette. Vor ihnen erhoben sich die überwältigenden Gipfel des Sonnengebirges. Sie schienen viel näher gerückt zu sein.

»Wie weit ist es noch bis Pursu, sagtest du?«, fragte Awin noch einmal.

»Auf diesem Weg mögen es vier Tage sein, fünf, wenn wir die Pferde nicht quälen. Hättet ihr aber versucht, die Innere Dhaud zu durchqueren, wärt ihr vermutlich nie angekommen.«

Awin nickte. Zu ihrer Rechten lag ein wildes und zerklüftetes Land. Die einzelnen Felsenketten der Wüste waren zu einem wahren Labyrinth verschmolzen. Sie hätten sich leicht verirren können, auf jeden Fall hätten sie in diesem Gewirr karger Felsen viel Zeit verloren.

»Es ist ein Land, in das kein Hakul gerne reitet«, erklärte Gerwi. »Es gibt Löwenrudel dort und Schluchten mit vielen Abzweigungen, aber ohne Ausgang, und jeder Krieger spricht Dankgebete, wenn er diesen gefährlichen Felsen entronnen ist.« Und als Awin nachdenklich schwieg, sagte Gerwi: »Mir scheint, dass auch hinter dir eine große Gefahr liegt, denn du blickst sehr oft über deine Schulter, Yaman Awin, und deine Männer tun es ebenfalls. Ich glaube, dass ihr euch vor etwas fürchtet, das dort auftauchen könnte, und ich finde, du solltest mir, deinem Führer durch dieses Land, sagen, was es ist.«

Awin beachtete den warnenden Blick Harmins nicht und sagte: »Ich halte Ausschau nach einer Staubwolke, Gerwi. Nicht alle Schwarzen Hakul waren damit einverstanden, dass der Heolin Slahan verfolgt.«

»Ich habe so etwas geahnt, denn einer deiner jungen Krieger hat einen Zwist im Ahnental erwähnt.«

Awin dachte wieder einmal, dass sie Mabak vielleicht doch besser zurückgelassen hätten, aber er ließ sich nichts anmerken. »Ich sollte dir sagen, dass der Heredhan vielleicht auch zu unseren Verfolgern gehört.«

»Horket? Ein grausamer, aber tapferer Mann.«

»Horket ist tot, Gerwi. Ich sprach von seinem Nachfolger.«

Awin hielt es für besser, jetzt offen zu sein. Sie befanden sich tief in unbekanntem Land, und ohne Gerwi und seinen Klan wären sie verloren. Er musste das Vertrauen dieses Mannes gewinnen. Also erzählte er das Nötigste von Horket und Eri, dem Zweikampf und der Bereitschaft vieler Klans, dem neuen Heredhan zu folgen.

Gerwi hörte ihm nachdenklich zu. »Er muss ein großer Krieger sein, wenn er den gefürchteten Horket besiegt hat, dieser Yaman Eri. Und wenn er jetzt viele Speere sammelt, könnte er eine Bedrohung für meinen Stamm werden. Es ist deshalb seltsam, dass du mir das erzählst, Yaman Awin. Er ist schließlich der Heredhan deines Stammes.«

»Er mag sich so nennen, aber wenn er die Schwarzen Hakul wirklich anführen will, dann sollte er doch wohl versuchen, jene zu retten, die die Gefallene Göttin verschleppt hat, oder nicht?«

Nach einer Weile erwiderte Gerwi: »Du hast recht, er sollte sich so verhalten, wie du es tust, Yaman Awin. Kann es sein, dass du mir noch etwas verschwiegen hast? Ein Sieg über eine Göttin verheißt unendlichen Ruhm, und dein Klan besitzt den mächtigen Lichtstein. Ist es da vielleicht möglich, dass du selbst Anspruch auf den Schild des Heredhans erheben willst, Awin von den Schwarzen Dornen?«

Awin starrte den Mann mit großen Augen an. Dann lachte er laut auf und sagte: »Ich wollte schon nicht einmal Yaman werden, Gerwi, und glaube mir, ich würde auf den Heredhan-Schild nicht einmal klettern, wenn man mir tausend Pferde und tausend Barren Eisen dafür böte.«

Aber Gerwi sah ihn an, als würde er ihm das nicht glauben.

Sie schlugen ihr Lager an diesem Tag weit vor der Dämmerung an einem kleinen Weiher auf. »Es ist das einzige Wasserloch weit und breit«, erklärte Gerwi, »und wenn wir nicht wollen, dass uns die Pferde morgen verdursten, müssen wir hier rasten.«

»Er hält uns auf«, raunte Harmin, als sie die Pferde absattelten.

»Ohne ihn wären wir gar nicht so weit gekommen«, entgegnete Awin.

»Und dieser Zwerg macht sich an deine Schmiedin heran, willst du da nichts unternehmen?«

»Menek übt dasselbe Handwerk aus, also haben sie viel gemeinsam, Harmin«, gab Awin zurück, dem nicht aufgefallen wäre, dass sich zwischen Menek und Wela irgendetwas tat.

»Ich bin auch ein Schmied, aber mache ich deshalb Tuwins Tochter schöne Augen?«

Awin konnte sich ein Grinsen nicht verkneifen. »Ich dachte, das wolltest du deinen Enkeln Limdin und Dare überlassen?«, fragte er mit Unschuldsmiene.

»Du hast recht, Awin, ich sollte mit den beiden reden. Es wird Zeit, dass sie endlich ihre Zurückhaltung aufgeben.«

Awin hatte allerdings nicht den Eindruck, dass die beiden Jungkrieger etwa aus Schüchternheit so zurückhaltend waren. Sie schienen mit ihren Gedanken überall, doch nicht bei Wela zu sein. Als sie am frühen Abend ums Feuer saßen, fragte Limdin: »Ist es wahr, dass wir bald in das Land der Viramatai kommen?«

»Das ist richtig, junger Krieger«, bestätigte Gerwi. »Schon morgen lassen wir die Innere Dhaud hinter uns. Dann beginnt das Blendland. Es gehört uns, doch die Männertöterinnen erheben ebenfalls Anspruch darauf.«

»Aber hier scheint es nichts anderes als Wüste zu geben. Was wollen die Viramatai – und was wollen die Hakul damit?«, fragte Wela.

Gerwi lächelte nachsichtig. »Du versteht das nicht, Schmiedin. Es ist eine Sache der Ehre, die Weiden unserer Vorväter zu verteidigen, und außerdem, wenn wir nicht um die Wüste kämpften, würden wir bald um besseres Land kämpfen müssen.«

»Die Viramatai …«, warf Dare ein, räusperte sich und fuhr fort: »Ich habe gehört, sie kämpfen nackt …«

Eine plötzliche Stille legte sich über das Lagerfeuer. Gerwi antwortete schließlich mit todernstem Gesicht: »Nur die ganz alten Kriegerinnen, junger Freund.« Als sich das Gelächter gelegt hatte, fuhr er fort: »Es ist wahr, sie kleiden sich weniger züchtig als unsere Frauen, doch es sind Kriegerinnen, sie sind nicht so töricht, auf Rüstungen zu verzichten. Auch musst du Glück haben, um eine von ihnen auf dem Schlachtfeld zu treffen, denn schon lange werben die Sonnentöchter, wie sie sich selbst gerne nennen, für den Kampf Söldner aus dem Süden und Osten an. Ich hoffe, es enttäuscht dich nicht zu sehr, junger Freund, aber die wenigsten *dieser* Krieger kämpfen ohne Kleidung.«

Dare war tiefrot geworden und sagte für den Rest des Abends nichts mehr. Immerhin schien sich die Stimmung im Sger nach diesen Scherzen etwas zu lockern. Später kam Harmin jedoch noch einmal zu Awin und drängte ihn, das Bündnis baldmöglichst zu lösen. »Es sind Hakul eines anderen Stammes, und ich traue ihnen nicht. Außerdem sagen sie selbst, dass der schwierige Teil der Strecke nun hinter uns liegt. Wir werden die Festung auch ohne ihre Führung finden.«

Awin schüttelte den Kopf. »Ich verstehe dich nicht, Harmin. Wir werden jede Hilfe brauchen, wenn wir gegen Slahan kämpfen wollen.«

»Wenn es denn eine Hilfe ist. Hast du die gierigen Blicke nicht gesehen, mit denen sie den Lichtstein anstarren?«

Diese waren Awin, der an der Spitze des Zuges ritt, allerdings entgangen. Er fragte Tuge später unauffällig, ob an Harmins Bemerkung etwas war. Der Bogner überlegte einen Augenblick, dann sagte er: »Ich kann dir nicht sagen, was sie denken, aber es stimmt schon, sie blicken oft auf den Heolin. Wundert dich das? Selbst dieser abtrünnige Stamm achtet Etys doch als Fürsten aller Hakul.«

Awin stutzte, dann erwiderte er: »Du solltest sie nicht als abtrünnig bezeichnen, Tuge, ich will keinen Streit, auch keinen, der durch ein Wort ausgelöst wird, das unter Freunden gesagt, aber vielleicht auch von anderen gehört wird.«

»Aber so nennen sie uns doch auch, Yaman. Du hörst es nicht, denn du reitest uns voraus, aber ich sage dir, die Überheblichkeit dieser Krieger ist von Stunde zu Stunde schwerer zu ertragen«, lautete die schlichte Antwort.

In der Nacht wurde Awin von Mabak geweckt. »Es sind Reiter ins Lager gekommen, Yaman«, sagte er.

»Reiter?«

»Vier Männer, Gerwi sagt, sie gehören zu seinem Klan.«

Awin erhob sich rasch. Es stimmte. Vier Krieger waren im Lager erschienen und tränkten ihre Pferde. Der Yaman des Steine-Klans versuchte, Awins Zweifel zu zerstreuen. »Ich kann verstehen, dass du dich wunderst, Yaman Awin«, sagte er, »und ich gebe zu, dass ich es früher hätte erwähnen sollen. Dies ist unser Land, und eigentlich habe ich fast damit gerechnet, dass wir hier einige meiner Späher treffen würden. Es ist das einzige Wasserloch weit und breit. Sicher war ich jedoch nicht, und ich wollte nicht unnötig dein Misstrauen wecken.«

»Es wäre wirklich besser gewesen, du hättest es gesagt, Yaman Gerwi«, antwortete Awin kühl und versuchte, sich seine Besorgnis nicht anmerken zu lassen.

»Nun, auch diese Männer werden sich an den Eid halten,

den ich auf die Hüter geschworen habe, Yaman«, versuchte Gerwi, ihn weiter zu beruhigen.

»Sie wollen uns begleiten?«, fragte Awin.

»Nur für eine Weile. In drei Tagen werden sie uns wieder verlassen, denn dann erwarten sie neue Aufgaben«, antwortete Gerwi.

»Und werden wir noch mehr deiner Leute auf unserem Weg treffen, Yaman?«, fragte Awin, nun endgültig von tiefem Misstrauen erfüllt.

»Es ist möglich, doch nicht sehr wahrscheinlich, Awin«, lautete die ausweichende Antwort.

Als sich am Morgen die Krieger erhoben und die Pferde sattelten, war der Argwohn zwischen den Sgers fast mit Händen greifbar. Awin versuchte, sich selbst zu beruhigen: Das Bündnis war im Namen der Hüter geschlossen worden. Kein Hakul würde diesen Eid brechen, da hatte Gerwi recht. Und der Yaman des Steine-Klans hatte nun acht Krieger an seiner Seite, sie aber waren dreizehn. Das sagte er auch Harmin und Tuge, aber sie waren nicht seiner Meinung.

»Hätten wir nicht auf die Götter geschworen, würde ich sie gleich hier erledigen, Yaman«, erklärte Harmin finster.

»Und ich würde dir helfen«, meinte Tuge trocken.

»Wir müssen eben wachsam sein«, entgegnete Awin lahm.

An diesem Tag wurde das Land flacher. Awin begriff schnell, warum ihre Führer es das Blendland nannten, denn als die Sonne sich über den Bergen erhob, fiel sie so hell auf weißen Sand, dass es bald in den Augen schmerzte. Dann schlug das Wetter um. Ein böiger Wind, den die Eisernen Hakul Skari nannten, trieb ihnen Staub in peinigenden weißen Wolken entgegen. Sie zogen die Sandschals vors Gesicht und versuchten, es mit Gleichmut zu ertragen. Aber Skari wurde stärker, und bald war die ganze Welt hinter Staub verborgen.

»Glaubst du immer noch, dass wir unseren Weg ohne sie fänden?«, fragte Awin Harmin, als sie eine Rast einlegten.

»Bei diesem Wind können sie uns sonst wohin führen, Awin«, raunte Harmin. Aus dem Augenwinkel sah Awin, wie Wela mit dem Schmied des Steine-Klans sprach, und er nahm das als gutes Zeichen. Es gab jedoch immer noch genug Gründe, an Gerwis Ehrlichkeit zu zweifeln, und er begriff, dass sie ihm auf Gedeih und Verderb ausgeliefert waren. Der Wind quälte sie den ganzen Tag und die ganze Nacht, und sie fanden keine geschützte Stelle, sondern mussten ihre Zelte in der flachen Ebene aufschlagen.

»Das Wasserloch sollte hier in der Nähe sein, doch selbst ich könnte mich bei diesem Wind verirren«, erklärte Gerwi.

»Die Pferde scheinen jedenfalls kein Wasser zu wittern«, sagte Tuge zweifelnd.

»Wenn Skari aus der falschen Richtung kommt, können sie das auch nicht«, erwiderte Gerwi, offensichtlich verstimmt.

Als Awin sich später neben Tuge in seinem Kriegszelt ausstreckte und in einem Gebet Tengwil um einen Traum bat, sagte der Bogner: »Sie sind heute sehr schweigsam gewesen.«

Awin wusste, dass Tuge die Männer des anderen Sgers meinte. »Das ist nicht verwunderlich, bei all dem Wind und Staub«, erwiderte er.

Tuge seufzte. »Du bist unser Yaman, Awin, und unser Seher. Es ist seltsam, dass du nur das Gute im Menschen sehen willst.«

Awin runzelte die Stirn. Er hatte peinlich genau darauf geachtet, dass sie mehr Wachen stellten als der Steine-Klan. »Wenn du etwas anderes siehst, etwas, das mehr ist als eine Ahnung, dann solltest du es mir sagen, Tuge. Wir sind ihnen zahlenmäßig immer noch überlegen.«

»Es ist nicht mehr als eine Ahnung, aber ich rate dir, auf

Menek den Schmied zu achten. Hast du nicht bemerkt, wie einsilbig er heute am Feuer war?«

»Vielleicht hat deine Nichte etwas zu ihm gesagt, was er nicht hören wollte«, vermutete Awin.

»Dieser Gedanke ist mir auch gekommen. Vielleicht sollte ich sie morgen früh fragen. Ich habe aber den Eindruck, dass der Schmied etwas gehört hat, was ihm nicht gefällt. Vielleicht wartet Gerwi nur noch auf mehr Männer, bevor er den heiligen Eid vergisst.«

»Mareket würde ihn niemals auf die unsterblichen Weiden lassen, wenn er das täte«, erwiderte Awin. Er schloss die Augen und erneuerte seine Bitte um einen Traum. In der Ferne erklang das heisere Brüllen eines Löwen. »Siehst du, Tuge, das Wasserloch kann nicht weit sein«, sagte er.

»Und was sagen die Seher zu einem Löwen, der brüllt, auch wenn der Wind sonst jeden Laut mit Staub ersticken will?«

»So eine Frage solltest du eher Curru stellen. Er vertraut den alten Weisheiten doch weit mehr als ich.«

»Er hat ja auch nichts anderes, wie mir scheint. Aber was sagen denn die Weisheiten, Awin Sehersohn?«

Awin seufzte. »Der brüllende Löwe ist immer eine Warnung. Und die erscheint mir auch höchst angebracht, denn unsere Pferde sind da draußen, und wenn unsere Wachen nicht aufpassen, holt sich dieser Räuber vielleicht eines.«

Aber der Löwe kam in dieser Nacht nicht, und als sie am Morgen aus ihren Zelten krochen, stellten sie erleichtert fest, dass der Wind sich gelegt hatte. Sie schüttelten den weißen Staub aus den Zeltbahnen, Kleidern und Haaren und machten sich auf, die Wasserstelle zu suchen. Sie war nicht sehr weit entfernt. Als sie sich näherten, entdeckte Awin eine Reihe niedriger Erdhügel, die sich kreisförmig um die Quelle zogen. Erst wusste er nicht, was das war, aber dann erkannte er, dass es sich um Gräber handelte. Das Wasser, das sie vorfanden, war trüb und schmeckte nach Sand, aber es war besser als nichts. Als sie ihre Pferde tränkten, kam Gerwi zu Awin und sagte: »Um diese Quelle wurde schon oft gekämpft, wie du an den Gräbern siehst, denn die Viramatai behaupten, sie gehöre ihnen, dabei weiß jeder Hakul, dass sie seit Menschengedenken unser ist.«

Awin wartete, denn offenbar wollte Gerwi noch etwas sagen, zögerte aber aus irgendeinem Grund damit. Schließlich fuhr er dann doch fort. »Einige Stunden von hier werden wir auf eine Begräbnisstätte der Männertöterinnen stoßen. Ich halte es für besser, sie zu umgehen, auch wenn es einen kleinen Umweg bedeutet.«

»Warum?«, fragte Awin, dessen ungutes Gefühl stärker wurde.

»Es gehen dort Geister um, heißt es, und es ist auch sonst ein übler Ort. Oder weißt du nicht, wie die Viramatai ihre Toten bestatten?«

»Ich glaube, noch keiner aus meinem Sger ist diesem Volk je begegnet, und wir kennen sie nur aus den Erzählungen der Alten. Doch da ging es immer nur um Siege, selten um Bestattungen.«

»Nun, es reicht, wenn ich dir sage, dass du diesen Ort leicht auch ohne mich fändest, denn immer kreisen die Geier darüber. Meine Krieger haben mich gebeten, dieser Stätte fernzubleiben.«

Awin zuckte mit den Achseln. »Du kennst dieses Land besser als ich, Gerwi. Ich vertraue darauf, dass du den besten Weg für uns wählst.«

Gerwi nickte lächelnd, aber er sah ihn dabei auf eine Art an, die Awin nicht gefiel.

»Gerwi will einen Umweg reiten«, flüsterte er Tuge beim Aufsatteln zu.

»Ein schlechtes Zeichen«, brummte der Bogner schlicht.

»Sag unseren Leuten, dass sie auf der Hut sein sollen. Ich befürchte, dass sich heute noch etwas Böses ereignen wird.«

Sie gaben sich unauffällig. Für einen Außenstehenden, der die Worte nicht hörte, musste es so aussehen, als plauderten sie nebenher über das Wetter oder ihre Pferde. Mit keiner Miene verrieten sie die Anspannung, die sie beide fühlten.

»Sie wollen den Lichtstein, das ist klar«, erwiderte Tuge knapp. »Mehrfach habe ich sie sagen hören, wie ruhmvoll es für uns sei, diesen Stein zu hüten.«

»Das würde ich auch denken«, gab Awin zögernd zu, »aber ich habe Gerwi erzählt, was am Sichelsee geschah, als ein anderer Yaman den Heolin in den Händen halten wollte.«

»Ich nehme an, du hast Mereges Mitwirkung dabei ausgelassen, Yaman«, antwortete Tuge ruhig. »Es ist dumm, dass unser Mabak nicht ebenso klug war.«

Awin sandte einen finsteren Blick hinüber zu Mabak, der Orwe in den Sattel half. Der Jungkrieger bemerkte den Blick und erbleichte.

Awin versuchte, der Sache etwas Gutes abzugewinnen: »Das ist vielleicht noch besser, denn so wissen sie, dass wir eine Zauberin in unserem Sger haben.«

»Dann werden sie sie zuerst angreifen«, meinte Tuge und stieg auf.

»Sprich mit ihr, mein Freund«, bat Awin, »teile ihr unseren Verdacht mit und sage ihr, dass sie sich am Ende des Zuges aufhalten soll. Wir werden ihre Kräfte vielleicht bald brauchen.« Dann schwang er sich ebenfalls in den Sattel. Er konnte fühlen, dass etwas geschehen würde, trotz der heiligen Eide. Aber sie waren Gerwis Sger immer noch zahlenmäßig überlegen, und sie hatten Merege an ihrer Seite. Er schickte ein Gebet zu Tengwil, dass sie das Schlimmste verhüten möge.

Sie brachen auf, und Awin fiel schnell auf, dass die Männer ungewöhnlich schweigsam waren. Der Wind war eingeschlafen, der Tag warm, aber noch nicht heiß, und doch lag eine drückende, beinahe feindselige Stille über ihren beiden Sgers. Vor ihnen ragte das Sonnengebirge auf. Es bestand aus unzähligen mächtigen Gipfeln mit schneebedeckten Hängen. Wenn der große Etys wirklich alle Gipfel bestiegen hatte, wie die Sage erzählte, war leicht zu glauben, dass er dafür sieben Jahre gebraucht hatte.

»Wie weit ist es noch, sagtest du?«, fragte Awin.

»Nicht ganz drei Tage«, antwortete Gerwi einsilbig.

Awin erschien es, als würden sie einen weiten Bogen reiten, der sie schließlich nach Norden führte. Er fragte Gerwi nach dem Grund, und dieser erklärte noch einmal, dass sie der Begräbnisstätte der Viramatai ausweichen wollten. »Es ist nur ein kleiner Umweg«, beschwichtigte er.

Etwas später zeigten sich weiter nördlich einige verkrüppelte Bäume. Gerwi hielt darauf zu. Dort schien sich etwas zu bewegen. Awin sah genauer hin. Einige Pferde standen unter den Bäumen. Da waren auch Männer, die nun eilig die Pferde bestiegen.

Awin hob den Arm. Sein Sger hielt an. »Was hat das zu bedeuten, Gerwi?«, fragte er.

Gerwi zügelte seinen Schimmel und sah ihn überrascht an. »Keine Sorge, Yaman, dies sind nur noch ein paar meiner Krieger. Der Schatten dieser Bäume ist ein Sammelpunkt für unsere Späher.«

»Und du wusstest, dass wir sie hier treffen?« Awin zählte die Männer. Es waren neun oder zehn.

»Das ist die Dhaud, Yaman Awin, hier ist vieles möglich und nichts sicher, wie wir in unserem Stamm sagen.«

»Aber ich bin sicher, du hast uns hier entlanggeführt, damit wir auf deine Leute treffen, oder?«

»Oh, sie werden uns nicht begleiten, ich habe andere Aufgaben für sie«, sagte Gerwi, aber sein Blick wirkte unruhig. Immer wieder schweifte er zum Heolin. Die Reiter kamen schnell näher.

Awins Hand wanderte wie von selbst zum Griff seines Schwertes. Er blickte nach hinten. Merege hatte sich etwas vom Sger zurückgezogen. Awin kam wieder in den Sinn, was Tuge gesagt hatte. Gerwis Männer wussten, dass sie eine Zauberin war, sie würden sie zuerst angreifen. Die zehn Reiter waren fast da.

Gerwi wies plötzlich nach Südosten. »Siehst du dort in der Ferne die schwarzen Punkte in der Luft?«

»Geier?«, fragte Awin knapp. Seine Männer waren bereit. Er konnte sehen, dass sie versuchten, ihre Anspannung zu verbergen.

»Geier und Krähen kreisen immer dort. Dort liegt der Begräbnisplatz der Viramatai, den ich heute Morgen erwähnte. Du musst wissen, dass sie ihre Toten weder Erde, Wasser noch Feuer anvertrauen.«

Aus dem Augenwinkel sah Awin, wie die Krieger seines Sgers sich von den Männern Gerwis absetzten. Vorsichtig, nur so weit, dass sie Platz für einen Angriff bekamen. Die zehn Reiter waren jetzt beinahe heran. Noch hatte kein Krieger eine Waffe in der Hand, noch konnte das alles friedlich enden.

»Wie beerdigen sie sie dann?«, fragte Awin, der nach einem Weg suchte, das Kommende zu verhindern.

»Sie errichten offene Türme, die den Wind abhalten, aber Geier und Krähe einladen«, erklärte Gerwi. »Sie sollen die Toten in die Lüfte tragen, Edhil entgegen.« Er sprach etwas zu laut.

»Sie überlassen ihre Toten den Aasfressern?«, fragte Awin verwundert.

»So ist es. Weiter im Inneren ihres Landes, in der Nähe ihrer Städte und großen Eisenminen, kannst du Dutzende dieser Türme finden. Hier bestatten sie die in der Wüste Gefallenen, und da nur wenige dieses Volkes selbst hier kämpfen, findest du dort nur zwei dieser Totentürme«, sagte Gerwi, und Awin konnte ihm anhören, dass er mit seinen Gedanken ganz woanders war.

»Sind wir nicht gerade einen Umweg geritten, um diesen Ort zu meiden?«, fragte Awin langsam.

Gerwi antwortete nicht auf die Frage, sondern erklärte: »Von dort aus führt ein langer Pfad hinüber bis zur Festung Pursu. Er ist schmal, gleicht beinahe einem Wildwechsel, aber ein aufmerksamer Reiter kann ihm folgen.«

Awin fasste sein Schwert fester. Es hatte keinen Sinn mehr, das Unvermeidliche hinauszuzögern. »So hast du also beschlossen, uns nicht weiter als bis hierher zu führen, Yaman Gerwi?«

Gerwi sah Awin an, und seine Mundwinkel zuckten. »Ich habe dich geführt, bis du deinen Weg selbst finden kannst, Yaman Awin. Und damit« – er hob seine Stimme deutlich an – »erkläre ich unseren Bund für beendet!«

»Hakul!«, riefen seine Männer.

Awin hörte, wie die Waffen gezogen wurden, und hatte selbst sein Schwert schon in der Hand. Pferde wieherten. »Hakul!«, riefen jetzt auch seine Krieger. Dann schnitt eine helle Stimme durch die rauen Rufe: *»Uo jega!«*, rief sie, *»Kaiwin Milnar! Uo jega! Kaiwin Wercuna!«*

Ein durchdringender Schrei ertönte, dann warf ein gleißender Blitz einen Hakul aus dem Sattel, und ein Donnerschlag zerriss die Luft. Pferde sprangen zur Seite, und Reiter wurden abgeworfen. Auch Awins Brauner scheute. Ein Pfeil sirrte dicht an ihm vorbei, doch galt er nicht Awin, sondern Gerwi, der mit seinem Schimmel kämpfte. Der Pfeil drang dem Yaman in den Hals. »Hakul!«, jubelte Tuge. Awin sah Gerwi aus dem Sattel sinken. Wild bockende Pferde schossen über die Ebene, viele ohne Reiter. Limdin und Dare waren von ihren Tieren gesprungen und sandten Pfeil auf Pfeil von der Sehne.

*»Uo jega! Kaiwin Milnar!«*, rief die Kariwa noch einmal. Awin sah sie mit ausgestrecktem Arm auf ihrem Pferd sitzen. Das Tier stand ruhig wie ein Steinbildnis in der Ebene. Ein grau gewandeter Hakul stürzte stöhnend in den Staub, und dann zerriss ein erneuter Blitz die Luft. Viele Schritte entfernt wurde ein Krieger aus dem Sattel seines Pferdes geschleudert, das, wahnsinnig vor Angst, weiter hinaus in die Wüste galoppierte. Der Rest war kein Kampf mehr, nur noch eine Jagd. Awin beteiligte sich nicht daran. Er hielt immer noch sein Sichelschwert in der Hand und sah zu, wie die Krieger in alle Richtungen davonstoben, in nackter Furcht die Eisernen, jubelnd und siegessicher die Schwarzen Hakul, die sie verfolgten. Bald waren nur noch lange Staubfahnen zu sehen. Awin stieg von seinem Pferd und versuchte, es zu beruhigen. Gerwi lag auf der Erde. Er war noch nicht tot, aber es war zu erkennen, dass sein Leben zu Ende ging. Auch Menek sah er im weißen Sand liegen. Wela stand bei ihm und blickte mit bleichem Gesicht auf den kleinwüchsigen Schmied.

»Es tut mir leid, Wela«, sagte Awin.

Sie sah ihn an, und er bemerkte, wie traurig sie war. »Wir hätten Freunde werden können, aber er war dumm und hat sich auf einen Verrat eingelassen, also hat er es nicht besser verdient«, behauptete sie, aber ihre Stimme versagte ihr dabei den Dienst. Awin sah sich um. Keiner der Männer, die tot oder sterbend im Sand lagen, gehörte zu seinem Sger. *Es ist wohl das, was man einen überwältigenden Sieg nennt*, dachte er. Aber es fühlte sich nicht so an.

Nach und nach kehrten die Krieger zurück. Einige zogen die Pferde ihrer Feinde hinter sich her, bepackt mit dem, was sie an Beute für wertvoll hielten. »Eisernes Schwert und eiserner Speer«, rief Harmin. »Dies war ein lohnender Kampf.«

Awin stand bei Gerwi, der im Sterben lag. Es sah aus, als wolle er etwas sagen, aber der Pfeil im Hals verhinderte das. »Willst du sein Schwert nehmen?«, fragte Tuge und sah mitleidlos auf den am Boden Liegenden hinab.

»Du hast ihn niedergestreckt, Tuge, es gehört dir«, erwiderte Awin.

»Ich habe schon eines, und mehr will ich nicht. Ihre Eisenschwerter sind gut, aber ihre Bogen taugen nicht viel.«

Also nahm Awin das Schwert an. Es war aus Eisen, doch viel grober gearbeitet als die schlanke Klinge Mereges.

»Wirf ein Auge auf ihre Rüstungen, mein Freund. Das Leder von dieser hier ist mit eisernen Nägeln beschlagen«, rief Harmin herüber und schwenkte ein blutiges Stück Leder.

Auch die anderen Krieger hatten Beute gemacht, keiner von ihnen würde mit leeren Händen zu den Zelten seines Klans zurückkehren, auch wenn sie weit weniger Eisen fanden, als sie erhofft hatten.

»Ich möchte wissen, warum sie sich die Eisernen nennen, wegen ihrer Waffen ist es jedenfalls nicht«, brummte Tuge und warf enttäuscht einige Pfeile mit bronzenen Spitzen fort, die er hoffnungsvoll aus einem Köcher gezogen hatte. Limdin und Dare zeigten die Speere, die sie ihren Feinden abgenommen hatten – nur zwei hatten eiserne Spitzen.

»Habt ihr alle erwischt?«, fragte Tuge.

»Ich glaube nicht, dass uns auch nur einer entkommen ist«, rief Harmin.

»Glaubst du es, oder weißt du es?«, fragte Awin.

Harmin starrte ihn finster an. Dann sagte er: »Limdin, Dare, geht und zählt die Toten.«

Seine beiden Enkel sprangen auf die Pferde und preschten davon.

»Diese Sgerlanze wird einen Ehrenplatz in meinem Zelt bekommen«, stellte Harmin befriedigt fest. Er hatte sie in der Hand und betastete mit leuchtenden Augen das eiserne Klanzeichen.

»Hast du Menek getötet, Harmin?«, fragte Wela feindselig.

»Wie? Nein. Ich glaube, er brach sich das Genick, als sein Pferd ihn abwarf. Aber meine Männer haben mehr Feinde getötet als Awins Krieger. Also gehört diese Lanze mir.«

»Sie gehört Merege«, erklärte Awin ruhig, »denn ohne sie wäre es uns übel ergangen.«

»Erhebt sie darauf Anspruch? Ich höre sie nicht«, sagte Harmin verärgert.

»Wo ist sie?«, fragte Tuge.

»Sie sitzt dort drüben, bei dem gestürzten Pferd«, rief Mabak.

»Ich werde mit ihr darüber reden«, erklärte Awin ruhig. Er hatte eigentlich nicht vor, sie tatsächlich nach der Sgerlanze zu fragen, aber er konnte diesen Streit um Beute nicht ertragen. Er hatte gehofft, mit dem Klan der Steine einen ersten Verbündeten unter den Eisernen Hakul gefunden zu haben. Und er hatte darauf gebaut, dass es vielleicht noch mehr werden würden. Gerwi hatte nach Tiugar gesandt, das hatte er wenigstens behauptet. Vielleicht war auch das eine Lüge gewesen. Der Tiudhan war der Fürst aller Hakul – dem Titel nach. Er galt bei den Schwarzen Hakul nicht viel, Awin kannte nicht einmal seinen Namen, doch bei den Eisernen mochte das anders sein. Vielleicht hätte er Hilfe gebracht. Aber jetzt, wo sie Gerwi und seine Männer erschlagen hatten, war zweifelhaft, dass dieser

Fürst ihnen half, viel wahrscheinlicher war, dass er sie töten würde. Awin seufzte. Vor ihm saß Merege im Staub und hatte die Hand auf dem Hals eines toten Pferdes liegen.

»Was machst du da?«, fragte er.

Merege streichelte den Hals des Tieres. »Es hatte mit unserem Streit nichts zu tun«, sagte sie nachdenklich.

»Bedauerst du es mehr als die Krieger, die hier fielen?«, fragte er, auch wenn er keine Trauer in ihrer Stimme hörte.

Vielleicht hatte sie die Frage gar nicht verstanden, denn sie sagte nur: »Es geht immer leichter.«

»Was meinst du?«, fragte Awin.

»Das Töten. Im Lager hätte ich nach Isgi keine weitere Kraft mehr nehmen können. Heute waren es zwei, die mir ihr Leben gaben, und ich konnte ihre Brüder töten.«

»Du wirst stärker«, sagte Awin und spürte, dass es die falschen Worte waren. »Wir sind dir zu Dank verpflichtet, Merege«, setzte er hinzu.

Sie sah ihn an, und ihr Blick war leer. »Es wird immer leichter«, wiederholte sie, und jetzt klang sie bekümmert.

»Die Sgerlanze«, stieß Awin hervor. »Harmin will sie, aber ich habe gesagt, dass sie dir gehört.«

Sie legte die glatte Stirn in Falten. Uos Sichel, das Sternzeichen, das als schwarze Linie ihr Jochbein schmückte, schien lebendig zu werden. »Was soll ich damit?«

»Es wäre ein Ehrenzeichen für dein Zelt, in deiner Heimat. Aber du kannst damit machen, was du willst.«

Sie erhob sich und strich ihr schwarzes Gewand glatt. »Die Kariwa wohnen nicht in Zelten, Awin, und im Augenblick wäre diese Lanze wohl nur ein Gewicht, das ich nicht gebrauchen kann. Pflanzt sie hier auf, unter den Gefallenen. Vielleicht nehme ich sie mit, wenn wir auf dem Rückweg wieder hier vorüberkommen sollten.«

Harmin gefiel der Vorschlag ganz offensichtlich nicht, aber er gab keine Widerworte. Sie rammten die Lanze in den Boden, gleich neben Gerwi, der inzwischen sein Leben ausgehaucht hatte. Limdin und Dare kehrten zurück. Sie hatten insgesamt achtzehn Leichen gezählt.

»Seid ihr sicher?«, fragte Harmin nach.

»Wir haben sie zweimal gezählt, Großvater, einmal auf dem Hin-, einmal auf dem Rückweg. Es sind achtzehn.«

»Das bedeutet, dass uns einer entkommen ist«, stellte Awin ruhig fest.

»Wir müssen ihn verfolgen«, meinte Tuge düster.

»Habt ihr eine Spur?«, fragte Awin die beiden Enkel Harmins.

Doch die hatten sie nicht. Die meisten Pferde des Steine-Sgers waren kopflos davongestürmt. Es schien unmöglich, die Spur jenes einen zu finden, das einen Reiter trug.

»Es wird keinen Unterschied machen«, stieß Harmin hervor. »Er wird verletzt sein. Vielleicht haben wir ihn übersehen, weil er mehr tot als lebendig war. Er kann nicht weit kommen.«

Awin schüttelte den Kopf und sagte: »Wir können ihm nicht nachjagen, auch wenn wir das vielleicht bereuen werden. Er wird vielleicht andere Hakul herbeirufen, die Rechenschaft von uns fordern. Und vielleicht halten sie sich nicht mit der Frage auf, wer diesen Streit begonnen hat. Doch wir müssen weiter und werden später sehen, was daraus folgt.«

Sie hatten ein halbes Dutzend Pferde von Gerwis Sger eingefangen. Unter denen wählten sie zwei aus, denen sie die Beute aufluden, die die Männer nicht auf dem eigenen Pferd mitführen konnten, dann zogen sie weiter. Die Leichen ließen sie unbestattet zurück, so wie es bei besiegten Feinden Brauch war. Awin war sich sicher, dass der eine oder andere seiner Sgerbrüder ein Gebet sprach, damit Uo, der Totengott, die Gefallenen abfing und in seine graue Stadt führte. So würden sie ihnen nicht später auf Marekets immergrünen Weiden ihren Platz an der Seite ihres Gottes streitig machen können. Er selbst hingegen bat die Weberin Tengwil, das Unheil von ihnen abzuwenden, dass die Flucht jenes einen Hakul heraufbeschwören konnte.

## Mahuk Raschtar

ALS SIE AUFBRACHEN, sammelten sich schon die ersten Geier über ihren Köpfen. Sie schienen nur darauf zu warten, dass die Lebenden die Toten verließen. Awin führte den Sger ungefähr in die Richtung, die Gerwi ihm gewiesen hatte. Er nahm nicht an, dass der Yaman sich die Mühe gemacht hatte, ihn noch zu belügen, da er ihn doch schon für so gut wie tot gehalten hatte. Die Punkte, die sie vorhin gesehen hatten, entpuppten sich als weitere Geier, die nun über sie hinweg zum Schauplatz des Kampfes zogen. Niemand sagte etwas. Bald sahen sie die Umrisse der beiden stumpfen Türme, von denen der Yaman gesprochen hatte. Sie waren aus Lehmziegeln, kreisrund und ebenso breit wie hoch. Einige Krähen saßen auf dem Mauerkranz und beäugten die Reiter, die näher kamen.

»Was sind das für Bauwerke?«, fragte Wela.

Awin erklärte es ihr.

»Sie überlassen ihre eigenen Toten den Aasfressern? Das ist widerlich«, urteilte Harmin mit Abscheu.

»Und was haben wir mit Menek und den anderen vom Steine-Sger gemacht, Schmied?«, fragte Wela mit viel Bitterkeit in der Stimme.

»Das waren Feinde und Verräter. Das ist etwas anderes«, gab Harmin zurück.

Wela verstummte, und Awin dachte, dass ihr der Tod Meneks wohl näherging, als sie zugeben wollte. Er führte den Sger in einem Bogen um die Türme herum. Die Krähen auf den Mauern krächzten, und ein paar stiegen auf, um sie zu verfolgen.

»Fliegt dorthin, wo schon eure Brüder, die Geier, sind, da liegt genug Fleisch für euch!«, rief Tuge, aber die schwarzen Vögel hörten nicht auf ihn.

Limdin und Dare ritten wieder voraus. Sie fanden den Pfad, von dem Gerwi gesprochen hatte. Er schien wirklich in Richtung der Sonnenberge zu führen. Je weiter sie die Totentürme hinter sich ließen, desto besser wurde die Stimmung der Männer. Awin hörte, wie sie begannen, mit ihren Heldentaten zu prahlen.

»Du scheinst deinen Sieg nicht zu genießen, Yaman«, sagte Tuge, der neben ihm ritt.

Awin blickte überrascht auf. Warum nannte Tuge es *seinen* Sieg?

»Du hast uns geführt, und es war dein Plan, der uns in dieser Schlacht einen Sieg bescherte«, erklärte der Bogner, der seine Gedanken erraten hatte.

Awin schüttelte den Kopf. Er hatte nicht mehr getan, als Merege zu bitten, auf einen Kampf gefasst zu sein und am Ende des Sgers zu reiten, wo sie sich ohnehin am liebsten aufhielt. Jetzt sagte er düster: »Ein paar Hakul töten ein paar andere Hakul, keine besondere Heldentat, die in vielen Liedern besungen werden wird.«

»Warte ab«, meinte Tuge grinsend, »heute haben wir einen Sger von neunzehn Kriegern besiegt, wenn du aber den Männern zuhörst, so wirst du bald erfahren, dass jeder von ihnen wenigstens drei Gegner bezwungen hat – das heißt, es müssen doch eigentlich über dreißig Feinde gewesen sein. Heute Abend am Lagerfeuer kann diese Zahl leicht auf fünfzig ansteigen, und im nächsten Winter wird es in die Hunderte gehen.«

»Wenigstens!«, rief Harmin lachend.

*Wenn wir den nächsten Winter überhaupt erleben*, dachte Awin finster, behielt diesen Gedanken aber für sich. Die Männer waren guter Dinge. Er sah noch keinen Grund, das zu ändern. Sie folgten dem Pfad bis zum Einbruch der Dämmerung. Als er plötzlich einen weiten Bogen nach Süden beschrieb, wunderten sie sich, aber als sie ihm folgten, stellten sie fest, dass er sie zu einem weiteren Wasserloch führte. Sie schlugen ihr Lager dort auf, und Awin zog sich ein wenig vom Feuer zurück, um seinen Geist auf die Reise zu schicken. Es gelang ihm jedoch nicht. Am Feuer lachten die Männer, und immer, wenn er die Augen schloss, hatte er das Bild des sterbenden Gerwi vor Augen.

Der Traum kam, als Awin im Zelt lag und schlief, und er war rätselhaft. Er zeigte ihm ein dunkles Gesicht in der Glut eines Feuers. Ein Fremder mit wirrem schwarzem Haar und Bart, der lautlos Worte murmelte. In den Fingern drehte er eine Kette mit Tierzähnen. Dann war da ein knorriges Stück Holz, ein Stab, dessen dicker Knauf mit drei groben Gesichtern verziert war. Der Mann öffnete die Augen und streute Kräuter in die Glut. Rauch stieg auf. Der Schwarzbärtige schloss die Augen, atmete tief ein, hustete, ließ ein Brummen hören und hielt plötzlich inne. Er schien lange zu lauschen, dann schüttelte er den Kopf, stand auf und verschwand.

Ein Löwe brüllte. Es klang nah. Awin schlug die Augen auf.

»Dieser verdammte Räuber bringt mich zum letzten Mal um meinen Schlaf«, murmelte Tuge, der ebenfalls erwacht war. »Ich werde gehen und sehen, wie ihm die eisernen Spitzen meiner neuen Pfeile schmecken.«

»Lass ihn in Ruhe«, sagte Awin, »und vergeude nicht die wenigen guten Pfeile, die du erbeutet hast, Meister Tuge. Wenn Gerwi nicht gelogen hat, werden wir vielleicht schon übermorgen Slahan gegenüberstehen.«

»Du kannst einem wirklich jeden Spaß verderben, Yaman«, brummte Tuge. »Doch sieh, der Tag graut schon. Vielleicht sollten wir die Zeit nutzen und früh aufbrechen.«

Awin stimmte dem Vorschlag zu. Noch vor Sonnenaufgang saßen sie im Sattel. Bald stellten sie fest, dass sich das Land veränderte. Immer mehr Grasflecken bedeckten den weißen Sand, bald war er ganz verschwunden.

»Wie nennt man diese Gegend, Awin?«, fragte Mabak.

»Ich weiß es nicht«, lautete die schlichte Antwort.

»Wir sollten ihren Namen wissen«, meinte der Jungkrieger, »oder sollen wir später erzählen, wir hätten die Göttin in einer namenlosen Ebene besiegt?«

»Wenn wir sie besiegen, ist es mir gleich, wie dieser Landstrich genannt wird«, brummte Harmin.

Awin hielt sein Pferd an.

»Was ist?«, fragte Harmin. »Für eine Rast erscheint es mir etwas früh.«

Awin wies voraus und sagte: »Seht.«

Tuge kniff die Augen zusammen. »Eine niedrige Wolke?«, fragte er.

»Limdin, komm nach vorn«, befahl Harmin.

Der Sger sammelte sich. Limdin erhob sich im Sattel, spähte angestrengt voraus und sagte schließlich: »Es ist weit weg, aber es sieht aus wie eine große Staubwolke. Ich würde sagen, dass ein großes Heer dort marschiert, aber der Staub scheint sich nicht von der Stelle zu rühren.«

»Es ist Slahan«, erklärte Awin ruhig.

Die gute Laune der Männer war wie weggeblasen.

»So wartet sie wirklich auf uns, wie du es gesehen hast«, sagte Tuge bedächtig und auch ein wenig ehrfürchtig.

Awin schwieg. Die Göttin wartete, so sah es wenigstens aus, doch wartete sie wirklich auf ihn und seinen Sger, diese Handvoll Hakul? Nein, etwas anderes musste sie hierhergeführt haben, und er hatte immer noch keine Ahnung, was das war.

»Ich habe noch mehr gesehen, Tuge«, erklärte Awin vorsichtig, »etwas, das ich zuerst nicht verstanden habe.« Er wandte sich an den Sger. »Hört, ihr Krieger, lange habe ich über die Bilder in meinen Träumen nachgesonnen, doch erst seit kurzem beginne ich, sie zu verstehen. Ich kann euch sagen, dass Slahan Gewaltiges vorhat, wenn sie mit den Hakul erst fertig ist. Sie will zum Skroltor, jenem großen Tor, das die Unholde und Daimonen von unserer Welt fernhält. Sie will es öffnen und die Welt der Menschen im lodernden Hass dieser Verbannten verbrennen.«

Die Krieger sahen einander an. Sie schienen nicht zu wissen, was sie davon halten sollten. Harmin räusperte sich. »Du hast gesagt, sie wird das tun, wenn sie mit uns fertig ist. Doch sie wird nicht mit uns fertigwerden, ist es nicht so, ihr Reiter der Hakul?«

»So ist es«, riefen einige halblaute Stimmen.

»Ist es nicht so, Reiter der Hakul?«, rief Harmin lauter.

»So ist es!«, klang es laut aus elf Kehlen. Selbst Wela hatte es gerufen. Und nur Merege und Awin hatten geschwiegen.

»Du siehst, Yaman Awin, wir sind bereit, die Pläne der Gefallenen Göttin zu durchkreuzen«, verkündete Harmin zufrieden.

»Ich danke euch«, sagte Awin schlicht.

»Was hast du jetzt vor, Yaman? Wie sollen wir vorgehen?«, fragte Tuge.

Das war eine gute Frage. Awin musste sich eingestehen, dass er so weit nicht gedacht hatte. Bislang endeten all seine Pläne damit, dass er Slahan stellte. Natürlich, sie würden kämpfen müssen. Aber wie sie der Göttin gegenübertreten sollten, davon hatte er noch keine klare Vorstellung.

»Es ist doch ganz einfach. Wir reiten hin und rammen ihr

unsere Speere in den ehemals göttlichen Leib!«, meinte Harmin ungeduldig.

»Hakul!«, antworteten die Reiter.

Aber Awin hob die Hand. »Es ist möglich, dass sie keinen Leib hat, in den wir etwas hineinrammen könnten«, erklärte er ruhig. »Wir werden uns vorsichtig nähern. Und dann werden wir sehen, was wir tun können.«

Ihm antwortete kein jubelndes »Hakul«, aber das war ganz in Awins Sinne. Die Männer durften nicht übermütig werden. Sie waren einverstanden, als er vorschlug, sich zunächst weiterhin vorsichtig der Staubwolke zu nähern. Awin hoffte, dass er einen Plan haben würde, wenn sie dort waren.

Das Land, über das sie nun ritten, war gut, und eine Weile verdrängten Gespräche über die satten Weiden, die sie hier vorfanden, den Gedanken an die Gefahr am Ende ihres Weges. Die Berge beeindruckten die Hakul durch ihre unfassbare Höhe und Erhabenheit, aber vor allem der Boden zu ihren Füßen war gut. Er war staubig, beinahe wie daheim, doch gab es hier mehr Wasser, und das Gras wuchs dichter. Sie ritten über bestes Weideland, und sie verstanden, warum die Eisernen Hakul mit den Viramatai schon so lange um diese Ebene kämpften. Bald zeigten sich kleine winterkahle Wälder und einzelne große Felsbuckel. Sie waren vom selben Grau wie die Sonnenberge, die sich vor ihnen auftürmten. Die schneebedeckten Gipfel überragten die Wolken weit, und alle dachten an Etys, der der Sage nach sieben Jahre durch dieses Gebirge geklettert war. Eine Leistung, die sie nun erst wirklich zu würdigen wussten. Gegen Mittag stießen sie auf einen kleinen See und rasteten. Awin war immer noch unschlüssig, wie sie weiter vorgehen sollten. Die fahle Sturmwolke verharrte auf ihrem Platz. Sie schätzten, dass sie am nächsten Morgen an ihrem Ziel eintreffen konnten.

»Wenn wir uns beeilen, erreichen wir sie vielleicht sogar diese Nacht«, meinte Harmin, »und wenn wir sie im Schutz der Dunkelheit angreifen, können wir sie vielleicht überraschen.«

Das war eine Möglichkeit, und Awin gestand sich ein, dass er selbst noch keinen besseren Plan hatte. Sie zogen weiter. Awin trieb sie zunächst zur Eile, aber dann wurde ihm klar, dass das falsch war. Er ließ den Sger noch weit vor dem Abend rasten. »Es hat keinen Sinn, wenn wir uns kopflos und müde in diesen Kampf stürzen. Wir werden uns hier einen guten Platz suchen und uns vorbereiten. Vielleicht sendet mir Tengwil doch noch einen Traum, der uns hilft.«

»Wenn dieser Traum nicht tausend Speere mitbringt, bezweifle ich, dass wir ihn gebrauchen können«, brummte Harmin verdrossen.

Awin antwortete nicht. Er hatte doch in der vorigen Nacht einen Traum gehabt. Der musste etwas bedeuten. Aber was? Sie stießen auf einen Bach, der in einem ausgedehnten Birkenwald entsprang. Dort wollten sie ihr Lager für die Nacht aufschlagen.

»Ein seltsames Land«, meinte Tuge, als sie dem Bach folgten. »Der Frostmond geht bald zum letzten Mal auf, aber die Bäume hier tragen immer noch Herbstlaub.«

»Ich hoffe, im Frühling kriegen sie mehr Blätter auf die Äste«, brummte Harmin. »Ich weiß nicht, wie man sich unter diesem mehr als kümmerlichen Blätterdach verstecken soll, und deshalb frage ich mich, warum wir überhaupt in diesen Wald hineinmüssen.«

Ein dünner Regen welker Birkenblätter empfing sie, als sie zwischen die Bäume vordrangen. Der Boden war mit einer kniehohen Laubschicht bedeckt, und der Wald war so groß, dass Awin doch hoffte, in ihm allen Blicken entschwinden zu können. Als sie dem Bachlauf tiefer in den Wald hinein folgten, störten sie ein Rudel Rotgazellen auf. Wieder war Tuge am schnellsten. Er erlegte eines der Tiere, und im Schutz des Waldes wagten sie es, ein Feuer zu machen.

Die Dämmerung hatte eingesetzt, und Awin nahm Wela zur Seite. Er machte sich Sorgen um sie, denn sie war den ganzen Ritt über still und in sich gekehrt gewesen. »Du scheinst Menek gemocht zu haben«, begann er.

»Ja, Awin, ich mochte ihn, aber es steht dir nicht zu, mich nach ihm zu fragen«, lautete die schroffe Antwort, mit der Wela ihn stehen ließ. Er sah ihr nach. Sie verschwand hinter einem schwermütigen Schauer blasser Blätter. Awin seufzte. Vermutlich hatte er wieder etwas Falsches gesagt, wie so oft, wenn er mit Wela sprach. Er blieb eine Weile allein zwischen den Birken. Er wollte nachdenken, hoffte auf eine Eingebung. Aber sie kam nicht. Er fühlte nur das leichte Unbehagen, das er stets verspürte, wenn er im Wald war. Er hatte dort immer das Gefühl, es würde ihn jemand beobachten. Als er später zurück zum Feuer ging und sich noch fragte, warum Wela so abweisend zu ihm war, wurde er von Harmin schon erwartet: »Ich bin weiter dafür, Slahan noch in dieser Nacht zu überfallen, Yaman Awin. Sie wird mit so viel Kühnheit nicht rechnen, wo doch sonst alle vor ihr fliehen«, sagte er.

»Unser Yaman scheint anderer Ansicht zu sein, Schmied«, entgegnete Tuge. »Schon den ganzen Abend ist er in sich gekehrt und hört uns kaum zu. Vermutlich wird er uns gleich mit einem guten Vorschlag überraschen. Ist es nicht so, Yaman Awin?«

Awin schüttelte den Kopf. Er war weit davon entfernt, einen brauchbaren Plan zu haben. Aber etwas anderes kam ihm jetzt in den Sinn: »Wir sollten zunächst jemanden suchen«, sagte er, und dann erzählte er von dem schwarzbärtigen Fremden mit der Kette aus Tierzähnen, den er im Traum gesehen hatte.

»Und was bedeutet dieses Bild, Awin?«, fragte Tuge beeindruckt.

»Das weiß ich noch nicht, doch hat es eine Bedeutung, so viel ist sicher, sonst hätte Tengwil es mir nicht gesandt.«

»Aber wie sollen wir diesen Mann finden? Ich habe den ganzen Tag kein Lager gesehen, keine Siedlung und nicht einmal den Rauch eines Feuers, Yaman«, sagte Harmin zweifelnd.

»Wir suchen ihn mit unserem Verstand«, erwiderte Awin. »Ich bin sicher, er ist hier irgendwo in der Nähe. Und wenn er das ist, wird er sich vor Slahan und ihren Winden versteckt halten so wie wir. Also werden wir ihn am ehesten in einem der Wäldchen finden.«

»Es gibt ziemlich viele dieser kleinen Wälder hier, Yaman«, sagte Harmin zweifelnd. »Das sind hunderte Verstecke für einen Mann, der nicht gefunden werden will.«

»Du sagtest, er sei ein Fremder. Aber ist er Freund oder Feind?«, fragte Tuge.

»Wahrscheinlich einer der Söldner, die die Männertöterinnen anwerben, um gegen die Hakul zu kämpfen«, vermutete Harmin. »Wir müssen ihn vielleicht töten, bevor er uns tötet.«

»Wir haben keine Feindschaft mit diesem Mann, Harmin. Selbst wenn er ein Söldner ist, sind wir hier doch genauso fremd wie er, oder nicht? Und in Sichtweite des Sturms kann es doch nur noch einen Feind geben – Slahan«, entgegnete Awin.

»Das hättest du Gerwi sagen sollen«, brummte der Schmied des Fuchs-Klans.

»Gerwi war ein Narr!«, rief Wela aufgebracht. »Er hat seine Männer ins Unglück gestürzt.«

»Und warum sollte der Fremde, den dein Yaman gesehen haben will, klüger sein, Mädchen?«, fragte Harmin.

Jemand hustete vernehmlich, dann sagte eine Stimme aus der

Dunkelheit: »Weil er kein Feuer macht. Nicht, wenn Fremde in der Nähe sind. Das ist klüger.«

Die Hakul fuhren auf. Binnen weniger Augenblicke bildeten sie einen Abwehrkreis, die Schwerter oder Bogen in der Hand, während Limdin und Mabak eilig das Feuer mit Erde erstickten. Eine dunkle Gestalt löste sich aus den Schatten. »So viele Waffen, so viel Angst«, sagte der Mann ruhig. Seine Stimme war tief. Im erlöschenden Licht des Feuers erkannte Awin ihn wieder. Es war der Fremde aus seinem Traum. »Limdin, Mabak, hört auf. Lasst das Feuer brennen«, befahl er.

Die Flammen flackerten wieder auf, und Awin besah sich den Fremden näher. Er war untersetzt, trug ein schwarzes Fell über den Schultern und eine Kette mit Tierzähnen um den Hals. Sein struppiges schwarzes Haar war unter einem ledernen, mit kleinen Zähnen verzierten Helm verschwunden. Über der Brust schützte ihn eine Art hölzerner Panzer, der aus vielen kurzen Zweigen zu bestehen schien. Sonst trug er außer einem Lendenschurz keine Kleidung, auch keine Schuhe oder Stiefel. Er führte weder Schwert noch Schild, aber dafür hielt er einen dicken Stab in der Hand, dessen Knauf mit drei grob geschnitzten Köpfen verziert war. Mit übergroßen Augen schienen sie in drei Richtungen in die Nacht zu stieren. An einem Schultergurt hing ein großer lederner Beutel.

»Ich bin Yaman Awin, vom Klan der Schwarzen Dornen. Wenn deine Absichten nicht feindlich sind, heiße ich dich an unserem Feuer willkommen, Fremder.«

»Du bist jung, Yaman«, lautete die Antwort.

»Und ich habe einen Namen, den ich dir genannt habe, Mann. Wie ist der deine?«, erwiderte Awin gereizt.

»Mahuk Raschtar. Heute bin ich nicht dein Feind.«

»Dann lade ich dich im Namen der Hüter ein, das Essen und

das Lager in dieser Nacht mit uns zu teilen«, wiederholte Awin, da der Mann sich nicht vom Fleck rührte.

»Wir haben von den schlafenden Göttern gehört«, sagte Mahuk Raschtar. »Wir glauben an den Sonnengott.«

Es war aufreizend, wie unbesorgt der Mann unter den Bäumen stand. Viele Waffen waren auf ihn gerichtet, aber das schien ihn nicht zu beunruhigen.

»Dann sei unser Gast im Namen des Sonnengottes, Mahuk Raschtar. Ich bin bereit, dir auch in seinem Namen Sicherheit für die Nacht zu versprechen.« Awin wusste, dass das unüblich war, aber wenn der Fremde wirklich nicht an die Hüter glaubte, dann musste er das Misstrauen eben auf andere Weise zerstreuen.

»Ich ehre eure Gastfreundschaft. Im Namen des Sonnengottes.«

Awin warf einen Seitenblick zu Tuge. Dieser zuckte mit den Schultern. »Senkt die Waffen«, rief Awin, »dieser Mann ist unser Gast.«

»Gilt das auch für meine Brüder?«, fragte Mahuk Raschtar.

Awin nickte, ohne nachzudenken. Der Fremde stieß einen Pfiff aus – und der Wald wurde lebendig. Wenigstens dreißig Männer tauchten nach und nach aus dem Laub auf, in dem sie sich offenbar vergraben hatten, und im Gegensatz zu Mahuk Raschtar waren sie gut bewaffnet.

»Wir sind die Ussar. Wir kamen, um gegen das Pferdevolk zu kämpfen. Die Sonnentöchter baten uns darum«, begann Mahuk Raschtar zu erzählen. Seine Männer hatten sich hinter ihm versammelt. Sie alle trugen lederne Helme und Rüstungen, die aus Holz und Leder bestanden. Aus Eisen waren nur ihre Schwerter und die Spitzen ihrer kurzen Wurfspieße. Sie hielten sich abseits des Lichtscheins, den das Feuer verbreitete, saßen im Laub und hörten zu.

»Und ihr helft den Männertöterinnen vermutlich umsonst«, spottete Harmin.

»Nicht umsonst. Ein Mann, der den Sonnentöchtern dient, erhält im ersten Jahr ein Schwert aus Eisen. Guter Lohn. Dient er zwei Jahre, empfängt er Wurfspieße mit eiserner Spitze. Sind es drei, so wird er mit einem eisenbeschlagenen Schild und sechs Maß Salz belohnt. Das ist viel da, wo die Ussar wohnen. Ein Mann kann damit ein Weib nehmen und eine Familie gründen.«

»Du trägst jedoch weder Schwert noch Speer, Mahuk Raschtar«, warf Awin ein.

»Ich bin der Raschtar. Meine Hände heilen, sie töten nicht.«

»Eure Krieger werden von einem Heiler angeführt?«, fragte Tuge verwundert.

Mahuk Raschtar schüttelte den Kopf. »Ich bin nicht das Haupt, nur der Raschtar. Vor elf Tagen brach ich auf in die Berge. Gute Kräuter wachsen dort, und Yeku verrät mir ihre Kräfte. Ich ging nicht allein, denn es gibt Feinde rund um die Festung, Pferdevolk, Hakul wie ihr. Als wir wieder von den Bergen hinabstiegen, riet Yeku mir, zu warten. Ich hörte auf ihn, denn ich konnte den Sturm auch sehen. Er kam über die Festung und verharrte dort. Kein Sturm, etwas anderes, auch wenn Wind in ihm steckt. Yeku weiß nichts über ihn. Ich habe die Geister der Ahnen gefragt, sie schweigen. Auch Baum und Blatt können mir nichts über diese böse Wolke sagen. Wir haben versucht, nach Pursu zu gehen, denn viele der Unseren sind dort, Sonnentöchter auch. Je näher wir kamen, desto stärker wurde der Sturm. Ich sah auch Wesen in diesem Sturm. Sie stehen Wache. Wir dachten, es sind Geister. Ihre Augen sind aus Sand. Aber wir haben einen getötet, also können es keine Geister sein. Ich verstehe es nicht, Yeku versteht es nicht. Wir haben nach Wastu geschickt. Die Priesterinnen des Sonnengottes wissen vielleicht mehr. Oder sie fragen Edhil selbst. Er weiß alles.«

Awin hatte der Erzählung des Raschtars aufmerksam zugehört. Offenbar hatte Slahan Wachen aufgestellt, menschliche Wachen, wenn die Verschleppten denn noch Menschen waren. Er starrte in die Flammen. Seine Schwester war eine von ihnen. Es mussten noch Menschen sein.

»Wer ist Yeku?«, fragte er.

Der Raschtar grinste, dann hielt er ihm seinen knorrigen Stab entgegen. »Das ist Yeku. Er wohnt in dem Stab. Er ist klug. Doch weiß er nicht alles. Du weißt mehr als Yeku über den Sturm, Hakul-Yaman.«

Der Mann gab seinem Stab einen Namen? Das war seltsam. Awin würde dem später auf den Grund gehen. »Ich weiß wirklich mehr über diese Sturmwolke, Mahuk Raschtar, doch nicht, weil ich klug bin«, antwortete Awin, und dann erzählte er dem Heiler von Xlifara Slahan, ihrem Aufstand gegen die erstgeborenen Götter und ihrer Verbannung in die Wüste. Er berichtete vom Diebstahl des Lichtsteins, von ihrer Begegnung mit der Göttin in Uos Mund, von den Windskrolen, die ihr dienten, und schließlich von Slahans Rache und ihrer Jagd. Es war eine lange Erzählung, aber Mahuk unterbrach ihn nicht ein einziges Mal.

»Dieses Böse ist groß«, sagte der Raschtar, als Awin schließlich zum Ende gekommen war. »Es ist groß und weckt viel anderes Böse. Yeku spürt das. Du hast mir nicht alles erzählt, Yaman. Nicht von dem Bösen, dem du begegnet bist, nicht von dem Feind, der dich verfolgt. Yeku schimpft, weil ich dir glaube, aber er gibt zu, dass dein Herz gut ist.«

»Er ist klug, dieser Yeku, dafür, dass er ein Stück Holz ist«, spottete Harmin.

Mahuk schnaubte verächtlich.

Awin dachte nach. Dieser Mann verstand sich auf Kräuter. Er sagte: »Ich habe dich gesehen, ehrwürdiger Raschtar. In einem Traum, den mir die Schicksalsweberin in der vorigen Nacht sandte. Du hast Kräuter in ein Feuer gestreut.«

»Das hast du vorhin schon gesagt. Ich habe gelauscht«, sagte Mahuk grinsend. Es schien ihn nicht übermäßig zu beeindrucken.

*Natürlich*, dachte Awin, *vermutlich sind die Ussar schon lange vor uns in diesem Wald gewesen, gut versteckt vor den Augen von uns Steppenbewohnern.* Es hatte seine Gründe, warum Hakul Wälder nicht mochten. »Ich brauche auch ein Kraut, ehrwürdiger Raschtar, vielmehr eine Beere, wir nennen sie Rabenbeere.«

»Ich frage Yeku«, sagte der Ussar, flüsterte seinem Stock etwas zu und schien dann auf eine Antwort zu lauschen. Die Hakul sahen einander befremdet an. Awin versuchte, sich nicht anmerken zu lassen, wie merkwürdig er das Verhalten des Heilers fand.

»Yeku nennt sie Traumbeere. Er kennt sie. Aber er sagt, dass du sie jetzt nicht findest. Es ist Winter«, erklärte der Raschtar ernst.

»Ich weiß, dass diese Beere jetzt nicht zu finden ist. Aber ich dachte, du hast vielleicht eine in deinem Beutel, ehrwürdiger Raschtar«, erklärte ihm Awin.

Der Raschtar schüttelte den Kopf.

»Aber vielleicht weißt du – oder weiß Yeku – ein Kraut, das ähnlich wirkt. Es muss den Geist öffnen«, versuchte es Awin weiter.

Nach einer längeren leisen Unterredung mit seinem Stab, es klang beinahe wie ein Streit, verkündete Mahuk: »Yeku kennt kein Kraut, aber eine Flechte. Du findest sie an bestimmten Steinen. Ich kenne sie auch. Sie ist gefährlich.«

»Du wirst doch nicht auf das hören, was dieser Verrückte mit dem Stock sagt, Awin?«, fragte Wela leise.

Awin antwortete nicht. Er hatte den Stab in seinem Traum gesehen, und der Ussar schien fest an ihn zu glauben. »Sind alle Stäbe in deinem Land so klug wie Yeku?«, fragte er schließlich vorsichtig.

Mahuk lachte, zeigte auf den Stock und sagte: »Das ist Holz. Holz ist dumm. Aber Yeku steckt in ihm. Yeku war ein Raschtar, vor vielen Jahren. Schlauer Raschtar, aber böse. Hat viel Unglück über die Vorväter gebracht. Nach seinem Tod gelangte seine Seele nicht zu den Ahnen, denn die wiesen ihn ab. Also ging sein Geist umher, erschreckte Menschen. Als es zu schlimm wurde, bannten andere Raschtar ihn in diesen Stab. Yeku ist immer noch böse. Aber er muss Gutes tun. Dann befreien wir ihn vielleicht eines Tages, und die Ahnen nehmen ihn auf.«

Die Hakul raunten einander zu. Die Ussar konnten Ahngeister in Dinge bannen? Das war unheimlich. Selbst Harmin verging das Grinsen.

»Und kann man Yeku vertrauen?«, fragte Awin.

»Ich kenne ihn. Ich merke, wenn er lügt«, lautete Mahuks Antwort.

Awin nickte nachdenklich. »Diese Flechte, können wir die hier bei diesen Felsen finden?«

Der Raschtar sah ihn nachdenklich an. »Sie wächst hier. Yeku will, dass wir sie finden. Er hofft, dass sie dich umbringt. Er hasst Hakul. Er hasst alle Menschen, aber Hakul besonders«, fügte er entschuldigend hinzu.

Awin seufzte. »Ich weiß nicht, ob wir sie brauchen. Ich werde Tengwil um einen Traum bitten und hoffen, dass sie mir verrät, wie wir die Göttin besiegen können.«

»Oder du wartest«, meinte Mahuk. »Die Sonnentöchter werden bald kommen. Sie wissen vielleicht Rat.«

»Die Viramatai?«, fragte Tuge besorgt. »Wann werden sie hier sein?«

»Bald. Wir haben Boten geschickt, nach Wastu. Das sagte ich doch. Wastu ist nicht weit. Sie sind klug. Sie bringen Rat.«

»Awin, du solltest bedenken, dass sie vielleicht auch Kampf bringen. Sie leben seit ewigen Zeiten mit den Hakul im Krieg«, gab Tuge zu bedenken.

Awin starrte in die Dunkelheit. Das fehlte ihm noch: ein weiterer Feind, der seinen Tod wollte. Er schüttelte den Kopf. »Ich glaube nicht, dass sie sich mit uns aufhalten, wenn sie wirklich gegen Slahan kämpfen wollen. Ich bezweifle nur, dass sie mehr über die Göttin wissen als wir. Und nur wir haben den Lichtstein.«

»Ah, der leuchtende Stein«, sagte der Raschtar andächtig und betrachtete den bernsteinfarbenen Heolin. Das Licht schien sich in ihm zu bewegen. Was dachte der Raschtar? Mahuks versonnene Miene war schwer zu deuten. Awin war bis jetzt davon ausgegangen, dass sie in den Ussar Verbündete gefunden hatten. Aber das hatte er auch schon von Gerwi und seinen Leuten geglaubt.

Als das Feuer fast ganz niedergebrannt war, die Gespräche verebbten und sie einig waren, dass sie doch etwas schlafen sollten, bat Mahuk darum, auch den Heolin zu verhüllen: »Wir sind weit genug weg von Pursu. Es gehen aber seltsame Winde zwischen den Wäldern um. Sie sehen das Licht vielleicht. Besser, wir sind vorsichtig.«

»Aber in dieser Finsternis sehen wir nichts«, entgegnete Awin.

»Wir wittern. Wir lauschen. Kein Feind kann über das Laub gehen, ohne dass wir ihn hören. Das ist besser«, sagte der Raschtar. »Oder haben die Pferdemenschen Angst vor der

Dunkelheit?« Es klang beinahe fürsorglich, und Awin konnte nicht erkennen, ob Mahuk es ernst meinte oder ihn gerade verspottete. Der Raschtar löschte die letzte Glut des Feuers.

»Verhülle den Heolin, Wela. Die Dunkelheit wird uns heute Nacht beschützen.«

Das Letzte, was Awin sah, als Wela den Stein in Leder einwickelte, waren die besorgten Mienen seiner Gefährten. Sie entfernten sich ein wenig von den Ussar. Es war noch dunkler, als Awin gedacht hatte. *Wir hätten mit dem Verhüllen des Heolins warten sollen*, dachte er. »Ich könnte Licht machen, wenn ihr wollt«, bot Merege an. Ein leichter Wind strich durch die Birken. Awin dachte an das, was Mahuk über die Winde gesagt hatte, und schüttelte den Kopf. Als ihm klar wurde, dass das niemand sehen konnte, sagte er: »Danke, Merege, aber das würde uns nur noch mehr Aufmerksamkeit bescheren als ein schlichtes Feuer.« Das war aber nur ein Teil der Wahrheit. Er wollte noch nicht, dass die Ussar erfuhren, dass ihn mit Merege eine mächtige Verbündete begleitete. »Wir haben nicht einmal unsere Zelte aufgebaut«, murrte Tuge irgendwo neben ihm.

»Wir decken uns mit Laub zu, und hier im Wald wird es schon nicht so kalt werden wie in der Dhaud«, erwiderte Awin.

»Schon möglich«, brummte der Bogner missvergnügt. »Ich hätte nur gerne irgendetwas zwischen mir und diesen merkwürdigen Menschen, die sich im Wald unsichtbar machen können.«

»Wir werden doppelte Wachen stellen, Tuge«, versuchte Awin, ihn zu beruhigen. »Außerdem hätten sie uns leicht töten können, wenn sie es gewollt hätten.«

Ein Fluch antwortete ihm. Tuge war im Dunkeln gegen eine Birke gelaufen.

»Ihr macht mehr Lärm als eine Herde Ochsen, Hakul«, sagte Merege von irgendwoher.

Awin seufzte. »Gut, wir bleiben, wo wir sind. Dieser Ort ist so gut wie jeder andere.« Er suchte sich einen Platz im Laub und versuchte, einzuschlafen. Aber die Wölfe ließen ihn nicht. Sie waren auf dem Eis. Das war der Sichelsee. Sie sammelten sich und beobachteten das Lager, in dem die Hakul ahnungslos schliefen. Es gab keine Wachen. Awin wollte schreien, doch er konnte nicht. Die Wölfe umkreisten ihn. Da kam ein weiteres Rudel über den Hügel. Dutzende schwarze Wölfe. Sie verwandelten sich in Reiter und überquerten das blendend helle Eis. Awin wäre gern davongelaufen, aber seine Stiefel waren am Eis des Sees festgefroren. »Träume nicht«, sagte eine sanfte Stimme. Er drehte sich um. Da saß Senis auf einer nächtlichen Wiese. Ihre langen, schweren Zöpfe schimmerten weiß im Mondlicht. Das Meer rauschte irgendwo in der Ferne. »Was hast du gesehen, Seher?«, fragte Senis. Awin beschrieb ihr die Wölfe am Sichelsee und die Reiter. »Tengwil scheint dich zu mögen. Sie schickt dir klare Bilder.«

»Ich muss sie warnen, das Lager ist in Gefahr.«

Senis zuckte mit den Achseln. »Sie haben Wachen. Lass dich nicht ablenken, Seher.«

Awin versuchte, sich zu sammeln. »Wie bin ich hierhergekommen? Ist das ein Traum?«

»Ich würde dich deinen Träumen überlassen, junger Seher, wenn du nicht so verzweifelt wenig Zeit hättest. Es sind Feinde in deiner Nähe. Und eine große Aufgabe liegt vor dir. Wenn du scheiterst …«

»Das Ende der Welt, hat Kluwe gesagt. Hilfst du uns?«

Senis lächelte plötzlich. »Der alte Kluwe lebt noch? Sieh an.« Dann wurde sie wieder ernst. »Meine Zeit ist schon so lange um, und doch nimmt sie kein Ende.« Sie hielt kurz inne, schien nachzudenken, dann sagte sie: »Nein, ich kann euch nicht helfen.«

»Aber warum bin ich dann hier, ehrwürdige Senis?«

»Das ist eine gute Frage, Seher, aber du solltest bessere stellen.«

Awin dachte nach. Er spürte plötzlich ein wachsendes Gewicht. Ging der Traum etwa schon zu Ende? Er stemmte sich gegen den Sog, der ihn von der Wiese fortreißen wollte. Eine bessere Frage? Das war leicht: »Slahan. Wie kann ich sie besiegen?«

»Gar nicht. Aber das weißt du doch schon.«

Awin riss die Augen auf. Fahlgrau zeigte sich der Morgenhimmel über den kahlen Birken. Eine dunkle Gestalt beugte sich über ihn. »Wenn du die Rote Flechte willst, sollten wir bald aufbrechen.« Es war Mahuk Raschtar.

Awin setzte sich auf und warf dem Ussar einen finsteren Blick zu. »Einen Seher sollte man nicht wecken, wenn die Not es nicht erfordert«, sagte er schlecht gelaunt.

Mahuk erwiderte seinen Blick mit einem Lächeln. »Du hast gefragt«, sagte er und ging davon. Er drehte sich noch einmal um. »Ich warte auf dich am Bach.«

Eine dünne Schicht Raureif hatte sich über das Laub gelegt. Awin war steif gefroren. Er stand auf und schüttelte seine Glieder.

»Du willst doch nicht etwa allein mit diesem Verrückten gehen?«, fragte Tuge besorgt.

»Wieso allein?«, erwiderte Awin verständnislos.

»Er sagte, ihr müsstet allein gehen. Wir anderen sollen hier warten.«

»Das hat er gesagt?«, fragte Awin. Er erspähte Merege, die im Laub saß und das Gesicht gen Himmel wandte. Er folgte ihrem Blick. Krähen in großer Zahl kreisten über dem Wäldchen.

»Sie sind seit dem Morgen dort oben. Wollen wir hoffen,

dass Slahan glaubt, sie kreisen nur über Aas«, meinte der Bogner.

Slahan! Awin entschuldigte sich bei Tuge und stapfte durch das Laub zu Merege. Er erzählte ihr leise von dem Traum.

»Und Senis hat gesagt, dass du sie nicht besiegen kannst, Seher?«, fragte Merege. Ihre Haut wirkte an diesem Morgen besonders blass. Und als Awin nickte, sagte sie ganz ruhig: »Dann ist es also an mir …«

Sie sagte es so bedacht und unaufgeregt, dass es Awin mit einem Mal als die natürlichste Sache der Welt erschien. Natürlich. Merege würde Slahan besiegen. Hatte er das nicht schon immer gewusst? Aber warum war er dann überhaupt hier?

Merege räusperte sich. »Hat meine Ahnmutter auch gesagt, wie ich sie besiegen kann?«

Awin öffnete den Mund zu einer Antwort. Aber er wusste keine. Schließlich meinte er unsicher: »Vielleicht wieder so wie in Uos Mund?«

»Da habe ich sie nur vertrieben, aber doch nicht für immer besiegt«, sagte Merege nachdenklich.

»Aber du bist viel stärker geworden, das hast du selbst gesagt«, hielt Awin ihr entgegen.

»Und wie kommen wir in die Festung? Wie überwinden wir ihre Wachen und die Winde, Awin Sehersohn?«

Awin biss sich auf die Lippen. Er musste sich eingestehen, dass er immer noch keinen Plan, ja, noch nicht einmal eine ungefähre Vorstellung davon hatte. Lahm sagte er: »Wir haben Krieger, vielleicht können wir uns den Weg freikämpfen.«

Merege widersprach ganz gelassen: »Hat Slahan nicht Dutzende, vielleicht sogar hunderte Krieger verschleppt, die nun für sie kämpfen? Hat sie nicht mächtige Windskrole auf ihrer Seite? Glaubst du wirklich, dass wir mit roher Gewalt etwas erreichen können?«

Awin seufzte. Wenn nicht mit roher Gewalt, wie dann? Sollten sie die Göttin vielleicht anflehen? Er sah Mahuk Raschtar zu, der hinunter zum Bach gegangen war und sich mit dem eisigen Wasser wusch. Er musste Senis noch einmal fragen. Und dazu musste er auf die Reise gehen. Träume waren einfach zu unzuverlässig und ihre Bilder zu rätselhaft. Er erinnerte sich an den Sichelsee, die Wölfe. Ihm wurde kalt. War das bereits geschehen? Hatten alle Wölfe des Staublandes sich gesammelt und waren über die Hakul hergefallen? Senis hatte gesagt, er dürfe sich nicht ablenken lassen. Dann kam ihm das zweite Bild in den Sinn. Die schwarzen Wölfe, die sich in Reiter verwandelt hatten. Er schloss die Augen und rief sich das Bild noch einmal in Erinnerung. Er hatte sie auf dem See gesehen. Nein. Es war eine blendend helle Fläche, aber es war kein Eis. Awin öffnete die Augen wieder. Jetzt wusste er, was er gesehen hatte. »Tuge, Harmin«, rief er.

Ein ganzer Berg Laub geriet in Bewegung, wurde zur Seite geworfen, und mittendrin tauchte die Gestalt des Schmiedes auf. Er wirkte verstört, offenbar hatte Awin ihn aus dem tiefsten Schlaf gerissen. Harmin schüttelte sich. Dann fragte er: »Was gibt es, Yaman Awin?«

Awin wartete, bis Tuge zu ihnen gestoßen war.

Harmin erhob sich unterdessen und streckte sich. »Wirklich, ich bin zu alt, um auf der nackten Erde zu schlafen. Das war mein letzter Kriegszug, so wahr ich Harmin der Schmied bin«, brummte er missmutig.

Tuge schien die Nacht besser überstanden zu haben. Er wirkte geradezu unverschämt munter und klopfte Harmin freundlich auf die Schulter. »Was gibt es denn so Wichtiges, dass du alle Männer aufwecken musst, Yaman?«, fragte er fröhlich.

»Tengwil hat mir wieder einen Traum gesandt. Ich sah vieles, von dem ich euch später berichten kann, doch ich sah vor allem eine große Schar Schwarzer Hakul im Blendland.«

Tuges Fröhlichkeit verschwand. »Im Blendland? Wann?«

Awin seufzte. »Ich kann dir nicht sagen, ob gestern, heute oder morgen, Tuge, aber ich denke, wir sollten Späher in diese Richtung schicken.«

»Konntest du sehen, wer diese Schar anführt, Seher?«, fragte Harmin besorgt.

Awin schüttelte den Kopf. »Ich sah erst Wölfe, dann verwandelten sie sich in Schwarze Hakul. Gesichter sah ich nicht. Doch die Wölfe lassen mich denken, dass sie nicht als unsere Freunde kommen.«

»Ich werde Limdin und Dare schicken, und ich werde unseren Leuten sagen, dass sie kein Feuer machen dürfen. Und diesen Waldmenschen sage ich es auch.«

»Gut, ihr beide führt in meiner Abwesenheit den Sger. Bleibt tief im Wald. Hier scheinen wir doch wenigstens vor menschlichen Augen sicher.«

Tuge kratzte sich am Hinterkopf. »Wenn sie blind sind und die Krähen nicht sehen, die über uns kreisen.«

»Oder unsere Spuren von gestern«, ergänzte Harmin. »Aber wohin willst du jetzt gehen, Yaman?«

»Ich gehe mit Mahuk Raschtar. Er will offenbar, dass wir diese geheimnisvolle Flechte nur zu zweit suchen. Warum auch immer.«

»Eine Falle?«, fragte Harmin argwöhnisch.

»Was sollte das für einen Sinn haben?«, fragte Awin zurück.

Harmin zuckte mit den Schultern. »Er ist verrückt. Und wenn er seinen Stab mitnimmt, steht es in gewisser Weise zwei gegen eins. Vielleicht will er dich an Slahan verkaufen?«

»Du bist ein Schwarzseher, Harmin. Ich denke, er will nur möglichst wenig Aufsehen erregen. Deshalb die kleine Zahl.«

»Vier oder fünf, das ist eine kleine Zahl«, meinte Tuge trocken, »zwei ist Wahnsinn.«

Jetzt war es an Awin, mit den Schultern zu zucken. »Alles, was wir hier tun, ist Wahnsinn, Tuge. Vielleicht ist das unsere beste Waffe.«

Dann verabschiedete er sich und lief zum Bach. Kaltes Wasser würde ihm guttun. Wahnsinn als beste Waffe? Er redete schon sinnloses Zeug, genau wie Curru, wenn er nicht weiterwusste.

Mahuk Raschtar erwartete ihn am Bach. Er unterhielt sich mit seinem Stock, während Awin sich eiskaltes Wasser ins Gesicht schöpfte. »Wo finden wir diese Flechte, ehrwürdiger Raschtar?«, fragte Awin dann.

»Nicht weit von hier. Eine Stunde vielleicht.«

»Ich hole mein Pferd.«

»Nein. Wir gehen zu Fuß.«

Awin starrte den Mann an. »Ich bin ein Hakul.«

»Wir gehen zu Fuß«, wiederholte der Raschtar. »Oder gar nicht.«

Awin gab nach, auch wenn ihm der Gedanke, ohne Not eine ganze Stunde zu Fuß zu laufen, mehr als befremdlich erschien. Sie verließen den Wald und liefen über die Ebene. Ihr Ziel war ein buckliger Felsen, in dessen Schatten ein weiterer kleiner Wald gewachsen war. Mahuk war schnell, und Awin, der das Laufen nicht gewohnt war, kam bald außer Atem. »Warum zu Fuß?«, fragte Awin irgendwann.

»Raschtar reiten nicht«, lautete die knappe Antwort.

»Und deshalb darf ich auch nicht reiten?«

»Yeku will nicht zu dir aufsehen, weil du auf einem Pferd sitzt, Yaman.«

Wieder war sich Awin nicht sicher, ob der Ussar ihn nicht

vielleicht doch foppte. Bald darauf erreichten sie den großen Felsen. »Und wo ist jetzt diese Flechte?«, fragte Awin.

»Auf dem Felsen. Wir müssen klettern.«

Awin besah sich den Buckel des Felsens. Klettern?

»Auf der anderen Seite geht es leichter«, meinte der Raschtar gutmütig. Sie umrundeten den grauen Felsen, und wirklich war er auf der anderen Seite weit weniger steil. Awin war jedoch, im Gegensatz zu Mahuk, kein geübter Kletterer. Der Ussar war ihm stets weit voraus und wartete mit einem entspannten Lächeln auf ihn, während Awin sich noch den Felsen hochstemmte. Aber irgendwann, es war später Vormittag, war es doch geschafft: Awin stand auf dem Rücken des Steins. Die Aussicht war überwältigend. Die weite Ebene breitete sich zu Awins Füßen aus. Er sah kahle Birkenwälder und die Buckel vieler weiterer Felsen. Und vor ihm, gar nicht weit entfernt, erhob sich die große Staubwolke, in der sich Slahan aufhielt. Sie schien sich langsam um sich selbst zu drehen. Manchmal zuckten Blitze durch den Staub. Das war neu. Awin hatte im Ahnental und auch am Sichelsee manche Erzählung über Slahans verheerende Angriffe gehört, aber in keiner war davon die Rede gewesen, dass sie Blitze schleuderte. Die Festung selbst konnte Awin nicht entdecken, sie war ganz vom Staub verschluckt. Irgendwo dort waren seine Schwester und all die anderen Hakul, die die rachsüchtige Göttin verschleppt hatte.

»Du hast gesagt, Yaman, dass ihr Winde dienen. Yeku glaubt dir, da er das sieht.«

Ohne seinen Blick von diesem dunklen Wirbel abzuwenden, fragte Awin: »Und zeigt Yeku uns jetzt diese Flechte?«

»Dazu brauchen wir ihn nicht. Ich kenne sie selbst. Dort, siehst du?«

Über die Wetterseite eines Felsvorsprungs zog sich eine rötlich gelbe Flechte hin. Awin betrachtete sie und sagtc langsam:

»Sie gleicht jener, die wir unten am Fuß des Felsens gesehen haben.«

»Oh, am Bach wächst sie auch. Aber die hier ist stärker«, behauptete der Raschtar mit undurchsichtiger Miene. Er zog eine Klinge, die, wie Awin erstaunt feststellte, aus Feuerstein gefertigt war, beugte sich über die Flechte und begann vorsichtig, ein großes Stück herauszulösen. Dabei murmelte er leise vor sich hin. Es klang wie ein Gebet.

»Warum hast du mich hier heraufgeführt, Mahuk?«

Der Raschtar rollte die Flechte sorgsam zusammen und verstaute sie in seinem Beutel. Er zwinkerte Awin zu und deutete mit ausladender Geste hinaus über die Ebene. »Du bist ein Seher. Also sieh!«

Awin folgte der Geste. Dort war Slahan, alles beherrschend sandte sie ihre wetterleuchtende Wolke weit in den Himmel. Es sah fast so aus, als wolle sie nach Edhils Sonnenwagen greifen. Awin stutzte. Da war noch eine Staubwolke. Weiter entfernt, im Süden. »Die Viramatai?«, fragte er.

»Sie sind schnell. Schneller, als ich dachte«, sagte Mahuk. »Und dort?« Der Ussar wies nach Norden. Awin entdeckte eine weitere Fahne aus Staub über der Ebene. »Hakul«, stellte er nüchtern fest. Wenn sie vom Norden kamen, konnten es nur die Eisernen sein. Awin legte die Stirn in Falten. Gerwi hatte angeblich Reiter in die Verborgene Stadt geschickt. Aber lag die nicht viele Tage entfernt? Gerwis Männer konnten sie noch nicht erreicht haben. Das Ross-Orakel! Vermutlich hatten die heiligen weißen Stuten den Tiudhan gewarnt. Deshalb zog er mit seinen Kriegern dem Schrecken entgegen. Ob das Orakel ihm auch gesagt hatte, dass er mit seinen Waffen nicht viel gegen die Göttin ausrichten würde? Der Staubwolke nach zu urteilen brachte er viele Männer mit. Hatte der Tiudhan schon von Gerwis Tod erfahren oder nicht? Awin nagte an seinen Lippen. »Woher wusstest du von diesen Heeren?«, fragte er Mahuk.

»Yeku hat die Krähen gefragt. Sie fliegen hoch und sehen viel. Kann sein, dass Krieg kommt.«

Daran hatte Awin noch gar nicht gedacht. Die Eisernen Hakul und die Viramatai waren Todfeinde. Würden sie das wenigstens so lange vergessen, wie sie der Gefallenen Göttin gegenüberstanden? »Wir müssen zurück, die anderen warnen«, sagte Awin.

»Noch nicht«, antwortete Mahuk ruhig. »Sieh nach Westen.«

Awin musste der Aufforderung gar nicht folgen, um zu wissen, was er dort entdecken würde. Als er es dann tat, bestätigte sich seine Sorge. Eine helle Staubfahne deutete die Ankunft weiterer Reiter an. Die Schwarzen Hakul waren in der Ebene angekommen.

»Warum hast du mich nicht schon heute Morgen gewarnt? Warum hast du mich erst hierhergeführt, Mahuk?«

»Du bist ein Seher. Aber du bist auch ein Yaman«, lautete die rätselhafte Antwort.

»Das weiß ich, Mahuk. Aber was soll das?«

Der Raschtar seufzte. »Du bist ein Yaman. Die Hakul fragen dich. Immer musst du sagen, was sie tun sollen. Feuer machen oder nicht. Reiten oder nicht. Essen oder nicht. Sie folgen dir. Sie fragen dich. Du entscheidest.«

»Und?«, fragte Awin ungeduldig, als Mahuk verstummte. Der Ussar dachte einen Augenblick nach, bevor er fortfuhr. »Du bist ein Seher. Seher entscheiden nicht. Sie sehen. Sie denken. Sie geben Rat. Hier kannst du sehen. Musst nichts entscheiden. Dein Geist ist frei. Mit der Flechte kannst du weit reisen.«

Awin schüttelte den Kopf. »Ich weiß deine guten Absichten

zu schätzen, Raschtar, aber ich glaube, du weißt nicht viel über uns Seher. Ich kann meinen Geist nicht auf Reise schicken, wenn Edhil am Himmel herrscht. Er würde mich verbrennen. Und ich kann nicht so tun, als gingen mich diese Heere, die bald aufeinandertreffen werden, nichts an. Ich muss meine Gefährten warnen, ich muss mit den Anführern dieser Reiter reden, sie dazu bringen, sich nicht zu bekriegen. Wenigstens, bis Slahan besiegt ist. Danach … nun, ich weiß nicht, ob es ein Danach gibt, Mahuk Raschtar.«

»Dann hat Yeku mich belogen? Du kannst diese Reise nicht jetzt antreten?«, fragte der Raschtar und wirkte plötzlich bekümmert.

»Es sieht so aus, als sei Yeku noch nicht würdig, sich zu seinen Ahnen zu gesellen«, antwortete Awin grimmig.

Mahuk seufzte und sagte: »Dann lass uns zurückgehen. Wir bereiten die Kräuter am Bach vor. Und wir können beraten, wie wir kämpfen. Gegen die Göttin. Nicht die Hakul, nicht die Sonnentöchter. Hoffen wir auf eure Zauberin.«

Awin stutzte: »Du weißt von unserer Zauberin?«

»Oh, es ist leicht zu sehen, dass sie keine Hakul ist. So blass. Das Zeichen über ihrem Auge.« Er senkte die Stimme und flüsterte: »Yeku fürchtet sich vor ihr.«

»Gut«, sagte Awin.

Er fluchte innerlich, als sie zurück über die Ebene hetzten. Yeku hatte sie viel Zeit gekostet. Aber immerhin hatte er nun einige wichtige Dinge gesehen – mit dem Auge, nicht mit dem Geist. Natürlich hätte ihm Mahuk auch einfach erzählen können, was er wusste. Aber hätte Awin ihm geglaubt? Einem Fremden, der das wiedergab, was sein Stab angeblich von Krähen gehört haben wollte? Awins Zorn legte sich. Kein Wort hätte er davon geglaubt, und die Männer und Frauen seines Sgers schon gar nicht.

Sein Bericht löste im Lager Bestürzung aus. Natürlich hatten sie seine Warnung vom Morgen ernst genommen, seinen Traum, den Tengwil geschickt hatte, aber Limdin und Dare waren noch nicht zurück, und deshalb hatten sie ihre Verfolger noch in weiter Entfernung vermutet. Doch jetzt hatte Awin nicht nur die Schwarzen Hakul, sondern auch noch zwei weitere Heere mit eigenen Augen herannahen sehen. Harmin nickte grimmig, als habe er nichts anderes erwartet, und schien sich in düsteren Vorhersagen zu gefallen: »So liegen wir hier in diesem kahlen Wald wie der Rohling auf dem Amboss. Und nicht ein, sondern vier Hämmer werden auf uns einschlagen – und einer davon ist eine Göttin.«

»Wir werden verhindern, dass es so weit kommt«, erklärte Awin.

»Und wie willst du dieses Wunder vollbringen, Yaman?«, fragte Harmin zweifelnd.

»Wir könnten uns versteckt halten und warten, bis sie sich gegenseitig umgebracht haben«, schlug Tuge vor.

»Das kann nicht dein Ernst sein, Tuge«, entgegnete Awin.

»Wieso nicht?«, fragte Harmin plötzlich. »Es wäre das Beste, was geschehen könnte. Es ist gut, dass unsere Stämme einander fast noch mehr hassen als die verfluchten Viramatai. Sie werden vermutlich nicht wissen, wen sie zuerst umbringen sollen, und unseren kleinen Sger vielleicht übersehen.«

»Ich bezweifle, dass die Göttin sich ablenken lässt. Sie wird bestenfalls warten, bis die Ebene voller Leichen liegt, und dann den Rest mit ihren Stürmen und Sandsklaven vertilgen«, rief Awin.

»Aber in dem Durcheinander können wir vielleicht in die Festung gelangen«, meinte Tuge.

Der Wind frischte auf und ließ bräunliche Blätter auf sie herabregnen. Awin sah ihnen zu, wie sie zu Boden trudelten.

Das Bild schien ihm voll düsterer Vorbedeutung. Würden die Krieger der drei Heere in Slahans Sturm ebenso schnell fallen wie die kraftlosen Blätter in dieser leichten Brise? Er bemerkte, dass Mahuk, der bislang nur schweigend zugehört hatte, unruhig wurde.

Awin spürte einen eigentümlichen Schauder im Nacken. »Mahuk, wie nennt man diesen Wind?«, fragte er den Raschtar. Er entdeckte einen Schwarm Krähen, der krächzend und im Zickzack über den Wald zog.

»Er dreht. Weht von der einen, dann von der anderen Seite«, sagte Mahuk.

Die Birken bogen sich in einer Böe und schüttelten die alten Blätter ab. »Weiß Yeku vielleicht, wie dieser Wind genannt wird?«, fragte Awin nach. Auch die anderen Hakul starrten jetzt in den Himmel, als spürten sie, dass mit dieser Brise etwas nicht stimmte.

Der Ussar fragte seinen Stab, lauschte, kratzte sich am Hinterkopf und antwortete schließlich: »Yeku sagt, es ist ein fremder Wind.«

Merege erhob sich aus dem Laub. »Seweti. Die Tänzerin«, stellte sie nüchtern fest.

Awin lief ein Schauer über den Rücken. »Sie wissen, dass wir hier sind«, sagte er leise.

Die Männer um ihn herum erfassten die Bedeutung dessen, was er da sagte. Sie rückten enger zusammen, und einige zogen ihre Schwerter. Braune Blätter regneten auf sie hinab, und die knochenweißen Birkenstämme bogen sich im Wind.

Einer der Späher, die sie an die Waldränder gestellt hatten, kam herangestürmt: »Eine Staubwolke, da kommt eine Staubwolke auf uns zu!«

»Macht euch kampfbereit!«, rief Harmin. »Slahan greift uns an.«

Plötzlich fühlte Awin, dass alle Augen auf ihn gerichtet waren. Er straffte sich und sagte: »Macht euch bereit, ihr Krieger. Aber wenn es geht, werden wir den Kampf vermeiden.«

»Du willst, dass wir fliehen?«, fragte Harmin aufgebracht.

»Wir ziehen uns zurück, nichts weiter. Es sind doch Hakul, die für Slahan in die Schlacht ziehen müssen, und ich will nicht gegen meine Brüder kämpfen.«

Harmin starrte ihn an, aber dann nickte er. Awin ordnete an, dass sie dem Bachlauf folgen und sich am südlichen Waldrand sammeln sollten. Die Ussar hatten seine Befehle nicht abgewartet und waren schon verschwunden. Awin hatte das bemerkt und seine Männer einfach in die gleiche Richtung geschickt. Entlang des Baches würden sie am schnellsten vorankommen. Mit Merege bildete er den Abschluss der kleinen Schar. Als er seinen widerstrebenden Braunen durch die Bäume zog, vermeinte er, ein Lachen zu hören. Er blieb stehen. Auch Merege verharrte. Zwischen den Bäumen bewegte sich etwas. Für einen Augenblick war sich Awin sicher, eine blau gekleidete Frauengestalt zwischen den Birken gesehen zu haben. Dann war sie verschwunden.

»Seweti, sie ist hier«, flüsterte Merege.

»Weiter, ich will ihr nicht unter diesen Bäumen begegnen«, presste Awin heraus.

Sie hasteten weiter. Ein kräftiger Wind schüttelte die Birken und hob die längst gefallenen Blätter wieder in die Luft. Und noch einmal war Awin, als würde er hinter diesem blassen Schleier Seweti die Tänzerin sehen.

Am Waldrand versammelten sie sich. Der böige Wind blies ihnen Staub ins Gesicht. »Was tun wir, wenn Slahan selbst kommt? Sollen wir dann kämpfen?«, fragte Harmin. Er befestigte die Kriegsmaske an seinem Helm.

Awin starrte in die ausdruckslose Bronzemaske. Dann sagte

er: »Sie wird nicht kommen. Sie weiß, dass der Lichtstein hier ist. Sie schickt ihre Winde und ihre Sklaven, um uns zu töten.«

»Bist du dir da sicher, Yaman?«, rief Harmin gegen den Wind.

»Sicher ist hier nichts mehr«, rief Awin zurück.

Die fahle Staubwolke rollte schnell über die Ebene heran. Die Birken ächzten im Wind, und sie hörten Äste brechen.

Jemand zupfte an Awins Mantel. Mahuk stand neben dem Pferd und kratzte sich am Hals.

»Was gibt es?«, fragte Awin.

»Sie gehen nie weit, diese Geistermenschen. Vielleicht nicht einmal hierher. Meine Männer und ich, wir kämpfen nicht. Nicht hier.«

Ein heftiger Windstoß ließ Awins Braunen scheuen. Die Birken ächzten. Awin zügelte sein Pferd. Die Staubwolke war schon nah herangekommen. Awin bemerkte, dass die Ussar fort waren. Er sah jetzt auch Mahuks gedrungene Gestalt über die Ebene rennen, seine Krieger waren ihm weit voraus. Awin schüttelte den Kopf über sich selbst. Worauf warteten sie eigentlich? War es so, dass sie den Schrecken einfach mit eigenen Augen sehen wollten, bevor sie flohen? Sturm heulte durch den Wald und trieb gefallenes Laub vor sich her. Da war etwas unter der Staubwolke. Schwarze, schattenhafte Gestalten. Menschen. Hakul. Awin wusste, was er zu tun hatte, aber er zögerte. Wenn nun seine Schwester unter den Ersten sein sollte – vielleicht konnte er sie ergreifen und davontragen, aus diesem unheimlichen Heer retten!

»Hakul!«, schrie eine Stimme, und ein Pfeil schnellte von der Sehne. Es war Harmin. Der Sturm, Awin war sicher, dass es jetzt Nyet der Angreifer war, packte das Geschoss und schleuderte es zurück. Kraftlos fiel es zu Boden. Harmin hatte einen zweiten Pfeil auf der Sehne, bereit, ihn auf diese Wand aus Staub abzuschießen.

»Hör auf, Harmin! Hör auf! Wir ziehen uns zurück!«, brüllte Awin gegen den Wind.

Aber der Schmied hörte nicht auf ihn. »Hakul!« rief er, sprengte mit seinem Pferd der Staubwolke entgegen und ließ den Pfeil von der Sehne schnellen.

»Hakul!«, riefen seine Krieger, und sie folgten ihm.

Awin fluchte, und als er sah, dass Mabak und Tuge drauf und dran waren, ebenfalls anzugreifen, brüllte er: »Zurück! Die Männer der Dornen ziehen sich zurück!«

Dann wendete er sein Pferd und preschte davon. Vor ihm sah er Merege, die nicht auf seine Entscheidung gewartet hatte. Noch weiter davor waren die Ussar, die über die offene Ebene rannten. Sie hielten auf eine Gruppe großer Steine zu. Diese Felsen versprachen Deckung. Awin wandte sich um. Wela folgte ihm, und Mabak und Tuge waren dicht dahinter, aber Harmin und seine Männer waren in der Staubwolke verschwunden. Dann brach der Sturm in den Wald ein. Ein Wirbel von Ästen und Blättern stieg auf, nur um kurz darauf in einer graugelben Wolke zu ersticken. Awin blickte voraus. Da rannte Mahuk, er hatte ihn beinahe eingeholt. Die anderen Ussar waren schon fast an der Felsengruppe angekommen. Einige Galoppsprünge später war Awin neben dem Raschtar. Er zügelte sein Pferd und streckte die Hand aus. »Spring auf, Mahuk.«

»Raschtar reiten nicht«, lautete die gekeuchte Antwort.

»Auch nicht, wenn sie von einem Heer aus Wind und Tod verfolgt werden?«

Mahuk warf im vollen Lauf einen Blick über die Schulter. Mabak und Tuge schossen an Awin vorbei. Wela und Merege sprangen schon zwischen den Felsen von ihren Pferden und suchten Schutz. Mahuk keuchte, ergriff schließlich Awins ausgestreckte Rechte und ließ sich aufs Pferd ziehen. Awin gab dem Braunen die Fersen. Er hörte das Brausen des Sturmes herannahen. Ein herrenloses Pferd galoppierte an ihm vorüber. Sein Brauner stöhnte unter der doppelten Last, doch er hetzte ihn weiter. Endlich erreichten sie die Felsen. Awin hielt den Brauen an und drehte sich im Sattel um. Mahuk glitt vom Pferd und erstarrte. Ein weiteres Pferd kam aus der Staubwand herausgeschossen. Ein verwundeter Hakul hing im Sattel. Der Sturm brüllte, und für einen winzigen Augenblick glaubte Awin, die kräftige Gestalt Nyets dort am Rande der grauen Wolke zu sehen. Sie schien langsamer zu werden. Reiter kamen heraus, Harmin als Letzter. Er drehte sich im Sattel um und sandte immer noch Pfeile gegen den Sturm. Seinen Kriegshelm hatte er verloren. Und der Sturm – hielt an. Awin konnte es nicht anders beschreiben. Es war, als habe Nyet es sich plötzlich anders überlegt. Die fahle Wolke verharrte über der Ebene, und dann wurde das Brüllen des Sturmes leiser. Der Staub legte sich, der Regen der braunen Blätter hörte auf. Sie sahen zu, wie sich der Sturm wieder in Richtung der Festung zurückzog. Die Wolke lichtete sich, und er glaubte, vereinzelte schwarze Gestalten darin zu sehen. Dann verschwanden sie hinter dem Wald. Es war vorbei.

Awin zählte die Männer, die Harmin gefolgt waren. Zwei fehlten, einer schien schwer verwundet. Es war noch ein anderes reiterloses Pferd zu sehen, aber das war eines der Tiere, denen sie ihre Beute aufgeladen hatten.

Harmin hielt neben Awin. »Ein guter Kampf, wie schade, dass du ihn verpasst hast, Yaman.«

Awin sah Harmin in die Augen. Dann sagte er: »Ich glaube, es liegen noch ganz andere Kämpfe vor uns. Aber nicht alle deine Krieger können uns dann noch beistehen, Harmin.«

Harmin schnaubte verächtlich, wendete sein Pferd und galoppierte davon.

»Wo will er denn jetzt hin?«, fragte Wela. Sie starrte auf den leeren Sattel eines der herrenlosen Pferde. Awin erkannte es wieder. Es gehörte Orwe, dem Krieger, den sie in der Dhaud gerettet hatte. Nun war er also doch gefallen. Awin konnte sehen, wie zornig Wela darüber wurde. Er suchte nach den passenden Worten. Schließlich dachte er, es sei das Beste, sie an ihre Aufgaben zu erinnern. Er sagte: »Vielleicht will Harmin herausfinden, wie viele er getötet hat, vielleicht will er auch nur seinen Helm suchen. Es ist also an dir, dich um den Verwundeten zu kümmern, Heilerin.«

Wela starrte ihn kurz wütend an, dann nickte sie und ging, um ihre Tasche mit den Verbänden zu holen. Kurze Zeit später kamen zwei Reiter aus Westen. Es waren Limdin und Dare, die sie als Späher gegen die Schwarzen Hakul ausgesandt hatten.

»Es ist der Heredhan, und viele Klans reiten mit ihm«, berichtete Limdin. »Ich sah ein Dutzend Sgerlanzen und sicher dreihundert Krieger oder mehr. Sie haben für heute ihr Lager aufgeschlagen – an dem See, an dem wir gestern Morgen lagerten.«

»Haben sie euch gesehen?«, fragte Awin.

»Nein, das glaube ich nicht«, meinte Limdin. »Aber wenn ich sie wäre, würde ich Späher aussenden, um das Land zu erkunden. Wir sollten auf der Hut sein.«

Awin dankte Limdin für seinen Bericht, dann zerstreute er die Sorgen des Jungkriegers, der bemerkte, dass sein Großvater verschwunden war, und berichtete ihm kurz vom Kampf. Die große Staubwolke war in der Zwischenzeit ganz verschwunden. Limdin lauschte mit offenem Mund, dann sagte er: »Er ist oft unbeherrscht, aber niemand ist tapferer als mein Großvater.« Awin rief Merege, Wela, Tuge und Mahuk kurz darauf zur Beratung zusammen.

»Willst du nicht auf Harmin warten?«, fragte Tuge.

»Würde ich vielleicht, wenn ich glaubte, dass er sich um das kümmert, was wir hier beschließen«, entgegnete Awin trocken. Er war immer noch wütend, dass der Schmied sich auf dieses sinnlose Gefecht eingelassen hatte.

»Er wird klüger, wenn er nachdenkt«, meinte Mahuk begütigend.

»Mag sein, ehrwürdiger Raschtar«, entgegnete Awin. »Es ist nur so, dass uns wenig Zeit zum Nachdenken bleibt. Von allen Seiten kommen Heere heran. Und entweder bringen sie einander um oder uns oder auch beides. Wir müssen das verhindern. Und wir müssen uns endlich überlegen, wie wir Slahan besiegen können. Doch das wird schwer, weil wir ja nicht einmal wissen, ob die anderen uns unterstützen oder töten wollen.«

»Ich würde nicht mit ihrer Hilfe rechnen, Awin«, sagte Merege kühl.

»Außerdem, was hindert Slahan daran, diese Krieger, seien es nun Hakul oder Viramatai, einfach zu verschlingen oder wie all die anderen vorher zu ihren Sklavenkriegern zu machen?«, fragte Tuge.

Awin widersprach: »Es sind zu viele«, erklärte er. »Denkt nach. Nie hat sie mehr als ein Lager angegriffen. Sie ist den Oasenstädten aus dem Weg gegangen, sie hat das Ahnental gemieden. Ich dachte, das läge nur am Wasser, aber ich weiß jetzt, dass sie nicht stark genug ist, um es mit so vielen Kriegern aufzunehmen.«

»Bist du da sicher, Awin?«, fragte Wela zweifelnd.

Awin starrte sie an. »Nein«, gab er schließlich zu, »aber es ist eine Erklärung, die beste, die ich bisher für ihr Verhalten finde.«

Mahuk Raschtar wiegte den Kopf. »Sie ist stark, viel stärker, als du glaubst, Yaman. Die Stürme gehorchen ihr. Sie weichen ihr nicht von der Seite. Die Göttin fürchtet sich nicht vor tausend Kriegern. Auch nicht vor zehntausend. Es gibt einen anderen Grund für ihr Zögern. Aber ich weiß ihn nicht. Und Yeku kennt ihn auch nicht.«

Awin nickte. Er sah ein, dass er vielleicht falschlag. Warum sollte sich eine unsterbliche Göttin vor schwachen Menschen fürchten? Er sagte: »Lassen wir das Warum für eine Weile außer Acht. Sie ist in der Festung, beschützt von den unglücklichen Sklaven und mächtigen Winden. Woher wusstest du eigentlich, Mahuk, dass sie nicht bis hierher vordringen würden?«

Der Ussar zuckte mit den Schultern. »Wir haben versucht, nach Pursu zu gehen. Wir kennen geheime Wege hinein. Sie sahen uns vorher. Die Geistermenschen haben uns verfolgt. Aber dann hielten sie an. Sie gehen nicht weit von der Göttin weg.«

»Und die Stürme auch nicht«, sagte Awin nachdenklich. Das musste etwas bedeuten, nur was? Es war auf jeden Fall gut, es zu wissen. Sie waren vor der Göttin vorerst sicher – aber was war mit den drei Heeren, die sich unerbittlich näherten? Spätestens morgen würden sie aufeinandertreffen, und nur die Götter wussten, wie das ausgehen würde. Plötzlich hatte Awin eine Eingebung. Es war kühn, beinahe unverschämt, aber andererseits – er hatte nichts zu verlieren und viel zu gewinnen. Er sagte: »Wir sind also hier sicher, solange Slahan in ihrer Festung bleibt. Dann schlage ich Folgendes vor – wir senden Unterhändler an die drei Heere der Hakul und Viramatai. Im Namen der Hüter lade ich ihre Anführer ein, sich hier mit uns zu treffen oder doch wenigstens eine Abordnung zu senden, wenn sie selbst dem Frieden nicht trauen. Wir wollen beraten, wie wir gemeinsam gegen die Göttin kämpfen können.«

»Und du glaubst, sie lassen sich darauf ein?«, meinte Tuge stirnrunzelnd. »Ich denke da vor allem an Eri …«

»Einen Versuch ist es wert, oder? Sie kamen ja nicht her, um gegeneinander zu kämpfen, sondern um sich der Göttin in den Weg zu stellen. Wir sagen ihnen einfach, dass wir wissen, wie Slahan zu besiegen ist.«

»Wissen wir das denn?«, fragte Wela verwundert.

»Noch nicht«, gab Awin zu. »Aber um Mitternacht, wenn wir die Anführer hier erwarten, hoffe ich, klüger zu sein.«

Und als er die fragenden Blicke sah, sagte er: »Es wird bald dunkel, und ich werde mit Mahuks Hilfe auf die Reise des Geistes gehen. Um Mitternacht weiß ich mehr, oder es ist ohnehin alles vergebens, und es macht keinen Unterschied mehr, ob wir zusammenhalten oder uns gegenseitig umbringen.«

»Ich sehe da schon einen Unterschied, Yaman«, entgegnete Tuge gedehnt.

»Du hast Bedenken?«

»Harmin ist nicht hier. Das wird böses Blut geben, wenn wir ohne ihn entscheiden.«

»Er kann gerne versuchen, mich umzustimmen, wenn er wiederkommen sollte, Tuge. Aber ich kann und will auch nicht auf ihn warten. Es wird bald dunkel, und die Zeit drängt.«

»Du hast recht, Yaman Awin«, stimmte ihm Tuge zu. »Es dämmert schon, und ich glaube, es liegt eine sehr lange und gefährliche Nacht vor uns.«

# Die Ebene von Pursu

»ICH WERDE ZU den Viramatai reiten«, erklärte Wela, als sie berieten, wer die Unterhändler sein sollten. Tuge sah seine Nichte sehr zweifelnd an, aber Awin stimmte zu: »Es ist naheliegend, eine Frau zu senden, Tuge.«

»Es ist gefährlich«, meinte der Bogner besorgt.

»Für einen unserer Krieger wäre es wohl noch gefährlicher, oder?«, erwiderte Wela.

»Sie töten nicht jeden Mann, auch wenn das Reitervolk das glaubt«, warf Mahuk Raschtar grinsend ein und bot zwei seiner Krieger als Führer und Begleiter an.

Wela war es auch, die vorschlug, dass Tuge zu den Eisernen Hakul reiten sollte.

»Ich bin nicht gut in Verhandlungen«, widersprach der Bogner.

»Aber jeder, der mit dir spricht, wird erkennen, dass du aufrichtig bist, Tuge«, sprach ihm Awin gut zu.

»Und wenn sie schon von der Sache mit Gerwi wissen? Sie werden darüber nicht sehr erfreut sein«, meinte der Bogner.

»Das ist natürlich möglich. Dann sag ihnen einfach, was wirklich geschehen ist. Ich gehe davon aus, dass dieser berühmte Tiudhan einen Seher an seiner Seite hat. Der wird die Wahrheit deiner Worte erkennen. Sollten sie dennoch Sühne fordern, werden wir ihnen Rede und Antwort stehen – nach dieser Sache. Aber lass uns hoffen, dass sie nichts von Gerwi wissen. Und ich verlasse mich darauf, dass du nicht der Erste bist, der diesen unglücklichen Vorfall erwähnt«, sagte Awin.

»Ich bin ja nicht Mabak«, brummte der Bogner.

Der junge Krieger lief rot an. Awin lächelte. »Mabak kann dich auch nicht begleiten, Tuge, denn er wird unseren geschätzten Heredhan aufsuchen.«

»Ich?«, rief der Jungkrieger erschrocken.

»Du warst doch mit Eri befreundet, als er noch nicht Yaman war, oder?«

Mabak zuckte mit den Achseln, was Awin daran erinnerte, dass eigentlich niemand wirklich mit Eri befreundet gewesen war.

»Dennoch, er kennt dich, er weiß, dass dir Falschheit fremd ist, und wird dir daher vertrauen.«

»Ja, Yaman«, erwiderte Mabak unglücklich.

Tuge zog Awin zur Seite. »Ist das dein Ernst? Er wird sich verplappern.«

»Was könnte er denn verraten, was Curru und Eri noch nicht wissen, Tuge? Sie wissen, was wir getan haben, wer mit uns reitet und was wir vorhaben.«

»Sie werden dennoch Verrat wittern.«

»Sicher werden sie das, Curru vor allem. Er wird versuchen, jedes erdenkliche Geheimnis aus Mabak herauszuquetschen, aber er wird feststellen, dass es keine Geheimnisse gibt.«

»Dann hoffe ich, dass sie sich die Zeit nehmen, ihn zu befragen. Es wäre schade um ihn, wenn sie ihn gleich töten«, gab Tuge zu bedenken.

»Er wird unter dem Zeichen des Unterhändlers reiten. Eri wird die heiligen Zweige achten.«

»Dann wollen wir hoffen, dass er das Zeichen auch sieht und nicht von vorübergehender Blindheit geschlagen ist«, brummte Tuge.

Awin nickte. Es wäre Unsinn, zu glauben, dass die Aufgaben, die er seinen Gefährten gab, ungefährlich waren. Ganz im

Gegenteil. Es war eine unsichere Zeit und gut möglich, dass die Anführer der drei Heere die Boten töten ließen und sich erst danach fragten, was ihr Anliegen gewesen sein mochte. Ein paar Birkenzweige waren ein unvollkommener Schutz, der in der Dunkelheit leicht übersehen werden konnte, vor allem, wenn man ihn nicht sehen wollte. Harmin kehrte unterdessen zurück, seinen Kriegshelm in der Hand. Und wie es Tuge vorausgesagt hatte, war er tödlich beleidigt, dass sie ohne ihn beraten hatten. Er hörte sich schweigend an, was beschlossen worden war, dann setzte er sich wortlos ans Feuer und starrte in die Flammen. Awin konnte es nicht ändern. Allerdings ergab sich daraus eine Schwierigkeit: Sie waren sich einig, dass der Lichtstein im Lager bleiben musste. Harmin konnte er ihn nun nicht anvertrauen. Eigentlich blieb nur Merege, aber Senis hatte davor gewarnt, ihr den Lichtstein zu überlassen, auch wenn sie keine Gründe genannt hatte.

»Ich werde ihn bewachen, aber den Stein nicht berühren, Awin, wenn es dich beruhigt«, sagte Merege. Wela verhüllte den Stein sorgsam, drückte Merege den Stab in die Hand und sagte: »Zerbrich ihn nicht.«

Merege nahm ihn mit einem kühlen Lächeln entgegen und wandte sich grußlos ab. Es dämmerte bereits, als die Boten ihre Pferde bestiegen. Jeder von ihnen nahm einige Birkenzweige mit, das Zeichen der Unterhändler. Wela warf einen zweifelnden Blick auf die kahlen Äste. »Ich hoffe, der Erfolg meines Rittes hängt nicht an diesen dürren Zweigen«, sagte sie.

»Nun, wir können ja nicht nur Frieden schließen, wenn es grünt«, meinte Tuge grimmig. Dann reichten sie einander die Hände, wendeten die Pferde und machten sich auf den Weg. Awin sah ihnen lange nach. Er fragte sich, ob er sie alle drei wohlbehalten wiedersehen würde, und er betete zu Tengwil, dass sie sie behüten möge.

Der kurze Wintertag ging jetzt schnell zu Ende. Die Hakul wollten Feuer machen, aber Awin verbot es. Es war ungewiss, was die Unterhändler erreichen würden, und vor allem Eri und Curru mochten auf den Gedanken kommen, dass sie keine Verhandlungen brauchten, um den Lichtstein wiederzugewinnen. Es war besser, sie wussten nicht, wo der Heolin zu finden war. Awin schärfte den Wachen noch einmal erhöhte Aufmerksamkeit ein, dann begab er sich zu dem Platz, den er für das Ritual der Reise ausgesucht hatte. Er befand sich etwas abseits des Lagers zwischen zwei großen Felsbrocken. Mahuk und Merege waren bei ihm, und einige Ussar sollten die Wache übernehmen, was Awin nicht recht war. »Dieser Ritus ist geheim, Mahuk, eine Sache für Seher«, sagte er, nicht zum ersten Mal.

»Ich weiß. Sie wenden sich ab. Ich habe es ihnen befohlen«, versicherte der Raschtar. »Und die Nacht ist dunkel. Voller Feinde.«

Awin wusste, dass der Raschtar recht hatte, und gab schließlich nach. Vielleicht schickte Curru wirklich einige verschwiegene Krieger anstelle einer Gesandtschaft. Es wäre ihm zuzutrauen. Awin atmete durch und versuchte, alle düsteren Gedanken zu verscheuchen. Die Abordnungen sollten um Mitternacht eintreffen – wenn sie denn kamen. Bis dahin musste er einige Antworten gefunden haben. Der Platz schien geeignet, denn die Felsen gaben Sichtschutz auf zwei Seiten. Die beiden anderen Seiten schirmten sie mit den Häuten ihrer Kriegszelte notdürftig ab. Er hatte weder die Bronzeschalen noch eine Kerze und schon gar nicht die Rabenbeere, die ihm seine erste Reise ermöglicht hatte, aber er wusste seit Uos Mund, dass er diese Dinge nicht unbedingt brauchte. Er sammelte sich, dann begann er, mit dem Schwert einen Kreis in den Boden zu ziehen. »Dies ist der Erdkreis, mein Geist wird ihn nicht verlassen«, murmelte er. Mahuk stand plötzlich neben ihm und reichte ihm einen kleinen Bronzebecher. »Es ist die Traumflechte. Zermahlen, mit anderen Kräutern. Aufgekocht.«

Awin schnupperte an dem Becher. Er hätte die Flechte fast vergessen. Das Gebräu roch furchtbar. »Hast du die Mischung bestimmt, oder war es Yeku?«, fragte er zweifelnd.

»Yeku will uns umbringen. Ich habe es gemischt. Ich werde davon trinken. Es öffnet den Geist.«

»Ihr kennt die Reise des Geistes?«, fragte Awin überrascht.

»Keine Reise. Offener Geist. Offen für die Zeichen der Nacht.« Mahuk nahm einen Schluck aus dem Becher. Dann verließ er den Kreis. Awin zog den Kreis noch einmal nach, denn er wusste nicht, ob der Schutz Bestand hatte, wenn jemand diesen Kreis betrat und wieder verließ, wie Mahuk es gerade getan hatte. Und wieder murmelte er die überlieferten Worte, die verhindern sollten, dass sein Geist über den Rand der Welt abgetrieben wurde: »Dies ist der Erdkreis, mein Geist wird ihn nicht verlassen.« Dann setzte er sich, entzündete das kleine Feuer, das er vorbereitet hatte, und atmete tief durch. Er versuchte, all die Gedanken und Sorgen, die ihn beschäftigten, abzuschütteln. Er musste Senis finden. Und vielleicht erlaubte Tengwil ihm auch einen Blick auf die Pläne seiner Feinde. Ob er Curru treffen würde? Vielleicht vollführte sein ehemaliger Meister gerade in diesem Augenblick das gleiche Ritual. Awin atmete tiefer. Er rief sich die Worte ins Gedächtnis, die er gelernt hatte, und flüsterte: »Dein Reich betrete ich, deine Gnade erbitte ich, deine Hilfe suche ich, Tengwil, allsehende Schicksalsweberin. Öffne mir die Augen. Zeige mir, was ist. Zeige mir, was war. Zeige mir, was sein wird.« Er wiederholte diese Worte wieder und wieder und wartete auf die Anzeichen, dass sein Geist die Reise antreten würde – den Donner seines Herzschlages, den er beim ersten Mal verspürt hatte, das

Glücksgefühl, das ihn vollständig durchflutet hatte. Aber es kam nicht. Er nahm einen Schluck aus dem Becher, versuchte, seine Gedanken auf Senis zu richten, und wiederholte die rituellen Worte. Wartete. Nahm noch einen Schluck. Atmete tiefer.

»Er ist blind«, sagte eine geisterhafte Stimme. »Und taub«, ergänzte eine zweite. Jemand lachte. Awin öffnete die Augen. Er war in einem Wald, ähnlich dem, in dem sie in der vorigen Nacht gelagert hatten. Doch ragten mächtige Felsen hinter den Bäumen steil auf, und zwischen fahlweißen Birken standen schwarze Ulmen in einem unwirklichen Licht. Ein starker Windstoß wirbelte blasses Laub auf. Es roch nach Moder und Tod. »Sieht er?«, fragte die Stimme. Awin drehte sich um. Vier verhüllte Gestalten standen zwischen den Bäumen. »Er sieht«, sagte eine helle Stimme. Eine Kapuze wurde zurückgeschlagen, und ein schwarzhaariger Knabe starrte Awin feindselig an.

»Skefer«, sagte Awin schwach. Das Ritual hatte ihn zu den Winden Slahans geführt?

»Er kennt uns noch«, höhnte eine zweite, weit kräftigere Stimme.

»Nyet?«, fragte Awin.

Eine der Gestalten lachte und warf ihren Umhang ab. Es war Seweti in ihren blauen Schleiern, die mehr enthüllten als verdeckten. Awin starrte sie an – bis sie sich plötzlich in Luft auflöste.

»Wo ist sie hin?«, fragte er vorsichtig.

»Der Mensch fragt, wo sie hin ist«, schnaubte Nyet.

»Meine Schwester tut ihre Pflicht«, erklärte Skefer mit Bosheit in der Stimme.

Awin begann zu schwitzen. Die vierte Gestalt schwieg und stand völlig bewegungslos. Sie war von einer Aura erstickender Stille umgeben, nichts in ihrer Nähe bewegte sich. Selbst das fallende Laub schien in der Luft zu verharren. Er sah zwei feindselige Augen unter der Kapuze leuchten. Awin erkannte, dass es sich um Dauwe handelte, den Wind der Stille, den Täuscher, der die Reisenden mit falschen Bildern ins Verderben lockte. Er musste auf der Hut sein. Ein Wind fehlte. »Wo ist deine andere Schwester, Skefer, wo ist Isparra?«, fragte er vorsichtig.

»Er *fragt* nach ihr?«, brüllte Nyet, packte eine Birke in jäher Wut und zerbrach sie.

Skefer stand plötzlich dicht vor Awin. Er sah ihn mit seinen schwarzen Augen so durchdringend an, dass es schmerzte. »Isparra ist fort, vergessen. Eine leere Hülle. Du kannst sie klagen hören, an der Löwenquelle in Uos Mund. Deine Schuld, Mensch. Du hast sie verführt, sich gegen unsere Herrin zu stellen.«

»Slahan hat sie getötet?«, fragte Awin unsicher. Er versuchte, den Blick abzuwenden, aber es gelang ihm nicht. Die schwarzen Augen brannten wie Feuer in seinem Kopf.

»Wie dumm er ist!«, rief Nyet und zerschmetterte einen weiteren Birkenstamm.

»Isparra war ein Windskrol. Du kannst den Wind nicht töten, Mensch. Du kannst einen Gott nicht töten. Ob du den Unglücksstein hast oder nicht«, zischte Skefer. »Gib es auf!«

»Isparras Stärke gehört jetzt mir«, hauchte Seweti, die plötzlich hinter Awin stand. Er fühlte ihren Atem im Genick. Ihn schauderte. »Kannst du nicht spüren, wie stark ich bin, Mensch?«, fragte sie. Awin fühlte ihre Gegenwart, aber er konnte den Blick nicht von Skefer lösen.

»Hast du sie erreicht?«, fragte Skefer.

»Ich habe ihnen die Botschaft überbracht«, sagte Seweti lachend.

Awin fragte sich, *wem* die Tänzerin eine Botschaft überbracht hatte. Der Schmerz in seinem Kopf wurde unerträglich.

Nyet lachte plötzlich bitter auf. Er schien erst jetzt verstanden zu haben, was Seweti gesagt hatte, und rief: »Isparras Stärke? Ein wenig davon, Schwester, ein wenig. Und sie gehört dir nicht. Wie auch uns unsere Stärke nicht mehr gehört.«

»Schweig!«, herrschte Dauwe ihn wütend an.

Nyet lachte. »Dieser Mensch wird die Festung nicht mehr verlassen«, rief er.

War er in der Festung? Awin wollte sich umdrehen, wollte sehen, woher dieses unwirkliche Licht kam, das durch die Bäume zuckte. Aber er vermochte nicht, sich zu bewegen. Eine bleierne Schwere kroch in seine Glieder. Sie wollten ihn töten? Warum hatten sie es nicht schon längst getan? Und die hochmütige Isparra war also nicht mehr bei ihnen, ausgestoßen. Sie hatte Awin geholfen in Uos Mund. Plötzlich empfand er Mitleid für sie. Skefer warf Nyet einen wütenden Blick zu. Der Schmerz in Awins Kopf ließ sofort nach, als diese unergründlichen schwarzen Augen sich von ihm abwandten. Er spürte Sewetis Nähe. Sie schien dicht hinter ihm zu stehen. Ihre Schleier wehten leicht im Wind. Ein kalter Schauer lief durch seine Schulter. Der Schleier wehte *durch ihn hindurch*!

»Du hast uns alle unglücklich gemacht, Mensch«, hauchte sie. »Wir waren freie Winde, und die ganze Wüste haben wir durchwandert, wann immer es uns gefiel. Und nun lässt sie uns nicht mehr fort.«

»Nicht mehr lange, Schwester, nicht mehr lange. Schon übermorgen braucht sie unsere Kraft nicht mehr. Dann werden wir wieder sein, was wir waren, als die Welt geschaffen wurde«, rief Nyet und schleuderte den zerbrochenen Baum in den Wald hinein. Es krachte, als er gegen andere Stämme prallte.

»Du bist stark, Nyet, mein Bruder«, sagte Skefer spöttisch.

»Ich werde dir zeigen, wie stark, kleiner Bruder«, rief Nyet, riss eine junge Birke aus, schwang sie wie eine Keule über dem

Kopf und kam näher. Awin verstand. Er zwang sich, die Augen zu schließen. Sein Geist musste fort von diesem Ort. Er versuchte, an Senis zu denken, aber vor seinem inneren Auge sah er nur die stolzen Züge Isparras. Er fühlte sich plötzlich leicht. Als er die Augen öffnete, starrte er in das verblüffte Gesicht Nyets, der ihm, die Birke zum Schlag erhoben, zusah, wie er verblasste und verschwand. Stille umfing Awin, dann hörte er das leise Tropfen von Wasser. Er war in einer Höhle. Vor dem nahen Eingang schien der Mond. Der Umriss einer Frau zeichnete sich dort ab.

»Der Unglücksbringer«, sagte eine schwache Stimme, die ihm dennoch vertraut erschien.

»Isparra?«, fragte er ungläubig.

Die Windskrole stand plötzlich vor ihm. »Die Zerstörerin war ich, niemand konnte mir widerstehen. Jetzt bin ich nur noch ein kraftloser Hauch. Die Winde tragen mich hierhin und dorthin, aber keiner verspürt Mitleid mit Isparra«, lautete die leise Antwort, in der dennoch Stolz mitschwang.

»Slahan hat dich verstoßen?«

»Beraubt hat sie mich, verstoßen, dem Vergessen übergeben. Niemand wird mich noch fürchten.«

»Weißt du, was sie vorhat, Isparra? Weißt du, warum Slahan in dieser Feste wartet?«, fragte Awin. Er versuchte, die Züge der Frau zu erkennen, aber es war zu dunkel. Dann fühlte er ein seltsames Prickeln im Rücken. Es war, als würde jemand ihn von hinten anstarren.

»Ich sollte dich töten, Mensch«, sagte Isparra kalt, und als Awin sie nur stumm ansah, fuhr sie verbittert fort: »Aber selbst das vermag ich nicht mehr.«

»Die Festung, Isparra, warum ist sie in dieser Festung?«, fragte er noch einmal.

Ihr Schatten kam näher. »Es ist ein alter Ort, stark. Er kann ihr die Kraft geben, die sie braucht. Und sie wird mir dennoch die meine nicht zurückgeben.«

»Wozu braucht, Isparra?«, fragte Awin, der spürte, dass er der Antwort, die er suchte, jetzt sehr nahe war.

Die hochgewachsene Gestalt beugte sich zu Awin hinab und flüsterte: »Um deinesgleichen ein Ende zu bereiten. Und ich werde nicht um euch trauern, Mensch.« Dann richtete sie sich auf und rief: »Was willst du hier, alter Narr?«

Das schien an jemanden hinter ihm gerichtet. Awin fuhr herum. Für einen winzigen Augenblick war ihm, als würde er in das feindselige Antlitz von Curru blicken. Dann fand er sich auf einer Wiese wieder. Frischer Wind zerrte an ihm, und die Luft schmeckte nach Salz. Brandung rauschte in seinen Ohren.

»In was habt ihr uns da nur hineingezogen?«, sagte Senis leise. Sie saß auf der Erde, ihre langen Zöpfe schimmerten wie weiße Schlangen im Gras. Ihr Blick war ins Leere gerichtet. Es war immer noch Nacht. Isparra und die Höhle waren verschwunden. Awin stand auf einer Wiese und hörte Wellenschlag. »Wo ist das Meer?«, fragte er verwirrt.

»Dreh dich um, Seher«, antwortete die Kariwa.

Awin gehorchte und fuhr erschrocken zurück. Er stand auf einer Klippe. Das Meer brandete wohl hundert Schritte unter ihm an weiße Felsen.

Senis lachte leise. Awin wurde wütend. »Ich bin nicht hier, damit du mit mir spielst, Senis!«

»Warum bist du dann hier, junger Seher?«, fragte Senis ernst. Ihr Gesicht verriet ihr Alter mit hunderten feinster Fältchen. Von irgendwoher schien der Mond darauf, aber Awin konnte ihn nicht sehen.

»Du sagst, dass du uns nicht helfen kannst, aber ich bitte dich noch einmal um deine Hilfe. Wenn es mir nicht gegeben ist, Slahan zu besiegen, dann bleibt nur deine Ahntochter. Doch wie soll sie die Göttin vernichten?«

Senis erhob sich. »Das kann sie ebenso wenig wie du, Seher.«

»Aber dann ist unser Kampf sinnlos!«, rief Awin aufgebracht.

»Das habe ich nicht gesagt, Awin«, entgegnete Senis.

Awin schüttelte den Kopf. Der Gleichmut der Kariwa war nicht zu fassen. Oder war es etwas anderes? Eine tief verborgene Verzweiflung?

»Ich kann dir nicht sagen, was ihr tun müsst, Seher. Ich hoffe darauf, dass ihr es selbst herausfindet.«

»Und wenn nicht?«, fragte Awin wütend.

»Dann ist alles verloren«, sagte Senis sehr ruhig.

»Hat Tengwil es denn so vorherbestimmt?«, fuhr Awin sie an.

Senis ließ sich nicht aus der Ruhe bringen. »Nein, Seher. Die Riesin beobachtet euch, und sie spinnt ihre Fäden in die Richtung, in die ihr euer Leben lenkt. Du kannst dich umdrehen, davongehen und alles vergessen. Tengwil wird es hinnehmen und deinen Faden in die neue Richtung spinnen. Oder du kannst tun, wozu du vor Wochen aufgebrochen bist. Es ist deine Entscheidung. Wenn ich mich aber zu sehr einmische, wird Tengwil vielleicht denken, dass ich jetzt deinen Faden spinne – und dann schneidet sie ihn ab.«

»Das kann sie?«

»Sie kann es.«

»Aber kannst du mir wenigstens sagen, ob Gunwa, meine Schwester, noch lebt?«

»Das musst du Tengwil fragen. Ich bin nicht allwissend, junger Seher.«

»Du weißt so vieles, Senis. Gib uns doch wenigstens einen Hinweis, irgendetwas«, bat Awin.

Die Kariwa sah ihn nachdenklich an. Es donnerte. War das

das Meer, das weit unter ihm gegen die Felsen brandete? Oder war es sein Herzschlag, der ihn zurückrief in die Welt?

»Ihr müsst euch beeilen. Sie hat wirklich einen Ort der Alten Kraft gefunden und will auch den zweiten Fluch brechen, den Fahs einst über sie verhängt hat.«

»Den zweiten Fluch?«, fragte Awin, und er begann zu verstehen. »Aber was sollen wir nur tun, ehrwürdige Senis?«

»Schickt sie dorthin, wo sie unbedingt hinwill«, erwiderte Senis grimmig.

»Wir sollen sie gehen lassen?«

»Das waren nicht meine Worte, junger Seher. Die Alte Kraft … sie ist stark und den Göttern vorbehalten. Wenn Slahan bereits aus der Quelle schöpft, wird Merege Hilfe brauchen.« Senis stockte. Dann murmelte sie mit nach innen gekehrtem Blick: »Der zuverlässige und ungeliebte Freund … doch der wird nur erscheinen, wenn … nein. Sage meiner Ahntochter, dass die stärkste Quelle auch die gefährlichste ist. Sie soll sich in Acht nehmen, sehr in Acht nehmen und wohl überlegen, wen sie um Hilfe bittet. Entscheidend wird am Ende der sein, der geben und nehmen kann. Mehr kann ich nicht sagen, Awin. Nur eines noch – du musst bei ihr bleiben! Versprich mir das! Du darfst ihr bei dem, was vor euch liegt, nicht von der Seite weichen! Nun geh. Ich habe euch schon mehr geholfen, als ich sollte. Hoffen wir, dass Tengwil es uns nicht verübelt.« Senis wirkte mit einem Mal klein und verloren.

»Ich werde bei ihr sein«, versprach Awin. Der Donner füllte dröhnend seinen Kopf. Er taumelte, stürzte über den Rand der Klippe und fiel. Das Meer erwartete ihn. Kalt und grau waren die Wogen. Er fühlte den Wind auf seinen Wangen. Er riss die Augen weit auf.

»Er lebt noch. Ich habe es gesagt«, stellte Mahuk befriedigt fest.

Awin lag auf dem Rücken. Das Meer rauschte noch in seinen Ohren. Er blinzelte.

»Ich habe nie daran gezweifelt«, sagte eine Frauenstimme.

»Ich schon«, schnaubte Tuge, »obwohl es vor Serkesch schlimmer war.«

Tuge? Warum war er wieder hier? Hatte er ihn nicht fortgesandt? Awin kam ächzend hoch. Er hustete und spuckte Staub aus.

Jemand klopfte ihm auf den Rücken. Es war Wela. Awin verstand jetzt gar nichts mehr. »Wieso seid ihr hier?«, fragte er.

»Wir freuen uns auch, dich zu sehen, Awin Sehersohn«, sagte Wela schnippisch.

Awin schüttelte den Kopf, um das Brausen und Dröhnen in seinen Ohren loszuwerden.

»Yeku wettet, du stirbst. Ich habe gewonnen«, meinte Mahuk grinsend.

»Aber Tuge, Wela, warum seid ihr schon wieder hier?«

»Schon wieder? Es ist nach Mitternacht, Awin. Und es war nicht leicht, die Hohe Fürstrichterin, diesen ehrwürdigen Yaman der Eisernen Hakul und unsere Freunde Uredh und Blohetan festzuhalten, bis du uns wieder mit deiner Anwesenheit beehrst«, sagte Wela. Mabak half ihm, aufzustehen. Also war auch der Jungkrieger erfolgreich gewesen. Und er selbst?

»Was hast du gesehen?«, fragte Wela.

»Vieles, aber nicht das, was ich wollte«, sagte Awin.

»Und was sollen wir den Boten jetzt sagen?«, wollte Tuge wissen.

»Du hast gesehen. Denke nach«, sagte Mahuk.

Awin biss sich auf die Lippen. Er musste seine Gedanken ordnen. »Sagt den Unterhändlern, dass ich in wenigen Augenblicken bei ihnen bin. Und schickt, nein, bittet Merege, zu mir zu kommen.«

Awin schloss die Augen und lauschte den Schritten seiner Gefährten, die sich langsam entfernten. Er versuchte, die Bilder, die in seinem Kopf durcheinanderwirbelten, zu ordnen.

»Während du fort warst, kam jemand«, sagte Mahuk.

Awin öffnete die Augen. Der Ussar stand vor ihm und kratzte sich den Bauch. »Wer kam?«, fragte er.

»Eine Frau. Schön wie eine Sonnentochter. Aber keine Frau, ein Windskrol.«

»Seweti?«

»Sie hat den Namen nicht gesagt. Sie ging nicht. Sie tanzte.«

»Dann war es Seweti. Was wollte sie?«, fragte Awin.

»Sie sah mich. Sie versprach reichen Lohn. Ruhm. Macht. Wenn ich den Stein zerstöre.«

»Was hast du geantwortet?«, fragte Awin, immer noch verblüfft, dass sich die Windskrole dem Ussar gezeigt hatte. »Ruhm und Macht? Soll ich enden wie Yeku? Aber sie hat auch zu anderen gesprochen. Zu der hellhäutigen Zauberin. Und zu dem alten Schmied. Aber er hat es nicht gemerkt.«

Awin versuchte zu verstehen, was Mahuk sagte: Seweti war im Lager erschienen und hatte versucht, ihn und andere zu verführen. »Harmin hat sie nicht gesehen?«, fragte er.

»Nein, aber sie hat ihm zugeflüstert. Er wird sie vielleicht verstehen, später.«

Awin spähte über die Steine. Es waren Fremde im Lager, sorgsam auf Abstand zueinander bedacht. Unter ihnen waren Uredh und Blohetan. Einige andere Schwarze Hakul, die er nicht kannte, waren bei ihnen. Und Harmin saß am Feuer. Er starrte immer noch in die Flammen, wie er es schon vor Stunden getan hatte. Konnte er dem eigensinnigen Schmied noch trauen? Welche Botschaft mochte Seweti ihm überbracht haben? Merege war am zweiten Feuer. Sie hielt den Stab mit dem Heolin in den Händen. Die Ussar blickten zu ihr auf, und auch die Fremden konnten ihre Augen nicht von dem leuchtenden Stein an der Spitze des Stabes wenden. Jetzt sprach Wela mit ihr. Merege nickte. Als sie sich anschickte, das Feuer zu verlassen, forderte Wela sie offenbar auf, ihr den Heolin zurückzugeben. Merege sah sie befremdet an. Wela erneuerte die Aufforderung. Jetzt gab die Kariwa zögernd nach. Awin erinnerte sich wieder an Senis' Warnung, Merege den Stein nicht zu überlassen, weil das gefährlich war. *Gefährlich für wen?*, fragte sich Awin, während die Kariwa mit finsterer Miene zu ihm kam.

»Was hast du erfahren, Sehersohn?«, fragte sie schroff.

Awin lächelte. Merege stockte kurz, dann holte sie tief Luft und sagte bedeutend ruhiger: »Hast du erfahren, was du wissen wolltest, Awin?«

»Ich habe manches gehört, aber längst nicht alles verstanden. Ich habe Senis gesehen, und ich bin den Winden begegnet, auch Isparra, die nun eine Ausgestoßene ist. Ich habe erfahren, dass Slahan aus einem bestimmten Grund in dieser Festung ist. Sie will dort eine alte Kraft finden, mit der sie Fahs' Fluch brechen kann.«

»Die Alte Kraft?«, fragte Merege nach.

Awin nickte.

»Yeku will wissen, was das für ein Fluch ist«, sagte Mahuk.

»Es ist der, der sie daran hindert, offenes Wasser zu überqueren. Deshalb kann sie nicht nach Norden zum Skroltor. In der Festung will sie ihn brechen.«

»Und findet sie dort die Kraft, die sie dazu braucht, Raschtar?«, fragte Merege ernst.

Der Ussar kratzte sich am Hinterkopf. »Die Sonnentöchter sagen, der Ort ist heilig. Und Yeku sagt, dass dort viel verborgene Stärke unter den Steinen ruht. Vielleicht weiß Slahan das auch.«

Awin nickte und berichtete von den Dingen, die er bei den Winden erfahren hatte: »Nyet sagte, dass die Winde ihre Stärke übermorgen wiederbekommen werden, weil die Göttin sie dann nicht mehr braucht.«

»Übermorgen«, wiederholte Merege nachdenklich. »Was hat meine Ahnmutter dazu gesagt?«

»Sie sagt, dass sie uns nicht helfen kann, weil Tengwil es nicht erlauben würde. Aber sie hat mir eine Botschaft für dich mitgegeben.«

»Nämlich?«

»Die stärkste Quelle ist auch die gefährlichste, und du sollst dich in Acht nehmen«, wiederholte Awin.

Merege legte die Stirn in Falten. »Das hat sie gesagt?«

»Und dann sagte sie etwas davon, dass du jemanden um Hilfe bitten könntest. Etwas von einem treuen, aber ungeliebten Freund.«

Merege wurde blass.

»Weißt du, was es bedeutet?«, fragte Awin.

Die Kariwa sah ihn einen Augenblick gedankenverloren an. Sie fragte: »War da noch etwas?«

Awin entging nicht, dass sie der Frage ausgewichen war. Er wollte aber nicht weiter in sie dringen und fuhr stattdessen mit seinem Bericht fort: »Senis sagte, dass weder du noch ich Slahan töten können. Sie sagte etwas davon, dass du Hilfe brauchen würdest. Aber sie sagte auch, wir sollen sie ziehen lassen, wohin sie will.«

»Sie sagt, wir sollen aufgeben?«, fragte Merege ungläubig.

»Ich sagte ja, es ist verwirrend.«

»Das ergibt keinen Sinn. Was genau hat sie gesagt?«

Awin versuchte, sich die Worte ins Gedächtnis zu rufen. Er schloss die Augen und wiederholte: »Schickt sie dorthin, wo sie unbedingt hinwill.«

»Das ist etwas anderes«, sagte Mahuk gedehnt und kratzte sich am Hals.

Merege schüttelte ungehalten den Kopf. »Als Seher solltest du lernen, besser auf die Worte zu achten, Awin.«

»Aber was war der Unterschied?«

»Wir sollen sie nicht ziehen lassen, sondern senden. Wir können sie nicht töten, aber in die Verbannung schicken, und zwar über den Rand der Welt, den sie ja erreichen will! Das ist der Unterschied, Sehersohn.«

Mahuk grinste breit, und Awin spürte, dass er errötete. Er hatte nicht richtig zugehört. Wie unverzeihlich.

»Hat sie noch etwas gesagt, das uns helfen könnte, Sehersohn?«, fragte Merege, und es klang, als müsse sie ein kleines Kind ausfragen. Awin spürte Zorn aufwallen und schluckte ihn hinunter. Es war nicht die Zeit für falschen Stolz. Er dachte kurz nach, dann sagte er: »Nein, ich glaube nicht, doch ... sie sagte noch etwas, was ich nicht verstand.« Er versuchte, sich dieses Mal gleich an den genauen Wortlaut zu erinnern. »Sie sagte, entscheidend wird der sein, der geben und nehmen kann.«

»Noch ein Rätsel«, stellt Mahuk fest.

»Das ist mir nicht entgangen«, sagte Merege, »und vielleicht können es der Raschtar und sein kluger Stock auch gleich lösen?« Sie schien gereizt und beunruhigt.

»Yeku sagt, dass er den Seher nicht versteht. Und Mahuk weiß es auch nicht.«

»Ich habe gehört, dass Seweti hier war«, sagte Awin, um abzulenken. Er spürte, dass sich ein Streit anbahnte, und das fehlte ihm gerade noch.

»So ist es«, erklärte Merege kühl. »Ich habe ihre Nähe gespürt. Doch fürchte ich sie nicht.«

»Hat sie zu dir gesprochen?«, wollte Awin wissen.

»Leere Versprechungen hatte dieses Weib mitgebracht,

mehr nicht. Was nützt mir unendliche Macht, wenn alles, was ich beherrschen könnte, erst in Trümmern liegt?«

Awin nickte. Er hatte auch nicht angenommen, dass Merege den Verführungskünsten der Tänzerin erliegen könnte. Bei Harmin war er sich nicht so sicher.

»Yeku sagt, die Winde haben dir noch mehr verraten.«

Awin blickte hinüber zu den Feuern. Er fühlte sich immer noch ziemlich zerschlagen, und auch das Rauschen in seinen Ohren war noch nicht verklungen. Dort drüben standen drei Abordnungen, die er für ein Bündnis gewinnen wollte. Er wusste nicht, was er ihnen sagen sollte.

»Die Windskrole? Was haben sie gesagt?«, griff Merege die Frage Mahuks noch einmal auf.

»Wie? Sie haben mir nur gedroht, mich zu töten. Sie geben uns, und vor allem mir, die Schuld dafür, dass Slahan Isparra gewissermaßen ausgelöscht hat.«

»Gewissermaßen?«, fragte Merege. Wieder klang es, als müsse sie ein Kind ausfragen.

Awin riss sich zusammen: »Wenn ich es richtig verstanden habe, hat die Göttin ihr alle Macht genommen und sie Seweti geschenkt. Jedenfalls einen Teil davon.« Awin schickte sich an, sich dem Treffen mit den Viramatai und Hakul zu stellen, aber Merege hielt ihn auf. »Sie hat Isparra also nicht bloß verstoßen, sondern auch ihrer Kraft beraubt? Das kann sie?«

»Das sagte ich, ja.«

»Ich verstehe es«, sagte Mahuk. »Die Winde bleiben bei ihr. Sie müssen. Sie lässt sie nicht fort. Wie wilde Pferde an der Leine«, sagte Mahuk.

»*Noch* nicht fort«, erwiderte Awin nachdenklich. »Nyet sagte doch, dass sie übermorgen frei wären.«

»Dann müssen wir morgen angreifen«, folgerte Merege trocken.

Awin seufzte. Die Gedanken in seinem Kopf schwirrten durcheinander. Merege schien mehr zu wissen, als sie sagte. Er konnte es ihr ansehen. Es schien mit der Alten Kraft zusammenzuhängen. Er atmete tief durch. Welchen Nutzen konnten sie aus dem ziehen, was er erfahren hatte? Im Grunde wussten sie nicht viel mehr als vorher. Sie würden in die Festung eindringen müssen, um Slahan zu stellen, und hoffentlich wusste Merege dann, wie sie die Göttin besiegen konnten. Vielleicht wusste sie es auch jetzt schon, aber sie schwieg aus Gründen, die er nicht verstand. Er seufzte. Er hätte gern weiter über diese Dinge nachgedacht, aber da wartete noch eine andere Aufgabe auf ihn. Es galt, drei Heere daran zu hindern, gegeneinander loszuschlagen. Mehr noch, es galt, ein Bündnis aus drei Parteien zu schmieden, die einander nur durch tiefen Hass verbunden waren. Es gliche einem Wunder, wenn ihm das gelänge. Aber gerade, als er verzagen wollte, kam ihm seine Schwester Gunwa wieder in den Sinn. Sie war in der Gewalt der Göttin. Er musste einfach Erfolg haben, es war der einzige Weg zu ihrer Rettung.

Als Awin sich anschickte, endlich die Abordnungen zu begrüßen, wurde er von Tuge aufgehalten. »Hier ist jemand, der dich unbedingt sprechen will, Yaman«, sagte der Bogner. Zu Awins Überraschung war es Blohetan, der ihn etwas verlegen begrüßte.

»Ich grüße dich, ehrwürdiger Blohetan. Ich bin erstaunt, aber ich freue mich auch, dich und Yaman Uredh hier zu sehen. Ich hätte nicht gedacht, dass sich Curru so eine wichtige Verhandlung entgehen ließe.«

Blohetan nickte ernst und erwiderte: »Curru hat sich bei Anbruch der Dunkelheit zu einem geheimen Ritual zurückgezogen, Yaman Awin. Er will mit seinem Geist erkunden, was der morgige Tag uns bringen wird«, erklärte der Älteste weiter. Awin war erleichtert. Mit Curru wären diese Verhandlungen wohl von vornherein zum Scheitern verurteilt gewesen.

Der Älteste sagte stockend: »Ich wollte mit dir reden, um dich zu warnen. Es ist viel geschehen seit deiner Flucht, Yaman Awin. Nicht alle in unserem großen Sger, nicht einmal alle, die hier sind, sind damit einverstanden, dass wir verhandeln. Viele fordern Blut für die Toten vom Klan der Dolche. Vor allem Curru.«

»Und Eri hört nicht auf ihn?«, fragte Awin verwundert.

Blohetan zögerte, bevor er leise antwortete: »Der Heredhan ist Curru zugetan wie einem Vater, aber …«, er senkte seine Stimme noch weiter, »… er glaubt seinen Deutungen nicht mehr. Zu oft hat sich Curru geirrt, besonders, was dich und den Heolin betrifft, junger Yaman. Und deshalb hasst der Seher dich auch sehr, und er unternimmt alles, um Eris Gunst zurückzugewinnen. Fast jede Nacht vollzieht er dieses Ritual, und es wird geflüstert, dass er einige Kräuter Isgis dazu benutzt, Kräuter, die andere Seher nicht nehmen würden. Aber viel Erfolg hatte er bislang nicht, und das macht es für ihn umso bitterer.«

Awin nickte nachdenklich. Es war also wirklich sein alter Meister gewesen, dessen Anwesenheit er in Isparras Höhle gespürt hatte. »Du sagtest, dass auch viele andere Männer meinen Kopf fordern, Blohetan, und doch seid ihr hier.«

Blohetan legte ihm die Hand auf den Arm. »Du hast nicht nur Feinde unter den Schwarzen Hakul, Seher. Und ich kann sagen, dass meine Stimme beim Heredhan Gehör findet, seit ich mich mit meiner Sippe dem Klan der Schwarzen Berge angeschlossen habe und auch andere führerlose Sippen zu diesem Schritt überreden konnte. Aber noch mehr achtet er das Wort des Sehers Kluwe, und der hat ihm gesagt, dass er dem

Lichtträger helfen muss, zur Rettung seines Stammes und zu seinem eigenen Nutzen.«

»Kluwe – ist er bei euch im Sger?«, fragte Awin erstaunt.

»Aber nicht doch! Er ist im Ahnental geblieben, und ich denke, er wird es in diesem Leben nicht mehr verlassen. Ich glaube, eines von Marekets unsterblichen Rössern steht schon vor seinem Zelt und erwartet ihn«, erwiderte Blohetan und blickte sich unruhig um.

»Wir sollten die anderen Boten nicht zu lange warten lassen, Blohetan«, sagte Awin, »doch habe ich das Gefühl, dass da noch etwas ist, was du mir sagen willst.«

Der Älteste wurde verlegen. »Ich bin leider nicht der Sprecher dieser Abordnung, Yaman Awin. Uredh hat sich viel Einfluss erkämpft, seit Eri Heredhan ist, und er schätzt dessen Vertrauen sehr, vielleicht sogar zu sehr. Du weißt, dass sie auf unserem Ritt selten einer Meinung waren – nun sind sie es umso mehr, oder sollte ich sagen, Uredh ist der Meinung von Eri? Du wirst nicht viel Freundlichkeit oder Entgegenkommen von ihm erwarten können. Und ich muss dich leider warnen. Ich denke, dass wenigstens einer unserer Begleiter ein treuer Gefolgsmann Currus ist. Er sagt, er sei vom Klan des Habichts, aber mir war, als hätte ich ihn unter den Schwarzen Dolchen gesehen. Sei also auf der Hut.«

Awin biss sich auf die Lippen. Es stand Blut zwischen ihm und dem Klan der Dolche. Das konnte gefährlich werden. »Ich danke dir für die Warnung, Blohetan, und dafür, dass du hergekommen bist. Lass uns Tengwil bitten, dass sie diese Nacht gut enden lässt.«

Als Blohetan zu seinen Leuten zurückkehrte, wurde er von vielen fragenden Blicken empfangen, und Awin selbst spürte, dass ihn von den sechs Männern, die mit dem Ältesten gekommen waren, wenigstens drei mit unverhohlenem Hass ansahen. Er versuchte, sich nichts anmerken zu lassen, und begrüßte endlich die Abordnungen, die er so lange hatte warten lassen.

Die Viramatai hatten zwei Frauen und eine Handvoll Söldner gesandt. Letztere waren schwer bewaffnet und schienen weit kriegerischer als die Ussar, die Mahuk folgten. Angeführt wurde die Abordnung von Kalya, die den Rang einer Prawani, einer Hohen Fürstrichterin, bekleidete. Sie war alt, dürr und misstrauisch und entsprach sicher nicht dem Bild, das sich die Jungkrieger von den Sonnentöchtern gemacht hatten. Ihr zur Seite stand die Brami Vareda, eine Priesterin. Ein langer weißer Umhang verhüllte ihren Körper, aber wenn sie sich bewegte, konnte Awin sehen, dass die Brami wohl eher den Wunschvorstellungen der Jungkrieger entsprach. Allerdings hatte sie sich den Kopf kahl rasiert, vermutlich ein Zeichen ihrer Würde. Die Eisernen Hakul wurden durch einen Yaman namens Dheryak vertreten. Sein rechter Unterarm fehlte, aber Awin hatte keine Zweifel daran, dass dieser Mann sein Schwert auch mit der Linken zu führen verstand. Dheryak ergriff als Erster das Wort: »Wir sind gekommen, um zu beraten, aber zunächst habe ich eine Frage an dich, Yaman Awin. Sie betrifft einen toten Reiter, den meine Späher am Rande des Blendlands fanden, einen Krieger vom Klan der Steine. Du weißt nicht vielleicht etwas mehr darüber als dein Bote, der verstummte, als ich ihn danach fragte?«

»Ich weiß mehr darüber, Yaman Dheryak«, sagte Awin betont ruhig, obwohl seine schlimmsten Befürchtungen eingetroffen waren. »Der Mann gehörte zu einem Sger, der uns töten wollte, um den heiligen Lichtstein zu rauben.« Und dann setzte er, einer Eingebung folgend, hinzu: »Ich kann nicht annehmen, dass du diese Tat gutheißt, oder?«

Dheryak sah Awin offen ins Gesicht und erwiderte: »Unsere Seher sagten uns, dass der Lichtträger Blut an den Händen haben würde. Sie rieten uns aber dennoch, dich anzuhören, bevor wir Sühne verlangen. Und das werden wir tun. Du solltest aber nicht glauben, dass diese Sache damit vergessen ist.«

Awin nickte knapp. Er spürte die Sorge unter seinen Leuten, aber daran konnte er wenig ändern. Immerhin würde Dheryak zuhören. Und was später kam – nun, es war noch gar nicht gesagt, dass es überhaupt ein Später geben würde. Sie waren hier, um eine Göttin herauszufordern. Also begann Awin, sein Anliegen vorzutragen. Er erzählte noch einmal in aller Kürze, wie der Lichtstein geraubt und die Göttin geweckt worden war, schilderte ihren zerstörerischen Zug durch das Land der Hakul und enthüllte ihr eigentliches Ziel: »Sie sucht einen Weg nach Norden, an den Rand der Welt, denn sie will das Tor öffnen, das unsere Welt vor den Daimonen schützt. Doch Fahs' Fluch hindert sie daran, offenes Wasser zu überqueren. Deshalb kam sie hierher. Sie vermutet in der Festung eine Quelle der göttlichen Alten Kraft, mit der sie den Fluch brechen will. Hat sie Erfolg, werden unsere Völker untergehen, und zwar alle, ohne Ausnahme, Hakul ebenso wie Viramatai. Deshalb bitte ich euch, eure Streitigkeiten zurückzustellen und mit uns gemeinsam gegen die Gefallene Göttin zu kämpfen.«

»Die Alte Kraft …«, sagte die Fürstrichterin nachdenklich.

»Es liegt nicht an uns, dass wir nicht in Frieden leben können«, behauptete Yaman Dheryak, als habe er Awin gar nicht zugehört. »Wir hätten gar keinen Streit, wenn die Männertöterinnen endlich das Land freigeben würden, das sie uns geraubt haben.«

»Die Hakul brauchen keine Feinde, um ihre Streitlust zu pflegen!«, zischte die Viramatai. »Wir werden euch unser Land nicht überlassen. Die Ebene von Pursu ist uns heilig. Euch diente sie nur dazu, Raubzüge zu unseren Städten und Minen zu unternehmen. Ihr habt den gesegneten Grund mit euren Schandtaten entweiht.«

»Du solltest vorsichtig sein, hier stehen zwei Heere gegen eines, ehrwürdige Kalya«, fuhr Dheryak sie an.

»Auf uns solltest du nicht zählen, Hakul«, sagte Uredh kühl.

»Ha!«, jubelte die Prawani.

»Du allerdings auch nicht, Weib!«, hielt ihr Uredh entgegen.

Awin erhob sich und rief: »Im Namen des Heolins, hört auf mit diesen Zänkereien. Seid einig, nur für diese Nacht und den nächsten Tag. Danach könnt ihr euch nach Herzenslust an die Kehle gehen. Slahan wird sich freuen.«

Das schien Wirkung zu zeigen. Für einen Augenblick.

»Die Frage ist, mit welchem Recht du dich auf den Lichtstein berufst, Awin von den Schwarzen Dornen. Der Heolin gehört von Rechts wegen uns, den wahren Erben von Etys, und nicht dem schwachen Klan eines abtrünnigen Stammes«, rief Yaman Dheryak.

»Abtrünnig? Hüte deine Zunge, Hakul! Der Stein gehört seit alters her den Schwarzen Hakul«, rief Uredh laut.

»Euer Streit ist lächerlich«, sagte die Prawani mit Verachtung in der Stimme. »Wir kennen die Geschichten, nach denen einer eurer Fürsten diesen Stein Edhil geraubt hat. Ja, ich sage, geraubt! War er nicht einst Schmuck am Sonnenwagen unseres Vaters Edhil? Daher kann der Platz des heiligen Steines nur in einem unserer Tempel sein, nicht in irgendeinem feuchten Hakulgrab!«

Daraufhin folgten von den Hakul wütende Erwiderungen. Awin sah Mahuk Raschtar grinsen. Er flüsterte von Zeit zu Zeit mit seinem Stock und schien den Streit zu genießen.

Awin genoss ihn ganz und gar nicht. Er hatte die Unterhändler eine Weile streiten lassen, weil er das Gefühl hatte, dass er dem ganzen Hass und der Verachtung, die sich zwischen den Stämmen und Völkern aufgestaut hatten, freie Bahn lassen sollte. Er hatte damit gerechnet, dass sie sich irgendwann verausgabt haben würden, aber bald sah er ein, dass er sich irrte. Es schien, als könnte es noch Tage so weitergehen. Als der Streit für einen Augenblick dann doch abflaute, erhob er sich und fragte: »Warum seid ihr eigentlich in diese Ebene gezogen?«

Verblüfft starrten ihn die Vertreter der drei Heere an. »Was soll diese Frage?«, polterte Dheryak.

Plötzlich lächelte die Fürstrichterin. »Es ist eine gute Frage«, sagte sie.

»Das sehe ich nicht so«, meinte Uredh knapp.

Die Viramatai strich sich eine graue Haarsträhne aus dem hageren Gesicht und sagte: »Wir kamen her, weil wir von dieser seltsamen Gewalt hörten, die durch die Dhaud zog. Es sah lange so aus, als wolle sie unsere Städte überfallen, also rüsteten wir uns zum Kampf. Schließlich erfuhren wir, dass sie unsere Festung Pursu angegriffen und eingenommen hat. Wir kamen her, um gegen diese Macht zu kämpfen und die Festung zu befreien. Wir wussten nicht, dass die Hakul hier sein würden.«

Dheryak nickte. »Auch wir hörten schon vor vielen Tagen von dem Schrecken, der immer weiter nach Osten kam. Das Ross-Orakel riet uns, ihm entgegenzutreten, und sandte uns in diese Ebene. Hätten wir von den Viramatai gewusst, hätten wir noch mehr Krieger mitgebracht.«

»Und wir haben den Schrecken am eigenen Leib erlebt. Wir folgten ihm – und dem Lichtstein, der eigentlich in der Hand des Heredhans liegen sollte«, sagte Uredh, »und ich denke, es wäre besser, du würdest ihn uns geben, Yaman Awin von den Dornen.«

»Wir werden nicht zulassen, dass er in die Hände des Heredhans fällt«, rief Dheryak.

»Und wir werden ihn keinem der beiden Stämme überlassen«, rief Kalya.

»Wir wissen uns und den Stein zu verteidigen«, erwiderte Uredh düster. Blohetan stand an seiner Seite und sah unglücklich aus.

»Und wenn ihr ihn hättet, Uredh, was dann?«, fragte Awin jetzt. »Werdet ihr heimreiten und euren Frauen gestehen, dass euch der Mut fehlte, gegen Slahan zu kämpfen, oder werdet ihr der Gefallenen Göttin entgegentreten?«

»Wir sind bereit, gegen sie zu kämpfen, doch nicht, wenn uns unsere eigenen Brüder in den Rücken fallen!«, rief Uredh.

Dheryak schnaubte verächtlich. Awin hob schnell die Hand, um einen erneuten fruchtlosen Streit zu verhindern. »Wenn ich es also richtig sehe, seid ihr alle hier, um gegen Slahan zu kämpfen. Ich kann verstehen, dass ihr euch nicht genug vertraut, um gemeinsam in die Schlacht zu ziehen, aber wie wäre es, wenn ihr sie zur gleichen Zeit von drei Seiten angreift?«

»Gegen die uneinnehmbare Festung marschieren? Du willst uns in einen sinnlosen Tod schicken, scheint mir«, sagte Uredh argwöhnisch.

»Nein. Ich will nicht einmal, dass ihr wirklich kämpft, denn die Krieger, die die Waffen für Slahan führen, sind doch Brüder aus unseren Stämmen und Völkern. Rückt vor, lockt die Windskrole aus der Festung – und zieht euch zurück. Mehr will ich nicht. Slahans Diener gehen nie weit von der Festung fort, und sie selbst wird die Festung nicht verlassen, nicht, bis sie die Kraft gewonnen hat, die sie dort sucht. Aber sie wird ihre Winde und Krieger senden, um euch von der Festung fernzuhalten. Sie kann die Nähe des Lichtsteins spüren und wird fürchten, dass eines eurer Heere ihn als Banner führt.

Verwirrt sie und ihre Diener. Es sind Winde. Sie sind aufbrausend und stark, aber sie sind keine Heerführer, die sich auf den Krieg verstehen. Lasst ihre bedauernswerten Krieger hin und her marschieren, bis sie müde sind. Wenn die Ablenkung gelingt, werden wir bei Einbruch der Dunkelheit mit einigen wenigen Gefährten in diese Festung eindringen, Slahan finden und besiegen.«

»Ich habe Zweifel, dass ihr sie besiegen könnt, Heolin hin oder her«, meinte Dheryak. »Ich bezweifle sogar, dass ihr auch nur in die Festung eindringen werdet. Wir haben es oft genug vergeblich versucht. Warum sollte euch mehr Erfolg beschieden sein als uns?«

»Ich hörte Gerüchte von geheimen Wegen, Yaman«, entgegnete Awin lächelnd, »und vielleicht stehen sie uns offen, wenn die ehrwürdige Prawani es erlaubt.«

Der Stellvertreter des Tiudhans sah hinüber zur Fürstrichterin. Diese zögerte einen Augenblick, dann nickte sie knapp. Awin war erleichtert. Sie würde ihnen also gestatten, die verborgenen Pfade, von denen Mahuk gesprochen hatte, zu benutzen.

»Wer ist *wir*?«, wollte Uredh jetzt von ihm wissen. Er wirkte von allen Unterhändlern immer noch am misstrauischsten.

»Das sind mein Sger, Merege von den Kariwa und ich selbst. Und ich hoffe, Mahuk Raschtar, wenn er uns denn führen will.«

»Ich werde dich führen«, verkündete Mahuk, den er vorher gar nicht gefragt hatte, ruhig.

»Wenn ich dich richtig verstehe, erwartest du von uns, dass wir vor dem Feind ausreißen?«, fragte Yaman Uredh verdrießlich.

»Nun, es sind hoffentlich keine Feinde mehr, wenn Slahan erst einmal fort ist.«

»Und wenn doch?«, fragte der Yaman der Schwarzen Faust.

»Du wolltest doch eine Schlacht. Dann hast du sie«, erwiderte Awin knapp.

»Und wir müssen nicht mit den Hakul zusammen kämpfen?«, fragte Prawani Kalya.

Awin seufzte. »Ihr könnt euch hinterher wieder streiten, doch lieber wäre es mir, wir könnten wenigstens für einige Tage Frieden halten zwischen unseren Stämmen und Völkern.«

»Frieden? Niemals!«, entgegnete die Fürstrichterin entschieden, aber dann lächelte sie plötzlich und sagte: »Über einen Waffenstillstand ließe sich allerdings reden.«

Awin sah kurz zu Uredh und Blohetan, dann zu Dheryak. Die Männer zögerten, aber schließlich stimmten sie dem Vorschlag zu. Tatsächlich einigten sie sich darauf, von dieser Stunde an für volle sieben Tage und Nächte die Waffen nicht gegeneinander zu erheben. Man sandte Reiter aus, um die Heerführer darüber zu unterrichten und ihre Zustimmung einzuholen.

Das führte zu einer kurzen Verhandlungspause, und Awin nutzte die Zeit, um die junge Brami über die Festung auszufragen, über die er noch so wenig wusste. In ihrer Nähe roch es nach Blumen, was Awin verwirrte, da er sich diesen angenehmen Duft nicht erklären konnte. Die Priesterin gab ihm bereitwillig Auskunft: »Unsere heiligen Schriften sagen, dass die Götter an diesem Ort die Welt zum ersten Mal betraten, um Edhils Schöpfung zu vollenden. Die Riesen haben den Ort zum Gedenken daran mit mächtigen Felsen eingehegt, doch wussten die Hakul nichts von der Heiligkeit des Ortes. Sie weideten ihre Schafe dort!« Sie schüttelte über so viel Unwissenheit den Kopf und erzählte, wie die Viramatai den Ort erobert, gereinigt und zu einem Tempel geweiht hatten. »Die Felsen waren lange Zeit ohne Mauern, doch kehrten die Hakul zurück, und so mussten wir den Felsenhain in eine Festung verwandeln.

Ich kann verstehen, dass Xlifara Slahan dort Stärke sucht, denn jeder Mensch, der den heiligen Tempel betritt, kann die Kraft spüren, die die Götter uns dort hinterlassen haben.«

Awin fragte sie nach der Beschaffenheit des eigentlichen Tempels, denn er hielt es für gut möglich, dass sie genau dort die Göttin finden würden.

»Es ist kein Tempel, wie du ihn vielleicht von den Akkesch kennst, Hakul. Es ist ein offener Platz, mit weißen Steinen gepflastert. Er hat keinen Altar, und weder Dach noch Säule hindern Edhil daran, ihn zu betreten.«

Awin ging zurück zum Feuer. Senis hatte von dieser besonderen Alten Kraft gesprochen. Es schien sich zu bestätigen, doch wie mochte sie beschaffen sein? Das hatte ihm die Brami auch nicht sagen können.

»Was wollte dieses halbnackte Weib von dir?«, unterbrach Wela seinen Gedankengang.

Awin starrte sie an. »Sie ist eine Priesterin«, entgegnete er langsam.

»Aber sie sieht nicht aus wie eine«, schnaubte Wela. »Ich sollte dich warnen, Awin Sehersohn. Es gibt Frauen, die ihre Reize schamlos zum Erreichen ihrer Ziele einsetzen.«

»Aber die Brami wollte doch gar nichts von mir, es war umgekehrt.«

Wela bedachte diese ungeschickte Äußerung mit einem giftigen Blick und ließ ihn stehen. Awin zuckte mit den Achseln. Er hatte keine Zeit, herauszufinden, was Wela jetzt schon wieder umtrieb. Die Priesterin hatte nun wirklich nichts getan.

»Eine gute Frau. Yeku fürchtet sich vor ihrem Zorn«, sagte Mahuk beifällig. Awin hatte ihn gar nicht bemerkt.

»Hast du schon lange zugehört, ehrwürdiger Raschtar?«

»Yeku war neugierig«, erwiderte der Ussar mit ausdrucksloser Miene und zog sich zurück.

Bald darauf kehrten die ausgesandten Reiter wieder. Zu Awins Erleichterung stimmten die Heerführer dem Bündnis zu, selbst Eri. Sie beschworen das Abkommen mit feierlichen Eiden und gelobten den Göttern mit Opfern die Einhaltung des Waffenstillstandes. Dann entwickelten sie bis zum Morgengrauen die Einzelheiten ihres gefährlichen Vorhabens. Awin mahnte sie immer wieder, dass sie sich nicht auf einen ernsthaften Kampf mit den Kriegern Slahans einlassen sollten, hielt sich sonst aber zurück. Die anderen waren als Heerführer viel erfahrener und kamen endlich, unter manchen Streitigkeiten, zu einem gemeinsamen Schlachtplan. Sie legten fest, dass die Angriffe zur dritten Stunde nach dem Mittag beginnen sollten.

»Dann wollen wir hoffen, dass jeder Heerführer seine Aufgabe versteht und die anderen nicht im Stich lässt«, sagte die Fürstrichterin.

»Die Hakul vergessen nichts – weder neue Pläne noch alte Feindschaften«, erwiderte Yaman Dheryak finster.

Als die Abordnungen endlich aufgebrochen waren, um ihre Heere für die kommende Schlacht aufzustellen, fragte Tuge: »Und wie sollen wir uns auf diese Schlacht vorbereiten, Yaman?«

»Ich muss schlafen«, entgegnete Awin. »Und ich werde Tengwil noch einmal um einen erhellenden Traum bitten.«

Der Bogner grinste plötzlich breit. »Wir stehen vor einer großen Schlacht mit ungewissem Ausgang – und du begibst dich zur Ruhe? Ich glaube, selbst Yaman Aryak war seinen Kriegern kein größeres Vorbild in Sachen Kaltblütigkeit.«

Awin schüttelte den Kopf. »Ich bin einfach nur müde, Tuge. Und ich will nicht mitten im Kampf einschlafen.«

Aber Tuge beharrte darauf, dass es ein Zeichen unerschütterlichen Mutes sei, und so erzählte er es allen im Lager. Awin fühlte sich nach den zähen Verhandlungen allerdings einfach nur leer und ausgebrannt. Er betete zu Tengwil, dass sie ihm einen weiteren Traum senden möge. Aber er schlief tief und fest, und kein Traum kam zu ihm.

Schon mit dem Morgen schwärmten die Späher der drei Heere über die Ebene, um das Schlachtfeld zu erkunden. Auch später würde ihnen eine wichtige Aufgabe zukommen, denn sie mussten dafür sorgen, dass die Heere wussten, was ihre Verbündeten taten, wo sie waren, ob sie angriffen oder sich zurückzogen. Gegen Mittag brach Awins Sger mit den Ussar auf. Wie mit den Verbündeten vereinbart, führte er die Krieger wieder zu jenem großen Felsen, an dem er mit Mahuk die Flechten gesammelt hatte. Sie schlugen einen Bogen, um sicher außerhalb der Reichweite Slahans zu bleiben, und erreichten ohne Zwischenfälle den kleinen Wald am Fuß des Buckels, in dem sie sich verborgen halten wollten. Staubwolken über der Ebene zeigten an, dass auch die drei Heere in Bewegung gekommen waren.

»Glaubst du wirklich, dass sie sich ablenken lässt?«, fragte Wela. »Ich habe den Lichtstein zwar verhüllt, aber sie wird seine Anwesenheit doch spüren, oder?«

»In Uos Mund wusste sie nicht einmal, dass Curru ihn eingesteckt hatte, und der war nur wenige Schritte von ihr entfernt. Sie wird nur spüren, dass er näher kommt.«

Sie banden die Pferde an den Bäumen an. Es waren schon drei Späher der Schwarzen Hakul im Wald, die sie mit düsterem Nicken begrüßten und Awin daran erinnerten, dass mancher in Eris Heer sein Blut sehen wollte. Er schüttelte den Gedanken ab. Darüber würde er sich nach der Schlacht Sorgen machen. Der Klang ferner Hörner wehte über die Ebene. Harmin schickte seine Enkelsöhne auf den Stein. »Wir sollten nicht hier herumsitzen und lauschen, wie andere für uns kämpfen. Es bringt wenig Ruhm«, knurrte der Schmied.

»Wir warten«, antwortete Awin. Er konnte sehen, wie sehr es an dem Schmied nagte, dass er an der beginnenden Schlacht noch nicht teilnehmen konnte. Darüber schien er sogar die Kränkung des Vortages vergessen zu haben. Awin war sich dessen bewusst und sagte: »Sie werden gar nicht kämpfen, hoffe ich, und ich denke, wenn wir wirklich in die Festung eindringen können, werden dort noch genug Feinde auf uns warten, die du töten kannst, Harmin.«

»Und wie kommen wir in diese Festung hinein, die die Eisernen Hakul schon so oft vergeblich angegriffen haben?«, fragte der Schmied missmutig.

»Mahuk führt uns«, erwiderte Awin.

»Der Mann redet mit einem Stock«, schimpfte Harmin kopfschüttelnd. »Du solltest immer ein Auge auf den Heolin haben, Yaman. Du darfst diesen Ussar nicht trauen. Sie reiten ja nicht einmal.«

Awin nickte ergeben. Gegen dieses Misstrauen konnte er jetzt wenig tun. Er fragte sich, ob es auf Sewetis Einflüsterung zurückzuführen war. Unterdessen rief Dare vom Felsen herab, dass die Viramatai in der Ebene vorrückten. »Ihr solltet es sehen, ihre Waffen blitzen in der Sonne.«

Awin sprach noch einmal mit Mahuk. »Und die Viramatai haben wirklich nichts dagegen, dass du uns über den geheimen Weg in die Festung bringst? Wir sind Hakul«, fragte Awin vorsichtig nach.

»Ich habe die junge Brami und die Prawani gefragt. Sie sagen, ich soll es euch verraten. Sie schließen die Pforte, bauen eine neue. Später.«

»Der Sturm bewegt sich«, rief Dare herab.

»Welche Richtung?«, fragte Harmin.

»Den Viramatai entgegen«, lautete die Antwort.

Awin seufzte. Er musste es selbst sehen. Wela, Tuge und Mabak wollten mit auf den Felsen, aber Awin verbot es ihnen: »Die Bewahrerin des Heolins wird hier unten bleiben, bereit, sich zurückzuziehen, wenn der Sturm hierherkommt. Und zwar mit ihren Klanbrüdern.«

Wela war verärgert, aber Tuge und Mabak nahmen seinen Befehl ohne Widerworte hin. Sie waren Krieger in einer Schlacht, und er war ihr Yaman. Awin machte sich Gedanken, wie er Harmin zurückweisen konnte, ohne ihn erneut zu beleidigen, aber der Schmied des Fuchs-Klans verzichtete freiwillig: »Für diese Kletterei bin ich einfach zu alt«, erklärte er. »Meine Enkel werden mir berichten, was geschieht.«

Also stieg Awin nur mit Merege und Mahuk hinauf. Das war ihm sehr recht, denn damit waren die beiden Menschen bei ihm, auf die es in den folgenden Stunden am meisten ankommen würde, und sie konnten noch einmal versuchen, einen Plan für den Kampf gegen Slahan zu entwickeln.

»Meine Männer werden den Stein schützen«, sagte Mahuk, als sie hinaufkletterten.

Awin sah ihn fragend an.

»Der Schmied. Yeku sagt, man kann ihm nicht mehr trauen. Der Wind hat ihm böse Gedanken zugeflüstert.«

»Aber Yeku können wir doch auch nicht trauen, oder? Vielleicht macht er Harmin nur schlecht, weil er Streit säen will.«

»Auch das ist möglich«, gab Mahuk zu und kletterte weiter.

Vom Rücken des hohen Felsens bot sich Awin ein beeindruckendes Schauspiel. Lange Staubfahnen zeigten an, dass die Heere gegen die Festung vorrückten, und die große dunkle Sturmwolke über Pursu war in Bewegung geraten. Wie Dare es gesagt hatte, zog sie dem nächsten Feind entgegen. Das waren die Viramatai. Ihre Banner leuchteten weiß über die Ebene, und ihre Waffen blitzten, bis sich die Sturmwolke vor die Sonne schob und alle Farben in ihrem Schatten verblassten. Hörner erklangen, und die Viramatai zogen sich schnell zurück. Der Feind folgte ihnen kurz, doch dann hielt er jäh an.

»Wind dreht«, meinte Mahuk trocken.

Tatsächlich bewegte sich die dunkle Wolke nun nach Nordosten, wo die graue Schar der Eisernen Hakul schnell heranrückte. Der Sturm nahm an Geschwindigkeit zu, stürzte sich auf die Hakul, aber die wendeten ihre Pferde und ritten davon.

»Einige dieser Männer haben zu lange gewartet«, stellte Merege kühl fest.

Awin konnte nicht erkennen, was sie meinte, aber dann schwenkte die schwarze Wolke nach Nordwesten, wo die Schwarzen Hakul von Heredhan Eri auf die Festung zuhielten. Awin sah kleine helle Punkte über die Ebene irren. Herrenlose Pferde.

»Sie wird uns nahe kommen, Yaman«, sagte Limdin besorgt, der sich zu ihnen gesellt hatte.

»Hierher nicht, junger Hakul«, beruhigte ihn Mahuk.

»Erklärst du mir deinen Plan, Yaman Awin?«, fragte Limdin. Limdin war etwa so alt wie er selbst, aber er konnte die tiefe Achtung des Kriegers für den Yaman und Seher aus den Worten heraushören.

»Der Wind ist unermüdlich, Limdin«, erklärte er, »doch ich hoffe, dass es die unglücklichen Sklaven, die für Slahan kämpfen müssen, nicht sind. Und die Windskrole sind stark, aber sie verstehen nicht viel von den Menschen. Wir wollen sie verwirren. Sie werden über die Ebene ziehen, von hier nach dort, ohne etwas zu erreichen. Sie werden die Geduld verlieren, zornig werden. Das alles kann nur zu unserem Vorteil sein. Ihre Aufmerksamkeit wird nachlassen. Und wenn es dunkel wird, können wir hoffentlich ungesehen bis zur Festung vordringen.

Unsere Verbündeten werden bei Sonnenuntergang von allen Seiten gleichzeitig angreifen. Es wird wieder nur ein Scheinangriff sein, kurz, und wie ich hoffe, ohne viele Opfer zu kosten. Denn auf beiden Seiten kämpfen doch Krieger unseres Volkes, vielleicht sogar Frauen und Kinder. Die Heere werden die Winde ein letztes Mal ablenken. Und wir sind dann schon in der Festung.«

Der Sturm wälzte sich durch einen Birkenwald. Helles Laub wurde weit emporgewirbelt. Aber als er Eris Reiter fast erreicht hatte, hielt er inne. Der Heredhan hatte seine Leute rechtzeitig zurückgezogen. Der Sturm verharrte und wälzte sich dann wieder nach Süden, dem nächsten Angriff der Viramatai entgegen. Gebannt beobachtete Awin das Schauspiel. Die wehenden Banner der Viramatai, die schnellen Reiter der Hakul. Die Heere griffen an und zogen sich zurück. Gelegentlich sandten die Reiter Pfeile in die Staubwolke, manchmal waren Krieger unvorsichtig und verschwanden im Staub, aber noch schienen sich die Verluste auf beiden Seiten in Grenzen zu halten.

»Wird sie dieses Spiel nicht irgendwann durchschauen?«, fragte Limdin.

»Ich hoffe, nicht vor Einbruch der Nacht, mein Freund«, sagte Awin. Dann bat er den Jungkrieger, sie allein zu lassen, denn er wollte sich noch einmal mit Merege und Mahuk beraten.

»Yeku sagt, dass wir dumm sind, weil wir die Rätsel nicht verstehen«, sagte der Raschtar.

»Dann soll Yeku beweisen, dass er klüger ist, und uns die Lösung verraten.«

»Das will Yeku nicht. Er denkt, dass wir dann in den Sturm gehen. Er fürchtet sich.«

»Dieser Stock ist gar nicht so dumm«, murmelte Awin.

Die seltsame Schlacht in der Ebene ging weiter. Die Zeit

verrann, und immer wieder verfolgte die Staubwolke fruchtlos eines der drei Heere. Die Sonne stand schon tief im Westen. Bald würden sie aufbrechen müssen. Und noch immer wussten sie nicht, wie sie Slahan besiegen konnten.

»Wir wissen, dass sie die Winde nicht fortlässt, weil sie ihre Stärke braucht«, sagte Merege.

»Das ist, was wir glauben, Merege, nicht, was wir wissen«, berichtigte Awin.

»Und wir wissen, dass wir sie nicht töten, aber über den Rand der Welt stoßen können«, fuhr die Kariwa fort.

»Und da ist das Rätsel mit dem Freund«, sagte Mahuk und kratzte sich nachdenklich den schwarzen Bart.

»Kein Rätsel«, sagte Merege.

»Du weißt es jetzt?«, fragte Awin überrascht.

»Ich habe es gleich verstanden. Jedenfalls denke ich das. Ich soll Kraft von der stärksten Quelle nehmen. Es geht um die Alte Kraft, von der Ahnmutter Senis und die Viramatai sprachen. Ich habe von ihr gehört. Sie ist den Göttern vorbehalten.«

Awin brauchte einen Augenblick. Er räusperte sich. »Und wenn ein Mensch sie verwendet?«

Merege sah ihn mit ihren blassblauen Augen ruhig an. »Senis sagte dir doch, es sei gefährlich, und das ist es auch.«

»Aber wir haben doch den Heolin. Wird seine Kraft nicht für unseren Kampf reichen?«

»Ich bezweifle es«, erwiderte Merege leise. »Meine Ahnmutter sprach von einem Freund, den ich rufen könne, und wenn ich den beschwören muss, den sie wohl meinte, brauche ich viel Kraft, denn er kommt nicht, wenn die Rufe leise und schwach sind. Deshalb muss ich zu dieser Quelle, mag die Göttin dort sein oder nicht.«

»Und dann kannst du Slahan bannen?«, fragte Awin nach.

Merege schloss die Augen. Sie schien noch blasser als sonst

zu sein. »Es gab auch im Land der Kariwa eine solche Quelle. Vor sehr langer Zeit, als selbst Senis noch jung war, haben zwei Wächter es gewagt, sie zu nutzen, um Hilfe herbeizurufen. Sie hatten Erfolg, doch die Quelle war danach versiegt.«

»Und die Wächter?«, fragte Awin.

Merege sah ihn mit einem seltsamen Lächeln an. »Man sagt, sie hätten es überlebt.«

Mahuk räusperte sich und erklärte: »Yeku sagt, das ist der Weg des Todes. Er will nicht, dass wir dorthin gehen.«

»Aber genau das werden wir tun«, verkündete Awin und erhob sich. Dann stockte er, sah in Mereges Gesicht, das nun noch bleicher war als zuvor, und ergänzte: »Das heißt, wenn du sagst, dass wir das tun, Merege.«

Das Mädchen blickte auf den Boden. Sie wirkte auf einmal ungeheuer zerbrechlich. »Es ist der einzige Weg, den ich sehe, Awin. Weißt du einen anderen?«

*Wie verloren sie auf einmal wirkt*, dachte Awin. Er begriff, dass sie sich in tödliche Gefahr begeben musste. Der Gedanke, dass ihr etwas zustoßen könnte, erschien ihm unerträglich. Sie war die Kariwa, eine Zauberin, mächtig und stärker als alle Hakul, doch jetzt forderte sie mit ihrer Kunst eine Göttin heraus. Die Wächter, die sie erwähnt hatte, waren zu zweit gewesen, und sie war allein. Er hätte gern mehr gewusst über diese Macht, die sie beschwören musste, aber er spürte, dass sie nicht darüber reden wollte. Offensichtlich hatte es etwas mit dem Totengott Uo zu tun. Aber beschwor sie ihn nicht stets bei ihren Zaubern? Irgendetwas musste es noch geben, was er nicht verstand. *Ich werde nicht von ihrer Seite weichen, wie ich es Senis versprochen habe. Vielleicht schaffen wir es zu zweit. Und vielleicht finde ich auch noch einen besseren Weg, und dann werde ich ihn gehen, gleich, was es mich kostet.* Aber das dachte er nur, er sagte es nicht.

»Die Sonne berührt den Erdkreis«, rief Mahuk.

Awin sah nach Westen. Die blasse Wintersonne verschwand hinter dünnen Wolkenschleiern.

»Sie hat es gemerkt«, rief Limdin aufgeregt.

Awin sah hinunter in die Ebene, und er verstand, was der Jungkrieger meinte: Die Wolke hatte die Eisernen Hakul verfolgt, aber nun teilte sie sich. Ein Teil verharrte dort, während zwei weitere Staubwolken den anderen Heeren entgegenzogen.

»Wenn sie nicht mehr glaubt, dass der Lichtstein bei einem der drei Heere ist, dann wird sie sie gar nicht mehr verfolgen«, sagte Merege.

»Es sind Winde«, sagte Mahuk. »Yeku sagt, sie können nicht warten. Sie müssen handeln.«

Ein staubiger Kreis bildete sich rund um die Festung. Doch war er nicht vollständig. Im Südosten forderten die Viramatai den Sturm heraus, im Nordosten galoppierten die Eisernen Hakul der Wolke entgegen, und im Nordwesten sammelten sich die Reiter von Heredhan Eri zum nächsten Angriff. Nur im Südwesten war eine breite Schneise, in der kein Krieger sich zeigte. Der Staub hatte sich dort verzogen, und im letzten Licht des Tages sah Awin endlich schemenhaft die drei Türme der Festung Pursu in den Himmel ragen. Fahle Blitze zuckten durch den Staub.

»Kommt!«, rief Awin. »Wir werden mit der Nacht in diese Festung eindringen.«

Sie kletterten eilig die Felsen hinunter. Awin sprang die letzten Schritte hinab. »Tuge, gib das Signal. Wir brechen auf.«

Er rannte durch das kniehohe Laub zu seinem Braunen, der etwas abseits stand. Das war merkwürdig. Er hatte ihn doch neben Dares Falben angebunden. Da war er sich ganz sicher. Seine Nackenhaare stellten sich auf. Das Laub – hatte es sich eben nicht bewegt? Er verlangsamte seine Schritte und griff nach seinem Dolch. Plötzlich schoss eine schwarze Gestalt aus dem Laub hervor und sprang mit einem Kriegsschrei auf ihn los. Awin duckte sich und riss seine Waffe aus dem Gürtel. Der Angreifer rannte ihn einfach über den Haufen. Sie stürzten. Awin bekam den Messerarm des anderen zu fassen. Der Mann war stark, viel stärker als er selbst. Er sah den Blutdolch des Mannes, der sich unerbittlich seiner Kehle näherte, während sein eigener Messerarm von der Linken des Kriegers niedergehalten wurde. Plötzlich entrang sich dem Mann ein ersticktes Stöhnen, sein ganzer Körper verkrampfte sich, und Awin konnte ihn wegstoßen. Der Krieger fiel zur Seite. Zwei Pfeile steckten in seinem Leib. »Du solltest lernen, dich nicht schon vor der Schlacht umbringen zu lassen«, meinte Tuge schwer atmend. Awin konnte ihm seine Erleichterung ansehen. Mabak neben ihm strahlte. »Wir haben ihn erwischt. Wir haben ihn erwischt!«, rief er aufgeregt.

Awin stand auf und strich mit einer fahrigen Bewegung das Laub aus seinem Mantel. »Bleibt nur noch die Frage, wer dieser Mann war«, sagte er mit trockenem Mund. Das war knapp gewesen, wirklich knapp, und kein Traum oder Zeichen hatte ihn vor diesem Anschlag gewarnt. Eine Traube von Hakul und Ussar sammelte sich um den Toten. Awin schlug seinen Staubschal zurück. »Kennt ihn einer von euch?«, fragte er.

Die Männer schüttelten den Kopf. Awin durchsuchte die Taschen des Toten und fand ein Sgertan. Es trug das Zeichen der Schwarzen Dolche. »Einer von Skians Männern«, stellte Harmin nüchtern fest.

»Hoffen wir, dass es der Einzige ist«, meinte Tuge.

Awin nickte. »Weiter!«, rief er. »Wir haben eine Schlacht zu schlagen.«

Sie führten ihre Pferde aus dem Wald und stiegen auf. Mabak kam als Letzter. Er hatte seinen Dolch in das Blut des Mannes getaucht, denn der Bogner hatte großmütig behauptet, dass der Pfeil des Jungkriegers der tödliche gewesen war. Tuge blies sein Horn. Die Späher, die über die Ebene verteilt waren, ließen ihre Jagdhörner zur Antwort hören und entzündeten stark qualmende Feuer. Das war das Zeichen, das alle drei Heere zum gleichzeitigen Angriff aufforderte. Awin betete zu den Göttern, dass es ausreichen würde, Slahan zu täuschen, und dass der im Wald liegende Krieger der einzige unter seinen Stammesbrüdern war, der ihm nach dem Leben trachtete. Er atmete noch einmal tief durch und versuchte, das Zittern zu verbergen, das seinen Körper plötzlich erfasst hatte. Ihm war klar geworden, wie nahe Tengwil daran gewesen war, seinen Lebensfaden zu durchtrennen. Plötzlich spürte er eine warme Berührung am Arm. Es war Wela.

»Erinnerst du dich daran, was ich gesagt habe, als ich den Dolch für dich fertigte?«, fragte sie leise.

Awins Miene verfinsterte sich. »Du meinst, dass ich kein Krieger bin?«

Ein Lächeln huschte über Welas Gesicht, dann sah sie ihm fest in die Augen. »Das meinte ich eigentlich nicht. Ich dachte an die Zeichen auf deiner Klinge. Du weißt, sie schützen dich nicht, wenn du dich nicht selbst vorsiehst. Also nimm dich bitte in Acht in der Schlacht, die jetzt vor uns und vor allem vor dir liegt.«

Awin nickte stumm und sah Wela nach, als sie sich zu ihrem Onkel Tuge gesellte. Konnte er das? Vorsichtig sein, wenn er gegen eine Göttin kämpfte?

Die Dämmerung senkte sich über die Ebene. Awin nickte Mahuk zu. Die Ussar liefen los. Awin spürte, wie das Kampffieber die Männer packte. Selbst die Pferde schienen sich von dieser Unruhe anstecken zu lassen und zerrten an den Zügeln. Der Tote im Wald war schon vergessen, nur auf Mabaks Gesicht lag das Lächeln des Siegers. Awin wartete, bis er die Ussar im ungewissen Licht fast nicht mehr sehen konnte, dann gab er den Befehl zum Aufbruch. Es herrschte vollkommene Windstille. Awin sah in der Ferne Staub über die Ebene ziehen. Dort wurde gekämpft, aber kein Laut drang an seine Ohren. Er hörte nichts als den Atem und den gedämpften Hufschlag ihrer eigenen Pferde. Er fragte sich, ob das ein gutes Zeichen war, oder ob Dauwe der Täuscher sie in eine Falle lockte. Die Dämmerung des Wintertages war kurz. Awin ließ seine Schar in leichten Trab fallen. Da war die Festung. Sie schälte sich als unförmiger schwarzer Schatten aus der Nacht. Ihre Umrisse verschwammen in der staubgeschwängerten Luft, aber ein kaltes Licht zuckte immer wieder über den schwarzen Mauerkranz. Sie holten die Ussar ein.

»Langsam«, keuchte Mahuk. »Wir sind fast dort.«

Awin zügelte sein Pferd. Feiner Staub wehte durch die Luft. Die Hakul zogen ihre Schwerter. Jetzt drang der gedämpfte Lärm der Schlacht bis zu ihnen durch: Menschen und Pferde schrien, Hörner gaben Signale. Awin wurde flau im Magen. Es war möglich, dass seine Schwester dort irgendwo durch die Ebene irrte, als Kämpferin für die verfluchte Göttin. Mahuk gab das Zeichen, anzuhalten. Ein lang gezogener Fels versperrte ihnen den Weg.

»Dieser Felsen gehört zur Festung?«, fragte Harmin misstrauisch.

»Die Riesen bauten sie vor langer Zeit«, erklärte Mahuk. »Die Sonnentöchter haben nur neue Mauern auf alte Steine gesetzt.«

Sie stiegen ab. »Kampf ohne Pferd. Das ist nicht gut«, brummte Tuge. Harmin schlug unsinnigerweise vor, Wachen bei den Pferden zurückzulassen, aber Awin wollte ihre kleine Streitmacht nicht noch weiter schwächen.

»Dieses Tier hat mir lange Jahre treu gedient. Ich hoffe sehr für dich, Yaman, dass ihm kein Unheil geschieht«, brummte Harmin. Er wirkte mit einem Mal sehr unzufrieden, und Awin fragte sich wieder, was die Windskrole Seweti ihm zugeflüstert haben mochte.

Mahuk führte sie um den Felsen herum. Sie folgten ihm in langer Reihe, einer hinter dem anderen. Durch den allgegenwärtigen Staub, der schwer in der Luft hing, konnte das Sternenlicht nicht zu ihnen durchdringen, nur das zuckende Licht aus dem Inneren der Festung erhellte die Nacht. Awin berührte den Fels mit der Hand. Merege hatte im Ahnental gesagt, dass die Riesen vor langer Zeit Bauwerke errichtet hatten, um nicht in Vergessenheit zu geraten. War das wirklich auch so ein Riesenwerk?

Der Raschtar hielt an. Er bog einige Büsche auseinander und winkte sie in die entstandene Lücke hinein. Im Stein war eine lange Kerbe, durch die sie hinaufklettern mussten. Awin konnte im Dunkeln nicht sehen, wie sie beschaffen war, aber dann stellte er erstaunt fest, dass Trittlöcher in den Fels gehauen waren. Also war es wirklich der Weg zu der geheimen Pforte, von der Mahuk gesprochen hatte. Sie kletterten leise nach oben. Ihr Weg endete vor einer Mauer, die sich über den Rücken des Felsens hinzog. Mahuk schritt sie murmelnd ab. Dann blieb er stehen, tastete die Steine ab und brummte schließlich zufrieden. Ein schleifendes Geräusch verriet Awin, dass sie die Pforte gefunden hatten. Sie schlüpften hindurch. Dumpfe Stille empfing sie. Awin fühlte, dass sie sich in einem geschlossenen Raum befanden. Ein Funke glomm auf, dann entzündete jemand eine Fackel. Die Dunkelheit sprang zurück, und Awin erkannte, dass sie sich in einer langen, steinernen Kammer befanden. Schilde und Speere lehnten an den Wänden.

»Waffenkammer«, sagte Mahuk leise.

Ein seltsam klagender Laut wehte von außen durch die Mauern. Awin hätte es für einen Wind gehalten, doch die waren hoffentlich draußen in der Ebene und kämpften.

»Wie weiter?«, fragte Harmin.

Awin nagte an seiner Lippe. Er fühlte sich unwohl in geschlossenen Räumen. Wo würde die Göttin sich aufhalten? Die Priesterin hatte den Tempel ohne Dach erwähnt, der zwischen den Felsen lag. »Sie wird in dem offenen Tempel sein. Vielleicht ist sie aber auch unter der Erde und sucht nach der Kraft. Gibt es hier unterirdische Kammern oder Gänge, Mahuk?«

»Solche gibt es viele«, antwortete der Raschtar. »Unterirdisch, und andere, in die Felsen gehauen.«

»Dann müssen wir sie eben suchen.«

»Soll ich den Heolin jetzt enthüllen, Awin?«

»Noch nicht, Wela, wenn er zu früh entdeckt wird, wird sie ihre Winde zurückrufen, und die Krieger mit ihr.«

»Yeku sagt, die Festung ist still. Wenige Menschen sind hier«, sagte Mahuk nach einer kurzen Unterhaltung mit seinem Stab.

»Wie viele Tore hat diese Festung, Ussar?«, fragte Tuge.

»Nur eines, Hakul«, antwortete Mahuk.

»Dann können wir dafür sorgen, dass es geschlossen bleibt. Ihre Krieger werden ihr nichts nützen, wenn sie außerhalb der Festung sind, Awin«, meinte Tuge. »Vielleicht könnte ich mit Harmins Leuten das Tor besetzen und verteidigen.«

»Ich sehe nicht ein, dass meine Krieger einen ruhmlosen Tod an diesem vergessenen Tor sterben sollen, während du die ganze Ehre für dich gewinnst, Yaman!«, brach es aus Harmin plötzlich heraus. »Gib mir den Heolin, und ich besiege sie ebenso leicht wie du!«

Betroffenes Schweigen füllte die Kammer. Der Wutausbruch des Schmieds kam völlig unerwartet. Awin blieb ruhig.

Er ahnte, dass diese plötzliche Ehrsucht Sewetis Einflüsterungen zu verdanken war, und sah dem Schmied gelassen in die Augen. »Ich glaube, du wirst heute viel Ruhm gewinnen, Harmin, vor allem wenn du mit dieser Handvoll Krieger ein Tor gegen hundertfache Übermacht hältst. Noch die Enkel deiner Enkel werden von dieser Tat erzählen, während ich mit Merege einen Kampf führen werde, den vielleicht noch nicht einmal jemand sieht. Aber es geht hier nicht um Ruhm, Schmied. Oder hast du vergessen, warum wir hier sind? Ich bitte dich also, diese gefährliche Aufgabe zu übernehmen. Du wirst nicht nur gegen Krieger, sondern auch gegen den Sturm kämpfen müssen.«

Der Schmied starrte ihn an. Seinem Gesicht war abzulesen, wie sehr er mit sich haderte. Schließlich stieß er hervor: »Gut, Yaman. Dann gib mir einige Ussar, und ich und meine Männer werden dieses Tor für dich verteidigen, wenn es sein muss, mit unserem Leben.«

»Gut«, meinte Mahuk, »ich zeige dir den Weg.«

Awin schüttelte den Kopf. »Deine Männer müssen ohne dich dort kämpfen, denn ich brauche dich als Führer in dieser Festung, Mahuk.« Und auch Tuge und Mabak durften Harmin nicht begleiten, obwohl sie sich anboten.

Kurze Zeit später verließ Harmin mit den Kriegern die Waffenkammer. Sie wollten versuchen, über die äußere Mauer ungesehen zum Tor zu kommen. Awin dachte, dass er vielleicht doch mehr Männer hätte mitnehmen sollen, aber sie hatten auf Heimlichkeit gesetzt, nicht auf große Zahl. Jetzt wäre er für mehr Krieger – und Kriegerinnen – dankbar gewesen, und er musste sich eingestehen, dass sein Plan Lücken hatte. Es waren außer Mahuk nur noch Merege, Wela, Tuge und Mabak bei ihm. Sie schlichen aus der Kammer in einen schmalen Gang, der an vielen Türen vorbeiführte.

»Dort geht es ins Freie. Auf den Fels. Es gibt keinen anderen Weg hinunter«, flüsterte Mahuk.

Sie schlüpften leise durch die Pforte. Draußen empfing sie das seltsam kalte Licht. Awin fragte sich, wann er erfahren würde, was es bedeutete. Es schien aus dem Innenhof der Festung zu kommen. Es war nicht die Art Licht, die ein Feuer hervorbringen würde, es erinnerte ihn eher an den Lichtzauber, den er bei Merege gesehen hatte, nur viel stärker. Mahuk wollte weiter, aber Awin hielt ihn zurück. Er wies auf die dunklen Gestalten, die über die äußere Mauer huschten. Er wollte Harmin und seinen Leuten Zeit geben, das Tor ungesehen zu erreichen.

Dort war ein Hindernis. Ein Wachtposten stand auf der Mauer und starrte hinaus in die Nacht. Ein Schatten tauchte neben ihm auf. Die beiden Umrisse verschmolzen miteinander, dann sank einer lautlos zu Boden. Immer noch gab es kein Anzeichen, dass ihre Feinde wussten, dass sie in der Festung waren. Harmins Männer verschwanden aus Awins Blickfeld. Erst jetzt fiel ihm das seltsame Geräusch auf, das die Luft erfüllte. Es war kaum hörbar, wie rieselnder Sand, und er fragte sich, ob es mit dem zuckenden kalten Licht zusammenhing, das aus dem Inneren der Festung aufstieg. Sie warteten, und Awin spürte, dass ihm das Herz bis zum Hals schlug. Die Anspannung war fast unerträglich. Aus der Ebene wehte schwach Kampflärm heran. Mahuk nickte ihm zu. Also war er wohl der Meinung, dass Harmin das Tor erreicht hatte. Es blieb still. Nur das feine Flüstern in der Luft zerrte an ihren Nerven. Sie rückten vorsichtig weiter vor. Mahuk führte sie zur Treppe, die in den Stein gehauen war. Awin blickte sich um. Diese Festung glich keinem anderen Bauwerk, das er je gesehen hatte. Sie bestand aus einer Reihe mächtiger Felsbuckel, die auf der Fläche eines unregelmäßigen, gewaltigen Vierecks aus der Erde ragten. Sie mussten von

Riesen abgelegt worden sein, der blinde Zufall konnte sie nicht so angeordnet haben. Wo die Felsen einander nicht berührten, hatten Menschen Mauern gezogen, und auch die Rücken der Felsen waren von Wehrmauern und anderen Gebäuden gekrönt. Zwei wuchtige Türme schienen größere Lücken zu schließen, und auf der Spitze des höchsten Felsens ragte der schlanke Turm in die Höhe, den Awin schon in seinem ersten Traum von Pursu gesehen hatte. Sie schlichen vorsichtig weiter voran. Die Treppe war in den Fels geschnitten. Sie folgten ihr bis zum ersten Absatz, wo sie endlich den Blick auf den inneren Hof preisgab. Wie angewurzelt blieben sie stehen.

»Bei den Hütern«, flüsterte Tuge.

Sie hatten die Göttin gefunden.

Awin blickte hinab in den Hof. Büsche und sogar Bäume hatten im Schutz der Mauern Wurzeln ins Gestein geschlagen, im weiten Innenhof der Festung bildeten stattliche Birken und Ulmen einen dichten Hain. Er stutzte. Das hatte er schon einmal gesehen. Das waren die Bäume, unter denen er den vier Windskrolen begegnet war. In der Mitte des weitläufigen Hofes war ein achteckiger Platz sorgsam von Bewuchs freigehalten worden. Von dort stieg das weiße Licht auf, und da sah er auch endlich die Göttin, Xlifara Slahan, einen leuchtenden Schemen in der Mitte des Platzes. Ihre Hand ruhte auf einer seltsamen, gleißend hellen Säule, die sich in das weiße Pflaster gebohrt zu haben schien. Das Licht der Säule flackerte und sprang in wilden Zuckungen über den Nachthimmel.

»Was tut sie da?«, flüsterte Wela und brach damit das gebannte Schweigen.

»Die Alte Kraft. Sie hat sie gefunden«, antwortete Merege tonlos.

»Was jetzt?«, fragte Tuge mit belegter Stimme.

Awin konnte seinen Gefährten ansehen, wie beeindruckt sie waren, und ihm ging es nicht anders. *Was jetzt?*, das war die entscheidende Frage. »Wir müssen näher heran«, flüsterte er zur Antwort. »Was sie auch tut, wir dürfen sie dieses Ritual nicht vollenden lassen.« Und er hoffte, dass sie unbemerkt nahe genug herankamen, um die Göttin zu überraschen, und dann … dann kam es auf Merege an.

»Hakul!«, rief es plötzlich laut vom Tor, und noch einmal: »Hakul!«

Die Göttin erstarrte in ihren Bewegungen.

»Narr!«, murmelte Mahuk.

»Los, schnell weiter«, rief Awin leise, und er verfluchte Harmin für seinen Übermut, denn er hatte die Stimme erkannt. Er sprang die Stufen hinab, und die anderen folgten ihm, ohne zu zögern. Wenn Slahan ihre Aufmerksamkeit auf das Tor richtete, dann konnten sie sie immer noch überraschen. Ein durchdringender Schrei erschütterte die Mauern. Slahan hatte also erkannt, dass Feinde in der Festung waren. Die Erde bebte, Donner sprang über die Felsen und rollte über die Ebene. Awin wäre fast von der Treppe geschleudert worden. Steine brachen oben aus den Mauern und polterten die Felsbuckel hinab. Auf dem Platz geschah etwas. Von der gleißenden Säule strömte Licht in langen Speichen zum Rand des Platzes. Awin sah, dass die Speichen aber plötzlich nicht weiterstrebten, sondern sich teilten und begannen, einen Kreis zu bilden.

»Sie schützt sich«, stieß Merege hervor.

»Den Heolin, Wela, schnell«, rief Awin.

Wela riss die lederne Hülle vom Lichtstein.

»Wind kommt«, rief Mahuk.

Die Gestalt auf dem Platz entdeckte sie. Für einen Augenblick schien sie völlig stillzustehen, dann stieß sie einen erneuten Schrei aus, schrill und markerschütternd. Mabak hielt sich die Ohren zu. Awin hatte den Fuß der Treppe gerade erreicht, als mit plötzlicher Wucht ein Sturm über sie hereinbrach.

»Nyet«, schrie Awin gegen den Wind.

Sie stemmten sich gegen den Sturm und liefen weiter. Nyet zerrte an ihren Gewändern. Awin stolperte voran. Er sah, dass der leuchtende Kreis geschlossen war. Das Licht begann in Schleiern aufzusteigen.

»Vorsicht!«, rief Wela.

Awin blickte auf. Eine Birke zersplitterte neben ihm, und der Stamm stürzte in seine Richtung. Er entkam mit knapper Not. Dann fiel eine Ulme, und dieses Mal galt der Angriff Tuge, der seinen Bogen in der Hand hielt, als könne er damit etwas gegen den Sturm ausrichten. Der Bogner sprang behände zurück. Schemenhaft glaubte Awin, die Gestalt Nyets zwischen den Bäumen zu erkennen. Das schrille Lachen von Seweti war im Wind, und dann, genauso plötzlich, wie er gekommen war, war der Sturm fort. Dumpfe Stille senkte sich über den Hof, und die Göttin – war verschwunden. Der große Kreis, das aufsteigende Licht, der gleißende Stab – das alles war fort. Nur das bleiche Leuchten selbst war geblieben. Es warf Schatten durch Bäume, die dort wuchsen, wo eben noch ein Platz gewesen war. Schreie und das Klirren von Schwertern klangen durch die Stille. Am Tor wurde gekämpft. Ein fernes Brausen erhob sich jetzt über der Ebene. Es schien mit rasender Geschwindigkeit auf die Festung zuzurollen und wurde lauter und lauter. Awin ahnte, was kommen würde: Nyet der Angreifer würde sich auf das Tor stürzen. Dann war er da. Er rannte gegen die starke Pforte an, und Awin hörte es durch den ganzen Hof splittern. Die Torflügel waren zerstört. Wieder lachte Seweti mit schriller Stimme. Sie lachte sie aus.

»Die Göttin, wo ist sie hin?«, rief Tuge, der sich mit Mabak hinter einen gestürzten Baum geduckt hatte. Awin reckte den

Kopf. Slahan war fort. »Dauwe«, rief er, »der Täuscher ist hier, traut euren Sinnen nicht.«

Eine jähe Windböe packte Awin und warf ihn gegen den Fels. Es mochte ja sein, dass Slahan ihren Dienern Kraft genommen hatte, aber Nyet war immer noch stark genug, Pforten zu zerschmettern und einen Mann von den Beinen zu holen. Awin kam wieder hoch. Sein Kopf dröhnte. Der Sturm war mit voller Wucht zurückgekehrt, und das wilde Lachen von Seweti gellte Awin in den Ohren. In seinem Kopf rasten Schmerzen, er konnte kaum einen klaren Gedanken fassen. Skefer musste in der Nähe sein. Plötzlich standen mitten im wirbelnden Sturm Wela und Merege Seite an Seite. Wela hielt den Stab zitternd mit beiden Händen. Merege hatte eine Hand auf den Lichtstein gelegt. Ihre Augen waren geschlossen. Der Wind zerrte an ihr, aber sie stand unerschütterlich. Ihre Lippen bewegten sich, und dann öffnete sie die Augen. Sie waren leuchtend weiß. Vom Tor her drangen unirdisches Stöhnen und Kampfeslärm in den Hof. Das Heer der Sandsklaven musste es erreicht haben. Awin konnte nur hoffen, dass Harmin und seine Männer es lange genug halten konnten.

Hinter Wela flammte ein bläuliches Leuchten auf. Ein Schemen nahm Gestalt an. Blaue Schleier flatterten im Wind. Awin brüllte eine Warnung in den Sturm. Er sah Sewetis schlanke Hand, die der Schmiedin von hinten ins Genick fuhr. Wela öffnete den Mund zum Schrei, aber kein Ton kam heraus. Sie schnappte nach Luft und ging in die Knie. Merege drehte sich nicht um, ihre Hand lag unverändert auf dem flackernden Lichtstein. Eine Sturmböe packte sie von vorn, aber sie blieb stehen. Ihre langen schwarzen Haare wehten im Wind. Mahuk tauchte aus dem Nichts auf und schlug mit seinem Stab nach Seweti. Die Windskrole lachte und tanzte zur Seite. Dann schnitt eine Stimme klar wie Eis durch den Sturm: *»Uo jega.*

*Kaiwin Gula! Uo jega. Kaiwin Gula!«* Die Luft gefror mit einem Knistern. Awin hatte das Gefühl, als würde etwas in ihm zerreißen. Plötzlich war es wieder still, für einen seltsamen Augenblick schien die Welt den Atem anzuhalten. Awin sah Blätter, die in der Luft erstarrten, er hörte ein leises Seufzen, das aus Bäumen und Steinen aufzusteigen schien.

Dann erhob sich ein dünner Schrei aus der Stille. Dann noch einer, dann waren es vier, sie stiegen an, wurden zu einem Brüllen, so laut, dass Awin glaubte, taub zu werden – und verstummten jäh, wie abgeschnitten. Awin rang um Luft. Er schüttelte den Kopf, um das Gefühl von Taubheit loszuwerden. Blätter taumelten zu Boden. Der Sturm war fort. Nur das leise Rascheln fallender Blätter erfüllte die Luft. Er sah Merege in die Knie gehen. Mahuk hielt Wela im Arm. Mabak stand kreidebleich an den Felsen, den Bogen in den zitternden Händen, und Tuge kroch auf allen vieren durch das Laub. Sie lebten alle noch! Awin kam auf die Beine. Der Heolin! Er war erloschen. Kein Funke war mehr in ihm, er lag im Laub wie ein Stück Bernstein. Sie hatten seine ganze Kraft verbraucht. Doch um ihn herum tanzte wieder das Licht. Es zuckte durch die Bäume, so dass die fallenden Blätter Schatten in der staubigen Luft warfen. Und da war sie: Xlifara Slahan. Sie war wieder zu sehen. Dauwes Zauber war gebrochen. Awin riss sich zusammen. Die schimmernde Gestalt stand in ihrem leuchtenden Kreis und schien ihn anzusehen. Er blinzelte, denn er konnte nicht viel erkennen. Hinter den Bäumen standen wabernde Schleier aus Licht zwischen ihm und der Göttin. Eine Art Kuppel schien sich über den Platz gestülpt zu haben, und unter ihrem Schutz stand die schemenhafte Gestalt, die mit ausgestreckten Armen etwas zu beschwören schien. Sie hatten sie nicht besiegt, noch lange nicht. Und der Heolin war erloschen.

»Hakul!«, rief Tuge und ließ einen Pfeil von der Sehne

schnellen. Tuge war ein meisterhafter Schütze. Der Pfeil sauste zwischen den Bäumen hindurch, und es gab keinen Zweifel, dass er die Göttin ins Herz treffen würde, so sie denn eines hatte. Der Pfeil durchstieß die dünne Haut der Kuppel – und verbrannte in einer flüchtigen Feuerwolke. Slahan lachte. Awin biss die Zähne zusammen und erhob sich. Merege hatte vielleicht die Winde in die Flucht geschlagen, aber die Gefallene Göttin war noch da. Er stolperte zu der Kariwa, die auf den Knien lag und keuchte. Etwas schlang sich um seinen Fuß und ließ ihn stürzen. Awin zog sein Schwert und hieb nach der Wurzel, die seinen Knöchel umklammerte. Vom Tor her drang unwirkliches Stöhnen in den Hof. Waffenlärm klirrte herüber. Awin hörte Schlachtgebrüll. Schatten wurden von anderen Schatten in den Hof gedrängt. Waren das Harmins Leute? Er kroch weiter. »Merege, es ist noch nicht vorbei.«

Sie öffnete die Augen. Awin wandte den Blick ab. Das leuchtende Weiß schien ihm heller als je zuvor. »Du musst mir helfen, Awin«, flüsterte sie schwach, »so viel Kraft, ich kann nichts sehen.«

»Die Winde – wie hast du das gemacht?«

»Windskrole. So dumm«, flüsterte Merege heiser. »Der Heolin. Dafür wurde er geschaffen. Für ihresgleichen.« Sie atmete schwer. »Ich habe mehr gegeben, als im Stein war. Du musst mir helfen, Awin.«

Er musterte sie besorgt. Sie wirkte völlig erschöpft, und sie hatte nur gegen Slahans Diener gekämpft, nicht gegen die Göttin selbst. Wie sollte sie das schaffen?

Die Welt geriet in Bewegung. Der Boden erzitterte, und Awin sah mit Schrecken, wie die Wurzeln der Bäume aus der Erde schossen und nach ihnen zu greifen schienen. Eine Ulme stürzte in ihre Richtung. Er zerrte Merege zur Seite. Alle Bäume zwischen ihm und diesem Platz schienen lebendig geworden zu sein. Wie sollte er nur zum Kreis gelangen? Er wich mit Merege weiter zurück, denn noch mehr Wurzeln brachen vor ihm aus dem Boden und fassten nach ihm. Plötzlich tauchte Mahuk neben ihm auf. »Aschuli! Aschuli!«, rief der Raschtar und hielt den Wurzeln seinen Stab entgegen. Sie erzitterten.

»Baumzauber? Sie soll Yeku nicht mit Baumzauber kommen!«, rief der Raschtar grimmig, sprang einen Schritt nach vorn und rief noch einmal: »Aschuli! Aschuli! Bäume seid ihr, Blätter, Wurzeln. Nichts anderes! Aschuli!« Er schlug mit seinem Stab auf den Boden, noch einmal. Die unheimliche Kraft, die die Wurzeln aus der Erde getrieben hatte, schien sie zu verlassen. Sie erschlafften, und Bäume neigten sich knarrend, als ihr Wurzelwerk, das die schützende Erde verlassen hatte, von der feindseligen Macht aufgegeben wurde. Einige fielen. Eine besonders stattliche Ulme neigte sich langsam dem weißen Platz zu. Es war, als wehre sie sich, als wolle sie um keinen Preis mit der Kuppel in Berührung kommen, aber dann fiel sie doch. Ihre Krone durchstieß die Schleier aus Licht und ging sofort in Flammen auf. Die starken Äste waren verbrannt, noch bevor sie den Boden berührten.

»Schnell jetzt, bevor sie neues Unheil ersinnt!«, rief Mahuk. Schweiß stand ihm auf der Stirn.

Awin zog die taumelnde Merege hinter sich her. Sie zitterte am ganzen Leib. Er hatte keine Ahnung, wie sie nun einer Göttin gegenübertreten sollte, aber was blieb ihnen übrig? Ein Zischen drang aus der leuchtenden Kuppel. Awin blieb stehen, vor ihm waberte Licht über das Pflaster des achteckigen Platzes. Eine leise Stimme drang an sein Ohr. Sie kam aus dem Inneren des Kreises: »Kehre um. Sie ist schon halb tot. Willst du sie ganz töten?«, flüsterte es weich. Slahan schien völlig unbeweglich dort zu verharren. Ihre Hand lag immer noch auf der hüfthohen gleißenden Säule. Awin biss die Zähne zusammen. Er musste dort hinein, es gab keine andere Möglichkeit. »Wird es gehen, Merege?«, fragte er. Das Mädchen nickte. Er würde ihr nicht von der Seite weichen, gleich, was geschah! Mabak kam gerannt und brachte den Heolinstab. Der Stein war erloschen, aber Awin nahm ihn trotzdem. Der Lärm vom Tor wurde lauter. Er hörte Krieger, die Mareket und Uo anriefen, er hörte das vielfache »Hakul! Hakul!«. Pferde wieherten. Es musste Verstärkung eingetroffen sein. Erkennen konnte er nichts, denn das Licht blendete ihn. Er streckte die Hand aus. Brennender Schmerz fuhr durch seinen Arm, als er die Kuppel berührte. Er zuckte zurück. Die Hitze war zu stark. Sie konnten dieses Hindernis nicht überwinden, nicht lebend. »Sie hat uns ausgesperrt, Merege«, flüsterte Awin. Er sah die Göttin verzerrt durch die Kuppel. Sie schien sie ebenfalls zu beobachten. Hoffte sie vielleicht, sie würden sich tollkühn auf sie stürzen und bei lebendigem Leib verbrennen?

»Die Ulme, Awin«, verlangte Merege leise, »bring mich näher zu der brennenden Ulme.« Als Awin sie dort hinführte, spürte er, wie schwach sie war. Er bezweifelte, dass sie sich allein auf den Beinen halten konnte. Der gestürzte Baum brannte wie eine Fackel, und der Teil seiner Krone, der ins Innere der Kuppel gestürzt war, war bereits vollständig zu Asche zerfallen. Nur starker Qualm, der vom geschwärzten Pflaster aufstieg, zeugte noch von den Ästen, die die Wand aus Licht durchstoßen hatten. Awin war klar, dass jedem, der mit der Kuppel in Berührung kam, das gleiche Schicksal drohte. Merege streckte ihre Linke nach einem Ast aus, über den Flammen leckten. Sie beachtete die Flammen nicht, die nach ihrer Hand züngelten, und krallte sich in Awins Arm fest. Er fühlte plötzlich wieder die unangenehme Kälte, die er schon zweimal bei ihren Zaubern erfahren hatte. »Nur zwei Schritte, Awin. Dafür wird es reichen«, hauchte Merege, schloss die Augen und murmelte: *»Gul-sen suoli! Nawiar skerik!«*

Awin schnappte nach Luft – dann war es schon vorbei. Er blinzelte verwirrt. Sie standen inmitten dichter Rauchschwaden – auf der Innenseite der Kuppel. Er musste husten, denn der Qualm brannte in seinen Lungen. Merege neben ihm löste sich aus seinem Griff. Jede Schwäche schien von ihr abzufallen. Sie streckte sich. »Hier ist so viel … Kraft«, flüsterte sie, beinahe andächtig. Awin blickte zurück. Es waren wirklich nur drei oder vier Schritte gewesen, die sie mit Hilfe des Zaubers gesprungen waren. Der Baum brannte lichterloh. Offenbar hatte Merege dieser Ulme den letzten Rest Leben geraubt, um sie hierherzubringen, und das Feuer fraß sich nun in Windeseile durch das tote Holz. Dahinter war mit einem Mal alles voller Krieger, und es wurde gekämpft, aber das erschien Awin, wie alles, was außerhalb der Kuppel geschah, unwirklich und blass. Sie waren drinnen, das allein zählte. Rauchschwaden standen über dem Pflaster, die Mauer aus Licht schien sie nicht abziehen zu lassen. Die Speichen waren verschwunden. Awin hustete wieder.

»Ah! Es ist vergebens, dass ihr euch müht. Gebt auf«, schlug eine weiche Stimme vor. »Warum wollt ihr sterben, wo ihr doch ein Leben voller Ruhm an meiner Seite führen könntet?«

Awin hielt den Heolinstab umklammert. Ein winziger Funke war im Lichtstein aufgeglommen, mehr nicht. Awin fragte sich, wie dieses winzige bisschen Licht dort hingekommen war. Aber es war zu wenig, viel zu wenig, um Hoffnung auf einen Sieg gegen die Göttin zu haben. Er biss die Zähne zusammen. Es gab kein Zurück. Merege zog ihr Schwert. Sie hatte sich aus seinem Griff gelöst und stand neben ihm, als sei nichts geschehen, doch ihre Augen leuchteten noch weiß. Die Schleier aus Licht knisterten. Awin zog seinen Dolch – sein Schwert musste er irgendwo verloren haben – und nahm Aufstellung neben

Merege. Er würde bei ihr bleiben, komme, was da wolle. Die Göttin faltete die Hände und lächelte. »Eure Waffen sind nutzlos«, hauchte sie freundlich. »Deine Zauber sind ohne Wirkung, Kind. Und du, Mensch, willst du dich wirklich mit einer Unsterblichen messen?«

Sie näherten sich der Feindin vorsichtig. Ihre Umrisse waren nun fassbarer, wirklicher geworden. Awin sah zum ersten Mal ihr Gesicht. Noch nie in seinem Leben hatte er etwas gesehen, das so schön und gleichzeitig so erschreckend war. Slahans Züge waren vollkommen, aber auch bestürzend, denn diese Schönheit war menschenähnlich, aber nicht menschlich, und wenn sie lächelte oder sprach, dann sah er, dass Slahans Körper nicht aus Fleisch und Blut, sondern aus ungezählten Sandkörnern bestand. Und wenn sie sich bewegte, dann war es immer nur Sand, der eine veränderte Form annahm. Die rechte Hand der Göttin krallte sich in die Säule. Awin erkannte jetzt, dass sie nicht aus Stein war, wie er angenommen hatte, sondern ganz aus ungezählten Sandkörnern bestand, wie die Göttin selbst – und jedes einzelne Korn schien zu leuchten. Jetzt streckte die Göttin die Linke zum Pflaster aus und zischte einen Befehl. Der Boden unter Awin geriet in Bewegung. Eine heftige Erschütterung ließ ihn taumeln. Risse sprangen über das Pflaster, und eine unsichtbare Macht schien sich von unten gegen die Steine zu stemmen. Die ersten lösten sich bereits. Merege hob ihre Hand. *»Uo jega!«*, flüsterte sie – und stockte.

Die Göttin lachte. »Er kann dich nicht hören, Kind. Ihr seid mit mir allein. Und weder Menschen noch Götter können euch helfen.«

Das Pflaster barst, und ein Kopf und eine Schulter brachen aus der Erde. Die zweite Schulter folgte. Ein gewaltiger Koloss begann, sich aus dem Boden zu stemmen. Er hielt ein riesiges Schwert in der Faust. Ein zweites Krachen ließ den Boden erzittern, und ein weiterer Koloss brach sich stöhnend die Bahn. »Awin, ich kann nicht kämpfen, Uo hört mich nicht«, rief Merege verzweifelt.

Awin biss sich auf die Lippen. Was hatten sie Slahan noch entgegenzusetzen? Nichts! Die Göttin hatte recht. Wie war er nur auf den Gedanken gekommen, sich mit einer Unsterblichen zu messen – er, ein schwacher Mensch? Was sollte er ausrichten, wenn selbst eine mächtige Zauberin versagte? Seine Hoffnung erlosch wie der Heolin. Sein Blick wanderte zu dem Stein. Dieser kleine Funke – wie war er dort hineingekommen? Er war sogar etwas gewachsen. Wo hatte der Lichtstein diese Kraft nur her? Die Kuppel! Plötzlich wurde Awin von einem hellen und klaren Gedanken durchzuckt: Senis' Rätsel! *Entscheidend wird der sein, der geben und nehmen kann.* Der Heolin! Nur den konnte die Kariwa damit gemeint haben! Der Lichtstein konnte Kraft nehmen und wieder abgeben. Slahan hatte eine Mauer aus Licht erbaut – und der Heolin würde sie zum Einsturz bringen, würde die Alte Kraft, aus der sie errichtet war, aufsaugen, und dann konnte Merege ihn benutzen, um die Göttin zu vernichten. Er lief zur Lichtwand.

»Awin!«, schrie eine helle Stimme.

Er drehte sich um. Merege stand dort in den Rauchschleiern, das Schwert zur Abwehr erhoben. Mit Schrecken sah Awin einen Koloss schwerfällig auf sie zuwanken. Er hatte sie doch allein gelassen! Er hob schon den Fuß, um ihr irgendwie beizustehen, doch dann zögerte er. Er war zu weit weg, und er wusste jetzt, dass er Merege nur auf eine Art wirklich helfen konnte. Aber er konnte seinen Blick nicht abwenden: Der schwere Körper des Kolosses überragte das Mädchen um mehr als das Anderthalbfache, und seine Faust sauste nieder. Merege wich zurück, und ihr Schwert lenkte seinen Schlag mit knapper Not ab. Das grobe Schwert fuhr mit Wucht in das weiße

Pflaster – und zerbrach. Der Koloss verharrte, als könne er das nicht glauben. Wo war der andere? Awin spürte einen Tritt, der den Boden erzittern ließ, und sprang im letzten Augenblick zur Seite. Das Schwert verfehlte ihn um Haaresbreite. Er hatte kein Kariwaschwert, um sich zu verteidigen. Aber er hatte etwas Besseres.

Er lief rasch die letzten Schritte zum Rand des Kreises, hob den Stab und stieß den Lichtstein zu Boden, genau dort, wo der Zauberkreis auf dem geborstenen Pflaster leuchtete, dort, wo die Kuppel aus Licht ihn und Merege von der Welt trennte. Der Heolin flammte hell auf, und ein Knistern sprang über die Kuppel. Awin spürte einen heftigen Schlag, der in seine Arme fuhr. Er biss die Zähne zusammen und hielt den Stab fest. Er musste die Kuppel zum Einsturz bringen, denn sie sperrte den Gott des Todes von diesem Kampf aus, und ohne diesen Verbündeten war Merege hilflos. Awin fühlte, wie sein Arm taub wurde, und er sah, wie das Licht in den Stein floss. Es schien schneller zu fließen, als der Heolin es aufsaugen konnte. Es umhüllte den Stab, leckte nach seinen Fingern. Awin spürte brennenden Schmerz, aber er hielt den Stab fest. Die Lichtschleier strömten in den Stein, und die Erde unter seinen Füßen bebte. Die ganze Welt schien in Stücke zu brechen.

»Jetzt, Merege!«, schrie er. Ein dumpfes Stöhnen warnte ihn, dass der Koloss ihn wieder angriff. Er sah ihn heranstampfen und sprang im letzten Augenblick zur Seite. Funkensprühend traf das Schwert auf das weiße Pflaster. Awin schlug, ohne nachzudenken, mit dem Heolinstab nach dem Erdkoloss – und das Geschöpf zersprang in tausend Stücke. Der Heolin berührte den Kreis nicht mehr, aber noch immer strömte ihm das Licht der Kuppel – ja, jetzt auch aus der Quelle selbst – zu. Die Luft war erfüllt von gleißenden Lichtfäden, die in den Heolin mündeten.

An der Quelle war Merege, in der Mitte des Platzes. Sie stand der Göttin gegenüber, ganz allein, keine Armeslänge von ihr entfernt. Schmächtig, und doch voller Kraft. Jetzt legte sie die Hand auf die gleißende Sandsäule. *»Uo jega!«*, rief sie und noch einmal: *»Uo jega! Mana!«* Und der Gott des Todes erhörte sie. Das gleißende Licht sprang nicht mehr flackernd in den Himmel, es nährte nicht mehr die Kuppel, und auch nicht den Heolin – es floss in Mereges Leib. Awin sah ihr Gesicht leuchten. In ihren Augen brannte weißes Feuer.

»Nein!«, hörte er sich rufen. Die Alte Kraft war nichts, was Menschen nutzen konnten, hatte sie das nicht selbst gesagt? Und er hatte doch den Heolin, der heller als hundert Fackeln über ihm loderte, der so voller Kraft war, dass er ihm Haut und Haar versengte. Im Lichtstein würde Merege genug Stärke finden! Doch es war zu spät. Er war im entscheidenden Augenblick den einen Sprung zu weit entfernt, um ihr den Stab zu geben, sie zu retten. Sie hatte sich der Kraft der Götter gestellt. *»Uo jega!«*, rief sie ein drittes Mal. Slahan bebte. Sie schien zu schrumpfen, sich kleiner zu machen, aber sie ließ die Sandsäule nicht los. *»Kai Winama! Kai Winama!«*, rief die helle Stimme von Merege. Der zweite Koloss stand dicht hinter ihr, die gewaltige Faust zum Schlag erhoben, aber mitten in der Bewegung erstarrte er. Der Boden bebte wieder, und Donner grollte. Ein Unwetter schien sich genau über ihnen zusammenzubrauen. Die Göttin war dort, sie zerrte an der Säule, als wollte sie sie aus der Erde reißen, aber ihr gegenüber stand die helle Gestalt der Kariwa, von Licht erfüllt, eine Hand auf der Säule, und es schien, als würde sie wachsen, größer und heller werden. Selbst ihr schwarzes Haar schien jetzt lichterfüllt, und auf ihrem Gesicht sah Awin Zeichen der Verzückung, obwohl sich ihr Körper gleichzeitig in Krämpfen wand. Ihr gegenüber kauerte die Göttin, das schöne Gesicht zu einer Fratze aus Angst und Hass verzerrt.

*»Uo«*, presste Merege hervor, und für einen winzigen Augenblick wich der Ausdruck des Entzückens der bloßen Furcht.

Awin erkannte, dass die Alte Kraft, die die Säule aus der Erde zog, das Mädchen zerreißen würde. Er stolperte zu ihr. »Die Kraft«, rief er verzweifelt, »du musst sie freigeben, Merege!«

Das Mädchen zitterte am ganzen Leib. Lichtfäden zuckten aus der Säule. Awin streckte die Arme aus, um die taumelnde Merege aufzufangen. Die Kariwa stieß ihn grob weg und rief: *»Zawe Uo! Gajis sema! Uo! Uo!«*

Er hörte ein durchdringendes Geräusch, es schien von überallher zu kommen: Aus dem Boden, der Luft, aus ihm selbst – nein, er hörte es nicht nur, er konnte es *fühlen*. Ein eisiger Hauch durchfuhr jede Faser seines Körpers, durchdrang seine Kleidung, seine Haut, sein Innerstes bis ins Mark. Es war, als würde rauer Sand seine Knochen abschleifen. Er begann zu zittern, ohne dass er etwas dagegen tun konnte. Dann sah er endlich die Hilfe, die Merege herbeigerufen hatte: Es war ein grauer Schatten, der hinter der zusammengekauerten Slahan aus dem Nichts erschien, ein Umriss. Kaum zu erkennen, und doch verströmte er Macht. Er wuchs und wuchs und streckte in herrischer Geste eine Hand nach Xlifara Slahan aus. Aber er griff nicht nur nach der Göttin, nein, er schien auch Merege packen zu wollen. Awins Nackenhaare sträubten sich, und sein Atem stockte. Er konnte den Anblick dieser gesichtslosen Gestalt kaum ertragen, aber er konnte auch seinen Blick nicht abwenden. Die Erscheinung verdunkelte das Licht und beraubte die ganze Welt ihrer Farbe.

Mit eisiger Schärfe erkannte Awin seinen Irrtum: Er hatte geglaubt, dass Merege Uo anrufen würde, so wie sie ihn stets um Beistand bat, wenn sie ihre Macht einsetzte, doch nun verstand er bestürzt, dass sie den Gott des Todes selbst herbeigerufen hatte. Und Uo war ihrem Ruf gefolgt. Die graue Gestalt beugte sich über die Kariwa und die Göttin, und gleich würde Uo seine Opfer ganz umfangen, sie ersticken und mitnehmen. Merege wankte. Immer noch strömte das Licht der Quelle in ihren schlanken Körper. *»Kaiwin«*, hauchte sie und dann, wie mit letzter Kraft: *»Kaiwin Milnar ... kaiwin ... Wercuna.«*

Die Welt blieb stehen. Einen Herzschlag lang geschah gar nichts. Dann spaltete ein greller Blitz den Himmel und fuhr in die Säule, die zu einer Wolke aus Sand zerstob. Der Boden schwankte, und die Göttin öffnete den Mund zu einem schrillen Schrei. Awin wurde durch die Luft geschleudert. Er landete hart und kam stöhnend wieder auf die Beine. Er konnte den grauen Schatten nicht mehr sehen. Er sprang auf – er musste Merege helfen, irgendwie. Dann kam der Donner. Er stieg aus den Tiefen der Erde auf, schien sich über, nein, *in* Merege zusammenzuballen und entlud sich schließlich mit einer gewaltigen, krachenden Druckwelle. Awin wurde wieder von den Beinen gerissen, er sah, wie es den Koloss zerschmetterte, hörte Bäume brechen und Steine splittern und den hundertfachen Schrei von Menschen, die von dieser grollenden Welle überrollt wurden. Und ganz hoch über diesem Donner klang eine helle, dünne Stimme, schrill, unirdisch, verzweifelt – und verging.

Awin kam wieder auf die Beine. Die Göttin war fort. Der Schatten ebenso. Das kalte Licht war erloschen, und in der Mitte des Platzes kauerte die schlanke Gestalt Mereges, erhob sich und stand auf unsicheren Beinen. Er wollte zu ihr, sie stützen, auffangen, doch plötzlich hörte er einen lauten Schrei hinter sich. Er spürte Gefahr und drehte sich unwillkürlich um. Ein Mann sprang auf ihn zu. Curru! In der Rechten hielt er seinen Blutdolch zum Stoß erhoben. »Verräter! Der Heolin! Er gehört mir!«, brüllte er hasserfüllt. Awin war viel zu überrascht, um sich zu verteidigen. Der Messerarm sauste nieder. Awin sah die Klinge auf sich zukommen. Gleich würde sie ihn durchbohren. Doch plötzlich tauchte jemand zwischen ihm und Curru auf, fing den tödlichen Stoß ab und riss den Angreifer im Fallen mit zu Boden. Es war Harmin. Und dann erschienen plötzlich etliche Ussar, die sich auf Curru stürzten und ihn von dem Schmied herunterzerrten. Aber der Kampf, Currus Angriff, das alles erschien Awin völlig unwirklich. Merege! Er fuhr herum. Da stand sie, ganz allein in der Mitte des Platzes, über den der Rauch der brennenden Ulme zog. Die Kariwa wankte, stolperte – und dann fiel sie.

Was danach geschah, erschien Awin später wie ein Traum. Da waren Menschen, die sich um ihn kümmerten, Wela, die ihm Wasser reichte und ihn immer wieder fragte, ob er unversehrt sei – eine Frage, die er nicht beantworten konnte. Slahan war fort. Die Windskrole vergangen. Das schien sicher. Harmin war tot. Auch das hatte er verstanden. Die Ussar hatten Curru überwältigt, und man bestätigte Awin, dass sein ehemaliger Meister ihn wohl getötet hätte, wenn Harmin und die Ussar nicht gewesen wären. Aber diese Worte schienen ihm nicht allzu viel zu bedeuten. Merege war da. Es war leicht, zu glauben, dass sie tot war, denn sie lag bleich und völlig leblos auf dem weißen Pflaster, und die Heiler fühlten keinen Herzschlag mehr. Aber ihre Augen leuchteten, und das war etwas, was die Hakul nicht verstanden. Menschen kamen zu Awin und beglückwünschten ihn zu seinem großen Sieg, aber das alles nahm er nur wie durch dichten Nebel wahr. Erst als plötzlich eine junge Frau in seinen Armen lag, wieder und wieder seinen Namen flüsterte und weinte, kehrte er zurück wie aus einem Albtraum. Er strich der jungen Frau übers Haar, sah in ihr tränenüberströmtes Gesicht und erkannte sie: »Gunwa«, flüsterte er.

# Epilog

EINE BLASSE WINTERSONNE stand über der Festung. Sechs Tage waren seit der Schlacht vergangen. Awin stand auf der Mauer und blickte über das Land. Rauchschwaden zogen über die Ebene. Die Hakul waren dabei, die letzten Feuer zu löschen und ihren Aufbruch vorzubereiten. Einige zogen davon, andere kamen zur Festung, um auf ihre Anführer zu warten. In der Ferne, über den Sonnenbergen, schien ein Gewitter zu toben. Die Gipfel waren von dunklen Wolken verhüllt, und Blitze wetterleuchteten. Awin fror. Er spürte eine schwere innere Kälte, die er selbst in der hellen Sonne nicht loswurde. Er wandte sich von dem Geschehen in der Ebene ab und stieg langsam hinab in den Hof. Er wollte wenigstens dabei sein, wenn seine Stammesbrüder die Festung verließen. Auch im Hof waren die Feuer gelöscht, und die Hakul sattelten ihre Pferde. Von den Mauern und Felsen sahen ihnen einige Ussar und Viramatai zu. Der Waffenstillstand würde morgen ablaufen, und die Fürstrichterin hatte klargestellt, dass sie die Hakul keinen Tag länger in der Festung dulden würde. Schon gleich nach der Schlacht war offenbar geworden, wie schwach das von Awin geknüpfte Bündnis war. Ein starkes Wintergewitter war aufgezogen, und die Hakul hatten die Verwundeten und die befreiten Sandsklaven im Schutz der Festungsmauern versorgen wollen, aber die Viramatai hatten das schroff abgelehnt. Nur auf Vermittlung Awins hin waren wenigstens die Schwerverwundeten eingelassen worden und erst am folgenden Tag auch die Anführer der Hakul mit ihren Ehrenwachen. Es wurde verhandelt, aber es ging nicht um Frieden oder wenigstens um eine Verlängerung des Waffenstillstandes, nein, die Viramatai wollten die Hakul so schnell wie möglich verschwinden sehen, die Hakul ihrerseits erwarteten als Dank für ihre Hilfe bei der Rückeroberung der Festung eine angemessene Belohnung, am besten in hartem Eisen. Auf diesem Ohr waren die Viramatai jedoch taub. Als die Hakul das begriffen, bestanden sie wenigstens auf eine angemessene Versorgung mit Lebensmitteln. Awin hatte der Feilscherei um Fleisch und Brotlaibe bald den Rücken gekehrt. In gewisser Weise ging ihn das nichts mehr an.

Er blieb stehen und betrachtete den achteckigen Platz. Das weiße Pflaster war aufgebrochen und zerstört, wo die Kolosse aus der Erde gestiegen waren, und auch dort, wo Slahans Sandsäule gestanden hatte, aber niemand machte Anstalten, es in Ordnung zu bringen. Er konnte sehen, dass seine Stammesbrüder den Platz immer noch furchtsam mieden. Lärm von schweren Hämmern drang von den Mauern. Die Viramatai waren dabei, die anderen Schäden zu beheben, die die Festung in der Schlacht erlitten hatte. Awin wusste, dass die Ussar sich nur halbherzig daran beteiligten.

»Das ist Arbeit für Akkesch, nicht für Ussar«, meinte Mahuk, der Awin auf einem Treppenabsatz zu erwarten schien.

Awin nickte geistesabwesend. Er sah zwei Männer die Stufen heraufkommen. Es waren Heredhan Eri und Yaman Dheryak von den Eisernen Hakul, der die Krieger seines Stammes nun führte, denn Tiudhan Liwin war in der Schlacht gefallen. Sein Leichenzug war schon vor drei Tagen aufgebrochen, und Dheryak würde nun die anderen Krieger nach Tiugar zurückführen. Awin sah keinen Grund, den beiden Männern entgegenzugehen, denn ihm war nicht nach Höflichkeiten zumute.

»Ich bin hier, um dich zu fragen, ob du uns nicht doch begleiten willst, Awin von den Schwarzen Dornen«, begann Eri. Sein linker Arm lag in einer Schlinge.

»Du hast viel Ruhm erworben, Seher«, meinte Dheryak, »und die Eisernen Hakul würden sich geehrt fühlen, wenn du bei Liwins Bestattung die heiligen Worte sprechen würdest.«

»Um sich danach wieder daran zu erinnern, was mit Gerwis Männern im Blendland geschah?«, fragte Awin trocken. Er war in den vergangenen Tagen mehrfach böse angefeindet worden. Es mochte sein, dass er die Hakul und vielleicht sogar die ganze Welt vor dem Untergang gerettet hatte, aber das bedeutete nicht, dass die Klans diese Geschichte vergessen würden.

»Das ist nichts, was nicht durch angemessene Sühne beglichen werden könnte, Yaman«, versuchte Dheryak, ihn zu beschwichtigen. »Und der Klan der Steine wird nicht wagen, allzu viel vom Bezwinger Slahans zu verlangen.«

»Nicht ich habe die Göttin besiegt, Yaman«, antwortete Awin. Sühne? Hatten sie nicht genug für ihren Sieg bezahlt? Und war dieser Sieg überhaupt endgültig? Schon einmal hatten sie Slahan bezwungen, und furchtbar war ihre Rache über sie gekommen. Hatte der Gott des Todes sie wirklich für immer in sein Reich mitgenommen? Vermochte er das? Unvermittelt musste Awin an die alte Telia und ihren Traum denken. Hatte sie nicht geträumt, dass Eri ein großes Tor öffnen und damit ein gewaltiges Feuer über die Welt bringen würde? Curru hatte behauptet, es sei das Tor in eine bessere Zukunft für den Klan, eine Deutung, die Awin damals für völlig aus der Luft gegriffen gehalten hatte. Aber es sah doch so aus, als würde Curru recht behalten: Eri war Heredhan, und viele führerlose Sippen schlossen sich dem Klan der Berge nun an. Awin hingegen war sicher gewesen, dass der Traum sie davor warnte, dass Eri das Skroltor öffnen würde. Und nur ungern erinnerte er sich daran, dass Telia zuerst behauptet hatte, sie habe ihn selbst, den jungen Seher, das Tor zum Reich der verbannten Daimonen aufstoßen sehen. Er unterdrückte einen Seufzer. Slahan war aus dem Erdkreis verbannt, ihre Winde waren verschwunden, und das Skroltor lag in weiter Ferne und würde verschlossen bleiben. Die Welt der Menschen war noch einmal gerettet worden. Nur die Retterin selbst, die schien verloren.

»Yeku weiß, es war Yeku, der die Göttin besiegte«, erklärte Mahuk ernst und fast ohne mit der Wimper zu zucken.

Die Hakul starrten ihn an. »Die Ussar haben einen eigentümlichen Sinn für Späße«, stellte Eri fest. Dann straffte er sich. »Vielleicht ist es möglich, ihr Männer, dass ich mit meinem Freund Awin kurz allein spreche?«, fragte er.

Mahuk grinste breit, stand auf und verschwand. Dheryak nickte Awin zu und folgte dem Raschtar hinab in den Hof.

»Es ist seltsam, von dir Freund genannt zu werden, Heredhan«, sagte Awin bedächtig.

»Es ist ja auch eine seltsame Zeit, Awin. Eine Zeit, in der die Götter sich zeigen und die alten Sagen Gestalt annehmen.« Er stockte, dann erklärte er: »Vieles von dem, was geschehen ist, bedaure ich, Awin, und Currus Tat wird eine ewige Schande für mich sein.«

»Aber dennoch hast du ihn leben lassen, Eri«, entgegnete Awin trocken.

»Nicht alles, was er tat und sagte, war falsch. Ich glaube nicht, dass ich ohne seinen Rat Heredhan geworden wäre. Und wäre ich nicht Heredhan, müsstest du dich jetzt mit Horket unterhalten. Ich glaube nicht, dass dir das gefallen würde, Awin von den Dornen«, erwiderte Eri kühl. »Ich frage dich also noch einmal, Awin, ob du nicht doch wieder an meiner Seite reiten willst. Curru ist aus dem Stamm verstoßen. Sein Leben ist also nicht mehr viel wert. Ich aber brauche einen neuen Seher.«

»Kann es vielleicht sein, dass du nicht mich, sondern den Heolin in deiner Hand brauchst, Heredhan?«

Eris Miene verdüsterte sich. »Ich habe befürchtet, dass du das so deuten würdest, Seher. Nun, du musst wissen, ob du deinem Stamm dienen willst oder nicht.«

Awin lag eine scharfe Antwort auf der Zunge. Sie führten dieses Gespräch nicht zum ersten Mal. In den vergangenen Tagen hatten Eri, aber auch seine Ratgeber Blohetan und Uredh immer wieder versucht, ihn dazu zu überreden, sich – und den Heolin – in den Dienst des Stammes zu stellen. Awin war bald klar, dass es ihnen eher um den mächtigen Lichtstein als um ihn selbst ging. Er war der fruchtlosen Streitereien jedoch überdrüssig, also schluckte er seine scharfe Erwiderung hinunter und sagte: »Meine Antwort lautet immer noch, dass ich dir weder folgen kann noch will, denn mein Platz ist hier, Heredhan. Muss ich es dir denn wirklich noch einmal erklären?«

Eri schüttelte den Kopf und erwiderte: »Deine Schwäche für die Kariwa war schon immer offensichtlich, aber ich weiß nicht, worauf du hier wartest. Sie ist mehr tot als lebendig, und die Heiler haben wenig Hoffnung, dass sich das je wieder ändern wird.«

»Wenig Hoffnung ist besser als gar keine Hoffnung«, entgegnete Awin verärgert. Seit der Schlacht hatte er jede Nacht versucht, auf die Reise des Geistes zu gehen. Er hatte Merege gesucht, ihren Geist, der nach der Schlacht nicht zu ihrem Körper zurückgekehrt war, und nach Senis hatte er gerufen, wieder und wieder. Doch es war jede Nacht das Gleiche: Er stieß nur auf eine finstere Höhle, in der eine schwache Kerze flackerte. Ihm war, als würden ihm aus den Wänden höhnische Stimmen leise etwas zuflüstern, aber er konnte nicht verstehen, was sie sagten. Alles war dunkel, und seine Nächte waren traumlos, düster und leer. Aber er würde nicht aufgeben. Es musste einen Weg geben, Merege zurückzubringen.

Helle Frauenstimmen drangen an sein Ohr. Awin horchte kurz auf. Das kam aus einer der Felsenkammern in der Nähe, Mereges Kammer. Gunwa und Wela saßen dort zusammen und besprachen sich. An ihrem Tonfall merkte Awin jedoch schnell, dass es nichts Neues gab. Wela hatte die Pflege der Kariwa übernommen, und Gunwa hatte sofort ihre Hilfe angeboten. Gunwa. Ein trauriges Lächeln huschte über Awins Gesicht. Seine Schwester konnte sich an nichts von dem erinnern, was nach Slahans Überfall auf ihr Lager geschehen war. Doch fast in jeder Nacht wachte sie schreiend vor Entsetzen auf. Vielen anderen Verschleppten erging es ähnlich. Sie wussten nicht, was ihnen widerfahren war oder was sie getan hatten, aber sie wurden von furchtbaren Nachtmahren gequält. Die meisten waren inzwischen fort, hatten, begleitet von kundigen Führern, den langen Marsch zu den Zelten ihrer Heimat angetreten. Yaman Uredh führte eine dieser Gruppen. Auch die Frauen, Kinder und Alten aus dem Klan der Schwarzen Berge waren seit gestern wieder auf dem Weg in die Heimat. Sehr viele waren es nicht. Der Älteste Blohetan, der dem Klan doch erst seit wenigen Wochen angehörte, durfte sie in Eris Namen in die Heimat führen, die er selbst noch gar nicht kannte. Sie nahmen auch viele Schwerverwundete mit. Es war jedoch fraglich, ob diese die Anstrengung des langen Marsches überstehen würden, auch wenn die Eisernen Hakul ihnen Pferde und Hilfe versprachen. Awin schüttelte in Gedanken an die schrecklichen Verluste den Kopf. Sie hatten Slahan besiegt, doch viele Hakul waren durch die Göttin getötet worden, bevor Merege ihr hatte Einhalt gebieten können. Merege. Ihr lebloser Körper lag in der Kammer, äußerlich unversehrt, und doch mehr tot als lebendig, wie Eri so kalt festgestellt hatte. Noch einmal stand Awin vor

Augen, wie Merege in der Mitte des Kreises leblos zusammengebrochen war. Niemand außer ihm hatte den Schatten gesehen oder die Eiseskälte gespürt, die mit *ihm* gekommen war, aber er wusste, wen er gesehen hatte. Merege hatte Uo, den Totengott selbst, herbeigerufen, um Slahan über den Rand der Welt verstoßen zu können.

»Sogar die Viramatai geben zu, dass sie ratlos sind«, sagte Eri jetzt. Sein Tonfall war drängend.

Awin sah ihn nachdenklich an. Natürlich waren sie ratlos – Wela, die dort oben mit Gunwa über Nichtigkeiten plauderte, die Heiler, die Priesterinnen der Sonnentöchter, sogar Mahuk und Yeku wussten nicht weiter. Merege war nicht tot, aber auch nicht lebendig. Sie konnten sie am Leben erhalten, aber nicht aufwecken. Er stand oft an ihrem Lager. Sie schien nicht zu atmen, aber immer, wenn er fürchtete, dass sie nun doch gestorben war, hob sich ihre Brust wieder für einen flachen Atemzug. Es erinnerte ihn an das, was Curru einmal über die Reise des Geistes gesagt hatte: dass ein Seher versagen und den Rückweg nicht schaffen konnte. Dann blieb sein Geist in der anderen Welt oder wurde gar über den Erdkreis hinaus abgetrieben, während sein Körper einen langsamen Tod starb. War es das, was Merege bevorstand? Oder hatte Uo den größten Teil ihres Lebens mitgenommen und nur diesen schwachen Rest zurückgelassen als Strafe dafür, dass sie es gewagt hatte, ihn zu rufen? Awin wusste es nicht, und er sprach mit niemandem über das, was er auf dem Platz gesehen hatte. Er blickte auf. Er wollte seinen Kummer nicht zeigen, nicht vor Eri. »Heredhan, es ist viel geschehen zwischen uns. Es wird dauern, bis wir beide das vergessen können, oder? Und ich nehme an, dass du nicht hier bist, um mit mir über die Kariwa zu plaudern.«

Eri klopfte sich Staub vom Gewand. »Wir haben die älteste Feindin der Hakul vernichtet, und manche billigen dir dabei einen großen Anteil zu, Awin. Du stehst bei vielen Hakul in hohem Ansehen, doch nicht bei allen. Du solltest den Weiden der Dolche aus dem Weg gehen, wenn du jemals wieder ins Staubland kommst. Das wollte ich dir sagen.«

»Danke«, sagte Awin knapp. Eris Bemerkung klang beinahe wie eine Drohung.

Beide verfielen in Schweigen.

Eri breitete schließlich in sehr übertriebener Geste die Arme aus und rief: »Ich kann den Seher und Yaman der Schwarzen Dornen also wirklich nicht überreden, mit nach Tiugar zu kommen?«

»Du gehst nach Tiugar?«, fragte Awin mit einem Stirnrunzeln.

»Dheryak lud mich ein, dem toten Tiudhan – und die Hüter sind meine Zeugen, dass ich vor einer Woche nicht einmal seinen Namen kannte – durch meine Anwesenheit bei seiner Beisetzung Ehre zu erweisen. Blohetan meinte, es sei im Sinne unserer beiden Stämme, wenn ich dieser Einladung folge. Er hofft sogar, dass wir diesen Waffenstillstand in einen Frieden zwischen unseren beiden Stämmen wandeln können, was ich mir fast nicht vorzustellen vermag – nicht, wenn ich sie nicht mit dem Heolin in der Hand ...« Er brach den Satz ab und sagte stattdessen: »Blohetan scheint mir ein guter Ratgeber zu sein, findest du nicht?«

»Hast du ihn deshalb fortgeschickt? Weil er ein so guter Ratgeber ist?«, fragte Awin ungehalten. Er hatte das Gefühl, dass Eri ihn auf irgendeine Art zum Besten hielt. Er wusste längst, dass Eri den Lichtstein als Beweis seiner Macht einsetzen wollte. Wenn er den Heolin in der Hand hielt, würde wohl niemand es wagen, seine Eignung als Heredhan anzuzweifeln.

»Nun, vielleicht änderst du deine Meinung, Awin, dann weißt du, wo du mich finden kannst. Wir werden jetzt aufbrechen.«

Eris Stimme klang gepresst. Awin musste ihn mit der Bemerkung über Blohetan irgendwie getroffen haben. Der Heredhan wandte sich ab und ging. Auf der Treppe drehte er sich noch einmal um. »Übrigens soll ich dich von Limdin und Dare fragen, ob sie noch eine Weile hierbleiben dürfen.«

»Sie wollen nicht zurück an den Sichelsee?«, fragte Awin verwundert.

»Ich glaube, Limdin hat ein Auge auf deine Schwester Gunwa geworfen, vielleicht auch Dare. Also sei achtsam, Yaman«, antwortete Eri kühl.

Awin nickte und sah ihm nach. Die Aufmerksamkeit, mit der die beiden Jungkrieger seine Schwester bedachten, war ihm nicht entgangen. Vielleicht würde das Gunwa ablenken von den schlimmen Träumen, die sie jede Nacht heimsuchten. Er würde die Fürstrichterin sicher überzeugen können, dass die beiden Enkel Harmins bleiben durften. Dort unten zwischen den Bäumen hatten sie den Schmied des Fuchs-Klans begraben. Er war der erste und einzige Hakul, dem diese Ehre zuteilwurde. Die anderen ruhten irgendwo draußen in der Ebene, Hakul ebenso wie Ussar, und die Viramatai hatten ihre gefallenen Kriegerinnen zu den Totentürmen im Blendland gebracht. Awins Miene verdüsterte sich. Eri hatte den Mörder Harmins aus dem Stamm ausgestoßen. Nach Ansicht der meisten Hakul war das schlimmer als der Tod, denn so würde Curru der Weg auf die Weiden Marekets versperrt bleiben, aber Curru war zäh und verschlagen, und solange er lebte, würde er Unheil ausbrüten. Awin nahm an, dass Eri ihn genau deshalb hatte leben lassen, denn er wusste ja, wem Currus glühender Hass an erster Stelle galt.

Die Hakul saßen auf, und Dheryak gab das Zeichen zum Aufbruch. Der Hufschlag der vielen Pferde klang laut durch den Hof. Eri ritt neben dem Stellvertreter des Tiudhan, sie führten die Hakul der beiden Stämme gemeinsam. Ein seltenes Bild von Eintracht. Ein paar Nachzügler kamen die Felsen heruntergesprungen. Irgendetwas musste sie aufgehalten haben. Awin sah genauer hin. Wenn er sich nicht täuschte, gehörten diese vier Männer zum Klan der Dolche. Ausgerechnet! Er war froh, dass sie endlich verschwanden, denn er hatte jede Nacht Wachen vor seiner Kammer aufstellen müssen, seit diese Krieger auf Eris Wunsch in die Festung gelassen worden waren. Wie er so Awins Vertrauen gewinnen wollte, war ihm ein Rätsel. Ihren Schwüren, den Waffenstillstand zu achten, konnte er nicht trauen. Schon einmal hatte doch einer aus diesem Klan einen Schwur gebrochen und ihn beinahe getötet. Die vier Männer sprangen auf ihre Pferde und schlossen zu den anderen auf, die durch das notdürftig instand gesetzte Tor galoppierten. Es war, als könnten sie es auf einmal gar nicht mehr erwarten, der Festung zu entkommen. Tuge trat, begleitet von zwei jungen Kriegern, aus einer der Kammern. Es waren Mabak und Karak, der jüngere Sohn des Bogners, der wie Gunwa von Slahan verschleppt und gerettet worden war. Mabaks Vater Malde jedoch war nicht unter den Befreiten gewesen, eine Tatsache, die der junge Krieger tapfer ertrug. Schon aus Rücksicht auf ihn versuchte Tuge, seine Freude über die Rettung seines Sohnes nicht allzu sehr zu zeigen. Jetzt murrte er nur über Eri: »Ich habe dem Jungen das Bogenschießen beigebracht. Da hätte er sich doch wenigstens von mir verabschieden können.«

»Er ist der Heredhan, Tuge, er kann nicht an alles denken.«

»Er vergisst mir seine alten Gefährten etwas zu schnell, wenn du mich fragst«, widersprach der Bogner. »Ich bin froh, dass du ihm den Heolin nicht überlassen hast. Ich habe nämlich das Gefühl, dass wir ihn vielleicht noch einmal brauchen werden.«

»Slahan ist fort, für immer vom Erdkreis verbannt«, erklärte Awin wieder einmal.

»Und was ist mit ihren Windskrolen? Sind die auch vernichtet? Oder werden sie wiederkommen und die Hakul im Staubland erneut quälen?«

Awin zuckte wieder mit den Schultern. »Es wird nicht viel von ihnen übrig sein, was einen Hakul quälen könnte. Slahan hatte viel von ihrer Stärke genommen, und Merege hat sie schwer geschlagen. Ich mache mir um die Winde keine Sorgen.«

»Ich bin zwar kein Seher, aber ich sage voraus, dass wir mit denen noch viel Ärger haben werden, und mit Eri auch. Denk an meine Worte, Yaman. Ich verstehe nicht, dass du auch nur ein freundliches Wort für diesen verzogenen Knaben hast. Wir hätten ihn damals, als der Schild zerbrach, gleich fallen lassen sollen«, sagte Tuge finster.

»Eri hat mit Blohetan und Uredh gute Ratgeber«, verteidigte Awin den Heredhan lahm.

»Und warum sind sie heute nicht bei ihm? Ich hätte nie gedacht, dass ich das einmal sagen würde, aber ich bin froh, dass wir in dieser uneinnehmbaren Festung sitzen und die Hakul außerhalb der Mauern sind.«

Awin lächelte schwach.

Mahuk kam die Treppe hinauf. Er hatte seinen großen Beutel umgehängt.

»Was hast du vor, mein Freund?«, fragte Tuge.

»Yeku sagt, wir müssen in die Wüste. Er kennt sie nicht.«

»Es ist auch kein Ort für einen Mann, der nicht reiten will, Mahuk«, entgegnete Tuge mit zweifelndem Blick.

»Aber viele fremde Pflanzen wachsen dort. Yeku will sie kennen lernen. Er denkt, es kann nicht schaden.«

»Glaubst du, ihr findet dort ein Mittel, um Merege zu helfen?«, fragte der junge Mabak.

Mahuk zögerte mit der Antwort. »Yeku sagt, er weiß es nicht. Aber es wäre dumm, es nicht zu versuchen.«

Awin nickte. Er hatte dem Raschtar am Morgen seine Begleitung angeboten, aber Mahuk hatte abgelehnt: »Yeku sagt, dass der Seher hierbleiben muss. Er muss mit dem Traum suchen. Andere Suche. Andere Möglichkeit.« Awin wusste, dass der Ussar recht hatte. Es gab jedoch noch einen dritten Weg. Der war ihm vor drei Nächten erstmals in den Sinn gekommen, als er wieder vergeblich versucht hatte, Senis mit seinem Geist zu finden: Es gab doch noch andere Kariwa auf der Welt. Sie würden vielleicht wissen, wie man Merege helfen konnte. Er sprach seine Gedanken jetzt aus: »Ich habe darüber nachgedacht, den Lichtstein zu den Kariwa zu bringen.« Er hatte den Stein ja schon Merege versprochen, das aber aus gutem Grund nie den anderen gegenüber erwähnt.

Sie starrten ihn entgeistert an. »Du willst den heiligen Heolin diesen Eismenschen überlassen?«, fragte Tuge ungläubig.

»Slahan ist fort, aber es gibt andere Daimonen. Der Heolin war ein Teil des Siegels am großen Skroltor, das die Welt vor ihnen schützt. Das hat Merege mir erzählt. Etys hat ihn geraubt. Er gehört also den Kariwa.«

Die Hakul sahen ihn an, als sei er von einem bösen Geist besessen. Das war nicht weiter erstaunlich, denn diese Fassung der Geschichte von Etys und dem Heolin hatte er ihnen noch nie erzählt.

Tuge schüttelte den Kopf und seufzte. »Kann es sein, dass du als Gegenleistung etwas von den Kariwa erwartest?«, fragte er freundlich.

»Ich kann mir nicht vorstellen, dass sie etwas verlangen, um einer Tochter ihres Volkes zu helfen«, erwiderte Awin leise.

Tuge sah Awin lange an, dann legte er ihm die Hand auf die Schulter. »Wenn du das wirklich tun willst, dann hast du eine gewaltige Aufgabe vor dir. Das Land der Kariwa ist weit, so weit, dass wir doch bis vor kurzem glaubten, es sei nur eine Erfindung der Geschichtenerzähler. Du musst durch ganz Srorlendh, und jeder Hakul, der von deinem Vorhaben erfährt, wird versuchen, dich daran zu hindern.«

»Dann dürfen sie es eben nicht erfahren, Tuge«, antwortete Awin trotzig.

»Es ist gut möglich«, fuhr Tuge unbeirrt fort, »dass sie dich dennoch töten werden, einfach weil du zum falschen Stamm oder Klan gehörst.« Er schüttelte noch einmal den Kopf. »Nach den Weiden der Hakul geht der Ärger erst richtig los. Du müsstest durch das Land der Akradhai, die uns noch mehr hassen als die Männertöterinnen, vielleicht sogar durch das Ödland, wo die Ausgestoßenen und die Verfemten leben. Und hinter diesen Gefahren mögen tausend andere liegen. Ja, du weißt doch nicht einmal, wo sich dieses Land überhaupt befindet. Du kannst das niemals schaffen.« Tuges Augen blitzten. Er hatte sich in Rage geredet.

Awin sah ihn wütend an. »Etys konnte es«, erklärte er, »und ich werde es auch schaffen, wenn ich keinen anderen Weg finde, Merege zu heilen.«

»Yeku sagt, du kannst den Heolin nicht nach Norden bringen«, sagte Mahuk stockend.

»Und warum behauptet dieser Stock das?«, rief Awin ungehalten.

»Yeku sagt, der Heolin ist fort.«

Sie stürmten die Stufen hinauf zur Kammer, in der der Heolin verwahrt wurde. Die Viramatai hatten nach der Schlacht eine gewisse Scheu vor dem Lichtstein gezeigt. Es war keine Rede mehr davon, dass er in einen ihrer Tempel gehörte. Die Fürstrichterin und auch die junge Brami sagten, dass er nun viel zu mächtig für Menschenhände war. Sie hatten in die Hauptstadt geschickt, um den Rat ihrer Hohepriesterinnen einzuholen. Bis dahin wurde der Heolin, von zwei Kriegerinnen bewacht, in einer Kammer der Festung verwahrt. Als Awin in das Gelass stürmte, sah er die beiden Leichen auf der Erde liegen. Man hatte ihnen die Kehle durchgeschnitten. Der Heolinstab lag auf einem steinernen Sockel, aber der Lichtstein war fort. Statt seiner war ein bronzenes Sgertan in die Halterung gelegt worden. Awin erkannte das gekreuzte Zeichen des Klans der Dolche. Deshalb waren also die vier Männer beinahe zu spät zum Aufbruch ihrer Stammesbrüder gekommen. Mit schneidender Kälte begriff er sofort, dass sie nicht aus eigenem Antrieb gehandelt hatten. Er verstand jetzt, warum Eri sich vorhin so merkwürdig aufgeführt hatte. Als dem Heredhan klar geworden war, dass der Lichtträger in der Festung bleiben würde, hatte er den Männern einen Wink gegeben, den Stein zu stehlen. Awin verfärbte sich vor Wut. Er rannte aus dem Zimmer, die lange Treppe zur äußeren Mauer hinauf. Er bekam kaum mit, dass die anderen ihm folgten, dass Alarm gegeben wurde und Ussar und Viramatai zu den Waffen eilten. Er blickte hinab in die Ebene. Dort ritten in einer langen Staubwolke die Hakul nach Norden, die Eisernen einträchtig neben den Schwarzen. Hörner schmetterten wütend von den Mauern und Türmen. Aber es war zu spät. Die Reiter waren schon lange außer Reichweite. Und wie zur höhnischen Antwort auf die nutzlosen Rufe der Kriegshörner flackerte an der Spitze des Zuges jetzt ein helles Licht auf. Der Heolin hatte so viel Kraft gesammelt, dass er selbst in der sonnendurchfluteten Ebene unübersehbar strahlte. Eri hatte den Lichtstein geraubt.

# Glossar

## GÖTTER

**Edhil** – Schöpfer- und Sonnengott

*Hüter (die erstgeborenen Götter)*
**Alwa** – Hüterin der Quellen, Flüsse und Meere
**Brond** – Hüter des Feuers und der Herdglut
**Fahs** – Hüter der Winde, des Himmels und des Wissens
**Hirth** – Hüterin der Erde und der Herden

*Weitere Götter*
**Strydh** – Gott des Krieges. Der fünftgeborene Gott, der seine Geschwister, die Hüter, betrog und mit einem Schlafkraut betäubte, gilt nun als alleiniger Herr der Welt.
**Uo** – Gott des Todes und im Glauben der Akkesch Herr der Unterweltstadt Ud-Sror
**Tengwil** – die Schicksalsweberin
**Mareket** – Gott der Pferde, der die Hakul nach ihrem Tod auf immergrünen Weiden erwartet
**Kalmon** – Gott der Schwarzen Berge
**Xlifara Slahan** – die Gefallene Göttin, einst Geliebte des Fahs, Herrin der Wüste Slahan

Für die Völker entlang des Dhanis sind Götter, ungeachtet ihrer Macht, grundsätzlich in zwei Gruppen unterteilt:

**Alfholde** – göttliche Wesen, die vom Schöpfergott den Hütern zur Hilfe gegeben wurden
**Alfskrole** – Ausgeburten der Albträume Edhils

Die Hakul wenden diese Unterteilung allerdings nur bei übernatürlichen Wesen geringerer Macht an, wie zum Beispiel bei Winden oder Daimonen.

*Winde (Windskrole) der Slahan*
**Skefer** – der Peiniger, Fallwind und Überbringer schlechter Nachrichten
**Nyet** – der Angreifer, Sturm
**Isparra** – die Zerstörerin, dauerhafter Sturmwind, nicht so stark wie Nyet, aber ausdauernder
**Seweti** – die Tänzerin, ein wechselhafter Wind
**Dauwe** – der Schweigsame oder auch der Täuscher genannt, eigentlich eine Windstille, gaukelt dem Reisenden gerne Wasserflächen vor

## BEGRIFFE

**Heredhan** – Anführer eines Stammes
**Yaman** – Anführer eines Klans
**Yamanoi** – die erfahrenen Krieger
**Sger** – Kriegs- oder Beutezug
**Kaidhan** – Stammesversammlung

# PERSONEN

*Der Klan der Schwarzen Berge*
**Awin** – Seher
**Curru** – Seher, ehemaliger Meister Awins
**Eri** – Sohn Yaman Aryaks
**Wela** – Schmiedin und Heilerin
**Tuge** – Bogner
**Gregil** – Witwe Aryaks
**Mabak** – Jungkrieger

*Kariwa*
**Senis** – Ahnmutter
**Merege** – Ahntochter

*Weitere Hakul*
**Horket** – Heredhan der Schwarzen Hakul
**Isgi** – Seher und Berater Horkets
**Harmin** – Schmied des Fuchs-Klans
**Limdin, Dare** – seine Enkel
**Uredh** – Yaman vom Klan der Faust
**Brediak** – Yaman vom Klan des Horns
**Blohetan** – Ältester vom Klan der Ranke
**Blennek** – Krieger vom Klan der Gazelle
**Werek** – Yaman vom Klan des Sperbers
**Kluwe** – legendärer Seher
**Skian** – Yaman vom Klan der Dolche
**Gerwi** – Yaman vom Klan der Steine